Nausicaa Marbe

Schmiergeld

NAUSICAA MARBE

SCHMIERGELD

Aus dem Niederländischen
von Heike Baryga

eichborn

Diese Veröffentlichung wurde durch finanzielle Unterstützung der Dutch Foundation for Literature ermöglicht.

Nederlands letterenfonds
dutch foundation
for literature

MIX
Papier aus verantwortungsvollen Quellen
FSC
www.fsc.org
FSC® C083411

Eichborn Verlag in der Bastei Lübbe AG

Titel der niederländischen Originalausgabe:
»Smeergeld«

Textredaktion: Jan Wielpütz, Köln
Umschlaggestaltung: Christiane Hahn, www.christianehahn.de unter Verwendung von Motiven von © shutterstock: Victor Metelskiy | Mascha Tace
Satz: Dörlemann Satz, Lemförde
Gesetzt aus der DanteMT und der Seria Sans
Druck und Einband: CPI books GmbH, Leck – Germany

Printed in Germany
ISBN 978-3-8479-0613-1

5 4 3 2 1

Sie finden uns im Internet unter www.eichborn.de
Bitte beachten Sie auch www.luebbe.de

Prolog

In der Dordogne hatte uns die Polizei rausgewunken. Neunhundert Kilometer von unserem Zuhause und einen Steinwurf von dem Ort entfernt, wo uns niemand finden durfte. Die späte Nachmittagssonne verblasste bereits, im Auto schliefen alle. Neben mir auf dem Beifahrersitz saß Gaby, den Kopf gegen die Fensterscheibe gelehnt, und hinten auf der Rückbank schlummerten die Zwillinge, die Arme und Beine leicht angezogen. In den Händen hielten sie die verstummten iPhones. Für eine Weile war alles so friedlich, dass auch mir immer wieder die Augen zufielen.

Nachdem wir Limoges passiert hatten, wies mir die Müdigkeit den Weg. Ich lauschte einem schlaftrunkenen Navi, das Abfahrten missachtete, Abstände falsch einschätzte und mir im Verteilerkreis verkehrte Abzweigungen einflüsterte. *Nach fünfzig – oder waren es fünfhundert? – Metern links abbiegen, folgen Sie dem Verlauf der Straße, halten Sie sich rechts, Augen zu, Kinn auf die Brust und gute Nacht. Das Auto wird von alleine auf der höchsten Hügelkuppe von Saint-Jory-las-Bloux anhalten, vor der hohen Grundstücksmauer mit dem schwarzen Eisentor. Vor sich sehen Sie dann poröses Mauerwerk, übersät mit gelber Moosflechte und zahlreichen nutzlosen, dem Rost überlassenen Kettenschlössern. Sie haben Ihr Ziel erreicht.*

Offenbar war ich für ein paar Sekunden eingenickt. Zum Glück nicht lange genug, um die Kontrolle über das Fahrzeug zu verlieren. Deswegen geriet das Auto auch nicht ins Schleudern, als ich aus dem Schlaf aufschreckte. Und erst in diesem Moment erblickte ich die Ausfahrt, die ich hätte nehmen müssen. Gerade

rechtzeitig, um die *Route nationale* zu verlassen. Endlich Landstraßen in der französischen Campagne ohne Starenkästen und Kameras, auf denen man schnell das Auto verschwinden lassen konnte, am Ende eines gewundenen Weges, der hinter einem Weiler versandete.

An einem Ort ohne Nachbarn.

Doch es kam alles anders. Bereits an der ersten Kreuzung sprangen zwei Uniformierte aus einem Polizeibus auf die Straße. Der eine ein Riese, der uns mit wütenden Gebärden an den Straßenrand dirigierte. Neben ihm ein kleinerer mit Schnurrbart und verschränkten Armen.

Jetzt schon. Und das auch noch im Beisein von Gaby und den Kindern. Vor ihnen schämte ich mich am meisten. Mein Gesicht glühte, als sei mein Scheitern darin eingebrannt. Die anderen kamen immer davon. Mich schnappten sie bereits bei meinem ersten Versuch, mein Schicksal selbst in die Hand zu nehmen – um mir zurückzuholen, was mir gehörte, mein Familienleben zu retten.

Mann, ich hätte zu gern einfach aufs Gas gedrückt, anstatt zu bremsen. Vollgas. Im Bogen um die Bullen herum und mit quietschenden Reifen auf und davon. Doch ich lenkte den Wagen an die Seite. Möglichst nah an eine hohe Hecke heran, als könnte sie mich vor dem beschützen, was mir nun drohte. Gaby schlief noch immer. Als sich der riesige Polizist näherte, bemerkte ich, dass er eine Frau war. Auf ihren Schultern thronte ein Hals, der breiter als ihr Unterkiefer war. Sie hatten einen Henker geschickt, ein Muskelpaket, das, ohne mit der Wimper zu zucken, kurzen Prozess mit dem Mann machen würde, der sich sehr wahrscheinlich zur Wehr setzen, dessen Frau wild um sich schlagen und dessen Kinder sich strampelnd weigern würden mitzukommen.

Sie kam auf mich zugewatschelt, ihre Uniformhose aus Polyester schabte hörbar an ihren Beinen. Ich ließ das Fenster herunter. Mit meinem passablen Französisch, das ich seit dem Gym-

nasium fleißig trainiert hatte, würde ich sie vielleicht für mich einnehmen können.

»Bonsoir, madame.«

Mehr an Konversation war mir nicht gegönnt, grußlos ergriff sie das Wort.

»Bleiben Sie im Wagen, fahren Sie im Schritttempo neben mir her, biegen Sie ein Stück weiter auf den Parkplatz ein, parken Sie mit der Rückseite zum Eingang, parallel zu unserem Fahrzeug. Verlassen Sie Ihr Fahrzeug nicht.« Erst dann:

»Me comprenez-vous?«

»Mais oui.«

Der Parkplatz war leer und grenzte an Baracken, die verlassen wirkten. Zu meinem Erstaunen war auch der Polizeibus leer. Dort, wo ich ein Sonderkommando der Polizei zur Verhaftung von gefährlichen Verdächtigen erwartet hatte, das sofort bereit war, unser Auto zu stürmen, wehten silbergraue Vorhänge durchs geöffnete Fenster. Als ich den Motor abstellte, wachte Gaby auf.

»Sind wir da?«

Noch bevor ich antworten konnte, schaute sie aus dem Fenster, und zwar direkt ins Gesicht des Zwergpolypen, der seine spitze Nase an die Scheibe drückte. Schweiß lief ihm die lilafarbenen Wangen hinunter. Gaby schrie auf. Jetzt waren auch die Kinder wach. Kerzengerade, sofort in Alarmbereitschaft wie Antilopen, die bei der kleinsten Regung in der Savanne das Unheil mit bebenden Nasenflügeln schon von Weitem wittern. Jugendliche.

»Cool, wir werden verhaftet!«, rief mein Sohn.

»Von Hitler und Hulk«, kicherte meine Tochter.

Durchs geöffnete Fenster schob sich eine Pratze in der Form einer aufgerollten Rinderroulade. Ich legte die Autopapiere hinein, danach meinen Führerschein und den Ausweis, so, wie mir befohlen: »Alle Ausweise, die Sie bei sich führen, auch die Wagenschlüssel, alles, *allez vite!* Und sorgen Sie dafür, dass die Kinder im Wagen bleiben. *Pendant toute la procédure, compris?«*

»Was ist denn überhaupt los?«, flüsterte Gaby, als wollte sie heimlich mit mir die Lage besprechen. Meine Frau besaß ein außergewöhnliches Talent. Sie konnte während unangenehmen oder heiklen Situationen würdevoll den Kopf neigen und dabei beneidenswert gelassen bleiben. Das war typisch für Gaby. Mit einem zaghaften, im richtigen Moment eingesetzten Lächeln zauberte sie das Misstrauen des Gegners weg. Was mir nie gelang, meisterte sie mit Bravour.

Von der Verhaftung hatte sie tatsächlich keine Ahnung. Ich war sehr darauf bedacht gewesen, sie da herauszuhalten. Unter Eid würde sie der Wahrheit entsprechend aussagen können, nicht zu wissen, was ich während der vergangenen Monate getrieben hatte.

Ob sie etwas ahnte? Vom Beifahrersitz aus blickte sie mich mit ihren hellen und ungewöhnlich runden Augen an – Augen wie Bernsteinplättchen, auf denen ihre DNA verschwenderisch grüne Sprenkel gekleckst hatte. Diese Farbe brachte das Rosa ihrer Lippen und das Violett ihrer dunklen Haare zum Leuchten. Ein Effekt, der genau den Unterschied zwischen einem schönen und einem faszinierenden Gesicht ausmachte. Manchmal war ihr Blick entwaffnend sanft, dann wiederum sprühte er Gift. Ich war mir nie sicher, ob das Wechselspiel etwas mit dem Licht oder mit mir zu tun hatte.

»Was hast du denn angestellt, Job?«

Das war jetzt der denkbar ungünstigste Moment für eine Beichte. Ich würde ihr einfach eine andere Geschichte erzählen. Die unschuldige Wahrheit, die kleine, mickrige, vorübergehende Wahrheit, die gerade mal eine halbe Stunde alt war.

»Ihr seid in der Nähe von Thiviers eingeschlafen. Ich bin dann auf die N21 abgefahren, wäre fast eingenickt und hätte fast die Abfahrt nach Excideuil und Périgueux verpasst …«

»Job!«

Sie puffte mich in die Seite, als sie bemerkte, dass ich einfach die Ortsnamen der ausgedruckten Route ablas. Ein Text, der wie ein schlechtes Alibi klingen musste.

»Und wieso werden wir von der Polizei angehalten?«

Ich zuckte möglichst gelassen mit den Schultern.

»Vielleicht bin ich zu schnell gefahren, oder am Wagen stimmt etwas nicht. Diese beiden Muffel rücken ja nicht mit der Sprache heraus.«

Gaby hatte es geschluckt.

»Zu blöd! Hättest du doch bloß einen anderen Weg gewählt.«

Es war von ihr als liebevolle Neckerei gedacht. Die Unschuld jenseits der Verzweiflung, die von Beginn an chancenlos gewesen war. Ganz egal, wohin wir gefahren wären, sie hätten uns sowieso gefunden. Allerdings fragte ich mich plötzlich, wieso sie uns nicht am Haus erwartet hatten. Wahrscheinlich hatten sie den Befehl, mich anzuhalten, sobald sie unseren Wagen bemerkten. Womöglich suchten sie die ganze Gegend nach uns ab, an jeder Abfahrt und jeder Kreuzung in der Umgebung von Saint-Jory, auch in der Nähe des Hauses. Die ganze Polizeieinheit der Region im Einsatz gegen die landesflüchtigen Niederländer.

»Schaut euch mal die beiden an.«

Mein Sohn zeigte zum Polizeibus, in dem die beiden Polizisten nebeneinander auf der Sitzbank vor der geöffneten Schiebetür saßen. Wie zwei nicht allzu helle Schüler, die sich das Lesen beibrachten, buchstabierten sie den Inhalt meines Ausweises. Die Frau fuhr mit ihrem Zeigefinger über die Zeilen, der Mann schien alles in ein Heft mit indigoblau gefüllten Seiten abzuschreiben. Langsam, mühevoll. Hin und wieder knarzte das Funkgerät der Riesin, dann hielt sie es sich an den verkniffenen Mund und sprach Unverständliches hinein. Sie verzog keine Miene.

Die Kinder spielten inzwischen auf ihren iPhones *Vampires Live*, leicht an dem unerträglichen Gekreische zu erkennen, von dem das ewige Blutspektakel begleitet wurde. Ganz egal, was gerade passierte, das Display bot ihnen ein Parallelleben. Gaby gähnte. Ein roter Kater überquerte gemächlich den Parkplatz. Sie waren alle im festen Glauben, nichts befürchten zu müssen. Ich hingegen hatte das Gefühl, in meinem stehenden Wagen bereits in Untersuchungshaft zu sitzen, eine Gefängniszelle auf Rädern. Eine halbe Stunde passierte überhaupt nichts. Dann kam der Schnurrbart aus seinem Bus heraus und ging auf mich zu, in der Hand hielt er etwas, das einem tragbaren EC-Gerät ähnelte.

»Achtzig Euro«, sagte er.

»Soll das ein Witz sein?«, antwortete ich etwas zu schnell, zu unverschämt. Der Polizist beugte sich vor und warf einen Blick auf den Rücksitz.

»Ich weiß nicht, was Sie so lustig am Verlust Ihrer Lieben gefunden hätten.«

»Pardon?«

Selbstverliebt dozierte er: »Sie fahren von der Autobahn ab, über die Ausfahrt zur Kreuzung, und dann fahren Sie einfach weiter. Das Stoppschild steht direkt vor Ihnen, doch Sie beachten es nicht. Sie halten nicht an, Sie fahren weiter, obwohl wir unübersehbar an der Straße stehen. Achtzig Euro. Betrachten Sie das als Trinkgeld für den Tod, denn schließlich hat er Sie mit dem Leben davonkommen lassen. Diese achtzig Euro werden Ihnen eine Lehre sein. So etwas machen Sie nicht noch einmal.«

Teil 1

Nach dem Fall

1

Seitdem wir in unserem Haus am Haarlemer Wald wohnen, bekomme ich während des Urlaubs Heimweh. Ich freue mich auf das Wiedersehen mit unserem Zuhause, den ersten erhaschten Blick aus dem Wagen heraus, den Beweis dafür, dass es noch steht. Ein schöner Bau, der den Abschluss einer stilvollen Häuserreihe bildet, mit einer einladenden weiß gekiesten Auffahrt bis zur Garage unter einer mächtigen Magnolie. Sobald die prallen Backsteinwangen in Sicht kommen, scheint die Eingangstür zwischen ihnen zu lächeln.

Das habe ich irgendwann einmal laut im Auto gesagt, als ich nach einer höllisch langen Italienfahrt mitten in der Nacht mit schmerzenden Knochen und vollkommen steif in unsere Straße einbog. Furchtbar geschafft war ich. Ich hatte angenommen, im Auto würden alle schlafen und ich könnte etwas von meiner Anspannung nach der zwanzigstündigen Autobahnfahrt fallen lassen, indem ich diesen etwas blöden Gedanken laut aussprach.

Aber die Kinder waren noch wach. Sofort fielen sie über mich her.

»Dir scheint das Autobahnfahren wohl nicht bekommen zu sein, Jo-hob«, spöttelte mein Sohn und schlug dabei eine Kreischstimme an, die seine Mutter auch gerne einsetzte, wenn sie mich im Supermarkt aus den Augen verloren hatte. Dann hallte mein Name zwischen den Regalen, und ich verzog mich vor lauter Scham schnell in einem anderen Gang.

»Unser Haus ist echt scheiße«, höhnte meine Tochter, doch

ihrer Stimme mangelte es an Überzeugung und Lautstärke. Es passierte öfter, dass sie etwas vor sich hin nuschelte. Die ganze aufbrodelnde Unzufriedenheit, die allen Pubertierenden gemein ist, machte sich sofort Luft. Sie war es los, mich hatte es verletzt. Genauso gut hätte dieses launische Kind auch etwas Freundliches sagen können. Ich kann mich noch gut daran erinnern, dass Gaby in besseren Zeiten mir ihre Hand besänftigend auf den Oberschenkel gelegt hatte, wenn die Kinder hinten boshafte Bemerkungen von sich gaben oder nicht damit aufhörten, Radau zu machen – um damit zu verhindern, dass ich bissig antwortete oder in die Luft ginge. So einfach löschte sie meine aufflammende Wut. Lass nur!, signalisierte sie. Es gibt auch noch mich, wir haben ein gutes Leben. Als hätte sich eine Friedenstaube auf meinem Bein niedergelassen.

Vor nicht allzu langer Zeit waren solche Intimitäten noch selbstverständlich gewesen. Wir saßen nebeneinander und schwiegen zufrieden, weil wir beide wussten, dass nicht zu reden nichts zu bedeuten hatte. Es handelte sich um eine selbstgewählte Stille, denn Gaby und ich hatten andauernd etwas zu besprechen. Wir führten ein endloses Gespräch. Es gab immer einen roten Faden. Dieser komfortable Fundus an Gesprächsstoff sorgte dafür, dass wir uns nicht auseinanderlebten. Schweigen belastete uns nie. Es war eine Atempause, in der wir unsere Gedanken sammelten. Und dazu war das Auto ein idealer Ort.

Das hatte sich geändert. Im Sommer kehrten wir aus Deutschland zurück, die Fahrt war ein Klacks, wir waren in der Eifel gewesen. Auf dem Beifahrersitz saß Gaby die letzten Kilometer tapfer ab. Dann und wann vernahm ich einen Seufzer. Einer der entmutigten Sorte, der sich mit leichter Selbstbeschuldigung ankündigt, sich aber zugleich vor einer Reaktion absichert.

Ich gab Gas. Ja, erst recht in der Stadt. Verpisst euch doch mit euren Knöllchen. Schon wieder eins, ich bezahlte sie am laufenden Band. An die Straßenverkehrsordnung hielt ich mich nicht. Besonders nicht, wenn ich alleine im Auto saß und alleine auf der Straße war. Das Navi warnte mich vor Blitzern, doch beim Ertönen des Pling-Signals drückte ich automatisch aufs Gas, anstatt zu bremsen. Ein Reflex. Kurven schnitt ich, und oft streifte ich eine Bordsteinkante, einen Poller, einen Seitenspiegel. Ansonsten verhielt ich mich fast immer korrekt.

So korrekt, dass ich dadurch meine Stelle verlor.

So korrekt, dass ich versuchte, aus unserem Ferienziel, einem deutschen Kaff, das man nur mit der Lupe auf der Karte finden konnte, etwas Nettes zu machen. Für die Kinder. Wir hatten noch nie so nah an unserem Zuhause Urlaub gemacht und dann auch noch in einem so verschlafenen Nest. Gaby hatte gebucht.

»Alles, woran du bislang gewöhnt warst, kannst du dir zukünftig aus dem Kopf schlagen«, warnte sie mich während der Zeit, als sie allmorgendlich den Laptop aufklappte, um sich auf Schnäppchenjagd zu begeben.

»Von nun an wird alles anders. Gewöhn dich schon einmal daran.«

Seit ich arbeitslos war, betrachtete sie es als ihre Aufgabe, unser Leben zu organisieren und sich um alles bezüglich meiner Arbeitslosigkeit zu kümmern. Dafür zu sorgen, dass wir finanziell nicht abstürzten.

Ende Juni, als die Kinder bereits nachfragten, wohin wir dieses Jahr in Urlaub fahren würden, suchte sie immer noch online nach günstigen Reiseangeboten, täglich, stundenlang. Ohne Ergebnis. Ich musste dieses hoffnungslose Unterfangen beenden.

»Jetzt buch doch endlich etwas, irgendwo, wo es warm ist, ein günstiges Haus mit Schwimmbad. Und zwar heute!«, wurde ich eines Morgens energisch.

Sie blickte mich an, als hätte ich ihr vorgeschlagen, uns einen Privatjet zuzulegen und damit nach Südafrika zu fliegen. So ein zierliches Modell, in dem wir ein einziges Mal gesessen hatten, als meine zufriedenen Kunden als Zeichen ihrer Dankbarkeit uns zu einem Trip eingeladen hatten. Damals lief das so, wenn ich für jemanden ein Ferienhaus im Ausland entworfen hatte und der glückliche Besitzer sich über die gute Zusammenarbeit freute. Der Auftrag wurde mit einer Einladung des Architekten mit Familie abgerundet. Nicht ein einziger brauchbarer Kontakt für die Zukunft hatte sich daraus ergeben. Wer scheitert und stürzt, der existiert in dieser Welt nicht mehr.

»Es gibt keine günstigen Häuser mit Pool«, zischte Gaby. Aus ihrem Mund klang alles wie ein Vorwurf, den sie sich hätte verkneifen können. Der Effekt blieb sowieso aus. So schätzte sie mich inzwischen ein.

»Du meinst: Sogar die günstigen Häuser sind für uns zu teuer«, sagte ich. »Du meinst: Sieh dir doch nur an, was aus uns geworden ist.«

Gaby konnte dermaßen abwertend die Augen verdrehen, dass man an ihr abprallte und ein weiteres Gespräch unmöglich war.

»Ich meine gar nichts. Ich will dich nur direkter mit den Tatsachen vertraut machen.«

Als ob ich die Tatsachen nicht kennen würde. Tatsache war, dass ich meinen Kindern Ruhe gönnen wollte, Sonne, Meer, ein sauberes Bett, gesundes Essen. Das ganze Jahr über rackerten sie sich in der Schule ab. Probleme mit den Hausaufgaben oder Noten gab es keine. Falls nötig, erreichten sie sie mit der eisernen Disziplin eines Strebers. Sie wussten selbst, wann sie sich anstrengen und wann sie abhängen durften. Dafür musste ich sie belohnen. Zudem wollte ich mit meiner Frau an einem schönen Ort sein. Das wollte ich ihr sagen, doch sie kam mir zuvor.

»Es gibt eine Krise, Job. Sowohl auf der Welt als auch in deinem Portemonnaie.«

Letzteres stimmte nicht ganz. In *meinem Portemonnaie* befand sich noch genug. Gerade ausreichend, um so zu tun, als würden wir uns innerhalb eines Jahres nicht am Rande des Abgrundes befinden. Fast alles, was ich besessen hatte, war verbraucht. Ich lebte von meinen Rücklagen, und darüber wollte ich nicht klagen. Immerhin hatte ich noch etwas Erspartes, auch wenn es zusehends schmolz. Beunruhigender als die drohende Armut, die Gaby wie eine unentrinnbare Naturkatastrophe fürchtete, empfand ich eher die Veränderung meiner Frau. Einst war sie die Ruhe selbst gewesen, der heimische Stoßdämpfer und Blitzableiter, doch nun spielte sie den düsteren Buchhalter, allzeit eine unheilverkündende Nachricht auf den Lippen.

Einst konnte ich es kaum erwarten, am Abend endlich wieder zu Hause und dort unbefangen einfach ich selbst zu sein. Seit Kurzem lebte ich mit einer Grüblerin zusammen, die ich oft abends im Dunkeln antraf. Jemand, der unentwegt über Geldprobleme klagte. Verschwenderisch oder verwöhnt war Gaby nie gewesen, es war also keine Rede von Entwöhnung. Allerdings nagten Sorgen an ihr. Nicht unseretwegen, sondern wegen der Kinder, dass sie mittellos zurückbleiben könnten. Es trieb sie zu Anfällen, rhetorisch, in rasendem Tempo, bissig in einer für sie ungewöhnlichen Schärfe. Insgeheim bewunderte ich das. Für mich nicht ganz nachvollziehbar war jedoch ihr zwanghaftes Verhalten, wenn es um unsere Ausgaben ging. Wie sehr sie sich damit doch manchmal bloßstellte.

Im Supermarkt fischte sie aus meinem Wagen die Sachen heraus, die ihr zu teuer erschienen, und tauschte sie gegen die billigste Alternative aus.

»Keinen Innocent Smoothie, stell den sofort wieder zurück. Bist du denn vollkommen durchgedreht?«, konnte sie aufschreien, noch bevor ich meine Hand um die Flasche im Kühlregal gelegt hatte. Dann erschrak ich, schloss sogleich die Tür und hatte keine Lust mehr auf einen Smoothie. Die Leute um uns herum machten ein Gesicht, als liefe ein Geisteskranker im Laden herum.

An der Tankstelle sprang sie sofort aus dem Wagen, wenn ich mit dem Tanken fertig war, und eilte hinein zum Bezahlen, um zu verhindern, dass ich womöglich bei den Süßigkeiten, Chips und Getränken zuschlagen würde. Über die Miniflaschen, die dort doppelt so teuer waren wie eine große im Supermarkt, konnte sie mir endlose Vorwürfe machen. Die Tageszeitung hatte sie abbestellt. Gingen wir mal ins Kino, stopfte sie sich vorher die Taschen mit Cola-Dosen und Knabberkram voll. Ich konnte noch knapp verhindern, dass sie dem Fensterputzer kündigte. Doch die Putzfrau, auch wenn sie keine Perle war, hatte sie bereits entlassen. Damit konnte ich ja noch leben. Doch als sie sich eines Tages heimlich mein Handy schnappte, um die Nummern vom Friseur, vom Gärtner, dem Sushi-Service und ihrem Lieblingsgoldschmied zu löschen, bei dem ich ihr früher gerne eine Überraschung gekauft hatte, wurde ich rasend. Alles, was ich bis dahin geschluckt hatte, kam hoch.

Sie konnte sich streiten, das lernte ich jetzt. Innerhalb kürzester Zeit wurden unsere angenehmen wohligen Gespräche von glühenden Fehden verdrängt. Die Streiterei schwelte.

»Es liegt vor allem an der Krise in deinem Kopf, Gabriella«, schrie ich sie an, als sie wieder einmal von der schlechten Wirtschaftslage und meiner katastrophalen Position auf dem Arbeitsmarkt anfing. Wenn andere ihre Frau »Schatz« nannten, sprach ich sie mit ihrem kompletten italienischen Namen an.

Sie lächelte ohne jegliche Freundlichkeit. »Na klar, habe ich eine Krise im Kopf. Wie kommt es nur dazu, Job?«

Meinen Namen verwendete sie nur selten am Satzende, und wenn es dazu kam, klang es wie ein Zahlungsbefehl. Es wurde etwas von mir erwartet, ich hatte etwas gutzumachen.

Ohne weitere Rücksprache buchte sie im ersten Sommer meiner Arbeitslosigkeit einen Platz auf einem Campingplatz in Deutschland. *Drei Sterne in der Campingplatz-Klassifizierung des DTV,* stand auf der Website und *mit ausreichendem Platz für Wohnmobile*. Mir graute es davor, aber ich sagte nichts.

Doch als wir eintrafen, schien alles halb so schlimm zu sein.

Das Gelände in der Eifel war groß, grün und schön gelegen in einer wohltuend unbewohnten, leicht hügeligen Landschaft. Es gab einen Fußballplatz, Tennisplätze und einen Bauernladen, zudem war für ausreichend »Heckenprivatzone« gesorgt. So stand es tatsächlich im Folder: *Heckenprivatzone*.

Ein solches Wort musste man in die Tat umsetzen. Als die Kinder am ersten Nachmittag mit den Tennisschlägern zum Platz abzogen, der für eine Stunde gebucht war, packte ich Gaby, um ihr meine Vorstellung der Heckenprivatzone zu zeigen. Mit beiden Ellbogen drückte sie mich von sich weg wie einen Fremden, den sie noch nicht einmal mit den Fingerspitzen berühren würde. Das war neu.

Meine Frau ließ sich vor dem Vorzelt in einem Liegestuhl nieder, in dem sie den Rest der Ferien verbringen würde. In Reichweite hatte sie einen Bücherstapel. Dicke Bücher, die sie zu Hause nicht schaffte, mussten als Entschuldigung für ihre plötzliche Lustlosigkeit herhalten. Sie war bei uns in der Familie der Bücherwurm. Beim Camping lese sie, um zur Ruhe zu kommen, versicherte sie mir und setzte dabei ein Gesicht auf, das zeigte, dass nichts mehr zu retten war. Aber sie hielt durch, die Literaturkur würde ihr dabei helfen, den Kopf von den Sorgen frei zu bekommen, die sie unerträglich belasteten. Ansonsten alles okay, Job, vergnügt euch nur!

Mir blieb nur übrig, für mich selbst irgendetwas aus den Ferien zu machen. Ich zog mit den Kindern los. Die komplette Umgebung grasten wir ab, keine Kirche ließen wir aus, gingen an den Seen, an denen wir vorbeikamen, nicht einfach vorüber, sondern tauchten ins recht klare Wasser und setzten uns im ganzen Umkreis auf jedem Dorfplatz in der Konditorei vor ein großes Kuchenstück mit Sahne. Es war warm, und es regnete nicht. So viel Glück hatten wir immerhin.

Jenseits von Gabys Sichtweite, die darauf bestand, dass wir jeden Tag selbst kochten, kehrte ich mit den Kindern zur Mittagszeit in einem dieser herausgeputzten Landgasthöfe oder eines der Seehotels ein. Wir bestellten uns dann riesige Schnitzel und sonstige Fleischscheiben, wie man sie nur auf deutschen Speisekarten findet: Sie haben die Größe eines iPads, sind zart und saftig und haben eine knusprige Hülle. Die Zwillinge waren hungrig wie die Wölfe. Ich hockte vor meinem gekühlten Weizenbierglas und verfolgte das Fressgelage. Mir gefiel das schlingende Doppel. Als würden sie vor meinen Augen wachsen und als könnte ich direkt mitverfolgen, wie sich meine Investition aus der Speisekarte sofort in Körpermasse umwandelte: Die Knochen knarrten und streckten sich aus, die Muskeln dehnten und spannten sich mit, die Wangen wölbten sich rosig wie bei properen Babys.

Uns ging es nicht schlecht – diesen Gedanken wiederholte ich so oft und mantraartig, dass ich bereits befürchtete, jeder in meiner Umgebung könnte die Beschwörung hören: Uns ging es nicht schlecht, noch lange nicht. Noch nicht.

Um uns herum schaufelten die Gäste ihr Essen in sich hinein. Die Umgebung war zur Abwechslung ungezwungen bürgerlich. Es hatte Zeiten gegeben, da hätte ich einen Riesenbogen um eine solche Gaststätte gemacht, auch wenn es neun Uhr am Abend gewesen wäre und die Kinder hinten im Auto vor Hunger gebrüllt hätten. Ich musste und würde irgendein Lokal finden, mit einer klaren Einrichtung und einem Koch ohne gutbürgerliche Ambitionen. In der Eifel schätzte ich mich glücklich, hier wurde ich aufmerksam bedient: freundliche Kellner, frische Blumen in weißen zierlichen Vasen auf sauberen Tischen und gepflegte Rentner, die es sich ungeniert gut gehen ließen und mit Genuss das fleischlastige Menü verspeisten. Achtzigjährige Frauen mit perfekt sitzenden Perücken knabberten an den Schweinerippchen, die sie zwischen den manikürten Fingern hielten. Sie kicherten wie die Backfische beim Tanztee. Die Atmosphäre in solchen Gaststuben oder Gasthöfen ist entspannt. Europäische Wirtschaftskrise hin oder her, diese Gegend schien nicht davon betroffen zu sein. Zufrieden saß ich zwischen den deutschen Alten und hoffte, dass ihre Sorglosigkeit auch auf mich abstrahlen würde.

Dennoch schreckte ich nicht vor der Rückkehr in die Ungewissheit in den Niederlanden zurück. Bereits als ich mit dem voll beladenen Auto in unsere Straße einbog, sah ich, dass alles in Ordnung war. Was auch sonst? Wäre etwas passiert, hätten uns die Nachbarn benachrichtigt. Doch man möchte mit eigenen Augen sehen, dass alles in Ordnung ist. Dass alles so ist, wie man es hinterlassen hat. Dass man, wenn man den Motor ausstellt und das Knarzen des Kieses unter den Autorädern noch hört, in den Rückspiegel schaut, einmal durchzählt und genau weiß: Wir sind alle wieder zu Hause, es ist so, wie es sein soll.

Ich fuhr den Wagen sofort in die Garage. Das Ausräumen hatte Zeit bis zum nächsten Tag. Die Kinder schleppten sich schläfrig mit Decken über den Schultern nach oben. Doch als ich gerade abschließen wollte, tauchte meine Tochter wieder auf. Sie wedelte mit der Hundeleine.

»Ich hol ihn.«

Ich schüttelte verneinend den Kopf.

»Toby, Toby, Toby!«, skandierte sie, in der Hoffnung, dass der Hund, der ein paar Gärten weiter bei den Nachbarn untergebracht war, sie hören würde.

»Das kannst du dir aus dem Kopf schlagen!«

»Ich brauch noch nicht einmal zu klingeln, ich kann über die Hecken springen und durch die Hintertür bei Maud reingehen«, flehte sie.

Er war ihr Hund. Ihrem Bruder gehörte die Katze. Tara und Toby, Leon und Luna. In gewisser Weise hatten wir vier Kinder. Wir waren eine kleine Familie. Drei Großelternteile waren bereits verstorben, der vierte verschwunden. Gaby und ich waren Einzelkinder, wie auch unsere Eltern. An Geburtstagen saßen wir zu viert am Tisch. Am Nikolausabend packten wir zu viert Geschenke aus. Immer zu viert. Doch zu viert kann man keinen Kreis bilden. Man ist eine Runde mit Ecken. Ein kleines, beengtes Viereck. Die Tiere, die bei uns lebten, durchbrachen die Einsamkeit dieser festgelegten Anzahl. Zusammen mit den beiden Vierbeinern bewegten sich sechs Körper im Haus, und es blickten zwölf Augen einander nach. Das machte schon etwas aus. Jedes Lebewesen mehr gaukelte uns vor, Teil einer größeren, lebhaften Runde zu sein. In Wahrheit blieben wir Einzelne, aufeinander bezogen.

»Nie erlaubst du mir was!«

Tara zog einen theatralisch vorwurfsvollen Schmollmund. Vierzehn und fast so groß wie ich. Auf dem Gymnasium vom schüchternen Mädchen zur frechen Jugendlichen erblüht, die unentwegt Aufmerksamkeit beanspruchte. Endlich ließ sie es heraus, mir war das wichtiger als ihre ungestüme, dickköpfige Seite, die ich wirklich nicht immer in Schach halten konnte.

Sie richtete ihre dunkelbraunen Augen auf mich und sah mich flehentlich mit ihrem stechenden Blick an. Sofort nach der Geburt hatte sie so meine Seele durchbohrt. Ihr Bruder schlief wie ein Murmeltier in solch einer durchsichtigen Plastikbox, wie man sie im Krankenhaus als Wiege hat. Zufrieden, unerschütterlich. Sie nicht. Sie schlief nur bei mir auf dem Arm ein, am liebsten mit dem Bauch auf meinen Handinnenflächen. Eine Haltung, die krampflösend war, meinte unsere Hebamme. Sobald ich sie ablegte, öffnete sie die Augen, die nur ein paar Stunden alt waren, und ermahnte mich geräuschlos, sie wieder zu umarmen. Kein Krampf, kein Schmerz, keine Träne oder Geschrei, nur dieser Blick: Halt mich fest.

»Es ist erst Mitternacht. Maud schläft bestimmt noch nicht. Das ist echt kein Problem. Dann kann er heute Nacht bei mir im Bett schlafen. Komm schon, Papa, er hat mir so furchtbar gefehlt.«

Morgen würde sie bis Mittag schlafen, das wusste sie, und damit würde sie die Rückkehr des Hundes verpassen.

Noch ein, vielleicht zwei Jahre und sie würde bis spät in der

Nacht unterwegs sein. Ich würde dann wach liegen und darauf warten, dass sie nach Hause käme. Ganz furchtbar besorgt, hoffnungslos im Bann der allerschlimmsten Vorstellungen. In der Hand würde ich ihr Handy halten, das sie zu Hause vergessen hätte. Auch das noch. Mitternacht und man konnte sein Kind, das da draußen herumschwirrte, nicht erreichen. Ganze Nächte würde ich mich im Bett wälzen und aufschrecken, sobald ich draußen auf der Straße eine Fahrradklingel hörte, und so richtig mulmig würde es mir, wenn daraufhin nicht der Schlüssel in die Haustür gesteckt würde.

Zu dieser Art Eltern zähle ich – und Gaby auch. Mit den Zwillingen verwachsen, denn achtzehn Jahre vergehen im Nu. Es gibt keine Wiederholungsrunde. Man lebt nur für kurze Zeit zusammen unter einem Dach. Während der unangenehmen nächtlichen Wartepartien würde ich mich nach ihrem Drängen, den Hund zu holen, zurücksehnen.

»Ich wecke dich morgen gleich, wenn er wieder da ist«, versprach ich ihr.

Noch bevor sie sich wehren konnte, drückte ich ihr einen Kuss auf den warmen Scheitel und schob sie zur Tür zwischen Haus und Garage.

Danach betrat ich den Vorgarten. Kurz frische Luft schnappen.

Der August roch trocken und würzig. Ich konnte das sanfte Rauschen des Waldes hören, die sich wiegenden Bäume im trägen Nachtwind, ein leichter Luftzug, der in den Blättern spielte. Nirgendwo schlief ich so gut wie hier, nur einen Steinwurf entfernt von dem mit schwarzer Stille gefüllten Naturreservat.

Nirgendwo in unserer Straße brannte noch Licht. Doch im Raum links neben der Haustür, mit unseren Jacken, Schuhen, Taschen und einem Tisch für die Post, bemerkte ich, wie das gelbe Auge der Schreibtischlampe plötzlich aufleuchtete. Das weiche Licht fiel auf den Briefstapel, den die Nachbarn dort angesammelt hatten. Folienverpackte Zeitschriften, darunter die kantigen Amazon-Kartonhüllen, die ich sofort aufriss, wenn sie bei uns eintrafen, weil Gaby und ich darauf brannten zu erfahren, was sich darin befand: Bücher, Filme, CDs, die Ernte meiner noch nicht von der Bank eingezogenen Kreditkarte. Doch seit Kurzem stritten wir uns auch über diese Bestellungen. Für mich bedeuteten sie eine lebensnotwendige Entspannung, für Gaby den Gipfel der Verschwendung. Heimlich bestellte ich dennoch und war ihr immer zuvor, wenn die Post kam.

Doch die Begeisterung hatte nachgelassen. Seit Ewigkeiten hatten wir uns nicht mehr bis spät in die Nacht hinein gleich eine ganze Fernsehstaffel angeschaut. Drei, vier, manchmal sogar fünf Folgen einer Serie hintereinander, weil man erst dann das Gefühl hat, noch ein zusätzliches Leben zu bekommen. Ein spannendes, überraschendes Leben. Oder war es vielleicht doch noch nicht so lange her, sondern schien es nur so lange her zu sein, weil sich so viel so schnell verändert hatte? Ich registrierte die Stimmungsschwankungen bei uns zu Hause nicht mehr.

Gaby kramte in dem Stapel herum. Aus der Entfernung betrachtet. Ich hätte genauso gut ein zufälliger Passant sein können, der den Blick schweifen ließ, zur Seite schaute und eine unbedeutende Szene in einem fremden Haus registrierte. Mit dem Arm kippte meine Frau die ordentlichen Stapel um und fischte von ganz unten etwas heraus. Ein großer Packen Briefumschläge. Rechnungen. Die öffnete sie, noch bevor sie ihre Jacke abgelegt hatte, die Tasche hing noch über ihrer Schulter. Im Zwielicht über dem Lampenlicht konnte ich ihr Gesicht kaum erkennen, doch ich vermutete, dass es sich verdunkelte wie ein später Herbsttag. Da sah sie zum Fenster hinaus, erblickte mich und schaltete das Licht aus.

2

Ich wurde entlassen. Anders kann ich meinen erzwungenen Abgang nicht ausdrücken. Ich habe meine Stelle durch die Machenschaften eines Bürgermeisters und seines Beigeordneten verloren. Natürlich wuschen sie ihre Hände unablässig in Unschuld und stellten nach außen meinen Weggang als meinen eigenen Wunsch dar. Eine Lüge, die die Presse unbesehen übernahm.

Sie besaßen tatsächlich die Chuzpe, Folgendes zu schreiben: »Job van Emmerik (52), seit 2009 Stadtbaumeister von Haarlem, hat beschlossen, sein Amt niederzulegen. Er begründet sein freiwilliges Ausscheiden mit Meinungsverschiedenheiten im Kollegium von B&W über mehrere wichtige Flächennutzungspläne und die Strukturplanung 2050. Diese inhaltliche Differenz mache eine weitere Zusammenarbeit unmöglich. Der Amtsleiter, ehemaliger Eigentümer des im vergangenen Jahr in Konkurs gegangenen renommierten Architekturbüros Arcadia, betont, dass er seine Funktion wegen unterschiedlicher Ansichten bezüglich der zukünftigen Stadtentwicklung niederlegt. Er bedankt sich für die vier inspirierenden Jahre, in denen er zumindest einen Bruchteil dessen realisieren konnte, was er sich vorgenommen hatte.«

Während der Lektüre des Artikels hatte ich den Eindruck, über das Schicksal einer fremden Person zu lesen. Ein Mensch, dessen Schlamassel unmittelbar auf mein Leben einwirkte, mich überrollte – wie eine Lawine, losgetreten von einem unachtsamen Skifahrer, die plötzlich auf meiner Piste abgeht.

Die Zeitung meldete sich nicht bei mir wegen einer Stellungnahme zu der vom Rathaus freigegebenen Erklärung. An der unverfälschten Wahrheit aus dem Munde des Protagonisten dieser Geschichte zeigten sie kein Interesse. Wahrscheinlich dachte der betreffende Journalist gar nicht daran, dass bei diesem Rücktritt vielleicht doch nicht alles mit rechten Dingen zugegangen war. Er kam gar nicht auf die Idee, eine Zweitmeinung einzuholen.

Dabei hatte ich doch Verbündete. Im Stadtrat, im Planungs- und Bauausschuss, unter den Beamten. Kollegen, die wie ich der Ansicht waren, dass Haarlem eine kompakte Stadt mit nur geringen Stadterweiterungsmöglichkeiten ist. Eine Stadt, die im Innern wachsen musste. Das war keineswegs irgendein Werbeslogan, der sich auf Papier gut machte, in Wirklichkeit aber hohl war. Es handelte sich um eine Vision, die ich mühevoll, schließlich aber doch mit der einstimmigen Zustimmung aller Parteien, die bei Entscheidungen über die Zukunft der Stadt mitsprechen durften, amtlich machen konnte. Dies war die einzige Möglichkeit, damit die Stadt intakt blieb und sie den Klauen der Projektentwickler entrissen wurde, die jede Gelegenheit nutzen würden, ambitioniert, hoch und breit zu bauen, Bürogebäude an Bürogebäude, Bürotürme und Paläste der städtischen Behörden. Seoul an der Spaarne, Seattle an der Spaarne, Shanghai an der Spaarne. Diese drolligen Namenskombinationen habe ich auf Modellen mit Wolkenkratzern und Autobahnen auf Stelzen gesehen. Diesen städtebaulichen Wahnsinn konnte man noch nicht einmal als Science-Fiction-Kulisse bezeichnen, denn immer weniger fiel den Leuten die Lächerlichkeit des Ganzen auf.

Es war meine Pflicht, diesen Irrsinn zu verhindern. Meine Mitstreiter hatte die Zeitung ebenfalls nicht über meinen Abgang befragt. Als ob ich von niemandem Unterstützung hätte erwarten können. Dabei hatten sogar der Bürgermeister und der Beigeordnete damals ihre Unterschrift unter mein Städtebaukonzept gesetzt. Dass meine Entlassung ungerechtfertigt war, konnte man in dem Artikel überdeutlich herauslesen, doch die Zeitung überging das.

Es war zudem unzutreffend, dass ich nur einen Bruchteil dessen erreicht, was ich mir vorgenommen hatte. Schließlich hatte ich nahezu im Alleingang die städtebaulichen Gutachten der Stadt verfasst, die Strukturplanung, hinter der ich nun angeblich stand. Voller Ambitionen und Gespür für die Realität, so die damaligen Worte des Magistrats. Träumen, zeichnen, machen. Wer das nicht konnte, der sollte lieber nicht Architekt werden. Diese drei Dinge bedingen einander, bilden ein labiles Gleichgewicht. Gerät es aus der Balance, scheitert jedes Projekt. Ich war mit meinem Büro in Konkurs gegangen. Aus Arcadia wurde Atlantis, etwas, das ich mir noch immer nicht verzieh. Doch wegen der Stadt mache ich mir keine Vorwürfe. Dort habe ich durchaus etwas erreicht.

Viele Dossiers und unbeliebte Flächennutzungspläne habe ich mit entsprechenden Kopfschmerzen effektiv angepasst, damit sie jeglichem Widerstand trotzen konnten. Im Regionalverband habe ich die Interessen der Stadt verteidigt, als der gewiefte Geschäftsmann, der ich gerne gewesen wäre, hätte ich das Talent dazu gehabt. Liegt mir nicht im Blut, zählt nicht gerade zu meinen Stärken. Doch als Planungsamtsleiter im geschützten Schatten des Verwaltungsrats, der alles, woran er sich nicht gütlich tun konnte, auf die lange Bank schob, bekam ich Geschmack an der Sache: der nervöse Unternehmerdrang, der auf handlungslahme Beamte pfiff.

Nebenbei habe ich noch ein Architekturzentrum für die Öffentlichkeit errichtet, mit einer Mediathek und einer Beschwerdestelle, bei der man seine Einwände gegen geplante Bauten, Straßen, Parkanlagen und Kunstprojekte in den Vierteln äußern konnte, einem Büro für Baugutachten, einem Unterrichtsraum, einem Infopoint mit Touchscreen für juristische Fragen bei privaten Bauvorhaben sowie einem Ausstellungsraum.

Ein Zweithaus für jeden Haarlemer, Bürgermeister Benno Braat sagte das selbst während der Eröffnung. Theo Daniëls, der den städtischen Ämtern Planen, Bauen, Liegenschaften und Verkehr vorstand, hatte danebengestanden und zustimmend genickt wie so ein Wackeldackel auf der Hutablage eines Autos. Braat und Daniëls, die Architekten meiner Entlassung. Parteigenossen und Freunde, auch außerhalb der Politik. Ihre Frauen spielten gemeinsam Tennis in Eindenhout, die Männer verbrachten jedes Wochenende miteinander im Kennemer Golf & Country Club. Der Sohn des einen war mit der Tochter des anderen verlobt. Ferien auf anderen Kontinenten buchte man gemeinsam in einem Reisebüro, das auf maßgeschneiderten Luxus in Ferienzielen mit malerischer Armut spezialisiert war. Im Anschluss an eine gemütlich verlaufende Stadtratssitzung passierte es schon einmal, dass Fotos gezückt wurden und die Runde machten – Neid erweckende Urlaubsbilder.

Mich haben diese offensichtlichen Interessenverflechtungen nie gestört. Wer nichts zu verbergen hat, der hat auch nichts zu befürchten, wenn er sich zeigt, dachte ich in meiner Naivität. Die Bilder wurden von Hand zu Hand weitergereicht. Zwei Leben, beide unter Dach und Fach. Ein Duo ohne Sorgen, ohne Probleme. Eine stabile Freundschaft, das konnte man gleich sehen. Mich machte das ein wenig neidisch. Eine solch enge Kameradschaft war nicht jedem beschieden.

Und genau mit diesen beiden arbeitete ich eng zusammen. Ihre gegenseitige Sympathie, die Blicke, die Worte ersetzten – damit konnte ich mich gut arrangieren.

Es war in Ordnung, sich mit den beiden kleinen, untersetzten Männern in knitterfreien Anzügen zu beratschlagen. Vier nervöse hellgraue Fischaugen glitten dann über mein Gesicht. Schlüpfrig glatte Punkte, die vielerlei ausdrücken konnten: einen scharfen Verstand, ein sympathisches Wesen oder eiskalte Einschätzung des Gegenübers. Auf mich machten die beiden den Eindruck, dass sie darauf vertrauten, ich würde meine Sache gut machen. Wohlwollend. Dass die beiden Politiker einander so stark ähnelten, veranlasste mich zu der irrigen Vorstellung, dass sie einfach zu handhaben waren, denn sie waren vorhersehbar einmütig. Das ging eine ganze Weile gut.

Bis sie dahinterkamen, dass ich ihnen dicht auf den Fersen war und sie ihre Köpfe mit den millimeterkurzen Igelschnitten zusammengesteckt hatten, um mich rauszuwerfen. So haben sie wahrscheinlich auch die Pressemitteilung verfasst, die in meinem Namen und von meiner Geschäftsmail aus an die Zeitung versendet wurde – allerdings nicht achtlos an irgendeine Nachrichtenredaktion. Die Exklusivmeldung ging an Mohinder De Loo. Er hatte sich einen Namen gemacht. Der Typ konnte gut schreiben, ganz besonders größere Geschichten und lange Interviews. Ich las seine Sachen gerne. Deswegen war es eine Überraschung, dass gerade dieser Mohinder beflissen die falsche Pressemeldung über meinen Abgang für die Zeitung abschrieb. Angeblich hatte ich folgenden Unsinn von mir gegeben: Die Eile meines fachmännischen Ehrgeizes sei nicht mit den langsamen Veränderungen zu vereinbaren, die eine Stadt durchzustehen hat und in die Gewissenhaftigkeit und divergierende Interessen mit einbezogen werden müssten. Ein Aspekt, der von mir nicht bedacht worden sei.

Vollkommener Schwachsinn, der mich noch immer rasend machte. Volksverdummung, auf dem Mist von Menschen gewachsen, denen ich blind vertraut hatte. Als ich las, welcher Unsinn mir in den Mund gelegt worden war, ballte ich vor Wut die Fäuste, bereit für die fiesen Dinge, mit denen man sich in einem unbeobachteten Moment rächen kann. Eine Delle in den Schrank schlagen und sich dabei die Finger zerquetschen. Eine Weinflasche an einer Wand zertrümmern. Oder dem Bürgermeister samt Vasallen die Köpfe einschlagen, gegeneinander oder auch einem nach dem anderen, mit den schwersten Golfschlägern ihrer *iron sets*. Damit sie irgendwo zwischen zwei Dünen ihrer 27-Loch-Golfanlage in der Dämmerung bei niemals endendem Nieselregen auf dem nassen Boden zusammensinken würden. Der Caddymeister würde sie erst am nächsten Tag finden, zu spät.

Ein paar Monate war ich von einem Vernichtungsdrang besessen. Er schlug in mir wie ein zweites, anmaßendes und ungeduldiges Herz, das mir von einem Menschen mit außerordentlich schlechtem Charakter implantiert worden war. Irgendwann verschwand die Wut wieder von allein.

Doch auch in beruhigtem Zustand trafen mich die schädigenden Worte in der Zeitung wie Peitschenhiebe. Als wäre es dem mir zugeschriebenen maßlosen Ehrgeiz zu verdanken gewesen, dass ich die Haarlemer Bürger im Stich gelassen hatte.

Dieses ewige Verdrehen der Wahrheit. Wieso überraschte mich das überhaupt noch? Denn wenn ich während meiner vierjährigen Tätigkeit als Planungsamtsleiter etwas Unangenehmes entdeckt hatte, dann war es die Tatsache, dass über nahezu alle städtebaulichen Projekte der Gemeinde verdächtig wohlwollend berichtet wurde. Ob es um fragwürdige Bauprojekte ging, kritische Stimmen der Regionalversammlung als Reaktion auf drei Worte des spärlich kommunizierenden Bürgermeisters oder die verhüllenden, sinnentleerten Geschichten des Magistrats: Man schrieb mit einem umsichtigen Schlenker an der Wahrheit vorbei. All die brisanten Geschichten über die kleinen und größeren Missgeschicke, den Widerstand, der mal stark, mal weniger stark ausfiel, oder auch die Rechtsstreite, sie wurden lieber unter den Teppich gekehrt. Natürlich hätte man sich mithilfe der Sitzungsprotokolle, der Arbeitsberichte oder der unordentlich geführten Akten darüber informieren können, öffentlich kommuniziert wurde es aber nie. Auch ich habe das mit einem Schulterzucken hingenommen. Bis ich dann zufällig auf einen viel größeren Betrug gestoßen bin.

3

Vergangenes Jahr im Spätherbst wollte mich Bürgermeister Benno Braat kurz vor Beginn einer Versammlung des Stadtrats sprechen. Es ging um den Verkauf von Grundstücken, die der Stadt gehörten. Daniëls würde ebenfalls an diesem Gespräch im engsten Kreise teilnehmen.

»Ich möchte, dass du kurz einen Blick auf die Vorschläge wirfst«, hatte Braat gemailt.

Ich möchte. Nur selten erhielt ich eine Mail von irgendeinem hohen Tier der Stadt oder Region, von einem Geschäftsführer einer Wohnungsbaugesellschaft oder einem Projektentwickler, die nicht mit dieser sanften Nötigung begann. *Ich möchte.* Damit war das Verhältnis sofort geklärt. Weitere Informationen wurden einem solchen Befehl nur selten beigefügt. Man hielt es nicht der Mühe wert, mich vorab über die Gründe meines Besuchs genauer zu informieren. Ich sagte nie ab. Schließlich hatte ich eine gute Erziehung genossen.

Ich traf frühzeitig beim Bürgermeister ein. Seine Sekretärin erlaubte mir, sein Büro zu betreten. Er telefonierte. Noch keine Spur vom Planungs- und Baudezernenten Daniëls.

Braat wedelte mit der Hand in der Luft herum und bildete mit Lippengymnastik eine lautlose Mitteilung, die ich nicht verstand. Ich ließ mich ihm gegenüber nieder. Ein paar endlose Minuten sah ich mich um, in der unbequemen Haltung des Wartenden, der sich so sehr langweilt, dass er sich noch nicht einmal dafür schämt, alles und jeden anzuglotzen.

Auf Braats Schreibtisch herrschte Chaos. Herumliegende Papiere und überquellende Ordner, Zeitungen und Zeitschriften, Akten und Bücher schoben sich übereinander wie Eisschollen. Braat legte auf, begrüßte mich jovial mit meinem Vornamen und erhob sich, um mir über den Tisch hinweg die Hand zu reichen, doch er wurde in der Bewegung unterbrochen, da erneut das Telefon klingelte. Mit dem Handy in der Hand stiefelte er aus dem Zimmer.

In diesem Moment siegte meine Neugier über meine Skrupel und die eventuellen Folgen. Also schaute ich mir die Unterlagen auf dem Schreibtisch des Bürgermeisters an. Oben auf einem Stapel, nur knapp von der Tageszeitung verdeckt, lag ein Kontoauszug. Ein altmodischer Papierausdruck, zum Greifen nahe. Wenn ich meinen Rücken streckte und mich vorbeugte, könnte ich ihn lesen, ohne ihn in die Hand nehmen zu müssen. Ich war brennend neugierig, ob es sich um ein Privatkonto handelte und welche Buchungen es gab. Ich war in der Stadt manchmal in Gegenden unterwegs, dort hielt man alle Angestellten der Stadt für korrupt und bestechlich. Die Obrigkeit war der Feind, grundsätzlich. Und der Feind war, selbstverständlich, reich. Das ewige neidvolle Gejammer. Doch in jenem Sommer hatte ich eine wirklich brisante Neuigkeit erfahren.

Ein Bekannter, Architekt in der Gegend mit den Tulpenfeldern, hatte meinen Bürgermeister auf Häuserjagd in Bulgarien entdeckt. Ungefähr vier Kilometer außerhalb der Stadt, auf dem Weg zu einem besonders schönen Strand, sah er Braat, unverkennbar Benno Braat, mit Frau und dem jüngsten Spross, wie sie aus einem Geländewagen vor einer Villa mit beachtlichem Grundstück ausstiegen. Das Werbebanner mit den Verkaufsinformationen zur Immobilie war an eine Not leidende Palme genagelt, nicht in kyrillischer Schrift, sondern auf Englisch.

Mein Bekannter witterte gerne mal einen Skandal, jedoch war er meistens zu faul, um der Sache dann wirklich auf den Grund zu gehen, aber nun schlug er zu. Er parkte seinen Wagen am Straßenrand, ging zurück und machte ein paar Fotos. Danach filmte er mit seinem iPhone, wie Braat und seine Frau Hand in Hand eine Runde um den nierenförmigen Pool drehten. Sie trugen beide weiße Bermudas und Poloshirts, ihr pubertierender Sohn trottete in Surfershorts hinter ihnen her. Ein Makler in einem dunkelgrünen Anzug folgte ihnen mit etwas Abstand. Vor Ort googelte mein Bekannter den Namen des Maklers und entdeckte den Verkaufspreis von 630 000 Euro für das Objekt. Er schickte mir sofort diese Information per SMS: »Braat lässt den Rubel rollen, haha! Gruß aus dem heißen Varna.«

Danach hörte ich nichts mehr von ihm über diese Sache. Er hatte seine Entdeckung weitergegeben, nun war ich am Zug.

Dass ein liberaler Bürgermeister – fortschrittlich, optimistisch, zukunftsorientiert und »zugleich mit der Stadt und den Menschen auf dem Weg in eine gute Zukunft«, wie Braat in einem Zeitungsinterview über sich selbst behauptet hatte – so viel Schotter für ein reizendes Anwesen an der Küste im Ausland hatte, überraschte mich jetzt nicht. Überheblichkeit in finanzieller Sicht war innerhalb der Partei nichts Ungewöhnliches.

Doch das Bild blieb hängen, und schließlich sah ich mir den Film an, den mein Bekannter gemacht hatte: Braats krebsroter Kopf in der sengenden Sonne, fest verschraubt mit seinem stämmigen, schwitzenden Leib in blütenweißer Baumwolle, die seine schuppigen und faltigen Knie unbedeckt ließ. Kerzengerade stand er da und starrte gemeinsam mit seiner Frau den WICK-VapoRub-blauen Inhalt des großen Pools mit dem typisch missbilligenden Touristenblick an, als würde es sich um die Souvenirauslage auf dem schmuddeligen Tuch eines Straßenhändlers handeln. Es war ihnen heiß, na klar. Nur zu gerne hätten sie sich kurz im Pool erfrischt. Doch irgendetwas hielt sie davor zurück, so schnell ihre Begeisterung für die riesige Villa mit Garage, *Poolhouse* und Nebengebäuden zu zeigen. Das war der Kaufmannsinstinkt in ihnen.

Eine armselige Knauserigkeit, die ihnen fernlag, wenn sie in einem Sternelokal für ein Mittagessen ein paar Hunderter lockermachten und zusätzlich noch ein kräftiges Trinkgeld aufs Tischtuch legten. Doch im Strandscha in Bulgarien, dem Biotop windiger und unbedeutender Fremder, witterten sie ihre Chance. Sie beäugten das Objekt mit einer Miene, als hätte man ihnen über ihren Sonnenstich zusätzlich noch eine Flasche Essig gekippt. Wahrscheinlich erhofften sie sich von ihrem missfälligen Blick eine Preissenkung. Ich konnte ihre Mimik erkennen, sogar auf dem aus der Ferne aufgenommenen Filmchen. Bei manchen Menschen erkennt man mehr Körperhaltung und Gesichtsausdruck, als es einem lieb ist.

Was hatte Braat im Sinn? Er schien mir kein Parvenü zu sein. Er bevorzugte zwar dieselben Anzüge wie die Schlauberger aus der Zweiten Kammer im Parlament, die immer gierig zu den anwesenden TV-Kameras schielten, aber er trug Schuhe mit dicken Kreppsohlen. Er fuhr einen Skoda, kein allzu kleines Modell, auch nicht gerade billig, aber dennoch. Denselben Wagen fuhr unser Gärtner und transportierte damit im Anhänger die Grünabfälle ab. Er spielte in einem vornehmen Club Golf, tafelte mindestens ein Mal in der Woche feudal, und man traf ihn regelmäßig in den paar Sternerestaurants an, die es in der Region gab. Aber man sah ihn auch durchaus mit einer Flasche Fanta und einer Packung blasser Tortillachips im Multiplexkino. Eingequetscht zwischen Besucherhorden an einem überfüllten Samstag, bereit für den neuen James Bond, volksnah und gesellig. Am Montag erzählte er dann stolz davon. Zum Rathaus fuhr er auf einem klapprigen Damenfahrrad, das fand man in der Stadt ganz besonders sympathisch.

Ein Ablenkungsmanöver oder sein wahres Ich? Wer wusste das schon. Einerseits sparsam, andererseits verschwenderisch. Diese Stilbrüche waren seltsam. Dennoch machte ihn das nicht verdächtig. Verdächtig für was auch immer.

Der Kontoauszug auf dem Schreibtisch war tatsächlich von Braat mit einem Saldo von nicht unbedingt alarmierenden achttausend Euro. Es gab etwas anderes, das mein Interesse weckte. Ein Betrag von dreitausend Euro war überwiesen worden, mit dem Vermerk: »Studiendarlehen«. Empfänger: Mohinder De Loo.

Braat kehrte an diesem Nachmittag nicht mehr in sein Büro zurück. Allerdings kam Theo Daniëls ins Zimmer hineingestürmt, als würde er sehr dringend eine Toilette suchen. Oder hatte Braat ihn eilig zu mir hingeschickt, um zu verhindern, dass ich herumschnüffelte? Wir beratschlagten uns zehn Minuten wegen des geplanten Grundstücksverkaufs, dann waren wir schon fertig.

Während der darauffolgenden Tage begann ich mit meinen Recherchen. Die Verbindung zwischen Mohinder De Loo und Braat ließ mich nicht los. Ein Bürgermeister, der einem jungen Journalisten Geld zahlt? Verdächtig. Meine Fantasie ging mit mir durch. Der Bürgermeister schätzte den jungen Schreiberling und wollte ihn anspornen? Allerdings roch das auch nach Bestechung eines Journalisten. Der Bürgermeister begleitete ihn als zukünftiges politisches Talent für seine Partei? Gut möglich, doch warum hatte er ihn dann nicht bei sich im Rathaus eingestellt?

Der Journalist hatte eine enge Beziehung mit einer der Töchter des Bürgermeisters, befand sich in finanziellen Schwierigkeiten, und man half ihm als zukünftigem Schwiegersohn aus der Patsche? Gut möglich, doch diese These zerschlug sich, als ich De Loo zwei Wochen darauf bei einer Ausstellungseröffnung eng umschlungen mit der um einiges älteren Galeriebesitzerin sah. Sie ließ es zu, dass er im Beisein aller seine Hände in ihre eng anliegende Lederhose zwängte. Keine passende Gelegenheit, ihn zu fragen, ob er die Tochter des Bürgermeister kennt. Oder erpresste er Braat? Hatte er etwas entdeckt und erhielt dafür Schweigegeld?

Gaby war der Meinung, ich würde meine Zeit vergeuden.

»Typisch, du vermutest immer gleich das Schlechteste im

Menschen und hältst eine freundliche Geste für eine krumme Sache«, sagte sie.

Ich hatte ihr von meiner Entdeckung erzählt, als ich damals noch amüsiert darüber berichten konnte. Sie wusste allerdings nicht, dass ich mit meinen Vermutungen über derartige Unrechtmäßigkeiten nur allzu oft ins Schwarze traf.

Gaby lebte seit vielen Jahren fern von dem ganzen Klüngel und den Manipulationen im Arbeitsleben. Die prüfenden Blicke auf dem Schulhof waren die einzige soziale Gefahr, die sie kannte. Doch was sich wirklich in den Familien, hinter ihren Wänden abspielte, hatte sie nie interessiert. Wie ich war auch sie eine Einzelgängerin. Doch im Unterschied zu mir ließen sie sowohl Einladungen kalt, bei denen es ums Sehen und Gesehenwerden ging, als auch soziale Ablehnungen. Gaby nahm sich nicht so schnell etwas zu Herzen. Ihre Unbekümmertheit gab mir oft Mut. Jetzt nicht.

Weil ich mir weiter meine Gedanken über De Loo machte, bat ich meine Assistentin, mir eine Kopie von all seinen Interviews aus dem vergangenen Halbjahr zu machen. Tags darauf landete ein hoher Papierstapel auf meinem Schreibtisch. Nachmittags wollte ich einen Bildhauer in seinem Atelier besuchen, der beauftragt war, eine Skulptur für den Platz im Schlachthofviertel anzufertigen. Die Artikel von De Loo nahm ich mit.

Auf dem Heimweg machte ich bei einer Brasserie im Dorf halt. Eine nette Abwechslung zur allabendlichen heimischen Routine. Mir fehlten die Dienstreisen ins Ausland, die Hotels mit ihren oft übertrieben designten Restaurants und Bars, wo man es sich trotz allem ungestört gut gehen lassen konnte. Dass ich manchmal für längere Zeit verreisen musste, war die Kehrseite meiner erfolgreichen Jahre gewesen, doch sich auf Flughäfen zu bewegen, ins Flugzeug ein- oder wieder aussteigen, das gefiel mir. Als würde ich plötzlich den Rhythmus der Erddrehung durchkreuzen, der Sonne voraus oder den Abend überlistet. Ich wurde regelrecht süchtig nach den kleinen Siegen über die weiterrasende Zeit, der Jetlag machte mir nie zu schaffen.

Diese Zeiten waren nun vorbei, und in der Regel bedauerte ich das auch nicht. Manchmal kam es mir dann aber doch vor, als würde sich alles um mich herum weiterdrehen, während ich auf der Stelle verharrte. In Lisse waren die Tische aus lackiertem Holz, und überall standen Orchideen in zu großen weißen Übertöpfen. Die mussten wohl den Mangel an Kunstwerken ausgleichen. Ich bestellte mir ein Bockbier mit einem Angus-Steak dazu, und noch bevor das stark gepfefferte, medium gegarte Fleisch in zischendem Bratensaft vor mich hingestellt wurde, hatte ich bereits die Hälfte der Looser Zeitung nach Hinweisen auf Braat durchforstet. Autoren, Kabarettisten, Schauspieler, Mitspieler aus Soap-Serien, Sänger, hochgejubelte oder niedergemachte Prominente, ein Arzt, ein Wissenschaftler, ein paar TV-Moderatoren, eine Schar bekannter Gesichter tauchte in den Artikeln des jungen Journalisten auf. Ab und zu befand sich darunter eine lokale Persönlichkeit, jemand, der ein erfolgreiches Unternehmen hatte oder etwas Verdienstvolles mit Tieren, Kindern oder Alten machte. »Die eigenen Leute«, wie Braat bei Versammlungen die Bewohner von Haarlem immer nannte, damit auch jeder wusste, mit wem er solidarisch zu sein hatte.

Nur eine einzige Person war mir fremd, ein Name, bei dem es beim größeren Publikum nicht sofort klingelte. Das dazugehörende Gesicht sagte mir ebenfalls nichts. Arne Dalstra. Sohn eines Industriellen älteren Semesters, der von Frühjahr bis Herbst in einer noblen Residenz am Bentveldseduinweg in Aerdenhout wohnte. Arne schien ein rasanter Aufsteiger in der *Quote 500* zu sein. Nach einer steilen Karriere in der IT-Branche und einem spektakulären Börsengang mit seinem Unternehmen, las ich dort, war er mit Frau und frisch geborenem Kind nach Aerdenhout gezogen, in die Nähe seiner Eltern. Ansonsten nur Gemeinplätze über seine Branche und die Ruhe, die er sich nun in direkter Nähe zum Meer und den Dünen erhoffte. Gibt es eigentlich einen bekannten Niederländer in dieser Gegend, der nicht von der See schwärmt? Und wie alle fährt er natürlich am liebsten auf dem Rad dorthin. Ich war jedes Wochenende mit dem Hund am Strand, doch einen TV-Star, der dort ein Bad im Meer nimmt oder einen Spaziergang macht, habe ich noch nie erblickt.

Gelaber, hätte ich fast laut gerufen, noch während der Lektüre, ganz wie daheim. Doch dann. Jetzt hab ich dich. Der junge Hund Arne hatte nicht vor, einfach so hierherzuziehen, er wollte in die Gegend investieren. Nicht nur in existierende Projekte, für die er »tausend Ideen hatte«. Ich befürchtete schon das Schlimmste. Er wollte der Stadt ein »bleibendes und ruhmvolles« Geschenk machen: ein Museum. Ein Ort, in dem in Wechselausstellungen die Privatsammlung seiner Eltern und die anderer Kunstsammler gezeigt werden könnte sowie thematisch verwandte Ausstellungen. Eine Kunsteinrichtung, die den Geschmack einer vermögenden Familie widerspiegeln und präsentieren würde. Er könnte die Räume schon auf Jahre hinaus behängen, und falls die Sammler aus den Niederlanden einmal erschöpft wären, hätte er auch Namen aus dem Ausland parat.

De Loo hatte das niedergeschrieben, als würde er an den Lippen des Verkünders hängen. Auch den Arbeitstitel hatte Arne Dalstra bereits parat: *Das Museum des Privatbesitzes.* Ich musste zugeben: Dieser Name war nicht infrage zu stellen. Er zeigte sofort, was sich in seinem Innern befand, und hatte zugleich eine trotzig politische Botschaft, die dennoch hinlänglich flexibel war: Verherrlichung oder Verdrängung von Privatbesitz – in beiden Fällen war ein Museum auch symbolisch eine Antwort.

Natürlich war dieses Projekt auch mit dem zu erwartenden Größenwahn behaftet. Er würde es nicht bedauern, sagte der junge Multimillionär, wenn das Institut schließlich unter dem Namen Sammlung Dalstra bekannt sein würde und in Reiseführern Erwähnung fände. Arne Dalstra schwebte ein futuristischer Bau in den Dünen vor. Für den Bau des Gebäudes hatte er bereits einige weltbekannte Architekten angeschrieben, Namen wollte er jetzt allerdings nicht nennen. Noch war nichts in trockenen Tüchern. Egal, wie schön sein Gebäude inmitten des ruppigen Dünengrases auch aussehen würde, das Zentrum von Haarlem schien ihm noch besser dafür geeignet zu sein: denn dort gäbe es mehr Museumsbesucher. Zudem, so fügte der Journalist noch geschickt am Satzende ein, um die Wirkung zu steigern, hatte Dalstra grünes Licht. Das stand dort tatsächlich. »Ich bin mir schon jetzt der uneingeschränkten Unterstützung und Mitarbeit des Bürgermeisters von Haarlem sicher sowie der von einigen hochgeschätzten Persönlichkeiten der Region.«

Ich wollte einen kräftigen Schluck von meinem frischen Bier trinken, doch ich schnappte nur in die Schaumkrone. Dieser Wohltäter gewinnt mit einem solchen Prestigeobjekt das Vertrauen und die Sympathie der Bewohner sowie des Stadtrats von Haarlem. Ihm öffnen sich die Türen, er kann überall und jederzeit hineinspazieren und weiß, dass er Gehör finden wird. Bei Empfängen flirtet er heftig mit der Frau von jemandem aus dem Provinzparlament, dem er etwas zuschieben will, im Tausch gegen Unterstützung seiner Projekte, die nichts mit dem Museum zu tun haben. Im Rathaus und in der Gemeinde macht er sich alle Leute, die ihm von Nutzen sein können, gefügig. Und bevor man weiß, was geschieht, ist geschwind ein Stadtviertel entstellt, weil Dalstra dort etwas bauen will, das er mit der Lage wunderbar verkaufen könnte.

Natürlich konnte ich auf Gaby hören und zugeben, dass ich paranoid geworden war. Doch die Geschichte stank zehn Meter gegen den Wind.

Mein Argwohn wurde auch dadurch noch weiter bestätigt, dass der Museumsbau bereits durchgewunken worden war, ohne dass ich davon die geringste Kenntnis besaß.

Wie war es möglich?

Das Interview war in den Herbstferien erschienen. Damals war ich mit Gaby und in den Kindern in London gewesen. Die Nachrichten aus den Niederlanden oder gar Haarlem hatte ich nicht verfolgt. Doch danach? Niemand hatte mit mir je darüber gesprochen, und man hatte mich auch um nichts gebeten. Wohlgemerkt handelte es sich um einen Bau, der möglicherweise im Zentrum von Haarlem entstehen sollte und von Benno Braat offenbar spornstreichs abgesegnet worden war.

Ich fuhr nach Hause, um der Sache auf den Grund zu gehen.

Am nächsten Tag schickte ich zunächst Daniëls eine Mail. »Hallo, Theo, der Deal mit Arne Dalstra ging ja ziemlich schnell über die Bühne. Zum Glück hat mich die Presse informiert. Welche konkreten Zusagen wurden bislang gemacht? Herzlich, Job.«

Die Antwort kam prompt, als hätte er auf die Beschuldigung gewartet, die er sofort entschärfen musste: »Hehe, Job, nur nicht so misstrauisch. Es gibt keinen Deal. Und wir haben genau wie du alles aus der Zeitung erfahren. Wir sprechen uns noch, T.«

Wenn Daniëls im Plural sprach, dann tat er das auch im Namen von Braat. In diesem Fall schien er ihn zu decken. Das locker eingesetzte »wir« vernebelte die Angelegenheit wirksam, und alle, die an dem Deal mit Dalstra beteiligt waren, konnten sich dahinter verstecken und sich Ausreden überlegen und die Verantwortung weiterreichen, bis irgendwann nicht mehr klar war, wer für was zuständig war.

Ich gab mich mit der Antwort nicht zufrieden und schrieb zurück: »Dann ist es doch sehr sonderbar, dass Dalstra jr. in der Zeitung bereits eine politische Unterstützung erwähnt. Ich werde Mohinder De Loo mal anrufen und nachfragen.«

Keine zehn Sekunden später schrieb Daniëls zurück: »Bin schon am Apparat, regel das selbst mit der Zeitung. Informier dich später.«

Wie verräterisch die Sprache doch ist. Regeln war das falsche Verb. Damit deutet man an, etwas verschleiern zu wollen, Schaden begrenzen oder sogar jemanden kaltstellen zu wollen. Eine unverdächtige Antwort von Daniëls hätte lauten müssen: »Ich werde mal bei der Zeitung nachhaken.« Wäre er wirklich noch nicht informiert gewesen, dann hätte er zunächst den Journalisten angerufen, um nachzufragen, was los war. Er hätte das bereits vor Wochen tun müssen, als der Artikel in der Zeitung gestanden hatte.

Eine Viertelstunde später hatte ich einen weiteren Beweis. Aufgrund der entstandenen Konfusion und aus Verärgerung über die Frage in meiner Mail oder auch aus Angst, ich könnte Nachforschungen betreiben, machte Daniëls einen Fehler. Versehentlich setzte er mich in der Mail, die er Braat schrieb, in Kopie. »Job, fragt wegen Arne nach, was tun?«

Ich wusste genug. Sofort bat ich meine Assistentin erneut um eine Recherche. Alles über Arne Dalstra, inklusive Schnappschüsse in Klatschzeitschriften und ähnlichen Magazinen, alles, was auffindbar war. Sie blickte mich an, als wäre ich vollkommen durchgeknallt. Doch am Nachmittag lag ein ansehnlicher Stapel auf meinem Schreibtisch. Obenauf ein Foto aus dem *Stan Huygens Journaal*. Meine Assistentin, bereits seit über dreißig Jahren bei der Gemeinde angestellt, hatte mit einem Textmarker einen leuchtenden Heiligenschein um einen Kopf gleich neben Dalstra gezeichnet. Darüber stand: »Kann es sein, dass du eigentlich den hier suchst?«

Verflucht, unter der Fotokopie der Zeitung lag gleich noch ein weiteres Foto aus der *Weekend* mit demselben Paar, diesmal auf der Immobilienfachmesse an der Côte d'Azur. Neben Dalstra stand Guus Daniëls, Bruder des Beigeordneten und Direktor der Wohnungsbaugesellschaft Casa, im Volksmund auch gerne *Kasse* genannt.

Auf einem großen Blatt Papier notierte ich mir meine bislang gesammelten Informationen.

Ein Bürgermeister, der einem Journalisten der lokalen Zeitung dreitausend Euro überweist.

Ein Journalist, der einen nahezu unbekannten Millionär groß in der Zeitung porträtiert und als Glanznummer sein Vorhaben erwähnt, in die Stadt investieren zu wollen und dafür bereits die politische Genehmigung des Bürgermeisters bekommen zu haben.

Daniëls, der bestritt, dass er oder der Bürgermeister etwas davon gewusst hätten.

Daniëls, der den Bürgermeister fragte, was zu tun sei, nachdem sich herausstellte, dass ich Wind von der Sache bekommen hatte.

Der Bruder von Daniëls gemeinsam mit dem Millionär auf zwei Zeitungsfotos.

Der Bruder von Daniëls gemeinsam mit demselben Arne Dalstra auf der MIPIM in Cannes im vergangenen Frühjahr.

Und ein weiteres, nicht unwichtiges Detail: Die Tatsache, dass die Brüder Theo und Guus Daniëls einmal gemeinsam *Brickland* geleitet haben, eine Beratungsstelle für den Bau, die nach ihren Aussagen auf Sparflamme betrieben wurde und in der Theo Daniëls keinerlei offizielle Funktion innehatte, um Interessenskonflikte zu vermeiden. Man glaubte dem Mann aufs Wort.

Es war Donnerstagabend, und die Geschäfte hatten länger geöffnet. Auf dem Heimweg kaufte ich bei Vroom & Dreesmann die größte Pinnwand, die ich kriegen konnte. Zu Hause steckte ich meine bisherigen Funde darauf fest und betrachtete sie mit etwas Abstand wie ein Kriminalbeamter in den Polizeiserien, die ich mir gerne anschaute. Das diente zur Schärfung des Superhirns, das die Verbrechen aufdecken könnte. Meine Helden der Abendserien kamen auf geniale Ideen, wenn sie auf die Fotos starrten. Plötzlich erkannten sie etwas von entscheidender Bedeutung, Zusammenhänge taten sich auf, die sich in den Akten nicht gezeigt hatten. Und wenn ihre abstrakten Vermutungen dann die Form von Pfeilen angenommen hatten, die als dicke Filzstiftstriche die Gesichter miteinander verbanden, dann wusste man, dass sich der

Aktionsplan von allein entwickelte. Der nächste Schritt ergab sich dann logisch daraus.

Bei mir allerdings nicht. Ich starrte die traurigen Papierstreifen an und die bunten Pinns, mit denen ich zu Hause immer die Geburtstagsgirlanden befestigte. Aber ich erkannte nichts. Ich hätte ebenso eine blinde Mauer anstarren können.

Es war Gaby gewesen, die mich so vorfand und mir den entscheidenden Tipp gab: »Frag mal Joyce. Weißt du noch? Die Joyce von der Kita, der du noch ein Empfehlungsschreiben geschrieben hast, als sie sich bei der Gemeinde bewerben wollte. Daraus wurde zwar nichts. Aber sie arbeitet jetzt bei Brickland im Verwaltungsbereich.«

Vollkommen baff sah ich meine Frau an. Was wusste sie, das ich nicht wusste? Sie zuckte mit den Schultern.

»Ich laufe Joyce manchmal im Supermarkt über den Weg.«

Ein paar Tage darauf war die ehemalige Kindergärtnerin nicht mehr die Joyce von der Kita, sondern die Joyce von meinen Betrugsrecherchen. Wir trafen uns in der Nähe ihres Hauses in Haarlem-Nord, in einem Café in der Cronjéstraat. Es war Montagmorgen, und in der langen, unattraktiven Einkaufsstraße hatten die Geschäfte mit ihren überfüllten Schaufenstern noch geschlossen. Neongrelle Aufkleber wiesen auf den Scheiben auf Räumungsverkäufe und Ausverkäufe hin, auf Umbauaktionen, Umzugspreise und allerletzte Tiefstpreise. Die kränkelnde Wirtschaft wurde jedenfalls farbenfroh und schreiend vermarktet.

Joyce wartete bereits auf mich. Ich hatte vergessen, wie leiernd sie sprach. Eine farblose unscheinbare Erscheinung, die bei Kindern ganz gewiss keine Euphorie auslöste. Noch keine dreißig, und schon sah sie aus wie jemand, der nicht mehr viel vom Leben erwartete, vor allem nichts Positives. Sie war nett und höflich, das schon, nickte immer bestätigend, zeigte eine ehrliche Hilfsbereitschaft, egal, worum man sie bat. Mir wurde plötzlich klar, weshalb sie mit dieser ängstlichen Haltung, die heutzutage fast immer sozial verdächtig wirkte, die meisten Vorstellungsgespräche nicht gemeistert hatte. Aber auch, weshalb Brickland diese graue Maus aus den Bewerbungen herausgefischt hatte. Offensichtlich schätzten die Gebrüder Daniëls keine aufgeweckten, engagierten Topfgucker in ihrer Mitte. Eine weitere Notiz für meine Pinnwand.

Joyce dachte, ich würde eine Integritätsprüfung im Namen der Gemeinde durchführen. Diskretion war in dieser Phase sehr wichtig. An die Finanzverwaltung ihres Unternehmens könnte ich mich leider nicht wenden, erklärte ich ihr, denn dort befände sich höchstwahrscheinlich der von mir gesuchte Verdächtige. Ob sie vielleicht heimlich für mich ein paar Zahlungen nachprüfen könnte? Woher stammten höhere Geldsummen; wo fiel eine Geldquelle, ein Auftraggeber besonders ins Auge? Gab es manchmal Überweisungen an einen gewissen De Loo, und trafen öfter Beträge eines Dalstra ein? Sie wiederholte für mich die Namen, denn nichts in der Welt hätte mich dazu gebracht, ihr irgendwelche schriftlichen Notizen zu geben. Ihrem Gesicht konnte man nicht ablesen, ob meine Bitte sie in Verlegenheit gebracht hatte oder ob sie froh war, sich revanchieren zu können. Sie nickte bereitwillig.

Zwei Wochen später stand sie bei uns vor der Tür, tränenüberströmt. Eintreten wollte sie nicht, doch Folgendes wollte sie mir persönlich mitteilen: Sie war beim Herumschnüffeln in den Akten erwischt und fristlos entlassen worden. Aber sie hatte auch einen Zettel dabei mit dem Firmennamen: *Detelina*. Das Unternehmen überwies bereits seit einiger Zeit monatlich Beträge, die sofort auf das Firmenkonto von Theos Tochter durchgeschleust wurden, die einen Cateringbetrieb besaß. Ungewöhnlich hohe Summen, fand Joyce, obwohl sie keine große Ahnung von Festen »in solchen Kreisen« hatte. War es denn möglich, dass ein Umtrunk mit kleinen Häppchen hundertfünfzig Riesen kostete? Und dann noch etwas, sie errötete, als sie es sagte: Sie hatte, nachdem sie mit ihrer

Spionageaktion aufgeflogen war, ihrem Chef erzählt, dass sie im Auftrag der Gemeinde vorgegangen sei. Angewiesen von dem Herrn, der dort die Integritätsprüfung betreibe. Sie hätte meinen Namen nicht genannt, aber meine Funktion, Leiter des Stadtplanungsamtes.

Während der darauffolgenden Tage erwartete ich einen Anruf des Beigeordneten, der mich fragen würde, womit ich mich um Himmels willen beschäftigte. Natürlich würde er Freund Braat darüber unterrichten, doch der Bürgermeister konnte mir formell nichts vorwerfen. Ich hatte meine Nase in die Angelegenheiten eines Unternehmens gesteckt, das nichts mit der Gemeinde zu tun hatte, richtig?

Doch man rief mich deswegen nicht an. Kurz nach meiner letzten Unterredung mit Joyce wurde ich zum Bürgermeister bestellt. Um »dieses Museum« zu besprechen. Tatsächlich?

Ich traf früh ein, auch aus dem einfachen Grund, hoffentlich etwas von der dort herrschenden Atmosphäre mitzubekommen, während ich wartete. Feindseligkeit kann man riechen. Vor allem in Räumlichkeiten, in denen schwierige Verhandlungen geführt wurden. Ärger blieb im Raum hängen wie Zigarettenrauch.

Doch diesmal gab es keinerlei Vorzeichen. Ich durfte gleich durchgehen, die Sekretärin nickte mit dem Kopf in die entsprechende Richtung, wie immer. Zu meinem Erstaunen war der Bürgermeister nicht anwesend, und ich befand mich wieder allein im Raum. In einem Anfall von Übermut, ohne vorher meine Chancen abzuwägen, ging ich zum Computer und tippte ein paar Mal auf die Tastatur, damit der Bildschirm sich einschaltete. Keine Zeit zu verlieren. Der digitale Schreibtisch auf dem Computer des Bürgermeisters war ebenso ein Sauhaufen wie sein realer. Mit der Hand auf der Maus klickte ich hastig ein paar Ordner an, zu gierig, zu schnell, der Cursor verwandelte sich in einen bunten Strandball und blieb hängen. Der lästige Regenbogen drehte sich und drehte sich und hielt damit die ganze Sache auf. Länger als gesund für meinen Blutdruck betrachtete ich den quälenden Kreisel, das Scheißding zog mich noch tiefer in die Probleme hinein. Zeitverlust. Auf dem Bildschirm oben rechts liefen auf der Uhr die Minuten bis zum offiziellen Zeitpunkt meines Termins mit Braat schnell ab. Noch vier. Der Cursor war noch immer blockiert. Und das gerade jetzt, als mein Blick auf etwas Interessantes stieß, den Ordner »Zuhause«. Mit Zuhause konnten Privatangelegenheiten gemeint sein oder aber auch: Ferienhaus. Gerade, als ich die Hoffnung bereits aufgegeben hatte, geschahen drei Dinge gleichzeitig. Der Cursor tauchte wieder auf, und der Bildschirm sprang auf die Mailbox, die ich offenbar auch angeklickt hatte. Die Mails strömten ein, und zwar so viele und so schnell, dass die Absender und Betreffs wie ein Wasserfall über den Bildschirm fluteten. In diesem Sturzguss erhaschte ich blitzschnell den Namen Detelina, und zwar nicht nur ein einziges, sondern gleich mehrere Mal, manchmal direkt hintereinander. Detelina und noch etwas, ich konnte es nicht lesen, ich erkannte nur den Namen, den ich von Joyce bekommen hatte.

Dann war es vorbei. Mir gegenüber, auf der anderen Seite des Schreibtischs, hörte ich schnelle und verärgerte Atemzüge. Braat und Daniëls standen dort, stocksteif und nebeneinander. Auf ihren Gesichtern gespielter Ernst, ein theatralischer Blick des Entsetzens, das in Anbetracht der Situation nicht unvorstellbar war. Ich roch die Rage, aber es lag auch ein gewisser Triumph in der Luft. Sie rissen sich zusammen. Welch glücklicher Zufall für die beiden.

»Mal kurz was im Internet nachschlagen«, murmelte ich und versuchte noch zu retten, was nicht mehr zu retten war. Eine wirklich lächerliche Ausrede, das war mir durchaus klar.

»Etwa in einem besonderen Internet, van Emmerik?«, fragte Braat süffisant ruhig, langsam, die neue Feindseligkeit unter uns beherrschend. »Vielleicht etwas Neues« – er machte eine flatternde Bewegung mit seiner molligen Hand, als wolle er damit den Wahnsinn beschreiben, wackelnde Finger wie die flirrende Sinnestäuschung eines Halbidioten – »etwas, das du auf dem Smartphone in deiner Hand nicht finden kannst? Oder wolltest du vielleicht Fotos machen?«

Seine Stimme klang nicht mehr gefasst.

Während der darauffolgenden halben Stunde klärte er mich drohend darüber auf, welche Beschwerden er gegen mich vorbringen könnte und welche Nachforschungen und Strafen mir drohten, wenn er Anzeige gegen mich erstatten würde. Nicht nur wegen Einbruchs und der unbegründeten Verdächtigungen, die ich gegen ehrenhafte Männer wie seinen Beigeordneten vorgebracht hatte. Zusätzlich zum Einbruch in den Büro-Computer des Bürgermeisters hatte ich der Gemeinde noch Schaden zugefügt, indem ich Integritätsprüfungen vorgetäuscht hatte und eine Person im Namen der Gemeinde zur Spionage verleitet hatte. Es sei allzu verwunderlich, dass Brickland mich nicht vor den Kadi schleppte, sagte Braat und deutete dabei auf Daniëls, diesmal mit einer ausladenden Geste, die die Empathie und Kulanz des Beigeordneten unterstreichen sollte. Ich hätte wirklich Glück gehabt mit einem solchen Geschädigten, der so etwas durchgehen ließ.

Am Schluss seines Monologs wollte Braat mich noch davon überzeugen, dass ich mich mit einem Rücktritt glücklich schätzen könnte. Die einzige ehrbare Option. Immer noch besser als ein beschädigter Ruf nach einer unehrenhaften Entlassung. Er trommelte mit den Fingern auf dem noch einzigen freien Flecken seines überfüllten Schreibtischs. Sicherlich ein Platz, den er sich dafür reserviert hatte, ab und zu ordentlich mit der Faust auf den Tisch hauen zu können.

Theo Daniëls hatte die ganze Zeit nichts gesagt, wie ein Polizeihund, der den Befehl hatte, regungslos zu bleiben, auch wenn der Wunsch zum Angriff durch seinen Körper brauste. Hätten sie mich doch nur nicht bei meiner Schnüffelei im Computer erwischt, sonst hätte ich mich wahrscheinlich gegen ihre Diffamierungen verteidigt, vielleicht auch sogar mit offenen Karten gespielt und meine Vermutungen und Verdächtigungen auf den Tisch gelegt. Doch nun war ich wehrlos, mürbe, gefügig. Als würde Braat mir mit jeder seiner Beschuldigungen ein Kleidungsstück abstreifen und nicht damit aufhören, bis er mich splitterfasernackt mit Schimpf und Schande hinausschicken könnte.

So stand ich danach auf dem Grote Markt und blickte bestürzt um mich. Voller Scham. Im Aluminiumlicht der Wintersonne spulte sich in meinem Kopf ab, was mir soeben widerfahren war. Die Wut und die Verzweiflung würden erst später zuschlagen. In diesem Moment schwirrten mir vor allem Fragen im Kopf umher. Bildete ich mir vielleicht wirklich alles ein? Womöglich waren alle Fakten, die ich gesammelt hatte, unbedeutend, und die betrügerischen Zusammenhänge, die ich aufgebaut hatte, entsprangen einzig und allein meiner Einbildung.

Doch ein Kopf überhitzt sich nicht grundlos. Oder – und diese Frage brachte eine weitere Erniedrigung mit sich – war ich vielleicht hier der Dummkopf, der Typen wie Braat und Daniëls gar nicht gefährlich werden konnte? Tollpatschig und noch nicht einmal einer Bestechung wert für sein Schweigen. Eine Fliege, derer sie sich erstaunlich leicht entledigt hatten.

4

An meinem ersten Tag als Arbeitsloser – das war in den Weihnachtsferien – schlief ich aus, wie ich es sonst nur an einem Sonntag tat. Anderthalb Wochen später würde ich zum ersten Mal seit meinem Examen das neue Jahr ohne festen Job oder Einkünfte beginnen. Die sich nähernden Festtage hatten ihren Namen nicht verdient.

Im Zimmer war es kalt. Gaby brachte mir das Frühstück ans Bett und setzte sich auf die Bettkante, während ich aß.

Sie hatte sich eine Strickweste über die Schultern gelegt. Kurz vor Weihnachten hatte sie ihr Haar so kurz wie noch nie schneiden lassen, ihre Locken fielen ihr nun nicht mehr auf die Schultern, sondern bewegten sich in einer schwungvolle Welle auf Kinnhöhe – die einzige schöne Veränderung während der vergangenen Wochen.

Schweigend wartete sie ab, bis ich das Croissant gegessen hatte und von dem weich gekochten Ei nur noch ein wenig gekleckertes Eigelb übrig war, das ich mit einem immer kleiner werdenden Brotstück aufnahm. Danach fragte sie in dem selbstverständlichen Ton eines Gesprächs, das bereits eine Weile geführt wurde: »Was soll von deinem alten Leben übrig bleiben?«

Gute Frage. *Die* Frage schlechthin. Noch immer konnte sie meine Gedanken lesen. Misserfolge würden uns zu einer gemeinsamen Front heranwachsen lassen, dachte ich damals noch, ein Team, das an einer Lösung arbeitete.

»Möglichst wenig von den anderen, möglichst viel … von uns.«

Das kam gut an. Zur damaligen Zeit war ich für sie noch der Geschädigte und nicht der Schlappschwanz, zu dem ich später wurde, der Mann, der nicht für seine Familie sorgen konnte. Sie beugte sich zu mir herab und berührte meine Wange. Ich fasste nach ihrer Hand.

»Ich muss sehen, dass ich alle meide, die gegen mich waren. Oder die nicht auf meiner Seite standen. Keine Fragen, oder noch schlimmer, Tipps, gut gemeinte Ratschläge, niemanden, der sich dazu verpflichtet fühlt, mit mir zu analysieren, was schiefgegangen ist, und wissen will, wieso ich von mir aus von meinem Posten zurückgetreten bin. Niemanden, der die Sache wiederkäuen will, damit er schnell sein lästiges Mitgefühl loswird und er in der Stadt an mir vorbeiradeln und mir einfach ›Heh, Job, alles paletti?‹ zurufen kann, obwohl mein Leben noch immer ein Trümmerhaufen ist. Vor allem will ich niemanden vom Architekturzentrum oder der Gemeinde sehen. Das ist schwierig, aber ich kann in dieser Stadt auch einfach so tun, als sei nichts gewesen, als hätte ich bloß Nasenbluten. Braat und Daniëls laufen wir nicht mehr über den Weg, wenn wir nicht mehr zu Premieren und Empfängen gehen, dasselbe gilt für viele andere Namen. Weg mit ihnen!«

Gaby nickte.

»Ein paar Gebäude in der Stadt in die Luft sprengen und alles ist gut.«

Sie klang ernst. Eine kurze, trockene Bemerkung als Reaktion auf den Monolog von dem Idioten dort im Bett.

»Wäre das doch möglich«, frotzelte ich.

Sie blieb ernst.

»Willst du umziehen?«

»Um nichts in der Welt!«

»Ich wüsste nicht, wie du sonst allen aus dem Weg gehen kannst.«

Ich auch nicht. Doch eines wusste ich damals ganz genau, und zwar, dass ich in unserem Haus bleiben wollte. Nach dem

Konkurs von Arcadia hatten wir bereits unseren kleinen Hof in Drenthe und das große Auto verkauft, uns von unserem Au-pair getrennt und die wöchentlichen Essen in der Stadt sowie unseren monatlichen Besuch eines Sternelokals eingestellt. Die Einkäufe in Geschäften, in denen einem vom Portier die Tür aufgehalten wurde, waren ebenso passé wie die Wochenendtrips in europäische Städte, in denen es eine interessante Ausstellung oder Theateraufführung gab.

Wir wollten alles sehen und erleben. Drei, vier Leben gleichzeitig, es schien machbar zu sein.

Zu behaupten, ich würde diese Privilegien nicht vermissen, wäre eine glatte Lüge. Doch die Änderung der Lebensgewohnheiten und Bedürfnisse, der Fall aus dem gemütlichen Wohlstand meiner erfolgreichen Jahre, hatte auch etwas Befreiendes.

Alles konnte weg, nur nicht das Haus. Die Mauern, zwischen denen sich meine Frau und die Kinder eingenistet hatten, als wäre es ein großer, lebendiger Organismus, ein Körper, der sie immer besser beschützen würde als ich.

Dabei war es ein Zufall gewesen, dass wir uns kurz vor der Geburt der Kinder hier in Haarlem niedergelassen hatten, als wir aus Amsterdam kamen. Das Haus hatte damals noch nicht zum Verkauf gestanden, als ich es entdeckte, während ich einen befreundeten Makler besuchte. Die Verkäufer hatten den Umschlag mit den gerade erst aufgenommenen Fotos des Hauses bei ihm liegen gelassen. Eine kleine Papierinsel auf dem leeren Tisch im kahlen Besprechungszimmer. Dort lag unser Schicksal. Ein Atoll, das auf Bewohner wartete. Auf uns.

Ich sah mir die Fotos an, und es war Liebe auf den ersten Blick. Ein Haus mit runden Erkern zu beiden Seiten der Haustür. Altmodisch behaglich, robust und zierlich zugleich, harmonisch. Wie das Auftauchen eines alten Freundes, den man gerne wieder in sein Leben aufnimmt. Genesend. Beruhigend. Es passte zu uns. Die zukünftige Familie, die von Reichtum träumte.

Weil ich einen Moment alleine in dem Besprechungszimmer war, schob ich den Umschlag mit den Fotos zwischen meine Unterlagen. Keiner bekam es mit. An diesem Abend fuhr ich nicht gleich nach Hause, sondern zu dem Makler in Haarlem, dessen Adresse auf dem Umschlag stand. Zum Glück arbeitete er noch. Häuser gingen damals weg wie warme Semmeln. Das Telefon stand nicht mehr still, und die Käufer machten oft nach der ersten flüchtigen Besichtigung bereits auf der Straße vor der Tür ein Verzweiflungsangebot: die einzige Möglichkeit, dem Glück nachzuhelfen.

Mein Angebot fiel auf fruchtbaren Boden. Ich hatte richtig spekuliert, nicht größenwahnsinnig übertrieben, doch angenehm über dem Angebotspreis, genau passend zu dem, was die Verkäufer während dieser Häuserhausse erwarten konnten. Diese freigiebige Geste war durchaus angebracht, wenn man zur damaligen Zeit Konkurrenten ausstechen wollte.

Zunächst mussten natürlich erst einmal die Eigentümer befragt werden, wurde mir gesagt. Daheim musste ich auch einiges erklären. Dort erwartete mich die hochschwangere Gaby. Jeden Tag vollkommen erschöpft – und das nicht grundlos. Die Zwillinge strampelten und purzelten unentwegt in ihrem Bauch herum, ein Hamsterpärchen, das vom Laufrad besessen war. Einen Umzug konnte sie jetzt wirklich nicht gebrauchen. Doch ihr blieb meiner Ansicht nach keine andere Wahl.

Gaby ist Haarlemerin. Einen Steinwurf von dem Traumhaus entfernt aufgewachsen, auf das ich soeben gestoßen war. Ihre Kindheit war hart gewesen, ohne Mutter. Ob die Gegend für sie von dem bohrenden Verlust belastet war? War es zu bedrückend, um dort wohnen zu können? Das wäre schrecklich, denn es gab keinen besseren Ort, wenn man dem Gedränge und der Enge in Amsterdam entfliehen, aber dennoch die Hauptstadt in der Nähe behalten wollte. Dort, wo ich mit meiner frischgebackenen Familie wohnen wollte, waren frei stehende Häuser selten, doch die würdevollen Häuserreihen wirkten eindrucksvoll, manchmal einschüchternd schön. Ansehnliche Fassaden, Seite an Seite. Kein Haus glich dem anderen, und diese Verschiedenheit, die einem sofort auffiel, erinnerte an das, was viele Amsterdamer schweren Herzens zurückließen: die Grachtenhäuser.

Und erst das Innere: hohe Decken, geräumige, tiefe Zimmer und Trakte, viele großzügige Geschosse. Unter dem Dachboden ausreichend Platz für Kinderzimmer, Gästezimmer, Badezimmer, Wäschezimmer, Spielzimmer, Rumpelkammern, Dunkelkammern, Arbeitszimmer, Bastelzimmer – ich richtete nicht nur ein Haus, sondern ein ganzes Leben ein. Die Gärten vor und hinter dem Haus waren nicht groß, doch sie verfügten über die angenehme Abgeschlossenheit eines intimen Refugiums.

Keiner der hier Wohnenden beschwerte sich über ein Zuwenig an großen Gärten mit Blumenbeeten und endlosen Rasenflächen. Grund dafür war der Haarlemer Wald. Die grüne Kuppel der Stadt erstreckte sich zu beiden Seiten einer breiten Straße. Der westliche Teil mit den schönen Baumkronen uralter Eichen und Buchen grenzte an unser zukünftiges Viertel. Hier war der Wald am prächtigsten: wild und ungeordnet, fast wie ein Dschungel, der der Stadtpark einst gewesen war. Ein außergewöhnlicher Augenschmaus, diese Wildnis.

Vom Fenster des Besprechungsraums aus, in dem ich so lange hatte warten müssen, erblickte ich eine Lichtung im Wald. In den Baumkronen brach der Frühling in grellgrünem Ornat aus, der Boden schien von einer Schwemme wilder weißer, gelber und lila Blumen überflutet zu sein, und bei jeder Bewegung des zarten Laubs veränderte sich der Lichteinfall. Ein gesegneter Ort. Hier konnte man einerseits herrlich städtisch, zugleich aber wie auf einem Landsitz wohnen. Nachbarn eines idyllischen Geländes, das man sich selbst zwar nicht leisten konnte, das aber dennoch schön an die eigene Wohnstraße grenzte. Es schien, als könnte man in dieser Gegend unmöglich unglücklich sein oder scheitern.

Im Haarlemer Wald würde ich Kraft tanken können. Zudem würde in Haarlem mein Architekturbüro größer und bekannter werden als in der mörderischen Konkurrenz von Amsterdam. In der Abgeschlossenheit einer behaglichen Stadt schien ein gutes Leben ein Kinderspiel zu sein.

Dennoch ging ich mit Blei in den Gliedern zur schwangeren Gaby. Eine Ablehnung würde schwerer wiegen als ein verdorbener Tag. Ich legte die Fotos aufs Sofa neben ihren kugeligen Bauch. Sie schnellte sofort hoch.

»Das gibt's ja nicht, das ist ja das Haus von den Witteveens«, girrte sie. Es folgten Geschichten, die ich noch nie gehört hatte, schließlich kannten wir uns auch noch nicht so lange oder zumindest nicht lange genug, um aus einzelnen Jugenderinnerungen gemeinsame Erinnerungen zu machen. Doch nun wurde ein Kapitel aufgeschlagen, das für uns beide günstig ausfallen würde.

Am kleinen schmiedeeisernen Tor der Witteveens, dessen niedrige Gitterstäbe mit Prunkwinde überwuchert waren, hatte Gaby als kleines Mädchen immer hindurchgelugt und Ausschau nach den vielen flauschigen Katzen der Familie gehalten, die andauernd einen neuen Wurf hatten. Was sie im Innern des Hauses erkennen konnte, war in dieser Gegend nicht ungewöhnlich: krumme gebogene Bücherregale bis an die Zimmerdecke, orange und grüne Kugellampen, die einen Wildwuchs zerlesener Bücher beleuchteten. Auf dem militärgrünen Teppichboden lag in der Sitzecke ein verblichener Berber, der mit Zeitschriften und Zeitungen übersät war. Die schweren Vorhänge mit grafischen Mustern in Herbsttönen waren fast nie zugezogen, und auf den breiten Fensterbänken verkümmerte eine Kakteensammlung, verschrumpelt wie vertrocknete Gurken in Tontöpfen aus allen Teilen der Welt.

Während ich Gabys Schilderungen zuhörte, befreite ich in Gedanken das Haus von jeglichem Siebzigerklimbim und füllte es mit unserem Leben.

Keine drei Monate später rümpelte ich tatsächlich den Dachboden der Witteveens aus. Ganze Bücherregalfüllungen mit kommunistischer Literatur und körbeweise Zeitungsausschnitte und Propagandamaterial über Lenin, Stalin und sonstige Massenmörder, die in ihrem Geiste gehandelt hatten. Sogar von Pol Pot hatten sie säuberlich zusammengestellte Mappen mit Zeitungsartikeln und gerahmte Porträts aufbewahrt. Gaby taufte den Fundort der kommunistischen Reliquien »das rote Zimmer«. Kurz spielten wir mit dem Gedanken, den nutzlosen Raum einfach so zu belassen, wie wir ihn vorgefunden hatten: ein Museum der freiwilligen Verherrlichung des Grauens, von Intellektuellen, die sich zweifelsohne als progressiv bezeichnen würden. Welch Glück, dass die Ideale der Witteveens nicht die geringste Chance gehabt hatten.

Beide waren bereits verstorben. Die Mauer in Berlin war mehr als zehn Jahre zuvor gefallen. Die Gegend war kein sicheres Terrain mehr für radikale Weltverbesserer gewesen, die Wert auf ihren eigenen Komfort legten. Für Leute, die die Welt in die Luft jagen wollten. Doch daheim hängten sie zwischen der großen Küche und der ähnlich herrlichen Anrichte einen Muschelvorhang auf. Weil das so hübsch exotisch aussah und gemütlich im Luftzug klirrte, wenn die Gartentüren weit geöffnet waren und auf der Terrasse der Chablis aus dem Weinkühler äugte.

Wir haben das sein lassen, das mit dem Museum der roten Verirrung. Gaby, die ein ähnliches Milieu von zu Hause kannte und die zudem außerordentlich stark mit der Atmosphäre im Haus ihrer Kindheit verbunden war, hatte davon abgesehen, ihre Kinder im Kreise von Tyrannen zu erziehen.

»Ich ergreife nicht die Flucht«, sagte ich zu Gaby, die noch immer bei mir auf der Bettkante saß und mich am Aufstehen hinderte. Als ob ich am ersten Morgen meiner Arbeitslosigkeit mein Bett nur mit einem Aktionsplan verlassen dürfte. »Ich lasse mich nicht verjagen, aus dem Haus und der Straße, wo es uns so lange gut gegangen ist.«

Und noch immer gut ging. Es machte zudem viel aus, dass wir uns in netter Nachbarschaft befanden. Leute, die wir inzwischen so lange kannten, dass wir uns gegenseitig nichts mehr vorzumachen brauchten, keine Urteile über die anderen, keine Vorhaltungen, unerwarteten Launen oder hochgekochter Ärger, den wir zu befürchten hätten. Wir sprachen uns aus und empfanden eine wohltuende, unaufgesetzte Zuneigung füreinander. Insbesondere nach dem Verlust von Arcadia war mir diese gemischte Runde sehr ans Herz gewachsen. Auch, weil einige von ihnen mein Schicksal teilten. Es gab einen Makler, der einen Konkurs hinter sich hatte. Mit fünfundvierzig sah er sich gezwungen, bei seinen Eltern einzuziehen, in ein Haus in unserer Straße, in dem er aufgewachsen war. Ihm gegenüber wohnte ein Notar, dem die Wirtschaftskrise gewiss zugutekam, der seine Frau aber an einen seiner Kunden verloren hatte. Gemeinsam mit ihr hatte er sich ins Ausland abgesetzt. Der Notar wohnte dort mit seinen kleinen Kindern und einem Au-pair und mietete sich am Wochenende bisweilen eine Hotelsuite für seine Treffen mit Singlebörsenbekannschaften. Er erzählte mir das ohne jegliche Scham, gerade so, als verstünde ich seine Eskapaden besser als die anderen Nachbarn.

Etwas näher stand uns Maud, eine siebzigjährige Witwe, die sich nach dem Tod ihres Mannes vor ungefähr zehn Jahren das Leben in ihrem schönen Haus kaum noch leisten konnte. Der Zerfall um sie herum war unübersehbar, doch ihre fröhliche Art behütete sie vor dem eigenen Untergang. Maud war eine geschätzte Gesangslehrerin in einem kleinen Kreis mit Musikliebhabern. Sie war Leiterin des Nachbarschaftschors, der bei Stadtfesten, Weihnachten auf dem Oranjeplein oder anlässlich runder Geburtstage hochbetagter Bewohner des Viertels auftrat. Das beschauliche Dasein war mit einem Schlag beendet, als einer ihrer Schüler bei *The Voice of Kids* im Fernsehen gewann und kurz darauf ein Millionenpublikum mit einem Sommerhit begeisterte. Die Mundpropaganda setzte blitzschnell ein, und Maud startete eine späte Karriere als Ausbilderin von Stars. Seitdem kreuzten täglich nach der Schule protzige Wagen aus Bloemendaal und Aerdenhout in der Straße auf und lieferten verlegene Kinder mit dünnen Stimmen bei ihr ab, die nach Meinung ihrer Eltern auf die Bühne sollten. Maud erging es glänzend in ihrem derweil von mir renovierten Haus.

Zwischen Maud und uns wohnte eine Jugendfreundin von Gaby: eine Thrillerautorin, die alle zwei Jahre ein Buch herausbrachte, das sich dann länger als ein Jahr auf den ersten Plätzen der Bestsellerliste befand. Ihre Ehefrau war zugleich ihre Verlegerin und Agentin, eine in vielerlei Hinsicht gewinnbringende Konstellation. Sie waren das einzige Paar, das ich regelmäßig Hand in Hand durchs Viertel gehen sah. Mit der Autorin verstand ich mich so gut, als sei sie die Schwester, die ich nie gehabt hatte.

Im Haus genau gegenüber von uns, dem größten Haus der Straße, wohnte ein Paar, das hieß Lelijk. Sie waren Kieferorthopäden. Alle Kinder im Viertel trugen Klammern von ihnen, auch unsere. Tara fand, sie würden in einem gebleichten Gebiss wohnen: Ihr Haus war blütenweiß, von der Türmatte bis zur Dachbodentreppe eine einzige Schneefläche. Bei den Lelijks bekam die Nachbarschaft einen Preisnachlass auf Bleechings. Stolz berichteten sie, dass ein Wirtschaftsprüferunternehmen aus dem Viertel ihren Mitarbeitern anstatt eines Weihnachtsgeschenks einen Gutschein ihrer »Dynamic Snowwhite Formula« unter den Baum gelegt hatte, mit dem begleitenden Satz: »Für die Perlenkette in ihrem Mund.« Vor zehn Jahren hätte ich noch über derartig unzutreffende Metaphern lachen können, über die verschwendete Energie, die sie dazu aufgewendet hatten, sich so lachhafte Slogans mit viel Englisch darin abzuringen, die genauso gut für eine Warzentinktur oder einen Sportwagen hätten sein können. Sprachliche Bescheidenheit war Mangelware.

Die hyperaktive Sprache korrespondierte damals wenigstens noch mit hohen Börsenkursen. Doch jetzt, da so ziemlich jeder den Gürtel enger schnallen musste, viele Konkurs machten oder ihre Jobs verloren, klangen solch aufgeblasene Reklamelügen wie eine Verachtung eines normalen, von jeglichem Schnickschnack befreiten Lebens. Man wollte oder konnte nicht mehr mitmachen. Man verstand nicht einmal mehr, was einem da verkauft wurde. Wir hatten nichts davon.

Die Kieferorthopäden sahen das anders. Sie beschworen mich, ich hätte mit einem weißen Gebiss mehr Chancen auf einen Kredit bei der Bank für einen Neustart. Mit weißen Zähnen würde man es auch bei Vorstellungsgesprächen weiterbringen, behaupteten sie, weil der Arbeitgeber daraus schloss, dass der Arbeitnehmer in sich selbst investiere. Und ich bräuchte mir auch keine Sorgen wegen der Bezahlung zu machen, als Nachbarn würden sie mein Gebiss gratis von seinen Verfärbungen befreien. Ich lehnte dankend ab, woraufhin sie mich fragten, ob sie etwas anderes für mich tun könnten. Am Tag meines Konkurses hatten sie mir einen Obstkorb in der Größe eines Sitzkissens zustellen lassen. Darin war ein Gutschein für ein Wochenende in einem Spa-Hotel für die ganze Familie versteckt. Das war der Grund, weshalb ich so sehr an diesem konventionellen, reinlichkeitsliebenden Ehepaar hing: Sie waren immer für einen da. So wie die anderen. Ein verlässliches Netzwerk, das bereits seit Jahren bestand.

Gaby nahm ihre Hand weg und erhob sich vom Bett. Sie suchte fieberhaft nach einem Plan. Sanft und dennoch nachdrücklich insistierte sie: »Und wovon sollen wir leben?«

Auf dieses komplizierte Gespräch hatte ich keine Lust.

»Vom Ersparten.«

Plötzlich hielt sie den Kopf schräg. Ich habe irgendwo einmal gelesen, dass Hunde so schauen, wenn sie keine Ahnung haben, mit welchem Unsinn ihr Herrchen beschäftigt ist. Gaby legte zusätzlich noch die Stirn in Falten.

»Von dem ordentlichen Notgroschen, den ich nicht umsonst aufgebaut habe«, sagte ich. »Bis ich dann irgendwann in den nächsten Monaten wieder loslegen kann. Es wird einiges passieren, du wirst schon sehen.«

5

Es passierte nichts. Aus der Architektenwelt, in der ich gewiss kein Unbekannter war, kamen keine Aufträge. In der Stadt schauten ehemalige Kollegen und Leute, mit denen ich zu tun gehabt hatte – und das waren nicht wenige – weg und hasteten weiter, wenn sie mich erblickten. Genau so, wie es mir gefiel. Doch die Entfremdung traf mich. Als sei mein Karriereknick ansteckend. Als würde dort nicht Job van Emmerik, sondern nur der Geist eines alten Bekannten stehen, jemand, aus dem jeglicher Erfolg entwichen war wie das Blut aus einem frisch geschächteten Tier.

Ein einziges Mal griff ich zum Telefonhörer und rief meine engste Mitarbeiterin beim Stadtplanungsbüro an. Schließlich hatte sie mir eine Weihnachtskarte geschickt, in der sie schrieb, wie sehr sie das Geschehene bedauern würde und sie sich nicht traue, mir für das kommende Jahr 2013, einem Jahr mit einer Unglückszahl, alles Gute zu wünschen. Sie erschrak, als sie meine Stimme hörte, gab im Flüsterton kryptische Antworten auf meine Fragen, erzählte nichts von sich aus und stellte auch keine Gegenfragen.

»Was, um Himmels willen, ist denn eigentlich los, Louise?«, fragte ich schließlich.

Nach einem kurzen Zögern folgte schließlich ein knappes Geständnis. »Wir sind mehr oder weniger darüber informiert, dass so einiges nicht mit rechten Dingen zugegangen ist. Details sind mir nicht bekannt, Job, aber meine innere Stimme sagt mir, dass es nicht ratsam ist, Kontakt mit dir zu halten, wenn ich meine Stelle behalten will. Tut mir leid.«

Das reichte als Information. Ich legte auf.

Kurz darauf konsultierte ich meinen Anwalt. War es ratsam, Anzeige gegen den Bürgermeister und den Beigeordneten zu erstatten? Da musste er mich enttäuschen. Ich hatte keinerlei konkrete Beweise für meine Betrugsvermutungen, und was das Komplott gegen mich betraf, würde man mich wahrscheinlich einfach nur auslachen. Außerdem würden Braat und Daniëls sicher einiges gegen mich in der Hand haben, nachdem ich im Computer des Bürgermeisters und bei Brickland herumgeschnüffelt hatte. Und bezüglich meiner Entlassung konnte man nicht viel machen. Ich war von mir aus gegangen.

Aber man könnte natürlich … man könnte. Kein Fall war sinnlos, und sogar die größten Verbrecher kamen oft wieder auf freien Fuß, sagte mein Anwalt mit müder Stimme. Falls ich rückgängig machen wollte, was mir angetan worden war, müsste ich mich auf einen endlosen Kampf einstellen, der eher meinem Ruf schaden würde, anstatt mir Genugtuung zu verschaffen.

Eine Zweitmeinung bei einem anderen Rechtsanwalt ergab ähnliche Prognosen. Die Möglichkeiten schwanden dahin, der Kreis wurde kleiner, und meine Welt schrumpfte. Genau das konnte ich jetzt brauchen.

Ohne Rücksprache mit der zunehmend nervösen Gaby beschloss ich, bis nach dem Sommer die Bewerbungen und andere Versuche, wieder eine Arbeit zu finden, ruhen zu lassen. Ich blieb in der Nähe des Hauses, mit der Hoffnungslosigkeit eines Tieres, das so lange eingesperrt war, dass die geöffnete Tür schließlich keine Versuchung mehr bedeutete und es einfach auf seinem vertrauten Fleck hocken blieb.

Am Haus musste alles Mögliche repariert werden, und das konnte ich. Ich machte das zwar nie gerne, doch nun war es eine Therapie gegen meine Trägheit. Ich nahm mir Zeit, dehnte die letzten Arbeiten über zwei Monate aus, widmete mich danach noch überfüllten Schränken, bis ich schließlich, als der Widerwille gegen derartige häusliche Tätigkeiten von der Routine vertrieben worden war, auch die Archive von Arcadia in Angriff nahm. Im dritten Geschoss gab es noch einen schönen großen Raum, der leer stand und in dem Arcadia endlich einen Ort finden würde. Sortiert und katalogisiert, ordentlich und auffindbar aufbewahrt.

»So etwas wie ein rotes Zimmer«, witzelte Gaby. Als hätte ich die Bedeutung davon nicht mitbekommen.

Ihre spitzen Bemerkungen häuften sich in der letzten Zeit. Ich unternahm Spaziergänge im Wald wie ein Besessener, der nicht ohne seine monomanen, beruhigenden Laufrunden existieren konnte. Der Hund kam immer mit; ich war der Mann mit dem braunen Labrador, der im Wald zu wohnen schien.

Keine Ahnung, ob die mir unbekannten Passanten mich erkannten oder in der Zeitung etwas über meinen Abgang gelesen hatten. Manchmal begegnete ich Blicken, die zu inspizieren versuchten, ob der Verfall bereits eingesetzt hatte. War ich bereits verloren, oder stand ich noch knapp vor dem Abgrund? War der Dreitagebart Zufall oder Zeichen der Verwahrlosung, Depression, Selbstzerstörung? Hatte ich bereits seit vier Tagen dieselben Sachen an, und roch ich nach irgendetwas, stank ich vielleicht? Ja, ich stank, das war es wahrscheinlich, weil ich in der Fantasie der anderen in meiner Kleidung schlief, bestimmt nicht mit meiner Frau in einem Bett und womöglich sogar in einem anderen Haus. Dennoch nett, dass ich vorbeikam und den Hund ausführte, oder war er etwa das Einzige, das meine Frau mir erlaubt hatte mitzunehmen? Man hörte doch öfter, dass auf den einen Rückschlag in einer Familie oft der nächste folgte, vielleicht trank ich ja oder nahm Drogen und war gewalttätig geworden. Klare Sache, dachten sie, versuch doch, mir das Gegenteil zu beweisen. Ich konnte es an den verlogenen Augen erkennen, die nicht genug kriegen konnten von dem frei umherlaufenden Leid. Real-Life-Soap. *»Hilf mir!«*, täglich live zu besichtigen, bei Ihnen um die Ecke, im eigenen Viertel, hinter den Büschen, wo auch Ihr Golden Retriever seine Notdurft verrichtet. Außer meinem Hund begleitete mich auch eine Scham durch den Wald, der ermüdende Gefährte, den ich nicht abwimmeln konnte. Jedes Mal, wenn jemand zu mir hinschaute, egal, ob freundlich oder neutral, ließ mich der Blick im Boden versinken.

Ein paar hartnäckige Begleiter bei meinen Spaziergängen hatte ich trotzdem: Menschen, die ebenfalls einen Hund besaßen und die mir schon seit Jahren Gesellschaft leisteten, wenn sie mir bei den sehr frühen oder sehr späten Gassigängen mit Toby begegneten. Während wir uns dem Rhythmus unserer Hunde anpassten, tauschten wir im Laufe der Zeit so manche persönliche Information aus und waren inzwischen zu vertrauten Bekannten geworden. Ich wusste mehr von ihnen als von Gabys Busenfreundinnen aus der Jugend, mit denen wir einmal im Jahr ein Pflichtessen absolvierten.

Im Wald erzählen sich die Leute leicht von ihren Sorgen. Von einigen wusste ich noch nicht einmal, in welchem Haus sie wohnten, doch die Details ihrer Scheidung kannte ich genau. Selbst wenn sie einmal mürrisch waren, sich anders als sonst verhielten, war mir ein solcher Kontakt lieber als die verstohlenen, schiefen Blicke voller Verachtung und falschem Mitleid, die mir jene Bewohner des Viertels zuwarfen, die ich nicht kannte, die mich aber wiederum sehr wohl zu kennen schienen. Eltern, mit denen ich auf Nachbarschaftsfesten einen getrunken hatte, Väter, mit denen ich Girlanden in Bäumen aufgehängt und Luftballons an Laternenpfählen befestigt hatte, deren Kinder ich fotografiert hatte, während sie Clowns zugeschaut hatten, die dreihundert Euro in der Stunde kosteten, und mit denen ich Tische gedeckt oder an *Running Dinners* teilgenommen hatte. Sie hatten in meinem Haus gestanden und von dem Essen gekostet, das Gaby und ich gekocht hatten. Prahlereien, belanglose Gespräche mit vollem Mund, die Gläser immer halb geleert hochgehalten, um sie nachfüllen zu lassen. Für diese glücklichen Wichtigtuer war ich plötzlich ein

Aussätziger. Der Mann, der keinen Erfolg mehr hatte, spielte in ihrem Team nicht mehr mit und war für sie von keinerlei Bedeutung. Er war noch nicht einmal eine einfache Begrüßung wert, ein »Hallo« beim Joggen, eine Hand zum Gruß, ein Kopfnicken. Aber dennoch schielte man mir nach, ob ich nicht auf der Stelle tot umfiele vor lauter Elend. Schließlich erlebt man so etwas nicht alle Tage.

Manchmal machte ich meiner Verärgerung vor Gaby Luft.

»Wenn das nicht bald aufhört, gehe ich irgendwann nackt in den Wald, dann haben sie wenigstens was zum Gaffen und eine Geschichte, die sie in den Kreisen, in denen sie sich hocharbeiten wollen, garantiert nicht trauen, zum Besten zu geben. Sie können es nur zu Hause erzählen, ihrer Frau, die dort den ganzen Tag hockt und auf diesen Mistkerl wartet und vielleicht sehr gut nachempfinden kann, weshalb ein Mensch vor lauter Elend mit dem nackten Arsch vor die Tür tritt.«

Wir standen im Wintergarten, den ich über die ganze Hausbreite gebaut hatte. Der Ort, an dem wir uns mit einem Glas in der Hand niederließen und gemeinsam durch die Scheibe über uns das Wechselspiel des Himmels anschauten. Dort befand sich eine Durchreiche zur Küche und ganz am anderen Ende der Flügel, auf dem Tara spielte. Ich hatte noch nicht einmal mitbekommen, dass meine Tochter gerade an dem Instrument saß und ein Stück einübte, als ich meine Flitzerfantasien von mir gab, die natürlich scherzhaft gemeint waren. Gaby verstand das. Doch Tara nicht. Die Tastenklappe des alten Pleyel schlug zu, und der Klavierhocker fiel um, als sie sich erhob.

»Das lässt du mal schön bleiben, Papa!«

Kein wutschnaubender Befehl, sondern eine gereizte Rüge. Der Zorn brach ungebremst und krachend aus ihr heraus, verstärkt durch ihre zugeschnürte Kehle.

»Damit machst du mich zum Gespött, Papa. Wieder einmal. Es ist schon schlimm genug, dass ich die Einzige in der Klasse bin, die einen Vater hat, der zweimal hintereinander seine Stelle verloren hat. Alle wissen das. Die Eltern erzählen es ihren Kindern, und die Kinder erzählen es sich untereinander hinter meinem Rücken, oder sie sagen es mir direkt ins Gesicht: Na, Tara, musst du jetzt dein iPhone verkaufen, zieht ihr jetzt in eine Mietwohnung, kannst du noch mit auf Klassenfahrt, oder geht das nicht mehr? Und was ich dann erwidere, das besprechen sie zu Hause mit ihrem Papa und ihrer Mama, und am nächsten Tage bekomme ich dann zu hören: Mein Vater sagt, dein Vater soll mal die Bank wechseln und einen Neustart versuchen. Oder: Kann es sein, dass meine Mutter deine Mutter aus dem Penny hat kommen sehen, als wir zufällig daran vorbeikamen? Und ich will wirklich nicht, dass sie mir eines Tages die Zeitung vor die Nase halten, in der du mit nacktem Hintern abgebildet bist und so durch diesen Scheißwald spazierst ...«

»Nicht fluchen, Liebes«, sagte ich, noch bevor sie richtig losschnaubte, angefeuert von ihrem eigenen, unstillbaren Wortschwall.

»Jetzt bin ich mal dran, Papa. Du kannst von Glück sagen, dass du mich nicht mehr irgendwo abzuholen brauchst und die anderen Eltern dich dort dann anstarren. Sonst wüsstest du, was für ein Gefühl das ist. Aber ich stehe alleine da.«

Wenn sie wüsste.

Doch meine Sorgen schrumpften angesichts dessen, was Tara mitmachen musste und wovon ich keine Ahnung hatte. Was mit mir geschah, hatte starke Auswirkungen auf meine Tochter, stärker, als ich es geahnt hatte. Schlagfertig und mit spitzer Zunge wehrte sie Attacken ab und hielt Angreifer auf Abstand. Ich hatte mir während der vergangenen Jahre keine Sorgen mehr gemacht, dass sie sich nicht verteidigen konnte, doch ich hatte wohl übersehen, dass ihre Sprachgewandtheit sicherlich ein Talent war, doch man musste dazu auch ein dickes Fell haben, um fiese Bemerkungen und Scham von sich abperlen zu lassen.

Hinter der Fassade der großen Worte erblickte ich die verletzliche Tara aus der Grundschule, die ihr Licht immer unter den Scheffel stellte, um bloß nicht aufzufallen. Inzwischen lastete ein Teil meines Scheiterns auf ihren Schultern. Ich schämte mich dafür.

Nach diesem Ausbruch schloss Gaby Tara in die Arme und gab mir dabei mit einer Kopfbewegung hoch zur Zimmerdecke ein Zeichen. Ich verstand. Also auch unser Sohn Leon hatte damit zu kämpfen. Das war mir ebenfalls entgangen.

Es hatte sich viel innerhalb kürzester Zeit verändert. Offenbar hatte ich die Bedürfnisse und Sorgen meiner Kinder ignoriert. Ich hatte immer geglaubt, dass sie diese Krise unbeschadet überstehen würden, denn wenn es jemanden hier im Haus gab, der echtes Durchsetzungsvermögen hatte, dann sie. Dachte ich zumindest.

Gaby sprach kaum darüber. Vielleicht wollte sie verhindern, dass ich noch mehr Schaden anrichtete. Sie sprach sowieso immer weniger mit mir. Wenn wir uns im Haus begegneten oder ich ein Zimmer betrat, suchte sie nicht mehr das Gespräch. Dieses Schweigen war für mich schwerer zu ertragen als Vorwürfe, denen ich hätte entnehmen können, wie sie sich fühlte.

Die Pfingstferien näherten sich. Zum ersten Mal seit Jahren fuhren wir nicht weg. Das Frühjahr war bitterkalt, wir lechzten nach Sonne. Ich schlug eine Last-Minute-Reise auf die Kanaren vor, dort konnten wir uns unter die Rentner mischen. Auf Lanzarote könnte sich Gaby in die Fußstapfen von Michel Houellebecq begeben, dessen Romane sie alle gelesen hatte. Mit seinem Bildband über die Insel als Reiseführer könnte sie sich über die anderen Touristen erheben: eine Figur in einer literarisch eroberten Landschaft, Fliehende aus ihrem Dasein, Erkunderin der erotischen Fantasien anderer Leute.

Die Kinder sahen auch blass aus und hatten dunkle Schatten unter den Augen. Der Himmel war seit Dezember eine schwebende Eisfläche gewesen, die sich immer mehr der Erde näherte. Ein Bad im warmen Meer würde uns guttun.

Doch Gaby hatte nur eine einzige Antwort. Eine Frage, die sie in der letzten Zeit nahezu täglich stellte, als ob ich sie ihr nie beantwortet hätte.

»Wovon sollen wir leben, Job?«

6

Der Herbst hatte einiges gutzumachen. Eine Woche nach unserer Rückkehr aus den Ferien in Deutschland fing ich mit meinen Bewerbungen an. Ich schickte Briefe an zehn Architekturbüros im ganzen Land, die ich sehr schätzte und die sich während der momentan nicht ganz leichten Zeit dennoch über Wasser hielten. Obwohl die Aussicht auf lange Fahrten und tägliche Staus mir nicht behagte, zwang ich mich zu dem Glauben, dass ich das schaffen würde. Falls gewünscht, würde ich täglich hoch nach Groningen oder runter nach Maastricht fahren. Hauptsache, wir konnten in unserem Haus wohnen bleiben.

Der Nachteil meiner Bewerbungen war, dass Gaby und ich den Briefkasten nicht mehr aus den Augen ließen. Als ob eine Antwort nicht per Mail oder telefonisch kommen könnte, sondern nur im Briefumschlag. Gaby lauschte aufmerksam, wenn sie Schritte vor der Tür hörte oder meinte, etwas auf die Türmatte fallen zu hören. Das kam mehrmals täglich vor.

Die Schule hatte wieder angefangen. Wenn die Kinder morgens zur Tür raus waren, schien die Stille im Haus nach einer Weile um eine Unterbrechung zu flehen. Jedes Geräusch war willkommen. Sogar eine Absage, die den Briefkasten zum Klappern brachte, war besser als nichts.

Doch es blieb still. Niemand antwortete. Ich hörte, was Gaby dachte, und sie hörte, was ich dachte, auch wenn der eine sich im Obergeschoss befand und der andere unten auf dem Sofa: nichts, noch immer nichts.

Unser Haus hat viele Zimmer. Ich hatte mich damals nicht dazu hinreißen lassen, Wanddurchbrüche vorzunehmen, um mehr Raum zu gewinnen auf Kosten des ursprünglichen Grundrisses mit seinen zahlreichen Nischen, Wandschränken, Erkern und Alkoven. Man konnte den anderen nicht nur im Haus verlieren, sondern sogar in einem der verwinkelten Zimmer. Doch während der nervösen Zeit der Warterei blieben wir nie lange in einem Raum. Vor lauter Ungeduld gingen wir öfter als sonst nach unten zur Espressomaschine. Wie zwei Kugeln in einem Flipperautomat rollten wir beide in dieselbe Richtung und kamen in der Küche zum Stillstand. Dort schätzten wir die Stimmung an unseren Gesichtern ab und tauschten Ausreden aus, weshalb es keine Reaktionen auf meine Bewerbungen gab.

»Vielleicht sind sie verreist.«

»Sie melden sich erst, wenn sie etwas anzubieten haben.«

»Hast du auch wirklich die richtige Adresse genommen?«

»Unsere Post wird doch nicht etwa verloren gegangen sein?«

»Eine Sekretärin kann so einiges in der Schublade verschwinden lassen, vielleicht bittet man sie sogar darum.«

»Ob jemand irgendwelche Geschichten über dich verbreitet?«

Am Schluss endeten wir dann aber immer optimistisch.

»Früher oder später wird mich schon jemand wirklich brauchen.«

»Die wären doch verrückt, wenn sie sich dich durch die Lappen gehen ließen.«

Als ich nach zwei Wochen noch nichts gehört hatte, schwiegen wir. Im Flur gingen wir aneinander vorbei wie zwei Inhaftierte auf dem Weg in ihre jeweilige Zelle. Eines Tages versperrte ich Gaby den Weg, indem ich mich vor sie stellte, beide Hände gegen die Wände rechts und links gestreckt. Ich berührte die Wände nur knapp und muss wie Jesus an einem imaginären Kreuz ausgesehen haben.

»Wenigstens habe ich einige Eisen im Feuer«, sagte ich zu meiner Verteidigung.

»Wie schade«, sagte sie, »denn das Feuer ist erloschen.«

Das Schweigen war aufgehoben. Endlich durchstießen wir den Zuckerguss der vorsichtigen Konversation. Wir brachen in Gelächter aus über unseren gekünstelten Wortwechsel. Gaby lehnte an einer Wand mit vielen Schwarz-Weiß-Fotografien der vergangenen fünfzehn Jahre. Die Kinder lächelten uns aus allen Lebensphasen an. Wie eine jüngere und auch schönere Version von uns. Es fiel auf, dass wir die Zwillinge nie fotografiert hatten, wenn sie weinten. Nur die schönen und anrührenden Momente ohne Tränen hatten wir festgehalten. An einer solchen Fotowand, die es bei fast allen Nachbarn im Viertel gab, hing die halbe Wahrheit über eine Familie und manchmal noch viel weniger als das. Ich habe einige Trennungen von Paaren miterlebt. Und während die Käufer ihr Haus besichtigten, waren die Fotowände noch vollkommen intakt: die perfekte PR-Kampagne heimischen Glücks. Ich war mir nicht mehr sicher, was unsere Fotowand über unsere Familie erzählte.

Gaby zwinkerte mir zu.

Sie trug ein ärmelloses weißes Sommerkleid. Im Taillenbereich war eine Girlande aus barocken Schlingen in den Primärfarben aufgedruckt. Vintage italienisch, vielleicht Prada. Gaby hatte für so etwas ihre speziellen Quellen. Gerade in den Zeiten, als sie sich Sachen aus der neuen Kollektion hätte leisten können, fand sie es spannender, sich auf die Jagd nach vergessenen Kleidern aus vergangenen Zeiten zu begeben. So auch dieses Modell, dessen Stoff sich noch immer seidenweich an meinen Händen anfühlte. Für einen Pappenstiel in Florenz gekauft, wo wir unseren zwölften Hochzeitstag gefeiert hatten. An solche Sachen konnte ich mich erinnern, die Freude über das Schnäppchen, das Vergnügen, mit dem sie das Kleid seitdem jeden Sommer trug, die Sorglosigkeit der kleinen Freuden.

Plötzlich küssten wir uns. Mit gierigen Lippen von Jugendlichen, die noch nicht einmal auf der Straße, an Bushaltestellen oder Bahnsteigen voneinander lassen können. Lange war es her, dass uns ein solcher Kuss erwischt hatte, der nie in dem Zimmer endete, in dem er anfing. Es war eine Wende, in vielerlei Hinsicht, so hoffte ich.

Ich hob Gaby hoch, um sie zum Sofa zu tragen, doch ich musste sie sogleich wieder loslassen. Es klingelte an der Tür. Durchs Fenster der Haustür sah ich den spähenden Kopf eines Zustellers wie den eines Truthahns hin- und herwackeln. Natürlich machte ich auf. Auf Post zu warten war mein neuer Beruf geworden.

Doch dieser Postbote brachte keine neue Stelle. Auf seiner Sackkarre schob er drei große Kartons ins Haus. Darin befanden sich drei identische Staubsauger. Ich tippte auf eine Bestellung der Kieferorthopäden. Der Vorbote einer Praxiserweiterung, die ich vielleicht ausführen würde?

Gaby sah zu mir hinüber wie ein Schulmädchen, das abends alleine zu Hause war und einen Freund ins Haus ließ: beeil dich. Doch ich musste noch den Empfang mit meiner Unterschrift auf einem digitalen Bildschirm bestätigen, der nicht funktionierte und auf dem der Postbote schließlich herumklopfte. »Nanana«, sagte er leicht irritiert. Als das Teil immer noch nicht funktionieren wollte, rief er: »SoeinScheißsoeinScheiß.« An meinen Händen spürte ich noch die Wärme von Gabys Schultern und Taille, welch ein Pech, dass ich mich mit dem umständlichen Gewurschtel eines Fremden in unserer Tür herumplagen musste, der noch nicht einmal meinetwegen, unseretwegen, geklingelt hatte. Der Zauber des Moments im Flur verflog. Als der Zusteller abzog, war der Funke erloschen.

Einen Tag darauf kam das Unglück in unser Haus hineinspaziert, regelrecht in die Arme meiner Frau. Auf viel zu hohen Absätzen und mit einem Parfum besprenkelt, das ich nur allzu gut kannte.

Diesen Duft konnte ich aus Tausenden herausschnuppern, sogar als verdampften Tropfen im Wind.

Sie war wieder da.

Es schien ein ruhiger Tag zu werden. Ich hatte vorgehabt, mit Toby zum Strand zu fahren und einen Spaziergang zu unternehmen. Doch ich kam zu spät aus dem Bett und ging deswegen mit dem Hund im Wald spazieren. Ich könnte mit ihm vielleicht bis zur Buchhandlung im Binnenweg weitergehen, ganz bis nach Heemstede. Ein ziemlich langer Spaziergang, doch auf mich wartete ja keine Arbeit.

Was andere an der Arbeitslosigkeit unerträglich fanden, hatte ich während der vergangenen Monate immer mehr schätzen gelernt: uneingeschränkte Zeit, ausreichend Raum für alles, was mir gerade einfiel, es interessierte sowieso niemanden, was ich trieb. Diese Freiheit ohne Richtung, die andere so sehr fürchteten, behagte mir.

Ich genoss meine langsamen Spaziergänge zu einer Stunde, zu der alle frühmorgendlichen Nervenleidenden den Wald bereits verlassen hatten. Die Leute, die in der Früh regelmäßig einen Spaziergang mit ihrem Hund unternahmen, in hastigem Trab, bevor sie dann zur Arbeit aufbrachen, fluchend und zeternd, weil das Vieh an irgendetwas zu lange herumschnupperte oder nicht nach Plan sein Geschäft erledigte.

An diesem Morgen drehte ich mindestens drei Runden durch den Wald. Vollkommen ahnungslos, was zu Hause gerade geschah. Ich wollte an die frische Luft. Der Herbst hatte noch nicht zugeschlagen. Man konnte ihn riechen, ein leichter Geruch nach Pilzen lag in der Luft, doch man konnte sie noch nicht sehen, so intensiv grün und üppig waren die Blätter um die Bäume herum. Nur bei genauerem Hinsehen konnte man erkennen, dass das Leben an der Unterseite eines Stiels oder am Rand eines Blattes sich allmählich zurückzog und knittrig und schrumpelig wurde.

Am umgestürzten Baumstamm auf dem großen Wiesenstück,

beliebter Ort für Alkoholiker, Schule schwänzende Schüler und konversationsfreudige Hundebesitzer, die nie unter Zeitnot litten, blieb auch ich eine Weile hängen. Es gab noch weitere Labradors auf der Wiese. Toby erkannte seine Rassegenossen sofort. Obwohl er schon zehn war, balgte er sich noch immer gerne übermütig wie ein Welpe. Mit einer scheinbaren Gewichtslosigkeit, die seiner Rasse sehr eigen ist, sprang er vom Boden hoch und kam auf, als würde er auf einem Trampolin landen. Ein Anblick, der fröhlich stimmt. Ich lächelte vor mich hin, Herrchen ohne Hast, aber auch ohne dringend zu erledigende Dinge, ein Vater, der willig war, sich über Kinder und Hunde zu unterhalten und sonstige schöne Sachen im Leben. Ich hatte ja keine Ahnung, was zu Hause gerade passierte.

Ich machte mich erst wieder auf den Heimweg, als Fakkel auftauchte, ein sympathischer Hund, der von chronisch stinkender Ohrenentzündung geplagt wurde. Doch nicht er, sondern sein Herrchen war das Problem, ein ähnlich übel riechender Schwätzer, den man so leicht nicht wieder loswurde. Ich weiß auch nicht, wieso, aber diesmal leinte ich Toby nicht an. Er war in einem Alter, in dem Hunde nicht mehr so schnell abhauen. Brav lief er neben mir her, auch wenn ich dem nicht so recht traute. So trotteten wir daher.

Als ich um die Ecke in unsere Straße einbog, erblickte ich sie sofort. Zwar von hinten, aber ich erkannte ihre hochgewachsene Statur, das elegante Kantige ihrer furchteinjagenden Figur mit grazilen Armen und Beinen, Knochen so dünn wie Holzlatten und außergewöhnlichen Formats, das sich in der Modewelt großer Beliebtheit erfreute. Ich erkannte sogar die Bewegung ihres Haars, auch wenn ihr ein Friseur offenbar einen Wasserfall hineingezaubert hatte. Es federte in alle Richtungen, sogar bei der geringsten Regung. Aber dennoch wusste ich ganz genau, wie lange es dauerte, bevor ihr das Haar ins Gesicht fiel, wenn sie sich über jemanden beugte oder zu ihm heruntersah.

Genau das machte sie gerade, den Blick auf die viel kleinere Gaby gerichtet. Danach suchte sie mit den Augen die Straße ab, weil der Hund bereits um die Ecke bog und sie wusste, dass ich folgen würde, diesmal vorhersehbar und in dieser Situation machtlos. Oder wusste sie nichts? Undenkbar.

Was sollte diese Komödie? Sie lud gemeinsam mit Gaby Stühle in einen Transporter ein, der mit geöffneten Wagentüren vor unserem Haus parkte. Mein erster Reflex war, ein paar Schritte zurückzugehen und mich hinter der Hibiskushecke des Rechtsanwalts zu verstecken, dem Busch, der mich vor einer Ehekrise retten würde. Es handelte sich um eine dichte Hecke, die das Privatgrundstück eines prominenten Niederländers vor der Außenwelt abzuschirmen hatte. Mannshoch, nur ich konnte mit meiner Größe ungestört über die grüne Kante zum schmalen Kiesstreifen vor der glänzenden weißen Eingangstür und den wuchtigen Kubusblumenkübeln mit struppigen Lavendelsträuchern spähen, die noch nicht einmal übel in diesem menschenabweisenden Vorgarten aussahen. Nie sah ich dort mal etwas, das eines Klatschmagazins oder der Society-Presse würdig gewesen wäre.

Ich blieb hinter der Hecke verborgen, auch wenn das Verstecken inzwischen sinnlos geworden war. Toby hatte sein Frauchen erblickt und war schwanzwedelnd zu ihr hingetrottet. Zum Glück kam kein Auto.

Ich sah, wie meine Frau den Hund begrüßte und ihm liebevoll knuddelnd über den Wuschelkopf fuhr. Währenddessen schob sie mit ihrer freien Hand die Sonnenbrille in ihrem Haar wieder zurück auf die Nase, um in die sonnige Ferne spähen zu können, auf der Suche nach mir. Wo blieb ich nur, wieso hatte ich den Hund alleine gelassen? Den Grund würde ich ihr niemals im Leben erzählen.

Toby ließ sich inzwischen auch von der anderen Frau streicheln und tätscheln. Der Verräter lehnte in Ekstase an ihren Beinen, schabte mit den Ohren über ihre makellosen Knie und ließ eine große tropfende Zunge aus der Schnauze baumeln. Vollkommen zufrieden, als würde er bereits seit jeher zu dieser Frau gehören und nicht zu uns. Ein unheilbarer Charmeur, er sah sich noch nicht einmal um, wo ich blieb.

Dennoch hätte ich ganz einfach wegbleiben können. Der Hund befand sich immerhin in guten Händen, ich brauchte nicht nach Hause zu kommen, bevor die andere Frau abgefahren war. Doch wann würde das sein? Auch als sie mit dem Beladen fertig waren, sah ich, wie sie Gaby und dem Hund in den Vorgarten folgte, ihr langer Hals ragte über unsere Ligusterhecke hinaus.

In meiner Hosentasche gab mein Handy ein Signal. Ich sah auf den Bildschirm, eine SMS von Gaby. »Toby ist da, ohne dich. Ist was?«

Das hätte ich sie auch fragen können. Wieso hatte sie diesen Besuch ins Haus gelassen, genau an dem Morgen, als sie annahm, ich würde lange wegbleiben. Doch wenn sie etwas zu verbergen hatte, wenn sie mich nicht dabeihaben wollte, dann hätte sie mir nicht eine SMS geschickt. Ihr war es ziemlich egal, ob ich nun dabei war oder nicht.

Oder wollte sie mich gerade doch dabeihaben, da ich sowieso in der Gegend war? Ich wusste nicht, was sie wusste. Und sie wusste womöglich auch noch nicht, dass es da etwas gab, das sie nicht wissen durfte.

Es sah danach aus, dass das, was ich für unvorstellbar gehalten hatte, schließlich unvermeidlich wurde: Ein vor langer Zeit abgeschlossenes Kapitel wurde wieder aufgeschlagen. Die Situation entglitt mir wie Sand durch die Finger.

Am besten ging ich einfach nach Hause, unbesorgt und unbelastet, als ob mich nichts überraschte oder aus der Bahn warf. Wer Unschuld vortäuschen will, der darf nicht ängstlich oder heimlichtuerisch wirken.

Ich tauchte auf. Sofort drehte die Wasserfallfrisur sich um, und ich sah das vertraute Gesicht aus der Nähe, jünger, als ich es in Erinnerung hatte. Sie erkannte mich ebenfalls wieder. Deutlich. Danach wendete sie den Kopf blitzschnell ab, um sich weiter mit Gaby zu unterhalten, als wüsste sie nicht, welch schmerzhaftes Wiedersehen in ein paar Sekunden stattfinden würde. Ich näherte mich ihr wie einem Schafott.

»Was war denn mit Toby los?«, fragte meine Frau beiläufig, als würde sie einen vorbeigehenden Nachbarn fragen.

Prima. Sie spürte die Spannung offenbar nicht. Sie wusste nichts.

»Abgehauen«, sagte ich.

Es war lange her, dass ich ihr so direkt ins Gesicht gelogen hatte. Ich hatte angenommen, es würde nie wieder notwendig sein. Ich hatte mir sogar vorgenommen, es nie wieder zu tun.

»Darf ich Ihnen kurz meinen Mann vorstellen?«, sagte Gaby und berührte den Arm der anderen Frau, die mich nun von der Seite anlächelte wie einen Fremden, der ihr auf die Schulter getippt hatte.

Zum ersten Mal seit langer Zeit roch ich wieder den bekannten Duft, in dem all unsere Erinnerungen mariniert waren.

Gretta Luzerne sah mir endlich in die Augen und hielt mir die Hand hin.

»Judith«, sagte sie kurz und knapp. Und dann noch einmal, mit Betonung des Vornamens: »*Judith* Faber.«

7

Gretta Luzerne war weit entfernt von unserem Haus in mein Leben getreten, und am besten wäre sie auch dort geblieben, mit großem räumlichem Abstand zu meiner Familie. Dass ich ihr einen Platz in meinem Leben eingeräumt hatte, war das Ergebnis einer zufälligen Begegnung mit jemandem, dem ich besser aus dem Weg gegangen wäre.

Vor ungefähr acht Jahren traf ich auf dem Grote Markt Ludo Kramer, Inhaber einer Rechtsanwaltskanzlei an der Nieuwe Gracht.

»Lust auf ein Bier, Job?«

Wir kannten uns aus den falschen Gründen zu gut. Kramers Kanzlei war auf Immobilien spezialisiert. Jedes Mal, wenn eine Baugesellschaft oder ein Immobilienhai wegen dubioser Machenschaften in Schwierigkeiten geriet, tauchte Kramer auf, um die schmutzigen Geschäfte wieder reinzuwaschen. Es gelang ihm praktisch immer.

Der kumpelhafte Ton, den er anschlug, wenn er mich sah, war kein Zeichen des Wohlwollens, sondern der Beweis dafür, was er sich erlauben konnte: Ich steck dich in die Tasche, du mickriger, kritzelnder Zeichner.

Die Phrase »Lust auf ein Bier« beinhaltete zumeist, dass er ein Anliegen hatte. Er äußerte sie wie ein Stammkunde, der Privilegien und hohe Rabatte gewohnt war.

»Komm, tu mir den Gefallen, Job.« Seine Bitten waren meistens entweder zeitraubend oder nicht ganz koscher. Ob ich für einen Freund mal kurz ein Monumentalbauwerk, das er für einen

Kleckerbetrag im Internet gesehen hatte, checken könnte. Mit allem Drum und Dran. Mal zu einer Besichtigung gehen, sich die Unterlagen des Maklers anschauen, vielleicht dann gleich die Grundrisse und Baupläne mitnehmen, denn ein solches Gebäude für läppische anderthalb Millionen, stimmte da wirklich alles?

Oder eine andere Kramer-Story: Ob ich jemanden beim Verband der Wohnungs- und Immobilienunternehmen kennen würde, bei dem ich mal vorfühlen könnte wegen einer Einreichung zum Bauherrenpreis des Städtetags, der alle zwei Jahre verliehen wurde. Ob er Chancen für eine Nominierung hätte? Könnte ich ein gutes Wort für ihn einlegen? Nur dieses eine Mal, Job. Die Werbung würde sich bei einem Kunden gut machen, er könnte seinen Ruf damit aufpolieren. Dann näherte er sich mir: Meine Frau würde doch Italienischunterricht geben, für Anfänger und Kinder, wie viel das denn kosten würde, sicherlich sei ein Freundschaftspreis drin, ha ha, oder war das jetzt beleidigend, nee, oder, Job?

Es gibt Leute, die können nicht schlafen, wenn sie jemanden um einen Gefallen bitten müssen. Nachts wälzen sie sich in ihrem Bett, weil sie nicht betteln wollen, und sie empfinden die möglicherweise erfolgende Ablehnung wie eine drohende Marter. Ich war so ein Mensch.

Kramer hingegen ging erst dann sorglos ins Bett, wenn er auf einen Tag zurückblicken konnte, an dem er irgendetwas für sich hatte deichseln können. Egal, ob es sich um einen Rabatt handelte oder um eine gute Flasche Wein, die er irgendwo von einem Schreibtisch oder einem Umtrunk hatte mitgehen lassen. Ich hatte keine Ahnung, dass unser gemeinsames Bier mir diesmal einen Bonus einbringen würde.

»Eigentlich nicht«, erwiderte ich auf sein Anliegen.

Er lachte meine Ablehnung weg.

»Diesmal wirst du es bereuen, wenn du ablehnst. Ich warne dich lieber vor.«

Eine Viertelstunde darauf saßen wir mit einem großen Bier

draußen vor dem XO am Grote Markt. Freitagnachmittag, die Julisonne schien grell auf die angeheiterten Köpfe um uns herum, die sich ein Pils nach der Arbeit gönnten. Je dunkler das Lila der Gesichter, desto losgelöster die Zungen und lärmender das Palaver.

Kramer schien den Eindruck gehabt zu haben, ich hätte der Bedienung, die uns das Bier am Tisch serviert hatte, hinterhergesehen. Es war denkbar.

Und wieder lachte er, mit einer hinterlistigen Vorfreude über etwas, von dem ich noch keine Ahnung hatte.

»Ach, Job, tolle Frauen gibt es eigentlich nur in Bukarest.«

Auch sein Schädel, aalglatt mit einem Trimmer gestutzt, der wahrscheinlich täglich zum Einsatz kam, um seinen schwindenden Haaransatz zu verbergen, wurde in der Mittagshitze geröstet. Kramer holte ein Brillenetui hervor und fischte aufsetzbare Sonnengläser hervor, die er an der weinroten Fassung seines Brillengestells festklippte.

Nun war es mir unmöglich, ihm noch etwas aus seiner Visage abzulesen.

»In Bukarest, und deswegen sitzen wir jetzt hier, ist die Schönheit zum Greifen nahe. Mann, du weißt nicht, wie dir geschieht, du kannst dich nicht sattsehen. Ein Bekannter von mir treibt sich dort geschäftlich herum, besser gesagt, er stopft sich die Taschen voll. Mit Geld. Na ja, wenn man mit etwas Geld verdienen kann, dann ... Egal, darum geht es nicht. Der Mann will etwas besitzen, das sonst keiner hat. Er, jetzt pass mal gut auf, Job, das ist echt kein Scherz, er will die Herzstücke der europäischen Städte aufkaufen.«

Kramer hielt inne und beobachtete meine Reaktion. Was sollte man zu solch einem Größenwahn schon sagen? Wenn ich mich richtig erinnerte, wurde Bukarest vor noch nicht allzu langer Zeit von einem durchgedrehten Präsidenten grundsaniert. Und zwar nicht nur zaghaft. Raus mit dem Herz, den Brustkasten und die Lunge gleich mit, alte Wohngebiete, Boulevards und Parks, weg damit. Ich wusste, dass ein Großteil der charakteristischen Architektur vom Zerfall bedroht war. Und die wollte so ein halbkrimineller Kunde von Kramer jetzt also aufkaufen. Der Rechtsanwalt schlürfte von seinem Bier und verschluckte sich, als er die Abscheu in meinem Gesicht bemerkte. Behagte mir etwas nicht, konnte ich ein Gesicht aufsetzen, als würde ich tatsächlich einen körperlichen Schmerz empfinden.

»Nein, nein, keine Sorge, nicht das, was du jetzt denkst. Es entstehen dort keine Hochhäuser, Hotels oder Bürogebäude. Es dreht sich um Restaurierung. Stell dir vor. Eine Restaurierung, die die Verbrecher dieser rumänischen Stadt niemals bezahlen könnten oder wollten. Diese Leute sacken das ganze Geld doch selbst ein. Ist doch praktisch, wenn dann ein betuchter Niederländer einspringt, oder? Sie bekommen dafür ein Schmuckstück zurück.«

Er gestikulierte wild mit den Händen. »Geschäfte, Restaurants, Künstlerateliers, Lofts, Büros für Neugründer, Galerien, Arztpraxen und noch mehr Gastronomie, immer mehr Gastronomie, denn das wollen die Rumänen auch mal haben: so eine Spaßmeile. Man tritt auf die Straße, und keine drei Meter weiter kann man schon wieder in den nächsten Laden einfallen, das Glas noch in der Hand. Studentenstadt, nicht wahr? Kein reines Vergnügungsviertel, sondern eher klein, individuell und pittoresk, mit allem Drum und Dran: Schnörkelkram, Putten, Säulen und Barock an den historischen Häuserfassaden. Denn darum geht es doch auch, nicht wahr? Oh ja, mein Freund hat Gespür für die Geschichte, hat ja auch ziemlich viel gelesen. Nur: Alles hat seinen Preis. Missionsarbeit kostet auch. Mein Freund möchte auch etwas für sich haben. Sich dort niederlassen. Hausbesitzer sein. Vetorecht direkt beim Bürgermeister erheben können, wenn es darauf ankommt. Die dazu notwendigen Kontakte und die Kohle hat er.«

Die Sonne verschwand hinter den Hausgiebeln. Ich unterbrach ihn.

»Welcher Freund?«

Kramer fing an zu stottern. Nun ja, Freund, wie man so sagt, ja doch, er ist der Bekannte eines Freundes, für den wiederum ein anderer Freund Botendienste erledigte. Derjenige, der die »Details« regeln würde, wie Kramer sagte, als müsste mir sofort klar sein, was er damit meinte. Weitschweifig und zu mir hingebeugt, als wollte er mir etwas Geheimes anvertrauen, erzählte Kramer mir schließlich, um wen es sich handelte: Herman Luzerne.

Aha.

Immobilienlöwe in Rumänien. Ein Mann, der Einkaufszentren, Bürogebäudekomplexe und Fußballstadien kaufte wie ich Legopackungen für meine Kinder. Sein Name tauchte immer wieder auf den Listen der reichsten Männer auf. Ab und zu erschien ein Bild von ihm in der Zeitung. So um die sechzig, die Haare inzwischen heller als das gebräunte Gesicht, das vital und entspannt wirkte. Ein Mann ohne Sorgen, auch wenn man das bei einem solchen Vermögen und entsprechenden Ambitionen nie genau wissen konnte.

Als er einmal als wichtiger Zeuge eines Immobilienbetrugs geladen war, der ausnahmsweise mal nicht auf seinem Mist gewachsen war, gab er sich vor Gericht so würdevoll und eloquent, dass man tags darauf in der Zeitung lesen konnte, wie sehr der »diskrete Charme« Luzernes der Immobilienbranche zu einem anderen Image verhelfen konnte: Stil und Klasse.

Es war inzwischen fünf Uhr, und Kramer hatte wieder ein Bier bestellt. Wenn es an einem solch trägen Nachmittag nicht dabei blieb, war die Wahrscheinlichkeit sehr hoch, dass man um zehn bei einem mittelmäßigen Italiener landete und die vierte Flasche öffnete, in Gesellschaft von jemandem, der einem gestohlen bleiben konnte. Höchste Zeit, sich zu verabschieden.

»Hör mal, die Sache ist doch klar. Dein Freund hat Geld und Kontakte. Ich weiß nicht, was du von mir willst. Es ist besser, wenn ich jetzt gehe.«

Kramer hielt mich am Arm fest.

»Warte, ich muss dir doch noch erzählen, welche Rolle du in der Geschichte hast. Bei Geschäften dieser Art weiß der Käufer, dass er in solchen Ländern an einem Tag einen guten Deal abschließen kann, am nächsten aber vielleicht ein Messer in die Rippen bekommt. Wichtig ist, dass er niemandem vertraut, nicht hier und auch nicht dort, niemandem, von dem er Geld bekommt. Was er braucht, das ist ein vollkommen unabhängiger Gutachter, jemand von außen, der sich traut, ihm reinen Wein einzuschenken, bevor er die Bagger anrücken lässt. Er möchte die professionelle Einschätzung von jemandem haben, der absolut unabhängig ist und nichts mit seinen Unternehmen, seinen Immobilienplänen oder Finanzen zu tun hat, verstehst du? Kauft er einen Straßenzug in einem Elendsviertel, oder handelt es sich um die zukünftige Top-Location? Er möchte einen unabhängigen Blick, eine unparteiische Stimme von einem Profi. Er möchte etwas anderes hören als die wortreichen Versicherungen der interessierten Rumänen. Deswegen dachte ich da an dich.«

Ehrlich gesagt, fühlte ich mich geschmeichelt. Der knochenharte Ludo Kramer, der sich als Herr und Gebieter aller wähnte, wusste einen Menschen nach seinem Wert zu schätzen.

Noch bevor ich mir darüber im Klaren war, nickte ich. Und nochmals. Kramer reckte beide Daumen in die Luft und bestellte mit einer großzügigen Armbewegung noch zwei Bier.

Bukarest. Für einen Architekten gewiss keine unattraktive Stadt, im Gegenteil. Ich erinnerte mich an die überschwänglichen Berichte vom Mondrianfonds. Ateliers wollten sie errichten, Künstler mit Stipendien dorthin schicken, Studienreisen organisieren. Zu Fuß konnte man dort vom Prachtboulevard bis zum Armenviertel die Geschichte der europäischen Architektur abhandeln, erzählte man sich. Ceauşescu hatte nicht alles plattmachen können. Egal, wo man hinkam, überall sah man eine wunderbare Mischung verschiedener Stilrichtungen. Neben einem Art-déco-Haus stand direkt eine Barockkirche, die wiederum an ein skurriles stalinistisches Gebäude grenzte, das sich an der Ecke eines Grundstücks befand, das von einer langen Reihe niedriger Verandahäuser gesäumt wurde. Von Helsinki bis Montevideo schwärmten die Kollegen über diese bunte Mischung, die sich in Bukarest erstaunlicherweise prachtvoll präsentierte. So lief das ab, wenn eine Stadt vom Jetset der Architekturwelt entdeckt wurde. Plötzlich zog es sie alle dorthin. Fünf Jahre später war diese Liebe schon wieder abgekühlt, und das Interesse verschob sich weiter Richtung Osteuropa nach Lemberg, Danzig, Odessa, Chişinău, Plowdiw – es gab so viel in dieser Welt zu entdecken, die bis 1989 für die Kollegen Terra incognita gewesen war. Und konnte meine Neugierde da nicht geweckt sein?

Drei Monate darauf landete ich auf Henri Coandă, dem internationalen Flughafen von Bukarest. In der Ankunftshalle suchte ich meinen Namen auf einem der vielen beschriebenen Pappschilder in den Händen der wartenden Chauffeure, Reiseführer und Gastgeber. Ich entdeckte ihn dann in den Pranken eines Riesen mit schwarzem Vollbart, der trotz nächtlicher Stunde eine Pilotenbrille mit dunklen Gläsern trug. Neben ihm stand sein Ebenbild mit ähnlich langer Lederjacke, die Hände hatte es allerdings hinter dem Rücken versteckt. Sie sahen jeden Mann, der durch den Eingang kam, prüfend an und verfolgten ihn mit ihren Blicken, bis er an ihnen vorbeigegangen war.

Ich blieb direkt vor ihnen stehen.

»*We take you home*«, sagte derjenige, der meinen Namen hochhielt. Mit seiner Bärenpratze zerquetschte er die Pappe mit meinem Namen und ließ sie dann auf den Boden fallen. Ich hatte das Gefühl, er würde mit mir dasselbe tun, falls ich nicht gehorchte. Der andere Kerl nahm sich, ohne zu fragen, meinen nahezu gewichtslosen Koffer. Die beiden liefen voraus und sagten nichts mehr in ihrem bärbeißigen Englisch. Sie drückten sich zwar durchaus korrekt aus, doch sie fassten sich so kurz, dass einem nicht recht klar war, ob ihr effektiver Sprachgebrauch zu ihrem Geschäftsgebaren zählte oder nur ihren geringen Englischkenntnissen zuzuschreiben war. Es war sehr offensichtlich, dass sie einen Befehl ausführten und mir zu Diensten sein sollten, allerdings machten sie das in einer Art, dass ich wiederum das Gefühl hatte, mich dienstwillig ihren Weisungen fügen zu müssen.

Wir gingen hintereinander her zum Ausgang wie drei dubiose Gestalten in einem Actionfilm. Das war der Moment, in dem ich hätte umdrehen können.

Es war bereits nach Mitternacht. Bei Sonnenaufgang würde die KLM-Maschine, mit der ich gekommen war, wieder nach Amsterdam zurückfliegen. Bestimmt gab es im Flughafen eine ordentliche Bar, in der ich die Zeit hätte verbringen können. Doch dann überlegte ich, dass ich am nächsten Morgen gegen zehn Uhr morgens zu Hause in Haarlem sein würde und Gaby mir dann vorschlagen würde, gemeinsam mit der ganzen Familie einen Spaziergang mit dem Hund zu unternehmen und danach etwas essen zu gehen. Ich sah mich schon zwischen den Rollatoren des benachbarten Altenheims sitzen, während ihre Benutzer in diesem Mövenpick-Restaurant am Haarlemer Wald von ihren durchschnittlichen Kindern zu einem Ciabatta eingeladen wurden, das kein Kunstgebiss der Welt durchbeißen konnte. Die Generation, die es gewohnt war, ein plattes labberiges holländisches Butterbrot mit Messer und Gabel zu essen, war mit der krossen Kruste der modernen Brötchen überfordert. Mit zittrigen Händen wurde so eine dick belegte Brottasche an den kleinen Mund geführt, marinierte Hühnerstückchen und Sojasprossen verteilten sich über Tische und Schöße. »Mama, du kleckerst«, zischte dann die Tochter und würde mit einer Serviette dem Geschmiere zu Leibe rücken. Immer waren es die Töchter, die das machten, während der anwesende Mann – Bruder oder Ehemann – gequält in seinen leeren Kaffeebecher starrte: Sich noch einen zu bestellen würde bedeuten, dass er noch länger in dieser Hölle des Todes ausharren müsste. Nach unserem fröhlichen Familienmittagessen in diesem Etablissement würden wir alle gemeinsam einkaufen gehen. Die Vorstellung, Bukarest zu entkommen, war plötzlich nicht mehr so verlockend.

Den Blick auf ihre breiten Schultern gerichtet, folgte ich meinen schwarzen Begleitern hinaus.

Hinter den Schiebetüren hielten sie vor einem großen Chevrolet an, der direkt vor dem Eingang geparkt war. Ein Riesenschlitten, wie ich ihn noch nie in den Niederlanden hatte herumfahren sehen, nur in amerikanischen Serien oder in Filmen über das Weiße Haus. Der Einstieg in den Wagen war so hoch, dass sogar eine Frau in Gabys Größe Hilfe benötigt hätte. Als ich endlich hinten im Wagen saß, fiel mir auf, dass nur einer meiner beiden Begleiter mit eingestiegen war und nun hinterm Steuer saß. Der andere tauchte erst wieder auf, als er uns auf dem Weg zur Ausfahrt einholte und sich unmittelbar vor uns setzte – auf einem Motorrad. In dieser Formation glitten wir durch die rumänische Nacht, bis das Auto vor dem Eingang des Athenee Palace Hilton anhielt.

Wir checkten nicht ein, offenbar war das bereits alles geregelt. Meine Bodyguards gingen direkt durch die Lobby zum Aufzug. Wir fuhren bis in die oberste Etage. Ich schien eine Suite in der Form eines Halbkreises zu haben, genau an der Seite, wo das historische Hotel sich mit einer Rundung um die Straßenecke spannte. Der Kofferträger blieb in der Nähe der Tür stehen, der andere ging zum Fenster und öffnete es weit. Eine spektakuläre Aussicht über einen Platz mit neoklassizistischen Gebäuden tauchte zwischen den zur Seite geschobenen Gardinen auf. Ich hörte den Verkehr und die Klänge eines weit entfernten Jazzkonzerts.

»*View over Revolution Square*«, sagte der Motorradfahrer in seinem ruppigen Englisch. Auch das klang wieder zwingend, als hätte er meinen Wunsch, in Bukarest auch diesen Ort zu besuchen, über Spionage herausgefunden.

Ich ging zum Fenster und betrachtete die glitzernden Lichter der Stadt, die trägen, auffällig eleganten Wagen auf der breiten Straße unter meinem Fenster und den ehemaligen Palast des seit Langem vertriebenen Königs auf der gegenüberliegenden Seite. Ein süßlicher Geruch wehte ins Zimmer, der Herbstgeruch einer unbekannten südlichen Metropole, deren Herz wie ein frisch polierter Edelstein funkelte, doch die an den zackigen Rändern immer rauer und zwielichtiger wurde. Bukarest gefiel mir jetzt schon. Ich hatte noch nicht einmal mitbekommen, dass meine Leibwächter bereits auf dem Flur standen.

»*Tomorrow host will come*«, sagte einer von ihnen und ließ daraufhin die Tür ins Schloss fallen.

Am Morgen wurde ich davon geweckt, dass jemand auf meinem Bett saß. Etwas Warmes drückte die Decke an meine Oberschenkel, während leicht an meinem Knie gerüttelt wurde.

Eine niederländische Stimme mit einem schwachen Akzent, den ich nicht einordnen konnte, sagte: »Aufwachen, Job van Emmerik. Sie haben offenbar meine Nachricht nicht gelesen.«

Die Frauenstimme klang amüsiert.

Ich hatte verschlafen. Als ich die Augen öffnete, erblickte ich eine junge Frau, die mit einem grünen Umschlag wedelte. Der Pastellton passte zu ihrem korallenroten Nagellack, der leicht gebräunten Haut und den vielen hauchzarten Goldarmreifen an ihrem Handgelenk. Mit einem fröhlichen Lächeln überreichte sie mir einen Briefumschlag. Stimmt, den hatte ich gestern auf der gläsernen Obstschale im Salon der Suite gesehen, zwischen einen Granatapfel, zwei Passionsfrüchte und eine Handvoll Litschi gesteckt. Obst, das bestimmt ein kosmopolitisches Bild abgeben soll, das einem aber nichts bringt, wenn man nach einem Arbeitstag und dann noch einem Spätflug endlich in einen Hotelsessel niedersinkt und keine Lust hat, etwas Hartes schälen zu müssen. Den Briefumschlag hatte ich auch nicht angerührt, bestimmt befand sich darin ein Willkommensgruß des Hotels oder ein Bogen mit einer Meinungsumfrage, hatte ich angenommen. Doch es schien sich um meinen ersten Termin in der Stadt zu handeln.

Die Nachricht, verfasst in einer schnörkeligen, leicht kindlichen Handschrift, las ich dann:

Sehr geehrter Job van Emmerik, bitte entschuldigen Sie, dass ich Sie heute Abend nicht am Flughafen empfangen konnte. Dafür werde ich aber während der kommenden Tage nicht von Ihrer Seite weichen, solange Sie das wünschen. Ich hoffe, Ihnen gefällt die Suite, sonst werde ich mich gleich morgen darum kümmern, dass Sie eine Unterkunft nach Ihren Vorstellungen erhalten. Ich warte um 10 Uhr auf Sie in der Lobby. Sie erkennen mich an dem Windhund.
Ein warmer Gruß,
Gretta Luzerne

»Gehört also zur Familie«, sagte ich mehr zu mir selbst, noch bevor ich die Frau richtig begrüßt hatte.

»Tochter«, sagte sie, während sie mir die Nachricht aus den Händen nahm und aufstand. Auch der Windhund tauchte auf. Ein riesiges braun-weiß geflecktes Tier mit schläfrigen Augen in seinem spitzen Gesicht, was mich sofort für ihn einnahm. Er musste mucksmäuschenstill neben meinem Bett gelegen haben und erhob sich nun gleichzeitig mit seinem Frauchen.

»Und das ist Stasi«, sagte Gretta Luzerne.

»Stacy?«, fragte ich. Man muss sich zu benehmen wissen, wenn man von einer schönen Unbekannten geweckt wird.

»Nein«, sagte sie. »Stasi. Wie der Geheimdienst in Ostdeutschland.«

Dann klatschte sie in die Hände. Der Hund und ich sprangen auf. Gretta verließ das Schlafzimmer. Vom Wohnzimmer aus rief sie: »Kaffee und Frühstück stehen auf dem Tisch, ich warte unten. Hoffentlich nicht zu lange.«

Keine drei Tage später, auf dem Weg nach Schiphol, konnte ich im Flugzeug an nichts anderes mehr denken als an die paar Minuten am späten Vormittag in meinem Hotelzimmer. Gretta und ich beide auf einem Bett, ohne uns zu berühren, sogar ohne die Vermutung, dass es einmal dazu kommen könnte. Ein müdes Bild, eine verpasste Gelegenheit, verlorene Zeit. Vorspiel, das nicht Vorspiel heißen darf. Also fantasierte ich mir die Handlung dazu. Denn so arbeitet die Sehnsucht. Wie eine sich häutende Schlange kroch sie aus mir heraus und schlich zielstrebig zu dem Moment zurück, an dem alles begann, um diesen Augenblick mit Bedeutung und Fantasie anzureichern. Geschichtsfälschung. Im Flugzeug spielte ich den Film immer wieder aufs Neue ab. In einer Version war ich an dem Morgen im Athenee nackt aus dem Bett gestiegen, hatte den Windhund an seinem geschmeidigen Lederhalsband genommen und aus dem Schlafzimmer gebracht. Danach war ich zurückgekehrt und hatte Gretta Luzerne auf dem Boxspringbett in die noch immer raschelnden Laken gedrückt.

Ich war nicht mehr ich selbst in der Fokker 70, Sitz 1A, ganz vorne, mit Blick ins Cockpit und rechts neben mir einen trübseligen Sechziger, der sich mit dem langen gelben Nagel des kleinen Fingers im Ohr herumpulte. Die Stewardess, die mir eine aktuelle niederländische Zeitung in die Hand gedrückt hatte, trug Stützstrümpfe in einem Kakaoton und roch nach Hühnersuppe. Nichts half. Ich sah nur noch Gretta Luzerne, und zwar überall um mich herum. Die Rundungen ihrer Schultern und Oberschenkel füllten meine Hände, die leer und untätig auf der Zeitung in meinem Schoß ruhten. Ihr Bauch drückte sich so stark gegen meine Brust, dass ich kaum noch Luft bekam, und in meinem Mund schnappte eine Zunge gierig nach einem Wiedersehen.

Noch während das Flugzeug aufstieg, kurz nachdem die Lichter des Sicherheitsgurts erloschen waren und das Flugzeug eine Kurve über den, wie der Pilot angekündigt hatte, »bei diesem klaren Wetter prächtigen Gipfeln der Karpaten« drehte, eilte ich zur Toilette. Ich drückte die Tür der engen Kabine mit dem Rücken zu und blieb so stehen. Zeit, mich von Gretta Luzerne zu befreien.

8

Sie hatten sich auf Marketplace im Internet getroffen. Befindet man sich in der Annahme, jemand sei vom Erdboden verschwunden, vergisst man die virtuelle Parallelwelt mit all ihren unauslöschlichen Spuren.

Ich selbst hatte Gretta Luzerne nur selten gegoogelt. Vielleicht ein einziges Mal, kurz nachdem ich den Kontakt endgültig abgebrochen hatte. Nicht etwa, weil ich sie vermisste oder neugierig war, wie es ihr erging, sondern um einen greifbaren Beweis dafür zu haben, dass sie auch ohne mich leben konnte – um aus der Ferne die Distanz zwischen uns zu betrachten, deswegen. Die Trennung musste damals sichtlich bestätigt werden, auch aus diesem Grund schaute ich nach, ob sie auf Facebook oder Twitter zu finden war. Am liebsten hätte ich sie sofort auf dem Bildschirm gesehen, die Arme um den Nacken eines Kerls gelegt, in einem Pool irgendwo unter wedelnden Palmen. Ende gut, alles gut. Doch ich fand nichts.

Sie hatte sich offenbar intensiver auf die Suche nach uns begeben. Sie war die Einzige, die auf die Anzeige meiner Frau reagiert hatte. So schnell, dass man das Gefühl hatte, sie würde uns auflauern.

Im Nachhinein stellte sich heraus, dass Gaby mehr oder weniger unsere halbe Wohnungseinrichtung bei Marketplace reingestellt hatte. Wir hatten viele Möbel, das stimmte. Geerbt oder gekauft, von Designern geschenkt bekommen, für die ich gearbeitet hatte, oder in den Ateliers bestellt, die wir früher besucht hatten, als wir noch mehr gereist waren, unsere Aufmerksamkeit noch stärker den schönen Dingen galt und wir auch mehr Geld hatten, sie zu kaufen, und auch mehr Lust, uns mit ihnen zu umgeben. Die Sammlung wuchs, weil wir immer wieder neue Funde ins Haus holten und nur wenig weggaben. Wir hingen an unseren alten Trophäen. Als das oberste Stockwerk, in dem damals noch nicht die Kinder wohnten, allmählich voll wurde, brachten wir das ein oder andere Möbelstück auf den Dachboden. Für den Übergang, sagten wir immer. Auch wenn wir beide genau wussten, dass das, was einmal unterm Dach gelandet war, dort höchstwahrscheinlich auch bleiben würde.

Doch nun hatte Gaby beschlossen, dieses schlummernde Kapital anzubrechen.

»Alles in Ordnung?«, hatte mich Tara eines Morgens gefragt, als wir beide allein am Frühstückstisch saßen. Alles in Ordnung – in diesem langsamen, verschwörerischen Ton eines lieben Freundes, der Psychiater ist und während eines Besuchs bei dir daheim etwas Alarmierendes wahrnimmt und versucht herauszubekommen, was es wohl sei. Was machten wir falsch, dass nun unsere vierzehnjährige Tochter in diese Rolle schlüpfte?

»Alles in Ordnung mit Mama? Mit dir, mit euch?«

Das Kind hatte die untere Hälfte seines Gesichts hinter einer großen Café-au-lait-Tasse verborgen. Es roch wieder nach Kakao im Haus. Der Herbst, ich wollte das gar nicht sehen, drängte mit Frühnebel und ungemütlichen Windböen heran, erfasste mich bereits am Morgen, wenn ich in der Früh alle Türschlösser öffnete und die Fahrräder der Zwillinge bereitstellte. Das Mindeste, was dieser nutzlose, zu Hause herumhängende Vater noch tun konnte.

»Natürlich, Liebes«, beruhigte ich meine Tochter. »Was soll denn sein?«

Tara stellte die Tasse auf dem Tisch ab, hielt sie aber weiterhin in beiden Händen. Sie klammerte sich daran fest.

»Ich sehe Mama den ganzen Tag nur Aufkleber kleben. Bunte

Aufkleber auf alles, was sie gerade sieht. Und irgendwann nimmt sie sie wieder ab. Sogar auf dem Sekretär von Oma in meinem Zimmer befand sich zwei Tage ein auberginefarbener Punkt.«

Das war einerseits seltsam, andererseits wunderte es mich auch nicht. Gaby inventarisierte, solange ich sie kannte. Die Kunsthistorikerin, die sich lieber in den Archiven der Museen tummelte als im Rampenlicht der mondänen Kunstwelt da draußen, konnte es einfach nicht lassen, Vergangenes zu ordnen. Der Archivierungsdrang brachte sie schließlich auf eine geniale Idee. Alle Nachbarn mit kleinen Kindern hatten leer stehende Dachböden und Kindersachen, die überall im Haus verteilt waren. Weil Gaby alles von unseren Kindern aufbewahrte, nicht nur die Zeichnungen und Kleidung, sondern auch die Mäusegruppenzeugnisse aus dem Kindergarten, die ersten Schreibversuche, Gruppenzeitungen mit Zitaten und Kinderweisheiten, die die Erzieherin gesammelt hatte, Schleifenbinde-Diplom, Martinslaternen, Nikolausstrümpfe und alle Basteleien zum Mutter- und Vatertag, beschloss sie, dass die anderen das auch tun müssten. Sie erfand den »Glücklichen Dachboden«. Ihr Einmannunternehmen würde die Geschichte der Kinder im Haus unter dem Dach archivieren, in Regalen und Schubladen, eingerahmt an den Wänden, in Körben, Kartons, hinter Vitrinentüren oder in Ordnern, alles gekennzeichnet und katalogisiert, auffindbar.

Wofür allen die Zeit fehlte, das würde sie für andere erledigen. Es hagelte Aufträge. Mundpropaganda, die Zeitung, eine Homepage, die ganze Region kannte sie.

Sie fing damit an, als die Kinder zur Schule gingen. Nach zwei Jahren richtete sie überall in der Stadt die Dachböden ein und bekam dadurch auch Aufträge aus Heemstede, Bloemendaal, Aerdenhout, überall dort, wo es Geld und Wohnraum im Überfluss gab. Das Unternehmen lief bestens. Gaby entwarf Archivzimmer in verschiedenen Stilrichtungen und mit unterschiedlichen Schwerpunkten, je nachdem, was die Kunden aufbewahren oder gleich im Blick haben wollten. Der Glückliche Dachboden hätte sich zum nationalen Kult entwickeln können. Gaby hätte die Geschäftsidee noch weiter ausbauen können und bunte Auftragsbusse mit angelerntem Personal durchs ganze Land fahren lassen können.

Doch sie wollte nicht. Sie schien eher eine Entwicklerin als Praktikerin zu sein, und es schien ihr auch mehr zu liegen, wenn sie einen Auftrag nach dem anderen annahm und ihn selbst ausführte. Übersichtlich, entspannt. Nie acht Stunden am Tag arbeiten, weil der Nachmittag den Kindern gehörte. Nur dann konnte sie ihre Arbeit genießen. Ihr florierendes Unternehmen kränkelte 2008, als die Wirtschaftskrise einsetzte und alle kürzertraten. Gaby bedauerte die Veränderung nicht.

Als Tara mir erzählte, Gaby würde überall Aufkleber anbringen, fragte ich mich, ob sie damit beschäftigt war, sich wieder eine Arbeit aufzubauen. Dass sie etwas mit dem Sekretär ihrer Mutter vorhatte, beunruhigte mich aber. Es war nicht ihr Stil, eine derart drastische Entscheidung über einen Gegenstand zu treffen, den sie schon so lange besaß und der womöglich so etwas wie eine Kompensation für ihre physisch abwesende Mutter war, etwas Tastbares, eine Bestätigung, dass es diese Frau überhaupt einmal gegeben hatte.

»Hast du sie mal gefragt, was dieser Aufkleber in deinem Zimmer zu bedeuten hat?«, fragte ich Tara. Sie war inzwischen damit beschäftigt, einen dicken Schulbuchstapel in ihre enge Converse-Tasche zu zwängen. Sie warf mir einen Blick zu, der bedeuten sollte, ich hätte offenbar den Verstand verloren.

»Warte nur«, sagte sie schließlich. »Nachher landen wir alle noch mit einem Aufkleber auf der Stirn in der ein oder anderen Buchführung, die uns vor dem Untergang retten muss. Papa, du kannst doch selbst ein Lied davon singen, wie das ist, wenn Mama wieder vom Geld anfängt. Aber ich werde den Sekretär nicht hergeben. Ich glaube, Mama verkauft die Sachen.«

Sie kicherte. Und weg war sie, noch bevor ich ihr über die Schulter hatte streicheln können.

Die Aufkleber, so lernte ich später, zeigten Kategorien an: was weg konnte und was nicht, was so stehen bleiben konnte und was auf den Dachboden musste.

Gaby hatte gerade ihre erste Anzeige geschaltet, und noch keine Woche darauf reagierte Gretta Luzerne. Pardon, Judith, Judith Faber.

Dass sie ein Pseudonym verwendete, beruhigte mich. Die Frau, die von meiner Ehefrau in unser Haus eingeladen worden war, wollte für sie nicht dieselbe sein, die mich allzu gut kannte. Allerdings fragte ich mich auch, welchem Umstand ich diese Diskretion zu verdanken hatte. War es aus Vorsicht gegenüber meiner Frau, von der sie lieber nichts wusste? Oder heckte sie irgendetwas aus, wovor ich mich fürchten sollte?

Es war schon ziemlich seltsam, dass die Tochter eines Millionärs, die mit achtzehn Jahren ins Ausland gegangen war, um dort zu studieren und zu arbeiten, mit vierzig bei uns in Haarlem auftauchte, um ein Set Louis XV.-Stühle zu kaufen, hergestellt in einem späteren Jahrhundert als das Original. Das Holz war zwar noch immer wunderschön und die Bezüge noch im Original, doch die Stuhlbeine waren inzwischen wackelig und die Polster ausgefranst und mussten dringend restauriert werden. Sie hatte sie wahrscheinlich für sehr wenig Geld erworben, denn Gaby war keine gewiefte Geschäftsfrau.

Was Gaby jetzt allerdings sehr wohl war: diejenige im Haus mit mehr aktuellen Informationen über Gretta … *Judith*. Wie die Rollen sich drehen können.

Mir behagte es jedoch nicht, in die Rolle des Ehemanns zurückkehren zu müssen, der auf der Hut sein musste, weil alles, was er erzählte, mit einer anderen Frau in seinem Leben in Zusammenhang gebracht werden konnte. Schuldhaftes Wissen so mit sich herumzutragen, dass es nicht bedrückend wurde und keine Spuren hinterließ, fand ich damals schon höchst anstrengend. Aber mir gelang es. Und jetzt schlüpfte ich zu meinem Erstaunen wieder mühelos in die Haut des damaligen Lügners.

Zugleich musste ich das Bild eines Mannes abgeben, der vollkommen ahnungslos war, weil er schlichtweg keine Erinnerungen an die fremde Frau besaß.

Es funktionierte. Sobald Gretta an diesem Morgen mit den Stühlen abgefahren war, stellte ich Gaby die einzig richtige Frage.

»Wer war das?«

Ohne mich anzuschauen, ging sie zum Esstisch in der Küche.

»Meine nächste Abrechnung der Visa.«

Es schwang eine Heiterkeit in ihrer Stimme mit, die mir gefehlt hatte.

Ich konnte nicht darüber lachen: Eine Visa-Card besaß meine Frau schon lange nicht mehr.

Der Küchentisch trug die Spuren eines gemütlichen Beisammenseins. Eine gläserne Teekanne, in der die Minzzweige sich bereits auf dem Boden abgelagert hatten. Ein Schälchen mit Cantuccini und Schokoladenkrümel, die süßen Reste einer Bekanntschaft. Lippenstiftspuren an den Servietten und am Porzellan. Grettas Mund. Ich erstarrte. Ziemlich dünne Spuren für das, was die Lippen machen konnten. Dieser Papiermund war Teil meines Interieurs geworden. Ein roter Stempel, bei dem jede Linie ein Sieg Judiths zu sein schien. Ich schaute zum Ort des Geschehens. Ein weibliches Komplott, das für mich wahrscheinlich schlecht ausgehen würde. Auf dem Tisch lagen die Reste einer hastigen Gastfreundschaft. Es war nicht verdächtig, Gaby zu fragen, wie sie an die Käuferin gekommen war.

Damit kam die Marketplace-Geschichte auf den Tisch.

Ich räumte ab und machte einen Kaffee. Starken schwarzen Kaffee, für mich und für sie. Ich ließ mich am Kopfende des Tischs nieder. Gaby setzte sich rechts neben mich, mir zugewandt, die nackten Beine unter ihrem Khakikleid übereinandergeschlagen.

Ein goldfarbener geflochtener Ledergürtel lag lässig um ihre Taille. Diese selbstverständliche, alltägliche Eleganz hatte sie mit Judith gemein. Das Einzige, worin sie sich ähnelten. Dass ich schon wieder Vergleiche anstellte, erschreckte mich. Doch nun war es, als würde Gaby mit dieser anderen Frau abhauen und ich hätte das Nachsehen. Musste ich eigentlich noch etwas zu den verkauften Sachen aus unserem Haus sagen?

»Ich hatte gehofft, du würdest eine solche Entscheidung gemeinsam mit mir fällen«, sagte ich.

Gaby zog die Augenbrauen zusammen.

»Es sind meine Stühle. Ich habe sie von meinem Vater bekommen und er sie von seinem. Sie passen nicht mehr zu unseren anderen Sachen. Du hast dich nie um sie geschert. Sie passen zu keiner neuen Einrichtung, die du dir je für das Haus überlegt hast, zudem müssen sie aufgearbeitet werden. Du verbindest nichts mit ihnen, deswegen spielen sie in deiner Fantasie oder deinen Erinnerungen auch keine Rolle. Allerdings muss ich gestehen, dass es mir immer schwerfällt dahinterzukommen, was darin sehr wohl eine Rolle spielt.«

Weshalb dieser Hieb? Die angstvolle Vermutung beschlich mich, dass sie etwas von Judith und mir wusste.

»Deine Stühle, aber unsere Einrichtung. Unsere Adresse und Telefonnummer im Marketplace«, antwortete ich.

»Die habe ich nicht angegeben, nur meine Handynummer, auf der, wie du weißt, selten jemand anruft. Was stört dich denn, Job?«

»Dass du das Haus ausräumst. Davor habe ich Angst.«

Ein Seufzer.

»Mit dir kann man momentan keine Geldangelegenheiten besprechen. Verzeih, dass ich nicht bei allem, was zum Bestreiten des Unterhalts beiträgt, deine Meinung einhole. Oder gar deine Zustimmung.«

»Man kann über alles sprechen, aber ich halte dieses Gejammere über Geld nicht mehr aus. Du tust gerade so, als müssten wir uns auf ein Leben im Wohnwagen bei einem Bauern vorbereiten. Nach dem Motto: Die Klospülung darf nur mit dem Wasser gespeist werden, in dem zuvor die Unterhosen gewaschen wurden. Stattdessen baust du genau das ab, von dem du befürchtest, du könntest es verlieren.« Ich machte eine weit ausholende Bewegung mit dem Arm. »Das hier.«

Zum wiederholten Mal gab ich zu erkennen, dass mich Gespräche über Geld verdrossen machten. Nicht nur, weil ich hörte, wie ich mich selbst andauernd wiederholte und es mir nicht gelang, bis zu Gaby durchzudringen.

»Wie viel hast du für sie genommen?«, fragte ich in einem lockeren Ton.

Gaby taute auf.

»2400 Euro.«

»So viel? Für sechs schwer zu datierende Stühle, die gründlich restauriert werden müssen?«

»Ich habe mich erkundigt. Es ist ein niedriger Preis aus einem Auktionskatalog. Ich hatte zwar auch angenommen, weniger für die Stühle zu bekommen, doch es verlief anders. Diese Judith war die Erste, die sich gemeldet hat. Sie rief an und sagte, dass sie mit dem Preis einverstanden sei.«

Sagte ich doch, schlechte Geschäftsfrau. Noch ein bisschen hinauszögern oder verhandeln und sie hätte locker das Doppelte kriegen können. Gaby griff nach etwas auf dem Stuhl neben ihr. Ein großer Umschlag, prall gefüllt.

»Hier. Das wird schon stimmen. Die Frau sehen wir wieder.«

Es war naheliegend, darauf nicht zu antworten. Ich öffnete den Umschlag und nahm den Inhalt heraus. Ein dicker Packen mit Hunderteuroscheinen. Auf dem Tisch verteilte er sich als großer grüner Fächer. Auf einen Blick war deutlich, dass dort mehr als 2400 Euro lagen. Beide starrten wir verblüfft die unerwartete Beute an.

»Das muss ein Missverständnis sein«, sagte Gaby mit einer

Hand vor dem Mund. Aber sie strahlte dennoch vor Aufregung und Erstaunen.

»Hätte ich nicht gedacht.«

Ich griff nach dem Geld, und meine Vermutung wurde bestätigt. Judith hatte wirklich 2400 Euro bezahlt, allerdings für jeden einzelnen Stuhl. Ein beunruhigend hoher Geldbetrag, den sie da einfach in der Küche hinterlassen hatte, das musste ihr doch auch bewusst sein. Oder war es Taktik? Judith Faber nahm andere Dinge in Besitz, als Gaby zu verkaufen glaubte. Eins zu null für Judith. Sie beherrschte das Machtspiel.

»14400 Euro, Gaby. Da ist etwas ziemlich schiefgelaufen. Und wir müssen das jetzt wieder richten.«

Ich habe mit Gretta Luzerne einiges erlebt, und gerne hat sie dann ihre Kreditkarte herausgeholt, doch bislang hatte ich noch nie das Gefühl gehabt, dass ich gekauft wurde, Buße zahlen musste oder sonst wie benutzt wurde.

Dieses Mal aber doch. Und ich wusste nicht, wieso, worum es hier ging, eine sonderbare Belohnung oder ein Erpressungsversuch, ich konnte mir keinen Reim darauf machen.

»Mail ihr bitte gleich, bevor sie noch auf die Idee kommt, wir wären Betrüger«, bat ich Gaby. »Und vereinbare einen Termin mit ihr, damit du das Geld zurückbringen kannst. Du kannst morgen bei ihr vorbeifahren.«

Sofort bereute ich meine Worte. Vorbeifahren bedeutete, dass sie in der Nähe wohnen musste. Gaby könnte denken, dass ich wusste, wo sie wohnte. Doch sie schien mich nicht gehört zu haben. Ihr Gesicht war zu einem hingerissenen Grinsen erstarrt.

»Vielleicht ist es ja gar kein Missverständnis. Immerhin handelt es sich hier um wertvolle Antiquitäten. Wenn sie es so interpretiert hat, kann ich auch behaupten, dass es von mir so gemeint war: der Preis war pro Stück. Der Betrag im Umschlag ist der Beweis ihres Einverständnisses. Das ist kein Irrtum mit zwei oder drei zusätzlichen Scheinen, sie hat sehr genau gewusst, was sie hier ablieferte. Ich werde ihr jetzt keine Mail schreiben …«

Ich unterbrach sie. »Denn wenn du den Betrag ansprichst, ist damit klar, dass er anders ausgefallen ist, als du erwartet hattest. Du hast nichts schwarz auf weiß, und das willst du jetzt einsetzen. Du weißt schon, was du da sagst, Gaby?«

Die Sache würde also an mir hängen bleiben.

»Ich werde das Geld zurückbringen. Wenn du es nicht willst oder dich nicht traust, dann erkläre ich ihr die Sache.« Obwohl ich mich wirklich nicht nach einem Tête-à-tête mit Judith sehnte, schien mir eine Rückzahlung die beste Lösung zu sein. Die Sache abschließen und Judith wieder loswerden. »Ich kann heute Abend zu ihr fahren.«

»Ich werde ihr keine Mail schicken«, wiederholte Gaby, »und du fährst auch nirgendwo hin.«

»Weil?«

»*Weil* ich sie morgen treffe.«

Der Hieb saß. Ich konnte es an ihrem leicht fiesen, amüsierten Blick erkennen. Sie war ruhig, abwartend, ihrer Sache sicher.

Ich hingegen war sprachlos. Langsam öffnete ich den Mund und roch den muffigen Kaffeegeruch, der ihm entstieg. Wusste Gaby mehr, als ich annahm? Oder freute sie sich darüber, dass es ihr wieder, einmal gelungen war, einen meiner nutzlosen Versuche, sie auf den Boden der Tatsachen zurückzuholen, torpediert hatte?

Gaby fuhr fort.

»Sie will noch mehr Sachen von mir kaufen. Und sie möchte, dass ich sie mit der Stadt vertraut mache.«

»Wieso?«

Ich befürchtete die Antwort bereits, doch es gelang mir gerade noch, Ahnungslosigkeit vorzutäuschen.

»Weil sie hierhergezogen ist. Zuvor hat sie lange im Ausland gelebt und gearbeitet. Zunächst als Fotomodell, wie man sieht, und später als Unternehmerin einer Modelagentur in Prag. Hat sie mir gerade alles erzählt. Angenehme Person.«

Prag, was für eine Lüge. Daran würde sich Herman Luzerne nicht die Finger verbrennen wollen, er mauschelte lieber auf dem gesetzlosen, nebulösen Balkan herum. Und die Modelagentur war ja wirklich zum Lachen. Jemand mit einer Karriere in der Immobilienbranche und einem Einkommen wie sie, der lässt sich nicht so schnell hinter einem Schreibtisch mit Karteikästen, bestückt mit Porträts von schönen jungen Frauen und Männern nieder. Das war wirklich so lächerlich, dass ich grinsen musste, sonst hätte ich den Schmerz der Wut über dieses widerliche Spiel, das in meinem Haus mit meiner Frau getrieben wurde, bis in die Zehenspitzen spüren können.

»Wo wohnt sie denn?«, fragte ich etwas zu begierig.

»Hier, Job«, sagte Gaby.

Schwang da Mitleid in ihrer Stimme mit? Oder die halbherzige Anteilnahme eines Weisen, der zu einem Dummkopf spricht?

»Hier um die Ecke.«

9

Kaum hatten wir an meinem ersten Morgen in Bukarest das Hotel verlassen, ergriff Gretta meinen Ellbogen. Durch mein Hemd spürte ich ihre drückenden Fingerspitzen. Diese Berührung reichte aus, um meinen Arm bis zur Schulter prickeln zu lassen. Mit der anderen Hand führte sie den Hund an der kurzen Leine. Dirigierend lief sie zwischen mir und dem Hund, in der festen Überzeugung, wir würden ihr brav folgen. Die beiden Leibwächter waren nirgendwo zu sehen. Es wartete auch kein Wagen auf uns vor dem Hotel. Was Gretta Luzerne kaufen wollte, befand sich in Fußnähe.

Außer einer Sonnenbrille und dem Hund hatte meine schöne Führerin nichts bei sich. Die nicht vorhandene Tasche deutete vielleicht auf nicht vorhandene Verpflichtungen hin. Hier flanierte jemand durch vertrautes Terrain, ohne sich um Schlüssel und Portemonnaies kümmern zu müssen. Jemand, für den alles geregelt war, immer und überall, und der nur Gebäude betrat, wo die Türen von anderen geöffnet wurden.

Wo brachte sie mich hin?

Das surrte mir nur kurz durch den Kopf. Die Stadt war ein schönes Schauspiel, das einen leicht von Hirngespinsten ablenkte. Es schien, als hätte dieses Land zumindest äußerlich den Kommunismus prachtvoll überstanden. Jung und Alt gingen mit entschlossenem Schritt, alle waren gut gekleidet und schienen sich auf den Tag zu freuen. Es mag vielleicht an meinem Alter gelegen haben, denn ich hatte angenommen, in jedem Gesicht um mich herum sei die diktatorische Vergangenheit eingekerbt. Über die

Hälfte meines Lebens hatte ich auf der angenehmen Seite des Eisernen Vorhangs verbracht. Dahinter befand sich das Gebiet der Unterdrückung, die Kehrseite unserer Freiheit im Westen. So übersichtlich war es im Kalten Krieg.

Doch die Wangen der Leute auf den Straßen in Bukarest waren keineswegs grau und fahl, und die Fußgänger wirkten auch nicht so, als wären sie mit knapper Not einem Genozid entgangen. Allerdings sorgten wir für Aufsehen. Die Passanten taxierten Gretta Luzerne ungeniert. Die Blicke glitten an ihrem Körper entlang, Köpfe drehten sich um, Pfiffe ertönten, manchmal von Worten begleitet, die ich nicht verstand.

Sie war erschreckend schön und offenbar an die Blicke gewöhnt. So groß wie ich, das blonde Haar bis weit über die Schultern. Es hatte einen viel helleren Ton als ihre gebräunte Haut, die – und das war bewusst von ihr so gewählt – einen schönen Kontrast zu dem aprikosenfarbenen Hemdblusenkleidchen bildete, das sie trug. Gerade noch genug Kleid, um damit die Aufmerksamkeit als gut gekleidete Frau auf sich zu ziehen. Und gerade genug nackte Haut, um die vielen sich umdrehenden Köpfe zu verwirren. Sieht man ein solches Foto in einem Modemagazin, dann weiß man, dass daran stundenlang gefeilt wurde. Doch Gretta war der Inbegriff der Perfektion. Sie funkelte inmitten des Staubs, der Abgase und der trudelnden Blätter im goldenen Herbstlicht von Bukarest. Als würde sie sich in einem Glorienschein bewegen, in dem das Licht durch ihre Anwesenheit pulsierte; in einer glasklaren Blase, die andere schrille Straßenfarben nicht zuließ. Da musste ich Kramer wirklich zustimmen: Ich hätte mich geärgert, wenn ich nicht nach Bukarest gefahren wäre.

Gretta Luzerne trompetete mir ununterbrochen ins Ohr, sie wurde immer lauter, und ihre Stimme war in dieser Lautstärke nicht unbedingt eine angenehme Rapperstimme. Der tosende Verkehr, Taxiströme, Geländewagen und Motorräder, alles aus dem neuesten Fuhrpark von Bukarest übertönte jedes Wort, das weiter als einen Meter entfernt gesagt wurde. Und das, obwohl alles um uns herum hätte erklärt werden müssen. Ich rückte näher an sie heran.

Wir befanden uns auf der Calea Victoriei, einem bedeutenden Boulevard, den Gretta zu meiner großen Erleichterung nicht einfach nur als »Hauptverkehrsader« bezeichnete wie in dem einfachen Reiseführer, den ich mir im Flugzeug angeschaut hatte. Natürlich gibt es in Städten mehrspurige Straßen, die den Verkehr kanalisieren wie das Blut in den Schlagadern. Eine abgenutzte Metapher, die noch immer zutrifft. Doch die vielen quirligen, auf der Karte dick eingezeichneten Straßen bleiben bei dieser medizinischen Beschreibung immer nur eine Röhre, ein schnödes Kabel, ein ordinäres Abflussrohr. Obwohl sie Namen tragen, die mehr wachrufen als nur ein Strich auf einer fremden Karte. Kennt man die Namen, dann kennt man die Parole der Stadt. Corrientes, Magheru, Sebastopol, Kurfürstendamm, Delancey, Arbat, Sukhumvit. Spricht man sie aus, dann erhebt sich ein Gebäude nach dem anderen aus der schlummernden Karte, um die Erinnerung an das wiederaufleben zu lassen, was man dort gesehen hat.

Auf der Calea Victoriei hatten die Amerikaner, die zwischen den Kriegen in Rumänien nach Öl gebohrt hatten, ein paar hohe Geschäftsgebäude erbaut. Die Straße wurde damals von den Expats *Little Fifth Avenue* genannt, erzählte mir Gretta.

Mich erstaunte jedoch viel mehr, dass sich in dieser Siegesstraße ein neoklassizistischer Prachtbau an den nächsten reihte. Einer barocker als der andere. Wie wuchernde Pilze tauchten ihre Kuppeln, Säulen, Balkone und Ornamente auf, in allen erdenklichen Größen, manchmal verfallen, manchmal restauriert. Hier drängte sich die Geschichte vor und forderte ihr Recht ein, nachdem sie jahrelang kommunistische Abbrucharbeit hatte erleiden müssen. Dieses Übermaß gefiel mir und verscheuchte mit einem Schlag meine Befürchtung einer überproportionalen Zerstörung der Stadt. Ich hatte angenommen, ich würde einen Kahlschlag antreffen und zumindest mehr als die Hälfte der Straßen wären mit Wohn- oder Arbeitskasernen überwuchert, erst vor ein paar Jahrzehnten erbaut und schon jetzt dem Zerfall ausgesetzt.

Gretta stolzierte daher wie in einer Filmszene. Wir kamen an Theatern und Kinos vorbei, großen Modegeschäften, Konzertgebäuden, dem alten Revuetheater und historischen Restaurants. Gretta kannte alle Namen der Hotels, Warenhäuser, die auf Pariser Traditionsgeschäfte verwiesen, sie zeigte mir die Restaurants, in denen die Elite der Gesellschaft zwischen den Kriegen gespeist hatte, und die Bühnen, auf denen Sänger mit Brillantine im Haar herzzerreißende Romanzen besungen hatten, eine Musik, die noch heute in jedem CD-Laden erhältlich war. Alles war noch da, herausgeputzt und zum Leben erweckt.

Unter der Glaskuppel einer Jugendstilpassage tranken wir in einem Café einen starken Espresso. Auch dort herrschte ein Pariser Flair. Doch Paris kannte man. In Bukarest stimmte etwas nicht. Was das war, verstand ich erst, als ich sah, wie sich das rauchige Licht mühevoll durch die vollkommen verdreckten Scheiben über unseren Köpfen hindurchzwängte. Verfremdung. Ich befand mich an einem Ort, an dem ich mich nicht so recht mit meiner Familie vorstellen konnte. Der Tagtraum, den ich hatte, wenn ich in einem weit entfernten Land einen schönen Ort entdeckte und gedanklich meine Familie aus Haarlem um mich scharte, wollte sich in Bukarest nicht einstellen. Hier mal mit meiner Frau hinzureisen war nicht unbedingt der erste Gedanke, den ich hatte. Nicht hierher, in diese nagelneuen Clubsessel eines orientalisch anmutenden Cafés, in dem ich wünschte, der Tag mit meiner Begleitung würde nur mit halber Geschwindigkeit vergehen.

Gretta Luzerne las etwas auf ihrem Blackberry. Der Gedanke, dass sie sich in meiner Anwesenheit mit jemand anderem beschäftigte, ärgerte mich. Ich wurde von einer mir bislang unbekannten Eifersucht übermannt. Als wir aufstanden, um weiterzugehen, bezahlte sie nicht, sondern nickte nur zur Bar hin, wo ein Hipster mit Kreisbart sich in unsere Richtung verbeugte. Überall eingeladen oder überall Kredit? Wer wusste schon, wie sich Gretta Luzerne im Alltag bewegte. Vielleicht gehörte dieses Etablissement auch ihrem Vater. Die Besitzer änderten sich schnell auf dieser Welt. Die Luzernes besaßen hier mehr Immobilien als all die Familien der vielen Studenten um uns herum, die mit ihren modischen Wasserpfeifen blubberten. Sehr wahrscheinlich kannte Gretta Bukarest auch viel besser als diese paffenden Kinder dort, und durch die verrückte Rolle, die sie im Eroberungsspiel ihres Vaters einnahm, liebte sie diese Stadt vielleicht auch mehr.

Nachdem wir das Café verlassen hatten, bogen wir recht bald auf der Calea Victoriei links ab. Keine hundert Meter weiter erwartete uns die Hölle. Dort befand sich die Zerstörung, die ich befürchtet hatte. Schlammige Krater, der Verfall, gähnende Leere. Die Straße wirkte, als sei sie von einem Erdbeben verschluckt worden, aufgebrochen bis unterhalb der Ladenfront der ehemaligen Geschäfte. Im Inneren der dachlosen Gebäude türmte sich der Bauschutt. Von einigen Häusern war alles bis auf die Rückwand verschwunden, oder es stand dort nur noch ein Skelett aus alten Balken, Drähten und Eisenträgern. Als hätte hier ein Krieg gewütet, doch wir wussten, was hier geschehen war: geplante Zerstörung. Eine von Beamten verursachte Verwüstung, eine offene Stadtwunde, die auf einen Flächennutzungsplan wartete.

Einige Gruben waren mit Planen abgedeckt. Tretpfade für Waghalsige. Gretta wagte sich über das Holz, das schief und wackelig die gähnende Leere darunter bedeckte. Hier schien kein Gebäude mehr intakt zu sein, die ganze Straße wirkte verlassen, die Gebäude verrammelt oder mehr oder weniger abgerissen, das Stuckwerk und die barocken Verzierungen, die diese Gegend ausgemacht hatten – alles weg.

Der Hund lief vor und schnüffelte an den Schuttbergen, in denen ganz gewiss etwas vor sich hin rottete. Auf halbem Wege der breiten Straße wies mich Gretta auf eine alte Kirche hin.

»Schau, dort hat alles angefangen.« Ihr Arm schwebte einen Moment in der Luft, die Goldarmreifen klimperten.

»Der Abriss?«, fragte ich.

Sie lachte. »Die Stadt. Mit einer Herberge. Einem Markt. Hier liefen alle Straßen zusammen. Handel, Häuser, der erste Fürstenhof. Hier«, sie zeichnete mit der Sandale einen Kreis in den Sand, »hier trafen sie alle ein, die Händler und Käufer aus Indien, Persien und dem Mittelmeerraum, aus Venedig und Thessaloniki, Wien und Kiew. Und das wird mein Vater kaufen und hier bauen. Es wird ihm gehören. Und, was meinen Sie?«

Ich war nicht darauf vorbereitet, nach einer fünfminütigen Kraxeltour über eine Mondlandschaft in einem Abrissgebiet ein fachkundliches Statement zu liefern. Doch offenbar wurde das auch nicht von mir erwartet. Wir gingen weiter. Gretta bestand darauf, mir auch die »verborgenen Winkel« und »den Charme, den man nicht plattmachen kann«, zu zeigen. Hinter einem Durchgang befanden wir uns in einem Teil mit kleinen Gassen. Ein Stück Medina, die Atmosphäre von einem Basar, zugleich aber auch von einem Bauernhof in Mitteleuropa, umsäumt von hohen Mauern. Man konnte noch die Spuren eines früheren Lebens erahnen. An einigen Seitengassen ging Gretta vorbei, weil dort Straßenhunde streunten. Sie lagen im Schuttstaub mit aufgerichteten, wachsamen Köpfen wie Löwen in der Savanne. Der dressierte Stasi gab keinen Mucks von sich und trabte wie ein Paradepferdchen neben Gretta her, ohne seine Artgenossen zu registrieren. Ab und zu wagte sich ein knurrender Hund in unsere Nähe. Dann ging Gretta in die Knie, hob, ohne zu zögern, einen schweren Stein und zielte damit auf das Hinterteil des angreifenden Tiers, das sich fiepend davonmachte.

»Stasi stammt aus einem Wurf, den jemand in einen Graben geworfen hat«, sagte sie. »Er hat als Einziger überlebt. Ich wollte ihn nicht wieder auf die Straße schicken.«

Es war noch immer warm. Ich genoss die Herbstsonne.

»Friss oder stirb – so läuft das hier«, sagte Gretta noch, als schuldete sie mir eine Erklärung für die Steinigung von Straßenhunden.

Plötzlich hatte sie eine Idee.

»Komm«, sagte sie und nahm meine Hand, um mich zu einer Fassade mitzuziehen, die stehen geblieben war. Mich verwirrte das so sehr, dass ich mich kaum noch auf das konzentrieren konnte, was sie mir zeigte. Und das, obwohl hinter der Fassade plötzlich ein Stück unversehrtes neunzehntes Jahrhundert auftauchte. Durch trübe Schaufensterscheiben warfen wir einen Blick ins Innere. Die hohen Holzschränke an den Wänden waren noch intakt, die tiefe breite Ladentheke ebenfalls, auf dem Boden konnte man noch Reste eines Mosaikparketts erkennen, ein geschmackvolles Parkett in verschiedenen Holztönen. An der hohen Raumdecke hingen Messingleuchter, und die Ecken des Raums waren mit schmalen Spiegeln versehen. Ein alter Herrenausstatter.

»Wenn man das hier erhalten und zugleich modernisieren möchte, dann hat man einiges zu tun«, sagte Gretta und rühmte damit die edlen Pläne ihres Vaters.

In der einzigen Straße, in der die Häuser noch erhalten waren und das Gaststättengewerbe sich gut verbreitet hatte, hielt meine Begleitung vor einer hellblauen Tür an, die sofort aufsprang. Kameraüberwachung mit Gesichtserkennung. Wir stiegen eine steile Treppe hinauf und erreichten einen lichtdurchfluteten Raum, ein kleiner Turm mit Fenstern rundum. Dort waren sie. Auf zwei Stühlen zu beiden Seiten einer hohen Holztür saßen die Leibwächter. Sie sprangen bei Grettas Erscheinen auf und öffneten die Tür zu einem langen Flur mit Fenstern zum Innenhof. Auf der einen Seite das Licht, auf der anderen die Türen zu Büros mit antiken Schreibtischen und Computerbildschirmen, vor denen niemand saß.

»Mittagspause«, sagte Gretta.

Im Gegensatz zu Gaby ging Gretta sparsam mit Worten um, die nicht zu ihrer Dienstrolle passten. Sie hatte reichlich über die Stadt erzählt, die Straßen und historischen Bauten, eindringlich und flüssig. Doch sobald ein Gespräch persönlicher wurde, geriet der Wortschwall ins Stocken. Unseren Espresso hatten wir nahezu schweigsam getrunken. Ich war an das Geplauder meiner Frau gewöhnt. Ich hatte dann das angenehme Gefühl, in meiner Ehe würden vertrauliche Gespräche geführt und Geschichten geteilt. Die Schweigemomente mit Gretta waren weder unangenehm noch unbedeutend, sondern fordernd. Solange man sich unterhielt, konnte die Illusion aufrechterhalten bleiben, wir hätten rein geschäftlich miteinander zu tun.

Doch wenn sie schwieg, dröhnte mein Kopf immer wieder von denselben Fragen. Wann berühre ich sie? Wann ist der richtige Moment?

Es sah danach aus, als würde Bukarest der Ort sein, an dem ich zum ersten Mal Ehebruch beging. Das verlieh der Stadt eine geheimnisvolle Leidenschaft. Eine Macht, die mich willig und fügsam machte. Ich erlag dieser Glut, wie ich auch Gretta zu Füßen hätte liegen wollen.

Erstaunt sah ich mich um, als Gretta dann bemerkte, dass ich nicht wusste, wo ich mich befand.

»Das ist unser Büro«, sagte sie. »Die größte Niederlassung in Osteuropa. Für das Finanzamt sehr interessant, das kann ich gleich zugeben.«

Der Hund war im Turm geblieben. Gretta führte mich zu einem Zimmer am Ende des Flurs. Ein wunderschöner Raum, mit Antiquitäten eingerichtet, sehr wahrscheinlich von einem Innenarchitekten, der auf orientalische Wohnräume spezialisiert war. Ein Stil, der mir gefiel, doch in den Niederlanden altmodisch wirkte und nicht sehr beliebt war, als würde er den Muff eines geerbten Trödelhandels ausdünsten.

Mitten in Grettas Zimmer stand ein breiter französischer Divan mit einer hohen Rückenlehne. Man könnte zu zweit darin einsinken wie in ein Samtbad und dort länger verweilen als eine gewöhnliche Siesta. Gegenüber davon stand ein ovaler japanischer Lacktisch mit drei Sesseln.

»Setz dich doch kurz«, sagte Gretta. Dieses »kurz« war ein Dämpfer, denn wir würden doch nicht etwa gleich wieder aufbrechen?

Ich entschied mich für einen Sessel. Gretta streifte ihre Sandalen ab und strich mit den Füßen über den goldfarbenen Perserteppich, der einen Großteil des Parketts bedeckte. Danach ging sie zum Schreibtisch und warf einen Blick auf den Bildschirm ihres Laptops.

Es herrschte eine Bullenhitze. Der Geruch der noch frischen, aber altmodischen Renovierung hing in der Luft, klebrige Spachtelmasse, vermischt mit Parkettwachs, Terpentin und Mottenkugeln und dem riesigen verwelkten Lilienstrauß in der Bodenvase am Fenster. Ich roch ein Land, das mir unbekannt war, trotz aller erkennbaren Inhalte dieses Aromas. Ich hoffte auf eine Verführungsszene. Gretta schien mein Unwohlsein beziehungsweise meine erhitzte Erwartung mitbekommen zu haben und blickte amüsiert von ihrem Bildschirm auf.

»Wir essen gleich etwas. Ich lass uns etwas bringen«, sagte sie. »Doch erst das hier.«

Du meine Güte, ich musste doch nicht etwa sofort einen baufachkundigen Bericht oder einen gescheiten Ratschlag aus dem Ärmel schütteln?

Musste ich nicht. Gretta hatte den Satz noch nicht ausgesprochen, da war sie bereits damit beschäftigt, die obersten Druckknöpfe ihres Kleids zu öffnen. Seelenruhig fingerte sie an den Metallplättchen herum und bewegte sich vom Schreibtisch weg. Ich bekam Beklemmungen. Ein Fenster zu öffnen wäre jetzt keine schlechte Idee.

Doch den Gefallen tat sie mir nicht. Sie öffnete ihr Kleid. Einschließlich des letzten Knopfs über dem Knie, danach glitt es wie eine Hülle von ihr ab.

Sie hatte nichts darunter an. Unbedeckt und gleichmäßig gebräunt war ihr Körper noch einschüchternder.

Sie sank auf dem Sofa nieder. Spreizte ihre Arme auf den Kissen aus, öffnete kurz die Beine, bevor sie sie kreuzte. Alles mit zu langsamen Bewegungen. Währenddessen starrte sie mich mit unbeweglichen Augen an und schien meinen Blick fixieren zu wollen. Die stechenden Pupillen hatten mich unter Kontrolle, mein Blick durfte nicht von ihrem Gesicht abschweifen. Erwartete man noch immer von mir, dass ich ihr in dieser Pose erzählen würde, was ich von diesem zerstörten, aber noch nicht verlorenen historischen Stadtteil hielt, den ihr Vater zu restaurieren sich in den Kopf gesetzt hatte?

Ohne den Blick von mir abzuwenden, beugte sie sich zu ihrem Blackberry vor und drückte mit einem Finger auf eine Taste. Irgendwo musste ein Signal angekommen sein, denn keine Minute später betrat einer der Leibwächter mit einem eisgefüllten Weinkühler den Raum. Der andere folgte ihm mit einer entkorkten Flasche Weißwein und Mineralwasser.

Sie stellten die Getränke auf dem Tisch vor uns ab und postierten sich rechts und links vom Sofa, auf dem Gretta aufrecht saß. Sie machte einen Vorschlag.

»Wir können jetzt zwei Dinge tun, Job van Emmerik. Entweder du bewegst dich endlich mal. Oder ich muss mich an einen dieser beiden Männer halten, die mein Vater eingestellt hat. Oder an beide. Der Tag ist schließlich noch jung.«

Mir fiel nichts dazu ein. Auch war ich bestimmt nicht dazu bereit, auf das einzugehen, was sie von mir unter den wachsamen Augen dieser beiden Typen forderte.

»Du bist jedenfalls zum Bleiben eingeladen«, sagte sie.

Die Aussicht, dass sie sich genauso gut für einen dieser Gorillas entscheiden könnte, hätte unter normalen Umständen schon ausgereicht, mich zu vergraulen. Dass Gretta von mir glaubte, ich würde zum Zuschauen bleiben, raubte mir den Verstand. Ich sprang mit einem Satz auf, ging an der Gesellschaft vorbei und sagte zu Gretta, dass ich ins Hotel zurückkehren würde, wo sie mich jederzeit erreichen könne. Für ein Gespräch über die Pläne ihres Vaters. Danach ging ich durch die Tür und den Flur, streichelte an der Treppe dem wachenden Stasi über den knöchernen Kopf und trat hinaus in das plötzlich fahle und illusionsberaubte Bukarest.

Doch das hier waren keine normalen Umstände. Das war eine Szene aus einem Film, der in den Niederlanden niemals gezeigt würde. Also sprang ich aus meinem knarzenden, mit einem rauen Kelim bezogenen Sessel auf. Ich lief an niemandem vorbei. Ich ging auf Grettas Gorillas zu und klatschte in die Hände. Mehrmals wie ein Gastherr, der seine Gesellschaft um Aufmerksamkeit bittet.

»Thank you. You can go now.«

Gespannt, ob sie mir gehorchen würden. Sie taten es.

»Gut«, hörte ich Gretta sagen, während die beiden den Raum verließen. Sie hatte sich lang über die breiten Kissen des Sofas ausgestreckt, ein Bein hochgeschoben. Schweiß perlte von ihrem Schlüsselbein zu ihren Brüsten hinab und von ihren Brüsten weiter zu ihrem Bauch. Das Fenster war noch immer geschlossen, und in mir verspürte ich Hunger und Durst. Doch ich dachte nicht daran, nach der soeben gebrachten Wasserflasche zu greifen. Jede Bewegung, die jetzt nicht auf Gretta ausgerichtet war, würde ich später bereuen.

Wasser tranken wir erst, als ich Stunden später aufstand, um endlich das Fenster zu öffnen. Es war bereits dunkel geworden, junge Leute standen mit einem Bier in der Hand vor dem Eingang einer Kneipe. Wir hatten keine Sekunde geschlafen, Gretta und ich. Mir bleiben noch anderthalb Tage in dieser Stadt, und ich wollte keine Zeit für etwas anderes verschwenden.

So fing alles an.

10

Im Oktober fiel das Licht gierig in unseren Wald. Freigiebig richtete die Sonne ihr kupferfarbenes Scheinwerferlicht entlang der Baumstämme und breitete es über den noch begrünten Boden aus. Im reifen Licht, kurz bevor die Blätter fielen, glitzerte alles trügerisch frisch.

Ich ging dort etwa vier Mal am Tag spazieren. Öfter und länger als je zuvor. Toby, der nicht an diesen neuen Rhythmus gewöhnt war, begleitete mich mit wechselnder Begeisterung. Ich entfloh meinem Zuhause, wo ich jederzeit mit Judith hätte zusammentreffen können.

Sie wohnte erst seit einem Monat in der Gegend, doch Gaby und sie schienen bereits ein ganzes Leben miteinander befreundet zu sein. Zu meiner großen Verärgerung hatte meine Frau den Betrag, den sie für die Stühle erhalten hatte, während ihrer Treffen mit der großzügigen Käuferin nicht mehr angesprochen. Aber ich war auch nicht viel besser. Ich verzichtete darauf, die Initiative zu ergreifen und die Sache zu klären. Ich war besonders darauf bedacht, keinen Kontakt mit Judith zu haben, und verließ mich deswegen auf Gaby.

Doch meine Frau hatte sich informiert. Sie hatte verschiedene Websites von Auktionshäusern und Antiquitätenhändlern studiert und war zu dem Entschluss gekommen, dass die hübschen Stühle begehrte Liebhaberstücke waren, und wer sie haben wollte, war auch bereit, entsprechend dafür zu zahlen. Der Aufschlag, den Judith gezahlt hatte, war nicht übertrieben, so hatte sie entschieden. Danach versteckte sie das Geld irgendwo im Haus, wo ich es nicht finden konnte. Ich hätte ihr das gerne geglaubt, doch war das Interesse an Antiquitäten in den Keller gerutscht. Ein Bekannter, der in der Stadt einen Antiquitätenladen hatte, klagte mir regelmäßig sein Leid über die ausbleibende Kundschaft. Alles stagnierte. Gaby zuckte mit den Schultern, als ich ihr das sagte.

»Es ist ja nicht so, dass ich das Geld auf einen Schlag ausgeben würde, Job. Du kannst noch gerade so die laufenden Kosten bezahlen. Von den Stühlen können wir ein ganzes Jahr leben – mit tausend Euro im Monat. Das ist nicht sehr viel, das weißt du auch. Also erzähl mir bitte nicht, dass du darauf brennst, den gefüllten Umschlag wieder bei Judith in den Briefkasten zu werfen. Oder möchtest du etwa, dass wir die Kinder vom Klavier- und Sportunterricht abmelden und sie sich bei Oxfam einkleiden?«

Oxfam war zum Schreckgespenst geworden. Jahrelang hatten wir unsere ausrangierten Sachen dorthin gegeben, und nun war dieser Ort für Gaby zum Inbegriff unseres Scheiterns geworden.

Gegen diese neue Gaby war kein Kraut gewachsen. Fest entschlossen wollte sie dieses Leben ohne Arbeit und festes Einkommen ohne mich regeln. Für die täglichen Einkäufe hatte sie bereits das kleine Erbe ihres Vaters angebrochen. Auch dieser Vorrat schrumpfte zusehends. Es hatte den Anschein, dass Gaby mich vollends abgeschrieben hatte. Sie leitete inzwischen mit dem unbefangenen Schwung eines Kapos, der freie Hand von seinem Consigliere bekommen hatte, eine Parallelverwaltung.

Ich verlor Terrain in meinem eigenen Haus, und dieses Gefühl wurde durch Judiths Erscheinen nur noch verstärkt. Wie gerne wäre ich ihr aus dem Weg gegangen, aber es funktionierte nicht.

Wir trafen Judith mehrmals in der Woche, sie tauchte immer unangekündigt auf. Anfangs hatte sie Gaby gebeten, ihr die Stadt und das Viertel zu zeigen. Plötzlich war meine Frau stundenlang weg und reagierte nicht oder erst beunruhigend spät auf Anrufe und SMS.

Einmal habe ich sie gesehen, als ich mit dem Rad in der Stadt unterwegs war. Ich zwang mich inzwischen dazu, den Weg am Rathaus entlang zu nehmen, als Therapie. Diese Stadt war schließlich auch mein Wohnort und nicht nur ein Stadtplan, auf dem ich mit Nadeln markieren konnte, an welchen Orten mir Feinde etwas angetan hatten oder wo die Feiglinge arbeiteten, die mich im Stich gelassen hatten. Ich wolle wieder einfach einen Hering an der Fischbude auf dem Grote Markt essen können und dabei genauso unbelastet zum Rathaus hinschauen können wie zum verschlagenen Eingang der Brinkmanpassage. Etwas Schönes und etwas Hässliches, sonst nichts. Ohne Grübeleien.

Doch dann sah ich die beiden. Beinahe wäre ich mit einem Lieferwagen zusammengeprallt, der vor mir angehalten hatte. Sie saßen draußen im Café. Sonnenbrille auf, Weingläser vor sich, ausgiebiges Gelächter. Ihr lebhaftes Gespräch, vor allem das Geplapper von Judith, die ich eher schweigsam kannte, erregte meinen Widerwillen. Als würde ich nicht nur eine, sondern gleich zwei Exfrauen zusammen sehen, mit denen ich nichts mehr zu tun haben wollte. Ich sah eine Gaby, die keinen blassen Schimmer davon hatte, auf wen sie sich da einließ, vollkommen im Bann von jemandem, der nicht gut für uns war.

Sie ließ sich einwickeln. Meine menschenscheue Frau, die kein Geschick hatte, Freundschaften zu pflegen, girrte wie ein Backfisch, der zum ersten Mal eine Busenfreundin hat. Zu ihren Füßen erblickte ich Taschen aus den besseren Modeläden der Stadt. Die Bedienung brachte ihnen zwei Schüsseln mit Salat. Junge Männer an den umliegenden Tischen schauten zu dem seltsamen Paar hinüber, zwei unterschiedliche Schönheiten, zwei unterschiedliche Altersgruppen, dieselbe Klasse. Ich wendete in der Koningstraat und fuhr auf einem anderen Weg nach Hause.

Später stellte sich heraus, dass Judith Gaby einen Anzug von Hugo Boss spendiert hatte. Als Dank für ihre Bemühungen als Fremdenführerin. Wie war das in der Umkleide abgelaufen? Hatte Judith brav gewartet, bis Gaby nach draußen gekommen war, oder hatte sie durch den Vorhangschlitz zugeschaut? Gabys Taille, ihre Hüften, die nicht mehr ganz junge Haut an den Oberschenkeln, der Körper, der zwei Kinder ausgetragen hatte, das dünne, aber dennoch sichtbare Röllchen auf ihrem Bauch; wahrscheinlich war dies alles von einer ungeheuer von sich selbst eingenommenen Judith taxiert worden. Zog sie ein amüsiertes Gesicht, oder war sie eher pikiert über meine Wahl für diese kleine, unsichere dunkle Frau und nicht für die germanische Göttin da draußen vor der Umkleide? Ich hätte es nur zu gern gewusst. Andererseits aber auch wieder nicht.

Gaby wirkte steif in dem Anzug. Vielleicht wollte ich sie aber auch so sehen. Wie konnte ich das meiner Frau, die sich zufrieden vor dem großen Spiegel unseres begehbaren Kleiderschranks drehte, erklären? Schließlich gefiel es mir auch, dass sie wieder einmal lachte.

»Du siehst aus wie Charlie Chaplin.«

Das stimmte nicht. Dieser Anzug hätte an einer anderen Person, fernab unseres Hauses, glamourös gewirkt. Doch Gaby sah darin aus wie eine kleine Büroangestellte.

»Vielen Dank für den Kommentar«, sagte sie, ohne den Vergleich, den ich im Kopf hatte, zu kennen. »Judith dachte eher an Donna Tartt.«

Diese Judith. Meine Frau hatte keinerlei Ähnlichkeit mit dieser spitzmäusigen amerikanischen Schriftstellerin, die alle zehn Jahre einen Roman veröffentlichte und dann, ohne einen Tag älter geworden zu sein, sich mit demselben Reitermantel, der ihren kleinen Körper wie einen Panzer umhüllte, in die Öffentlichkeit begab. Gaby verschlang ihre dicken Bücher, die ich noch nicht einmal anrührte. Doch ihr soeben neu erschienener Roman lag noch unangetastet auf dem Sofa im Wintergarten. Vielleicht, weil die Hauptperson über tausend Seiten hinweg seine Mutter vermissen muss. Diesen einsamen Ritt kannte Gaby nur allzu gut.

Übrigens ein ziemlich gerissener Vergleich, den Judith da aufstellte. Das gab ihrer neuen Freundin das Gefühl, sie würde sich auf internationalem Parkett bewegen, und die Welt der Literatur würde sie beachten. Die Botschaft lautete: Du bist ein Star, wenn du wie einer aussiehst. Und dein Kerl daheim, der hat weder einen Blick noch das Gespür dafür, und benehmen kann er sich auch nicht.

Was sie wirklich von mir hielt, war unergründbar. Ich hatte keine Ahnung, wer ich in den Augen von Gretta war, die uns eine Judith vorspielte.

Die neue Freundin meiner Frau hatte sich ihr gegenüber gewiss über mich geäußert, doch mit Sicherheit nicht die Wahrheit gesagt. Die Wahrheit über den Mann, der über ein Jahr lang mitten in der Nacht mit seinem Laptop ins obere Stockwerk geschlichen war oder sogar auf den Dachboden, um so weit wie möglich von seiner schlafenden Frau entfernt, die in ihrer kleinen Kuhle im großen Bett lag, seine Geliebte auf einem Bildschirm anzustarren, die sich vor Begierde wand, in einem Bett in Bukarest, Bratislava oder Budapest, flüsternd vor der Webcam, die sie sich immer näher an den Körper hielt.

Das wackelnde Bild machte mich fast wahnsinnig vor Lust. Pixel oder tastbarer Körper – mir war alles recht. Gretta war wieder da und machte mich so lautstark kurzatmig, dass ich befürchtete, mein Gehechel wäre drei Straßen weiter noch zu hören. Unter der Dachschräge des kleinsten und tiefsten Zimmers, in dem es nach altem trockenem Holz roch, süß und staubig, hielt ich mir mit der einen Hand den Mund zu und ließ der anderen freies Spiel.

Die Frau auf dem Bildschirm machte es mir unmöglich, wieder ins eheliche Bett zurückzukehren, in dem Gaby wie ein eingekuscheltes Eichhörnchen im Winterschlaf lag, tief und fest, den Rücken mir zugewandt.

Wie war das während dieser Zeit mit meiner Frau und mir? Die Abnutzung vertrauter Lust. Verstummtes Verlangen, Lust, die es nicht mehr so wichtig fand, sich gehen zu lassen. Erträglich, da mir die Erinnerung an den glühenden Anfang unserer Beziehung, die mit dem Anfang unserer Ehe zusammenfiel, noch überdeutlich war. Dieser leidenschaftliche Beginn bildete eine stabile Basis für unsere Liebe. Die Routine, die sich später einstellte, sorgte für Harmonie. In guten Zeiten reichte eine suchende Hand im Bett aus, um die Körper aus ihrer isolierten Schlafhaltung herauszuholen und sie zueinander hinrollen zu lassen. In stillen Zeiten erfolgte keine Reaktion, und es blieb dabei.

Ob Judith meiner Frau bei Kaffee und Kuchen in einem Haarlemer Café erzählt hatte, wie sie mich eines Morgens vom Flughafen abgeholt hatte, um mich nachmittags wieder dorthin zurückzubringen, damit ich pünktlich zum Essen daheim war? Unsere Besessenheit loderte bisweilen so stark, dass ich einmal für nur zwei Stunden nach Bukarest flog. Luzerne kaufte dort gerade Ländereien für einen Apfel und ein Ei. Man erwartete spektakuläre Gewinne mit einer Investition von zwei- oder dreitausend Euro pro Hektar. Solche Information hechelte mir Gretta ins Ohr, während sie mich auszog. Wir hatten so wenig Zeit, dass Grettas Leibwächter sich noch nicht einmal die Mühe machten, uns ins Hotel zu fahren. Anderthalb Stunden haben wir im Auto auf dem Parkplatz vom Flughafen in Sofia verbracht. Der große schwarze Schlitten wogte. Danach ging ich wieder zurück durch die Passkontrolle, träge und zufrieden, klebrig, verschwitzt, mit leicht zittrigen Beinen und zerknittertem Anzug. Ein Mann mit einem verwilderten Blick, der sich in Gedanken mit jeder Faser seines Körpers an ganz anderen Stellen aufhielt als dort, wo er gerade war. Im Ohr Grettas Stimme, die übers Handy das Begehren schon wieder von Neuem entfachte.

Auf demselben Handy kam dann später eine SMS von meiner Frau, die davon ausging, ich würde in Haarlem kreuz und quer von der einen zur anderen Sitzung hasten. Ob ich auf dem Rückweg noch bei Kenamju die bestellten Judoanzüge für die Zwillinge abholen könnte. Nach meiner Eskapade auf dem bulgarischen Parkplatz kam ich gerade noch rechtzeitig wieder in Haarlem an, um zum offenen Abend der Grundschule zu gehen und die Lernfortschritte und Bastelarbeiten meiner Kinder zu bestaunen. Ohne Gretta schmerzte mein Körper, ihre Abwesenheit ließ mich zittern, als wäre ich auf Entzug. Wie die anderen Eltern auch hockte ich auf zu niedrigen und harten Stühlen in der Vorschulklasse. Alle saßen höchst unbequem. Somit hatte ich wenigstens eine Ausrede, als Gaby mich fragte, wieso ich so unruhig auf dem Stuhl hin- und herrutschen würde. Der Muskelkater nach intensiver akrobatischer und höchst dringlicher Tätigkeit auf dem Rücksitz von Grettas für mich doch etwas zu engem Boliden war kaum auszuhalten.

Gaby hatte keine Ahnung, wie ich mich damals fühlte. Gretta hingegen wusste das sehr genau. Die Zeit, die ich nicht mit ihr verbrachte, übertrug ich in SMS, ein nicht versiegender Nachrichtenstrom floss in ihr Blackberry, den sie nur selten aus der Hand legte.

»Du fehlst mir. Nächstes Mal wieder ein Bett in Bukarest?«, schrieb ich ihr eine SMS, während die Lehrerin uns im Klassenraum meiner Tochter eine Schmuckgirlande für den Nikolaus zeigte, mit Köpfen des gütigen Heiligen, dem die Kinder üppig mit Wattebäuschen einen Bart verpasst hatten.

»Ich weiß, was der Nikolaus mir bringen soll«, tippte ich weiter. Noch nicht einmal ein Jahr später würde ich diese Texte widerlich abgedroschen finden und mich schämen. Nicht auszudenken, dass Judith Gaby davon erzählt haben könnte. Doch, es war nicht unwahrscheinlich, dass sie etwas durchschimmern lassen würde. Judith wusste einiges über mich. Sie kannte meine Arbeitsabläufe, die Stundenpläne der Kinder, meine Rückenprobleme, von denen ich hoffte, dass es sich um Überanstrengung und nicht um einen Bandscheibenvorfall handelte, und meine Vorliebe für italienischen Rotwein und Schmorgerichte. Ich hatte ihr erzählt, welche Veränderungen ich noch am Haus vornehmen wollte, wo wir im Urlaub waren und wohin wir noch fahren wollten. Ich hatte ihr das alles erzählt, vielleicht, weil sie selbst so wenig von sich preisgab und es sie offenbar nicht zu stören schien, wenn ich hemmungslos von meinem spießigen Familienleben erzählte. Sie blickte zufrieden, wenn ich ihr davon berichtete. Natürlich war sie verliebt. Doch sie konnte das verdrängen. Wenn ich nicht bei ihr war, arbeitete sie für ihren Vater. Aber auch wenn ich bei ihr war, trafen geschäftliche Telefonate ein, die sie mit einem kurzen Brummen oder einem Versprechen abwickelte. Eigentlich arbeitete sie Tag und Nacht. Die emotionale Entladung mit mir fiel dann manchmal auch recht heftig aus.

In Krakau, wo sich Luzerne für ein paar Häuser in Kazimiersk interessierte, den jüdischen Vierteln, hatten Gretta und ich eine bildschöne Russin aus der Bar auf unsere Suite im Grodek mitgenommen. Ein romantischer Ort für Frischverheiratete, die hier für ein paar Tage in bunten und exotisch gestalteten Zimmern abtauchen konnten. Die Idylle war unglaublich.

Ich konnte damals ein ganzes Wochenende bleiben. Die Russin besuchte uns jede Nacht. Tagsüber sahen wir sie nicht. Aber am nächsten Abend stand sie wieder in unserer Suite, im Hausmantel und mit nassen Haaren. Am Sonntagmorgen fiel uns ein, dass wir noch nicht einmal ihren Namen kannten und wir uns ihr auch nicht vorgestellt hatten. Als wir uns am späten Vormittag voneinander verabschiedeten, sprach ich Gretta im Badezimmer darauf an, ob wir der Russin nicht etwas zustecken sollten. Gretta brach in schallendes Gelächter aus, erklärte mir aber nicht, wieso. Eine Stunde später sah ich unsere russische Bettgenossin in der Lobby. Allerdings erkannte ich sie kaum wieder. In einen langen schwarzen Pelzmantel gehüllt, das Haar unter einer runden Kappe aus demselben Tier versteckt. Eine Cruella De Vil in jungen Jahren. Ihr folgten vier Männer, die ihr Gepäck trugen. Ein weißledernes Kofferset mit Monogrammen, in lateinischen Buchstaben. Alles, was ich von ihr hatte, waren zwei Buchstaben, die Abdrücke ihres Körpers auf dem meinen, ihren Duft noch in meinem Mund, doch noch immer keinen Namen.

Sie blieb vor mir stehen.

»Job«, stellte ich mich zum Abschied vor und streckte meine Hand aus.

»Job? You want job?« Sie lachte schrill, ergriff mich am Revers meines Wintermantels, der in ihren Augen sicherlich schmuddelig war, und sagte mir langsam und betont direkt ins Gesicht: *»You must visit me in Moscow. I send plane to pick you up. Very soon.«*

Ich hielt es für ausgeschlossen, dass Judith meiner Frau davon erzählen würde. Doch man konnte nie wissen. Ich konnte es mir nicht verkneifen, Gaby zu fragen, was Judith von mir hielt.

»Und was meint Judith, wem ich ähnele?«

Gaby zog gerade ihren Boss-Anzug aus und hängte ihn auf.

»Wir sprechen nie von dir.«

Schon sehr bald stellte sich heraus, dass das nicht stimmte. Sie redeten über unsere Geldsorgen – deren Ursache ich war. Wie das mit Nachbarn so ist, begegneten Judith und ich uns beim Tante-Emma-Laden im Viertel. Eine Schlange hatte sich in dem schlauchartigen Laden vor der Kasse gebildet, und wir mussten warten. Ich blieb in der Nähe der Tür stehen, doch sie hatte mich erblickt und kam vom anderen Ende der Schlange zu mir hin und stellte sich neben mich. Mir war das unangenehm, sie hingegen schien es zu genießen. Und da war er wieder, der schwüle Hauch ihres Atems in meinem Ohr.

»Deine Frau hat mir von eurer finanziellen Misere erzählt.«

Ich reagierte nicht. Doch mein Desinteresse schien sie nicht abzuschrecken.

»Ich werde helfen. Egal, ob du das willst oder nicht.«

Danach spürte ich ihren Atem knapp unter meinem Ohrläppchen. Ich befürchtete schon, sie würde mich berühren, doch sie pustete nur Luft an meinen Hals, eine warme Brise. Ein Luftkuss, der spürbar ankam.

Ich machte einen Schritt zur Seite. Erst dann bemerkte ich, dass neben uns die Arzthelferin unseres Tierarztes stand und ebenfalls wartete. Natürlich erkannte sie mich. Mehrmals im Jahr musste ich mit dem kränkelnden Toby zum Arzt. Ich oder Gaby, sie kannte uns beide: »Das Ehepaar Toby« mit dem antiallergischen Hund, der selbst gegen alles und jedes allergisch war. Die Helferin errötete. Die Röte schnellte von ihren breiten flaumigen Wangen in die Höhe. Von dort, wo sie stand, konnte sie unmöglich erkennen, dass Judith ihre Lippen bewegt hatte. Sie sah nur, was jeder vermuten konnte: eine Frau, die mich verstohlen am Hals küsste.

Ich nickte der Tierarzthelferin zu, die mir ihrerseits einen »Ich hab nichts Schlimmes gesehen«-Blick zuwarf. Und da sah ich es. Während Judith sich von mir abwendete und sich mit der linken Hand ein paar Locken hinters Ohr schob. Ich erkannte sie aus Tausenden heraus, das war sie. Am Handgelenk trug sie die Uhr meiner Mutter. Von ihren Großeltern zu ihrem einundzwanzigsten Geburtstag bekommen. Ich erkannte sie an dem dunkellila Lederarmband wieder, das meine Mutter noch kurz vor ihrem Tod ausgewechselt hatte. Ihre Lieblingsfarbe. Es handelte sich um ein Erbstück, das sie meiner Tochter vermacht hatte, mit einem extra Vermerk im Testament. Tara sollte die kostbare Vacheron bekommen.

Ich verließ den Laden, ohne etwas zu kaufen. Ich überquerte die Straße mit den viel zu schnell fahrenden Autos und wählte eine Seitenstraße als Schleichweg, fest entschlossen, einen anderen Weg als Judith einzuschlagen. Als ich zu Hause ankam, war ich froh, dass die Fahrräder der Kinder nicht im Garten standen. Ich wollte Gaby anbrüllen, ohne dass die Zwillinge es mitbekamen. Wegen der Frau, die ich verheimlichte, wollte ich ihr nun Vorhaltungen machen.

Gaby erkannte sofort, dass sich da etwas zusammenbraute. Sie tat, was sie immer tat, wenn die Stimmung angespannt war. Sie setzte sich auf unser ältestes Sofa, ein Samtnest, in dem die Wut abflaute, ein Blitzableiter für miese Stimmung und Ärger. Sie hoffte, ich würde mich neben ihr niederlassen, doch ich blieb stehen.

»Wie konntest du?«

»Was ist denn jetzt schon wieder?«

»Ich habe Judith getroffen«, sagte ich. »Sie trug die Uhr meiner Mutter.«

Gaby hielt sich beide Hände vors Gesicht und versteckte sich dahinter. »Die war von deiner Mutter?«, fragte sie erschrocken.

Offenbar hatte sie keinerlei Ahnung.

»Das hast du doch gewusst.«

»Hab ich nicht.«

Ich wollte noch nicht einmal die Wahrheit erfahren. Alle Vorhaltungen, die ich Gaby machte, wurden von meinen Schuldgefühlen gebremst.

»Was hast du für sie bekommen?«

»Viel«, sagte sie noch immer kleinlaut. »Ich habe Judith von unseren Problemen erzählt. Sie will helfen, und sie kann helfen. Ich meine nur, sie hat Geld, Job. Sie giert fast nach den Sachen, die ich ihr geben kann.«

Es klang ehrlich. Ich sah meine Frau an, zusammengesunken in einem Berg aus korallenroten und türkisfarbenen Kissen. Sie war noch immer erschrocken, doch weswegen genau, war mir unklar. In der Stille, die zwischen uns herrschte, erklang das Gartentor, das geöffnet wurde und wieder zufiel. Unser Sohn.

Durchs Fenster konnte ich sehen, wie er sein Fahrrad in den Garten schob.

»Du sprichst vom Helfen, von Begierden und Geben. Doch es ist eine wildfremde Person, Gaby. Eine Unbekannte.«

Die Haustür fiel mit einem Knall ins Schloss.

»Nicht für mich, Job«, sagte sie. »Nicht mehr. Momentan ist es so, als wollte und könnte sie mir näher sein als du.«

11

Wer auch immer ich während der Zeit gewesen sein mochte, als ich Gretta treu wie ein Hund quer durch Europa hinterher gereist war, von ihr für das perfekte Abenteuer abgerichtet – nach Hause kehrte ein Mann, der sich schuldlos wähnte.

Ich war mir vollkommen sicher, dass ich Gaby und die Kinder niemals verlassen würde. In den riesigen Hotelbetten, die Gretta für uns buchte, wurde dieses Kapitel nie angesprochen. Es existierte keine Eröffnungsszene für diese Geschichte, keine meiner Handlungen oder Äußerungen gaben Anlass dazu. Wahrscheinlich spürte sie meine Verweigerung. Mein Zuhause war woanders, und dabei sollte es auch bleiben.

Während meiner Reisen sah ich immer, wenn ich an Fensterscheiben oder Spiegeln vorbeikam, das Bild eines Vierzigers ohne Eile. Ein Mann auf dem Weg, hinter irgendetwas her, unsicher, dennoch ziemlich unbekümmert über den Ausgang. Dieses Bild war falsch, es verzerrte. Ich war nicht nur einfach so unterwegs, sondern ich war ein Mann auf Abwegen. Immer fest verwurzelt an einem festen Wohnsitz. Den Anfang und das Ziel trug ich mit mir umher. Würde man mich darum bitten, meine Wege zu Gretta in einer Karte einzuzeichnen, sähe sie so aus wie die Landkarten, auf denen Fluggesellschaften ihre Flüge einzeichnen. Lange geschwungene Linien, die stets vom Heimatflughafen ausgingen, mit dem meine Abwesenheit verwurzelt war.

Ich fühlte mich mit meiner Familie verwachsen. Sie gehörte zu mir wie mein Alter, mein Atmen, meine Hingabe an die Ruhe.

Gaby und ich hatten sogar ein gemeinsames Verb für etwas, das wir nicht konnten und auch nicht wollten: sich entschlingen.

Meine Entscheidung, dass ich Gaby niemals etwas von Gretta erzählen wollte, war schnell gefällt. Vernunft und Intuition diktierten mir einstimmig, was ich zu tun hatte, und zwar: nichts. Die Reisen und die Lust verschweigen. Nicht aus Bequemlichkeit oder der unverschämten Zuversicht, dass, wenn alles aufflog, Leugnen die beste Verteidigung wäre. Sollte Gaby mich direkt darauf ansprechen, würde ich sie nicht anlügen können.

Aber sie fragte nicht.

Aus gutem Grund hatte ich ihr nicht die Wahrheit erzählt. Ausrede über Ausrede erfand ich, um meine Ehe, die für mich die denkbar beste war, intakt zu halten und über diese Zeit hinüberzuretten, so lange wie möglich, bis zum Tod. Ich wusste, dass das möglich wäre. Zumindest, dass ich es könnte.

Wenn ich schon so ein betrügerisches Rindvieh war, dann aber nicht eines, das sich in Gleichgültigkeit hüllte und sich aus dem Staub machte wie mein Vater.

»Was nicht zu dir passt, das musst du abstoßen«, sagte mein Vater trocken, nachdem er meine Mutter verlassen hatte. Ich war ahnungslos gewesen. Alle waren ahnungslos gewesen. Das war die einzige Erklärung, die ich von ihm für seinen plötzlichen Aufbruch bekam, eine Woche, nachdem ich von zu Hause ausgezogen war. Dieser Zeitpunkt machte mich zum Mitschuldigen. Als ob mein Auszug den seinen provoziert hätte wie ein kurzer gnadenloser Domino-Effekt.

Mein Vater kümmerte sich nicht mehr um seine Familie, ich aber sehr wohl. Ich kehrte nach Hause zurück mit den noch nicht einmal ganz ausgepackten Koffern und Bücherkartons, um etwas von dem Schaden, den mein Vater uns zugefügt hatte, zu beheben.

Meine Mutter hat mir nie richtig erklärt, warum er von einem auf den anderen Tag verschwand. Am Morgen seiner Flucht hatten sie noch gemeinsam am Küchentisch gesessen und gefrühstückt. Mein Vater saß hinter der aufgeschlagenen Zeitung, die er höflich auf Bauchhöhe hielt, damit sein Gesicht nicht verdeckt war und meine Mutter sich nicht mit der Titelseite hätte unterhalten müssen. Denn sie unterhielten sich immer beim Frühstück, auch an diesem Tag. Sie hatten über die erste Thronrede von Königin Beatrix gesprochen, über Griechenlands Beitritt in die Europäische Gemeinschaft, über die neuen Blumenkübel an der Bullebakschleuse in Amsterdam.

Danach hatte mein Vater die Zeitung wieder ordentlich gefaltet und auf die Fensterbank gelegt, seinen Frühstücksteller zum Spülbecken gebracht, sich auf dem Weg in den Flur verabschiedet und dabei meine Mutter an der Schulter berührt. Sie konnte sich nicht mehr erinnern, ob er »bis heute Abend« gesagt hatte. Nur daran, dass er sie kurz nach der Mittagspause angerufen hatte, um ihr mitzuteilen, dass er nie wieder nach Hause zurückkehren würde. Ihre verzweifelten Fragen blieben unbeantwortet. Am anderen Apparat nur Schweigen und dann ein Abschiedsgruß. Eine Woche später traf ein Brief von einem Scheidungsanwalt ein.

Was nicht zu dir passt, musst du abstoßen. Dieser karge Satz meines Vaters sollte für mich als Erklärung ausreichen. Seinem Sohn wollte er noch einen Beweggrund liefern, den Hauch einer Erklärung für diese beispiellose Unverschämtheit, den feigen, stillen Abgang. Wie früher das Spielzeug, von Geschäftsreisen mitgebracht, das mich ruhig und brav stimmen sollte, damit mein Vater sich einen Genever genehmigen und sich im Fernsehen einen Film anschauen konnte, während meine Mutter in der Küche beschäftigt war. Der Betriebswirt war wieder daheim.

Eine inhaltslose Erklärung, schlimmstenfalls ein Ratschlag zwischen zwei gleichgesinnten Männern. Als würde auch ich zu diesem *Was* zählen, das mein Vater von sich entfernen wollte wie ein Hühnerauge oder eine Warze. Mit *Was* war das Familienleben gemeint, schlussfolgerte ich, mit diesem Wort konnte er unmöglich meine Mutter meinen, ihre Ehe. *Was* umfasste alles, was während der vergangenen zwanzig Jahre in unserem Haus an der Bloemengracht in Amsterdam stattgefunden hatte. Wo es mir gut ergangen war und, wenn ich mich da nicht täuschte, meinen Eltern auch, jedenfalls meiner Mutter.

Es waren brodelnde Worte, die meine Mutter niemals hören durfte. Dafür wollte ich sorgen, wenn ich wieder in das Haus zurückgekehrt war und den Platz des Mannes eingenommen hatte, der ich niemals werden wollte.

Keine zehn Jahre darauf waren meine Eltern verstorben. Das Haus an der Bloemengracht hatte mein Vater nach dem Tod meiner Mutter sofort verkauft. Ich war schon lange nicht mehr in der Gegend gewesen, und als es doch einmal dazu kam, zufällig, als ich bei jemandem im Auto mitfuhr, da war ich vom Anblick so überrascht, als würde ich einen entfernten Bekannten erblicken, dessen Name ich vergessen hatte. Ein Waisenhaus, dachte ich, mein altes Zuhause ähnelte einem Waisenhaus für wildfremde Kinder, dessen Schicksal ich zwar bedauerte, das mich aber nicht berührte. Die Wunde war verheilt.

In Gabys Elternhaus lebte nun die junge Familie eines Wirtschaftsprüfers. Der Mann hatte immer eine frische Gesichtsfarbe. Manchmal sah ich ihn, wenn er morgens in einem breiten indigofarbenen Auto zum Randweg fuhr, er musste nämlich nach Bloemendaal. In sein Büro, das in einem noblen Dorf war, in dem er sicherlich auch gerne gewohnt hätte, wenn er sich das größere Haus und den höheren Lebensstandard irgendwann leisten konnte. Jedenfalls schuftete er sich dafür zu Tode. Er lief immer in einem hellblauen Hemd herum, sein Jackett hing im Wagen auf einem Kleiderbügel am Fenster. Ich sah ihn oft erst spätabends nach Hause kommen, wenn ich mit dem Hund eine Runde um den Block machte. Dann eilte er gehetzt vom Auto zum Haus, in der Hand hielt er eine Aktentasche, den Kopf gebeugt, das Adrenalin pulsierte noch in seinem Körper.

Hinter seiner Haustür erwartete ihn die schöne aschblonde Lea, die ihren Tag damit verbrachte, zwei Kleinkinder und eine schwarze französische Bulldogge zu hüten. Sie hatte einen leichten Hippietouch, frei von allen gängigen Modestilen, jedenfalls meinte Gaby das. Die mehrlagigen fließenden Kleider an ihrem spindeldürren Körper wirkten wie ein stummer und schlampiger Protest gegen ihren steifen, stockkonservativen Mann.

Manchmal begleitete sie mich bei meinen Waldspaziergängen. Es war ein hartes Stück Arbeit gewesen, bis sie Freek, ihren Mann, dazu gebracht hatte, diesen Hund ins Haus zu lassen, weil sie und die Kinder sich in ihn verliebt hatten. Eine solche Ausgeburt an Hässlichkeit war wirklich alles andere als repräsentativ, hatte Freek gejammert, ein Scheusal mit schiefer Schnauze, platter Nase, eine Wurst auf krummen Beinen. Dieses Monster sei seinem Status nicht angemessen und passe nicht zu seinen Kunden, meinte Freek.

»Na prima, dann werde ich es mir verkneifen, dich, deine Kunden und deinen Status mit der Bulldogge zu besuchen«, hatte Lea erwidert.

Sie ließ nicht locker. Schließlich hatte sie ihren Juristenjob in Amsterdam aufgegeben, damit er seine Kanzlei außerhalb ihres Heimatorts führen konnte. Die Hundewahl stand ihr zu, fand sie. Die Bulldogge kam ins Haus, und man konnte bereits von Weitem erkennen, dass er quirliger, rassiger und lustiger war als der Wirtschaftsprüfer.

Ob Gabys italienische Mutter, als sie während der Siebzigerjahre in diesem Haus wohnte, auch diese nagende Einsamkeit und Beschäftigung mit Nichtigkeiten befürchtet hatte? Wer weiß. Sie verschwand eines Tages für immer, ohne Vorwarnung, ohne jegliche Erklärung. Gaby verglich dieses Verschwinden mit einem Selbstmord. Alles weg, auch die Erinnerungen an die einst vielgeliebte Person, den Sinn der Beziehung, die man miteinander hatte.

Ich habe sie nicht gekannt. Ihren Mann schon, ein ungehobelter, lauter Literaturwissenschaftler an der Universität von Amsterdam. Auch er zählte in den Siebzigerjahren zu der Roten Garde, die hier im Viertel in hübschen Häusern lebte. Vor seiner Pensionierung war er Anhänger des Stalinismus, Maoismus und Alkoholismus. Kurz vor seinem Tod, genau ein Jahr nach dem Attentat auf Pim Fortuyn, war er nur noch Alkoholiker und vehementer Verfechter von dem, was im Volksmund als »Pims Gedankengut« bezeichnet wurde.

Wir hatten uns nicht viel zu sagen. Seine Frau hatte ihn verlassen, als Gaby noch die Grundschule besuchte. Was danach geschah, sprach für den missmutigen Opportunisten, der später aus ihm wurde. Er legte seine Arbeit und sein Liebesleben auf Eis und kümmerte sich um sein heimatloses Kind. Wie eine berufene Nonne, die in einem tragischen Haushalt fanatische Rettungsarbeit vollführt, kniete sich der aktivistische Wissenschaftler, der der Meinung war, Romane seien dazu da, das Bürgertum auszumerzen, vor die Schnürsenkel seines Kindes, schmierte morgens Brote mit Erdnussbutter, auf die er großzügig Schokostreusel gab, brachte es in die Schule und holte es auch wieder ab, wenn sich das mit seinem Terminplan vereinbaren ließ. Er begab sich in Schwimmbäder und Sporthallen, obwohl er sich ursprünglich vorgenommen hatte, sie nie zu betreten, um ja nicht den selbstzufriedenen, wirtschaftlich ungemein erfolgreichen Vätern über den Weg zu laufen. »Der Klassenkampf spielt sich nicht auf dem Fußballfeld ab«, pflegte er zu dozieren, »sondern in den Gegenden der Menschen, die kein Geld haben, ihren Kindern Fußballtraining zu zahlen.«

Doch als er sich sein damals noch verkümmertes Kind ansah, wurde ihm bewusst, dass er mit Geld und einem möglichst ruhigen und eintönigen Leben in dieses Gesicht wieder mehr Farbe und ein Lächeln zaubern könnte.

Plötzlich buchte er auch zu seiner eigenen Erholung einen

Urlaub bei dem damals gerade frisch gegründeten und hochpreisigen Urlaubsanbieter Club Med. Der Mann, der auf die Revolution hoffte oder zumindest auf die Abschaffung des Königshauses, sorgte in seinem Zuhause in Haarlem für Ruhe, Sauberkeit und Regelmäßigkeit. Aus Liebe.

So, wie er Gaby damals nicht im Stich gelassen hatte, so würde ich sie heute ebenfalls nicht verlassen. Das war keine geerbte Sorgepflicht, sondern der natürliche Lauf der Dinge. Das Vorbild des Vaters, mit dem ich nichts gemein hatte außer der Liebe für seine Tochter, musste die Sünden des Vaters reinwaschen, den ich von ganzem Herzen geliebt hatte.

Sie hatte buchstäblich ihr Gleichgewicht verloren, erinnerte sich die ältere Gaby an die kleine, die ohne Mutter leben musste. Wackelnd wie ein Gartentisch, dem Bierdeckel unter die Plastikbeine geschoben werden müssen. Sie schwankte auf dem Fahrrad und stieg von der falschen Seite ab, beim Treppensteigen musste sie sich konzentrieren und geriet beim kleinsten Ruck des Hundes an der Leine, den ihr Vater ihr zum Trost gekauft hatte, aus dem Gleichgewicht. Als würde sie die Gravitation anders wahrnehmen. Ein störendes, durcheinandergeratenes Naturgesetz, ausgelöst durch die Flucht ihrer Mutter.

Gaby brauchte mehrere Wochen, bis sie, ohne nachzudenken, ihre Füße wieder heben und absetzen konnte, um in einem normalen Tempo zu laufen. Bis sie einen Schritt nach vorn machte, ohne sich vergewissert zu haben, dass sie sich im Zweifel an irgendetwas festhalten konnte. Das Taumeln ließ nach, doch der Schaden war größer. Gaby schleppte etwas mit sich herum, das sie als »Verlustgeschwür« bezeichnete. Die verschwundene Mutter hatte etwas von ihrem Kind mitgenommen, ein Puzzleteil, ein Bausteinchen, dessen Entfernung einen physischen Schaden hinterließ. Das Mädchen glaubte damals sogar, man könnte ihr äußerlich anmerken, dass zu Hause jemand fehlte. Sie hätte genauso gut nur ein Bein haben können. Sie fühlte sich unvollständig. In dieser Leere wucherte die Erinnerung an ihre Mutter wie eine Geschwulst, ein sinnloser Klumpen, der den Verlust und die Trauer in sich aufsog, nicht um zu reinigen, sondern als Anhäufung von Gift.

»Sie ging weg und ließ mich mit einem Tumor zurück, der nicht schrumpfte, je mehr ich vergaß, sondern mit mir wuchs«, hatte Gaby mir bereits an unserem ersten Abend erzählt. »Es lastete manchmal so stark auf mir, dass ich den Eindruck hatte, sie hätte alles, was sie während der Jahre mit meinem Vater unangenehm und furchtbar gefunden hatte, bei mir abgeladen. Sie war vollständig von der Bildfläche verschwunden, und ich hockte da mit der doppelten Last: Hüterin ihres Gerümpels, doch selbst auch zum Sperrmüll gegeben.«

Das Gefühl, ausrangiert worden zu sein, legte sich bei Gaby erst, als sie schwanger wurde. Dass es Zwillinge waren, erstaunte uns. Weder in ihrer noch in meiner Familie gab es Zwillinge. Doch Gaby betrachtete den Scherz, den sich die DNA erlaubt hatte, als spätes Geschenk der Rachegöttin.

»Natürlich sind es zwei«, rief sie nach der ersten Ultraschalluntersuchung. »Doppelte Kraft und doppelter Hunger, um den Verlust zu verschlingen und die Erinnerungen wegzustrampeln. Sie vertreiben von innen die Leere.«

Da sie nun über zwei Babys gleichzeitig wachte, hatte sie plötzlich genügend Gelegenheit, ihre Mutterschaft so zu gestalten, dass das Bild von ihrer Mutter, insbesondere die Erinnerung an den eigenen Zorn, zerstört wurde. Sie kam mit ihrer Rolle als werdende Mutter wunderbar zurecht. Man könnte glauben, es sei kein Zufall, dass sie gerade mit mir Kinder bekam. Einem Mann, der sich vorgenommen hatte, seinem Vater in nichts zu ähneln: dem Mann, der mühelos von einem Tag auf den anderen mit seinen Nächsten brechen konnte, nachdem er so lange, so selbstverständlich Fürsorge und Liebe für sie vorgetäuscht hatte.

Während der schlaflosen Nächte neben den unersättlichen

Säuglingen in unserem beengten Schlafzimmer im Amsterdamer Jordaan, dem Stadtviertel meiner Kindheit, mit Nuckelflaschen, Flaschenwärmern und Spucktüchern auf dem alten Boxspringbett hantierend, über das sich bereits so viel Milch ergossen hatte, dass wir es Milchbett nannten, wurde mir bewusst, welche Möglichkeiten sich für mich ergaben. Das neue Gefühl, für zwei wehrlose rosa Würmchen verantwortlich zu sein, schuf neue Perspektiven. Was ich mitmachte, wenn die unentwegte Angst, dass die schreienden, zahnlosen Münder ihren letzten Schluchzer tun würden, wenn Gaby und ich nur eine falsche Handlung machten, ein Gramm Nahrung vergaßen oder eine Sekunde zur anderen Seite schauten, war verzehrend. Doch die neue Bindung, die schnell wuchs und besitzergreifender wurde, brachte auch eine Beruhigung mit sich. Im Wochenbett – das ich natürlich leicht hätte vermeiden können, denn in unserem Haus war genug Platz, auch hier hatten wir ein Gästezimmer, in dem der Familienernährer zur Ruhe hätte kommen können – vollzog sich etwas, das ich vollkommen in der Hand hatte. Selbst wachen, selbst füttern, selbst dableiben, alles in der neuen Viererformation. Über diese kleine, überschaubare Gruppe würde ich für immer die Regie haben. Weil es funktionierte. Im Gegensatz zu all dem, das sonst auf uns zukam und sich meinen Griffen entwand.

12

Was ich befürchtet hatte, trat ein. Gaby lud Judith zu uns nach Hause zum Essen ein. Kein normales Abendbrot in der Küche am großen unordentlichen Familientisch, der immer halb mit Zeitungen, Obstschalen mit Früchten in verschiedenen Verfaulungsgraden und Hausaufgabenheften der Kinder bedeckt war. Nicht an dem behaglichen Lebetisch, in den die Zwillinge sich, als sie gelernt hatten, mit Messer und Gabel zu essen, im Holz mit Kratzern und Figürchen verewigt hatten. Keine vertraute Runde mit einem zusätzlichen Esser am Tisch.

Meiner Frau schwebte ein mehrgängiges Dinner vor. Im förmlichen, nur noch selten genutzten Esszimmer. »Dann koche ich mal was Richtiges«, hatte sie angekündigt.

Das »Richtiges« betonte sie, als hätte sie gerade ein prickelndes Amuse-Gueule gekostet. Sie war eine wunderbare Köchin, auch im Alltag. Auch wenn nichts Frisches eingekauft worden war und sie nur eine halbe Stunde Zeit hatte, immer kamen wohlschmeckende Gerichte auf den Tisch. *Pasta in brodo. Involtini di melanzane. Gnocchetti sardi. Risotto alla trevisana.* Sie konnte richtig gut improvisieren.

Aber für Judith wollte sie sich mächtig ins Zeug legen, merkte ich. Das sah nach einem Kochmarathon aus.

Wenn ich einen Blick in die Fantasien meiner Frau hätte werfen können, so wie durch das Fenster eines Hauses, in dem man nicht mehr erwünscht ist, dann hätte ich ein Schreckensszenario vor mir erblickt. Fünf Leute an einem Tisch, der einen Hauch zu steif gedeckt war. Und die Dame des Hauses, nachdem sie sich mit fünf, sechs Gängen abgeschuftet hatte, war hocherfreut über die Anwesenheit einer anderen Frau, die alle Aufmerksamkeit auf sich zog, das Gespräch beherrschte, an deren Lippen die Zwillinge hingen, die sie vollkommen in ihren Bann gezogen hatte, und dazu dann noch der überflüssige Vater, der auf seinen Teller starrte, ein trüber Tropf in der vergnügten Runde.

Dass Judith sich so sehr in die Nähe meiner Kinder wagen, sie stundenlang betrachten, sie mit Geschichten über ihre erfundenen kosmopolitischen Erfolge in der Modewelt einlullen und sie über Dinge aushorchen würde, die sie irgendwann einmal zu ihrem Vorteil verwenden könnte, das erschien mir unerträglich. Verführen oder mich hinters Licht führen, manipulieren, erpressen, da war sie gut drin. Sie machte das mit einer bewundernswerten Leichtigkeit, es befriedigte sie. Ich hatte es während unserer Reisen beobachten können, die kurzen geschäftlichen Telefonate, die sie oft auf Englisch führte, und die knappen Erklärungen, die sie mir danach gab. Nichts geschah direkt, klar besprochen, sachlich festgelegt, nein, alles passierte zwischen den Zeilen, war dennoch genau durchdacht, hinterlistig und undurchschaubar. Stets war sie dem Gegner meilenweit voraus.

Um nichts auf der Welt wollte ich Judith an unserem Tisch haben.

Ich machte einen Gegenvorschlag. Etwas, von dem Gaby nicht abgeneigt sein konnte und mich wiederum als Mann darstellte, der seiner Frau ihre Freundschaft mit dieser aufdringlichen Person von Herzen gönnte.

»Wie wäre es mit einer Party für sie?«

Zum Glück war Gaby angenehm überrascht. Erwartungsvoll hob sie die Augenbrauen.

»Ja, eine Party. Damit deine Freundin die Nachbarn kennenlernt. Sie ist doch alleine, sie hat hier doch sonst noch niemanden.«

Gabys Gesicht verdüsterte sich, denn bei einer Party konnte sie mit ihren kulinarischen Kunststücken nicht so gut blenden. Doch auch dafür hatte ich eine Lösung parat: »Ein *apericena* sozusagen. Ein Abendessen in Buffetform. Dann kannst du dich auch in der Küche ausleben.«

Mir ging es natürlich darum, unser Haus, in dem Judith an einem solchen Abend ganz im Mittelpunkt stehen würde, mit möglichst vielen weiteren Leuten zu füllen. Als Puffer zwischen Judith und den Meinen. Gaby, die sich um viele Gäste gleichzeitig kümmern müsste, bekäme gar nicht die Gelegenheit, sich Judith gegenüber unterwürfig zu verhalten, denn in dieser Rolle wollte ich sie wirklich nicht erleben.

Zu meiner großen Erleichterung sprach Gaby nicht die Kosten eines solchen Fests an. Sie stimmte zu.

»Und ich habe geglaubt, du würdest Judith nicht mögen.«

Genau, wie ich es mir erhofft hatte. Meine Frau war für mich ein offenes Buch. Gabys unverhüllte, freigiebige Art hatte mich jahrelang sehr glücklich gemacht. Nun befürchtete ich, dass diese naive und liebenswerte Vertrauensseligkeit sie in Judiths Gegenwart zu einer leichten Beute machen würde. Sie war so schnell zu beeinflussen und rechnete nie mit Niederträchtigkeiten.

Welche Pläne Judith mit ihrem unerwarteten Auftauchen in Haarlem hatte, war noch vollkommen ungewiss. Aber dass sie Pläne hatte, konnte jedes Kind sehen. Es machte mich fertig.

Ich lehnte mich an meine Frau, vorsichtig und ausbalancierend gebremst, damit ich sie mit meinen ein Meter fünfundneunzig nicht umwarf.

»Du siehst wieder einmal: Nichts ist, wie es scheint.«

Am ersten Samstag der Herbstferien trafen sie einer nach dem anderen ein. Norbert, der geschiedene Notar mit seiner neuen Eroberung, Fatou, einer pummeligen Brünetten. Sie war mir noch nie in der Gegend aufgefallen, aber nun stellte sich auch heraus, wieso. Sie arbeitete in Brüssel als Bankmanagerin. Ich half ihr aus einem eleganten Trenchcoat, und sie zog ein locker ums Haar gelegtes Vierecktuch vom Kopf.

»Euer Wind hier ruiniert wirklich jede Damenfrisur«, sagte sie mit flämischem Akzent.

»Deswegen tragen die niederländischen Frauen auch Potthaarschnitte oder seltsame Haarknoten, die zwar nach nichts aussehen, die man aber im Badezimmer schnell gebändigt hat. Vielleicht wäre es doch besser, ihre Haare Windstärke zehn zu überlassen. Am Ende kann das nur besser aussehen. Denn unsere Natur hat sehr wohl Geschmack.« Es folgte ein peinlich berührtes Lachen.

Das war Alexander, bankrotter Makler und offenbar schon jetzt angetrunken, aber auch bekannt für seine zahlreichen und dummen Sprüche. Ihm selbst fiel das meistens noch nicht einmal auf, vielmehr war er überrascht über das ausbleibende Gelächter nach seinen Bemerkungen. Ewiger Single, den sogar sein weiblicher Kompagnon kurz vor der Pleite verlassen hatte, mit einer ordentliche Summe des Geldes im Gepäck, das Alexander in das Unternehmen gesteckt hatte. Inzwischen klagte er mehr über seine Einsamkeit als über den Untergang seines Büros.

Fatou warf ihm einen Reptilienblick zu.

»Ist ja nicht so toll, was Sie da über Frauen sagen.«

Darauf nahm sie Norberts ostentativ hingehaltenen Arm an und ging ins Wohnzimmer.

Ich hatte Alexander am Hals. Seit er bei seinen an Demenz leidenden Eltern wohnte, sah ich ihn nur noch Einkaufstaschen herumschleppen oder einen Rollstuhl schieben. So, wie ich unseren Hund ausführte, so führte er seine Mutter im Wald aus. Manchmal begleitete ich ihn.

Es waren schweigsame Runden. Denn auch wenn seine Mutter dement war, sprach er in ihrer Gegenwart nicht über Familienangelegenheiten. Wie zwei apathische Pfleger spazierten wir bei Wind und Wetter im penetranten Dunst des Windelgeruchs daher, der aus dem Rollstuhl aufstieg. Ab und zu bückte sich Alexander und pflückte eine Blume oder hob eine Kastanie auf, so, wie ich das früher auch gemacht hatte, als ich vor ewigen Zeiten mit den Zwillingen im Buggy im Wald unterwegs war. Er legte die Geschenke auf das mottenlöchrige karierte Plaid, das immer über dem Schoß seiner Mutter lag, doch zuvor machte er stets erst eine Kuhle in die Wolldecke.

»Guten Abend.« Ich klopfte Alexander auf die molligen Schultern und schob ihn ins Haus.

Kurz darauf klingelte Maud. Sie kam in Begleitung eines äußerst verlegen wirkenden Mädchens, das den Blick nicht vom Boden hob, als sie Gaby und mir die Hand gab. »Sie ist meine vielversprechendste *Voice*, wirklich wahr«, sagte Maud einen Hauch zu begeistert. Als sie mir einen Kuss auf die Wange gab, flüsterte sie: »Eine Stimme wie eine Nachtigall«, und beim zweiten Kuss ins andere Ohr: »Traut sich aber nicht mehr als eine Hausmaus. Also, mal in die mondäne Gesellschaft einführen, dachte ich.«

Ich pfiff Leon zu, der gerade die Treppen hinuntergestürmt kam, und winkte ihn herbei. Hinter der verlegenen Sängerin hielt Maud einen Daumen hoch. Am besten gleich loslegen.

»Na, ihr zwei, übt schon mal schön den Kontakt mit den anwesenden *Voice*-Jurymitgliedern«, sagte ich und legte Leon einen Arm auf die Schulter und der kleinen Mira, wenn ich ihren Namen richtig verstanden hatte, eine Hand. Ihr Gesicht verfärbte sich puterrot, trotzdem musste sie aber auch lachen. Unterdessen drückte mir Leon entrüstet mit den Fingern in der Nierengegend herum. Lächeln, immer weiterlächeln. Das hatte ich während der vergangenen Monate gelernt.

Der Abend fing gut an. Ich hatte vergessen, wie angenehm so eine Herbstparty sein konnte. Draußen mochte es vielleicht stürmen, aber mit Einbruch der Dämmerung gingen in den Häusern die Lichter an, Zimmer für Zimmer, warm, winkend. Man war einfach mit ein paar Leuten zusammen, mit denen der Umgang vertraut und ungezwungen war. Man hörte, wie sie sich über den glänzenden, klebrigen Blätterteppich, der Stadt und Land und auch den eigenen Vorgarten bis zur Haustür bedeckte, schoben und er sich ungebeten mit hineinschlich. Man wusste, dass sie sich gleich mit einem Glas Brunello auf dem Sofa niederlassen würden und sich entspannten. Und ihre Unbeschwertheit übertrug sich sofort auf einen selbst, sodass man übermütig dachte, dass heute Abend alles von allein gehen und man nichts mehr tun brauchte.

Seitdem mein Kontakt mit der Gemeinde abgebrochen war, hatten Gaby und ich kaum noch Gäste zum Essen gehabt. Unsere Geburtstage feierten wir in irgendwelchen Restaurants am Meer. Hauptsache, wir hatten eine gute Sicht über die Weite des Wassers, ob aufgewühlt oder ruhig, der Anblick war immer heilsam. Ab und zu kam mal ein Nachbar auf ein Glas vorbei. Es blieb mal jemand zum Essen da, kurz, ungezwungen. Bei den wenigen Freunden, die uns noch in der Stadt geblieben waren, luden wir uns manchmal selbst zum Essen ein, und sie stimmten bereitwillig zu. Sie fanden es sehr nachvollziehbar, dass wir »dem riesigen Gefängnis, zu dem unser Haus für uns bestimmt worden war« einmal entkommen wollten. Zwei Arbeitslose, die sich so dicht auf der Pelle hockten, das konnte doch nicht gut gehen.

Wie sehr sie sich da irrten. Das Haus war kein Rückzugsort, der Einsamkeit oder sonstige Unliebsamkeiten verstärkte. Es war eine sichere Burg. Jedes Mal, wenn ich die Tür hinter mir schloss, ließ ich damit nicht nur den Straßenlärm hinter mir, sondern auch die Gedanken an mein Scheitern da draußen in der Stadt. War ich drinnen, dann war alles in Ordnung. In der Stadt gab es Menschen, mit denen ich berufsbedingt zu tun gehabt hatte und die noch immer den Kopf abwendeten, wenn sie mich erblickten. Andere wiederum drängten mir weitschweifige Gespräche auf. Doch bei mir zu Hause war ich Herr der sozialen Kontakte. Wer unser Haus betreten durfte, der hatte sich ganz offensichtlich als verlässliche Gesellschaft in schlechten Zeiten erwiesen.

Bis Judith erschien – als Letzte auf dem eigens für sie organisierten Fest. Sie schritt wie eine Göttin zu unserem Haus, die hohen Absätze ihrer Stiefel versanken nicht im Kies oder zwischen den Blättern. Weiß der Himmel, wie ihr das gelang. Sofort befürchtete ich die Abdrücke, die sie im Parkett hinterlassen würde. Ein ziemlich spießiger Gedanke, aber ich konnte ihn nicht unterdrücken. Mit dem Blick eines Einrichtungsfetischisten hatte ich bereits an der Tür das Schuhwerk der weiblichen Gäste inspiziert. Streng, abschätzig, aber feige, denn ich hätte es niemals gewagt, eine solche Frau zu bitten, ihre Marterinstrumente wegen des empfindlichen Holzes auszuziehen.

Entsetzt erblickte ich auf Judiths Schaftstiefel. Ich kannte sie. Das Radisson in Budapest, oder nicht?

Wir waren alleine in der Empfangshalle unseres Hauses. Ich reichte ihr zum Gruß eine verkrampfte Hand, um die Begrüßungsküsse zu vermeiden. Unter einem Poncho, den sie nicht ablegte, zog sie eine Flasche hervor, die sie mir in die Hand drückte und die meine ausgestreckten Finger fast fallen gelassen hätten. Tokaji Aszú. Meine Erinnerung hatte mich nicht getäuscht. Als hätte das nicht gereicht, kam sie mir wieder so nahe wie im Gemüseladen. Sie hielt in dem Moment an, als sie mit den Lippen mein Ohr berührt hatte, und flüsterte: »Unter dem Poncho ist noch mehr, wann immer du willst.«

Sie ging ins Wohnzimmer, ich nach draußen, wo ich den ungarischen Wein sofort in den Abfall beförderte. Nach dem Fest würde ich einen Müllsack draufwerfen, damit niemand die kostbare Flasche entdecken würde.

Zumindest war Judiths Strategie jetzt etwas klarer. Sie hatte sich meiner nichtsahnenden Frau angeschlossen, um den Gedanken zu genießen, ich würde bei ihrer Anwesenheit auf heißen Kohlen sitzen. Sie genoss ihre Rache, und sie würde nicht gehen, bis es ihr langweilig wurde. Und dieses Szenario war das bestmögliche. Wer weiß, vielleicht würde sie irgendwelche Forderungen stellen und das Drama nähme Fahrt auf. Am liebsten hätte ich sie an dem fransigen Poncho aus dem Haus gezerrt. Doch das hätte ich dann erklären müssen. Obwohl ich mir doch vorgenommen hatte, Gaby niemals etwas zu gestehen. Gretta Luzerne hatte nie existiert, Ärger über ihre Abwesenheit durfte nicht aufkommen. Bis vor Kurzem war das noch eine einfache Sache gewesen.

Zu meinem großen Erstaunen brauchte ich Judith niemandem vorzustellen. Sie war im Viertel bereits bekannt, eine solche Person blieb nicht unbemerkt, oder man kannte sie aus Gabys Erzählungen. Sie hockte bereits auf unserem kleinsten Möbelstück, einer Chaiselongue, die ich mit einem hellen Stoff hatte beziehen lassen. Es ergab einen schönen Kontrast zu Judiths schwarzer Kleidung. Kurz schaute sie zu mir auf, mit demselben Blick wie damals in Bukarest, als sie sich nackt auf ihre französische Couch sinken ließ, eine Elfe in einer Samtmuschel. Der Platz, der neben ihr frei war, wurde sofort von Toby in Beschlag genommen, der seinen trägen Hundekörper brav einrollte und den Kopf auf Judiths Schoß legte.

Alle um sie herum starrten sie an und stellten ihr Fragen. Ihre Antworten fielen kurz aus, so, wie ich es von früher bei ihr kannte. Nicht abweisend, aber verhalten knapp. Nur Gaby gönnte sie eine Plauderei. Doch meine Nachbarn gaben nicht so schnell auf. Judith wurde mit Fragen bombardiert. Sie geriet nicht aus dem Konzept. Sie parierte die Fragen gekonnt und suhlte sich in ihrer erfundenen Lebensgeschichte: Einzelkind, armes Elternhaus, auf der Straße von einem Modelbüro entdeckt.

Ich schenkte ihr einen schweren Rotwein ein, obwohl ich wusste, dass sie nur Weißwein trank. Und ich freute mich bereits auf den Widerwillen oder die Ablehnung, die folgen würde. Kleine Gemeinheiten, die ich mir einfach herausnehmen musste.

Doch auch sie wollte mich hereinlegen. Sie nahm den dunkelroten Wein an und hielt sich das Glas am Stil vors Gesicht, als hätte sie darin etwas entdeckt, was nicht hineingehörte. Sie näherte sich dem Glas nicht, sondern hielt es mir hin und sagte: »He, Job, ich hätte lieber den Blanchot, den ich neulich mit dir getrunken habe.«

Neulich. Mit dir.

Maud und Alexander reagierten sofort, ihre Blicke brannten auf meiner Wange. So so, sagten ihre jeweils argwöhnischen und bewundernden Blicke.

»Wo war ich noch gleich?«, fuhr Judith fort. »Ach ja, Karl Lagerfeld. Für ihn war ich in den Neunzigern auf dem Laufsteg. Zu dieser Arbeit zählte natürlich auch eine Einladung in einen seiner Sommersitze in Monaco oder Biarritz.«

Als hätte sie einen Zauberspruch ausgesprochen, zog meine Tochter, die an der Fensterbank lehnte, die Kopfhörer aus den Ohren und hockte sich zu Judiths Füßen.

»Wow, Chanel«, rief sie wie ein Modekenner, der aus einem Lumpenberg auf dem Flohmarkt ein Coutureteil herausgefischt hat.

»Das wäre übrigens auch etwas für dich«, sagte Judith und legte eine Hand auf den Scheitel meiner Tochter, die so unerträglich nah bei ihr saß. Nichts wie weg hier, dachte ich.

In der Küche nahm ich eine offene Flasche Weißwein aus dem Kühlschrank und schenkte für Judith ein Glas ein. Gaby hatte gerade eine Schale Crostini zubereitet und verschwand damit im Wohnzimmer. Ich hatte noch nicht einmal mitbekommen, dass hinter mir jemand an der Anrichte lehnte. Kein Wunder, dass meine Frau so lange in der Küche geblieben war.

»Nun sag schon, Job. Lass es raus.«

Erst jetzt roch ich einen Rest Zigarettenrauch, der zu der leicht heiseren Stimme meiner Nachbarin passte. Meine Lieblingsnachbarin. Sie war durch die geöffnete Küchentür hineingekommen. Als Gabys Jugendfreundin genoss sie dieses Privileg. Als Kind hatten sie schräg gegenüber voneinander gewohnt. Und als wir hierherzogen, schien auch sie gerade wieder in ihr Viertel aus der Kindheit zurückgekehrt zu sein. Einmal tauchte sie unangekündigt im Wohnzimmer auf, es war Mitternacht. Sie hatte einfach mal ausprobieren wollen, ob man sich wirklich so unbemerkt in ein Haus schleichen konnte, wie sie es sich soeben für ihr neues Buch ausgedacht hatte.

Nun prostete sie mir zu. Rinalda Catharina Vermunt, in den Niederlanden als Rina Vermunt berühmt geworden und seit ihrem Durchbruch in den USA auch unter dem Namen Rina Mont bekannt. Die Thrillerautorin, verheiratet mit ihrer Arbeit und ihrer Verlegerin. Erfinderin des *Bauer-sucht-Mörder-Thrillers*, wie sie es nannte. In dem ländlichen Umfeld ihrer Romane wurde nur wenig gesprochen und kaum zugehört, dafür schienen gerade die plumpsten Landbewohner besonders versiert in der Terrorisierung ihrer Mitmenschen zu sein. Fester Bestandteil ihrer Bücher waren immer ein Haus außerhalb eines Wohngebiets sowie eine unfähige Behörde und natürlich die heimatlose, bisexuelle und ziemlich nymphomane Vera Vink. Bei den Signierstunden wurde sie von ihren Fans gebeten, ob sie mit »Alles Liebe, Vera« unterschreiben könnte.

Gaby fand ihre Bücher unlesbar kitschig. Doch sie quälte sich tapfer durch die Lektüre hindurch, um Rina dennoch ein inhaltlich fachmännisches Kompliment machen zu können.

Ich mochte die spannenden Geschichten. Trotz aller Klischees war es unvorstellbar, was in diesen brodelnden Dörfern alles passierte, die eigensinnige Vera wuchs von Buch zu Buch, und am Schluss der stets fünfhundert Seiten starken Schmöker – »dein Buch ist keine Nummer, Schatz, sondern eine Beziehung mit dem Leser«, tönte Rinas Ehefrau und Verlegerin Doris immer über diesen in ihren Augen optimalen Buchumfang – wollte der Leser am liebsten noch länger in dem geplagten Ort verweilen, in dem der Mord passiert war. Millionen Leser erwarteten mit Spannung das neue Vera-Vink-Mysterium. Und das, obwohl nahezu jedes

Buch in nahezu jeder Zeitung verrissen wurde. »Atemlos durch die Thrillernacht« hatte einmal eine Zeitung über ihr zweites Buch geschrieben, und von da an erreichte Rina ein Millionenpublikum.

Rina kam auf mich zu und umarmte mich. Sie sah müde und schmuddelig aus und bemerkte, dass es mir auffiel.

»Ich schreibe jetzt nachts und schlafe tagsüber. Ist immer so, wenn Doris ihre Bücherreisen macht. *The bed is too big*, weißt du. Aber du siehst richtig fertig aus.«

Spontan, als ob diese Freundin des Hauses, die wir wegen ihrer Arbeit nur selten sahen, uns nicht durch und durch kannte, rief ich: »Wieso denn fertig?«

Ich wusste, dass ich mit meiner Bemerkung ihren ungeheuren Spürsinn aktivieren würde. Sie würde mir eine Rüge erteilen wie ein Arzt. Deswegen frischte ich ein paar Erinnerungen bei ihr auf: »Ich habe keine Arbeit und stehe demnächst auch ohne Geld da. Angesichts der Lage sehe ich noch ganz passabel aus.«

Ich musste über meine Selbstdarstellung lachen. Rina setzte einen Blick auf, als wisse sie mehr, als ich hören wollte. Eine unangenehme Situation. Denn ich schätzte ihre Meinung immer sehr.

»Du hast etwas anderes nicht im Griff, und das macht dich fertig. Darf ich raten, was es ist?«

»Es gibt nichts, Rina. Nichts, was es nicht schon gegeben hätte.«

Nun machte sie ein Gesicht, als müsse sie für einen Freund eine bittere Pille schlucken.

»Darf ich dir einen Tipp geben?«

»Nicht nötig.«

»Doch. Wenn du nicht handeln kannst, wenn du nicht Herr der Lage bist, nicht weißt, was du tun sollst und wie du eingreifen kannst, dann musst du deinen Verstand einsetzen, Job, und zwar besser als der Angreifer. Sei schlauer. Darf ich die Wahrheit sagen?«

»Leg los«, sagte ich scherzhaft.

Rina konnte einem ordentlich zusetzen und einem dennoch das Gefühl geben, sie würde Reparaturarbeiten leisten. Die Vertrautheit zwischen uns gestattete ihr diese Aufdringlichkeit.

»Du bist als Unternehmer keine Glanznummer, Job. Offenbar einfach kein guter Geschäftsmann. Und den Mumm, zum Angriff gegen deine Widersacher überzugehen, den hast du auch nicht. In diesem Viertel laufen ziemlich viele seltsame Gestalten herum. Rentner, die in den Sechziger- oder Siebzigerjahren mal Karriere gemacht haben, die inzwischen aber auf ihr Äußeres pfeifen und mit zerzausten Haaren, hängenden Mundwinkeln, wütendem Blick und knielangen roten Schals durch die Straßen stolpern und wie Gespenster einer Revolution aussehen, die nie stattgefunden hat. Ich mache einen großen Bogen um sie, weil ich Angst habe, sie könnten mir eins überziehen, wenn ich ihnen vielleicht gerade im Weg bin.

Es gibt die Männer der Mittelklasse, die wollen alle dieselben Autos und dieselben Frauen. Typ: cremefarbene Leggings, kaffeebraune Tunika und lange Kette mit Riesenanhänger um den Hals. Ich weiß nicht, wie es dir ergeht, aber für mich sehen diese Frauen alle gleich aus. Als kämen sie frisch aus der Fabrik. Ihre Männer rennen mit bleichen Gesichtern und zu langen Haaren in eng anliegenden Anzügen herum, die früher eigentlich nur die Ober in gehobenen Restaurants trugen – oder Liftboys in Edelbordellen. Und schau dir die jungen Frauen an, die hier aus Amsterdam auftauchen. Sie haben einen guten Job und arbeiten pro Kind einen Tag weniger in der Woche, bis sie selbst nicht mehr so genau wissen, was sie eigentlich machen oder denken. Aber sie haben alle eine Website. Und wöchentlich einen Termin auf der Sonnenbank und im Fitnesscenter. Und wenn sie das nicht tun und ihre Gene auch nicht die besten sind, dann sehen sie irgendwann aus, wie ihre Mütter vor vierzig Jahren auch ausgesehen haben, das hat auch etwas Anrührendes. Weißt du, ich finde das mutig, dass sie nicht wie gezüchtete Barbiepuppen aussehen wollen. Älter zu werden, wie es von der Natur gedacht ist, das trauen sich nur wenige. Doch es ist eine Sünde und tut richtig weh, dass ihr Grips dabei auf der Strecke geblieben ist. Nicht richtig angelegt, nicht richtig weiterentwickelt, weil ihr Ehrgeiz zerstört wurde. Diese Veränderung finde ich erschreckend, immer wieder, auch wenn ich hier schon lange wohne.«

Sie hielt inne, leerte ihr Glas mit einem kräftigen, glucksenden Schluck.

»Doch bei dir hat die schnellste und schlechteste Metamorphose stattgefunden. Vom gut aussehenden Mann zu einem Stück verknorzter Baumrinde – guck nicht so, auch ich hatte früher Freunde. Sieh dich doch an, inzwischen ist aus dir ein Mann mittleren Alters geworden. Falten, Furchen, Krähenfüße, die Lippen noch schön, distinguiertes Grau. Alles, was man an den Frauen nicht so gerne hat, weil es als Zeichen der Verwahrlosung gilt, ist beim Mann ein Pluspunkt: interessant, verführerisch, echt, gelebt, erfahren, grenzenlos, nun gut, du kennst die Vorteile. Du würdest im Otto-Katalog ein prima Bild als reiferer Mann abgeben oder wärst bei Werbekampagnen hervorragend als Typus des virilen Intellektuellen …«

Sie war betrunken, und mir war ihr Wortschwall unangenehm. Auch wenn Gaby auftauchte, würde sie weitermachen, es hatte nichts Sexuelles, es waren, glaubt man oder glaubt man es nicht, aufmunternde Worte. Ich schenkte ihr demonstrativ ein großes Glas Cola ein. Sie rührte das Glas nicht an, sondern schwadronierte weiter.

»… doch in der letzten Zeit wirkst du vertrocknet, gekrümmt, ungute Falten, verschrumpelt von deinen Sorgen und deiner Machtlosigkeit, sie nicht in den Griff zu bekommen. Ich sehe dich manchmal spazieren gehen und denke dann, mein Gott, gleich läuft er noch gegen einen Laternenpfahl. Wie aufgezogen, aber dennoch grüblerisch. Du lässt die quälenden Gedanken zu, obwohl du ziemlich was im Kopf hast. Müssen deine Gegner sich denn wirklich erst an deine Kinder heranmachen, bevor du aufwachst?«

Gegner, Kinder, heranmachen, aufwachen, das klang ziemlich wirr. Höchste Zeit, mich höflich abzuseilen.

»Ich glaube, du siehst Sachen, die es nicht gibt«, sagte ich.

Rina lachte wieder.

»Das glaubst du, ich sehe das aber anders. Du steckst deine ganze Energie ins Leugnen und Vertuschen. Hör auf damit. Halt den Zerfall auf!«

Sie stellte ihr Glas auf der Anrichte ab und nahm mich an den Schultern. Sie war groß und stark. Ein paar Rüttler, und ich geriet ins Schaukeln wie ein Papierboot auf dem Wasser.

»Schätzchen«, sagte sie mit der kumpelhaften Stimme, die mir an ihr gefiel. »Du hast echt Glück, dass ich diesen Winter nicht auf den Antillen bin; meiner Mutter geht es hier im Altersheim immer schlechter. Ich will nicht ins Flugzeug steigen müssen, wenn sie im Koma liegt. Ich besuche sie täglich. Also bin ich auch jeden Tag zu Hause. Komm vorbei, und wir unterhalten uns. Ich wohne hier lange genug, um zu wissen, dass in einem von fünf Fällen eine Familie wegen einer Scheidung plötzlich zerbricht. Bei euch lasse ich das nicht zu, verstanden?«

»Mach dir keine Sorgen«, sagte ich, nickte aber dennoch.

Wieder lachte Rina. »Und jetzt gehen wir ins Wohnzimmer, weil dort jemand, mit dem du ein Problem hast, auf ein Glas Weißwein wartet. Das hast du ordentlich mit saurem Gesöff gefüllt.«

»Wieso ein Problem?«

»Ich sagte es doch: Du hast das Glas mit saurem Gesöff gefüllt. Du bist in die Küche gekommen und hast aus dem Kühlschrank eine offene Weinflasche herausgenommen, Kochwein, das hab ich gleich gesehen. Den schenkt man keinem willkommenen Gast ein.«

Im Wohnzimmer bemerkte ich sofort, dass Tara und Toby sich

einen anderen Platz gesucht hatten. Nun saß meine Tochter an Judith gekuschelt auf dem Sofa, die Beine angezogen unter sich. Die Schultern der beiden berührten sich. Ich wurde von dem unangenehmen Gefühl beschlichen, dass die beiden einander ähnelten. Der dunkle Leon ähnelte meiner Frau, seine blonde Schwester hätte das Kind von seinem Vater mit seiner Geliebten sein können. Toby saß halb aufgerichtet und schubberte sich an Judiths schwarzen Stiefeln. Sie kraulte ihm ununterbrochen den Kopf, ihre Hand verschwand in seinem Lockenschopf.

Als sie mich erblickte, erhob sich Gaby aus dem alten Sessel am Ende des langen Couchtischs. Sie klatschte in die Hände und bat damit um Aufmerksamkeit. »Wir können essen, ich habe auf dem Tisch ein paar Kleinigkeiten hingestellt.«

In die kurze Pause nach ihren Worten hinein, als alle zu reden aufgehört hatten und kurz bevor sich alle erheben wollten, um sich an den Esstisch zu begeben, schallte Judiths Stimme durchs Wohnzimmer. Übertrieben deutlich, gekünstelt gerührt, doch ich hörte den Spott heraus, den sie mit mir trieb.

»Was für ein unglaublicher Schatz dieser Hund ist. Zum Verlieben. Da will man keinen anderen mehr.« Und dann, während alle schwiegen und zuhörten: »Gaby, ist der vielleicht zu verkaufen?«

Ich schaute sofort zu Gaby hin, die wie erstarrt wirkte. Erkannte ich da vielleicht Widerwillen? Wunderbar. Oder wirkte das nur so?

In meinem Ohr vernahm ich diesmal nicht Judiths schlangenartiges Gezische, sondern eine nüchterne Rina.

»Need I say more?« Mit ihrem makellosen amerikanischen Akzent, den sie während ihrer zahlreichen Lesereisen aufgeschnappt, geübt und verbessert hatte. *»Or need I know more?«*

Letzteres war keine Frage.

13

Ich will gar keinen Hehl daraus machen: Das Geld, das meine Frau mit ihren Verkäufen an Judith einnahm, konnten wir gut gebrauchen. Die finanzielle Hilfe brachte Erleichterung, jedoch bereitete mir diese Abhängigkeit auch Sorgen. Ich lebte in einem Gefühlschaos und wusste nicht, wie ich mit unserer gönnerhaften Wohltäterin umgehen sollte.

Gaby schien es nicht zu stören, dass sie emotional und finanziell von jemandem abhängig war, den sie kaum kannte. Ihrer Meinung nach war Judith ein Wink des Schicksals. »Ein Zeichen für anstehende positive Veränderungen, Job.«

So *positiv* hatte sie schon lange nicht mehr geklungen. Es hätte mich beruhigen sollen. Doch ihre plötzlich so fröhlichen Äußerungen und ihr Pakt mit dem versorgenden Teufel stimmten mich misstrauisch.

Regelmäßig machte ich meinem Unmut Luft. Doch Gaby blieb gutgläubig wie in Trance. Jemand half uns, und diese Hilfe kam wie gerufen. Sie hatte auch eine Erklärung für mein Unbehagen.

»Falls das ein besseres Gefühl für dich sein sollte, dann kannst du meinetwegen eines Tages alles wieder zurückzahlen, falls du mal wieder Geld verdienst.«

Ich hatte keine Chance. Von den Architekten, die ich angeschrieben hatte, waren vier ordentliche Absagen gekommen. Distanziert und deutlich erklärten sie mir darin, dass die momentane Krise in den Niederlanden keine weiteren Einstellungen zuließe, ich aber immer willkommen sei, falls ich einen Ratschlag oder ein Gespräch mit Fachkollegen bräuchte. Wir alle hofften auf bessere Zeiten.

Handschriftlich unterzeichnet. Das Minimum an Persönlichem, das die angeschriebene Person bereit war, mir zu zeigen, nachdem sie mir in einem abschließenden Satz viel Erfolg bei der weiteren Suche gewünscht hatte. Kein verbindlicher Gruß, kein noch schnell hinzugefügtes »Bis bald«, das mir das Gefühl gegeben hätte, man würde sich bei der nächsten zufälligen Begegnung nicht gleich aus dem Weg gehen. Sogar ein hingekritzeltes »Kopf hoch, Job!« hätte ich zu schätzen gewusst.

Oder ein PS mit einem »ach, übrigens«, das nichts mit der Bewerbung zu tun hatte, mich aber aus der unangenehmen Situation des soeben abgewiesenen Bettlers befreite.

So ging ich mit Kollegen um, aber ich war ja nicht das Maß aller Dinge. Ich war der Mann ohne Arbeit, der in jedem Wort, in jedem Komma einer Absage eine Bedeutung herauszulesen versuchte. Einen Hinweis auf das Warum meines Schicksals und ein Wie meiner Chancen. Vergebens. Das ist das Schicksal der Menschen mit Verstand, aber ohne Arbeit: Die Fantasie geht mit einem durch, sie erfindet sich alles Mögliche, nur nicht einen Ausweg aus der Misere.

Ich las die Briefe wieder und wieder, als würde ich in ihnen noch etwas entdecken, was mir zuvor entgangen war. Zwischen den Zeilen vielleicht eine Einladung oder ein Kompliment. Vergebens.

Und das waren die Kollegen, die sich überhaupt noch die Mühe gemacht hatten, mir zu antworten. Der Rest reagierte einfach nicht. Ein Winter ohne Arbeit tauchte vor mir auf wie eine beängstigende Periode, die mein weiteres Leben, unser Leben, erstarren lassen würde.

Ich rief einen alten Freund an, der Schuldirektor war. Vielleicht konnte er einen Zeichenlehrer gebrauchen. Seine Antwort war ein langes Schweigen. Die Höflichkeit verbat ihm einen Seufzer. Darauf erzählte er mir unverblümt, dass er diese Frage allmählich nicht mehr hören könne. Künstlerische Bildung sei in der Schule gerade das Fach, das zu einem Anstieg des Angebots an unqualifiziertem Lehrpersonal führe. Künstler, Designer, Grafiker, sie alle würden in der Schlange stehen. Auch er versprach, mich zu informieren. Was nie geschehen würde.

Der einzige Hoffnungsschimmer befand sich auf der anderen Seite der Straße. Die Kieferorthopäden dachten über eine Renovierung nach. Sie wollten ihre Praxis erweitern und würden das mit mir besprechen, hatten sie versprochen. Es würde auch noch eine zweite Praxis eröffnet werden. Wie war das möglich? In Krisenzeiten? Das fragte ich auch Monique, die mich sogleich belehrte, dass mit einem schönen Gebiss heutzutage die Chancen auf Erfolg bei einem Bewerbungsgespräch größer seien als mit einer guten Ausbildung. Ein furchtbarer Gedanke, dass Wissen und Erfahrung heute nichts mehr zählten.

»Aber warum so unnatürlich weiß?«, fragte ich. »Das sieht doch eher unheimlich aus. Gesund kann auch eine Nuance heller sein.«

Sie lachte über mich. Um Gesundheit ginge es doch gar nicht mehr. Wer ein perfektes Gebiss strahlen lassen konnte, sah aus wie jemand, der es im Fernsehen zu etwas gebracht hatte. Im Fernsehen sah man nur strahlende Zähne. Berühmte Niederländer hatten nie gelbliche Zähne, ich sollte mal darauf achten. Und falls sie das doch hatten, dann befanden sie sich bereits auf dem Abstieg. Arbeitgeber reagierten da sensibel.

Sie redete nicht einfach daher, meine Nachbarin. Während fast jeder aus meinem Bekanntenkreis, der ein Unternehmen hatte, Kunden verlor, wurde den Kieferorthopäden die Bude eingerannt. Ambitionierte Eltern brachten ihre Söhne und Töchter zur Verschönerung vorbei, sobald sie die Milchzähne verloren hatten. Mit den kleinen Mündern stimmte zwar alles, aber die Erziehungsberechtigten wollten dennoch die Meinung eines Experten einholen. Waren die Zähne gut genug, oder konnte man noch etwas verbessern? Passten diese Zähne zu dem Umfeld, in dem das Kind aufwuchs und auch zu seinen Zukunftsperspektiven? Könnten die Mausezähnchen nicht länger, breiter und gleichmäßiger sein?

»Als wäre ich eine Innenarchitektin«, lachte Monique. »Jemand mit einer Zauberformel, damit man sie nicht für altmodisch hält, Menschen ohne Geschmack. Aber ich will mich ja nicht beklagen.«

Weil die beiden sich nicht wegen des Umbaus meldeten, schaute ich eines Samstagmorgens bei ihnen vorbei. Monique war allein zu Hause. Sie bot mir einen Barhocker in ihrer weißen Küche an der riesigen, ebenfalls weißen Kochinsel aus poliertem Marmor an. Das Teil glänzte wie ein Spiegel und reflektierte das Licht im Raum. Meine Nachbarin schüttete Joghurt und Erdbeeren in einen KitchenAid-Mixer. Während das Gerät mahlte, legte sie eine große, grobe Hand auf den Deckel, als befürchtete sie, er könne wegfliegen und der graurosa Smoothie würde in alle Richtungen spritzen. Das hätte ich doch allzu gerne gesehen.

»In der letzten Zeit noch ein hässliches Pferdegebiss gesehen?«, fragte ich, um etwas zu sagen.

»Dinosaurier. Wir machen immer mehr Präzisionsarbeit, Job. Sechzig, siebzig Prozent, vielleicht auch noch mehr meiner Tätigkeit besteht aus Millimeterarbeit. An Zähnen, die unsichtbar zu nah oder zu weit auseinanderstehen. Doch wenn ich nachmesse, dann finde ich immer etwas, und wir können schieben.«

Zum dritten Mal saß ich in diesem Haus, ohne einen Auftrag zu bekommen. Vor ein paar Wochen sollte ich mittags mit ihrem Mann zusammensitzen und ihre Vorstellungen für die neue Praxis besprechen, doch er sagte kurzfristig ab. Der nächste Termin passte ihm dann auch nicht.

Auch Monique schien mein Besuch nicht zu gefallen. Geschäftliche Dinge würde sie lieber im Beisein ihres Mannes besprechen, sagte sie. Die Sache kam nicht in die Gänge. Ich trank mühsam meinen Erdbeerdrink, der nach fauligem Obst schmeckte. Monique schaute währenddessen zu Toby, der schnarchend auf dem Boden lag – mit sichtbarem Ekel. Normalerweise hatte sein Fell einen Karamellton, doch in dieser kalkweißen Kieferorthopädenküche verwandelte er sich in einen Schmutzfleck und wirkte schmuddelig und fahl. Wir einigten uns auf einen dritten Termin im Beisein ihres Mannes. Vielleicht sollte ich die Hoffnung auf den Job begraben. Aber das konnte ich mir nicht erlauben. Monique brachte mich zur Tür und gab mir die Hand, eine Geste, in die ein gebranntes Kind natürlich sofort etwas hineininterpretiert. Minderwertigkeitskomplexe wuchern wie Unkraut.

Als ich draußen stand, sah ich zum zweiten Mal denselben bordeauxroten Volvo am Ende der Straße stehen. Ein altes, kantiges Modell mit einer beneidenswert großen Ladefläche. Ein Liebhaberstück aus den frühen Neunzigern. Wunderbare Autos. Viel schöner als die protzigen Geländewagen derselben Marke, die die Bürgersteige hier im Viertel erobert hatten. Das angeblich ideale Familienauto – zu breit, zu hoch und auf dem Rücksitz ist es dennoch zu eng – machte sich selbstbewusst auf dem halben Gehweg breit. Überall parkten diese fetten Autos. Eine seltsame Mode, denn die Autobahnen in den Niederlanden sind nirgendwo so holprig, dass man ein Auto bräuchte, das aussieht, als sei es dazu gemacht, durch die Savanne mit vertrockneten Tierskeletten zu holpern oder über die Steine in einem Fluss zu gleiten. Sie kletterten hier nur auf die Parkgaragendächer der Einkaufszentren. Sogar die diskrete Autowahl von Leuten mit Geld war dahin, und das war in meinem beliebten, aber nicht für jedermann bezahlbaren Viertel deutlich anders als sonst wo in Haarlem. Der dunkelrote Volvo, der mir wieder auffiel, war eine Reliquie. Ein Geist, der in sein altes Viertel zurückkehrte. Ich ging zu dem Wagen, um ihn mir genauer anzuschauen, zudem musste ich sowieso in den Wald.

Der Volvo stand nicht leer herum, ein Mann saß auf dem Fahrersitz, neben ihm ein stark hechelnder Schäferhund, von dessen Atem die Frontscheibe beschlug. Jemand, der den Hund entweder gerade ausgeführt hatte oder es jetzt tun wollte. Offenbar Letzteres, denn sobald ich an dem Wagen vorbeikam, stieg ein großer drahtiger Kerl mit einer militärgrünen Hose und ärmelloser Weste in derselben Farbe aus dem Wagen. Es gibt Männer, die wollen hier am Stadtrand unbedingt wie Ranger aussehen, weiß der Himmel, wieso.

Er hatte mich schon bald mit großen Schritten eingeholt, mal abbremsend, mal hinter seinem angeleinten Hund hereilend. Hier wurde das Herrchen von seinem Hund ausgeführt. Das Tier war nicht zu halten. Trotz des seltsamen, für seine Rasse so typischen Schleichgangs zog er so stark an der Leine, dass der Mann, der ihn führte und ungefähr zehn Jahre älter als ich war, sich mit Mühe aufrecht hielt. Fast hätte er Toby und mich umgerannt.

»Entschuldigen Sie, aber es ist der Hund meiner Schwester«, rief er.

Ich lächelte, er wirkte sympathisch.

»Und sie hat keine Gebrauchsanweisung beigelegt«, rief ich ihm hinterher.

Er drehte sich um. Das ging in dem Moment, weil sein Hund gerade mit seinem Geschäft unter der Hecke des Rechtsanwalts beschäftigt war. Sein Herrchen ließ es gelassen geschehen, offenbar war Müllentsorgung nicht sein Ding. Er kam mir auch nicht wie jemand vor, der mit Plastikbeutelchen hantierte und sie dann mit sich herumschleppte. Ungerührt ging er weiter und überließ das große Geschäft Regen und Wind. Ich verstand ihn sehr gut. Ich machte das nämlich genauso, wenn ich mich unbeobachtet fühlte. Natürlich beseitigte ich den Kot von Spielplätzen und sonstigen Rasenflächen. Doch wenn es unter dem Gebüsch im Herbstlaub passierte, kümmerte ich mich auch nicht weiter darum. Kaum etwas sieht so schwachsinnig aus wie ein erwachsener

Mensch, der mit den Ausscheidungen seines Vierbeiners in der Hand spazieren geht. Oder jemand, der von so einem Gesetzeshüter auf einem Roller in einem kaum verständlichen Soziolekt dazu angehalten wird, doch bitte zwei Beutel mitzunehmen, einen für den Hin- und einen für den Rückweg. Eine sozial gemeinte Entsorgungsregel, die asoziale Formen annimmt. Man steht da mit so einem gefüllten Beutelchen in der Hand und blamiert sich in aller Öffentlichkeit. »Du blamierst dich erst dann in aller Öffentlichkeit, wenn du einfach weitergehst, nachdem Toby sich hingesetzt hat«, hat mir einmal mein ordnungsliebender Sohn gesagt. Gaby hält mich auch für einen Dreckfink. Aber ich lebe nun einmal auf, wenn ich idiotische Regeln breche.

Der Mann mit dem Schäferhund passte sich meinem Schritt an. Gemeinsam gingen wir durch den Wald. Wir unterhielten uns – natürlich – über das gute Wetter, das schon so lange anhielt. Im Wald ließen wir die Hunde von der Leine.

»Haben Sie keine Angst, dass er Ihnen wegläuft?«, fragte ich, weil der Hund offenbar nicht parierte.

Der Mann hatte eine angenehme Raucherstimme, oder hörte ich die Resonanz von zu viel Alkohol und Schreierei heraus? Wer weiß, vielleicht war er beim Militär und musste Bataillone zusammenbrüllen.

»Nein«, sagte er. »Ich befürchte vielmehr, dass Sie mir nicht zuhören.«

Er blieb stehen, drehte sich zu mir hin und ging ein paar Schritte zur Seite. Schlau. Der Abstand deutete höflich an, dass er mich nicht bedrängen würde. Er sah mich noch immer ungewöhnlich freundlich an, wie jemand, der etwas Angenehmes zu erledigen hatte.

Aus sicherer Entfernung reichte mir mein Mitspazierer die Hand und stellte sich vor: »Frits Alkema, Kriminalpolizei Haarlem. Ich geh hier schon seit ein paar Tagen mit diesem Leihhund spazieren.« Er redete nicht lange um den heißen Brei herum.

»Wenn ich mich nicht täusche, dann wollen Sie und ich dasselbe: das Problem Braat und Daniëls lösen.«

Ich glaubte, mich verhört zu haben. Doch ich zweifelte nicht einen Moment an der ehrenwerten Intention dieses Mannes, der einen so entschlossenen und beruhigenden Eindruck auf mich machte. Auf seine Worte hatte ich gewartet. Sie kamen wie gerufen. Ich ergriff die hingehaltene Hand des Kriminalbeamten lang und kräftig, als sei er ein Arzt, der mir gerade mitgeteilt hatte, er hätte das Leben einer meiner Lieben gerettet.

14

Frits Alkema hatte es eilig. Einen Tag nach unserer Begegnung im Wald lud der Kriminalbeamte mich per Mail ein, möglichst bald bei ihm abends vorbeizukommen. Dann könnten wir die Angelegenheit ganz in Ruhe besprechen. Ob ich so freundlich wäre, mein gesamtes Material mitzubringen. »Alles kann ein Anhaltspunkt sein«, schrieb er.

Seine Mail, freundlich und sachlich, strahlte einen Optimismus aus, der mich schon lange verlassen hatte und mich zum Händereiben und Loslegen animierte. Doch die Chancen waren groß, dass ich Alkema enttäuschen würde. Mein »Material« bestand aus einem dünnen Papierstapel, eher der Beweis meiner Unkenntnis. Inzwischen war er in einem Karton verstaut.

Alkema wohnte auf dem einzigen ländlichen Stück, das es noch in der Stadt gab. Eine Wildnis mit Ried, kleinen Ackerflächen, Weidenbäumen und unordentlichem Kraut in verschiedenen Höhen. Dieses grüne Refugium wurde von einem Kanal und einem Weiher umschlossen und nur von einer einzigen Sackgasse durchkreuzt. Bereits beim Einbiegen in diese Straße roch man die Freiheit. Fremde führte der Weg wahrscheinlich nur selten hierher, es sei denn, sie mussten zu jemandem in den entlegenen Bungalows oder Bauernhöfen. Oder zu den etwas suspekt anmutenden Betrieben, die mit Altwaren oder Autoteilen handelten. Dieser Ort strahlte eine anziehende Gesetzlosigkeit aus, die dem Anschein nach harmlos war.

Das frei stehende Haus von Alkema war weiß mit einem karmesinroten Satteldach. Ein kompakter Bau, gerade groß genug für eine durchschnittliche Familie. Auf dem Grundstück viel Parkmöglichkeit. Im Scheinwerferlicht konnte ich erkennen, dass der Garten besonders gut angelegt und gepflegt war, sogar im Winter wirkte er durch die immergrünen Bäume und Sträucher in verschiedenen Höhen sehr hübsch. Hier ging offenbar täglich ein Hobbygärtner mit Gartenschere, Spaten und Unkrautjäter durch.

Eine Frau im Rollstuhl öffnete die Tür. Sie trug eine dunkelgraue Pagenfrisur, hatte knallrot lackierte Fingernägel und eine Zigarette zwischen den Lippen.

»Frits hat gekocht«, sagte sie, ohne sich vorzustellen. »Ich kann das seit meiner Querschnittslähmung nicht mehr. Ein Operationsunfall, der Prozess hat uns ein halbes Vermögen gekostet, und dann haben wir ihn auch noch verloren. Aber gut, ich lebe noch. Er probiert sich gerade am perfekten Gulasch.«

Sie hörte auf zu reden und sah mich mit einem fragend neugierigen Blick an, der eine schnelle Reaktion erwartete. Ich las darin die Einsamkeit der körperlich ans Haus gefesselten Frau ab, die sich über jeden Besuch freut. Der Briefträger kam hier nicht so leicht ohne ein Gespräch wieder weg.

Ich gab ihr die Hand, nannte meinen Namen und setzte den treudoofen Blick eines Fremden auf, der von zu vielen Informationen überrumpelt wurde. Keine besonders herzliche Begrüßung. Doch ich war in der Annahme hierhergekommen, die Sache möglichst schnell anzupacken, wie im Hinterzimmer eines Restaurants, das dazu diente, üble Machenschaften zu verdecken.

Alkema schien jedoch sehr daran interessiert zu sein, uns miteinander vertraut zu machen. Ohne sich von der Anrichte in der Küche umzudrehen, fing er anstatt einer Begrüßung mit einer Geschichte über das Essen an, das er gerade zubereitete.

»Ungarisch. Weil unsere beiden Söhne in Ungarn leben. Der ältere hat eine schlechte Stelle in den Niederlanden gegen ein eigenes Unternehmen am Plattensee eingetauscht. Boomender

Tourismus dort. Der jüngere ist ihm gefolgt und bewährt sich nun als hervorragender Kompagnon. Schwer vorstellbar, nachdem sie sich als Kinder täglich geprügelt haben und ich andauernd mit ihnen zum Notdienst musste, um die Wunden nähen zu lassen. Damals war das nichts Ungewöhnliches, auch nicht in der Schule, eben echte Jungs. Jetzt haben sie es in Ungarn geschafft, wirklich geschafft. Sie sind angekommen.«

Alkema lud die Teller üppig voll. Neben ihm verfolgte ich, wie er geschickt das Gulasch über einer Schicht Kartoffelbrei in drei Schalen verteilte. Ein gelungenes Gericht mit einer glänzenden dicken orangeroten Sauce, die nach Kümmel roch.

»Ehrlich gesagt, überlegen Helga und ich auch, dorthin zu ziehen. Ich habe noch anderthalb Jahre bis zur Pensionierung«, sagte er, als würde er sich schon den ganzen Abend mit mir in der Küche unterhalten. »Danach packe ich dann ruckzuck die Koffer.«

Ein Gedanke schoss mir durch den Kopf, den ich bislang nie zugelassen hatte. Sollte sich unsere finanzielle Lage nicht mehr erholen, wenn wir tatsächlich unser Haus verkaufen müssten, dann würde dieser entlegene gemütliche Zufluchtsort frei. Hier wäre ich dann wirklich von der Welt abgeschieden, doch die Kinder wären in fünf Minuten mit dem Rad den Deich hinuntergefahren und dann auf der großen Straße zur Schule. Ich könnte hier neu anfangen.

Der Kriminalbeamte drehte sich um. »Du fragst dich vielleicht, woher ich weiß, dass du etwas auf der Spur warst. Noch eine Familiengeschichte. Wahrscheinlich erinnerst du dich nicht daran, aber Joyce von eurem Kinderhort heißt mit Nachnamen Alkema. Enkelin meines älteren Bruders. Sie hat aus der Zeitung erfahren, dass du entlassen wurdest, und tauchte dann mit der ganzen Geschichte hier auf, dass du sie gebeten hast, bei Brickland nachzuforschen. Die Geschichte war mir vollkommen neu. Doch sie war der Meinung, es sei nun an der Zeit, dass die Kriminalpolizei sich der Sache annimmt.«

»Ich wurde nicht entlassen«, log ich, um die Situation, von der alle ihre eigenen Vermutungen hatten, noch irgendwie in den Griff zu bekommen.

»Natürlich wurdest du«, sagte Alkema mit einem kurzen scharfen Lachen. Er drückte mir eine Schale mit Gulasch in die Hände. Eine weitere Schale brachte er seiner Frau, die vor einem Fernseher mit großem Flachbildschirm saß und sich eine englische Kriminalserie anschaute. Eine dieser schleppend langsamen Geschichten, die sich durch die Schlängelwege in Cornwall zieht. Polizeibeamte in senffarbenen Hosen und zu engen Lederjacken. Mich langweilten solche Serien, jedoch wurden dort wenigstens die Fälle gelöst. Anders als hier.

»Wir gehen nach oben«, kündigte Alkema an und ging mir auf der Wendeltreppe voraus. Ich folgte ihm mit der Schale in der einen, dem Löffel in der anderen Hand und der Schachtel mit den Unterlagen unterm Arm. So verzogen sich meine Kinder nach oben, wenn im Fernsehen wieder einmal so eine Talentshow lief, die sie nicht verpassen wollten und die ich in meinem Wohnzimmer nicht zuließ.

Oben bei Alkema hatte ich einen vollkommen anderen Blick. In einem großen Raum mit Dachschrägen hatte er sein Büro. Als er die Deckenbeleuchtung einschaltete, bemerkte ich in dem etwas schummrigen Licht, dass sich im Raum außer einem Holztisch und zwei Stühlen keine Möbel befanden. Dennoch standen überall Kartons herum, und der Boden war mit Ordnern und Akten übersät.

Seltsam, dass ein Mann, der seinen Garten so ordentlich pflegte und unten sehr wahrscheinlich den Haushalt erledigte, hier oben ein solches Chaos hatte. Womöglich steckte ein Prinzip in dem unübersichtlichen Archiv, doch für einen Betrachter mit Sinn für Ordnung war es die reinste Marter. Die Wände waren noch beunruhigender. Das fiel erst richtig auf, nachdem Alkema ein paar Neonleuchten eingeschaltet hatte, die über die ganze Wandbreite angebracht waren. Sie erhellten riesige Pinnwände, die mit Zeitungsausschnitten, Infos und Fotos überladen waren. Offenbar Fotoarbeiten vom Leichenbeschauer, denn bei jeder Zusammenstellung hing eine Vergrößerung mit dem Gesicht des Toten, und zwar nicht immer in unversehrtem Zustand. Drumherum kleinere Aufnahmen: farbige Nahaufnahmen von Körperverletzungen.

Das Essen, das in der Küche noch köstlich gerochen hatte, schien plötzlich Teil einer dieser Fälle geworden zu sein. Mir drehte sich der Magen um. Alkema hingegen setzte sich an seinen Schreibtisch und löffelte sein Gulasch. Wie ein Pathologe mit seiner Brotdose neben einer aufgeschnittenen Leiche. Berufsdeformation. Wer weiß, vielleicht ein Vorteil. Alkema, der im Wald noch ein Mann von echtem Schrot und Korn gewesen war, wirkte in der unappetitlichen Umgebung wie eine Person, die Unrecht zu verdauen hatte.

Auf dem Tisch stand eine Flasche Wein mit zwei Gläsern. Er schenkte ein.

»Seit fünf Jahren war meine Frau nicht mehr hier oben. Der Raum, der früher eine abgetrennte Küche war, ist jetzt ihr Schlafzimmer. Ich kann hier tun und lassen, was ich will. Das sind meine Toten«, sagte er. Dass mir der Appetit vergangen war, kümmerte ihn nicht. Er kaute auf dem Fleisch herum, zufrieden, aufsaugend. Er aß nicht, er tankte die Energie, um womöglich die ganze Nacht durchzuarbeiten.

»Zwanzig Jahre habe ich in dieser Stadt als Kriminalbeamter Dienst geleistet, und jedes Jahr, wenn Silvester näher rückte, habe ich zu Helga gesagt: ›Am 1. Januar kündige ich.‹ Du hast ja keine Ahnung, wie viele Fälle unbearbeitet bleiben, wie wenige überhaupt bis zur Staatsanwaltschaft kommen, welch geringe Chance den Fällen eingeräumt wird, noch bevor man sich näher mit ihnen beschäftigt hat, was alles auf dem vergessenen Stapel landet und dort für immer bleibt – auch wenn man plötzlich unübersehbare Beweise hat. Vor zehn Jahren bin ich zur Finanzpolizei gewechselt. Ich hatte genug von der Gewalt. Doch dort war es noch schlimmer. Endloser Papierkram und nur wenig Personal. Man ahnte schon im Voraus, dass es bei diesem Schneckentempo Jahre dauern würde, bevor man eine Hausdurchsuchung oder Verhaftung vornehmen könne.

Zum Glück konnte ich zu den Mordfällen zurück, und dort blieb ich auch. Noch ein Jährchen und dann noch eins. Weil mir diese Scheißarbeit gefällt. Und weil ich ein paar verdammt gute Kollegen habe, die versuchen zu retten, was zu retten ist. Doch nun ist Eile geboten. Mir bleiben noch anderthalb Jahre, um die Sachen abzuwickeln. Da wunderst du dich, was? Ja, manche Fälle quälen. Auch wenn ich in meinem Leben mehr Leichen gesehen und angefasst habe als nackte Frauen. Manche Fälle nagen an einem wie die Blutsauger. Wie zum Beispiel diese Familie da.«

Während er mich weiter anschaute, zeigte er mit der Hand über seine Schulter hinter sich auf die Pinnwand nahe beim Fenster.

»Drei kleine Kinder. Von ihrem Großvater ermordet. Der Mann lässt seine Frau und Kinder sitzen, verschwindet, kehrt zwanzig Jahre später wieder zurück, ermordet die Kinder seiner Tochter und verschwindet wieder. Wir haben nur seine Fingerabdrücke. Das ist inzwischen auch schon wieder acht Jahre her. Ich sehe die Frau noch vor mir, wie sie durch die Stadt geht. Eine schöne Frau, Ärztin im Krankenhaus, großes Haus am Wasser, gleich hier in Heemstede. Sie hatten ein Boot. Jetzt ist die Ehe kaputt, sie hat ihre Stelle verloren und arbeitet bei irgendeinem Telefonanbieter, schon fast ein Wunder, dass sie überhaupt noch einen Job nach ihrer jahrelangen Depression bekommen hat. In den Zeitschriften, die meine Frau liest, kommen zur Weihnachtszeit immer die Schicksalsgeschichten von Leuten, die ihr Leid beschreiben. Doch nach zehn Zeilen geht es ihnen meist schon wieder prima, Ende gut, alles gut. Im Fernsehen berichten sie dann, wie sie zu Gott gefunden haben, und schmücken sich damit, während die Kamera filmt, wie ihr Mann vom Krebs zerfressen wird, bis er nur noch Haut und Knochen ist. Doch die Erfahrung hat mich gelehrt, dass es bei Weitem nicht alle wieder schaffen. Oder ihren Frieden finden, zur Ruhe kommen. Ich sehe sie herumspuken, die Hinterbliebenen.«

Wieder zeigte er auf die Wand hinter sich, den Arm schwebend über dem Kopf, in Halbkreisen.

»Und wenn ich dann keine Lust habe, mich mit so jemandem zu unterhalten, der fürs Leben gezeichnet ist, dann sehe ich zu, dass ich wegkomme oder mich verstecke. Ich habe schon mal mitten in der Fußgängerzone umgedreht, bin hinter Autos in Deckung gegangen, habe mich in fremden Gärten oder Hauseingängen verborgen, damit ich nicht mit so jemandem zusammenstieß, den ich von einem Fall kannte, der bereits seit Jahren zurücklag, der aber immer noch aussah, als könne er vor Leid jeden Moment zusammenbrechen. Obwohl ich zu ihnen hätte hingehen müssen, um zu schauen, ob ich ihnen behilflich sein könnte. Um ihnen die Gelegenheit zu geben, mich zu beschimpfen. Doch ich gehe ihnen aus dem Weg. Ich weiche ihnen aus, weil ich in ihren Augen der Einzige bin, der noch nach dem Blut riecht, an das sie lieber nicht erinnert werden wollen. So einfach ist das. Der liebste Mensch wurde einem genommen, der Täter wurde nicht gefasst, doch da läuft der Alkema herum, der Kriminalpolizist, der es nicht geschafft hat, seinen Job zu erledigen und den Mörder zu fangen. Und der einen auch noch daran erinnert, was passiert ist, wie es passiert ist.«

Als wollte er Platz für einen neuen Fall machen, unseren Fall, schob er seine leere Schale weit von sich weg.

»Und deswegen habe ich meine Top-Ten zusammengestellt: die ungeklärten Morde, die mich noch immer beschäftigen. Da arbeite ich jetzt in meiner Freizeit dran, und du bist einer der wenigen, die das wissen, außer noch ein paar Vertrauten. Zu denen zählst du jetzt. Und wenn ich mich nicht täusche, dann kann ich mit deiner Diskretion rechnen. Ich halte mich nicht immer treu an die Vorschriften, aber das ist dir ja nicht fremd. Und das geht niemanden etwas an, sonst kann ich nichts mehr tun.«

Während er sein Glas austrank, ergriff ich die Gelegenheit für eine Reaktion. Im Vergleich zu den Tragödien, mit denen er sich beschäftigte, kam mir meine Betrugsaffäre lächerlich vor. Doch offenbar dachte er da anders. Er schüttelte den Kopf, mehrmals hintereinander wie ein Hund, der aus dem Regen kommt.

»Keineswegs. Ich werde dir auch erzählen, wieso. Du glaubst, dass es um einen Betrug geht, wahrscheinlich ist das auch so, ja, bestimmt. Das erledigen wir dann zwischendurch. Doch da steckt jemand in der Geschichte drin, den ich wiederum mit einer Mordsache in Verbindung bringe. Schau mal.«

Alkema erhob sich, lief im Slalom an den Kisten vorbei und steuerte direkt auf den Stapel zu, den er brauchte, und fischte eine dünne Mappe heraus. Er suchte nicht, sondern zog sie mit Daumen und Zeigefinger heraus. Das Teil, das er haben musste für das Puzzle, das er blind legen konnte, für das ihm aber offenbar die Beweise nicht ausreichten, um den Fall wiederaufzunehmen.

Alkema schlug die Mappe auf und hielt sie mir hin. Zunächst sah ich eine Zusammenfassung des Inhalts. 2008 war jemand von der Provinzverwaltung während seiner Ferien in Spanien erschossen worden. Keine drei Monate, nachdem er in Aerdenhout in gewisser Gesellschaft gespeist hatte. Gastgeber war Arne Dalstras Vater gewesen, der alte Pyke, zwei Geschäftspartner und ein Projektentwickler, deren Namen mir alle nichts sagten. Aber dann: Theo Daniëls. Und, was ich nicht erwartet hätte: Herman Luzerne. Die Polizei hatte sich nie ernsthaft mit der Sache beschäftigt, las ich am Schluss.

»Dieser Bruinsma, den man ermordet hat, war ein großer Gegner von Wohnungsbauten entlang der Tangente«, erklärte Alkema. »Ein Mann, der nicht davor zurückschreckte, spätabends mit dem Rad nach Santpoort zu fahren, um dort eine Versammlung der Hobbygärtner im Weideland bei den Venen zu besuchen. Dort hielt er sich lieber auf als bei Leuten, die diesen Ort abreißen und bebauen wollten, verstehst du. Ich behaupte nicht, der Mörder hätte bei diesem Abendessen in Aerdenhout am Tisch gesessen. Doch eine Sache fällt auf, egal, wie man es dreht oder wendet: Alle Anwesenden wurden von der Polizei vorgeladen. Und alle sind sie nicht erschienen. Es wurden Gespräche daheim geführt, mit Termin. Von Kollegen, die sich an der Tür schön ordentlich die Schuhe abtreten und das schöne Haus bewundern. Sie hocken da und machen sich bei Pyke vor Angst in die Hose, der sie nur anstandshalber fünf Minuten reden lässt, ihnen brav zuhört und sie dann mit unbeteiligtem Blick hinauskomplimentiert. ›Im Sande verlaufene Spur‹, nennt man so etwas im Revier. Doch einem dieser Herren wurde kein Besuch abgestattet. Also habe ich mich mal umgeschaut, in welche Geschäfte dieser Mann ansonsten noch verwickelt ist. Und was habe ich gefunden? Ein paar Quellen bei der Staatsanwaltschaft, die ich dir jetzt nicht verrate, konnten mir meine Vermutungen bestätigen: Baubetrug, Immobilienbetrug, Konkursbetrug. Doch man hat ihn nicht vernommen, es gab keine Hausdurchsuchung, und keiner beschäftigt sich weiter mit den merkwürdigen Konstrukten, hinter denen er steckte, für die andere aber den Kopf hinhalten mussten. Unser Mann hier ist allem entkommen.«

Alkema hielt inne und sah mich erwartungsvoll an.

»Ich denke, du hast bereits erraten, um wen es sich handelt?«, sagte er. »Herman Luzerne. Schon seit Jahren mit Dingen beschäftigt, die besser nicht ans Tageslicht kommen und die alle nie ein Nachspiel haben. Er wird gedeckt. Von höherer Stelle, sehr hoher.«

»Und du willst die Beweise liefern?«, fragte ich. Mir schien das ein recht aussichtsloses Unterfangen. Meine Rolle war dabei vernachlässigbar gering. Ich besaß in Den Haag kein Netzwerk, falls Alkema darauf mit seinem »hoch« angespielt hatte. Erst recht nicht in diesem Milieu, das noch nicht einmal die Justiz in den Griff bekam.

»Bist du verrückt?«, sagte Alkema fast beleidigt. »Das kriege ich niemals hin. Auf dieser Ebene deckt jeder jeden. Da wäre ich den Rest meines Lebens mit beschäftigt. Das Gute daran ist aber – und das kannst du mir wirklich glauben – wenn man jemanden lange genug beobachtet, sein komplettes Umfeld durchleuchtet, dann stößt man auf etwas anderes, als man eigentlich glaubte zu suchen. Auf ein Terrain, von dem er nicht geglaubt hat, es könnte unsicher sein, und zwar genau in dem Moment, wenn er nicht damit rechnet.«

»Worauf bist du bei Luzerne denn sonst noch gestoßen?«

Alkema verzog sein Gesicht zu einem breiten, schweigenden Lächeln. Eine Grimasse, die eine Mitteilung andeutet, die den Gesprächspartner überraschen wird.

»Auf dich.«

Und wieder einmal machte ich an diesem Abend ein verdattertes Gesicht. Damit war doch nicht etwa Gretta gemeint?

»Du bist etwas auf die Spur gekommen, das mit Braat, Daniëls und Dalstra zu tun hat. Zwei von ihnen waren bei dem Abendessen anwesend, bei dem auch Luzerne war. Ich suche nach dem Zusammenhang. Also frage ich dich: Was weißt du über ihre Verbindung?«

Zum Glück blieb meine Affäre außen vor.

»Nichts«, antwortete ich in aller Aufrichtigkeit.

»Du glaubst also, dass sie sich nicht kennen?«

»Na, das vielleicht schon: Daniëls steht in engem Kontakt mit einem Anwalt, der mich einmal gebeten hat, das Unternehmen von Luzerne wegen Ankäufen in Osteuropa zu beraten.«

»Sieh an, es gibt also doch eine Verbindung.«

»Ich weiß aber noch immer nicht, was Braat damit …«

Alkema unterbrach mich scharf.

»Welches Land in Osteuropa?«

»Rumänien.«

»Nur Rumänien?«

»Damals ging es nur um Rumänien.«

»Aber er ist auch in anderen Ländern.«

Der Ermittlungsbeamte war zu einem scharfen Verhörton übergegangen. Dass wir eben noch eine Flasche Wein gemeinsam geleert hatten, spielte bei der Befragung nun keine Rolle.

»Ich zeige dir, was ich habe«, sagte ich und schob ihm meine Schachtel mit den Rechercheunterlagen hin.

Alkema schob sie zurück. »Später. Zunächst interessiert mich, ob er außer in Rumänien noch in weiteren osteuropäischen Ländern aktiv ist.«

»Ich habe wirklich keine Ahnung«, sagte ich und war mir sogleich meiner Lüge bewusst. Durch meine Versuche, mich zu Hause so zu geben, als wüsste ich nichts von Judiths Identität, betrachtete ich sie losgelöst von ihrem Vater und hatte mein Wissen über die beiden ausgeblendet. Judith war eine neue Frau aus der Nachbarschaft, Schluss aus. Niemand, wirklich niemand wusste etwas von meiner Affäre mit ihr vor acht Jahren. Das sollte auch so bleiben.

Alkema lehnte sich zurück. Er schien mir trotz allem zu glauben, das war für mich ein Vorteil, wenn auch nur ein kleiner, der auch allmählich bröckelte. Wer weiß, vielleicht war ich für ihn doch nicht der Richtige. Oder er bildete sich ein, ich würde ihn belügen und betrügen und noch immer unter einer Decke mit denen stecken, die er im Visier hatte. Womöglich hielt er mich für einen Doppelagenten mit perfektem Alibi.

Alkema ging zur Konfrontation über.

»Die Angelegenheiten von Papa Luzerne sind also kein Gesprächsthema mit Tochter Gretta?«

Er wusste es.

Wie konnte ich nur so naiv sein. Ich steckte in einer Sackgasse. Was immer Alkema in seinem Dachgeschoss trieb, er arbeitete noch immer bei der Kripo. Sollte aus dem Verdacht ein Fall werden, konnte er Gaby und mich als Zeugen laden. Für Alkema existierte keine Judith Faber. Ich musste dafür sorgen, dass sie für Gaby sehr wohl weiterhin bestand.

Alles um mich herum geriet ins Schwanken, aber an einer Sache musste und konnte ich festhalten: Ich hatte Gabys Vertrauen nie verletzt. Ich hatte keine Gefühle für eine andere Frau. Ich habe sie nicht betrogen. Es gab keinerlei Anlass dafür, dass unsere Familie zerbrechen könnte.

Die Panik trieb mich zur Verteidigung, und ich hörte mich, wie ich überstürzt fragte: »Sie kennen Gretta Luzerne?«

Fehler. Ich ging auf Distanz. Dass ich ihn nun siezte, zerstörte die komplizenhafte Atmosphäre, die am Tisch aufgekommen war.

Alkemas Antwort konnte ich entnehmen, dass er wusste, dass Gretta der niederländischen Öffentlichkeit so gut wie unbekannt war.

»Meine Frau und ich schauen uns gerne *PowNews* an. Im vergangenen Jahr haben sie jemanden zur Immobilienmesse nach Nizza geschickt. Der nichtsahnende Journalist bedrängte gerade Luzerne, der mit einer bildschönen Frau am Arm umherlief. Ihn erkannte ich sofort. Der Interviewer, der keine Ahnung hatte, mit wem er sprach, ging zu einem Frontalangriff über, der auf alle Immobilienhaie hätte zutreffen können. ›Offenbar gefallen Ihnen in den Niederlanden nicht nur die saftig grünen Weiden, um darauf hässliche Gebäude zu erbauen, sondern auch das frische zarte Grün.‹ Etwas in der Art. Damals dachte ich wirklich, dass Luzerne oder jemand aus seiner Gefolgschaft den unverschämten Journalisten samt rosa Mikro in der Hand zu Boden schmeißen würde. Schade für mich, denn damit wäre das Gespräch beendet gewesen, obwohl ich Luzerne doch so gerne hätte reden hören. Doch

Luzerne blieb ganz ruhig. Er beugte sich beherrscht zur Kamera vor und sagte überaus deutlich und gelassen: ›Mann, sie ist meine Tochter.‹ Danach ging er weg.

Meine Frau, die von uns beiden die bessere Ermittlerin ist, hat ein wunderbares Gedächtnis für Gesichter. Sie erkannte Gretta Luzerne kürzlich beim Metzger wieder, wo wir immer am Samstag einkaufen. Zwei Wochen später sah ich sie erneut, als ich vor deinem Haus Wache hielt.«

Ich war so clever, Alkema die offizielle Geschichte zu erzählen: die jüngsten Fakten, die für meine Frau die einzige Wahrheit sind.

»Stimmt. Sie ist seit Kurzem die neue Bekannte meiner Frau. Nach einem Kontakt wegen einer Anzeige bei Marketplace.«

Das hatte ich unter Kontrolle. Den Rest, ach, was weiß denn ich. Es war sehr unwahrscheinlich, dass Alkema seit Jahren unser Telefon belauschte und unsere Mails las oder wusste, was ich alles mit meinem iPhone anstellte, damals während der Zeit, als Gretta und ich nicht voneinander lassen konnten. Kaum etwas war so uninteressant wie die Paranoia vor dem unheimlichen, mächtigen Staat, der nichts anderes im Sinn hatte, als seine Bürger zu zerstören, schließlich lebten wir nicht in der Sowjetunion. Doch nun breitete sich diese Angst plötzlich doch bei mir aus.

»Gut«, sagte Alkema, etwas zu theatralisch betont. »Du – oder sind wir plötzlich beim Sie – verbirgst etwas. Schließlich ist es mein Job, so etwas zu erkennen. Doch das, was du verschweigst, gehört gar nicht hierher und bringt uns nicht weiter. Gib mal die Schachtel her.«

Ein paar Minuten starrte ich Alkema an, der sich eine schwere Lesebrille aufgesetzt hatte und nun meine Unterlagen einzeln durchging. Am Tisch hielt er sie unters Licht einer Hängelampe und schaute sie sich gründlich an.

»Nicht übel«, sagte er schließlich. »Bulgarien kommt vor. Das passt, denn ich habe Luzerne wegen einer großen Sache in Verdacht, die damit etwas zu tun hat. Momentan kann ich nicht mehr dazu sagen.«

»Meines Wissens hat Luzerne in Bulgarien kein Büro.«

Alkema lachte laut und polternd.

»Doch, etwa sechzig Kilometer von der Grenze entfernt, in Bukarest.«

»Aber das, worauf ich gestoßen bin, hat etwas mit Bürgermeister Braat zu tun und spielt sich am Schwarzen Meer in Bulgarien ab.«

Wieder lachte Alkema, vielleicht war er beruhigt über meine Unerfahrenheit in solchen Dingen.

»Und was hast du genau herausgefunden?«, fragte er mit einem fast väterlichen, aber dennoch verhörenden Ton. »Ich meine: Wie bist du an die Sache über Bulgarien herangekommen? Du weißt doch mehr als das, was hier in der Schachtel ist.«

Er hatte recht. Das Foto auf meinem iPhone hatte ich nicht ausgedruckt.

»Ich habe von einem Bekannten ein Foto bekommen, der gerade dort Urlaub gemacht und Braat erkannt hat. Zum Spaß hat er den Preis für das Haus auf Google herausgesucht.«

»Und wo ist das Foto?«

»In meinem iPhone.«

Alkemas Gesicht wirkte plötzlich sehr gierig.

»Gib mal her.«

Die Aufnahme war unscharf und wurde durchs Vergrößern nur noch verschwommener. Doch Alkema studierte sie mit verkrampfter Miene wie ein schäbiger Diamantenhändler, der plötzlich einen überaus kostbaren Stein vorgelegt bekam. Er hatte eine Lupe hinzugeholt, auch einen Bleistift und Notizblock. Ab und zu legte er die Sachen beiseite, um sich Notizen zu machen.

»Detelina«, murmelte er. Dann deutlicher: »Der Name des Maklers ist Detelina Estate. Darf ich auf deinem Handy etwas googeln?«

Ich nickte. Ein paar Sekunden darauf betrachteten wir auf meinem Handy eine lila Blume, die mir nichts sagte. Ein hässliches Gewächs, mehr Blätter und Stiele als Blüten, auf den ersten Blick sah es aus wie Unkraut. Alkema schien es einen Stromstoß zu versetzen, der ihm auch noch gefiel.

»Wiesen-Klee. *Trifolium pratense.* Detelina heißt auf Bulgarisch Klee.«

»Vierblättriger Klee?«, sagte ich etwas enttäuscht. Wahrscheinlich würde ich gleich eines Besseren belehrt werden, und Alkema würde zu einem Vortrag über Heilkräuter und Aromatherapie ausholen. Diese schwärmerische Ader war bei Alkema wahrscheinlich das sanftere Pendant zu seiner düsteren Seite, die ihn dazu veranlasste, sich Leichenfotos an die Wand zu hängen. Um das Ganze positiv erscheinen zu lassen, fügte ich noch die etwas lächerliche Bemerkung hinzu: »Glücksklee. Vielleicht ein Zeichen, dass wir bei der Suche Glück haben werden?«

Alkema schob sich die Lesebrille auf die Stirn. »Du bist wahrscheinlich kein großer Gärtner. Pflanzen, ihre Unterschiede, die lateinischen Namen. In Biologie warst du bestimmt eine Niete.«

»Stimmt.«

»Ich nicht. Klee sagt jeder Laie, der einen Löwenzahn nicht von einer Butterblume unterscheiden kann, wenn er auf einer Wiese mit blühenden *Medicago sativa* steht, im Volksmund auch Luzerne genannt.«

15

Gaby hatte nie eine Sperre an ihrem Laptop gehabt. Alle im Haus durften ihre Dokumente und Mails sehen. »Ein offenes MacBook Pro«, nannte Tara ihre Mutter. Hinter der Verriegelung ihres Handys hütete das Kind einen großen Schatz mit Geheimnissen, den sie nur mit Altersgenossen teilte. Das Teil piepste unentwegt, neue Nachrichten in ihrer Chatbox. Sofort schnappte sie sich dann ihr Handy, als sei ich ein Taschendieb, der darauf lauerte. Das war die Entdeckung des spannenden, eigenen Lebens, mit dem die Eltern nichts zu tun hatten.

In den Augen des Kindes hatte die Mutter bereits das Stadium passiert, in dem ihr Leben noch so interessant sein könnte, dass man es gegen Neugierige verteidigen musste. Gaby hatte nichts zu verbergen. Gaby gehörte uns allen.

Das hatte sich mit dem Erscheinen von Judith geändert. Außer den Stühlen und der Uhr meiner Mutter hatte sie Judith noch eine antike persische Vase verkauft, einen Kelim aus Moldawien, der bestimmt hundert Jahre alt war, und einen Holzbuddha aus dem ehemaligen Indochina. Bei dem Buddha handelte es sich um ein außergewöhnliches Exemplar, das ihre Eltern in den Fünfzigerjahren in Paris von einem Antiquar erworben hatten. Ihre Mutter hatte sehr an ihm gehangen, doch sogar ihn hatte sie zurückgelassen, als sie die Familie verlassen hatte, als säße ihr der Teufel im Nacken.

Und das war nur die Liste mit den Sachen, die ich mir gemerkt hatte. Es würde mich nicht wundern, wenn noch mehr das Haus verlassen hatte.

Judiths neue Bleibe strahlte dadurch die Atmosphäre unseres Zuhauses aus. Höchstwahrscheinlich, denn ich war nicht darauf erpicht, mir vor Ort einen Eindruck zu verschaffen. Ich war noch nicht dort gewesen, und so sollte es auch bleiben.

Inzwischen verzichtete meine Frau darauf, mich darüber zu informieren, welchen Handel sie mit ihrer Freundin ausklüngelte. Ich wurde in die Transaktionen nicht mehr mit einbezogen. Ich wurde um nichts mehr gebeten, noch nicht einmal um Geld für die Einkäufe. Dringende Rechnungen oder Mahnungen fischte Gaby aus der Post heraus, noch bevor ich sie zu Gesicht bekommen hatte. Diese resolute Vorgehensweise konnte mir nur recht sein. Sie sprach mit mir nicht mehr darüber, und ich hoffte, dass dies daran lag, weil sie einfach durchgreifen wollte, ohne mir Vorwürfe zu machen. Dass eine gewisse Scheu der Grund war und nicht ein Prozess der Entfremdung, der sie immer stärker von mir loslösen würde, von uns, von diesem Haus.

Rina Vermunt hatte womöglich recht. Egal, wie sehr ich mich auch dagegen wehrte, die Hauptperson eines ungeschriebenen Buches zu werden, in einem ihrer Übungsplots, die sie zum Schärfen ihrer Gedanken für die echten Bücher benutzte, ich kam nicht umhin, dass meine Lieblingsnachbarin in Menschen hineinschauen konnte wie ich durch Fensterscheiben. Allerdings mit dem Unterschied, dass ich durchs Glas die Kulisse eines Lebens betrachtete, die Einrichtung, die nur scheinbar etwas über die Bewohner preisgab. Rina hingegen stieß sofort zum Kern der Beziehungsverhältnisse vor, erkannte die schwelende Unzufriedenheit, die knirschenden Risse.

Meine Vorstellungskraft war erbärmlich. Vor meinem geistigen Auge sah ich meine Familie samt Hund immer traut beisammen um ein Sofa gruppiert. Für immer gefangen in einem möglichst langweiligen und vorhersehbaren Glück.

Doch nun entglitt mir meine Frau, und ich traute mich nicht, diese Entfremdung zur Sprache zu bringen. Weil ich befürchtete, schlafende Hunde wecken zu können, ihr das Geständnis zu entlocken, dass sie etwas von mir und Judith wusste oder vermutete. Wäre das der Fall, würde auch sie mir etwas vorspielen. Ich wollte es lieber nicht wissen. Vorerst war es besser, den Schein zu wahren. Ich fragte nichts, ich hielt mich zurück.

Doch eines Tages tippte ich auf die Leertaste ihres Laptops. Gaby hatte soeben das Haus verlassen. Der Bildschirm leuchtete sofort auf. Ich kam an alles heran.

Hinter dem grünen Bildschirmschoner mit dem vergrößerten Marienkäfer, der auf der Spitze eines Blattes balancierte, befand sich eine mir nicht mehr so vertraute Gaby. Die Versuchung, ihre Post zu lesen, war groß.

Zu meiner großen Erleichterung sah ich, dass es nicht viel Korrespondenz mit Judith gab. Die Aussicht auf einen Mailstrom, der sich über den Bildschirm ergießen könnte, behagte mir nicht. Den hätte ich dann in meiner Gier nach Informationen komplett anklicken und lesen müssen, um zu der Erkenntnis zu kommen, dass er mir keine Klarheit über den Stand meiner Ehe, sondern noch mehr Verwirrung liefern würde.

Judith erwies sich auch schriftlich als wortkarg. Gerade mal zehn E-Mails. In den ersten Mails beschrieb sie, wie sie sich mit der Stadt vertraut machen wollte. Komplimente für Gabys Haus und ihre Garderobe. Vereinzelt eine Bemerkung zu Gabys »wunderbarer Familie, die so viel Wärme schenkt«. Kein einziger Hinweis auf ihre Verkäufe oder Verabredungen. Eine Freundschaft aufbauen und zugleich so viele Spuren verwischen, Judith konnte das. Womöglich war diese Korrespondenz auch an andere gerichtet, an Augen, die in der Zukunft ein Urteil darüber fällen müssten. Zugunsten Judiths, was sonst.

Doch sie machte eine Ausnahme. In einer einzigen Mail spielte sie mit offenen Karten. Es handelte sich um die Mail, die sie sofort nach der Party bei uns geschickt hatte. Sie kündigte darin an, dass sie einen unverschämten Vorschlag machen wolle. Sie wolle substanziell helfen. Mit einer Summe, die wirklich etwas darstelle. Mit der Gaby vielleicht selbst ein Unternehmen aufmachen könnte, wenn ich dazu nicht mehr in der Lage wäre. Und falls Gaby diesen Vorschlag vollkommen unmöglich fände, dann könne sie zum Ausgleich eine Gegenleistung erbringen.

»Sagen wir, dass ich mit diesem Geld Toby von euch lease.«

Als würde sie von einem Audi in einem Geschäft sprechen. Plötzlich war sie geschwätziger und zudringlicher, als ich sie kannte. Sie manipulierte meine Frau.

»Er ist von unschätzbarem Wert, nicht wahr? Ein Familienhund. Du machst ein schlechtes Geschäft mit den Hunderttausend, die ich dir anbiete. Aber ich weiß auch, dass du eine höhere Summe nicht annehmen würdest. Der Hund ist zudem alt. Wie alt werden Hunde dieser Rasse? Er wird übrigens um die Ecke wohnen. Die Kinder können ihn jeden Tag sehen, wenn sie wollen. Während der Ferien oder längeren Reisen, die ich zukünftig unternehmen werde, kann er bei euch unterkommen. Falls er krank wird, entscheiden wir gemeinsam über ihn. Egal, welche Behandlung er benötigt, ich kann sie bezahlen. Was meinst du dazu, Gaby? Du beklagst dich in der letzten Zeit doch selbst darüber, dass er zu steif läuft und am Strand nicht mehr rennen kann und kaum noch den Hügel zum Parkplatz hoch schafft. Dass seine Ohrentzündungen nicht abheilen und du täglich mindestens eine halbe Stunde damit beschäftigt bist, ihm Schlammklumpen und Staub aus seiner Löwenmähne zu kämmen, und das verknotete Fell auskämmen musst, damit er nicht vollkommen verfilzt.«

Ein langer Monolog für Judiths Verhältnisse. Hier gab es etwas zu holen. Sie drückte mit voller Kraft auf die Gefühlstaste: »Nächste Woche ist Nikolaus. Willst du dir selbst nicht ein in vielerlei Hinsicht erlösendes Geschenk machen? Oder bist du weiterhin auf Jobs Überraschungen angewiesen?«

Ich unterbrach die Lektüre, war mir unsicher, ob ich die Antwort meiner Frau sehen wollte. Ich befürchtete, in dieser Mail nicht nur einen weiteren unerfreulichen Deal zu entdecken, sondern auch das neue Gesicht meiner Frau, die bereit war, sich wirklich von allem zu trennen. Judith würde so lange an dem dünnen Faden ziehen, an dem unsere Ehe hing, bis unser Leben wie eine zerstörte Strickarbeit aufgelöst war.

Dann lieber gleich alles erfahren.

Gabys Antwort beruhigte mich keineswegs.

Liebe J.,
so etwas muss ich zunächst mit Job und den Kindern besprechen. Oder jedenfalls mit Job. Aber den habe ich in der Hand. Dein Angebot ist verlockend, und es gefällt mir sehr, doch über die Bedingungen müssen wir uns noch unterhalten. Nikolaus wäre ein guter Anlass.
Bis morgen,
Gaby

Die Mail war vor einem Tag verschickt worden. Ich war einen Tag zu spät, um Gaby daran zweifeln zu lassen, dass sie mich tatsächlich noch in der Hand hatte. Auch wenn ich mir selbst nicht sicher war, ob es mir gelingen würde, die Pläne der beiden Frauen zu durchkreuzen. Ich konnte schlecht Tag und Nacht Toby bewachen. Am meisten lag mir noch die Diskussion über Tobys Umzug im Magen. Die Entschlossenheit der neuen, geldgierigen Gaby, die natürlich mir vorwerfen würde, dass es so weit kommen musste. Das Geschrei der Kinder, die niemals verstehen würden, wie ihre Mutter eine solche Entscheidung treffen konnte und warum ihr Vater so etwas zuließ. Und wenn ich es nicht zuließe, was sollte ich dann machen? Den Hund eigenhändig töten wie in einem Gruselfilm über einen ehelichen Rosenkrieg? Judith etwas antun?

So weit würde es nicht kommen. Wieso abwarten, bis es so

weit war, anstatt selbst dafür zu sorgen, dass Toby für den Verkauf nicht mehr zur Verfügung stand? Er könnte weglaufen. Im Haarlemer Wald gibt es so manche Verlockung. Immer wieder hörte ich Geschichten von Hunden, die die Allee überquerten und stundenlang oder für immer verschwunden waren. Das Geschrei der Kinder wegen eines Hundes, der abgehauen war, würde anders klingen, als wenn einer der Eltern beschlossen hatte, den alten Hund, an dem alle schon seit Jahren hingen, wegzugeben. Das eine wäre schmerzliches Unglück, das andere unverzeihlicher Verrat.

Ich ging in den Flur und holte die Leine, danach ging ich in die Küche und nahm Tobys Wassernapf und eine Flasche Wasser für die lange Fahrt.

Wo steckte der Hund nur? Meistens reagierte er auf das Klimpern seiner Kettenleine. Ich fand ihn im Esszimmer in seinem Körbchen. Offenbar soeben aus dem Tiefschlaf erwacht, den Bauch nach oben gedreht und alle viere in die Höhe gestreckt. Zaghaft fing er an zu wedeln, unter seinen kleinen Korkenzieherlocken hervor schaute er mich schelmisch an. War das mein Ernst mit der Leine, oder konnte er noch weiterpennen? Diese rührende Hundeskepsis hätte ich in einem anderen Moment mit einer ausgiebigen Schmusepartie belohnt.

»Toby, komm!«

Das hatte er hören wollen. Mit einem flinken Drehsprung erhob er sich. Von wegen alter Hund.

16

Sobald ich die Randstad verlassen hatte, tauchten die Zweifel auf, die mich immer dann überfielen, wenn ich übers Land fuhr. Hatten Gaby und ich das richtige Leben gewählt – ein Leben, das zu uns passte? Diese Frage an Menschen zu richten, denen es bis vor Kurzem noch so gut gegangen war, wirkte wie Koketterie. Doch den Wunsch nach einer Veränderung und die Erwartung eines besseren Lebens hatte man nie unter Kontrolle.

Der Luxus von Raum und Ruhe hatte etwas Anziehendes. Eine Landschaft, die freundlich vor dem Fenster auftauchte, sich ausstreckte und, zum Glück, unbezwingbar war. Wenn man sich ein Haus vorstellte, von dessen Fenster aus man überall Weideland sah. Sonst nichts. Die Stille als Refugium gegen den Druck des Stadtlebens.

Auch nicht schlecht, wenn man um sein eigenes Haus herumlaufen konnte, um die Mauern zu betrachten, die frei standen und nicht an einem anderen Gebäude klebten. Herr und Meister auf eigenem Grund und Bo[illegible]uft war der einzige Nachbar und die unsichtbare Gre[illegible] Besitzes. Eines der vielen Gesichter der Freiheit.

Kurz hatten wir an dem R[illegible]schnuppern dürfen, als wir noch den Bauernhof in Drent[illegible]ßen. Was für ein Mensch wäre ich dort im kahlen Marsc[illegible] geworden? Ich habe Gaby einmal zu einer Freundin gebracht, die die Innenstadt von Amsterdam gegen einen Bauernhof östlich des Weilers Wolvega eingetauscht hatte. Eine unglaublich weite Fahrt. Eine halbe Stunde vor unserer Ankunft nistete sich ein schwerer Mistgeruch in unserem Auto ein. Als Warnung: Dieses Leben ist nichts für ein zartes Naturell.

Doch die Gegend gefiel mir. Leer, weit, saftig grüne Weiden, die sich wie ein großer entspannter und empfänglicher Körper ausbreiteten. Ab und zu ein Kirchturm oder ein Schwarm Schwäne, als wollten sie damit zeigen, dass hier nicht nur die Vegetation gedieh.

Gabys Freundin, eine Bildhauerin, die gehofft hatte, in der nördlichen Isolation Inspiration zu finden, trafen wir vereinsamt und überspannt an. Ein Wrack. Keine ihrer früheren Freundinnen besuchte sie öfter als ein einziges Mal im Jahr. Und da zwischen ihr und der Stadt dreißig Kilometer lagen, hatte sie vor allem Bekanntschaft mit Wiesenvögeln gemacht. Die Ruhe, nach der sie sich in der City von Amsterdam so sehr gesehnt hatte, war zur Folter geworden, sie dröhnte in ihren Ohren, schlimmer als ein tropfender Wasserhahn. Sie fühlte sich von einer großen, gähnenden Leere umhüllt, die ihr immer mehr Angst einflößte.

So hatten wir das nicht empfunden, stellten Gaby und ich auf dem Rückweg einmütig fest. Wir hatten uns wacker geschlagen, in Friesland und Drenthe, in den Kennemerdünen oder meinetwegen an den Bergflanken des Kilimanjaro. Uns behagte der Gedanke, dass wir anpassungsfähig waren und Durchsetzungsvermögen besaßen, im Großen und Ganzen.

Inzwischen war ich mir da nicht mehr so sicher. Gabys Einschätzung dazu möchte ich lieber nicht wissen, ich befürchtete, da war einiges schiefgelaufen. Man m[illegible]elt sich irgendwo ein, lässt die Zügel locker, weil man glaubt, dass man es sich erlauben kann, weil man unabhängig ist und weil man keine Havarie erleiden wird. Aber dann passiert plötzlich doch etwas, und man kann den Kurs nicht mehr halten. Für ein »jetzt mache ich alles anders« ist es dann zu spät, oder man hat einfach kein Talent dazu. Nicht jeder kann sich selbst neu erfinden, einen anderen Kurs einschlagen wie ein Schiff, sich umstellen wie ein Unternehmen, sich völlig neu orientieren wie ein Zwanzigjähriger, der zwei Jahre das Falsche studiert hat.

Früher war man mit fünfzig weiser. Man wusste, was man sich zumuten konnte, man bewegte sich in ruhigerem Fahrwasser, die berufliche Laufbahn war ausgereift. Heute liefen Männer in meinem Alter in lächerlich grellbunten Outfits herum, zogen sich Sneakers an, die noch nicht einmal meine trendorientierten heranwachsenden Kinder entdeckt hatten. Und das alles nicht, um damit jüngere Frauen zu beeindrucken, sondern jüngere Angestellte oder jüngere Arbeitgeber. Sie nahmen ein Verhalten an, als wären sie für ihr Unternehmen nur noch als Imitation eines Dreißigjährigen interessant. Sie entließen Leute in ihrem Alter. Ich konnte das nicht. Aber in einem sicheren Hafen lag ich auch nicht.

Durchgreifende Entscheidungen lagen mir nicht. Und dennoch fuhr ich nun in südlicher Richtung mit dem Hund hinten im Wagen, aufs Geratewohl eine Lösung suchend. Ich war noch nie so unentschlossen gewesen wie bei meiner Entscheidung, Toby wegzubringen. Doch ich stellte keinen Moment infrage, was ich mit dem Hund vorhatte: wieder zurück zum Züchter in Limburg. Möglichst weit weg von zu Hause, in einer sicheren Umgebung, bei Menschen, denen ich vertrauen konnte. Was immer ich zu Hause auch erzählen würde, es musste ihm gut gehen, wo er war. Wenn er dann nach ein paar Monaten auf wundersame Art wieder zurückkehrte, würde Gaby es nicht übers Herz bringen, ihn an Judith zu verkaufen. Sonst müsste ich härtere Methoden anwenden.

Ich fuhr unangemeldet zum Züchter. Ein ziemliches Stück zum ehemaligen Reitstall außerhalb von Arcen. Das Wetter war scheußlich. Durch die Windschutzscheibe konnte man weder einen Sturm noch Sturzregen erkennen, nur einen rattengrauen Himmel, aus dem sich unentwegt Nieselregenschwärme hinabsenkten. Der Niederschlag sog jegliche Farbe aus dem Spätherbst.

Am Hof angekommen, fuhr ich mit dem Wagen bis kurz vor die Eingangstür, obwohl ich wusste, dass man das dort nicht so gerne hatte. Es gab Regeln, nicht nachvollziehbare Vorschriften, wo man parken durfte und wo nicht, welche Tür zu welchem Raum man zu benutzen hatte, mit Stühlen, auf denen man sich niederlassen durfte oder auch nicht, um sich ellenlange Haftungsausschlüsse anzuhören, die in einem umfangreichen Vertrag festgehalten wurden. Und wehe dir, wenn du einen der umherlaufenden Hunde berührtest oder einen neugeborenen Welpen anschauen wolltest.

»Wir haben in unserem Betrieb ziemlich viel zu tun, und wenn wir uns hier nicht an die Regeln halten, dann geht es schief. Sonst noch Fragen?«

Von den beiden hatte die Frau das Sagen. Verhalte dich doch einfach mal normal, hätte ich ihr am liebsten gesagt, als wir ein paarmal auf dem Hof vorbeigekommen waren, damit wir uns – schon wieder so etwas – an unseren Hund gewöhnen konnten. Ich hatte eine ordentliche Summe für den Hund hingeblättert, da konnte man doch eigentlich erwarten, dass meine Kinder einfach mal ins Haus gehen konnten, um sich die Welpen anzuschauen. Und ich parke, wo ich will, schließlich gibt es hier locker Platz für zwanzig Autos – die hier nicht stehen. Und den Vertrag, den können Sie sich …

Aber so etwas sagt man nicht. Man möchte nicht, dass die Kinder einen Schreck bekommen oder die Ehefrau einen im Beisein aller beruhigen muss und man dann zum Buhmann wird und alle einen vorwurfsvoll anstarren. Also hält man sich zurück.

So wurde ich erzogen, so wurde meine Generation erzogen. Deswegen sind wir auch so erstaunt über die jungen Leute, die sich in ihrem ersten Job Sachen zutrauen, die wir niemals gewagt hätten. Sie steigen mit einem Topgehalt ein und ziehen gleich am ersten Tag alles an sich, denn das junge Blut bekommt heutzutage mehr Vertrauen vom Chef als die treuen Gesellen, die jahrelang aufopferungsvoll geschuftet haben. Die armen Teufel in meinem Alter, für die es selbstverständlich gewesen war, erst einmal ganz unten anzufangen und sich zu beweisen, bis man mitreden durfte, die hatten das Nachsehen. Endlich waren wir an dem Punkt angekommen, an dem wir die Lorbeeren hätten ernten können, Anerkennung, Beförderung, Karrieresprünge, aber dennoch hatten wir nur das Nachsehen.

Zum Glück traf ich auf dem Hof nur den Mann der Züchterin an. Ein Trottel, der ganz offensichtlich unter ihrer Knute stand, aber kein schlechter Kerl war. Ich hatte mich mit ihm immer gut unterhalten. In Gummistiefeln mit Reißverschlusspullover und darüber eine ärmellose Weste, wie sie gerne Junggesellen in *Bauer-sucht-Frau*-Sendungen tragen, kam er händereibend auf mich zu. Überraschtes Gesicht, zerzaustes Haar, kurzer molliger Körper. Einen Hund in Not würde er niemals im Stich lassen, für sie hatte er ein Herz. Einen Hundebesitzer in Not würde er immer schröpfen, so wollte es seine gierige Frau. Sie verlangten fünfundzwanzig Euro für einen Hund am Tag, das Fressen musste selbst gestellt werden. Doch der Service war ausgezeichnet. Ich tippte darauf, dass es den Hunden hier besser erging als diesem armen Kerl, der den ganzen Tag ihre Hütten ausmistete, die Böden wienerte, ihre Körbchen sauber machte, sie fütterte, kämmte und vier Mal am Tag ausführte. Vielleicht könnte ein vertraulicher Ton unter Männern jetzt angebracht sein. Am besten spielte ich den Mann, der zu Hause gerade von seinem Mannsweib drangsaliert wurde.

Mit gequälter Miene stieg ich aus dem Wagen.

»Guten Tag, welch Schlamassel!«, rief ich ihm zu, noch bevor er mich begrüßen konnte. »Einen Riesenärger mit der Frau zuhause.«

Das ließ ihn zwar kalt, wie ich sah, doch er erkannte mich sofort. So ein Typ war er, er erinnerte sich ganz genau an jeden, dem er einen seiner Hunde verkauft hatte. Täuschte ich mich, oder hellte sich sein sorgenvolles Gesicht ein wenig auf?

»Die Lage bei uns zu Hause ist vollkommen aus den Fugen geraten, auch die Kinder sind arg mitgenommen. Wird wahrscheinlich auf eine Scheidung hinauslaufen«, log ich – oder auch nicht? »Durch die vielen Streitereien und die ganze Anspannung bekommt der Hund zu wenig Aufmerksamkeit und wird nicht richtig versorgt. Ich suche vorübergehend eine Bleibe für ihn, bis ich alles geregelt habe.«

Es funktionierte. Der Züchter nickte verständnisvoll und kratzte sich mehrmals am Hinterkopf. Toby saß kerzengerade und versuchte, ihn mit schief gelegtem Kopf zu verführen. Auch das wirkte.

»Er heißt doch Toby, Herr Van Emmeloord?«, murmelte er.

»Van Emmerik.«

»Entschuldigen Sie.«

Ich lächelte. Er witterte seine Chance.

»Sie verstehen, dass das jetzt sehr überraschend ist. Demnächst fangen die Feiertage an, und dann wird es hier voll mit Pensionshunden. Zudem müssen wir für eine Unterkunft auf unbegrenzte Zeit einen Aufpreis nehmen. Ich müsste das eigentlich erst mit meiner Frau besprechen, doch sie ist nicht da und kommt erst am späten Abend wieder. Ich kann verstehen, dass Sie sich in einer Notsituation befinden. Das kostet dann dreißig Euro pro Tag.«

Ich nickte. Mit der einzigen Kreditkarte, die ich besaß, hatte ich bereits ein paar Scheine für eine dreiwöchige Vorauszahlung aus dem Automaten gezogen. Der Züchter rollte das Geld zusammen und umschloss es mit seiner derben Hand.

Als ich so alleine im Auto saß, die Hundeleine neben mir auf dem leeren Sitz, hatte ich plötzlich große Lust, nicht mehr nach Hause zu fahren.

Doch wohin sonst?

In der Gegend gab es ein Thermalbad. Dort konnte man zu jeder Jahreszeit draußen schwimmen, egal, wie kalt es war. Ein wunderbares Gefühl, das ich in Island erlebt hatte. Mit Gretta. Ich war damals dort auf einer Designkonferenz, sie flog zu mir. Gemeinsam tauchten wir in der Blue Lagoon unter, nicht weit vom Flughafen. Ohne dass jemand etwas davon mitbekam, hatten wir uns im Schutz des Nebels, der aus dem Wasser aufstieg, geliebt, während unsere nassen Augenbrauen und Wimpern über dem Wasser gefroren.

Ich hielt am Waldrand an, suchte die Adresse des Thermalbads heraus und gab sie im Navi ein. An der Rezeption des Bads nahm ich sogleich den angenehmen Geruch wahr, ein Hausparfum, das ein Verwöhnprogramm suggerierte. Alles war groß, hell und auf ein luxuriöses Erlebnis abgestimmt. In der dazugehörenden Boutique kaufte ich mir eine Badehose.

Doch als ich aus der Umkleide heraustrat, merkte ich, wie sehr ich mich in der Atmosphäre getäuscht hatte. Zu dieser Tageszeit waren die Besucher hauptsächlich deutsche Rentner, die über die nahe Grenze gefahren waren, um sich hier zu erholen. Unbekleidet und aus ihrer gepflegten Sauberkeit herausgelöst, die wir in unseren Eifelferien so sehr geschätzt hatten, gaben diese Körper die Verwüstung preis, die das Alter und Krankheiten bei ihnen angerichtet hatte. Fast niemand trug einen Bademantel. Unglaubliche Bierbäuche wälzten sich vorbei, massige Buckel und flaumige Specknacken, enorme Oberschenkel, an denen schwabbelnde Fleischlappen wie Gebilde in einer Tropfsteinhöhle herunterbaumelten. Oder auch gegerbte Gliedmaßen, deren Farbe und Brüchigkeit Mumien ähnelten. Die Sonnenbank wurde von den Gästen offenbar auch gerne genutzt.

Ein Rollstuhlaufzug ließ Menschen, die zu schwer oder zu krank waren, um die Treppe zu benutzen, in ein Becken ein. Es gab hochbetagte Männer, denen ein Körperglied fehlte und die seltsame Dellen im Brustkorb hatten. Kriegsverletzungen, hätte man fast denken können. Doch am schlimmsten waren die Hautkrankheiten. Frauenrücken, die mit Warzen oder Furunkeln übersät waren. Männerrücken mit dunklen, verkrusteten Stellen, aus denen borstige Haare herauswuchsen. Es passierte etwas in meiner neuen Badehose. Es fühlte sich an, als würde mein Geschlecht zu einer Kichererbse schrumpfen oder sich auflösen, aus Ekel vor den anderen Körpern.

Aber da ich nun einmal hier war, ging ich auch schwimmen. Das Außenbecken war bestimmt für die Fitten, die Jüngeren, die Superkerle. Ich tauchte unter. Das warme, dampfende Wasser war eine Wohltat. Mit ruhigen Zügen schwamm ich an ziemlich alten Köpfen vorbei, zufriedene Gesichter, die zu den scheußlichen Körpern gehörten, die sich hier öffentlich und unbekleidet präsentierten. Ich suchte mir einen freien Whirlpool und setzte mich hinein. Endlich allein, im Schutze der halbhohen Mauer. Es war windig, die Wolken trieben schnell auseinander, und durch die Bewegung wirkte die Sonne wie ein verrückter Scheinwerfer, der verzweifelt aus dem ärgerlichen Nebel herauszukommen versuchte. Ich schloss die Augen und hoffte auf eine kurze Entspannung.

Als ich die Augen wieder öffnete, sah ich, wie etwas zu mir hintrieb, das ich nicht einordnen konnte. Klein und rosa, vielleicht eine Eintrittskarte? Es war doch nicht etwa ein Hautfetzen? Das Ding kam näher. Trotz des blubbernden Wassers hatte es eine Fahrrinne zu mir hin gefunden. Als es in Griffnähe war, erkannte ich es: ein Stück Verband mit Leukoplast und Blutspuren auf der Kompresse. Es trieb noch immer auf mich zu, steuerte auf einen Zusammenstoß hin. Als hätten wir uns dort verabredet und ich wäre das Ziel.

Teil 2

Im Schlafzimmer

1

Um ein Haar wäre ich meiner Frau nicht begegnet. Eine andere Entscheidung an einem brütend heißen Donnerstagnachmittag vor sechzehn Jahren und wir hätten uns verpasst. Dieser Gedanke drängt sich mir häufig auf. Durch einen Ritz kommt ein Sturmstoß aus einem anderen Universum, in dem meine Frau sich sorgenfrei bewegt, ohne mich. Rettungslos verloren stehe ich alleine auf der kalten Seite des Planeten der verpassten Gelegenheiten.

Unsere Begegnung im Juli 1997, das war wirklich glückliches Timing gewesen. Als ich von Siena nach Florenz fuhr, war ich unruhig geworden. Besser, du verbringst nicht den ganzen Tag auf der Autobahn. Bretter nicht einfach durch. Halt südlich von Florenz an. In meinem Kopf summten die Befehle wie Insekten in einem verschlossenen Glas. Fahr ab. Fahr nicht weiter. Ich gehorchte.

In jenem Sommer war ich mit meiner damaligen Freundin nach Italien gefahren. Wir kannten uns seit einem halben Jahr. Im Herbst würde sie bei mir einziehen. Wir waren Mitte dreißig und hatten es beide mit unseren Beziehungen langsam angehen lassen. Vorher hatten wir unverbindliche Affären und schlecht gepflegte Liebschaften ohne Überzeugung angefangen und nachlässig beendet. Wir hatten immer auf etwas Besseres gewartet, auf eine Liebe, deren Glück einen überwältigt.

Doch das passierte nie. Stattdessen kam die sich lohnende Begegnung zwischen einem Architekten und einer Ingenieurin. Sie war klug, nett, praktisch veranlagt, eine angenehme Gesellschaft. Eine Frau ohne Allüren oder Verspanntheit. Endlich Ruhe. Und so dachte ich übereilt über eine gemeinsame Haustür nach und ersann Dinge, Pläne, die wir alle nicht in die Realität umsetzen würden. Wie die Planung eines brillanten Architekturkonzepts, das endlich ein Ende mit den eintönigen Trabantenstädten machen würde, oder der eigenhändige Bau eines Bootes, mit dem wir den Irrawady quer durch Birma befahren würden. Wie das so ist, wenn eine Beziehung sich mangels verzehrender Leidenschaft immer wieder aufs Neue beweisen muss.

Im Nachhinein sprach es Bände, dass wir, gleichwohl wir ambitionierte Weltreisepläne hegten, für unsere erste gemeinsame Reise Italien als Ziel wählten. Vertraute Nachbarschaft, Reiseziel für eine Familie, die wir nicht werden wollten. Als wir dann die Alpen überquerten und Italien erreichten, trennten sich unsere Wege. Sie wollte Freunde in Mailand besuchen, ich fuhr weiter in den Süden nach Kalabrien, wo ein Jugendfreund von mir in einem kleinen Haus am Meer lebte – laut eigener Aussage vom primitiven Landleben ganz verwildert. Nachdem wir jahrelang handgeschriebene Briefe gewechselt hatten, wollte ich mir nun selbst einen Eindruck von dem Paradies machen, in dem er so viel glücklicher war als in den »nassen nervösen Niederlanden«. Eine Woche Abgeschiedenheit im Hinterland der süditalienischen Felsenküste kam genau richtig. Auf dem Heimweg würde ich meine neue Lebensgefährtin einsammeln und mit ihr an den Comersee fahren. Mal sehen, ob wir es auch außerhalb von Amsterdam, jenseits unserer gut funktionierenden Geschäfts- und Wochenendtrips miteinander aushalten würden.

Doch dann kam diese Unruhe in mir auf. Ich achtete nicht mehr genau auf die gewundenen Straßen in den Hügeln des Chianti. Und da tauchte sie in meinem Blickfeld auf: die Madonna mit den entblößten Brüsten. Ich kannte sie nur vom Hörensagen. Eine Geschichte, die ich vor langer Zeit gehört hatte und die sich mir ins Gedächtnis eingebrannt hatte. Es handelte sich um ein Gemälde in der Chiesa di Sant'Agostino, einer Kirche in San Gimignano. Sogar mit dem Reiseführer in der Hand liefen die Touristen an dem Bild mit der Madonna vorbei, weil sie sofort die berühmten Fresken von Benozzo Gozzoli ansteuerten, die man beim Altar sehen kann. Obwohl sie von der Wand gegenüber des Kirchenportals die ungewöhnliche Darstellung des San Sebastian mit blutenden Wunden ansah. Um ihn herum schwirren Engel, die in ihren Fäusten die erbeuteten Pfeile aus seinem Körper halten. Ganz am oberen Bildrand, weit über den gewöhnlichen Menschen, in ihrer eigenen Sphäre, in der weibliche Blöße niemanden stört, bückt sich eine Madonna mit entblößten rosafarbenen Brüsten über die Erde.

Genau das wollte ich sehen. Jetzt und nicht erst einen Tag später. Und da tauchte San Gimignano auf den Straßenschildern auf.

Es war zur Mittagszeit. Die Chiesa di Sant'Agostino war bereits geschlossen. Ich ließ mich im Schatten auf den Treppen vor dem verschlossenen Portal nieder. Die kleine Piazza war verlassen. Um die übervollen Parkplätze zu umgehen, hatte ich den Wagen unerlaubt vor der Stadtmauer geparkt. Ich musste ihn unbedingt dort wegfahren, zudem wollte ich mir ein Hotel außerhalb der Stadt suchen. In der Hügellandschaft, an einem Ort mit Blick auf die steinerne Krone der Stadt. Wie auf einer Ansichtskarte sollte es sein. Mit kantigen Türmen, den steinernen Fühlern, die San Gimignano hoch in den Himmel streckte, als wäre er ihnen ganz nahe und würde es genießen, von ihnen betastet zu werden.

Erst tanken. Ich fuhr zu einer teuren Tankstelle an einem Hang, zum Glück ohne wartende Kunden vor mir. Fünf Uhr am Nachmittag, die Hitze sirrte in der dunstigen Luft. Offenbar hatte es kurz zuvor geregnet. Ein rascher Mittagsschauer. Am Abend würde mir einer dieser glühenden Toskanasonnenuntergänge am Tisch Gesellschaft leisten. Für einen einzelnen Mann vor einer Pizza und einer Karaffe Wein.

Hatte ich den Cinquecento wahrgenommen, als ich gedankenlos mit dem Tankschlauch in der Hand ein junges Pärchen beobachtete, das ein Stück entfernt an einer Vespa herumschraubte? Wahrscheinlich nicht. Der Fahrer des Fiats hatte ebenfalls nicht auf alles geachtet, sonst wäre ihm mein niederländisches Nummerschild aufgefallen und er hätte mich nicht auf Italienisch angesprochen.

»Sei Giorgio?«

Der Ruf galt mir, und obwohl ich meinen Namen nicht hörte, drehte ich mich um. Da stand sie, die eine Hand auf dem Tankschlauch, der in ihrem Wagen steckte, die andere in der Seite. Wen außer mir hätte sie sonst meinen können?

»Sei Giorgio?«, rief sie nochmals.

»Ma no!«, antwortete ich, und das machte schon etwas her. Weiter würde ich mit meinem Speisekarten-Italienisch nicht kommen. Obwohl ich gerade jetzt gerne weitergesprochen hätte.

Fragend rief ich: *»Giorgio?«*

Sie hängte den Schlauch zurück an die Zapfsäule und hielt sich die frei gewordene Hand zum Schutz gegen die Sonne vor die Augen, um mich besser sehen zu können. Sie musterte mich, wie ich dort schweigend stand.

»Sind Sie Niederländer?«, fragte sie überrascht.

Sie hatte mein Nummernschild gesehen.

»Ja«, antwortete ich etwas einfältig, als hätte ich auch meine Muttersprache verlernt. Nicht mehr lange und ich würde sie mit meinem plumpen Verhalten verjagen.

Ich wäre gerne weniger verstockt gewesen, doch ihr Erscheinen ließ mich einfach nur verstummen.

Die Franzosen nennen es *coup de foudre*, die Italiener, wie ich später herausgefunden habe, *amore a prima vista*. Eine viel zu brave Beschreibung für das, was da in Wirklichkeit mit mir geschah. Mein Herz pochte mir bis zum Hals. Ein rasender, sich überschlagender Rhythmus. Den Rest der Welt, die Autos und die

Personen um uns herum, nahm ich nur träge wie durch Nebelschwaden wahr. Verschwommen und unwirklich.

Plötzlich stand sie direkt vor mir. Gebräunte Haut, ein hellblaues tailliertes Kleid mit weitem Rock, weiße Sandalen und ein Haarband, das den Glanz braunschwarzer Taggia-Oliven hatte.

Sie war eine angenehme klassische Schönheit. Eine Frau, die sich gut am Arm von Marcello Mastroianni machen würde, in einem Film aus der Zeit, als ich noch die von meiner Mutter gestrickten Strampler trug. Sie flanierte an der Amalfiküste, Capri, Rom, Rimini. Aber nicht hier. Ich nahm ihren Duft wahr. Zitrone, Vervene und Zimt, eine eigene Mixtur gegen die lästigen Mückenattacken, gestand sie mir später.

Sie befand sich unbehagliche zehn bis fünfzehn Zentimeter von meiner Brust entfernt. Sie war klein, und um dies zu kompensieren, blickte sie herausfordernd zu mir hoch und wippte dabei voller Erwartung auf den Zehenspitzen.

»Wer ist Giorgio?«, fragte ich.

»Ein italienischer Koch, der gerade sehr viel Erfolg in England hat. Während der Sommermonate besucht er hier manchmal Freunde. Ein gut aussehender Mann.«

»Vielen Dank.« Sprach der eitle Fatzke. Aber immerhin kam ein Gespräch in Gang. Nach den komplizierten Regeln der Kommunikation zwischen zwei Fremden, die sich um alles in der Welt gerne weiter unterhalten möchten, sich aber nicht trauen, den Grund dafür einzugestehen. Eine derartige Liebesattacke macht einen vollkommen wehrlos.

»Schön«, sagte sie.

»Was?«

»Dass du aus den Niederlanden kommst.«

»Bist du dir da sicher? Du hast dir Italien doch bestimmt nicht ohne Grund ausgesucht.«

Oder wohnte sie hier gar nicht, sondern kam nur im Sommer

vorbei, um einen Blick auf Giorgio zu erhaschen, und der Fiat war ein Mietwagen?

»Schön, weil ich dich dann wiedersehen kann.«

»Wann bist du wieder in den Niederlanden?«

Sie musste lachen.

»Nie.«

So hatte ich mir das nicht vorgestellt. Dass ich nach Schiphol zum Flughafen fahren müsste, um dann in der Ankunftshalle zu stehen und auf eine Brünette mit weiten Röcken zu warten, die mich keine Nacht mehr schlafen ließ. Ich müsste mir einen größeren Kleiderschrank zulegen, mit viel Platz für eine Frauengarderobe, auch das ging mir durch den Kopf. Nein, ich würde im Schlafzimmer einen Durchbruch für einen begehbaren Kleiderschrank machen. Ich hätte auch die Wände zu den Nachbarn niedergerissen, um ihr einen Palazzo zu bauen. Für diese kleine, zarte Frau wollte ich Raum schaffen, so viel Raum wie möglich, um mit ihr darin zu leben, umgeben von einer Schutz gewährenden Mauer.

»Aber ich könnte vorbeikommen, so weit ist das nicht«, lachte sie meine Verwirrung weg. Und dann – offenbar war sie auch der Ansicht, dass die praktischen Dinge schnell geregelt werden mussten – fragte sie: »Bis wann bleibst du?«

»Eine Nacht.«

Das überraschte sie wiederum.

»Und wo schläfst du?«

Wir lehnten uns beide an meinen Wagen, das Metall glühte. Sie taxierte ihre Chancen. Ich selbst wusste nicht mehr so genau, welches Ziel meine Reise hatte. Aus dieser Nacht hätte auch ein Jahr werden können oder der Rest meines Lebens. Mailand war vergessen.

»Also, wo schläfst du?«

»Weiß ich noch nicht.«

»Dann fahr mit dem Auto hinter mir her.«

Es ging schnell, das Eiltempo hatte eingesetzt. Als sie zu ihrem Wagen ging, sah ich ihre sehnigen schlanken Waden, die mit Mückenstichen übersät waren und über den Sandalen mit kleinen Blockabsätzen emporragten. Wie ein Kind, das ein paar Tage vor Weihnachten das versteckte Geschenk auf dem Dachboden oder im Kleiderschrank der Mutter gefunden hat, musste ich meine Freude und Neugierde im Zaum halten. Meins, alles war meins. Aber noch nicht zum Anfassen.

So fuhr ich hinter der Frau her, deren Namen ich noch nicht einmal kannte. Ich selbst war der Nicht-Giorgio und hatte ebenfalls versäumt, mich vorzustellen. Sie fuhr bergab, verließ die Stadt und hielt in der Kurve vor einem Hotel mit Restaurant, das über einem Tal zu schweben schien.

Ich checkte ein, und sie fragte die Hotelbesitzerin, ob sie ihre Einkäufe in den Kühlschrank stellen könne. »Wenn ich in die Stadt fahre, tanke ich immer erst, bevor ich zum Supermarkt gehe«, erzählte sie mir. Seltsam, solche Geständnisse. Dass ich mit der Frau, die mich Giorgio nannte, alt werden würde, das lag in der Luft wie ein Gerücht, das nicht mehr abzustreiten war. Zugleich hörte ich schlichte Mitteilungen über Einkäufe und Stadtbesuche und konnte das alles nicht einordnen. Ich wusste nicht, was für ein Leben diese Frau führte, und kannte sie zudem nicht. Für wen hatte sie eingekauft? Womöglich wartete irgendwo eine Familie auf sie, weinende Kinder, die Hunger hatten, und ein Mann, der auf die Uhr sah und sich fragte, wo sie nur blieb – wer wusste das schon.

»Aber heute habe ich alles anders gemacht«, fuhr sie fort. »Ich weiß auch nicht, wieso.«

»Ich aber«, antwortete ich.

Wir ließen uns sofort an einem der Tische nieder, obwohl die Küche erst in einer Stunde öffnete. Egal. Pläne, Öffnungszeiten, Hausregeln, sie interessierten uns nicht, an einem Tag, an dem alles anders verlief. Mittlerweile waren wir in die Phase unseres Kennenlernens eingetreten, in der es um gezielte Fragen und klare Antworten ging. Zwei Vergangenheiten mussten bis zum Moment der Begegnung zusammengefasst werden – eines dieser Gespräche, das auch dann nicht beendet war, als die Dessertteller und Espressotassen vom Tisch geräumt wurden.

Wir unterhielten uns sechs Stunden, bis es später Abend war und wir von einer Wolke aus lieblicher, leicht angetrunkener Undeutlichkeit umhüllt waren, wie es nun weitergehen würde. Die Karten lagen offen auf dem Tisch. Ich wusste, dass sie zehn Kilometer weiter auf einem Hügel mit einem älteren Kunsthistoriker in einem Dorf wohnte. Er hatte mangels Arbeit zum Olivenbauer auf der *Fattoria* seiner Eltern umgesattelt. Dort betrieben sie gemeinsam mit seiner Schwester einen bescheidenen *Agriturismo*, der nur in der Hochsaison gut lief. Ein schmuddeliger Hippieort, warnte sie mich amüsiert vor, als hätte sie mich deswegen nicht mit nach Hause genommen. Auch sie war Kunsthistorikerin. Spezialisiert auf Restaurierungen. Bereits vor zehn Jahren hatte sie die Niederlande verlassen, um im Heimatland ihrer Mutter am liebsten tagein, tagaus ihre Zeit in Kirchen zu verbringen und ihnen ihre Schönheit wieder zurückzugeben, die sie eingebüßt hatten. Zwischen zwei Jobs begegnete sie in Assisi zufällig ihrem heutigen Mann.

Auch ich legte mein Leben offen auf den Tisch. Inklusive meines Besuchs in Kalabrien, der Autobahn nach Florenz und meinem plötzlichen Wunsch, Sant'Agostino zu besuchen. Ob sie die Madonna mit den entblößten Brüsten kenne? Aber natürlich. Am nächsten Tag wollte sie mit mir die Kirche besuchen.

Als wir uns vom Tisch erhoben, ging sie in die Küche, um ihre Einkäufe zu holen. Sie würde also nicht bleiben. Der Glanz der Nacht verblasste. Ciao, Gabriella – benannt nach einer Sängerin, zu deren Lied ihre Eltern zum ersten Mal miteinander getanzt hatten.

Als sie den Kofferraum zuklappte, überlegte ich, ob ich sie am Gehen hindern sollte. Ich hätte ihr die Schlüssel aus der Hand nehmen können oder mich mit meinem großen Körper vor diesem Spielzeugauto aufbauen können. Doch das wäre nur lächerlich gewesen. Am besten sagte ich ihr, dass ich San Gimignano nicht ohne sie verlassen würde.

Doch was, wenn sie nicht wollte? Würde ich mich dann hier niederlassen, um eine Affäre mit der Frau eines alternden Hippies aus einem verfallenen *Borgo* voller Mücken und Fledermäuse anzufangen? Mit der Frau eines Kindskopfs, der es fertiggebracht hatte, sein Leben mit einer solchen Frau zu verpfuschen, und daran wahrscheinlich so sehr litt, dass sie vor lauter Mitleid bei ihm blieb.

Jedenfalls musste ich ihr eine Telefonnummer entlocken. Sie erriet meinen Gedanken. Auf dem Autodach notierte sie etwas auf der Rückseite eines Zettels. Als sie ihn mir zuschob, sah ich eine Wegbeschreibung.

»Hol mich morgen ab. Sieben Uhr. Fahr durch bis zu dem Grundstück mit den Olivenbäumen«, sagte sie. Danach lief sie um den Wagen herum, stellte sich auf die Zehenspitzen und gab mir einen Kuss auf die Wange. Lange genug, um damit anzuzeigen, dass dieser Mund, wenn das ein oder andere geregelt war, sich nach etwas anderem als diesem förmlichen Gruß sehnte.

Am nächsten Morgen begab ich mich zum verabredeten Treffpunkt. Es war dort wie im Paradies. Zunächst durchquerte ich einen Wald, danach fuhr ich durch eine Ansichtskarte, ließ ein paar Weizenfelder und Villen mit Bäumen hinter mir und erreichte über einen entsetzlich holprigen Weg eine Zypressenreihe an Gabriellas Borgo oben auf einem Hügel. Das Haus lag versteckt hinter großen Lorbeerbäumen, blühenden Rosenstöcken und Oleanderhecken. Auch ohne aus dem Auto zu steigen, konnte ich sehen, wie in der Ferne die toskanische Landschaft im dottergelben Morgenlicht erwachte. Durchaus verständlich, dass man sich hier niederließ, selbst wenn man unzufrieden war und nur eine mittelmäßige Ehe führte, wurde man hier täglich von der Natur verführt.

Ob Gabriella mir das zeigen wollte? Dass sie unmöglich in die laute, lebhafte Stadt, aus der ich kam, mitkommen könnte? Mit all den schrillen, polternden Stimmen, dem andauernden Geruckel der Straßenbahnen, Hupen und Fahrradklingeln, dem Gebrülle in den übervollen Straßencafés und der betonähnlichen Stille in der Nacht? Meine Welt, nichts für sie. Endete hier, was tags zuvor angefangen hatte, mit der Niederlage durch diese überwältigende Landschaft voller Zikaden, die piesackend die Stille und meine Grübelei unterbrachen, bereit, rhythmisch summend meinen Rückzug einzuläuten?

Unmöglich, dass sie mich dort erwartete. Ich würde aus dem Auto aussteigen und mit einer Ladung Schrot erschossen werden. Ihr verwilderter alter Knacker stand bestimmt mit seiner Büchse auf einem der steinernen Balkone seiner Festung und lauerte mir auf, um mich aus seinem Leben zu schießen, so wie die streunenden Katzen von seinem Hof. Noch vor meinem Vierzigsten von einem Heckenschützen mit Liebeskummer abgeknallt.

Doch ich machte mir zu viele Gedanken. Genau am verabredeten Ort, an der Stelle, wo der schlechte Weg sich gabelte in einen noch schlechter begehbaren Weg voller Löcher, Steine und Hubbel, erwartete sie mich. Hinter ihr erwachte ein Olivenhain.

Sie lehnte an drei Koffern, die neben einer Kapellenruine standen. Zu ihren Füßen standen zwei Rucksäcke und mehrere Plastiktüten, aus denen Bücher herausschauten. Wie ein berufsmäßiger Chauffeur, der gut gelaunt den Tag beginnt, ging ich zu ihr hin und kümmerte mich zunächst um die Koffer. Mit dem süffisanten Lächeln von jemandem, der irgendwo auftaucht, um die Früchte des anderen zu ernten.

»Die ganze Nacht gepackt?«, fragte ich zu allem Überfluss.

»Und die ganze Nacht gesprochen.«

Erst später an diesem Tag, als wir auf einer nahezu freien Autobahn die Emilia Romagna verließen, wurde mir bewusst, dass ich die Kirche Sant'Agostino ganz vergessen hatte. Als ob wir uns auf der Flucht befinden würden, so schnell hatte ich die Hügel hinter uns gelassen und war zur Autobahn gefahren. Gabriella, die sich, nachdem sie sich neben mich gesetzt hatte, sofort ein mitgebrachtes Kissen zwischen Kopf und Seitenscheibe schob, um den verpassten Schlaf nachzuholen, wachte auf. Ich sagte ihr, dass ich es bedauern würde, die Madonna mit den entblößten Brüsten nicht gesehen zu haben. Höchstwahrscheinlich würde ich sie nun nie zu Gesicht bekommen, obwohl ich doch so nahe dran gewesen war. Doch Gabriella, die die Augen noch immer geschlossen hatte, wischte meine Besorgnis mit einem zaghaften Gähnen weg.

»Wir werden zurückkehren, wir müssen sogar zurückkehren. Um den Kindern zu zeigen, wo alles angefangen hat.«

2

Kurz nach fünf, nach einer schnellen Fahrt auf der Autobahn, kam ich im Dunkeln zu Hause an. Dort traf ich meine Familie im Schein von zwei Stehlampen an. Mutter und die Zwillinge eng zusammengerückt, jeder mit etwas anderem beschäftigt. Gaby las die Zeitung. Tara saß auf dem Boden und machte auf den Knien ihre Hausaufgaben, das Griechisch-Wörterbuch in Reichweite. Vor ihr lag Leon auf dem Bauch, starrte auf ein Display und verstreute den zerbröselten Inhalt einer Chipstüte über dem Perserteppich. Ich sagte lieber nichts dazu.

Auf Leons Rücken imitierte die zusammengerollte Katze eine russische Fellkappe.

Winterfriede. Und da platzte ich mit meiner Unheilsverkündung hinein.

Einem guten Vater, der unbemerkt das Haus betreten hätte, wäre es ohne Lärm und Gepolter gelungen, die soeben besorgten Nikolausgeschenke erst einmal zu verstecken, um dann in der Küche zu verschwinden, dort die mitgebrachten Sushi abzustellen und Wein einzuschenken, auch für seine Frau. Erst danach würde er ins Wohnzimmer gehen und alle begrüßen.

Aber ich war kein guter Vater mehr. Zudem betrat man das Haus der van Emmeriks nie unbemerkt. Insbesondere nicht ich. Der Hund fing immer an zu bellen, er roch mich bereits, bevor ich in die Straße eingebogen war, und sprang auf die breite Fensterbank, um seine feuchte Nase ans Fenster zu drücken. Man hätte sogar seine Atemspuren auf der Fensterscheibe erkennen können.

Nachmittags hatte ich eine SMS von Gaby bekommen: »Wo steckt ihr?«

Ich antwortete ihr, wir wären bei dem neu errichteten Schwimmbad, gemeinsam mit dem Landschaftsarchitekten des Projekts, der Kontakt mit mir aufgenommen hätte. Das waren mindestens drei Lügen. Allesamt unschuldiger als die Wahrheit. Oder auch die schwachsinnige Geschichte über den Hund, die ich erzählen wollte, was mir jedoch ziemlich im Magen lag.

Doch zu Hause, in der Türöffnung zum Wohnzimmer, gab es kein Entkommen mehr. Auch wenn ich dort mit Schuldgefühlen stand, die mir den Hals zuschnürten. Mir brach die Stimme.

»Ich habe Toby verloren. Ich bin ohne ihn nach Hause gefahren.«

Es hätte genauso gut eine Handgranate im Wohnzimmer hochgehen können. Das beschauliche Gruppenporträt zerplatzte. Der Dominoeffekt eines gewaltigen Familienkrachs setzte ein. Gaby, die wusste, durch welches Deichland ich gewatet war, sprang als Erste auf, starr vor Wut.

»Du Volltrottel. Und dann auch noch so scheißweit weg von hier.«

Auch Tara sprang auf. Sie warf ihre Schulbücher von sich, trat auf den Rücken ihres Bruders und auch auf die Katze, die aufmaunzend davoneilte, dabei die Blumenvase auf dem niedrigen Couchtisch erwischte und umwarf. Sie zerbrach. Unter dem anderen nackten Fuß meiner Tochter wurde eine Teetasse zerstört. Ich hörte das dumpfe Krachen der Scherben, gedämpft von ihrer Ferse. Sie blutete, auch das noch. Zeternd stürzte sie sich auf mich.

»Wo ist er? Wo ist er?«

Geballte Fäuste schlugen zu, wo sie nur konnten, Bauch und Brust, Schulter und Kinn, Ohr und Wange, überall kassierte ich Schläge. Tara macht Judo. Sie weiß, wie man in nur einer halben

Sekunde einen Kampf plant, den Gegner taxiert, blitzschnell reagiert, antäuscht, um ihn dann aus unerwarteter Richtung anzugreifen. Doch jetzt drosch sie darauflos, als hätte sie auf der Straße boxen gelernt.

Ich fühlte nichts, sah nur ihr Gesicht, rot vor Wut und fleckig von den Tränen. Als ich den erhitzten Kopf mit beiden Händen festhalten wollte, machte sie mit dem Luftboxen und lautem Geschrei weiter und trat mir schließlich gegen beide Schienbeine.

»Scheißvater.«

Zwischen Schluchzern und Tränenrotz hindurch warf sie mir Sachen an den Kopf, die ich an ihrer Stelle auch gedacht hätte.

»Toby war mein Hund. Mein Hund! Mein Hund ist vielleicht tot. Überfahren. Totgebissen in den Wäldern, in die du unbedingt gehen musstest. Toby ist tot, verwundet oder stirbt gerade. Und du bist schuld!«

Mit dem Ärmel wischte sie sich die Tränen aus dem Gesicht.

»Scheißvater.«

Während dieses Blitzsturms hatte Leon den Raum verlassen und die Tür so heftig hinter sich zugeschlagen, dass ein Riss im brüchigen Holz erschien. Breit und sichtbar, von der Klinke bis zum Türpfosten. Aus seinem Zimmer wummerte Techno. In einer Lautstärke, die die dünne Haut auf meinen Wangen vibrieren ließ.

Tara vergrub sich unter Kissen. Sie hatte sich schluchzend auf ein Sofa geworfen. Neben ihren Füßen war gerade noch ausreichend Platz, um sich zu setzen. Von ihrer Ferse rann das Blut herunter, entlang eventueller Splitter. Aber das war jetzt nicht der richtige Moment für eine Pinzette und Desinfektionsmittel. Sie schrie nicht mehr, sie wimmerte. Sie war damals dabei gewesen, als wir mit dem kleinen, aber schon von Hautkrankheiten geplagten Toby beim Tierarzt waren.

»Ein wunderbarer, lieber Hund«, hatte die Tierärztin mit musterndem Blick gesagt, »aber in der freien Natur überlebt ein so schönes Tier nicht lange.«

Der wird vom ersten Windstoß gleich umgepustet, lautete die Botschaft. Passt also auf ihn auf.

Zum Glück entpuppte sich Toby als wesentlich robuster und war alles andere als ein zartes Geschöpf. Aber nicht in Taras Augen. Die Angst, dass sie den Hund verlieren könnte, schwang immer in ihrer Sorge um ihn mit. Ohne uns würde Toby es niemals schaffen. Also mussten wir immer bei ihm und er immer bei uns sein, hatte sie bereits als Sechsjährige verkündet. Diese schlichte, selbstkonstruierte Seelenruhe meiner Tochter hatte ich soeben zerstört.

»Ich hole mal ein Pflaster.«

»Verpiss dich.«

Gaby kam mit einem großen Glas Wasser aus der Küche. Wenn Blicke töten könnten. Als wäre das nicht schon genug, zeigte sie mir mit ihrer freien Hand den ausgestreckten Mittelfinger. Sie war selten derb, und wenn, dann eigentlich nur zu irgendwelchen bekloppten Autofahrern, die wild hupten und deswegen ihren Wagen fast zu Schrott fuhren, in dem ihre Familie saß. Ich hätte nicht erwartet, dass sie zu mir so grob werden könnte.

Gaby ließ sich auf der anderen Seite des Sofas nieder und legte sich den wimmernden Kopf ihrer Tochter in den Schoß. Sie strich Tara über das Haar mit schnellen mechanischen Bewegungen.

»Geht's, Liebes?«

»Aber, Mama, wo ist er jetzt bloß, was meinst du?«, jammerte Tara.

»Das fragen wir am besten deinen Vater«, antwortete Gaby höhnisch. »Der musste ja unbedingt den Hund am anderen Ende des Landes ausführen.«

Wieder dieser enttäuschte Blick von ihr, der pro forma um Erklärung bat, damit das Ausmaß meines Verbrechens noch weiter zunahm, da allmählich klar war, dass es keine Rettung gab.

Du Miststück, dachte ich. Ich war nahe daran, Gift und Galle zu spucken, doch ich verkniff es mir. Was sollte dieses heuchlerische Theater, das meine Frau hier aufführte? Schließlich war es ihr Plan gewesen, den Hund zu verkaufen. Und ich hatte das verhindert. Anstatt mir eine Arbeit zu suchen, war ich seit Judiths Auftauchen unentwegt damit beschäftigt, die Scherben zu beseitigen, die Gaby verursachte, indem sie den Störenfried Judith mit offenen Armen empfing.

Ich hatte zumindest eine Idee, wie ich den Hund wieder zurückbekommen würde. Gaby nicht. Wenn ich sie hätte machen lassen, wäre Toby für immer weg gewesen, für hunderttausend Euro, die aus der Geldwäsche der Familie Luzerne stammten. Deine Mutter hat den Hund an die Mafia verkauft – diese Wahrheit hätten mir die Kinder nie geglaubt.

»Es wird nach ihm gesucht, Liebes«, versuchte ich meiner Tochter weiszumachen. »Er verschwand auf einem Deich, und zwar ganz, ganz weit von einer befahrenen Straße entfernt. Ich habe sofort die Polizei benachrichtigt und auch die Tierambulanz und die Tierheime in der Umgebung.« Das Lügenmärchen wurde noch weiter ausgeschmückt: »Danach bin ich in der Nähe des Deichs von Haustür zu Haustür gegangen und habe die Bewohner gebeten, nach Toby zu suchen. Sie haben alle meine Telefonnummer.«

Gaby machte mir ein Zeichen, dass es jetzt genug wäre. Komm mal runter, Job. Wenn sie deine Telefonnummer haben, sich aber noch nicht gemeldet haben, dann ist der Hund noch immer spurlos verschwunden.

Glaubte sie mir eigentlich? Während ich da so neben Taras Füßen saß und den noch immer bebenden Körper meiner Frau sah, wurde mir erneut die bittere Seite dieser Rettungsaktion bewusst. Selbst wenn der Hund morgen zurückkäme oder heute Nacht oder sogar noch heute Abend, dann hätte ich meinen Kindern einen furchtbaren Tag beschert. Daran würden sie sich noch an ihrem achtzigsten Geburtstag erinnern. Ihre bis jetzt sorglose Jugend hatte plötzlich einen Riss bekommen.

Gaby glaubte mir. So schien es zumindest abends im Bett. Ich war vollkommen geschafft, als hätte ich den ganzen Tag Umzugskartons geschleppt. Die Fahrt und dann der Streit. Später musste ich unten alles wegräumen, meine Tochter vom Sofa schleppen und meinen Sohn so weit bringen, dass er die Musik ausmachte und wieder zu uns kam. Ich machte schnell eine Pizza aus dem Tiefkühlfach, die wir vollkommen betäubt vor dem Fernseher beim Geplärr irgendeiner dummen Quizsendung in uns hineinstopften. Alles schmeckte nach Pappe. Auch ich bekam kaum einen Bissen herunter, obwohl ich wusste, dass Toby sich in Sicherheit befand. Wir spülten die zähen Teigbrocken mit zwei Megaflaschen eisgekühlter Cola hinunter. Die frische, starke Kohlensäure schmerzte im Hals, genau das Richtige, genau das, was ich verdient hatte. Sogar nach einem Begräbnis kommt irgendwann eine lockere Stimmung auf, eine gewisse Entladung. Das Wiedersehen, aufgewärmte Erinnerungen, Energie für das letzte Ritual. Doch wir hockten nur niedergeschlagen herum und sagten kein Wort. Ich hatte den Bogen überspannt.

Um eine unangenehme Stille im Schlafzimmer zu vermeiden, schaltete ich auch dort den Fernseher ein. Dadurch bekam ich nicht die Geräusche mit, die meine Frau im angrenzenden Badezimmer machte, und bemerkte erst, wie es ihr ging, als sie vor mir stand. Zitternd, trotz Wollsocken und Flanellschlafanzug. Zitternd wie ein neugeborenes Lämmchen, das durch die Knie sackt. Sie weinte.

Ich streckte meinen Arm über die Kissen zu ihr aus, aber sie blieb stehen, wo sie stand.

»Weißt du noch, wie wir ihn in Limburg geholt haben? Er passte in deine Hand und pinkelte sie dir gleich voll.«

»Er kommt wieder.«

Sie sah mich an, als hätte ich den Verstand verloren. »Der Landschaftsarchitekt, ergibt sich da was für dich?«, schniefte sie. »Wird das was?«

Das Handy rettete mich vor einer Zusatzlüge. Der Ton, der eine neu eingetroffene Mitteilung verkündete, war speziell für Frits Alkema eingerichtet. Ohne Gaby zu antworten, griff ich nach dem Handy, das auf dem marokkanischen Lederpuff neben meinem Bett lag. Von denen gab es vier im Haus. Mitgebracht aus Marrakesch, wo ich für einen Unternehmer aus Rotterdam ein *Riad* vom Hotel zum Feriensitz umgebaut hatte. Vor zwei Jahren waren wir eingeladen worden und hatten dort Silvester verbracht. Ich war von Dingen umgeben, die an das luxuriöse Leben von damals erinnerten.

»Die Sache kommt ins Rollen«, schrieb Alkema in einer SMS.

Gaby war ins Bett geschlüpft und hatte das Licht an ihrer Seite gelöscht. Neben mir lag ein erkaltetes Nervenbündel, das sich schlafend stellte oder Abstand erzwingen wollte.

»Man könnte fast meinen, du hättest eine Geliebte«, murmelte sie.

3

Und wie die Sache ins Rollen kam. Am 3. Dezember wurde nicht der Bürgermeister Benno Braat, auch nicht der Beigeordnete Theo Daniëls, sondern dessen Bruder, Direktor von Casa, verhaftet. Das Thema beherrschte die Schlagzeilen in der Zeitung, mit weiteren Verweisen auf Artikel, Aussagen der Gemeinde, der Provinz und anderer Beteiligter, die ihre Überraschung und ihr Entsetzen zum Ausdruck brachten.

Der Verfasser der ersten Exklusivmeldung, die in den Nachrichten auftauchte, war nicht der Shootingstar Mohinder de Loo, sondern eine ehrliche Haut, die in der Redaktion bereits seit Jahren etwas blasse, bis ins letzte Detail dokumentierte Artikel im Politikteil schrieb.

Die Affäre Braat/Daniëls löste einigen Wirbel aus. In den Gazetten tauchten Privatfotos von Guus Daniëls auf, von Involvierten und den Betrieben, die entweder protegiert oder geschädigt wurden, eine Übersicht mit den Einkommens- und Schmiergeldern, eine exakte Zeittafel des Betrugablaufs, Schritt für Schritt über mehrere Jahre hinweg.

Ich hatte die Zeitung in der Küche auf der Anrichte ausgebreitet und las mit Genuss. Endlich. Ich hatte mich damals vor einem Jahr nicht getäuscht, sondern von dem Betrug nur die Spitze des Eisbergs entdeckt. Zweifelsohne würde der Journalist seine Nachforschungen weiter vorantreiben, bis er schließlich beim Beigeordneten und Bürgermeister angekommen wäre. Zwangsläufig.

Das kam jetzt genau richtig.

Milchiges Winterlicht breitete sich im Wintergarten aus. Es roch angenehm dort. Ich nahm den Duft von frischem Basilikum, aufgeschnittenen Apfelsinen, geröstetem Brot und Espresso wahr. Gerüche, die ich normalerweise nur beiläufig registrierte, verbreiteten sich jetzt als Aromen im Raum, die bessere Zeiten verhießen. Der Duft der Erleichterung.

Zum ersten Mal fing der Morgen nicht gleich beim Aufstehen mit dem Gedanken an meine Entlassung und die Arbeitslosigkeit an. Eine Hürde, die genommen werden musste, bevor der Tag überhaupt beginnen konnte. Dieser Gedanke trieb mich nicht mehr in die Schlaflosigkeit, auch nicht zu permanenten Grübeleien, Scham oder Rachsucht. Dennoch bekam ich immer kurz nach dem Aufstehen, Duschen und Anziehen, wenn ich unten im Haus war und der nichtsnutzige Tag mich wie ein Löwenmaul angähnte, das mich verschlingen wollte, dieses vollkommen verwirrte Gefühl. Jeden Tag aufs Neue. Als hätte ich zufällig einen Schrank im Flur geöffnet, und daraus würde sich der ganze Mist meines Abgangs bei der Gemeinde in der Form von schweren Gegenständen über mich ergießen. Ich musste dann mit mehr Kraft, als ich eigentlich hatte, versuchen, die Tür gegen diese tosende Lawine zuzudrücken.

Jetzt aber nicht. Der Triumph knisterte wie Wunderkerzen am Weihnachtsbaum um mich herum. Freudig rieb ich mir die Hände, als würde sich darin ein heilender Balsam befinden. Ich musste den Artikel noch mal und noch mal durchlesen.

Der Geschäftsführer der Wohnungsbaugesellschaft hatte Schmiergelder von zwei Architekturbüros angenommen und Freunden Vergünstigungen gewährt, die fette Gewinne für sein Beratungsunternehmen einfuhren. Zudem sollte er eine extrem hohe Summe im sechsstelligen Bereich in die politische Kampagne seines Bruders investiert haben. Das amüsierte mich noch am meisten. Eine Ziffer, die in keinerlei Verhältnis zum Resultat stand: schwache Werbeplakate für die Kommunalwahlen, auf denen Daniëls Rattengesicht zu sehen war, das nach Ansicht der Partei die Mitbürger stark ansprechen würde. Mit dem unbeholfenen Slogan »Solidarität für Wohlstand«.

In unserer Straße, genau gegenüber von unserem Haus, wurde damals ein Werbeplakat aufgehängt. Daniëls sah uns direkt ins Schlafzimmer.

»Ich stehe morgens mit Daniëls auf und gehe abends mit ihm schlafen«, beklagte sich Gaby und zog ein angewidertes Gesicht. Sie traute solchen Filous in der Kommunalpolitik nicht. Bei der Vertretung lokaler Interessen setzte sie auf den Typ Schafwollsocken oder »Mütterliche-Lesebrille-mit-grauem-Dutt-Politikerin«. Dem Rest ginge es nur um Eigeninteressen, meinte Gaby. Ihr Spitzname für Daniëls war Berlusfucki. Auf einer Gemeindefeier hatte er ihr in betrunkenem Zustand einen Handkuss aufgedrückt und dabei seine Zungenspitze mit rhythmischen Bewegungen gegen ihren Ehering zwischen Ring- und kleinen Finger gedrängt. Ich war nicht dabei gewesen. Nach ein paar Sekunden hatte Gaby die Gelegenheit beim Schopf ergriffen und ihm zwischen zwei Fingern die Nase gequetscht, fest, lange und schmerzhaft. Daniëls Kopf war dunkellila angelaufen, und keine Seele hatte etwas davon mitbekommen. Gaby erzählte es mir erst Monate danach, als ich schon nicht mehr Leiter des Stadtplanungsamtes war.

Das Plakat mit Daniëls hing dort wie eine Reklame für Ekelfleisch.

»Können wir es nicht einfach abnehmen?«

Doch das schien nicht nötig zu sein. Kurz darauf hatte jemand das Plakat mit einem dicken schwarzen Filzstift bearbeitet: »Solidarität mit Vorspiel.« Ich verdächtigte den gnadenlosen Leon für die Schmiererei und verspürte einen leichten väterlichen Stolz über das Copyrighttalent meines Sohnes. Schlechter Witz oder nicht, ich musste darüber lachen.

Maud störte sich an dem schlüpfrigen Witz, der ihre Straße beschmutzen würde. Doch sie hatte das Pech, sich vor meiner Tür darüber zu beschweren, als dort gerade ein Installateur damit beschäftigt war, den verdreckten Schlauch aufzurollen, mit dem er meinen überschwemmten Keller ausgepumpt hatte. Er fuhr ihr über den Mund.

»Aber hören Sie doch mal, so ein Scherz, so ein harmloser Witz, der ist doch noch viel zu gut für die da oben. Die hätten was ganz anderes verdient. Schauen Sie sich das doch mal an, wie das bei denen abläuft: gute Jobs in einem schönen Unternehmen, Geld in Hülle und Fülle, Luxus und Privilegien wie die Chefs bei der Gemeinde – ich weiß nicht, wie das bei Ihnen ist, aber mir wird nichts geschenkt. Die gehen mit unseren Steuergeldern um, als wäre das Spielgeld. Eine Reise nach Aruba und Curaçao, immer schön im Winter, ein bisschen Sonne tanken, ein Kongress in Amerika, hab ich letztens gehört, Stipendien für irgendeinen Stadtverordneten, der sowieso weggehen wollte, und, das hätte ich fast vergessen, eine sogenannte Städtepartnerschaft mit einem Dorf irgendwo am anderen Ende der Welt, natürlich mit schönen Stränden. Und dann ordentlich das Geld verschleudern, für angebliche Investitionen zum Wohle der Gemeinde. Als wären die im Rathaus alle Krösusse. Und wofür? Kaum sind die zurück von ihrer Vergnügungsreise, schon wird meine Grundsteuer erhöht. Na, das hätte ich mir auch daheim im Garten überlegen können. Ich mach mich im Januar auch wieder von allein an die Arbeit, auch ohne Neujahrsansprache auf einem Empfang von einem dieser Betrüger, der fünfzehntausend Euro Stundenlohn nimmt. Und zwar von meinem Geld, hören Sie, und von Ihrem.«

Danach warf der Installateur den Schlauch in den Lieferwagen. Brauner Schmutz tropfte aus der Öffnung, der auf seinen bereits stark verschmutzten Händen landete. Er wischte sie sich am Overall ab.

»Ein Schuss ›Abfluss frei‹ ab und zu und alles ist wieder schön sauber und rein. Viel sauberer als dieser Daniëls da.«

Prophetische Worte, doch wir hatten damals keine Ahnung

gehabt. Diese Tirade ohne Pause, ohne Gestotter, zielgerichtete Wut, die keine Widerworte duldete, das hätten wir dem Mann nicht zugetraut. Er machte sogar die Plaudertasche Maud sprachlos. Bei Tageslicht besehen, stimmte nahezu alles, was er gesagt hatte. Offensichtlich kannte er die Fakten. Maud seufzte, bevor sie mit einem Lächeln antwortete.

»So kann man es auch sehen.«

Wer konnte dem Installateur widersprechen? Der Zeitung entnahm ich, dass angeblich auch die Rede von Immobilien im Ausland war, die Guus Daniëls möglicherweise mit unrechtmäßigen Geldern gekauft hatte. Am Abend zuvor hatte es bei ihm sowie bei Brickland eine Hausdurchsuchung gegeben. Wenn alles stimmte, würde die Sache jetzt wie eine Lawine ins Rollen kommen.

Punkt neun Uhr klingelte das Telefon. Alkema.

»Gelesen?«

»Und ob!«

»Schade, dass sie das Chalet in Sankt Moritz in Beschlag genommen haben. Das hat nämlich einen Balkon, auf dem interessante Treffen stattgefunden haben. Dort wurden, na, wie soll ich es ausdrücken … regelmäßig Glücksspiele gespielt.«

»Glauben Sie etwa, dass Luzerne …«

Alkema unterbrach mich. »Ich glaube nichts. Ich weiß gewisse Dinge. Und wir beide gehen mal einen trinken. Eilt aber nicht.«

Danach legte er auf.

4

Das Nikolausfest wurde ein einziges Desaster. Die Vorfreude auf die Überraschungen, das liebevolle Verpacken der Geschenke, für die das Papier hoffentlich ausreichte – in diesem Jahr verzichteten wir darauf. Natürlich hatten die Kinder zu nichts Lust. Alle im Haus reagierten missmutig auf den vermissten Hund.

Da sich niemand wegen Toby meldete, weder ein Finder, die Polizei noch das Tierheim, spitzte sich die Lage allmählich zu. Bestimmt war Toby überfahren worden. Oder noch schlimmer. Taras Fantasie ging mit ihr durch. »Und was, wenn er entführt und ins Ausland verschleppt wurde? Oder wenn Junkies ihn für ein paar Euros verscherbelt haben? An so einen Typen, der die Hunde an kurzen Ketten fesselt und sie als Zuchtmaschine missbraucht? Das habe ich auf YouTube gesehen. Und wenn er Toby dann abknallt, weil er festgestellt hat, dass er kastriert ist. Oder an einen Chinesen verkauft, der ihn fesselt und ihm bei lebendigem Leibe das Fell rupft, so, wie sie das mit Angorakaninchen machen? Habe ich bei Twitter gesehen, das war so grausam, so furchtbar grausam, nicht mit anzusehen. Das blutende kahle Tier kommt dann wieder in den Stall, auch wenn es kalt ist, damit das Haar nachwächst.«

»Fell«, korrigierte ich sie.

»Du darfst da eigentlich gar nicht mitreden, Papa«, zeterte Tara gleich weiter, unterstützt vom zustimmenden Nicken ihres Bruders.

Leon schien nur Augen und Ohren zu haben, aber keinen

Mund. Sein Schweigen, die demonstrative Ablehnung all meiner Vorschläge, sogar meiner Präsenz, indem er mich im Haus anrempelte, als wäre ihm meine physische Anwesenheit egal, schmerzte sehr. Im Gegensatz zu seiner extrovertierten Schwester, die hysterisch den Ablauf der fürchterlichsten Szenarien entwarf, ging er auf Distanz. Er entfernte sich von mir, indem er mich seine Abweisung spüren ließ. Instinktiv wendete sich die nichtsahnende Familie von mir ab. Dem Übeltäter. Dem Verursacher von Tobys Verschwinden.

So frühstückten wir. So aßen wir zu Abend. Seit Tagen gab es Tränen zum Dessert. Ohne Ironie traktierte meine Tochter uns dann wieder mit ihren Horrorgeschichten und unwahrscheinlichen Szenarien bezüglich Tobys Schicksal. Mich schockierten ihre düsteren Fantasien, ein Weltbild, das von Unglücksbringern, gewissenslosen und gewalttätigen Menschen geprägt war, ohne jegliche Hoffnung oder auch nur den Schimmer eines Vertrauens darauf, dass es auf dieser Welt auch Menschen ohne böse Absichten gab. Hatte ich meine Kinder so sehr zum Misstrauen, zur Schwermütigkeit erzogen?

An diesen frostigen Tagen – draußen war es winterlich und der Himmel kalkbleich – verfolgte Gabi die Entwicklung mit einem großen Schweigen. Die Ellbogen auf den Tisch gestützt, rieb sie sich mit den Händen unentwegt über die Oberarme. Allerdings trug sie auch zarte, dünn wirkende Pullover aus leicht flauschigem Material.

»Mama, trägst du etwa Angora? Wie ekelhaft!«

Wieder einmal hatte Tara einen Beweis dafür gefunden, dass es auf dieser Welt wirklich und wahrhaftig keinen einzigen guten Menschen gab.

Noch zwei, vielleicht drei Tage, nahm ich mir vor. Dann würde ich den Hund wieder abholen. Vielleicht hatte ich mich geirrt. Ich hatte vorgehabt, Gaby damit zu quälen, sie sollte die Marter spüren, denn schließlich war sie es gewesen, die die furchtbaren Pläne ausgeheckt hatte und zur Besinnung gebracht werden musste. Meine Frau hatte jetzt mitansehen müssen, wie es den Kindern ohne Toby erging. Sie würde ihre Vereinbarungen mit Judith verfluchen und das Verschwinden des Hundes als Strafe für ihre habgierigen Verkaufspläne sehen. Das Leid der Kinder war ihre Buße.

Doch gerade bei Gaby verlief meine Strategie nicht wie geplant. Sie war täglich bei Judith, die ihr einen bezahlten Auftrag gegeben hatte: das neue Haus weihnachtlich zu schmücken. Sie durfte dabei ruhig schön dick, italienisch kitschig und katholisch üppig auftragen, hatte Judith gesagt. Damit war meine Frau eine Weile beschäftigt. Das Haus, in dem Judith alleine wohnte, hatte zehn Zimmer. Zehn Geisterkammern, in denen Gaby die Dekorateurin spielte und Girlanden und Lichterketten für ein Fest aufhängen durfte, das in diesem Haus sowieso niemand feiern würde. Ich konnte mir kein rechtes Bild davon machen, wie sich Gaby tatenlustig in Judiths Quartier an die Arbeit begeben würde. Ich hatte noch keinen Fuß in das Haus gesetzt. Sie erzählte mir, die Räume seien loftartig. Das frei stehende Haus am Ende des Viertels war luxuriös umgebaut worden. Von der Kunsthistorikerin Gaby wurde nun erwartet, dass sie sich als Innenarchitektin für den festlichen Monat im Hause Faber bewährte.

Diese Aufgabe nahm sie sehr ernst. Ich beobachtete eine Hingabe, für die ich mir eine bessere Bestimmung gewünscht hätte. Unser Esstisch war übersät mit Skizzen, Collagen, Mustern, Adressen und Telefonnummern von Einrichtungsläden und Großhändlern. Ich konnte nur hoffen, dass ihr eifriger Einsatz dazu diente, sie von den Gedanken an Toby abzulenken.

Auch ich hielt es ohne Hund nicht aus. Jetzt, da die regelmäßigen Spaziergänge wegfielen, merkte ich erst, wie trostlos und zäh so ein Tag ohne Hund war.

Freitag wäre ein guter Tag, um ihn wieder abzuholen, dann

könnten wir am nächsten Tag mit ihm zum Strand fahren. Freitag. Ich notierte mir das in meinen leeren Kalender, als ob ich das vergessen könnte. Freitagmorgen würde ich so tun, als hätte jemand angerufen. Toby wäre angeblich irgendwo aufgetaucht. Bis zur Heimkehr der Kinder aus der Schule wäre er wieder da. Beim Metzger würde ich ein halbes Rinderherz kaufen, und gemeinsam würden wir in der Küche zuschauen, wie er die Köstlichkeit verschlang.

Am Tag vor meiner Fahrt nach Limburg entfloh ich dem leeren Haus. Ich fuhr mit dem Zug nach Rotterdam, wo vor Kurzem ein beeindruckendes Gebäude eröffnet worden war. Eine wuchtige asymmetrische Kombination aus Blöcken und Türmen von einer unglaublich selbstgefälligen Hässlichkeit. Aber ich wollte mir die Wolkenkratzer einmal aus der Nähe anschauen und sie auch berühren. Ich, der Outsider. Nichts mehr selbst machen zu dürfen, nur noch Zuschauer sein. Beim Schaufensterbummel hatte ich das Gefühl, zu dieser Welt keinen Zutritt mehr zu haben. Vielleicht war ich nach Rotterdam gefahren, um meinen Ambitionen als Architekt, die inzwischen ziemlich verflacht waren, den Gnadenstoß zu versetzen. Um mich vor einer erbarmungslosen Fassade wie ein Nichts zu fühlen, nichtig im Schatten der gefeierten Großartigkeit.

»Du bist doch nicht ganz bei Trost«, kommentierte Gaby meine Exkursion.

Sie hatte recht.

Als der Zug an den raureifbedeckten Tulpenfeldern entlangfuhr, wurde mir bewusst, dass ich mich auf dem Weg zu meiner Bestrafung befand. Zu einer selbstauferlegten Sanktion für das, was ich angerichtet hatte, nicht nur mit dem Hund.

Am späten Nachmittag kehrte ich wieder nach Hause zurück. Alle Zimmer schienen hell erleuchtet zu sein. Mein erster Gedanke war: eine festliche Stimmung. Das Haus strahlte Freude aus. Als ich mein Fahrrad an die Garagentür lehnte, kam eine vollständig außer Kontrolle geratene Tara aus der Küche nach draußen. Sie sprang auf mich zu, wie sie es früher in ferner Vergangenheit getan hatte, wenn ich sie aus dem Kindergarten abholte. Damals war sie knapp einen Meter groß und klammerte sich an dem baumlangen Vater fest wie ein frisch geborenes Äffchen an einer Gorillabrust.

»Toby ist da, Toby ist da! Mama hat ihn abgeholt!«

Zum Glück stieß sie ihre lauten Jubelschreie über meine Schulter hinweg aus und konnte mein Gesicht nicht sehen. Wieso hat Mama ihn abgeholt? Gaby hatte alles entdeckt. Sofort überkam mich der panische Gedanke, was sie zudem noch alles wissen könnte. Doch ich musste jetzt Freude mimen. Und so zog die vergnügt hüpfende Tochter den bemüht lächelnden Vater mit den bleischweren Beinen ins Haus hinein.

In der Küche waren Gaby und Leon damit beschäftigt, den Hund mit frischer Wurst zu füttern. Toby sprang an mir hoch, wie er es immer machte, wenn er mich lange nicht gesehen hatte. Auf der Suche nach einer passenden Frage sah ich meine Frau verdattert an.

»Jaha«, rief sie zur Erklärung, »es hat sich jemand gemeldet.«

Erst im Schlafzimmer erfuhr ich die wahre Geschichte. Als ich nach oben kam, hatte Gaby meine Bettdecke und das Kissen mitten auf dem Bett zusammengelegt. Das Paket war fertig geschnürt fürs Gästezimmer. Gaby fauchte.

»Willst du immer noch so tun, als wären wir geschieden, oder willst du nicht lieber mal einen Arzt aufsuchen?«

»Gaby …«

»Nein, hör auf mit deinem ewigen Gaby. Vergiss es. Ich konnte das nicht mehr mitansehen, das Leid der Kinder. Ich dachte, der Hund wäre unters Auto gekommen oder ihn hätte tatsächlich jemand mitgenommen, gestohlen oder sonst was. Also habe ich den Züchter angerufen. Wollte mal nachhören, ob er vielleicht einen

Wurf erwartet. Dann hätte er mich gleich auf die Warteliste setzen können. Bis es dann mit dem Wurf so weit wäre, würden wir uns hier alle über einen neuen Hund freuen. So weit, so gut. Als ich die Züchterin anrief, machte sie mich zur Schnecke. ›Ah, endlich, ich kann ja verstehen, dass Sie Probleme mit Ihrem Mann haben, aber wir können den Hund über die Feiertage nicht hierbehalten. Zudem waren wir sowieso schon ziemlich voll, als Ihr Mann kam und mein Mann den Hund aufgenommen hat. Sie können ihn noch heute abholen!‹«

»Gaby …«

»Nein, Job. Jetzt rede ich, du hast genug Mist gebaut. Wieso? Wieso, um Himmels willen, blamierst du mich dermaßen?« Sie schrie. Die Kinder hatten ihre Zimmer zwar im Obergeschoss, doch die schrille Stimme ihrer Mutter würden sie dennoch hören.

»Wie kommst du dazu? Bist du jetzt vollkommen durchgedreht? Wieso steckst du den Hund in eine Pension und erzählst, wir würden uns scheiden lassen? Willst du das? War das dein Plan für die Feiertage?«

Schnell, bevor Gaby mit der Brüllerei fortfuhr, warf ich etwas ein. Wie ein Wettkampfschwimmer, der blitzschnell einatmet, bevor er wieder ins Wasser eintaucht.

»Ich habe das getan, weil du ihn Judith verkaufen wolltest.«

»Wie bitte?«

»Ich habe gedacht, du willst den Hund Judith verkaufen. So, wie du es mit ihr ausgemacht hast. Mal wieder für wahnsinnig viel Geld.«

»Du hast wirklich geglaubt, ich würde so etwas tun?«

Jetzt hatte sie mich erwischt. Jetzt wusste sie, dass ich ihre Mails gelesen hatte, sie kontrollierte. Blitzschnell fiel mir eine ausgezeichnete Erklärung für meinen Kenntnisstand ein. Am besten hetzte ich die beiden gegeneinander auf.

»Ich wusste nicht mehr, was ich von der Sache halten sollte. Ich habe es von Judith erfahren. Ich bin ihr auf der Straße begegnet, und sie hat sich bei mir dafür bedankt, dass ich zugestimmt habe. Ich hatte keine Ahnung, wovon sie sprach, bis sie mich darüber aufklärte, dass es um ein ›Leasing‹ von Toby ginge.«

Gaby schien sich zu beruhigen. »Nun ja, sie verbreitet gerne Sachen, die noch nicht in trockenen Tüchern sind. Sie übertreibt manchmal mit ihrer Hilfsbereitschaft. Aber natürlich hätte ich mich nicht darauf eingelassen, nicht einmal für eine Million.«

»Aber für zwei Millionen?«, versuchte ich es.

»Wieso willst du das wissen? Für die Güteraufteilung?« Sie fragte es mich kichernd. Es stimmte, ich hatte dem Pantoffelhelden in Limburg eine Scheidungsgeschichte aufgebunden. Jetzt wollte Gaby natürlich wissen, wie ich auf diese Idee gekommen war. Wieso ich mir nicht irgendeine andere Ausrede hatte einfallen lassen, die nicht unsere Ehe betraf.

»Sie hätten den Hund nicht aufgenommen. Deswegen bin ich dann zu moralischer Erpressung übergegangen und habe denen eine dramatische Geschichte verkauft.«

Es tat gut, endlich einmal eine Antwort zu geben, die nicht gelogen war.

5

Wahrscheinlich war es Eifersucht. Das schmerzhafte Verlangen, etwas besitzen zu wollen, das andere haben, man selbst aber nicht. Die Erkenntnis, dass diese Rollen auch umgedreht sein könnten. Der Geschädigte krümmt sich vor lauter Neid. Darin erkenne ich mich wieder. So sieht mein Spiegelbild aus, wenn ich an den Fenstern der Nachbarn vorbeigehe. Ein Mann, der scheu den Kopf abwendet, um nicht die harmonischen Bilder in den vollen Wohnzimmern sehen zu müssen.

In der Adventszeit überfiel mich immer der Neid. Normalerweise kannte ich dieses Gefühl nicht, aber um die Feiertage herum wurde ich davon erfasst wie von einer Wintergrippe. Ich wusste nicht, in welchem Tempo ich weitergehen und mit dem Hund an meiner Seite den Abendspaziergang fortsetzen sollte, wenn es im Wald sogar für einen Mann meiner Statur zu unwirtlich wurde.

Nein, dann lieber die Straßen. Kaum war man fünf Minuten von unserem Haus entfernt, landete man in einer Weihnachtsgalaxie aus herabrieselnden Schneeflocken, Sternschnuppen, sich verfärbenden Kometen in einem Netz aus Blinklichterschnüren.

Ganz anders als in unserer Nachbarschaft. Bei uns hatte man Geschmack. In unserem Viertel gab es keine verschnörkelten Schlitten oder lebensgroßen Elchherden, mit oder ohne flackernde Blinklichter. Dieser Kitsch hätte mir ja noch gefallen, da traute man sich wenigstens, jemandem ins Gesicht zu lachen und sich über sein kindliches Gemüt zu amüsieren. Aber so etwas sah man hier nur in den Hintergärten, am liebsten verstohlen in einer Ecke neben dem Fahrradschuppen aufgebaut, und dort auch nur, weil die Kinder es so schön fanden.

Alles, was von der Straße aus sichtbar war, hatte Stil. Auch die Kränze an den Eingangstüren und die überladenen deckenhohen Weihnachtsbäume, an denen jede Kugel stimmte. Werke von Frauen wie Gaby. Frauen mit zu viel Zeit und einem gewissen Geltungsdrang.

Eigentlich sollte man diesen Gestaltungseifer begrüßen. Doch dazu fühlte ich mich nicht in der Lage. Bereits seit Jahren beobachtete ich, wie in den Häusern am ersten Weihnachtstag lange Tische gedeckt wurden, an denen sich Großelternpaare mit ihren Kindern, den vielen Brüdern und Schwestern niederließen. Sie waren sich der Existenz der anderen gewiss, den Onkeln und Tanten, Cousinenscharen, Kindern, die regelmäßig zum Übernachten dablieben, Kindern, die die Ferien und Geburtstage bereicherten. Das schmerzte.

In unserer Familie waren alle bis auf eine verschwundene Mutter gestorben, der Rest war nie geboren worden. Besonders am ersten Weihnachtstag wirkte der Tisch immer verwaist, weil die Freunde alle ihre eigenen Familienverpflichtungen hatten. Deshalb beschlossen Gaby und ich irgendwann, als wir noch ein Luxusleben führten, zukünftig Weihnachten am Meer bei mindestens dreißig Grad Hitze zu verbringen. Die Ersatzwärme für die fehlende Großfamilie bekam uns ausgezeichnet. Für die Kinder war es ganz normal, dass Kokosnüsse, Palmen und Litschifrüchte auch wunderbarer Weihnachtsschmuck sein können. Der Trost der Tropen.

Seitdem wir pleite waren, schien sogar mein Wunsch nach einer großen Weihnachtstafel ein unerreichbarer Luxus geworden zu sein. Ich stellte mir meine Freunde bei mir zu Hause um den festlichen Tisch versammelt vor. Maud war Witwe und hatte keinen neuen Partner, Alexander konnte unmöglich den ganzen

Abend lang im Sterbegeruch seiner Eltern den Weihnachtsbaum anstarren, den nur er als solchen erkannte. Der Notar schied auch aus. Er ging auf Abstand. Er hatte zugestimmt, sich an den strafrechtlichen Ermittlungen wegen eventuellen notariellen Betrugs von Daniëls Bruder zu beteiligen, und wusste, dass auch ich von der Sache betroffen war. Weihnachten verbrachte er zudem mit seiner algerischen Geliebten in Paris. Die Kieferorthopäden weilten in Thailand. Aber Rina und Doris, die sich schon immer gerne von Konventionen und Familienverpflichtungen losgemacht hatten, würden bestimmt auch zu uns stoßen. Fragte sich nur, wie man Judith von der Runde fernhielt.

Doch sie war die bessere Schachspielerin von uns beiden und kam mir auch diesmal wieder zuvor. Kurz vor dem samstäglichen Abendessen tauchte sie wie eine Freundin des Hauses an der Küchentür zum Garten mit einem Weihnachtsgesteck, einem Briefumschlag und der Beteuerung auf, sie würde nicht lange stören. Gaby und ich waren gerade am Kochen und öffneten ihr die Tür. Judith schlug den Wein aus, machte Gaby aber ein Kompliment für den köstlichen Duft, der aus dem Topf aufstieg, in dem Gaby mit einem Holzlöffel rührte. Eine Nudelsauce aus frischen, getrockneten und kandierten Tomaten mit viel Knoblauch, roten Zwiebeln und Thymian. Die unübertroffen gute *Sofrito* meiner Frau.

Meine ehemalige Geliebte probierte von dem Löffel mit der Sauce, den meine Frau ihr an den Mund hielt, kleckerte etwas auf ihr Kinn, wischte sich die Tropfen mit ihrem langen Zeigefinger weg, um ihn sich dann in den Mund zu stecken und abzulecken. Mehrmals hintereinander, bis der Finger längst gesäubert, ihre Mission aber noch nicht beendet war: mich an das umfangreiche Repertoire ihres Mundes zu erinnern, mit dem ich bis ins kleinste Detail vertraut war. Gaby stand währenddessen mit dem Rücken zu uns und rührte in der Sauce. Ich ließ den Blick nicht von dem sich schnell bewegenden Zeigefinger ab und fragte mich, wieso ich das eigentlich tat, anstatt mich zu entschuldigen und die Küche zu verlassen.

»So gut wie du kann ich nicht kochen«, gurrte Judith. »Aber ich möchte gerne einen Versuch wagen. Ihr kommt Weihnachten zum Essen zu mir, mit den Kindern. Ihr habt eine verdammt harte Zeit hinter euch«, dabei zwinkerte sie mir zu, »da kann ich das wenigstens übernehmen, denn sonst würdest du doch an einem solchen Tag kochen, Gaby – oder nicht?«

Bevor ich etwas einwenden konnte, nahm meine Frau die Einladung dankend an.

»Ach ja«, sagte Judith an der Tür, »im Umschlag ist ein kleines Weihnachtsgeschenk für die Kinder. Wartet nicht bis Weihnachten, öffnet es lieber gleich.«

Und weg war sie.

Im dem Umschlag befanden sich vier Flugtickets nach Genf, auf unsere Namen ausgestellt. Hin- und Rückreisedatum waren bereits festgelegt: vom 27. Dezember bis 2. Januar. Auf einem beigelegten Notizzettel hatte Judith geschrieben, dass sie uns begleiten und dafür sorgen würde, dass wir fantastische Skiferien hätten. Fehlgeschlagen. Gaby und ich waren keine Skifahrer, Wintersport konnte uns gestohlen bleiben. Im Winter watete ich lieber durch eine türkisblaue Lagune als durch Tiefschnee.

Doch der Blick auf den Hotelprospekt, den Judith »zur Vorfreude« beigelegt hatte, war vielversprechend. Ich sah ein riesiges hellblaues Schwimmbad mit einer breiten Glasfront und Sicht auf die nahe Bergkette. Drinnen die Glut von warmem Wasser und Kaminfeuer, draußen das reinigende Mondlicht. Wie unwirklich und abgehoben dieses Foto wirkte: die Sicht aus einem Raumschiff, das auf einem gefrorenen Planeten gelandet war.

Hotel Annapurna hatte fünf Sterne, und die bedeuteten in Courchevel 1850 etwas ganz anderes als in Antalya. Ich hatte noch nie etwas von diesem Skiort gehört. Die Kinder aber schon, sie rissen mir den Prospekt aus den Händen und veranstalteten in der Küche einen Freudentanz.

»Ist das ein bekannter Skiort?«, fragte Gaby nichtsahnend.

Die Kinder kamen wieder zu sich.

»Klaro«, sagte Tara. Dieses grässliche Modewort sei zwar schon längst wieder out, hatte sie uns kürzlich noch aufgeklärt, doch bei uns verwendete sie es noch immer, wahrscheinlich, um unser Alter damit zu unterstreichen.

»Kein bekannter Skiort.«

Leon nahm mit verdrehenden Augen die Aufklärungsarbeit auf sich. »Nur das Resort für Milliardäre schlechthin.«

Sieh an, die Millionäre hatte er gleich übersprungen.

»Woher wisst ihr das, um Himmels willen?«, fragte ich nach. Ich hatte meinen Kindern einiges von der Welt gezeigt, doch ganz gewiss nicht in dieser Luxuskategorie.

Sie sahen sich an und prusteten los.

»Heutzutage wissen Kinder solche Dinge«, sagte Tara.

»Wenn sie mit Kindern in eine Klasse gehen, die am Wochenende dorthin fahren«, sagte Leon.

6

An dem Abend, als wir zu Judith zum Essen gingen, wusste ich bereits, dass ich nicht nach Courchevel mitkommen würde. Allein schon wegen des Schwimmbads, das mich an die dampfende Blue Lagoon in Island erinnerte und meine nackte Unterwasserakrobatik mit der Frau, die damals noch Gretta hieß.

Sie hatte das Hotel bewusst danach ausgewählt.

Dass ich nun mit meiner Verflossenen und meiner ganzen Familie Haut an Haut in luxuriösen Bädern und Whirlpools plantschen sollte, war undenkbar. Sieben Tage gemeinsam essen (oder vor ihr fliehen), sieben Tage die Apartments der anderen einfach betreten, sich auf ungemachte Betten niederlassen, um gemeinschaftlich den Tagesablauf in der atemberaubenden Umgebung zu planen. Nicht mit mir! Sieben Tage gemeinsam durch den idyllischen Schnee spazieren, Fahrten zu benachbarten Resorts mit Shoppingtouren zu den unbezahlbaren Designershops unternehmen, die mit ihren Läden sogar bis auf die Gipfel vorgedrungen waren. Geschäfte, in denen Judith ein und aus ging, als würde sie sich schnell ein Paar Socken im Kaufhaus besorgen. Ich kannte ihre Reiseangewohnheiten, ihre Gier, möglichst viel an nur einem Tag zu erleben, und wollte das nicht noch einmal mitmachen müssen. Besonders nicht, wenn meine Frau immer dabei sein würde. Außer auf der Piste, dort würde Judith meine Kinder, die gerade mal die Abfahrt in der Kunstschneehalle gelernt hatten, ordentlich antreiben. Für mich war sie wie die Anführerin einer Gruppe von Wölflingen, der ich nicht traute, für die Zwillinge hingegen war sie eine nachgiebige und großzügige Mary Poppins, jemand, der in ihrem Leben aufgetaucht war, damit es schöner und abenteuerlich würde.

Und da war noch etwas: Seit unserer Begegnung in Bukarest, als wir einen Espresso in einer Jugendstilpassage getrunken hatten und mir bewusst geworden war, dass ich zum ersten Mal meine Familie auf der Reise nicht vermisste, war es mir geglückt, diese beiden Welten voneinander zu trennen. Auch in meinen Gedanken. Ganz egal, wo ich mit meiner Geliebten gewesen war, nie tauchte auch nur der Schatten meiner Frau in der Nähe des zerwühlten Hotelbetts auf, als ob auch sie aus dem Bett hätte steigen können. Nie spürte ich ihre Berührungen oder die der Kinder während eines Spaziergangs durch eine weit entfernte Stadt, in der sie mir durchaus vorstellbar Gesellschaft hätten leisten können.

Es existierte eine Topografie meines Fremdgehens, die inzwischen eine überholte Karte der erloschenen Lust geworden war. In ihr tauchten die Namen Gaby, Tara und Leon nicht auf. Das sollte so bleiben, aber eine gemeinsame Reise nach Frankreich würde das zerstören.

Doch ich hatte nicht vor, die Vorfreude zu verderben, also hielt ich den Mund. Die Zwillinge freuten sich darauf, Gaby auch, und ich setzte auf ihre Umsicht, dass sie eingreifen würde, sobald ihr in den Alpen etwas nicht passte. Gaby war zwar stark von Judith in den Bann gezogen, doch ich hörte bei allem, was sie sagte, noch den notwendigen nüchternen Unterton heraus, die rationale Isolierungsschicht. Hinzu kam ihr Mutterinstinkt, der immer hellwach war.

Sollte etwas sein, würde ich mich sofort ins nächste Flugzeug setzen. Am Morgen unseres Aufbruchs würde ich eine plötzliche Erkrankung vortäuschen, die es mir unmöglich machte, sie zu begleiten. Kopfschmerzen, Übelkeit und Magenschmerzen, Fieber und Brechreiz. Am besten würde ich bereits am Vorabend damit anfangen. Eine Handvoll Tabletten schlucken und dann würde es in der Nacht passieren, ich wäre so krank, dass ich nicht mitfahren könnte. Drei Tage zuvor würde ich mich nicht mehr rasieren und mir auch nicht mehr die Haare waschen. Ein knittriges, sogar elendes Aussehen konnte ich mir in meinem Alter schnell zulegen. In diesem ramponierten Zustand würde ich auf den Beinen wankend meinen Lieben solidarisch nachwinken, wenn sie in den X5 meiner Frau stiegen, um nach Schiphol zum Flughafen zu fahren. Macht euch keine Sorgen, viel Vergnügen. Gute Fahrt und bis nächste Woche.

Punkt sieben Uhr klingelten wir bei Judith zum Weihnachtsessen an. Ich war voller Widerwillen, doch ich spielte das Spiel mit, um keinen Argwohn zu erwecken. Allein schon im Weihnachtsschmuck des Vorgartens, der durch altmodische hohe Rhododendren kaum einsehbar war, erkannte ich gleich Gabys gestalterische Handschrift. Nichts Behagliches, nichts Warmes, sie hatte für die komplette Weihnachtsdekoration klares Weiß, mattes Silber und Glitzertaupe gewählt. Taupe, die Farbe toter Leber. Auch die verwendeten Formen hatten nichts Heimeliges. In einer riesigen Girlande rund um die doppelflügelige Haustür, die abgesehen von ein paar Lichtern der einzige Schmuck im Vorgarten war, entdeckte ich Palmblätter, harte Gräser, Fettpflanzen, muschelförmige Blumen und bizarre Früchte. Eine Vegetation, die mich eher an die Tropen und den Dschungel erinnerte, die ich so sehr liebte, als an italienisch bäurische Weihnachtsüppigkeit. Wenn Gaby mir damit etwas sagen wollte, dann war ich zufrieden mit ihrem Wink.

Judith öffnete die Tür, sie trug ein kurzes Wollkleid mit langen Ärmeln, zartes beiges Strickmaterial, in dem Goldpailletten aufblitzten. Ihre nackten, gleichmäßig gebräunten Beine steckten in halbhohen Stiefeln aus weichem Leder, die mit kleinen Kristallen übersät waren. Ordinär, auch wenn es an ihr nicht ordinär wirkte.

Selbst wenn man sie in ein Tigermuster aus Polyester gesteckt hätte, Lack und Leder, ihr stand so etwas. Sie trug es majestätisch oder mit der Geschmeidigkeit des Tiers, zu dem das Fellmuster gehörte, selbstverständlich wie eine zweite Haut.

»Wow, echt coole, superchillige Stiefel!«, rief Tara, noch bevor wir uns begrüßt hatten.

Judith reagierte wie auf Knopfdruck.

»Möchtest du sie haben? Sie sind neu, ich habe sie heute das erste Mal an, nur eine Viertelstunde getragen. Nimm!«

Sie zog die Monster aus und drückte sie meiner Tochter in die Hände. »Sie werden dir wunderbar stehen. Ich hole dir gleich eine Tüte.«

Genau so hatte Judith sich das wahrscheinlich ausgemalt. Dass sie den ganzen Abend barfuß herumlaufen könnte, so, wie ich sie kannte, die Zehen unentwegt in Bewegung, von denen ich ebenfalls jeden einzelnen kannte. Doch ich hatte mich geirrt, sie wollte nicht provozieren. Sie bremste ihre übliche Keckheit, hielt den imposanten Körper im Zaum, der sich sonst so gerne zeigte und die bewundernden Blicke genoss. Sie begrüßte uns, als würden wir täglich bei ihr ein und aus gehen. Wie alte Bekannte, denen sie nichts vorzumachen brauchte und die immer ihre ganze Aufmerksamkeit erhielten.

Sie ließ mich in Ruhe.

In ihrem loftähnlichen, nahezu leeren Erdgeschoss ließen wir uns sogleich am Tisch nieder. Sie hatte nicht selbst gekocht. Die vier Gänge kamen aus dem Restaurant Bosch, dem einzigen bemerkenswerten Restaurant in der Gegend. Die Köchin hatte in Amsterdam in einem Gourmetrestaurant gearbeitet, bevor sie dann hier ein Restaurant eröffnete und Tagesmenüs für betuchte Familien kochte, und zwar beeindruckend und mit Raffinesse. Das Restaurant war, das musste sogar die begabte Köchin Gaby zugeben, ausgesprochen ansprechend.

Bei Bosch fand an diesem Abend der Weihnachtsumtrunk des

Bürgerkomitees statt, hatte ich im Käseblättchen gelesen. Alle Bewohner des Viertels waren dazu eingeladen. Mir bereitete es ein heimliches Vergnügen, solche Veranstaltungen nicht zu besuchen. Ich hockte lieber in der Höhle der Löwin als zwischen der Nachbarschaft, die sich alle selbst dazu beglückwünschten, dass sie trotz ihres stressigen Jobs und der Familie noch Zeit hatten, »etwas fürs Viertel« zu tun. Wenn ich solche Dinge laut dachte, sagte meine Frau immer, ich sei sowieso schon immer ein Gesellschaftsmuffel gewesen, und das würde mit den Jahren nur noch schlimmer. Doch sie mied ebenfalls solche Veranstaltungen, auf denen sie dann mit den Sozialkontrollettis aus der Gemeinde hätte anstoßen können.

Das Essen, das Judith nur aufwärmen musste, war nichts Besonderes, schmeckte aber wie zu erwarten gut. Gaby entspannte sich. Ich hatte mir vorgenommen, möglichst wenig zu reden und mich nicht auf Provokationen einzulassen. Doch die blieben aus. Stattdessen mussten wir uns erneut Judiths Angebergeschichten von ihren supertollen Reisen als Fotomodell und ihrer Zeit als Pariserin und New Yorkerin anhören. Die Zwillinge hingen ihr gebannt und vollkommen unkritisch an den Lippen, als hätten sie auch ihren Grips in die Weihnachtsferien geschickt. Nochmals: Meine Kinder sind nicht unbeleckt, und ich kann ruhig von ihnen behaupten, dass sie die Welt kennen. Ihren fünften Geburtstag haben wir in Florida gefeiert, ihren zehnten in Sydney. Und dennoch waren sie ganz berauscht von Judiths Silikonglitzerwelt, die sie ihnen verkaufte, als wären die Zwillinge zwei Landeier, die zum ersten Mal mit dem Bus in die große Stadt fahren durften, um dort ein Popidol aus der Region live zu erleben. Bei Judith buckelten sie und verhielten sich unterwürfig. Mich machte das aggressiv.

Wie war das nur möglich, dass Tara und Leon, Gymnasialschüler, die nur gute Noten nach Hause brachten und die vor lauter Bildungsdurst fast umkamen, Judith nie nach einem Beweisstück ihrer Karriere als Model gefragt hatten? Fotos, Dias, Belege sogenannter Catwalkauftritte, in Schutzhüllen aufbewahrte Coverseiten?

Vielleicht hatte ich das nicht mitbekommen. Judith könnte auch behaupten, dass sie keine Dokumente aus ihrer Vergangenheit mit sich herumschleppen wollte, dass es zu der Zeit, als sie als Model arbeitete, noch kein Internet gegeben hatte. Schließlich war sie bereits vor vielen Jahren aus der Branche ausgestiegen und in die Geschäftswelt eingetreten, so stand es zumindest in ihrem Haarlemer Drehbuch. Meine Kinder hatten ihren Namen offenbar noch nie gegoogelt. Sie glaubten ihr blind.

Als der Abend sich dem Ende zuneigte, war ich fast schon unangenehm berührt von der behaglichen Gemütlichkeit unseres Zusammenseins. Ich hatte mit permanenten Spannungen gerechnet, war auf der Lauer gewesen und hatte mich auf einen Krach eingestellt. Doch nach dem dritten Gang schien Judith unruhig zu werden. Als wollte sie die Abendveranstaltung beenden und uns möglichst schnell wieder aus dem Haus haben. Falls das der Fall sein sollte, wenn sie ihr Ziel erreicht hatte und sie die Spielchen mit meiner Familie allmählich langweilten, dann wären wir sie sehr bald los. Es war Gaby, die für den Abend noch eine Überraschung parat hatte.

Während Judith in der Küche eine beeindruckende Espressomaschine rattern ließ, holte Gaby im Flur ihr Geschenk. Das zartorangefarbene Päckchen mit der Goldschleife stellte sie in die Mitte des Tischs ab, damit Judith es auspacken konnte. Zum Vorschein kam ein *Christmas Pudding*.

»Mindestens acht Wochen gelagert«, sagte Gaby, stolz und voller Vorfreude.

Doch Judith erstarrte. Ich auch. Der Pudding war mit einer dicken Schicht Marzipan bedeckt, die eine Schneefläche darstellen sollte. In den Kochbüchern, die Gaby während der Adventszeit zurate gezogen hatte, hatte ich Variationen dieser weißen Wölbungen gesehen, verziert mit farbigem Marzipan und weihnachtlichen

Glitzerperlen, die winterlich ausschauen sollten. Sterne, Tannen, Kometen, Schneeflocken und Christrosen. Doch auf Gabys Pudding prunkte etwas Sommerliches, das recht groß ausgefallen war und Blätter hatte, die über die runden Seiten hinabhingen: ein großes, fettes Glückskleeblatt.

»Ich hätte auch Stechpalmenblätter machen können«, sagte Gaby beiläufig, »doch als ich das Marzipan grün gefärbt hatte und es formen wollte, da kam ich auf die Idee, dass wir im neuen Jahr alle ein wenig Glück gebrauchen können. Stimmt's?«

7

Kurz nach elf, ich hatte mich schon fast ausgezogen, da kam Tara in unser Schlafzimmer hereingestürmt. »Ich habe mein iPhone bei Judith liegen gelassen.«

Gaby lag bereits im Bett.

»Das ist dann Pech, Liebes, du bekommst es morgen wieder«, sagte ich.

Doch meine Tochter ließ nicht so schnell locker. Gleich kam sie mit tausend dringenden Gründen, wieso sie ihr Handy unbedingt sofort zurückhaben musste.

»Ich hasse euch«, sagte sie mit einem Lächeln, als sie merkte, dass sie uns nicht rumkriegen würde.

Ihre Mutter guckte amüsiert.

Gerade wollte ich aus meiner Hose steigen, als mir einfiel, dass sich auf Taras iPhone Chats und SMS mit vielen Privatinformationen befanden, die Judith vielleicht besser nicht erfuhr. PIN-Codes verschiedener EC- und Kreditkarten zum Beispiel, die ich meiner Tochter ab und zu mitgegeben hatte. Die Telefonnummern und Mailadressen von ihrem gesamten Freundeskreis, ebenfalls nicht uninteressant für die manipulative Judith. Und wenn ich mich nicht täuschte, auch lange Chats zwischen Mutter und Tochter. Ein Smartphone war heutzutage viel mehr als nur ein Kommunikationsmittel, es diente zugleich als Schatztruhe, in der man Korrespondenz aufbewahrte, eine Sammelstelle für Geheimnisse und Intimitäten, die Fremde nichts angingen. Die Vorstellung, dass Judith nackt im Bett lag und mit Vergnügen Taras unschuldige

Abenteuer las, bewegte mich dazu, noch einmal in die Eiseskälte hinauszuziehen.

»Ich geh schon.«

An der Hecke vor Judiths Haus fiel mir ein, dass mein Besuch zu dieser späten Stunde bei ihr Erwartungen wecken könnte. Es war fast Mitternacht. Ich blieb an der Straßenecke zur Eingangstür stehen und spähte durch die Zweige der Hecke zum Haus, um zu schauen, ob sie noch im Wohnzimmer war. Das Haus war hell erleuchtet. Viel heller als bei unserem Weihnachtsessen vorhin, als nur die Lichter der vier Weihnachtsbäume im Haus leuchteten und wir im Schein der Kerzen kaum erkennen konnten, was wir auf den Tellern hatten.

Doch jetzt brannten Lampen. Zwischen der offenen Küche und dem Wohnzimmer befand sich eine Bar. Keine zehn Meter von mir entfernt konnte ich Judith sehen, die mit einem Cocktailshaker hantierte. Um sie herum schwirrten zwei große Männer mit eng anliegender Kleidung und dichtem glattem Haar, das lang genug war, um es sich in einer dicken Welle hinters Ohr zu kämmen.

Das konnte doch nicht wahr sein. Der Blonde, der Schöne, war eindeutig Tom Andriessen, Gemeindevorsteher. Gerade mal vierzig Jahre alt und bereits Vater von vier Kindern, von denen erst eines in die Grundschule ging. Der Braunhaarige, ein eher grobschlächtiger Typ, war der Schatzmeister Hajo Lefebre, zuständig für die Organisation von Kinderfesten, eine Tätigkeit, in der er vollkommen aufging. Sein ältester Sohn ging mit Leon in eine Klasse. Die Männer waren offenbar schon länger im Haus, denn in den Händen hielten sie halb geleerte Gläser, die Judith girrend nachfüllte und dabei den Kopf in den Nacken warf und ihr Haar ausschüttelte.

Alles klar, die beiden Herren kamen vom Umtrunk. Das war naheliegend. Es überraschte mich auch keineswegs, dass ich sofort erkannte, was sich hier abspielte. Wie konnte ich nur so dumm sein, in der Judith aus Haarlem nur eine Gefahr für meine Ehe zu befürchten. Wie konnte ich ihren Appetit auf Sex vergessen oder glauben, er wäre noch immer auf mich gerichtet, exklusiv. Judith war vergnügungssüchtig, und das Viertel, in dem wir hier wohnten, bot ihr die ideale Beute. Überall Männer, die zwar nicht so viel Geld wie sie hatten und auch nicht ihr Auftreten besaßen, die aber dennoch heller im Kopf, gebildeter und weltgewandter als die Kerle waren, die sie in den Lokalen in der Stadt hätte kriegen können.

Inzwischen saß Judith auf der Bar und umklemmte Andriessen fest mit den Beinen. Lefebre sah ziemlich mitgenommen aus. Sein Gesicht war lila angelaufen, und er hing lallend über einem Teil der Bar, weit von Judith und Tom entfernt, die ihn amüsiert von ihrer Ecke aus betrachteten. Sie sagten etwas, das ich allerdings nicht hören konnte. Er war dermaßen betrunken, dass er wahrscheinlich nicht mitbekam, dass sein Freund sein Glas weggestellt und beide Hände unter Judiths Kleid geschoben hatte. Sie streckte den Rücken und hielt sich mit beiden Händen am Rand der Bar fest, schloss die Augen und biss sich auf die Lippen. Alles mit dem Rücken zu dem Saufbold und mit dem Gesicht zu dem Fenster, durch das ich, der frischgebackene Voyeur, hineinschaute.

Plötzlich wurde es Lefebre übel. Eine Hand vorm Mund, die andere mit dem Gürtel beschäftigt, stolperte er, so schnell er konnte, außer Sicht und wahrscheinlich auch aus dem Zimmer. Andriessen und Judith waren alleine in der Küche. Der Vater mit der jungen Familie machte sich gewandt an die Arbeit. Was er tat, hatte eine Wirkung. Judith hob ihren Unterleib von der Bar an und bewegte ihn auf und ab, als wäre sie eine Reiterin beim Trab. Tom rollte ihr Kleid weiter hoch bis zum Bauch, und ich sah, was ich schon hätte wissen können: Sie trug keinen Slip.

Es war die Vertrautheit dieser Handlungen, die dafür sorgte, dass ich wie angewurzelt stehen blieb. Als würde ich mich dort sehen, damals, als mir das, was ich jetzt sah, vor Wonne fast den Atem genommen hätte und was mir heute Angst einjagte. Judith drückte ihren nackten Hintern fest auf die Marmorbar und ließ die Beine hängen. Ich kannte diese Haltung, die Wartehaltung der selbstsicheren Judith. Sie kleidete keine Männer aus, sie bot etwas an und lud ein.

Auch Andriessen schien das zu wissen. Während Judith mit baumelnden Beinen wartete, öffnete er seine Hose und platzierte seine Handinnenflächen auf beide Hüften, damit er sich die Hose abstreifen konnte.

Andriessen machte alles mit Bedacht. Aus der Tasche seiner engen Hose, die er ordentlich über einen Barhocker gelegt hatte, holte er ein Kondompäckchen heraus und zupfte daraus hervor, was er benötigte. Mit den Finger rollte er routiniert das Kondom auf.

Natürlich schaute ich weiter zu. Was sich in Judiths Küche abspielte, das war kein amateurhaftes Sexvideo mit miserablem Timing. Die beiden beherrschten einen Rhythmus, als würde ein unsichtbarer Regisseur ihnen unentwegt zuflüstern, wie sie in der Performance ein erhöhtes Tempo hielten. Es war fesselnd. Es war imponierend. Die auffällige Professionalität, mit der die beiden, ohne sich zu küssen, ohne sich Zuneigung zu zeigen, Vorbereitungen getroffen hatten, damit sie befriedigt wurden. Zwei perfekte Körper arbeiteten rhythmisch an der Steigerung eines sichtlich geteilten Genusses.

Aber da war noch etwas. Meine Neugierde war stärker als meine Scham. Judiths sterile Vorgehensweise, so ganz auf sich selbst fixiert, kannte ich nicht an ihr. Es schmeichelte meiner Eitelkeit, dass sie mit mir anders gewesen war. Würde sie auch bei diesem Akt richtig mitmachen? Mit derselben, auf den Mann ausgerichteten, drängenden Intensität, der fordernden Hingabe, die sie sogar dann, als eine andere Frau bei uns gewesen war, beibehalten hatte? Das musste ich sehen.

Wäre ihr breites Küchenfenster eine Leinwand, dann bestimmt nicht so eine wie in den muffigen Kinos, sondern wie im Kontrollraum des Sicherheitsdienstes. Eine riesige Wand, auf der durchgängig Daten und Bilder erscheinen. Ich stellte mir vor, dass ich darauf Codes knacken könnte und Informationen darüber erhalten würde, wie gefährdet wir, die van Emmeriks, eigentlich in der Nähe dieser Frau waren. War sie bereits in jemand anderen verliebt; hatte sie mit mir abgeschlossen, war ich sie los?

Fickte sie ihn mit derselben Lust, um ihn von Frau und Kindern wegzuzerren?

Andriessen hatte ihr das Kleid ausgezogen, und nun lag Judith lang ausgestreckt auf der Bar und bebte, während der Gemeindevorsteher schlürfte und schleckte wie ein neugeborenes Kalb. Seine Hände mit den rot angelaufenen Knöcheln bewegten sich krampfhaft auf ihren Brüsten und umkrallten sie wie ein Raubvogel. Zwischen seinen weißen Fingern tauchten ihre großen, dunkelroten Brustwarzen auf, hart und prall, in Erwartung der Männerzunge, die noch woanders beschäftigt war.

»Was zum Teufel!«, sagte jemand neben mir.

Ich versank im Boden, noch bevor ich überhaupt wusste, wer da stand. Und ich versank noch tiefer, als ich meine Mitspäherin erkannte. Rina Vermunt. Sie keuchte. Und sie trug einen Jogginganzug. Ob das eine etwas mit dem anderen zu tun hatte, wusste ich nicht.

»Wer ist das?« Sie beugte sich vor und steckte ihren langen Hals zwischen die Rhododendronzweige, was ich die ganze Zeit über vermieden hatte, damit ich unentdeckt weiterspannen konnte. Schließlich standen wir hier für alle sichtbar im Schein der Straßenlaterne.

»Pfui Teufel! Andriessen, dieser Leptosom. Ich dachte, er wäre hinter Laura vom Lokalblatt her. Besser gesagt, ich weiß das. Ich hab sie knutschend im Wald gesehen. Aber sieh dir das mal an. Ein Raubtier. Hätte ich nicht von ihm gedacht.« Und dann mit verstohlener Freude, weil sie mich erwischt hatte: »Was machst du denn hier?«

Sie betonte das »du« und verstärkte damit ihren Verdacht, den sie mit einem rauchigen Lachen noch weiter unterstrich.

»Das könnte ich dich auch fragen.«

»Also, Schätzchen, ich laufe. Ich jogge. Bist du so von der Spur, dass du mir das nicht ansiehst?«

Ich überging die Anzüglichkeit.

»Du joggst um Mitternacht?«

»Na klar, bin gerade aufgestanden. Wenn eine Deadline ansteht, ist mein Schlafrhythmus immer vollkommen durcheinander. Ich bin heute Morgen um vier ins Bett. Gleich brutzle ich mir ein paar Spiegeleier, koch mir eine Kanne Kaffee und kann dann die ganze Nacht durchschreiben. Und du?«

»Wir. Wir waren bei Judith zum Essen. Tara hat ihr Handy dort liegen gelassen, und ich wollte es holen.«

Ich sah ihr an, dass die ungewöhnliche Situation sie außerordentlich amüsierte.

»Ach, diese Mädchen«, sagte sie. »Die da«, sie deutete auf das Gebüsch, »hat noch Schamhaare. Gleich und gleich gesellt sich gern, hat man nicht so oft, aber die beiden sind doch wirklich hübsch anzuschauen …«

»Rina!«, ermahnte ich sie. Aber dann fragte ich sie: »Woher weißt du das eigentlich? Von hier aus sieht man nichts.«

»Woher – weiß – ich – das – eigentlich«, äffte sie mich im Kinderton nach. »Willst du es wirklich wissen? *Been there, done that.*« Und mit einem Blick auf mein perplexes Gesicht: »Was?«

Dass Rina fremdging, hatte ich nicht gewusst. Und das, obwohl sie mich gerne ins Vertrauen zog. Mir gefiel ihre Aufdringlichkeit. Sie hätte meine ältere Schwester sein können, die ich nie gehabt hatte. Wir mochten uns. Die Ehe mit ihrer Frau würde sie nicht als offen bezeichnen, zu einem Verhältnis mit einer anderen kam es nie. Doch ihr übervoller Tourneeplan hatte zur Folge, dass sie manchmal monatelang nicht zu Hause war und sie dann bei ihrer Rückkehr ihre Frau gerade verpasste, weil sie zu irgendeiner Buchmesse fahren musste oder mit irgendeinem Autor unterwegs war. Da war Gelegenheitssex vielleicht genau das, was sie brauchte.

»Nein, nein!«, warf ich ein. Ich wäre nie auf die Idee gekommen, meine Lieblingsnachbarin könnte eine Rivalin für mich sein, auch wenn es sich um eine Beziehung aus der Vergangenheit handelte. Von Wettbewerb war nun nicht mehr die Rede. Die Leute blickten zu Rina auf. Plötzlich war sie reich und berühmt geworden, sie wurde wie ein Promi gefeiert. Manche Leute waren dafür sehr empfänglich.

Judiths Kalkulation war eine andere. Sie vögelte nicht nur die Nachbarn, die am besten aussahen, sondern es mussten auch die berühmtesten sein. Gewinner unter sich. Ich konnte es nicht lassen, Rina noch weiter auszuhorchen.

»Habt ihr es oft getrieben?«

»Eine Woche, jede Nacht. Wie die Verrückten. Sie bei mir, ich bei ihr, hast du nichts davon mitbekommen? Sie ist auch nicht gerade die Leiseste, weißt du, eine echte Sirene. Dann war es aber auch genug, so ein Pensum hält kein arbeitender Mensch durch.«

Mir blieb der Mund offen stehen. Ich kam mir vor wie ein echter Depp, Nummer 546 in Judiths Serie, geboren, um das Nachsehen zu haben. Sogar als Zuschauer entging mir alles. Doch Rina war zu übermütigen Streichen aufgelegt. Durch die vergrößerte Öffnung in der Hecke konnte ich nun sehen, dass Andriessen inzwischen auf Judith lag und sich kaum noch bewegte.

»Na«, bemerkte Rina, »das kann jetzt noch Stunden dauern, so ist das bei einem Familienvater mit Schuldgefühlen.«

Mir wurde es warm, auch trotz der Eiseskälte draußen.

Rina hatte eine Idee. »He, hol dir doch dein Telefon, dann können wir hier weg.«

»Wie bitte?«

»Dein Handy, mein Lieber. Das wird lustig.«

Sie hakte sich bei mir unter und zog mich um die Ecke, meine Beine folgten, wir gingen.

»Kommt nicht infrage«, sagte ich.

»Mach schon, Job, lass sie an die Tür kommen, in eine Tischdecke gehüllt oder so, flirte einfach ein bisschen mit ihr, sei zudringlich, handgreiflich, mal sehen, ob dieser Andriessen-Clown es wagt, vor die Tür zu kommen, um dir eine reinzuschlagen.«

»Bist du verrückt?«

»Tu das, Jo! Wann hat man in unserem Alter schon mal die Gelegenheit, jemandem einen Streich zu spielen? Ist wie Klingelmännchen spielen, nur besser.«

Sie hatte recht.

Die Tür wurde von Hajo Lefebre geöffnet, der eine Bierflasche in der einen Hand hielt und mich mit der anderen ins Haus winkte.

»He, Mann, willkommen, je größer die Gesellschaft …« Der Rest des Satzes wurde von gluckernden Schlucken ertränkt. Er kleckerte, spuckte, beugte sich vornüber und kippte in den Garderobenständer. Im Garten hörte ich, wie Rina applaudierte.

»*Go*, Job!«

Mit großen, zögerlichen Schritten, als würde ich in einem strudelnden Fluss feste Steine zum Auftreten suchen, tastete ich mich durch den Raum, der inzwischen von Judiths rhythmischem Stöhnen erfüllt wurde. Was mir draußen erspart geblieben war, bekam ich nun zu hören: Ganz offensichtlich genoss sie es mit diesem Gemeindevorsteher.

Ich tue das für Tara, predigte ich mir ein, für Tara. Aber ihr Scheißhandy war nirgends zu sehen. Eigentlich hielt mich nichts davon ab, die Dame des Hauses zu fragen, wo es sich befand. In der Küche hatte Andriessen Judith hochgehoben und an sich gedrückt. Er sah mich. Über ihre Schulter blickte er mich erschrocken an. Er öffnete den Mund, sagte aber nichts. Er sah aus wie ein putziges ausgestopftes Raubtier mit geöffnetem Maul. Einen Frettchenkopf hatte er, mit kleinen Zähnchen. Er legte Judith wieder auf die breite Bar. Sie hatte noch nichts bemerkt. Andriessen hingegen schwitzte plötzlich stark, und zwar nicht nur vor Erregung.

Es bereitete mir eine Freude, dass ich es war, der die anderen in Verlegenheit brachte und nicht andersherum.

Ich konnte es nicht lassen. Während er mich erschrocken ansah, machte ich mit der Hand die Geste für Kopf abschneiden, die ich in Filmen eher billig und abgedroschen fand.

Da entdeckte ich das Handy auf der Ecke des Tischs. Wunderbar, endlich einmal Herr des Geschehens zu sein, egal, wie lächerlich die Umstände auch sein mochten. Vielleicht wurde es Zeit, dass auch Judith mich bemerkte. Ich ging zur Bar und sah, dass Andriessen in diesem Moment einen Schritt zurückmachte und sich von Judith löste. Was er dort zwischen seinen Beinen mit beiden Händen bedeckte, ähnelte eher einer Minifrühlingsrolle als etwas, das Judith in Ekstase hätte versetzen können.

Ich beugte mich seitlich zu Judith hinunter, legte ihr eine Hand auf die Schulter und flüsterte ihr ins Ohr.

»Ich bin hier, um Taras Handy zu holen, das sie hier vergessen hat. Ich habe es jetzt. Und Andriessen bekommt das nicht hin. Das weißt du doch.«

Judith stützte sich auf den Ellbogen auf und flüsterte mir sichtbar, aber für Andriessen nicht hörbar ins Ohr: »Das weiß ich erst, wenn du mir den Unterschied zeigst. Bleib. Ich schicke die Männer weg.«

Natürlich wäre ich gerne geblieben. Allein schon aus dem Grund, dem habgierigen Andriessen eins auswischen zu können. Der stand noch immer vollkommen perplex in der Ecke der Küche und lehnte sich gegen den Kühlschrank. Die Panik des Ertappten stand ihm ins Gesicht geschrieben. Aber er schnappte sich auch nicht seine Kleider oder wickelte sich ein Geschirrtuch um sein zusammengeschrumpftes Geschlechtsteil. Er glaubte doch nicht etwa, er könnte gleich das Liebesspiel wieder aufnehmen? Auch Judith blieb liegen. Sie ergriff die Gelegenheit und schob beide Arme unter meine Jacke, gleichzeitig öffnete sie die Beine.

Ich riss mich los, holte Taras Handy heraus, achtete darauf, dass meine Handfläche die Hülle mit One Direction bedeckte und wedelte Tom damit zu.

»Ich hab mein Handy hier liegen lassen.«

Und da man ja nie weiß, ob man gewisse Informationen noch für später gebrauchen kann, machte ich ein Foto von Andriessen, wie er da nackt stand und versuchte, seine Panik niederzukämpfen. Offenbar vergebens, der Mund war noch immer offen, die Augen weit aufgerissen, unbeweglich, als wären sie in den Augenhöhlen festgeklebt.

Danach ging ich hinaus, vorbei an dem laut schnarchenden Trunkenbold im Flur.

Im Garten versuchte sich Rina warm zu halten, indem sie auf der Stelle Laufschritte machte. Als sie mich sah, hielt sie einen Daumen in die Luft.

»Das mit Judith war übrigens nur ein Scherz«, rief sie mir zu, als sie zum Eingangstor joggte. Ohne sich umzudrehen, überquerte sie die Straße, wechselte dann zum Sprint über und verschwand im Wald.

8

Die Affäre mit Gretta Luzerne war nicht nur eine eigene topografische Karte, auf der zahlreiche europäische Treffpunkte eingezeichnet waren, sondern auch eine eigene Zeit. Sie verlief weder parallel zu meinem Familienleben noch kreuzte sie sich damit. In meinem Gretta-Jahr, das vom Frühherbst bis zum darauffolgenden Spätherbst andauerte, musste ich oft ins Ausland. Arcadia lief damals wunderbar. Der Umzug nach Haarlem und die Übernahme eines anerkannten Architekturbüros, das zwar neuen Schwung brauchte, dafür aber ein gut funktionierendes Netzwerk hatte, hatten sich gelohnt. Ich war nicht nur zuständig für die Sanierung und den Umbau repräsentativer Altbauten im Ausland, sondern erstellte auch städtebauliche Gutachten über die Grenze hinweg. Meine Vorliebe galt den mitteleuropäischen Städten. Zur damaligen Zeit gab es Wiederaufbauprogramme in Hülle und Fülle, in die die Europäische Gemeinschaft ordentlich Geld pumpte. Es war die Zeit der Höhenflüge. Alles war möglich. Die ehemaligen Sowjet-Satelliten wollten vierzig Jahre Verwahrlosung einholen.

Etwas südlicher in diesem Teil Europas besaß Gretta die Immobilien sowie die Bauinvestitionen ihres Vaters. Mit diesem Mann hatte ich beruflich nichts zu tun. Meine Auftraggeber waren Privatpersonen, die bereits Gebäude besaßen, oder auch Leute aus dem Kunstsektor. Ich lernte Luzerne niemals persönlich kennen. Seine Tochter konnte durch ihren Standort in Osteuropa alle Städte erreichen, in denen ich mehrere Nächte verbrachte.

In Bratislava oder Ljubljana saß ich an einem vollen Konferenztisch in einem rauchverqualmten Raum und führte wichtige Gespräche – über Gebietsentwicklungen, die, so predigte ich, zwar solide und modern, aber keinesfalls entstellend für die Stadt sein sollten. Es würde nicht mit Bauprojekten experimentiert werden, die nur zu ästhetischen Desastern und Planungskatastrophen führten, die nachher noch an den Kalten Krieg erinnern könnten. Diese Strategie, ein Schreckgespenst an die Wand zu malen, um es dann wieder zu verwischen, hatte fast immer Erfolg.

Meine Erzählungen von den Sitzungen mit den illustren Stadträten gaben daheim mehr her, als wenn ich am Feierabend von meiner Arbeit in meinem Büro in Haarlem berichtet hätte.

Nach einer dieser heftigen Debatten im Rathaus oder am Konferenztisch eines Museums oder eines Opernhauses aß ich mit den Leuten, die ich dort kannte, in einer Gaststätte eine kräftige Mahlzeit und hob mit ihnen zahlreiche Biere auf den guten Verlauf unserer Verhandlungen. Ihre besondere Herzlichkeit habe ich immer sehr genossen.

Ich machte dort gute Arbeit, was mir Ruhm einbrachte, den ich durchaus gebrauchen konnte. Doch wenn ich mich ehrlich fragte, wieso ich so oft auf Geschäftsreisen war, um dann mit irgendwelchen Polen, Tschechen und Slowaken gemeinsame Sache zu machen, dann kam ich auf keine andere Erklärung als meine Eitelkeit. Mir gefiel es, Unmögliches wahr zu machen. Die Grenzen des Realisierbaren herauszufordern. Nach den Regimewechseln 1989, die uns alle überrascht hatten, war in meinen Augen dieser Teil Europas noch immer das verbotene Terrain, das es einmal für Westeuropa gewesen war. Und ich betrachtete meine Kollegen auf der anderen Seite des Eisernen Vorhangs nicht nur als engagierte Geschäftspartner, sondern auch als isoliert, auch wenn sie nicht mehr Gefangene der damaligen Diktatur waren. Die allgegenwärtige Erinnerung an die damaligen Verbote, die Verwahrlosung und der Verfall sorgten dafür, dass ich den plötzlich fruchtbaren Treffen mit den Städteplanern dieser Gegend nicht widerstehen konnte. Als wollten wir nicht nur Lösungen für die Städte suchen, sondern auch Löcher und Lücken in der Geschichte schließen. In gewisser Weise, wenn auch nur in bescheidenem Ausmaß, war dies tatsächlich so.

Gaby hatte Verständnis für meine Reisen. Von meinen Hotelzimmern mit Blick auf die Marktplätze, die mir allesamt inzwischen so vertraut waren, dass ich sicher bald genug von ihnen hätte, rief ich meine Frau an, um ihr zu sagen, dass ich sie vermisste.

Genau darin bestand der Unterschied. Nach ihr sehnte ich mich gerade deshalb, weil ich sie gut kannte und das Gefühl hatte, mit ihr noch einiges erleben zu können. Ein sicheres Versprechen wie bei einem Bausparvertrag.

Wir konnten uns nicht beklagen. Das Geld strömte herein, wir fuhren vier Mal im Jahr in den Urlaub, zwei Mal Fernreisen, wir mieteten uns im Sommer ein komfortables Haus in Griechenland, Italien, Frankreich oder Spanien in den Hügeln, nicht weit vom Meer entfernt, und im Frühjahr und Herbst wurde immer eine Weltstadt erkundet. Als uns irgendwann die Fahrrad- und Wanderferien in den Niederlanden fehlten, kauften wir den Bauernhof in Drenthe und bauten ihn um, um uns am Wochenende auf dem Land zu erholen oder von dort Ausflüge zu unternehmen. Wir kauften uns ein Segelboot und hatten es im Jachthafen vom Leekstermeer liegen. Wir lebten, als hätte ein Jahr hundert Wochenenden und fünfzig Kurzferien. Gaby führte Regie über diese Erweiterung des familiären Glücks. Es lag wahrscheinlich an dem ganzen Stress, dass sie die Veränderungen nicht wahrnahm. Ich war öfter auf Geschäftsreisen, das merkte sie durchaus. Doch sie ahnte nicht, dass ich oft aus anderen Gründen unterwegs war.

Nichts und niemand verriet mich. Ich kehrte zurück und erzählte Geschichten von Bauphasen, die nicht stimmten, an Orten, in denen ich nicht gewesen war. Ich besorgte Geschenke und kehrte entspannt in unser Haus in Haarlem zurück, mit dem guten Gefühl, wieder bei meinen Lieben zu sein. Das war aufrichtig. Wie gerne ich mich auch davonstahl, das Zurückkommen war ebenso schön.

Ich war noch immer gerne bei meiner Frau. Gretta war eine Episode, Gaby für immer. Ein furchtbares Klischee, das mir dennoch gefiel. Es stimmte. Es schien mir wie auf den Leib geschneidert. Auch wenn ich ein stinknormaler Ehebrecher war. Eine Untreue, die nicht über das übliche Niveau hinausging: Zunächst ist es große, überwältigende Leidenschaft, dann folgt läuterndes Leid.

Simpel ausgedrückt, war ich ein Mann, der mit einer anderen so viel besser und anders vögeln konnte als mit der Frau, die er von ganzem Herzen liebte.

Ich war nie in die Verlegenheit geraten, mich zwischen zwei Frauen entscheiden zu müssen. Und dafür gab es zwei angenehme Gründe: Judith forderte es nicht. Und ich hatte mich wiederum schon längst entschieden, damals, an dem Julitag in San Gimignano. Das galt für immer. Immerhin gab es dafür eine simple, nahezu chemische Formel: Meine Liebe hatte nur eine einzige Richtung, und die war Gaby. Was ich mit Judith erlebte, war eine Bereicherung, eine wunderbare Ergänzung zu meinem Eheleben. Eine Zugabe zu etwas, das bereits einen stabilen Wert hatte. Ewigkeitswert. Das Ganze umzudrehen war undenkbar.

Die Affäre mit Gretta endete zufällig. Weil es an Sankt Martin war, prägte sich mir das Datum ein: 11. November. Ich hatte den Zwillingen versprochen, dass wir abends durch die Nachbarschaft ziehen würden. Croatian Airlines flog an diesem Morgen um halb neun von Zagreb nach Amsterdam, zwei Stunden später würde ich im Taxi auf dem Weg nach Hause sitzen. Da blieb sogar noch Zeit zum Laternenbasteln, falls nötig, könnte man in der Stadt noch schnell Leuchtstäbe besorgen.

Zwei Überraschungen durchkreuzten diesen beschaulichen Plan. Die erste kam von Gretta. An diesem Morgen fuhr sie mich vom Hotel zum Flughafen. Sie würde eine Stunde später nach Bukarest fliegen. Doch als wir in die Abflughalle kamen und auf den Bildschirmen unseren jeweiligen Check-in suchten, die ganz am Ende der übersichtlichen Anzeige standen und unsere Trennung bereits durch zwei weit auseinanderliegende Zahlen ankündigte, kam Gretta mit ihrer Mitteilung.

»Ich fliege nicht nach Rumänien, ich flieg mit dir.«

Ich ließ ihre Hand los. Mir passte das ganz und gar nicht. Diese plötzliche Planänderung setzte mich unter Druck. Sie hatte noch nie eine Szene veranstaltet oder sich problematisch beim Abschied verhalten. Geschweige denn, dass sie hätte mitkommen wollen. Doch damals sah sie mich mit einem Blick an, als würde sie etwas planen und hätte soeben beschlossen, die Situation noch weiter zu verschärfen, da sie Missfallen witterte.

»Freust du dich denn gar nicht, dass ich noch länger bei dir bleibe?«, fragte sie.

Zum ersten Mal, seitdem wir uns kannten, flehte sie mich um eine Bestätigung an. Nie zuvor hatte sie nach wörtlichen Beteuerungen gefischt. Nie zuvor hatte sie Anspruch auf eine Rolle für sich erhoben, wenn ich die Orte wieder verlassen musste, die wir gemeinsam besuchten. Es hatte sich etwas geändert.

»Wir landen kurz vor elf, du musst erst zu Hause sein, wenn es dunkel wird. Ich glaube, in Schiphol haben wir es noch nie getan«, sagte sie.

Im Handumdrehen hatte sie sich ein Ticket gekauft und für mich ein Upgrade in der Business-Class dazu.

Es stürmte in den Niederlanden. Das Flugzeug wurde vom Wind stark gerüttelt, fiel ruckweise, sank unerwartet ab, um dann beunruhigend geschmeidig wieder aufzusteigen. Mir behagte der Flug überhaupt nicht, der für die Passagiere sehr undurchschaubar war, besonders die Momente des lautlosen Schwebens machten mir Angst. Ich traute dem Frieden nicht, man hatte das Gefühl, losgelöst in der Luft zu hängen, weil der Wind uns trug, obwohl die Motoren des Flugzeugs schon längst ausgefallen waren.

Gretta hatte einen Flugschein, noch aus ihrer Zeit in Südafrika. In den Neunzigerjahren hatte sie von einem kleinen Flughafen einer Provinzstadt in Botswana aus Touristen in die Luxus-Lodge im Okavango-Delta gebracht. Damals war sie Anfang zwanzig, aber dennoch eine begehrte Pilotin. Sie hatte mit ihrem damaligen Freund, der ebenfalls ein Flieger war, vorgehabt, sich einen eigenen Cessna-Flugzeugpark für Flüge in den Busch zuzulegen. Doch dann flog ihr Freund in Tansania gegen eine Bergwand. Gretta kehrte in die Niederlande zurück und trat ins Imperium ihres Vaters ein.

Doch auf dem Flug von Zagreb bekam sogar sie Angst. Sie war bleich und schien zu würgen. Sie klammerte sich an meinem Arm fest und grub mir ihre Fingernägel ins Fleisch. Es tat weh. Und es hinterließ Spuren, die ich zu Hause nur schwer begründen könnte. Diese Unvorsichtigkeit war mir bei ihr unbekannt.

Eine Frau wäre beim Einchecken ausgerutscht und hätte sich an mir festgeklammert, würde ich Gaby erzählen. Eine Frau? Damit würde ich verraten, dass ich ihren Argwohn wegen der Kratzer nicht unbegründet fand. Insgesamt war die Qualität meiner Lügen eher mäßig. Ich kam damit durch, weil ich Widersprüchlichkeiten geschickt vermied und meine Frau nicht misstrauisch war.

Ich zog meinen Arm weg und legte ihn Judith um die Schulter. Das Flugzeug prallte gegen eine dunkle Wolke, und gegen die Fensterscheiben schlugen die Hagelböen. Wir sanken durch die Dunkelheit. Sturm wummerte gegen die Scheiben. Wir würden doch nicht etwa …? Ich war doch hoffentlich nicht Grettas zweiter Geliebter, der abstürzte? Diesmal allerdings gemeinsam mit ihr, damit sie nicht alleine zurückblieb. Die Vorstellung, dass mein Leben hier, neben einer Frau, die nicht die Mutter meiner Kinder war, enden würde und meine Familie ohne mich zurückbliebe, war unerträglich. Vielleicht war dies ein Wink der Vorsehung, ein Zeichen, dass ich die Bremse anziehen musste. Wenn Gretta und ich nicht gemeinsam in diesem Flugzeug unser Ende finden würden, dann müsste ich im Gegentausch die Sache mit ihr beenden.

Die Landung verlief wunderbar sanft. Als die Reifen Kontakt mit dem Boden hatten und die Maschine abbremste, klatschten die größtenteils kroatischen Passagiere vor Erleichterung. Einige bekreuzigten sich. Ich tat das, was ich immer tat, bevor ich aufstand und durch den Gang lief. Ich schaltete mein Handy ein und kontrollierte meine Mails und SMS. Drei, alle von Gaby.

»Zum Glück bist du gelandet. Flugzeuge hatten Probleme wegen Sturm. xxx.«

Einen Minute darauf hatte sie geschrieben: »Bist du schon aus der Maschine? Meld dich, mach mir Sorgen. xxx.«

Als würde sie etwas wittern. Welche Kontrolle und Überwachung aus der Distanz. Ich konnte mir sie daheim vorstellen, wie sie mit der Fernbedienung in der Hand den Teletext verfolgte.

Doch es war nicht aus der Distanz, stellte sich bei der nächsten SMS heraus.

»Stehe mit den Kindern am Ausgang. Wir haben Toby dabei und die Laternen. Konnte die Überraschung nicht für mich behalten. Bis gleich!«

Panik. Wieso holte sie mich jetzt plötzlich vom Flughafen ab? Seitdem ich so oft unterwegs war, vermied sie es, sich um meine Flugzeiten zu kümmern oder mich zum Flughafen zu bringen und dort wieder abzuholen. Ihre Zuwendung und Fürsorge pflegte sie nicht mit Chauffeursdiensten zu zeigen.

Doch ausgerechnet an diesem Tag stand sie da. Ein fehlgelenkter Flugkörper auf dem Radarschirm des Kontrollraums, der bislang im Blick gehabt hatte, dass meine Abenteuer mit Gretta auch sicher verliefen.

Alle Ausreden, die ich mir ausdenken könnte, um noch länger mit Gretta zusammenzubleiben und unter den billigen Laken eines Terminalhotels zu verschwinden, mit einem trostlosen Blick auf die Bürogebäude rund um den Flughafen, erschienen mir in diesem Moment nicht nur schwachsinnig, sondern waren mir auch höchst zuwider. Ich antwortete Gaby nicht sofort, sondern schaltete das Handy aus. Zunächst musste hier etwas geregelt werden.

Als wir die Gangway verlassen hatten, suchte Gretta schnell die Toiletten auf. Sie sah noch immer bleich aus.

»Du kannst das Gepäck holen, dann treffen wir uns beim Check-in des Mercure, Terminal 3«, sagte sie matt.

Auch das noch: Gepäck. Auf meinen Kurzreisen nahm ich nur Handgepäck mit. Mir war es zu lästig, bei der Gepäckausgabe zu warten, wenn man nur kurz zu Besuch war. Doch damals war es bereits eiskalt in Osteuropa, und ich hatte für die vier Tage dicke Wollpullover und Schneestiefel eingepackt. Auch Gretta schleppte eine Wintergarderobe mit sich.

Es gab einen Ausweg. Ich hatte vor Gretta einen Vorsprung, weil sie mich zu den Koffern schickte. Doch die Koffer würde ich nicht abholen. Ich nahm das Laufband und legte auch dort einen Schritt zu, kam an den Geschäften und Restaurants vorbei, passierte die Ausweiskontrolle, kam in der Reihe für EU-Bürger schnell an die Reihe und ging dann von der Gepäckhalle direkt zum Ausgang. Kurz bevor ich durch die Türen gehen wollte, kam ich wieder zur Besinnung. Wenn ich einfach so verschwände, ohne ein Wort, ohne Erklärung, würde Gretta in Panik geraten oder wütend werden. Wer weiß, vielleicht würde sie mir einen Streich spielen, der unser Verhältnis auffliegen ließ. Ich nahm mein Handy und informierte sie mit einer SMS über das unerwartete Auftauchen meiner Frau und der Kinder. Ich würde es furchtbar bedauern, dass es nun so gekommen sei. Ich würde sie am nächsten Tag treffen können, wenn sie dann noch in den Niederlanden wäre. Sonst würde ich sie bald in Bukarest anrufen.

Danach ging ich zum Ausgang. Die Zwillinge kamen auf mich zugesprungen, und ich hob sie beide gleichzeitig hoch. Toby schlängelte sich vor Freude um meine Beine. Als ich mich hinunterbeugte, um Gaby zu begrüßen, erzählte ich ihr, dass mein Gepäck verloren gegangen sei und mir nachgeschickt würde. Uns hielt nichts mehr auf Schiphol, und wir mussten schnell sehen, dass wir nach Hause kamen.

Tags darauf rief ich Gretta an, weil ich mich mit ihr für ein ausführliches Gespräch verabreden wollte. Der Abschied für immer. Doch ihre Telefonnummer schien nicht mehr zu existieren. Ich schickte ihr eine Mail, erhielt aber keine Antwort. Ein paar Tage später noch eine, doch auch diese Nachricht kam zurück.

War's das?

Ganz unerwartet fühlte ich mich erleichtert, riesig erleichtert. Als ich eine Woche lang nichts von ihr gehört hatte, kam ich mir vor wie jemand, der nach einem langen Krankenhausaufenthalt wieder nach Hause kam und sich des Lebens freute. Befreit von einem unangenehmen Gefühl. So schnell konnte Sehnsucht vergehen. Als hätte ein Virus meinen Körper verlassen, und ich wäre wieder der Alte.

Erst vier Wochen darauf klingelte mein Handy, und zwar am Nikolausabend, während wir gerade feierten. Es dauerte einen Moment, bis ich ihre Stimme erkannte. Gretta war verärgert und wirkte unruhig. Für ihre Verhältnisse war sie weitschweifig, erzählte mir eine verworrene Geschichte, die ich nicht verstand, weil die Zwillinge um mich herum beim Auspacken der Geschenke laut aufjuchzten und der Hund sich bellend auf das herumfliegende Geschenkpapier stürzte. Dazu lief noch laute Musik, ein erbarmungsloser Kinderchor sang Nikolauslieder im Marschrhythmus.

»Komm zu mir«, befahl Gretta.

Ausgeschlossen.

»Komm für immer zu mir.«

Ich machte Gaby ein Zeichen, dass ich in Ruhe telefonieren müsste, und ging in die Küche. Am anderen Ende der Leitung erklang ein Schluchzen.

»Du kommst nie wieder.«

»Stimmt«, antwortete ich.

9

Kurz vor Silvester traf ich Frits Alkema. Wir verabredeten uns in einer Kneipe in der Nähe der Bahn. Ein angenehmer, schön altmodischer Ort. Schlauchartig, spärlich möbliert, kneipenbraun. In der Luft hing der ewige Muff von Tabak und Bier, der sich dort für immer eingenistet hatte. Ein Schuppen, der nicht vom städtischen Publikum aufgesucht wurde, das sich einen Strammen Max mit Serranoschinken bestellte. In der Kneipe, in der ich auf Alkema wartete, verlief das Leben noch normal.

Hinter dem Tresen stand ein drahtiger Mann mit eingefallenen Wangen und kleinen Goldkreolen am Ohr. Er polierte die Gläser mit der Hingabe eines Optikers, der Wert auf eine klare Sicht legt. Zudem wirkte er fröhlich, erledigte alle Tätigkeiten mit leichter Hand. Der Elan von jemandem, der die Routine genießt.

Der entspannte Wirt erkannte das Zeichen vom einzigen Gast an der Theke und zapfte dem frühen Besucher noch ein weiteres Bier.

Immer dann, wenn ich Menschen zuschaute, die dermaßen offensichtlich in ihrer Arbeit aufgingen, an einem vertrauten Platz waren, der ihr bescheidenes Talent zu voller Blüte brachte, überkam mich ein gewisser Neid. Bei mir waren Arbeit, Leben und Liebe zerstört. Ich hatte das Gefühl, bei allem hinterherzuhinken und dass es mir nicht gelang, all die Dinge wieder ins rechte Lot zu bringen. Ich war von einem alten Ermittler mit einem scheinbaren Terminkalender abhängig, um etwas Ordnung in das Chaos zu bringen.

Alkema trat ein. Er trug eine beigefarbene wattierte Skijacke, und auf der Brust schlenkerte seine Lesebrille. Er hatte eine Plastikmappe bei sich und klatschte sie mir mit einem Grinsen auf den Tisch.

»Was für Zeiten!«, sagte er und dann zum Wirt: »Hallo, Jaap.«

Er zog sich Jacke, Mütze und Handschuhe aus und unterhielt sich währenddessen weiter mit mir.

»Na, mein Freund, kurz vor Jahresende hat dir das alte Jahr nun doch noch ein Geschenk gemacht, stimmt's?«

»Das kann man wohl sagen.«

Jaap brachte uns einen Kaffee mit Keks.

»Natürlich möchtest du gerne wissen, wie es dazu kam«, sagte Alkema. »Und du wüsstest gerne, ob mir das alles bereits bekannt war, als ich dich im Wald abgepasst habe.«

»Ich …«

»Die Antwort lautet: ja.«

Alkema war ganz begeistert und ließ keine Unterbrechung zu.

»Ich ahnte, dass demnächst etwas passieren würde. Nach der Entlassung meiner Nichte, die für dich spioniert hat, wurde ein Kollege bei Brickland argwöhnisch. Stück für Stück hat er eine Akte zusammengestellt. Nun habe ich eine gute und eine schlechte Neuigkeit für dich. Ich fang mal mit der guten an, an dem Rest müssen wir noch arbeiten. Gut ist, dass das, was du in der Zeitung gelesen hast, nur ein Bruchteil der ganzen Geschichte ist. Wir haben noch viel mehr in petto, aber es wäre nicht klug, alle Details des Skandals auf einmal zu veröffentlichen.«

»Skandal?«

»Geplante Betrügereien mit großem Aktionsradius. Denen ist so einiges ins Netz gegangen, einige konnten aber auch entschlüpfen und Informationen vernichten, die die Verdächtigten dann unschuldig aussehen lassen. Eine recht umfangreiche Sache, in der Dutzende Leute und Betriebe drinstecken. Doch man muss schauen, wer einem alles ins Netz gegangen ist, und sich auf die wirklich großen Fische konzentrieren. Die kleineren erwischen wir dann gleich mit, und auch die müssen büßen. Verstehst du?«

Ich nickte.

»Kurz: Die Verflechtungen untereinander, die Transaktionen, Absprachen, Flächennutzungspläne, Kredite und Verträge unter den Betroffenen sind so kompliziert, dass ein Leser den roten Faden verlieren würde, wenn das alles in der Zeitung stünde. Am Ende hockt der Leser dann da mit einem Wust an Information, aus dem er sich keinen Reim machen kann. Und dann denkt der Laie womöglich: Das klingt jetzt alles so verworren, da fragt man sich doch, wer in welcher Phase des Vorgangs etwas Unrechtmäßiges getan hat. Dann wirkt die Geschichte verfahren, weit hergeholt, unkontrollierbar und missverständlich. Der Leser denkt: Ja ja, wird schon stimmen. Du nicht, aber ich kann dir unmöglich alles zeigen. Deswegen habe ich für dich in dieser Mappe eine Zusammenfassung zusammengestellt, mit Anmerkungen. Es sind nur zehn Seiten, die kannst du zu Hause in Ruhe lesen.«

»Und die schlechte Neuigkeit?«, fragte ich.

»Gleich, denn die gehört zur guten. Guus Daniëls ist dran, so viel steht schon mal fest. Wenn die Staatsanwaltschaft die Sache abgeschlossen hat, gibt es für ihn kein Entkommen. Bei dem Beigeordneten verhält sich die Angelegenheit jedoch anders. Formal ist er nicht mehr Eigentümer von Brickland. Er hat seinen Anteil auf den Namen des Kompagnons seiner Tochter, den Caterer, übertragen. Dieses Dreieck ist insofern besonders interessant, da die Tochter mit Braats Sohn verlobt ist. Ein wunderbarer Geldtransfer, so etwas wie ein Hauptverkehrsknotenpunkt für das fließende Schmiergeld. Doch ich frage mich, ob es Beweise dafür gibt, dass sich der Bürgermeister direkt etwas davon abzapft. Er wird ziemlich gut gedeckt.«

Ich wagte mich an eine Erklärung heran.

»Weil das Geld nicht auf Braats Konto landet? Und seine

Schwiegertochter auch keine großen Beträge abhebt, die sie in Supermarkttüten bei Braat abliefern könnte?«

»Genau. Das Konto ist sauber und für uns damit uninteressant. Doch das Haus in Bulgarien, das ist eine Entdeckung, die uns weiterbringen könnte. Mir geht das nicht mehr aus dem Kopf. Vielleicht ist dieses Haus das Geld, die Entschädigung. Eine Belohnung.«

»Und damit wären wir bei Herman Luzerne. Immobilienlöwe auf dem Balkan.«

Alkema war sofort ganz Auge und Ohr.

»Solltest du das beweisen können, mein Guter, dann mache ich nach meiner Pensionierung ein Detektivbüro auf, und du wirst mein Kompagnon. Mach nicht solch ein belämmertes Gesicht, war doch nur ein Witz.«

Alkema schob sich den Keks in den Mund. Kaute kurz darauf herum und schluckte den Brei wie eine Ibuprofen ohne Wasser herunter.

Dann fasste er zusammen: »Erstens: Bleibt die Frage, ob sich Theo Daniëls glaubhaft wegen dem Geld von Brickland herausreden kann. Er muss bestimmt vor Gericht erscheinen. Ein guter Richter fällt nicht auf die Konstruktion mit dem Cateringunternehmen herein. Viel interessanter ist hingegen der Beweis dafür, der sich in der Verbindung zwischen seinem Amt als Planungs- und Baudezernent und den Privilegien für die Kunden von Brickland befindet, die alle sehr wohl in der sauberen Buchhaltung seines Bruders auftauchen. Und ich habe Hinweise darauf, dass er auch dort als Vermittler von Bewilligungen und Zuschlägen tätig ist.

Dann Braat. Daniëls ist eine Ratte. Setzt man ihn bei einem Verhör unter Druck, dann verpfeift er seinen Freund, und sei es auch nur, damit er im Knast gute Gesellschaft hat.«

Die Bemerkung überraschte mich. Das Duo, das eine Front gegen mich aufgebaut hatte, war mir unverwüstlich vorgekommen.

Doch es war naiv von mir zu glauben, dass Freundschaft zugleich auch ewige Treue bedeutete. Nicht in solchen Kreisen. Nicht, wenn so viel auf dem Spiel stand.

Alkema beugte sich vor und sprach etwas leiser.

»Die schlechte Neuigkeit ist Luzerne. Ich habe keinerlei Verbindung zu Detelina herausfinden können. Sein Name taucht zudem kein einziges Mal in den Unterlagen auf, die bei der Staatsanwaltschaft liegen. Nicht ein einziges Mal. Meine Theorie: Luzerne zahlt sein Schmiergeld für den Ankauf von Land entlang der Tangente und rund um Schiphol über Arne Dalstra, der momentan nicht verdächtig ist. Der gilt zurzeit als Lokalheld, Wohltäter mit künstlerischen Ambitionen, über die Machenschaften der beiden Angsthasen Braat und Daniëls erhaben und momentan sowohl in der Öffentlichkeit als auch bei der Staatsanwaltschaft ohne jeden Verdacht. Fehlt nur noch der Beweis, dass er das fehlende Bindeglied ist.«

Alkema setzte sich wieder auf.

»Doch es besteht Hoffnung. Das neue Jahr macht uns vielleicht ein noch viel größeres Geschenk. Im Büro wollen wir mit der Ermittlung von Sofia zusammenarbeiten. Das wurde auch wirklich Zeit. Es handelt sich vor allem um Kleinigkeiten mit korrupten Zeitarbeitsunternehmen und Taschendieben. Das ist aber nur der Anfang. Doch der organisierte Betrug wird auch angesprochen. Es gibt keinerlei Beweise dafür, dass Liquidierungen nur in den besseren Vierteln von Amsterdam vorkommen. Bevor man sich versieht, liegt man hier tot im Wald.«

Allmählich war es an der Zeit, Alkema klarzumachen, dass mein geleisteter Beitrag nur bescheiden klein gewesen war.

»Wenn ich das richtig sehe, ist diese Geschichte so groß, dass ich nicht weiß, wie ich dabei behilflich sein könnte. Ich habe nichts zu bieten.«

Alkema seufzte.

»Das stimmt nicht. Du bist ein ausgezeichneter Informant. Du warst der erste Bürger, der dem Betrug von Braat und Daniëls auf die Spur gekommen ist und dann, so gut es ging, konkrete Schritte unternommen hat. Das passiert nicht so oft, weißt du, dass sich ein Privatmann so engagiert. Du bist mehr als nur ein Enthüller, du hast alles in Gang gesetzt. Ohne Leute wie dich käme ich kein Stück weiter.«

Ich nickte. Alkema wirkte zufrieden.

»Ich sag dir mal, wie die Aufgabenverteilung zwischen uns demnächst aussehen wird. Ich werde mit den Bulgaren anbandeln. Ich weiß, wie ein solcher Austausch funktioniert. Man bekommt nicht nur Zugang zu den Datenbanken und den Ermittlungsakten. Es könnte auch passieren, dass es mit den Zuständigen gut funktioniert. Ich meine damit, dass man jenseits der offiziellen Kanäle einen Deal schließen kann. Dass man sich gegenseitig etwas zuschiebt, das zwar nicht strikt nach den Regeln verläuft, das der anderen Seite aber enorm weiterhilft. Was meinst du dazu?«

»Und wie soll die Aufgabenverteilung aussehen?«

»Stimmt. Das ist eine weitere Bitte. Deine Frau ist mit der Tochter von Luzerne befreundet. Sie wohnt nicht weit von euch entfernt. Sie hat ein Verhältnis mit Arne Dalstra.«

Das war mir neu. Ich erschrak, und der Ermittler bemerkte das, hielt inne und bemühte sich, den Kaffeerest in seiner Tasse so überzeugend auszutrinken, als wäre sie noch voll. Langsam, damit ich mich wieder fassen konnte.

Dalstra. So schnell nach der Affäre mit dem Gemeindevorsteher. Tatsächlich? Und was hatte das mit dem Theater zu tun, das sie seit über zwei Monaten aufführte? Schlief sie mit Arne Dalstra wie mit anderen Männern, die ihr gerade gefielen? Oder gab es da vielleicht noch andere Interessen, geschäftlicher und sentimentaler Natur?

»Ich weiß beim besten Willen nicht, was ich daran ändern könnte«, sagte ich mit einem Lachen, um die aufsteigende Wut zu überspielen.

Diese verdammte Judith. Chamäleon und Blutsauger zugleich, eine Simultanschachspielerin. So etwas musste einem in die Wiege gelegt worden sein. Einen größeren Kontrast zu dem Leben, wie es sich meine Frau und ich vorstellten, möglichst unkompliziert und bequem, gab es kaum.

Alkema fing an zu lachen.

»Komm schon, du musst da nichts dran ändern. Das geht schon von allein. Aber du wohnst in der Gegend, und du kannst die Sache im Auge behalten. Vielleicht bist du mal bei ihr und kannst dich dann ein bisschen umsehen, mal schauen, ob es dort etwas Interessantes gibt. Das kriegst du doch hin. Du bist Architekt, kennst dich mit Räumen aus, weißt, wie du dich in einem Haus bewegen musst, weißt, wie sich die Bewohner einrichten, was wir in welchem Zimmer tun, das ist dein Metier. Und dir fallen Dinge auf. Vom Schreibtisch des Bürgermeisters hast du dir sofort die heißesten Unterlagen geschnappt. Aber sei bitte vorsichtig. Du wurdest bereits einmal erwischt, das sollte dir nicht noch einmal passieren. Versprochen?«

Wir verabschiedeten uns auf der Straße vor der Kneipe und wünschten uns einen guten Rutsch. Seltsamer Ausdruck, wenn man es sich recht überlegt.

Alkema bestieg ein hohes Herrenrad, leicht und elegant wie ein junger Rennradfahrer. Ich vergrub meine Hände in den Taschen meiner dünnen Tweedjacke und ging in Richtung Innenstadt. Ich würde mir einen Kalender kaufen, auch wenn das Jahr mit unbeschriebenen Blättern beginnen würde, ohne Arbeit und ohne Termine. Doch ich hatte plötzlich einen genialen Einfall, was ich darin notieren könnte, noch schnell, bevor Gaby und die Kinder zurückkamen. Eine richtig gute Idee. Jeden einzelnen Schritt meines einzigen Vorsatzes für das neue Jahr: Judith erneut aus unserem Leben verbannen.

10

Mit Gaby hatte ich vereinbart, dass wir uns immer morgens und abends anrufen würden. Ich erzählte ihr von meinen Bedenken, wie die Kinder auf den plötzlichen Luxus reagieren könnten, mit dem Judith sie in Courchevel sicherlich überhäufen würde. Sie würden dadurch geblendet. Zwar kannten sie Abenteuerurlaube, die durchaus viel Geld gekostet hatten, doch war es bei den Reisen darum gegangen, das Ziel zu erreichen und sich dort etwas anzusehen, und nicht, um dort in Saus und Braus zu leben.

Wir waren mit den Kindern nie in protzige Resorts, abgehobene Hotels oder sonstige Eldorados für Neureiche gefahren. Auf unseren Reisen wollten wir etwas anderes kennenlernen als den internationalen Einheitsbrei der Jetsetter.

Aus der Entfernung musste ich dafür sorgen, dass Gaby die Zwillinge unter Kontrolle hielt. Da wir davon ausgegangen waren, dass ich mitreisen würde, hatten wir zuvor keine Abmachungen getroffen, was Vierzehnjährige nach dem Skifahren machen dürfen oder auch nicht. Vor meinen Augen huschten Bilder von ausgiebigen Trinkgelagen mit geilen Skilehrern vorüber, die während der Hopserei zu hippen Songs den Mädchen an die Wäsche gingen. Wenn ich in der Küche stand und mir ein Steak briet oder abends die Vorhänge zuzog, sah ich vor mir, wie Tara von so einem Kerl mit wattierter Jacke, gebräuntem Gesicht und Dreitagebart bedrängt wurde. Ich hätte ihn am liebsten einen Kopf kleiner gemacht. Und dennoch war ich nicht mitgefahren.

»Willst du nachkommen, wenn du dich wieder fit fühlst? In

zwei Tagen kann es dir schon wieder besser gehen«, fragte Gaby nichtsahnend am Morgen ihrer Abreise.

Ich musste sie beruhigen.

»Vielleicht ist das gar keine schlechte Idee. Doch so, wie ich mich jetzt fühle …«

Später, am Telefon, erklärte ich ihr dann, dass der Aufwand für zwei oder drei Tage zu groß sei. Ich würde mich noch schlapp fühlen und wollte ihnen nicht zur Last fallen. Aber ich wollte dennoch darüber informiert werden, was sie dort trieben, und zwar täglich.

Es war das erste Mal, dass die Familie ohne mich ins Ausland fuhr. Gaby hielt sich an meine Bitte und rief mich jeden Morgen und jeden Abend an, um Bericht zu erstatten. Ihre Erzählungen beruhigten mich.

Zum Glück, denn ich hatte hier alle Hände voll zu tun.

Da Judith nun nicht zu Hause war, nutzte ich die Gelegenheit und durchsuchte ihre Sachen. Niemand könnte mich erwischen. Also setzte ich Alkemas Bitte, Informationen über Arne Dalstra zu besorgen, gleich in die Tat um.

Gaby hatte doch bestimmt irgendwo einen Schlüssel zu Judiths Haus. Selbst wenn ich in Judiths Garten herumstöbern und versuchen würde, die Eingangs- und Hintertür aufzubekommen oder unter den Buchsbaumtöpfen im Vorgarten nachschauen würde, ob dort ein Schlüssel läge, wäre das nicht verdächtig. Man kannte mich im Viertel, und Judiths Nachbarn wussten, dass Gaby, die dort öfter war, zu mir gehörte. Sie würden vermuten, dass ich nach der Post im Briefkasten schaute, den Judith übrigens nicht besaß, doch wem außer mir fiel das schon auf?

Das läuft ja wie am Schnürchen, dachte ich. Meine Frau hatte ihren Schlüsselbund, an dem unzählige Schlüssel hingen, nicht mitgenommen. Mir war das nie zuvor aufgefallen. Zu wie vielen Häusern in der Nachbarschaft hatte sie eigentlich Zugang? Zudem hatte keiner der Schlüssel ein Zeichen. Mir blieb also nichts anderes übrig, als den kompletten Bund mitzunehmen und die Schlüssel an der Haustür auszuprobieren.

Ich bin als Einbrecher nicht zu gebrauchen. Meinen ersten Versuch hatte ich für spätabends geplant, denn bekanntlich ist die Nacht der Freund des Diebes. Bis mir einfiel, dass ich nicht ohne Licht ein Haus durchsuchen könnte. Im Dunkeln herumzuschnüffeln wäre purer Wahnsinn gewesen. Deswegen konnte ich genauso gut mittags um zwölf hingehen. Den Hund würde ich als Begleiter mitnehmen, der sich dort auskannte und einfach ins Haus trotten würde. Vollkommen unverdächtig.

Ich machte mich am Silvestertag auf den Weg. Doch keiner der Schlüssel schien zu Judiths Tür zu passen. Also doch kein Vertrauen. Aber vielleicht hatte meine Frau den Schlüssel zur Hintertür bekommen. Ich lief um das Haus herum, und als ich die Hintertür berührte, war sie zu meinem Erstaunen unverschlossen. Der Schlüssel steckte einfach auf der anderen Seite. Vergessen.

Erleichtert ging ich ins Haus.

Unten durchsuchte ich den Raum nach brauchbaren elektronischen Geräten, doch ich entdeckte nichts, auf dem sich E-Mails hätten befinden können. Toby tauchte in der Küche sogleich den Kopf in den Abfalleimer, der umfiel, aber offenbar geleert war. Also auch keine Quelle für zerknüllte Nachrichten, falls Geheimnisse und Termine heutzutage überhaupt noch Post-its oder Notizblöcken anvertraut wurden. Ob Judith ihren Laptop auch nach Courchevel mitgenommen hatte?

Also mal oben nachschauen. Der Hund schlurfte hinter mir her die Treppe hinauf. Dort fand ich ein riesiges Ankleidezimmer. Ein Kleidungslager, überhäuft mit Handtaschen und Taschen, in denen sie vielleicht etwas verborgen hatte. Ich würde gar nicht erst damit anfangen, sie alle zu durchsuchen, doch dann dachte ich sogleich, dass meine Bequemlichkeit ein fataler Fehler sein könnte. Wollte ich etwas finden, dann müsste ich auch überall suchen, in jedem Zimmer, in jeder Ecke, bis ich alles einmal in der Hand gehabt hatte.

Eine furchtbare Arbeit, die ich lieber aufschob. Erst mal einen Blick ins Schlafzimmer werfen, vielleicht gab es ja auch ein Arbeitszimmer.

Die Sterilität des Schlafzimmers war verwirrend. Der Raum, der ganz in Grau und Weiß gehalten war, wirkte, auch wenn die Farbtöne momentan im Trend lagen, wie ein Krematorium. Eine Glätte, die nicht zu der Libido der Frau passte, die darin schlief. Wie anders doch ihre Wohnung in Bukarest gewesen war, mit vielen Antiquitäten, üppig luxuriös, neunzehntes Jahrhundert, orientalische Stoffe. Sigmund Freud hätte dort gelebt haben können. Doch dieser deprimierende Raum schien rein auf Sex mit Männern ausgerichtet zu sein, die nichts über Judith erfahren durften. Nichts außer Judiths Körper durfte sie in dieser grauen Kammer ablenken.

Ich setzte mich auf das fremde, harte Bett. Es nahm mein Gewicht nicht auf, sondern duldete es nur. Mir fiel auf, dass ich im ganzen Haus kein einziges Foto gesehen hatte. Bis auf Zeitschriften und ein paar Bücher gab es nichts, das sie besonders präsentierte, und sei es nur eine Person, die jetzt oder früher einmal eine Rolle in ihrem Leben gespielt hatte, sowieso gab es hier keinerlei Hinweise auf eine Vergangenheit. Außer den Dingen, die sie uns abgekauft hatte. Doch die hatten bei Judith ihre Ausstrahlung eingebüßt. Uns gehörten sie nicht mehr, ihr aber auch nicht, sie waren keine Verbindung mit einer Inneneinrichtung eingegangen, die bereits einmal existiert hatte. Sie wirkten deplatziert in dem großen, kahlen und unpersönlichen Haus.

Eine SMS traf ein. Ich erschrak von dem überraschenden Signal, das die Stille im Haus durchschnitt.

Gaby schrieb: »Ich habe die Kinder verloren.«

Als würde mich jemand mit dem Beil in der Mitte spalten. Ich starrte auf das Handy in meiner Hand und sah, wie darunter das

Leben aus mir schwand wie dunkles Blut im Film. Panische Angst überfiel mich. Wieso Kinder verloren?

Ich tippte: »Wieso Kinder verloren?????!!!!!«

Es kam keine Antwort. Toby hatte sich neben dem Bett niedergelassen und den Kopf zwischen die Pfoten gelegt. Er schaute mich mit einem Blick an, den Menschen gern als fragend interpretieren. Doch vielleicht ist er gar nicht fragend, sondern sagt: »Was guckst du mich so an, du nutzloser Kerl?«

Und so fühlte ich mich auch: nutzlos. Heimlich in die Höhle der Löwin geschlichen, obwohl sich meine Familie dort draußen in Gefahr befand. Schon wieder eine Fehlentscheidung.

Es dauerte mir zu lange, ich rief Gaby an, doch ich hörte nur eine französische Stimme, die mir sagte, dass das Handy kein Netz hatte. Seltsamerweise traf sofort danach eine SMS ein. Die Launen des Providers in den Alpen.

»Zum Mittagessen am Chalet beim Skilift verabredet. Warte seit einer Stunde hier. Alle haben Handys dabei, auch J., die bei ihnen ist, aber keiner geht ran. Job, ich habe Angst.«

Spürte ich Erleichterung? Vielleicht hatten sie es vergessen oder sie waren von der Strecke abgekommen, vielleicht waren sie zu weit gefahren und hatten zu wenig Zeit für die Rückkehr einkalkuliert. Vielleicht waren die Skilifte defekt oder ihre Handys nicht aufgeladen. Das passierte. Doch genau solche Dinge denkt man sich dann aus, wenn der andere noch viel größere Ängste hat.

Ich konnte mir meine Panik erlauben, doch Gaby wollte ich sofort beruhigen, ganz egal, was passierte.

»Wird schon. Sie haben es vergessen oder sind zu weit gefahren, Handys nicht aufgeladen. Sie tauchen schon wieder auf.«

Ich ließ mich hintenüber auf Judiths hartes Bett fallen, der Hund kletterte sofort hoch und legte sich zu mir.

Während ich auf Gabys Antwort wartete, hörte ich unten im Haus Gepolter. Stimmen. Ich machte einen Satz zur Schlafzimmertür, öffnete sie einen Spaltbreit und horchte. Männerstimmen.

Aber sie sprachen eine fremde Sprache. Es klang slawisch. Das waren doch nicht etwa …?

Ich schlich mich in den Flur. Von dort aus erhaschte ich einen Blick in den Eingangsbereich. Zunächst sah ich Füße, die die Schuhe abstreiften, danach tauchte ein Arm in einer schwarzen Lederjacke auf. Auf dem Boden lagen Pizzaschachteln. Wenn ich mich flach auf den Boden legte und mich knapp über die erste Treppenstufe beugte, könnte ich noch am meisten sehen, ohne gesehen zu werden.

Es klappte. Ich erkannte die beiden Männer, die Judith bei unserer ersten Begegnung in Bukarest dabeihatte. Kein Stück verändert, weder grau noch träge geworden. Offenbar zählte ein konstantes Äußeres zu Luzernes Vertragsbedingungen. Sobald aus den Dobermännern dann ergraute Bouviers wurden, wäre es vorbei mit ihrer Anstellung.

Was tun? Sich auf Strümpfen und mit Hund wegzuschleichen war unmöglich. Fast die ganze Wand zwischen Wohnzimmer und Flur war aus Glas, sie würden mich sehen. Toby sprang inzwischen auf der anderen Seite gegen die verschlossene Schlafzimmertür, seine Pfoten kratzten am Holz, und er winselte. Auf dem Bett lag mein Handy. Wenn Gaby mich anriefe, wäre ich verraten. Genau das, was ich lebenswichtig fand – Kontakt mit meiner Familie –, konnte ich jetzt nicht gebrauchen. Ich schlich zurück ins Schlafzimmer, beruhigte den Hund und schaltete mein Handy aus.

11

Es gab eine Möglichkeit, aus Judiths Haus zu entkommen, aber nur, wenn die beiden unten blieben. Wie lange würden sie für ihre Pizza brauchen? In der Zwischenzeit müsste ich versuchen, irgendwen zu erreichen, der sie ablenkte. Der ungeschickte Alexander war eine Fehlbesetzung. Maud war der Typ, die ihre Entscheidung erst ein paar Nächte überschlafen musste. Rina hingegen wäre die ideale Helferin. Wahrscheinlich hockte sie daheim und tippte, oder sie schlief. Sie würde sofort zur Stelle sein, das wusste ich, sie hatte keine Angst und war immer zu allen Schandtaten bereit. Sie könnte mit eiserner Miene klingeln und mit irgendeiner Geschichte die beiden Männer aus dem Haus locken, wo es etwas ganz Dringendes zu erledigen gab, etwas für echte Kerle oder so ähnlich.

Was die ganze Geschichte zu bedeuten hatte, würde sie mich erst danach fragen, wenn die Gefahr gebannt war. Bis dahin hätte ich mir auch eine Antwort überlegt, die nicht allzu weit hergeholt klang, allerdings würde sie sich sowieso ihren Teil denken.

Doch ich hatte keine Zeit, Rina einzuspannen. Ich hörte Gepolter in der Küche und Schritte im Flur. Türen, die geöffnet wurden, immer näher. Mist, der Hund. Neben mir saß Toby kerzengerade mit immer schneller wedelndem Schwanz. Er spitzte die Ohren und war nahe dran, sich bemerkbar zu machen. Ich hörte bereits das Gebrumme, auf das meist kurzes nervöses Gekläff folgte, unentschieden, ob er jemand begrüßen oder verjagen sollte. Wie auch immer, er würde sich verraten und mich damit auch.

Bliebe ich tatenlos, würden wir beide auffliegen. Ich packte den Hund am Halsband, fest und mit einem leichten Ruck. Hoffentlich reichte das aus, um ihn ruhigzustellen. Gemeinsam gingen wir in ein Zimmer am anderen Ende des Flurs. Meine Vermutung stimmte: Es gab ein Fenster zur Seitenstraße über dem Vordach der angebauten Küche. Wie ich mit dem großen Hund in den Armen unbemerkt daraufspringen sollte, lautlos und ohne das mit dem Tod bezahlen zu müssen, war mir ein Rätsel. Doch das war alles immer noch besser, als im Haus zu bleiben.

Als ich aus dem Fenster spähte, tat sich plötzlich eine andere Möglichkeit auf. Neben dem Haus stand auf dem Bürgersteig eine genauso große schwarze Limousine wie die, mit der ich damals in Bukarest vom Flughafen abgeholt worden war. In der Nachbarschaft kurvte man zwar durchaus gerne mal mit dunklen Jeeps und Landrovers umher, doch dieses pechschwarze Gefährt mit dunklen Scheiben, die nicht getönt, sondern vollständig verdunkelt waren, konnte nur von den Leibwächtern sein. Ob dem so war, ließe sich nur mit einer Aktion herausfinden, die, falls sie mir glückte, für mich die Rettung bedeutete.

In Botswana, vor unserem sogenannten *game walk*, bei dem Gaby und ich mit den Kindern durch die Savanne wandern wollten, um Elefanten aus nächster Nähe zu sehen, klärte mich ein Guide über die Überlebenstricks in Paniksituationen auf. Nahezu jeder Trottel kann mit der Geschicklichkeit eines Affen in eine hohe Palme klettern, wenn es darauf ankommt. Das passiert, sobald ein Tier auf ihn zustürmt, das ihn sehr wahrscheinlich aufspießen oder zerfleischen wird.

In Judiths Zimmer hatte ich plötzlich eine Eingebung.

Auf dem Schreibtisch lag ein großer schwerer Papierbeschwerer aus Glas. Erst als ich ihn hochhob, sah ich, dass in der erstarrten Flüssigkeit mehrere Glückskleeblätter trieben.

Früher war ich mal ein guter Handballspieler gewesen. Trotz meiner Größe, die besser zu einem Basketballspieler gepasst hätte, hatte ich mich für diese Sportart entschieden. Das lag allerdings schon dreißig Jahre zurück. Doch nun öffnete ich das Fenster, zielte auf die Windschutzscheibe und warf mit einem vertrauten Schwung das gläserne Geschoss hinunter.

Getroffen.

Eine Sekunde lang geschah nichts, und ich sah mich bereits als Gefangenen im Haus, der von den Leibwächtern gemeuchelt würde. Oder der vielleicht auch nur gefesselt auf die Rückkehr der Dame des Hauses warten musste.

Kurz darauf gellte die Autosirene. Hoch, schrill und durchdringend. Aus nächster Nähe ohrenbetäubend laut. Durch den Krach konnte ich nicht hören, was unten geschah.

Doch was ich erhofft hatte, trat ein. Beide Männer stürmten zum Wagen. Jetzt musste ich schnell sein. Ich nahm den Hund, der träge war, wenn er die Treppe hinunterlaufen musste, unter den Arm, eilte, so schnell ich konnte, zur geöffneten Haustür und rannte hinaus. Im Garten war kein Mensch, auf der Straße auch nicht. Auf der anderen Seite des Weges knarzten die kahlen Äste des Waldes. Dies war die Stunde am Silvestertag, zu der meine Nachbarn noch schnell Fettgebäck für den Abend besorgten, die Kinder zu den Großeltern brachten, weil sie zu einer Feier mussten oder in der Badewanne die Anstrengungen des fast abgeschlossenen Jahres wegspülten.

Niemand kam vorbei, niemand hatte mich gesehen. Ich hätte sogar zu den Typen von Judith hingehen können, als käme ich zufällig gerade vorbei und sie dann fragen: »*Need any help?*«

Das tat ich aber nicht.

Aus Judiths Haus hatte ich keinen Beweis für was auch immer mitnehmen können. Außer der Vermutung, dass die slawische Sprache, die ich im Flur gehört hatte, bulgarisch war. Vielleicht war das auch ein Schlüssel, ein weiterer Hinweis für Alkema, dessen Netz mit Zusammenhängen, Vermutungen und Fakten immer umfangreicher wurde. Ein verirrter Fisch in seinem Fang.

Ich überquerte die Straße und ging in den Wald, in dem bereits erste verfrühte Knaller abgeschossen wurden. Ich hätte allzu gern die herumlungernden Jugendlichen dabei erwischt, wie sie einen Abfalleimer hochgehen ließen, um sie dann zu verjagen. Doch auch dafür bot sich mir keine Gelegenheit. Nicht nur ein, sondern gleich zwei Polizeibusse fuhren über den Fahrradweg in den Wald hinein. Die Ordnung war wiederhergestellt.

Erst da fiel mir ein, dass ich in all der Aufregung das Allerwichtigste verdrängt hatte. Dass meine Frau tausend Kilometer südöstlich von mir die Zwillinge verloren hatte.

12

Keine Nachricht von Gaby. Bevor ich ins Haus ging, schaute ich noch einmal schnell auf meinem Handy nach, als hätte sich die gute Botschaft dort lautlos hineingeschlichen. Ich hätte gerne mein Zuhause ohne die Angst um meine Kinder betreten.

Meine Angst war groß wie noch nie zuvor. Nicht nur die Kinder ließen nichts von sich hören, plötzlich war auch meine Frau verschwunden.

Drinnen machte ich kein Licht. Das Sofa wäre jetzt zu bequem, zu tröstend und weich, nichts für meine aufgewühlte Verfassung. Ich ließ mich im Esszimmer auf einem harten Stuhl nieder. Das Telefon legte ich vor mich auf den Tisch, plötzlich war es zum Marterinstrument geworden.

Dort saß ich bestimmt eine halbe Stunde im Halbdunkel. Auch die petrolfarbene Wand mit den Fotos und Stichen von Bauwerken schien vor sich hin zu dösen.

Ich hatte die einsetzende Dämmerung nicht bemerkt, plötzlich war es finster.

Endlich klingelte mein Handy. Vibrierend und klappernd tanzte es im Kreis über den blanken Tisch. Ich erschrak wie bei einem unerwartet einsetzenden Martinshorn, das einen immer verwirrt, weil man nicht weiß, ob die Sirene zu einem rettenden oder tragischen Einsatz gehört.

Gleich an der Betonung der ersten Silbe wusste ich, was bei Gaby los war.

»Ich habe sie!«

Ich stieß einen Seufzer der Erleichterung aus.

»Gott sei Dank.«

»Du hattest recht. Sie waren …«

»Ich habe immer recht, wenn es um die Kinder geht.«

»Sie sind eine schwarze Piste gefahren, aber keine schwere …«

»Schwarz ist immer lebensgefährlich. Ich bring die Frau um.«

»Ganz ruhig bleiben. Judith hat sie wunderbar nach unten gelotst. Sehr fürsorglich. Die Kinder fanden es umwerfend, wahnsinnig spannend, zum ersten Mal richtiges Skifahren. Fast genauso gut wie Judith, die wie ein Aal den Berg im Slalom hinuntergleitet. Sie können sich gar nicht mehr einkriegen: die gedämpfte Stille des Schnees, die schwierige Strecke, die sie mit Bravour gemeistert haben. Aber, was du heute gesagt hast, das stimmte: Sie haben ihre Handys im Hotel liegen gelassen, und ich habe dort nicht nachgeschaut. Stattdessen habe ich Judith wieder und wieder angerufen. Dann sind sie etwas essen gegangen.«

Gaby sprach schnell, aufgeregt und übertönte die Fragezeichen, die sie hinter die ganze Geschichte setzte. Denn wieso bitte geht man »etwas essen«, wenn man weiß, dass die Mutter bereits seit über einer Stunde irgendwo auf einem Berg wartet und eine Riesenangst hat? Wieso hatte Judith nicht eine andere Route gewählt oder versucht, Gaby zu beruhigen?

Ich schwieg, aber dennoch geriet ich von Gabys Erzähltempo außer Atem.

Das würde mir kein zweites Mal passieren. Nie wieder würden sie ohne mich verreisen. Das sagte ich auch laut. Ich vertraute niemandem und ganz gewiss nicht Judith Faber.

Gaby widersprach nicht. Ihr Schweigen war nicht feindselig. Es folgte kein kurzer, sondern ein ziemlich sentimentaler Abschied, und wir wollten in der Silvesternacht nach zwölf wieder miteinander telefonieren.

Abstand bekam uns immer gut. Ob sich zwischen uns nun ein Ozean, ein paar Straßen, zehn Stockwerke oder nur eine

Wand befand, wir sehnten uns sofort nach der Gesellschaft des anderen.

Mit den Zwillingen könne ich jetzt nicht sprechen, hatte Gaby gesagt, sie würden sich gerade in einem Whirlpool erholen. In ein paar Stunden würde bereits die Feier in Les Caves beginnen, sagte sie. Ich hörte es sofort heraus. Dieser lockere Ton im Jargon der Eingeweihten, der Geheimcode der VIPs, die nur zwei Buchstaben eines bekannten Etablissements zu nennen brauchten, da alle, mit denen sie verkehrten, gleich wussten, was gemeint war. Wie die Schnellschreibtaste beim Handy.

»Ich liebe dich, Gaby«, schickte ich ihr später eine SMS.

»Halte durch. Ich dich auch«, kam sofort zurück.

Ich musste meine Anspannung loswerden. Ich wollte raus, ordentlich feiern. In unserer Straße war nichts los. Fast alle Ehepaare mit kleinen Kindern feierten getrennt von ihren Kindern Silvester, die Eltern hatten keine Lust auf das »alberne Theater«. Das berichtete Maud, bevor ihre Schüler bei Fernsehsendungen gewannen; oder Alexanders Eltern, als sie noch sprechen und laufen konnten und um acht Uhr abends ohne zittrige Hände den Zwillingen beim Kindersilvester Wunderkerzen anzündeten. Ach nein, Besuche, Trubel, Partys, das musste alles nicht sein, da schauten sie sich doch lieber im Fernsehen eine Silvestersendung an.

Mit einer Flasche Champagner in der Hand klingelte ich in der Nachbarschaft auf gut Glück bei den Bekannten an. Bei Rina öffnete ihre Ehefrau Doris, im Bademantel und mit einem Handtuchturban auf dem Kopf. Ihr Gesicht und ihr Dekolleté hatten den Ton von Erdnussbutter. Wahrscheinlich war sie mal wieder mit einem ihrer Bestseller-Autoren in den Tropen unterwegs gewesen wegen einer Übersetzung. Sie roch nach Badeschaum.

Doris sah mich kurz erschrocken an, dann schloss sie die Tür wieder zu einem Spaltbreit.

»Nein, bitte nicht«, rief sie hysterisch. »Das ist seit einem Monat mein erster gemeinsamer Abend mit Rina, und den vermasselst du mir nicht. Du kannst gerne morgen kommen.«

Als die Tür wieder zu war, erklang hinter ihr Gelächter. Ich zog weiter.

Maud wollte gerade das Haus verlassen. In voller Montur, enges, langes schwarzes Kleid und eine Federboa aus dem Partyladen um den Hals geschlungen, stand sie im Flur und zog sich im Spiegel die Lippen nach. Zu üppig und der Rotton war auch zu grell für ihren blassen Teint. Doch es hatte etwas Frivoles, und es stand ihr. Was ich da sah, war keine albern geschminkte abgetakelte Prostituierte, sondern eine vergessene Puppe vom Dachboden, etwas altmodisch und seltsam, aber dennoch viel schöner als die heutigen Imitationen.

Maud schmückte sich für das Fest der Plattenfirma ihrer kleinen Talente.

»Ich hinke mit dem hier zwar vierzig Jahre hinterher, doch ich hole das Verpasste gierig nach«, sagte sie und toupierte ein paar Locken in ihrer Kurzhaarfrisur.

Und bevor sie sich noch nach den Ferien meiner Familie hätte erkundigen können, fuhr auch schon das Auto vor, mit dem sie abgeholt wurde. Falls sie mich das überhaupt hätte fragen wollen. Ich musste aufpassen, dass Gaby und ich durch den starken Kontakt mit Judith uns nicht allmählich von den wenigen Nachbarn entfremdeten, auf die man hier im Viertel noch zählen konnte. Tara bekam von Maud Klavierunterricht, doch sie erzählte nie etwas von ihrer Lehrerin. In der letzten Zeit erzählte Tara sowieso kaum noch etwas.

Auf der Straße winkte ich dem schwarzen davonrauschenden Mercedes mit Maud darin lange nach.

Alexander öffnete bereits die Tür, bevor meine Finger die Klingel berühren konnten. Als ob er meinen Besuch erwartet hätte. Er war froh, mich zu sehen, und hatte gerade Hunger. In gut zwei Stunden müsste er bei seinem Vater eine Infusion wechseln. Das sollte ausreichen, um schnell in die Stadt zu radeln und bei einem Italiener etwas zu essen.

Eine Viertelstunde später hockten wir in einem Restaurant an einem Zweiertisch direkt am Fenster. Unsere verschieden langen Beine knäulten sich darunter zusammen wie die Beine einer Riesenspinne, die ihre Gliedmaßen unordentlich gebettet hatte. Ein Versagerduo, Freunden, Bekannten und ehemaligen Kunden im Fenster zur Schau gestellt.

Wir passten zueinander: zwei ramponierte Unternehmer am Vorabend des neuen Jahrs. Ein Jahreswechsel, der uns nicht groß interessierte. Ideale Gesellschaft. Wir wetterten ein wenig über den Immobilienmarkt, der uns beide Kopf und Kragen gekostet hatte. Noch stärker zogen wir aber über unausstehliche Kollegen in der Branche her, die vorläufig nicht mehr die unsere war. Wir lachten zu laut, das zeigten uns die empörten Blicke um uns herum. Die Aussichtslosigkeit spülten wir mit viel Nero d'Avola aus kleinen dickrandigen Gläsern weg. Das tat gut, so ein fast studentisches Beisammensein, um die Zeit bis Mitternacht totzuschlagen. Und dann auch noch so früh, als würde uns eine Zimmerwirtin um zehn Uhr den Ausgang verbieten.

Auf dem Rückweg hielten wir zunächst bei Alexander an. Wir verabschiedeten uns mit einer schnellen, ungeschickten Umarmung. Als die Tür hinter ihm ins Schloss fiel, radelte ich die paar Meter bis zu meinem Haus weiter. Ich tat etwas, das ich noch nie getan hatte, solange wir hier nun wohnten. Ich ging zum Wald, lehnte mein Fahrrad an einen Baum und tauchte in das ungastliche, rauschende Stockdunkel ein. Das musste einfach sein: Meine angstvolle nächtliche Ehrerbietung an den Baumriesen, den ich bei sicherem Tageslicht so gerne besuchte, doch zu nachtschlafender Zeit im Stich ließ.

Teil 3

Eine Mauer aus Fremden

1

Die Maschine aus Genf sollte am Nachmittag eintreffen, gegen halb fünf. In der Ankunftshalle suchte ich mir einen Platz an einem kleinen Tisch und bestellte mir einen Cappuccino. Von dort hatte ich die Schiebetüren genau im Blick, durch die Gaby mit den Kindern kommen würde. Judith natürlich auch, das war unvermeidlich.

Zum ersten Mal hatte ich Silvester ohne meine Familie verbracht.

Zu Hause hatte ich für mich eine Jahresbilanz aufgestellt: zwölf schwere Monate – die Folgen meiner Fahrlässigkeit in vielerlei Hinsicht. Und ein Ende der Katastrophen war nicht abzusehen.

Mein guter Vorsatz für das neue Jahr war, Judith von uns fernzuhalten. Ich würde planvoll vorgehen müssen. Während der vergangenen Nächte, als ich allein im großen Ehebett gelegen hatte, hatte ich die verschiedensten Szenarien in meinem Kopf durchgespielt. Sie von der Treppe hinunterwerfen. Oder noch wirksamer: Ihr einen Stoß von einer Klippe über dem Meer versetzen, zum Beispiel in der Normandie. Sie versehentlich mit dem Auto überfahren. Bei der Freundin des Hauses würde man nicht so schnell eine böse Absicht dahinter vermuten. Oder die einfachste Lösung für Menschen, die verschwinden mussten: Sie bei einer Rangelei zu Boden werfen, mit dem Kopf auf die Marmorfliesen.

Mir schien alles eine bessere Alternative zu sein, als meiner

Frau die Wahrheit zu erzählen und danach um Vergebung flehen zu müssen. Ich würde alles tun, um mein gemeinsames Leben mit Gaby zu retten. Koste es, was es wolle.

Meine Fantasien waren alle sinnlos. Nächtliche Grübeleien. Szenen aus zweitklassigen Filmen, die im Fernseher noch vor sich hin flimmerten, obwohl der Zuschauer schon längst eingenickt war. Aber ich konnte nicht einschlafen. Ich war hellwach und fand keine Ruhe. Das Bett schien wie aus Beton.

Ohne Gaby an meiner Seite schlief ich nie gut. Noch nicht einmal nach dem schweißtreibenden Sex mit Judith, wenn wir mit schweren, schwitzigen Armen und Beinen, aus denen jegliche Energie verschwunden war, in einer zufriedenen Verschlingung dalagen. Selbst dann konnte ich ohne meine Frau nicht schlafen, auch wenn ich während der Umarmungen nicht an sie dachte – aber an den nackten Rücken einer anderen Frau geschmiegt, fand ich einfach keinen Schlaf. Gaby konnte meine innere Ruhe wie mit einer Fernbedienung einschalten. Und die funktionierte in den Räumen, in den wir gemeinsam schliefen.

Das Morgenlicht vertrieb die Mordfantasien. Mir lag es nicht, etwas mit Vorbedacht zu tun. Im Moment der Verzweiflung glaubt man, bis zum Äußersten gehen zu können. Seine Lieben zu beschützen, um jeden Preis. Und sich danach bei seinen Händen dafür bedanken, dass sie dieses eine Mal und auch wirklich nur ausnahmsweise diese Kleinigkeit erledigt haben. Sie waschen und weitermachen, so gut es ging.

Doch so etwas lässt sich nicht planen. Der rettende Instinkt, auf den ich hoffte, ist ein Heckenschütze, und der macht keine Termine, der schlägt einfach zu, handelt auf eigene Rechnung. Oder auch nicht.

Wie, um Himmels willen, konnte ich mir Judith nur vom Hals schaffen? Wie lange könnte eine Frau bei vollem Verstand es im Schatten der Familie ihres Ex-Geliebten aushalten? Und falls sie nicht mehr bei vollem Verstand war, interessierte es mich dennoch: Wie lange noch? Die Fragen schwirrten umher, lästig wie Fruchtfliegen in der Küche.

Ich hatte mir vorgenommen, dass ich auf dem Flughafen etwas tun würde, was ich sonst nie in Judiths Beisein getan hatte, aus Furcht, dass sie es als Provokation auffassen könnte. Ich würde meine Frau umarmen, so, wie man jemanden umarmt, den man viel zu lange nicht gesehen hat. Mit angespannten Muskeln und besitzergreifender Freude, die alles um einen herum verschwinden lässt. Ich konnte meine Frau bequem vom Boden hochheben und auch bei meinen Kindern, die viel größer waren als sie, bekam ich das noch hin. Doch ich tat es selten. Erwachsene, die sich gehen lassen und sich zu kindischen, sentimentalen Gesten hinreißen lassen, bereiteten mir immer ein Gefühl des Unbehagens. Diesmal würde ich mich aber nicht zurückhalten. Ich würde den Störenfried mit dem konfrontieren, was er entweder nicht erkennen oder nicht wahrhaben wollte.

Bevor das Flugzeug landete, würde ich Blumen kaufen, nur für Gaby. Oder noch besser: Pralinen, Schmuck oder einen druckfrischen Roman, den es gerade erst im Buchhandel gab. Auch nicht schlecht wäre ein Stapel internationaler Modezeitschriften, die ersten Ausgaben des neuen Jahrs. Die *Vogue*, die sie schon lange nicht mehr kaufte, um Geld zu sparen.

Ich bezahlte den Kaffee, indem ich ein paar Münzen aus meiner Hosentasche fischte und sie auf dem Tisch hinterließ. Mehr als genug.

Kurz darauf stand ich an der Kasse der Buchhandlung mit mehreren Modemagazinen unter dem Arm. Ich würde sie als Geschenk verpacken lassen. Vielleicht kein besonders romantisches Geschenk, aber immerhin könnte ich Gaby damit eine Freude machen. Jetzt musste ich nur noch einen Blumenladen auftreiben, in dem es nicht nur geschnitzte Holztulpen oder Tulpenzwiebeln gab. In meinem Eifer hörte ich noch nicht einmal, was die Verkäuferin zu mir sagte. Jedoch sagte sie es laut und deutlich und für alle Kunden hinter mir gut verständlich. Dann wiederholte sie es.

»Haben Sie noch eine andere Kreditkarte?«

Erstaunt sah ich sie an. Einen Moment dachte ich, ich hätte ihr versehentlich meine EC-Karte gegeben, die tatsächlich unbenutzbar war. Tief in den Miesen. Erst Ende des Monats würde wieder das knapp bemessene Geld auf dem Konto sein, das genau die laufenden Kosten abdeckte.

Doch ich hatte mich nicht versehen, ich hatte ihr meine Kreditkarte gegeben. Zwei Tage zuvor hatte ich damit noch das Essen mit Alexander bezahlt und Geld für die Einkäufe abgehoben.

»Das kann unmöglich sein, die Karte muss funktionieren«, sagte ich zu der Verkäuferin.

»Tut sie aber nicht.«

Die Verkäuferin war untersetzt und hatte kurze rote Haare, die nicht zu ihren fleischigen Wangen passten, zudem wirkten ihr blasser Teint und ihre Zähne dadurch gelbstichig. Sie war bestimmt nicht viel jünger als ich. Ihre Ohrenränder hatte sie mit Ohrsteckern perforiert. Das Ganze ähnelte silbernem Ausschlag. Als wäre das nicht schon genug, hatte sie zudem noch zwei Silberringe in einem Nasenflügel hängen.

»Ihre Kreditkarte wird nicht angenommen. Ich habe Sie gefragt, ob Sie auch anders bezahlen können. Hallo? Hören Sie mich? *Do you understand Dutch?*«

Ich konnte nicht zahlen.

»Es muss sich um ein Missverständnis handeln, vielen Dank.«

Ich zog meine Kreditkarte aus dem Apparat und drehte mich um, um wegzugehen. Doch das war offenbar nicht so leicht. Einmal als mittelloser Niederländer entlarvt, hatte man auch zu büßen. Die Verkäuferin hatte sich etwas ausgedacht.

»Das geht nicht einfach so. Sie hätten mich die Zeitschriften fast einpacken lassen und sie dann doch nicht gekauft. Sie müssen sie wieder ins Regal zurückstellen.«

Ich drehte mich um.

»Wie bitte?«

»Sie haben mich verstanden.«

Mit dem Arm an mir vorbei ausgestreckt, hatte die Verkäuferin inzwischen etwas vom Kunden hinter mir angenommen. Ich hörte Gezischel in der Schlange. Die Verärgerung galt bestimmt nicht der Verkäuferin.

»Hier sind die Zeitschriften, und die stellen Sie jetzt mal schön zurück.«

Die Verkäuferin hatte den Stapel auf die Theke gelegt und ihn mir zugeschoben.

»Ja, du Asi. Stell die Sachen zurück und verpiss dich!«, rief jemand hinter mir.

Das reichte. Während die Verkäuferin den nächsten Kunden zu sich heranwinkte, griff ich mir einen Stapel Klatschblätter, die vor mir auf der Theke lagen. Und dann noch einen. Ich legte sie auf die Magazine, die ich nicht bezahlen konnte. Den wackeligen Turm schob ich mit Schwung zu der Verkäuferin hin, sodass er zu ihrer Seite umkippte und die Zeitschriften auf dem Boden hinter der Theke landeten.

»Verzeihen Sie bitte«, säuselte ich. »Aber Sie werden das bestimmt ohne Probleme wieder hochhieven können. Sie haben ja genug Haken im Gesicht.«

Dann huschte ich schnell aus dem Laden wie ein Jugendlicher, der zum ersten Mal Kaugummi geklaut hat.

Als ich wieder an meinen Warteplatz zurückkehrte, war das Flugzeug bereits gelandet. Nach einer Viertelstunde schickte ich Gaby eine SMS. Keine Antwort. Eine halbe Stunde später hatte ich auch den Kindern eine SMS geschickt. Keine Antwort. Ich ging zu den Glasschiebetüren, von wo aus man einen Blick zu den Passagieren am Gepäckband erhaschen konnte. In der Menge versuchte ich meine Familie ausfindig zu machen. Sie war nirgendwo zu sehen. Meine Augen prallten an einer Mauer aus Fremden ab, die mir die Sicht auf meine Lieben verstellten. Auch von Judith, die aus jeder Menge sofort herausstach, war keine Spur zu sehen. Es war sehr viel los in der Ankunftshalle. Die mechanischen Schiebetüren schoben sich noch nicht einmal mehr auf und zu, ein beständiger Menschenstrom. Als ich eine Stunde nach der Ankunft noch immer nichts von Gaby gehört hatte, fragte ich jemanden neben mir, ob er auch auf die Passagiere des Fluges aus Genf warten würde. Nein. Ich fragte es drei weitere Wartende, doch alle verneinten. Der Menschenstrom, der die Gepäckhalle verließ, wurde immer dünner, bis er schließlich ganz abbrach. Um mich herum wurde es leer.

Wieder rief ich Gaby, Tara und Leon an. Es meldete sich niemand.

Die Schiebetüren waren geschlossen und die Sicht auf das Gepäckband versperrt. Aber ich musste meine Familie suchen. Ich postierte mich knapp vor den Ausgang und wartete, bis endlich jemand hinauskommen würde. Als das geschah, nutzte ich die Gelegenheit und schlüpfte hinein. Dann würde ich mich eben selbst im Niemandsland, das einfach so Menschen verschlang, auf die Suche begeben müssen.

Weit kam ich nicht. Sofort wurde ich aufgehalten.

»Was wollen Sie hier?«

Eine große ostasiatische Frau baute sich vor mir auf wie ein hochgestellter Schlagbaum. Aus dem Nichts tauchten zwei kleinere Gehilfen auf, die sich hinter mich stellten.

»Do you speak Dutch? Please follow us, Sir.«

Ohne eine Antwort abzuwarten, nahmen sie mich gleich mit.

Zwei Hände auf meinen Schultern schoben mich vorwärts. Die stämmige ostasiatische Frau sprach etwas Unverständliches in ihr Sprechfunkgerät.

»Ich suche meine Familie«, sagte ich. »Ich warte bereits seit über einer Stunde auf sie. Sie sind verschwunden.«

Ich blieb stehen und hatte die Hoffnung, ich könnte mir Gehör verschaffen. Wenn die Männer hinter mir mit dem Geschiebe nicht aufhörten, würde ich gleich auf die Nase fallen. Wer weiß, womöglich verhafteten sie mich noch wegen Ruhestörung im Zeitungskiosk. Heutzutage wusste man nie, aus welchem Grund man festgenommen wurde oder eine Strafe verpasst bekam.

Die Ostasiatin drehte sich um. Sie hatte Katzenaugen. Dieselben schönen gelbgrünen Augen wie Gaby, doch diese befanden sich mit mir auf einer Höhe und musterten mich verständnislos. Kurz meinte ich, darin ein unheilverkündendes Zeichen zu erkennen. Als ob meine Frau tatsächlich verschwunden wäre und sie über einen anderen Körper, über eine fremde lebendige Materie mir einen letzten Gruß überbringen wollte. Mit einem grünbraunen Flackern zwischen den langen Wimpern einer Person hindurch, die in mir einen Verbrecher sah.

»Hören Sie, Sie müssen mitkommen.«

Die Männer hinter mir drückten, ich gab nach. Irrte ich mich, oder konnte ich mich noch durchaus an Zeiten erinnern, da hatte ich bei irgendwelchen Problemen kurz den Kopf um die Ecke der Schiebetüren strecken und um Hilfe bitten können? Zunächst hätte man mir zugehört und mir dann freundlich geantwortet. Ach, wie schrecklich für Sie. Und Sie sind sich auch wirklich sicher, dass Ihre Familie mit dieser Maschine geflogen ist? Ja? Wenn Sie einen Augenblick warten, dann kontrollieren wir Ihre Daten kurz bei der KLM. Möchten Sie in der Zwischenzeit vielleicht etwas trinken? Eine Tasse Kaffee? So war man miteinander umgegangen, bevor Terroristen nicht nur das Fliegen, sondern auch den menschlichen Kontakt auf dem Flughafen unsicher gemacht hatten.

Ich wurde in einen kleinen fensterlosen Raum geschoben. Ein Kabuff. Eine Zelle. Dass es einen Tisch mit einem Computer gab, stimmte mich hoffnungsvoll. Sie würden sich offenbar der Sache annehmen, man würde meine Daten eingeben und Passagierlisten abrufen. Zunächst würde man mich durchsuchen. Dann müsste ich mich identifizieren. Zum Glück hatte ich meinen Führerschein dabei, sonst ließ ich ihn meistens zu Hause. Am liebsten nahm ich nichts mit, weder Taschen noch Rucksäcke, nur leere Hosentaschen. Die Kleidung sollte leicht sein und meine Hände frei. Jetzt holte ich meinen Führerschein heraus und warf ihn auf den Tisch. Das war nicht so klug. Denn auf meine Frage, ob man mir bitte erklären könne, was eigentlich los sei, bekam ich zur Antwort, dass ich erst reden solle, wenn ich darum gebeten würde. Die Aufpasserin ging gründlich vor.

Es tauchten zwei weitere Männer in Zivil auf, bestimmt herbeigerufen, um den potenziellen Terroristen in Schach zu halten, für den man mich hielt.

»Ich habe meine Familie verloren«, rief ich aus und hatte vor, alles auf die emotionale Karte zu setzen. »Sie sind gelandet, doch sie sind seit mehreren Stunden nicht aufgetaucht. Ich bin furchtbar verzweifelt, verstehen Sie das? Und ich habe Angst, dass Ihnen etwas zugestoßen ist.«

Hoffentlich widersprach mein Äußeres nicht meiner Mitteilung. Während der vergangenen Monate hatte ich verdammt gut gelernt, wie man ein Pokerface aufsetzte. Immer dann, wenn ich in der Stadt Bekannte traf, die sich eher für die Sensation meines Firmenkonkurses und meines Weggangs bei der Gemeinde interessierten als dafür, wie es mir wirklich ging, setzte ich mein leicht zerstreutes Ist-alles-in-Ordnung-Gesicht auf. So erwiderte ich momentan unverfrorene Blicke. Doch was mich in Haarlem vor der sensationslüsternen Neugier der Bürger schützte, konnte mir im Verhaftungskabuff auf dem Flughafen übel mitspielen.

»Sie haben für Sie verbotenes Terrain betreten. Wieso haben Sie das getan?«, fragte mich einer der Männer im Anzug. Er hatte rötliches Haar. Aus irgendeinem Grund verband ich damit einen aufgeschlossenen, angenehmen Charakter. Das Sommersprossengesicht würde mich nicht schnurstracks nach Guantanamo Bay befördern.

»Wieso haben Sie das getan?«

»Weil es mich verrückt gemacht hat, ohne Nachricht da draußen vor der Tür warten zu müssen«, antwortete ich. »Ich habe mehrmals versucht, meine Frau und meine Kinder zu erreichen, aber sie haben den Anruf nicht angenommen. Ihr Flieger war bereits gelandet, das konnte ich sehen, um 16:20 Uhr. Aber ich habe nichts von ihnen gehört.«

Der Rothaarige rieb sich übers Kinn, ich hörte das leise Schabegeräusch seines Barts.

»Können Sie uns bitte Ihre Telefonate auf Ihrem Handy zeigen?«

Ich holte mein Handy aus der Tasche hervor, doch noch bevor ich es überreichen konnte, wurde es mir bereits von dem anderen Typen im Anzug aus der Hand gerissen, einem älteren blassen Mann ohne Kinn, aber mit einem wulstigen roten Mund. Wäre man ihm als Postbote, Lehrer oder Wirtschaftsprüfer begegnet, hätte dieser libidinöse Mund etwas Verdächtiges an sich gehabt. Ein ekliger Kerl in einem harmlosen Kostüm.

Mit seinen gelblichen Fingerspitzen glitt er über mein Handy.

»Stimmt«, sagte er zum Rothaarigen.

Ich machte den Fehler, mich zu erheben. Die vier Hände der Männer, die mich in diesen Verschlag abgeführt hatten, drückten mich wieder auf den Stuhl zurück. Nicht fest, nicht schmerzhaft, aber bestimmt.

»Wie heißen die Flugreisenden, die Sie erwarten, und welchen Flug haben sie genommen?«

Flugreisende. Meine Familie, du Arsch. Ich hielt mich zurück und nannte die Daten. Danach verließen die beiden Männer im Anzug den Raum mit den notierten Angaben. Offenbar konnte man so etwas nicht übers Telefon durchgeben. Die Situation wurde immer bizarrer. In der Ecke des Verschlags stand ein Ficus und starb einen langsamen Tod. Oder war er etwa aus Plastik, wie man es heutzutage öfter in Betrieben sah? Wie oft hatte ich diesen Trend mit großem Bedauern wahrgenommen. Sogar Kunden mit einem Gespür für Ästhetik, für die ich Steine und Holz vom anderen Ende der Welt einschiffen lassen musste, Leute, die horrende Summen für Schiefer ausgaben, der einen kaum wahrnehmbaren Ton heller oder dunkler war als die ausgezeichnete Qualität, zu der ich ihnen geraten hatte, entschieden sich, wenn das Gebäude endlich fertig war, für Pflanzen, die man nach dem Legoprinzip zusammensteckte. Den peinlichen Unterschied zu lebendem Grün sahen sie nicht oder wollten ihn nicht sehen.

Es dauerte bestimmt zwanzig Minuten, bis die beiden Männer wieder da waren. Sie kamen in Begleitung noch weiterer Schutzbeamter. Allmählich wurde es etwas eng in dem Raum. Ich drehte mich auf meinem Stuhl zu ihnen um, ich saß als Einziger.

Der Rothaarige sprach.

»Die Namen, die Sie uns genannt haben, stehen nicht auf der Passagierliste der KLM. Ihre Erzählungen stimmen nicht, und Sie haben uns falsche Daten genannt.

Stehen Sie bitte auf und kommen Sie mit. Wenn Sie kooperieren, können Sie ohne weitere Sicherheitsmaßnahmen zu dem Raum begleitet werden, wo alles Weitere geregelt wird.«

Was sollte denn das werden? Vom suchenden Vater, der von seiner verärgerten, aus irgendwelchen Gründen verwirrten und impulsiv handelnden Frau im Stich gelassen wurde, eine Geschichte, die ich meinen Bewachern nicht erzählen konnte, war ich zu einer verdächtigen Person mutiert, die auf dem Flughafen eine Straftat plante. Wahrscheinlich würden sie gleich noch ein Verbrecherfoto von mir machen und meine Fingerabdrücke nehmen.

Plötzlich fiel mir ein, dass überall in Judiths Haus meine Fingerabdrücke waren. Das eine zog das andere nach sich, wer weiß, vielleicht steckte Judith hinter der ganzen Sache. Womöglich hatte sie von der Schweiz aus einen Sicherheitsalarm ausgelöst. Wer weiß, vielleicht befanden sich Gaby und die Kinder in dem schwarzen Auto der Bulgaren, die nach dem Vorfall an Silvester in Haarlem über die Alpen in die Schweiz gerast waren, um Judith zu warnen und ihr beizustehen. Vielleicht war meine Familie entführt worden, weil sie meine Scheidung erzwingen wollte. Nach dem Motto: Ich bringe sie heil nach Schiphol zurück, wenn du sofort mit mir die nächste Maschine nimmst. Gegen einen solchen Wahnsinn wäre ich machtlos. Und diejenigen, die mich dann zu beschützen hätten, verdächtigten mich momentan.

Unter meinem Pullover trug ich ein Hemd, beide Kleidungsstücke wirkten plötzlich so hinderlich wie ein Panzer. Der Schweiß strömte mir am ganzen Körper aus den Poren.

2

Vor zwölf Monaten, kurz nach meiner Entlassung, wachte ich jeden Tag mit derselben Angst auf: Es kündigte sich ein weiterer Verlust an. Ich würde noch mehr als mein Büro, mein Vermögen, meine Stellung bei der Gemeinde verlieren. Als ob das nicht schon genug wäre, würde ein weiterer Schlag kommen. Und daran würde ich für immer zerbrechen.

Ich wollte mir noch nicht einmal vorstellen, was das Übel sein könnte. Doch die Bilder schwirrten durch meinen Kopf wie giftige Insekten. So etwas war hartnäckig, das bekam man nicht so einfach weg. Das ging nur, indem ich schnell aufstand und mich unter eine kochend heiße Dusche stellte, mit hartem Massagestrahl direkt in mein Gesicht, bis es rot und breiartig wie Tatar war. Ohne mich abzutrocknen, hüllte ich mich danach in den Bademantel und rannte hinunter, um nachzuschauen, ob mit der Familie alles in Ordnung war. Dort traf ich natürlich niemanden an. Die Kinder waren schon längst in der Schule, Gaby erledigte bereits die Einkäufe. Nur der Hund war da und sprang froh an mir hoch.

Genau ein Jahr darauf, als ich mich in der unangenehmen Situation auf dem Flughafen befand, blieb mir nichts anderes übrig, als mit anzusehen, was mir noch genommen werden konnte: meine Familie und meine Freiheit. Ein Versager in einer Abwärtsspirale verliert nun einmal alles. Gefängnisgitter waren zwar noch nicht in Sicht, doch ich konnte im Flughafen nicht mehr gehen und stehen, wo ich wollte.

Mit einem ziemlich bedrückenden Gefühl wurde ich von sechs Personen abgeführt, die mir zu sehr auf die Pelle rückten. Langsam, als wären meine Beine mit einer schweren Kette gefesselt, schob ich mich schrittweise durch die Gepäckhalle vorwärts. An der Wand entlang, ein paar Treppen hinauf, danach durch einen langen Gang, durch den uns Passagiere entgegenströmten. Als Größter unserer kleinen Gruppe fing ich die Blicke der anderen auf. Alle starrten mich an. Hastige Blicke mit kurzem Erstaunen: Ein Mann wurde abgeführt, geschah ihm wahrscheinlich recht.

Natürlich schaute ich nicht freundlich zurück, ganz bestimmt nicht. Wer aus einem Flugzeug kam und sich frei bewegen durfte, machte auf mich einen feindlichen Eindruck. Versehentlich war ich aus dem normalen Leben gerutscht. Das war sofort zu erkennen, und man machte mir gleich den Weg frei. Sie wollten mich nicht mehr unter sich haben.

Kurz vor der Rolltreppe blieben wir stehen. Ein Sprechfunkgerät gab Knacktöne von sich. Es erklang eine knarzende Mitteilung, die ich nicht verstehen konnte. Der Rothaarige und der Blasse lösten sich aus der Gruppe und entfernten sich mit den telefonierenden Grenzschutzbeamten ein paar Schritte, um gemeinsam zu beratschlagen.

Da stimmte irgendetwas nicht.

Die Männer legten ihre Hände in die Hüften, tickten mit den Schuhspitzen auf den Boden und rieben über etwas, vielleicht eine eingebildete Kakerlake oder auch eine echte. Der Blasse kratzte sich am Kopf, und der Grenzschutzbeamte schaute plötzlich zu mir hin, lange und lustlos, als hätte er soeben einen Befehl entgegengenommen, den er nur höchst unwillig ausführte.

Gemeinsam bauten sie sich vor mir auf. »Hören Sie, es handelt sich um ein Versehen, Ihre Familie befindet sich in der nächsten KLM-Maschine aus Genf. Das erste Flugzeug war überbucht.«

Sag ich doch, ihr Idioten! Ich rieb mir über die Schläfen und spürte, wie das Blut in meinen Adern tobte.

Zum zweiten Mal innerhalb weniger Tage hatte ich eine Todesangst wegen Gaby und den Kindern ausgestanden. Lichterlohe Panik, die nach der Aufdeckung des Missverständnisses sofort erlosch. Als sei nichts gewesen. Für alle besorgniserregenden Signale schien es im Nachhinein eine Erklärung zu geben. Akku vom Handy leer. Defekter Skilift. Eine Umbuchung.

Wer keine Schuldgefühle hat, der erträgt so etwas. Die beunruhigende Information (oder auch Uninformiertheit) wird dann nüchtern verarbeitet. Weise beschließt man, eine Erklärung abzuwarten. Voller Vertrauen, dass diese bald erfolgen wird.

Doch ich erwartete bei jedem Schritt, egal, was mir auch widerfuhr, eine Bestrafung und Buße. Und jedes Mal, wenn ich dem entging, brachte mir das keine Erleichterung, sondern es tauchte die Warnung auf: Nächstes Mal, Job, dann kriegen sie dich. Das war's noch lange nicht.

»Ich möchte etwas trinken«, sagte ich.

»Natürlich, ja sicher.«

Der Rothaarige machte eine Kopfbewegung zur Ostasiatin, die daraufhin durch eine Tür verschwand und sofort mit einem Glas Wasser zurückkehrte. Labberiges, bitteres Bürowasser. Ich fuhr mir mit der Zunge über meinen Gaumen, doch das verstärkte den Geschmack nur.

Allmählich löste sich unser Grüppchen auf. Unsere Formation mit einer Mission existierte nicht mehr. Die Sensation war verpufft, keiner der Passanten schaute uns noch an. Der Mensch hat ein sicheres Gespür dafür, wenn eine Sache nicht ganz geheuer ist. Ruhestörung, bedrängte oder bedrohte Mitmenschen, bei denen man nicht sofort weiß, ob sie Hilfe verdienen. Schadenfreude verdrängt die Empathie. Man betrachtet den Geschädigten mit dem auskostenden, verstohlenen Blick, der klarstellen soll, dass die Rollen nicht umgekehrt sind. Du ja, ich nicht. Derselbe Überlebensinstinkt, der täglich Millionen Fernsehzuschauer aufs Sofa zwingt, um sich die scheußlichsten Sachen anzusehen über tödliche Krankheiten, Jugendliche, die das Haus ihrer Eltern in Schutt und Asche legen, fettleibige Menschen, die fast abkratzen, weil sie stundenlang von einem satanischen Trainer gequält werden, und solcherlei Dinge. Für jedes Leid die passende Fernsehsendung. Nichts ist so tröstlich wie das Elend der anderen. Ab und zu entfährt dem Zuschauer dann ein »du meine Güte« und »wie traurig«, doch eigentlich meint er »wie ekelhaft« und »zum Glück haben wir das nicht«.

Die Schiphol-Show, in der ich die Hauptrolle gespielt hatte, war zu Ende. Ich erholte mich, mein Gefolge kam aus dem Konzept. Man konnte das an den jungen Gesichtern erkennen, die gelernt hatten, in schwierigen Situationen immer eine ernste Miene aufzusetzen, doch in ihrer Erziehung, in der Schule oder auf späteren Lehrgängen hatten sie etwas Wesentliches verpasst. Und zwar: wie man von Gleich zu Gleich schaut. Von Mensch zu Mensch. Auch bei der Arbeit oder in unangenehmen Situationen. Das wurde nicht behandelt.

»Sie müssen jetzt gehen und draußen auf Ihre Familie warten«, sagte der Rothaarige.

»*Müssen?* Wie wäre es mit *können?*«

Der Rothaarige war baff. Ich hatte noch keine Entschuldigung gehört. Dazu würde es auch nicht kommen, denn sonst käme ich vielleicht noch auf die Idee, diese übereifrigen Stümper anzuzeigen.

»Das werde ich nicht tun«, sagte ich und ging auf den Rothaarigen zu. »*Sie* werden mit mir durch die Schiebetüren gehen und dafür sorgen, dass Ihre unüberlegten Kollegen, die dort in den Koffern armer Seelen herumwühlen, um etwas zu finden, das sie beschlagnahmen können oder wofür sie lächerlich hohe Einfuhrsteuer verlangen können, mich auch wirklich durchlassen. Das sind schließlich dieselben Personen, die mich zurückgehalten und an Sie ausgeliefert haben.«

Das war mir jetzt zu schnell herausgerutscht. Und dann auch

noch in diesem respektlosen Ton, den ich immer anschlage, wenn ich mit solchen Leuten zu tun habe.

»Also, hören Sie bitte …«

»Nein«, sagte ich nun in ruhigerem Ton. »Sie begleiten mich und sorgen dafür, dass ich problemlos hier herauskomme. Eine Entschuldigung wäre zudem auch angebracht. Oder tut es Ihnen etwa nicht leid, dass Sie mich so unhöflich behandelt haben?«

Zwei Stunden darauf kamen Gaby und die Kinder durch die Schiebetür. Ich sah nur Leon. Er war gebräunt und schien – wie immer, wenn ich ihn ein paar Tage nicht gesehen hatte – wieder ein Stück gewachsen zu sein. Er schob einen überladenen Gepäckwagen, auf dem sich zwei mir unbekannte Koffer befanden, und winkte mir freudig zu.

Mit Tara und Gaby stimmte etwas nicht. Meine vierzehnjährige Tochter schien alles abgestreift zu haben, was die Woche zuvor noch kindlich an ihr gewesen war. Von Kopf bis Fuß steckte sie in schwarzen Designerklamotten. Sie hatte sich stark geschminkt und ihr langes Haar gegen eine kürzere, markantere Rothaarfrisur eingetauscht, unter der lange Ohrringe hervorschauten. Sie schien nicht nur älter und größer geworden zu sein, sondern auch auf eine unerfreuliche, befremdliche Art schöner. Sie verkörperte die professionelle Steifheit eines Fotomodells, das vor der Kamera perfekt in einer Position verharren konnte, doch das Kantige passte nicht in den Alltag.

Zum Glück warf sie sich mir wie erwartet in die Arme. Doch sie roch anders als sonst, diesmal nach Parfum. Ein süßlicher, abstoßender Geruch, der mir bekannt vorkam. Judiths Parfum! Das war kein Zufall. Judith hatte ihr Revier markiert.

Vor anderthalb Jahren, als wir mit der Familie zuletzt gemeinsam geflogen waren, hätte Tara mir im Duty Free am Flughafen fast eine Parfumflasche aus der Hand geschlagen, als ich heimlich etwas für ihre Mutter aussuchen und es an Tara testen wollte. »Nicht sprühen, Papa!« Keine Chemie, nichts Künstliches, nur Naturfarben, kein Duft auf der Haut oder Lack auf den Nägeln! Meine Tochter war rundum mit ihrem natürlichen Erscheinungsbild zufrieden.

Nach den Skiferien mit Judith warf sich mir plötzlich ein blutjunges, ziemlich stark geschminktes Minifotomodell in die Arme, das wie die Frau roch, mit der ich vor Jahren seine Mutter betrogen hatte.

Ich hielt sie auf Armeslänge von mir. Die Art, wie ich sie ansah, sagte alles.

»Und, wie findest du es?«, fragte sie und schüttelte ihre Haare. »Judith hat gesagt, ich solle mein Haar nicht so lang und fransig tragen wie ein Schulhofflittchen.«

Diese Sprache kam nicht von ihr. Zitierte sie mit leichter Ironie, oder hatte sie den Judith-Jargon angenommen?

Ich küsste sie auf den Haarscheitel.

»Mädchen sind keine Flittchen«, sagte ich.

»Was weiß denn ich. Aber du weißt ja, wie Judith ist.«

»Nein, das weiß ich nicht.«

Natürlich wusste ich es, und erneut wurde ich wieder daran erinnert, was ich verschwieg.

Noch immer mit der Nase in der neuen Frisur meiner Tochter betrachtete ich Gaby. Zu meinem Schrecken sah ich, dass sie ihr schokoladenbraunes Haar zu einem fransigen blondierten Pagenkopf mit leichten Farbreflexen hatte umgestalten lassen. Meine italienische Frau hatte sich in eine damenhafte BBC-Sprecherin verwandelt. Ganz der Typ älter werdende, grazile angelsächsische Frau, die sich einen jugendlichen Touch von einem Haarschnitt verspricht, den sie früher zwar verhöhnt hat, der ihr heute aber plötzlich steht. So eine Frau, die auf eine lange Erfahrung als Journalistin zurückblicken kann, stets tadellose Berichte erstattet hat und tadellos aussieht.

Auch Gabys Gesicht spannte irgendwie. Ihre Haut wirkte, als sei sie von ihrem vertrauten Gesicht abgelöst worden. Ein seltsames Material, das von querverlaufenden Fäden durchzogen war, die beim Zusammenziehen eine glatte Spannung erzeugten. Die Nasenbrücke hatte einen neuen Platz, entweder höher oder tiefer, jedenfalls bekam das ihren Augenbrauen nicht, die plötzlich hilflos wirkten. Botox. Ich musste mich zurückhalten, damit ich nicht etwas Abwertendes sagte, und ich hob Gaby auch nicht hoch, wie ich es ursprünglich vorgehabt hatte, sondern drückte diesen komischen neuen Kopf an meine Brust. Ich hatte mich noch immer nicht ganz beruhigt. Wenn sie mir ein Ohr ans Hemd legen würde, könnte sie den Aufruhr in meinem Inneren hören.

»Du siehst ziemlich mitgenommen aus, Job. Konntest du ohne uns nicht gut schlafen?«

Gaby versuchte, ihre Bemerkung mit einem Lachen abzuschwächen.

»Das wird's wohl sein«, antwortete ich.

Wieso hatte sie mich nicht über die Umbuchung informiert? Ihre Handys funktionierten. Nach der Landung hatten mir alle drei Nachrichten geschickt. Ich fragte nicht nach, denn Leon kam, um sich als Letzter seine Umarmung abzuholen. Als ich die Arme um meinen Sohn schlang, fiel mir auf, dass jemand in der Gruppe fehlte.

»Seid ihr ohne Judith zurückgeflogen?«

Die Kinder nickten, als sei das längst bekannt, auch mir. Das neue Gesicht meiner Frau verdüsterte sich.

»Hat sie dir das denn nicht gesagt?«

»Was gesagt? Und wann?«

»Dass wir nachkommen. Es gab nur noch einen einzigen Platz auf dem frühen Flug, den wir eigentlich nehmen wollten. Ich habe darauf bestanden, dass sie ihn nimmt. Sie hat zu Hause Besuch aus dem Ausland, weißt du. Und da hat sie mir gesagt, es sei nicht nötig, dass ich dich anrufe, denn sie würde dich sowieso in Schiphol am Flughafen treffen. Dann würde sie dir sagen, dass wir mit dem nächsten Flug kommen. Sie hat es mir versprochen.«

Eine etwas merkwürdige Geschichte. Wenn sie mich rechtzeitig angerufen hätte, wäre ich natürlich nicht so früh zum Flughafen gefahren. Gaby achtete sonst immer auf solche Dinge, wieso nicht jetzt?

Meiner Frau kam das offenbar auch seltsam vor. Irritiert fragte sie: »Hat sie sich denn nicht bei dir gemeldet?«

Einen winzigen Augenblick dachte ich, Judith könnte sich aus dem Staub gemacht haben. Auf demselben Flughafen, auf dem ich sie damals im Stich gelassen hatte. Als billige Revanche, indem sie mir für kurze Zeit das nahm, weswegen ich sie hatte sitzen lassen: meine Familie. In der Luft zwischen zwei Ländern dahinschwebend, während ich keine Ahnung hatte, wo sie blieben und was mit ihnen geschehen war.

Hoffentlich hatte sie nun endlich aufgegeben. Ein Gedanke wie ein Beruhigungsmittel, das endlich anschlug. Ich hatte Lust, sofort nach Hause zu fahren und nachzuschauen, ob meine Vermutung stimmte. Erleichterung ist ein wärmender Mantel. Doch in meiner Tasche summte eine SMS, und da wusste ich mehr.

»Ach ja, deine Familie und ich fliegen getrennt. Das ist immer sicherer, stimmt's? Judith.«

Im Präsens. Es könnte sich auch um eine verzögerte Nachricht handeln. Nicht nachweisbar.

»Wer war das?«, fragte Gaby.

Ich erzählte ihr, Rina und Doris hätten geschrieben, weil sie mir noch ein Neujahrsessen schulden würden.

3

Ohne sie anzusehen, ging ich hinein. Kochend. Fast hätte ich sie zur Seite schieben müssen, weil sie sich mir in den Weg stellte. Sie kam mir nahe, obwohl es genug Platz gab. Bedrängend. Eine stille Variante von »Was willst du hier?«. Im großzügigen Eingangsbereich ihres Hauses mit den schwarz-weißen Marmorfliesen waren wir Schachfiguren, die auf den nächsten Zug des anderen lauerten.

Noch immer kein Wort.

Die vielen Verwünschungen, die ich mir überlegt hatte, drückten meine Zunge gegen den Gaumen. Ob sie das klickende Geräusch hörte?

Man konnte uns sehen. Bereits von der Straße aus hatte ich erkannt, dass in allen Zimmern Licht brannte. Nirgendwo Vorhänge, das Haus sah aus wie ein erleuchteter Guckkasten.

Natürlich hatte sie mich erwartet, und zwar gleich am Abend nach der Rückkehr aus dem Skiurlaub. Vielleicht hatte sie es bewusst darauf angelegt, diesen Besuch herbeizuführen. Vielleicht baute sie sich deswegen so abgeklärt vor mir auf, mit verschränkten Armen zum Zeichen der Abwehr. Locker wippte sie vor meiner Nase hin und her, von einem Bein auf das andere. Ihr ganzer Körper wiegte sich zu einer Musik, die nur sie hörte. In dem Kopf, in den ich nicht eindringen und nichts verändern konnte.

»Wann verschwindest du endlich aus Haarlem und lässt uns in Ruhe?«

Es klang nicht wie eine Frage. Aber es brach auch zu machtlos aus mir heraus.

Mein Wunsch hing in der Luft, wurde aber als unbedeutend befunden.

Judith zog die Augenbrauen hoch. Noch immer setzte sie diesen amüsierten, zugeknöpften Blick auf.

»Du hast deinen Spaß gehabt. Du hast meine Frau umgarnt, hast sie benutzt und ihr Lügengeschichten erzählt. Meinen Kindern auch. Wie kommst du dazu? Du richtest dich mit unseren Möbeln ein, und du hättest Gaby auch fast den Hund abgeluchst. Du isst unser Essen, und du kochst für uns. Andauernd bringst du mich in unangenehme Situationen, wobei unangenehm noch untertrieben ist. Du fährst mit meiner Familie in den Urlaub, du trennst meine Frau von den Kindern und lässt sie verängstigt warten. Mir brockst du dasselbe auf dem Flughafen ein, und zu guter Letzt fickst du auch noch die Nachbarn. Ich weiß nicht, welche Hausnummern du schon alle durchhast, doch wenn du so weitermachst, dann gehst du demnächst im Wald auf den Strich ...«

»Bist wohl eifersüchtig ...«

Ich redete so laut, dass ihre Worte wie Geflüster klangen. Der Abstand, den ich während der vergangenen Monate gehalten hatte, schien sich auf einen Schlag aufgelöst zu haben. Zerbröselt von einer Ladung Vorwürfe, erstickt von meiner Wut. Dann konnte ich auch fortfahren.

»Du tauchst auf und willst unser Leben zerstören, du täuschst meine Frau, indem du dich als jemand anderen ausgibst und ihr vorspielst, ihre Freundin zu sein. Du rechnest mit meiner Diskretion und schleichst dich auf allen möglichen Wegen in unser Leben, falsch, hinterhältig, permanent anwesend. Ein ganzes Jahr lang! Aber das ist jetzt vorüber, Judith. Es ist Zeit, dass du wieder gehst.«

»Tatsächlich, Job?« Sie blieb regungslos. Undurchdringbar und unerbittlich. Ich hatte es nicht anders erwartet. Was ich einmal verführerisch und mysteriös gefunden hatte, reizte mich jetzt bis aufs Blut.

Unter den langen Ärmeln meines Wintermantels ballte ich die Hände zu Fäusten. Sie hätten am liebsten zugeschlagen, weil das, was ich sagte, sie vollkommen unbeeindruckt ließ. Doch natürlich holten meine Fäuste nicht zum Schlag aus. Vermutlich lag dies aber auch an meiner Scham, eine Frau zu schlagen. Oder an meiner Furcht vor ihren kraftstrotzenden Leibwächtern, die vielleicht noch in der Gegend waren.

Ich öffnete den Mund, um weiterzureden, doch Judith fuhr mir dazwischen.

»Vielen Dank für die schön ausgeschmückte Zusammenfassung der vergangenen Monate. Du vergisst allerdings deine Hauptrolle in der Geschichte, hinzu kommen noch locker fünfzigtausend Euro Gewinn. Deine Besuche vor acht Jahren will ich ja gar nicht erwähnen, vergessen sollten wir sie aber dennoch nicht. Und dann kann ich auch gleich eins klarstellen: Kaum hattest du einen Steifen, schon war ich bereit. Du hast in einem Jahr das Defizit eingeholt, hast an mir mehr gehabt als an deiner Frau seit der Geburt der Kinder …«

»Gretta, jetzt halt dein Maul!«

»Ach, plötzlich bin ich wieder Gretta. So leicht schaltest du also um. Offenbar gefallen dir die Erinnerungen. Du konntest tun, was du wolltest und wann du wolltest und mit wem du wolltest. Wie viele Männer, die in einer Scheißehe …«

»Ich führe keine Scheißehe!«

»O, Verzeihung: Wie viele sexuell frustrierte Männer bekommen schon eine solche Gelegenheit? Und du hast bei allem freudig mitgemacht. Erinnerst du dich noch an die Praktikantin aus dem Büro in Bukarest? Das hübsche Ding, das angeblich Jura studierte und Erfahrungen in internationalen Abläufen sammeln wollte? Nun gut, das war keine Studentin, sie musste noch das Gymnasium abschließen. Und sie war noch keine achtzehn. Ich habe dich gefilmt, Job. Ich wollte dich gerne einmal mit einer anderen sehen. Du hast gierig mitgemacht, konntest sie offenbar sogar beeindrucken. Wann kommt denn dieser nette Holländer noch einmal, fragte sie mich später. Und du hättest noch jüngere kriegen können. Die Frauen aus diesen Ländern wissen die Vorzüge reicher, älterer Männer zu schätzen, von denen sie in die Welt eingeführt werden. Na, hast du den Film noch auf deinem Laptop? Hast du dich nie gewundert, wieso er nicht von meiner Mailadresse geschickt wurde? Oder weshalb ich, wenn ich gefilmt wurde, immer eine Maske getragen habe?«

»Jetzt hör doch endlich auf«, schrie ich. Mich widerten ihre Enthüllungen an.

»Von wegen aufhören. Ich erzähle dir hier nichts Neues. Du willst es nur verdrängen.« Judith schnappte nach Luft. Der für sie ungewöhnliche Wortschwall erschöpfte sie. Es gab wohl doch Ausnahmesituationen, in denen sie sich um Kopf und Kragen redete. Doch im Alltag konnte sie sich den Luxus leisten, sich einsilbig zu geben. Dann war sie der Dirigent, der mit ein paar Gesten anzeigte, was er benötigte.

Etwas ruhiger sagte sie: »Verlass mein Haus, es sei denn, du möchtest dich noch bedanken.«

Und damit hatte es sich für Judith. Sie setzte sich aufs Sofa und nahm ein Buch, aus dem ein Lesezeichen hervorschaute. Mit meinem Besuch hatte ich eine gemütliche Lesestunde unterbrochen. Mehr nicht. Sie schlug das dicke Buch auf, bevor ich den Titel erkennen konnte.

In ihrer luxuriösen Wohnung in Bukarest hatte sie ein Bücherregal bis zur Decke, bestückt mit Klassikern der Weltliteratur. Auch wenn ihr Vater ein durchtriebener Kerl war, sonnenbankgebräunt mit hellblau verwaschenen Augen und einem kupferfarbenen Toupet, seine geschäftige Tochter stopfte sich gerne mit Bildung voll. Auf Fotos ließ er sich besonders gerne neben einem schicken Schlitten und einem Chauffeur mit Handschuhen ablichten. In allen Ländern, in denen sie Geschäfte laufen hatten, schleppte Judith kiloweise Bücher über Geschichte und Kultur herbei. Sie ging damit nicht hausieren, doch ihre Leidenschaft dafür zeigte sich in Gesprächen. Auch das war ein Grund, weshalb sie sich eine ganze Weile wie ein Blutsauger an mir festkrallen durfte: Zu dem unwiderstehlichen Körper gehörte auch ein ziemlich schlauer Kopf.

»Es ist vorbei«, sprach ich in einem ruhigeren Ton. »Es ist schon lange vorbei, und es wird auch nichts mehr, das weißt du. Mir macht es nicht aus, jetzt zu gehen, ohne alle Dinge geklärt zu haben.«

»Das trifft sich gut«, sagte sie mit leiser Stimme, als würde sie etwas aus dem Buch in ihrem Schoß predigen. »Ich bleibe hier, bis ich kriege, was ich will.«

Sie lächelte.

Sie war mir mindestens fünf Züge voraus in dem Schachspiel, aus dem ich nicht herauskam, auch wenn ich ein erbärmlich schlechter Spieler war.

»Da täuschst du dich, *Judith*.« Es war mir ein Vergnügen, den Namen so zu betonen. »Ich habe Gaby alles erzählt. Wir halten dich beide für verrückt. Es war amüsant, auch lukrativ, wie du eben sagtest, doch allmählich wird es einfach nur lästig. Du kannst das Geld zurückhaben. Wie ich bereits sagte: Es war ein Spiel.«

Höhnisches Gelächter.

»Du hast Gaby kein Wort erzählt. Davor hast du viel zu viel Angst.«

»Du hast doch keine Ahnung.«

»Wetten?«

Plötzlich fuchtelte sie mit ihrem Handy umher. Geschickt tippte sie mit ihren beiden langen Daumen etwas ein.

»Das wollen wir doch gleich mal nachprüfen. ›Liebe Gaby, jetzt, da ich weiß, dass du über alles informiert bist, kann ich auch offen sprechen. Job ist hier. Er bleibt. Für immer. Er hat sich dann doch für mich entschieden. XxGretta.‹ Sieh an, genau einhundertvierzig Zeichen, inklusive Leerzeichen. Die perfekte Länge für einen Tweet an deine Kinder. Sie leiten es dann bestimmt an Gaby weiter. Soll ich auf Senden drücken?«

Ohne darüber nachzudenken, schlug ich ihr das Handy aus der Hand. Das Teil krachte mehrmals hintereinander unsanft auf dem Boden auf wie ein flacher Stein auf dem Wasser und zerschellte schließlich. Handy adé.

Judith jubelte triumphierend.

»Siehst du.«

Mit meinem Schlag hatte ich auch ihre Finger getroffen, die knallrot anliefen. Sie rieb darüber, als würden sie jucken.

»Doch da du so darauf drängst, werde ich dir jetzt auch sagen, weshalb ich hier wohne.«

Mit ihrer unversehrten Hand klopfte sie auf das Kissen neben sich. Hinter einer so plötzlichen Aufforderung versteckte sich bestimmt keine Intimität. Aber ich setzte mich besser nicht neben sie.

»Ich bin hier, um mir zu holen, was du mir genommen hast.« Sie hielt inne. Sie schien es zu genießen, ihre Mitteilung hinauszuzögern. »Als du mich auf dem Flughafen hast sitzenlassen, war ich zuvor auf der Toilette. Dort krümmte ich mich vor Schmerzen. Ich blutete und brach schließlich zusammen. Dort auf dem Boden, mit dem Handy in der Hand, schwankte ich noch, ob ich dich oder einen Notarzt anrufen sollte. Ich hoffte, es sei nichts weiter und würde von allein wieder verschwinden. Denn ich wollte um alles auf der Welt den Sohn von dir bekommen. Ich war in der zwanzigsten Woche, Job, und du hast nichts gemerkt. Das war auch nicht nötig. Damals wusste ich nicht, wann und ob ich es dir sagen würde. Doch als wir an jenem Morgen in die Niederlande aufbrachen, zum ersten Mal gemeinsam, hatte ich eine unglaubliche Angst, ich könnte das Kind verlieren. Als ob ich es geahnt hätte. Deswegen ging ich mit dir und bin nicht nach Bukarest geflogen. Und du hast dich aus dem Staub gemacht.«

Die Worte rauschten an mir vorbei. Ich hörte nur: dein Sohn.

Ich hatte einen Sohn. Unmöglich, dass ausgerechnet mein Kind gestorben sein sollte. Er musste noch leben, beschloss ich. Adresse unbekannt. Dass er nicht bei seiner Mutter war, konnte verschiedene Gründe haben. In den Kreisen, mit dem Geld, dem Gehetze von Stadt zu Stadt, da hatten Opa und Oma bestimmt auf die Bremse gedrückt und für Stabilität gesorgt. Währenddessen durfte die alleinerziehende Mutter sich in der Nähe des nichtsahnenden Vaters austoben.

Ein Sohn. Wenn das stimmte, denn wie käme ich dazu, bei ihren Lügen mit Wahrscheinlichkeitsrechnungen zu operieren, dann würde die Existenz eines Sohnes meine Pläne komplett durchkreuzen. Wie bei einem unerwarteten Kind, egal, ob es nun früh oder spät in dein Leben hineinplatzt.

Ich dachte, ich hätte alles Nötige zur Schwangerschaftsverhütung getan. Was ich mit Gretta erlebt hatte, hatte nichts mit einem nüchternen biologischen Fortpflanzungswunsch zu tun. Der Gedanke, dass ich mit Gretta ein Kind gezeugt hatte, während sich zugleich eine wildfremde Russin unter mir wand, die mit vollem Mund und knetenden Fingern mitmachte, veränderte mein Bild der geilen Hydra, die wir damals gebildet hatten, zu einer ekelerregenden Obszönität.

Es gab ein drittes Kind. Sogleich ersann ich die wildesten Geschichten, um dem Kind seinen unglücklichen Start zu verheimlichen. Ich erfand unzählige Märchen, um den Jungen für mich einzunehmen und ihn seiner Mutter zu entfremden. Gleichzeitig überlegte ich, ob es Möglichkeiten gab, mir das Kind vom Hals zu halten. Wie sollte ich seine Existenz zu Hause erklären?

Judith sah mich mit gläsernem Blick an.

»Das Kind ist in jener Nacht gestorben.«

Diese emotionslose Mitteilung konnte vielerlei bedeuten. Dass die Wunde noch nicht verheilt war oder dass sie log. Ja, sie log. Irgendwo gab es noch einen weiteren, kleineren Leon, den ich vielleicht nie zu Gesicht bekommen würde.

»Ich bin dann noch eine Woche im Krankenhaus von Den Haag geblieben, zu dem meine Eltern gute Verbindungen haben. Sie haben mich unter Beruhigungsmittel gesetzt. Ich hatte sie schon abgesetzt, als ich dich ein paar Wochen darauf anrief, um dir zu erzählen, was passiert ist. Doch du hast nur irgendwas ins Telefon genuschelt und dann schnell aufgelegt.«

Ich konnte mich daran erinnern. Der Nikolausabend. Ich war so sehr darüber erleichtert, dass sie sang- und klanglos aus meinem Leben verschwunden war und damit auch den Zauber unserer gemeinsamen Zeit mitgenommen hatte, dass ich es noch nicht einmal für nötig gehalten hatte, mich ordentlich von ihr zu verabschieden. Für mich war die Sache klar.

»Für mich war es endgültig vorbei«, sagte ich.

»Und für mich hatte es erst angefangen. Damals war mir das noch nicht bewusst gewesen, weil ich mich in die Arbeit gestürzt hatte, immer mehr Arbeit. Losgesagt von meinem Vater, in der Modebranche. Ich habe gesehen, wie du die Augen verdreht hast, als ich deinen Kinder davon erzählt habe. Aber es hat gestimmt, ich wurde Unternehmerin, und zwar nicht auf, sondern hinter dem Catwalk. Bis ich dann vierzig wurde und beschlossen habe, mir kurz vor Toresschluss bei dir zu holen, was ich verloren hatte.«

So schnell redete noch nicht einmal Gabys italienische Freundin, die uns ab und zu besuchte. Judith schnatterte.

»Deswegen bin ich hier. Ich verschwinde nicht, ohne ein Kind zu haben oder deine mitzunehmen. Wir verstehen uns wunderbar, deine Zwillinge und ich. Stell dich schon mal darauf ein, dass diese Beziehung für immer anhält. Jetzt, später oder erst, wenn sie achtzehn sind und sich nicht mehr unter eurer Obhut befinden. Ihnen liegt die Welt offen. Ich bin im Besitz der Schlüssel, du schon lange nicht mehr. Gaby und du, ihr beide dreht euch unentwegt im Kreis, lebt in einer Welt, die immer kleiner wird. Verlässt du überhaupt noch dieses Viertel, Job? Wann hast du zum letzten Mal mit deinen Kindern eine große Stadt besucht? Es muss ja nicht gleich Rom oder London sein, aber zum Beispiel Paris, ganz zu schweigen von Amsterdam. Wann? Schon das umgebaute Rijksmuseum gesehen? Ihr verkriecht euch wie die Kellerasseln unter den Granit-Wegplatten, die du nicht mehr bezahlen kannst. Und du merkst nicht, dass die Kinder ausschwirren wollen. Sie wollen nicht fünfzehn Zimmer in Haarlem. Sie wollen in den Pfingstferien fünfzehn Tage nach Aruba fliegen, weil es hier noch immer kalt ist. Und ich will das auch. Sie haben wirklich recht.

Du hättest mal sehen sollen, wie sehr sie Courchevel genossen haben. Ja, Job, das hättest du wirklich sehen sollen. Leon trinkt, hast du das schon gewusst? Tara hat schon geknutscht und den Schwanz von einem Jungen in der Hand gehabt. Hat sie dir das schon erzählt?«

Das konnte so nicht weitergehen. Ohne meine Ahnungslosigkeit zu verraten, musste ich etwas erwidern.

»Du weißt noch viel weniger davon als ich. Es sind weder deine Kinder, noch ist es deine Angelegenheit.«

»Doch, wenn deine Kinder damit zu mir und nicht zu ihrem Vater oder ihrer Mutter kommen.«

»Das kannst du nicht wissen.«

»Das weiß ich sehr wohl. Oder sie lügen. Ich weiß, wie erdrückend ihr seid. Das besorgte Ehepaar mit den musternden Blicken. Kaum betreten sie das Haus, schon werden sie befragt und betrachtet, analysiert und beurteilt, kontrolliert und dirigiert. Aber ihr seht nichts, entdeckt nichts, versteht nichts, sondern sprecht inzwischen eine andere Sprache.«

»Du machst dich doch lächerlich!«

Judith war noch nicht fertig, noch lange nicht. Ihre plötzliche Empathie für meine Kinder war noch nicht mal das Schlimmste.

»Du hast sowieso ausgespielt, Job. Ob du es Gaby nun erzählst oder nicht, irgendwann wird es euch zerstören. Auch wenn du nach Hause eilst, um alles zu beichten, was du bislang nicht gebeichtet hast, weil du damit deine angeblich glückliche Ehe retten willst. Auch dann wirst du mich nicht los. Denn auch diese Möglichkeit habe ich in Erwägung gezogen: dass Gaby das alles egal ist und dich so wieder nimmt, wie du bist. Und dass du zur Polizei gehen wirst, um mich wegen Belästigung und Hausfriedensbruch anzuzeigen.«

Sie schnappte nach Luft.

»Weißt du, Job. Dank der Geschäftsbeziehungen meines Vaters konnte ich eine ziemlich dicke Akte über dich anlegen lassen. Als Leiter des Stadtplanungsamtes bist du sehr freigiebig mit deiner Unterschrift umgegangen. Wir haben sie. Ich könnte sie sogar nachmachen. Sie steht unter Verträgen mit Auftraggebern, die du abgeschlossen hast, obwohl du eine Funktion bekleidet hast, in der das gesetzlich verboten war. Und das auch noch, während du gleichzeitig damit beschäftigt warst, am Stuhl von Braat und Daniëls zu sägen. Habgierige Männer unter sich. Indem du mich verstoßen hast, hast du zu hoch gepokert.«

Sie brachte mich erneut zur Weißglut. Fieberhaft überlegte ich, wie ich alles abstreiten könnte. Aber mir fiel keine passende Lüge ein.

»Alles nur Hirngespinste.«

»Und dein Wort gegen das von, nehmen wir einmal an, der Integritätskommission der Gemeinde? Der Ermittlung? Der Staatsanwaltschaft, die nun spitz auf Daniëls ist? Glauben sie tatsächlich dem Computereinbrecher, dem plötzlich ein Licht aufgegangen ist? Dein Wort, Job, wie stark fällt das heute noch ins Gewicht, zu Hause und bei der Arbeit … die du auch nicht mehr hast? Du hast nicht gerade den besten Ruf. Wie könntest du da glasklare Fakten aus den Akten glaubhaft widerlegen? Du bist der Letzte, der behaupten könnte, dass ich lüge. Zudem besitze ich noch die Filme.«

Sie erhob sich vom Sofa, ging zum Kühlschrank und nahm zwei Dosen Cola heraus, die sie öffnete. Sie kam zurück und drückte mir eine davon in die Hände.

Das musste zur Abkühlung reichen. Doch dann sagte ich etwas Dummes. Es rutschte mir einfach heraus. Die einfachste, praktischste Antwort auf unsere Probleme. Ich Blödmann sprach es tatsächlich aus.

»Wenn ich mit dir ins Bett gehe, verschwindest du dann für immer?«

Genau damit hatte Judith gerechnet.

»Nein, das tue ich erst, wenn ich ein Kind von dir erwarte.«

4

Ich nahm einen Umweg nach Hause. Den Spaziergang wollte ich dazu nutzen, die Spuren loszuwerden, die die Stunde in Judiths Haus bei mir hinterlassen hatte. Was war nur in mich gefahren? Ein Kind im Tausch gegen ein vages Versprechen eines Waffenstillstandes und endgültigen Rückzugs – das war russisches Roulette. Ich war ein Versager, ein Nichtskönner, der sich wie ein Superman aufspielte. Unerfahren im harten Spiel, aber mit jeder Lösung zufrieden. Abzug spannen. Genauso gut könnte man sich auch von allem selbst erlösen.

Ich wusste nur zu gut, warum ich mich dazu hatte hinreißen lassen. Der Wunsch, ein einziges Mal selbst Herr der Lage zu sein. Etwas durchzuführen, wenn es sich so einfach lösen ließ. Geraderücken, was schiefgelaufen war. Zurück zum beschaulichen Leben von damals, ohne Gretta, ohne Judith. Das Hindernis aus dem Weg räumen.

So einfach verhielten sich die Dinge für mich. Ich dachte: Gib dieser Frau, was sie haben will, sorge dafür, dass sie verschwindet, rette deine Familie. Ein logischer Schritt in einer Fortsetzungsgeschichte. Mir erschien es als die ultimative Lösung.

Faktisch hatte sich nichts geändert. Die Idee, ich könnte uns mit einem Kind freikaufen, war abstoßend. Doch auch vor der Alternative, die Karten offen auf den Tisch zu legen, graute mir. Ich verwarf diese Option sofort. Was Judith gesagt hatte, das waren Geständnisse, Enthüllungen, Anklagen oder Leugnungen, Bitten und Beteuerungen gewesen, nichts als angestaute Emotionen, die nach einen Vierteljahr des Theaterspiels in einem Schwall aus ihr herausgebrochen waren. Hastig, ungeordnet und kaum zu entwirren. Am besten, ich vergäße dieses absurde Gespräch sofort. Mit großen Schritten ging ich nach Hause, die Angst nagte noch immer an mir: Was wäre, wenn Judith meine letzte Frage als Versprechen aufgefasst hatte? Wenn sie nun davon ausging, dass wir eine Abmachung getroffen hatten, und sie darauf bestehen würde und mich beharrlich erwarten würde?

»Wo warst du?«

Gaby erwartete mich mit Champagner. Eine ungeöffnete Flasche stand auf dem Couchtisch. Stimmt, wir hatten noch nicht miteinander auf das neue Jahr angestoßen. Dass ich nun auch noch mit ihr eine Bilanz der vergangenen zwölf Monate ziehen musste, behagte mir nicht sonderlich und nahm mir die Lust auf einen Moët & Chandon. Vier Kristallflöten standen schon bereit.

»Ich dachte, du könntest auch mit den Kindern anstoßen. Sie können ruhig einen Schluck mittrinken.«

Sie konnte noch immer meine Gedanken lesen. Mit der gleichen Leichtigkeit, mit der sie morgens das Wetter vorhersagte, nachdem sie einen flüchtigen Blick aus dem Schlafzimmerfenster geworfen hatte. Stimmte immer. Jede Falte in meinem Gesicht konnte sie deuten. Und dennoch wusste sie so wenig.

»Wo warst du?«, wiederholte sie ihre Frage.

»Bei Judith«, antwortete ich. »Ich fand, dass ihr jemand mal sagen musste, dass sie wirklich zu weit gegangen ist. Während des Skifahrens vergisst sie, dich darüber zu informieren, wo sie mit den Kindern ist. Und mir vergisst sie zu sagen, dass ihr einen Flug später kommt. Das reicht mir allmählich.«

Gaby lächelte.

»Und?«

»Und mir wurde berichtet, dass Leon trinkt und Tara mit einem Jungen herumknutscht.«

»Ach, mit einem Jungen«, wiederholte Gaby, als würde sie

diese Hinzufügung überflüssig finden. Doch ich konnte ihr unmöglich erzählen, wieso ich das Geschlecht des ersten Kusses erwähnte. Ich bekam es nicht übers Herz, meiner Frau zu gestehen, dass ich von der Frau, die für mich eigentlich eine Fremde sein musste, soeben erfahren hatte, dass meine vierzehnjährige Tochter sich mit erwachsenen Männern abgab.

»Hast du das gewusst?«

Gaby schüttelte den Kopf.

»Findest du das schlimm?«

Wieder schüttelte sie den Kopf.

»Weil?«

Sie schaute mich schräg an, ein Gouvernantenblick.

»Kein Weil. Sie werden mit solchen Dingen zu uns kommen, wenn sie so weit sind. Ich habe nicht das Gefühl, dass sie uns aus dem Weg gehen. Sie sind ansonsten durchaus vertrauensselig. Leon trinkt, hast du gesagt? Dann geschieht das offenbar so heimlich und selten, dass ich nichts davon mitbekomme und du auch nicht. Und Tara, zum Glück, endlich mal ein Kuss, ich hatte schon befürchtet, es würde nie dazu kommen. Bis vor Kurzem wusste sie mit Jungs rein gar nichts anzufangen, wir haben uns doch schon Sorgen deswegen gemacht.«

Es gefiel mir dennoch gar nicht, dass Judith offenbar bereits in alles eingeweiht war und so locker und triumphierend dieses Bild von meinen Kindern entworfen hatte. Die Zwillinge, die schon weiter waren, als ich dachte. Auf der Schwelle zum Erwachsensein, in Gesellschaft von Menschen, zu denen ich nichts mehr zu sagen hatte. Judith aber doch, als Vertraute, als Hüterin ihrer Geheimnisse, sofern das stimmte.

Ich werde deine Kinder kriegen. Hatte sie das tatsächlich gesagt, oder hatte ich das nur herausgehört, weil ich eine solche Angst davor hatte?

Ich wusste es nicht mehr. Ich wusste aber durchaus, wie verdächtig dieses »kriegen« aus Judiths Mund sein konnte. Sie meinte damit bestimmt nicht ein Vertrauensverhältnis, eine Geistesverwandtschaft, Freundschaft oder entgegengebrachte Zuneigung. Es könnte auch bedeuten, dass sie mich über die Kinder kleinkriegen würde, sie zerstören und verwirren würde, enttäuscht von ihrem Vater, zerrissen in Loyalitätskonflikten. Das Jahr war noch jung.

»Sei nicht so hart zu Judith«, sagte Gaby. »Sie hat vielleicht eine Arbeit für dich. Auch darüber haben wir in Courchevel gesprochen, auch deswegen bin ich mitgefahren. Sie hat Kontakte nach Osteuropa. Und Osteuropa schwimmt noch immer im Geld der Neureichen und europäischen Fonds. Für dich sieht es dort vielversprechend aus. Dort wird noch immer gebaut, als würde es nichts kosten. Dass du nicht daran gedacht hast. Judith meint, es würden dort immer gute ausländische Architekten gesucht. Alles eine Frage des Prestiges. Wer es sich leisten kann, der lässt den Rubel rollen.«

Ich hatte selten so genau gewusst, was ich nicht wollte.

»Ich habe keine Lust, im Ausland zu arbeiten, ich bleibe hier. Die Kinder sind noch vier oder fünf Jahre bei uns im Haus. Und das möchte ich nicht von Plowdiw oder Biaystok aus miterleben.«

Damit meine Ablehnung nicht so hart klang, nahm ich Gabys Hand. Sofort schob sie ihre Finger zwischen meine. Wenn es eine Berührung in unserem vertrauten Repertoire gab, die besonders zuverlässig funktionierte, dann war es diese. Beruhigend und innig. Ein Automatismus, der niemals aussetzte. Ein dürftiger Ersatz. Doch immerhin noch mehr als bei manch anderem.

Judith hatte recht. Ich war ein Mann geworden, der am liebsten daheim Hand in Hand mit seiner Frau auf dem Sofa saß. Ich wollte nicht nach Bukarest, um dort ein neues Fußballstadion für einen Proleten zu erbauen, der mit gestohlenen Millionen um sich warf. Ich wollte auch nicht nach Varna, um dort einen

Ferienpark für Investoren und Baulöwen zu errichten, die mich genauso gut bescheißen und als Strohmann an die Behörden ausliefern könnten.

Ich spürte neben mir, dass Gaby eine ganz andere Auffassung hatte.

»Du wirst wohl müssen, Job.«

5

Es gibt bessere Orte als den Wald Anfang Februar, um eine Leiche zu verstecken. Dort ist dann alles kahl. Der bunte Blätterteppich, der im November den Boden bedeckt, verändert sich im Dezember in eine schwarze Gallertmasse, die vom Nieselregen tief in den aufwallenden Schlamm gedrückt wird. Zum Jahresanfang wird der ganze Matsch dann wieder weggeräumt. Besonders, wenn es gestürmt hat und ein paar Bäume wie tote Zyklopen auf dem Boden liegen, erledigt der Aufräumdienst schnell und wirksam seine Arbeit. Die Erde wirkt wie frisch geharkt, die Grasflächen sind säuberlich gekürzt, die Pfade wieder frei geräumt. Sogar die Bäume, krumm und scheu, scheinen sich für ihren unbekleideten Anblick zu schämen. Nirgendwo gibt es noch ein Versteck.

Stellt sich die Frage, ob die Leiche überhaupt verborgen werden musste. Oder war sie nicht vielmehr dort hingelegt worden, damit man sie findet? Eine Warnung, ein Signal, ein Code? Oder auch nur ein Versehen? Eine unvorhergesehene, sicherlich nicht an diesem Ort geplante Abrechnung? Eines von vielen Verbrechen, die sich woanders ereigneten? Es war alles möglich.

Tatsache war, dass Rina an einem Freitagmorgen die Leiche fand. Halb fünf, sie war am Joggen. Diesmal nach der nächtlichen Schreibarbeit. Todmüde, wie sie sagte – und sie musste selbst über ihren freudschen Versprecher lachen –, wollte sie noch vor Sonnenaufgang ins Bett. Kurz bevor sie den Wald verlassen wollte, entdeckte sie den Körper.

Weil sie kein Handy dabeihatte, um die Polizei zu verständigen, eilte sie nach Hause. Dort angekommen, stellte sie fest, dass sie die Schlüssel vergessen hatte. Und Doris befand sich gerade in Indien, Ehrengast auf der Kolkata Bookfair. Sie hoffte, dort die Lizenzen weiterer Krimiautoren nach Asien verkaufen zu können. Rina wurde derzeitig auch im Baluchi Valley gelesen, prahlte sie. Damit meinte sie nicht etwa die Taschenbuchausgaben der niederländischen oder amerikanischen Armee, sondern die Übersetzung ins Paschtu. Solche Dinge merkte ich mir. Ich merkte mir aber auch, dass ich solche Dinge nicht der Polizei erzählen sollte, hatte Rina mir nahegelegt. Lieber nicht zu viele Details, die könnten die »misstrauischen Jungs vom Revier« vielleicht nicht alle verarbeiten.

»Nur die Wahrheit. Wie das mit mir hier abgelaufen ist.«

Als Rina nicht in ihr Haus hineinkam, dachte sie sofort an unseren Schlüssel, der draußen unter der Fußmatte zu unserer Küchentür lag. Sie ließ sich selbst in unser Haus ein. In der Küche rief sie gleich die Polizei von unserem Festanschluss aus an, um ihre Entdeckung durchzugeben. Danach schlich sie sich ins obere Stockwerk und kam zu uns ins Schlafzimmer.

»Job, Gaby, nicht erschrecken, ich brauche eure Hilfe.«

Nicht erschrecken? Ich schoss aus dem Bett wie ein Geysir aus dem Boden. Ich griff aus einem Reflex heraus nach dem Baseballschläger, den ich früher einmal an meiner Bettseite deponiert hatte. Doch ich hatte ihn aus dem Schlafzimmer verbannen müssen, nachdem ich Gaby damit nachts fast eins übergezogen hätte, als sie auf der Toilette gewesen war und dabei Geräusche gemacht hatte, die ich nicht einordnen konnte. Ich war immer der Ansicht gewesen, wir würden keine Alarmanlage brauchen. Meine eigene Kraft und Wachsamkeit mussten ausreichen.

Es dauerte ein wenig, bis ich erkannte, wer da an unserem Bett stand, eine gespenstige Gestalt mit weißer Kleidung und einem Gesicht wie unter einer Maske aus Mehl. Unsere nächtliche Joggerin. Dass sie sich selbst ins Haus ließ und ich sie manchmal in der

Küche oder im Esszimmer antraf, fand ich durchaus in Ordnung, doch mit einem Besuch bei uns im Schlafzimmer hatte ich nicht gerechnet. Seltsame Recherchearbeiten führte sie da diesmal durch, es sei denn, sie schrieb gerade über einen Sexualverbrecher, der sich an einem Ehepaar vergriff.

»Was ist denn los, Rina?«

Auch Gaby, die normalerweise einen gesegneten Tiefschlaf hat, wachte auf. Draußen erklang Sirenengeheul, das sich näherte.

»Ist etwas mit dem Kindern?«, rief Gaby hellwach und aufgerichtet neben mir im Bett, sofort bereit, in wilden Aktionismus auszubrechen, falls ihre Befürchtung zutraf.

»Nein, nein, mit euch hat es nichts zu tun.«

Rina erzählte nicht sofort, was eigentlich passiert war. Sie dosierte ihre Mitteilungen. Dieses Vorgehen kannte ich aus ihren Büchern. Nicht alles gleich auf einmal erzählen. Zunächst bekam man einen Riesenschreck. Darauf folgte Unkenntnis. Erst dann kam die ersehnte Beruhigung, die die schlimmsten Befürchtungen zwar zerstreute, aber noch immer nicht preisgab, was nun wirklich los war. Die Leser blätterten die Seiten um, als hinge ihr Leben davon ab. Gaby und ich waren erleichtert, dass nichts mit den Kindern war und dass Rina anstatt eines ekelhaften Kerls in unserem Schlafzimmer stand.

»Beruhigt euch, ich bin hier, weil ich mich zu Hause ausgesperrt habe. Doris ist in Kalkutta. Ich bin joggen gegangen. Und am Eingang zum Wald habe ich eine Leiche entdeckt.«

Hatte ich das richtig verstanden?

»Du meine Güte, Rina, was treibst du dich denn auch nachts im Wald herum?«, rief Gaby.

Ihre Stimme klang vorwurfsvoll.

Das amüsierte mich. Nicht die Tatsache, dass es eine Leiche nur wenige Meter von unserem Haus entfernt gab, war Anlass ihrer Beunruhigung, sondern, dass unsere Freundin diese ungewöhnliche und auch gefährliche Nachtjogger-Angewohnheit hatte.

Was ihr lieb und teuer war, das kümmerte sie stärker als das Verbrechen ein Stück weiter.

»Du hast auch wohl vor gar nichts Angst«, sagte sie zu Rina halb bewundernd, halb vorwurfsvoll.

»Und ob!«

Rina bedeckte ihr Gesicht mit beiden Händen und ließ sie wieder langsam sinken.

»Im Wald nicht, aber jetzt schon. Mir ist es eiskalt. Es war furchtbar. Die Leiche lag genau zwischen zwei Baumstämmen und blickte mich mit einem graugrünen Gesicht und hervorstehenden Fischaugen an. Ich habe noch nie eine ermordete Person gesehen. Ja, lacht mich ruhig aus. Auf Fotos, im Internet und bei der Polizei schaue ich mir die ekligsten Sachen an. Aber ich habe noch nie mit einem Stock darin herumgestochert wie soeben oder in so ein Gesicht geschaut, das kein Gesicht mehr ist. Sogar im Dunkeln konnte ich erkennen, dass die Farben nicht mehr stimmten. Die Form und die Haltung des Körpers auch nicht.«

Fast hätte ich angefangen zu lachen, doch ich hielt mich zurück. Rina zitterte. Sie ließ sich auf der Bettkante nieder.

»Vielleicht war es ja ein Obdachloser, der in der Kälte erfroren ist.«

Rina schüttelte den Kopf.

»Schusswunde, mitten auf der Stirn. Perfekte Exekution. Ohne viel Blutverlust am Ort, also wurde die Leiche dorthin gelegt. Doch ich war überrascht, dass sie noch nicht erstarrt war. Nach der Ermordung wurde sie also schnell dorthin gebracht, und das muss erst kürzlich passiert sein. Wahrscheinlich gegen achtzehn Uhr. Vielleicht etwas früher, da durch die Kälte die Totenstarre verzögert wird. Mann, ich würde rasend gerne die Ermittler während der nächsten Tage begleiten. So nah war ich noch nie.«

Schöne Geschichten vorm Frühstück. Gaby wurde schon ganz grün im Gesicht.

»Übrigens, der Stock steht bei euch in der Küche. Ich habe etwas vom Tatort entwendet, um damit die Leiche zu berühren. Ich werde ihn gleich der Polizei zeigen.«

»Dann solltest du schnell hinuntergehen, bevor Toby ihn sich noch schnappt.«

Rina lächelte mich schief an. Unser Hund war wahrscheinlich wie üblich nicht mit zehn Kanonenschüssen wach zu kriegen. Rina berichtete weiter.

»Ich bin zu euch gegangen, um die Polizei anzurufen. Sie kommt jetzt gleich hierher. Sie werden mich auf die Wache mitnehmen, vielleicht zum Verhör.«

Sie hielt inne und bemerkte unser Erstaunen. Die Frage, wer nun der Verdächtige war und wer der Mitschuldige von was auch immer, damit kannten Gaby und ich uns nicht aus.

»Bin ich jetzt etwa verdächtig?«, stellte sich Rina die Frage selbst. »Nicht direkt. Ich habe nur den Fall gemeldet. Ich bin ihre erste Informationsquelle. Ihre erste Zeugin. Dass ich hier und nicht in meinem Haus bin, mag vielleicht etwas seltsam sein. Dass ich ziemlich berühmt bin und mein Geld damit verdiene, Leute auf dem Papier aus dem Leben scheiden zu lassen, vielleicht auch. Man kann nie wissen, ob ein richtiger Mord einem literarischen Mord ähnelt und wer welche Verbindungen herstellt. Zusätzliche Fragen und zusätzliche Möglichkeiten. Es ist gut möglich, dass man euch auch wegen der Sache befragen wird.«

»Aber was soll ich denn bitte sagen, ich habe geschlafen, ich sitze noch im Bett.«

Aus dem Augenwinkel sah ich, dass Gaby aufstand und sich den Morgenmantel vom Stuhl nahm.

»Die reine Wahrheit, Job. Was du gerade hier mit mir erlebst. Es ist nichts passiert. Wir werden höchstens einzeln verhört, um unsere Aussagen dann miteinander zu vergleichen. Ich hätte jetzt zu gerne gewusst, wer die Leiche ist.«

Typische Wortwahl. Für Rina waren leblose Personen nur noch Romanfiguren. In einer Welt, zu der auch wir gehörten.

»Ein Name. Damit ich das schreckliche Gesicht vergesse.«

»War es entstellt?«

»Job …« Es war Gaby, die mich unterbrach.

»Und dann? Stell dir vor, sie verhören uns beide ausführlich, stell dir vor, wir werden verdächtigt«, sagte ich.

Rina musste lachen. Sie zitterte nicht mehr, rieb sich aber noch immer über die Schultern, um sich aufzuwärmen.

Gaby legte ihr ein Plaid über. Eine pastellfarbene Wolldecke mit Schottenmuster. Unsere Freundin wirkte sofort nicht mehr so heimatlos.

»Wird nicht passieren«, sagte sie. »Aber wenn es unangenehm wird, rufe ich Meijer an. Der sorgt dafür, dass man uns in Ruhe lässt.«

Meijer. Der teuerste Rechtsanwalt der Niederlande. Dass er unser Nachbar war, bedeutete noch lange nicht, dass er uns einen Freundschaftspreis machen würde. Wir hatten ihn nie in den engeren Kreis unserer Straße miteinbezogen, und es würde mich nicht wundern, wenn ihn das ziemlich störte. Schließlich richtete er jährlich für die ganze Straße einen Osterbrunch aus. Als er hierherzog, hatte er zur Sommersonnenwende ein Straßenfest veranstaltet, mit Band und üppigem Catering, altmodisch dekorierten Schalen, auf denen Scampis und Krebsscheren wie die Soldaten in Reih und Glied lagen und auf den Appell warteten. Präzisionsarbeit. Ihm hatten wir auch zu verdanken, dass wir weniger Grundsteuer leisten mussten, da unsere Gärten ungewöhnlich sumpfig waren und die Keller immer wieder unter Wasser standen, weil der Gemeinde bei der Bodensanierung Fehler unterlaufen waren. Er hätte unglaublich beliebt werden können, und das hätte ihm wahrscheinlich auch gefallen, aber wir hatten ihn nie eingeladen. Und die anderen in der Straße, soweit ich wusste, auch nicht. Es war keine Abneigung. Wir waren einfach zu verschieden: Wir wussten nichts mit dem geschniegelten Fernsehgesicht anzufangen.

»Mach dir keine Sorgen, Job. Ich übernehme die Kosten für Meijer.«

Eine Viertelstunde darauf klingelte es bei uns an der Tür. Inzwischen saßen wir kerzengerade unten auf dem Sofa und warteten. Wie evakuierte Hotelgäste, die im Schlafanzug irgendwo ausharrten und sich unwohl in ihrer Kluft fühlten. Gaby eilte sofort in die Küche, um Kaffee zu kochen. Ich öffnete die Tür und sah sofort, wer da stand. Frits Alkema. Meine Welt schrumpfte immer mehr zusammen. Ein Dorf, in dem man niemandem mehr entkam. Wieso er? Er war momentan doch mit dem Aufspüren komplexer Verbrechernetzwerke und Geldwäschersyndikate beschäftigt. Natürlich war mir sein Erscheinen nicht unangenehm. Ich war sogar froh, dass Alkema wieder auftauchte. Drei Mails hatte ich ihm seit Anfang Januar geschrieben, aber er hatte nicht reagiert. Er ging weder ans Telefon noch an sein Handy. Eines Abends hatte ich mich ins Auto gesetzt und war zu ihm gefahren. In seinem Haus brannte kein Licht, auch draußen nicht. »Wahrscheinlich ist er bei seinen Kindern in Ungarn«, hatte Gaby gesagt, die sehr erfreut über das Interesse des Ermittlers gewesen war. Ich hatte ihr erzählt, dass er in Sachen Daniëls wegen Betrugs ermittelte.

Doch Gaby kannte natürlich nicht die ganze Wahrheit, und dementsprechend waren ihre Vorstellungen von meiner Zusammenarbeit mit Alkema. Vielleicht könnte ich mich revanchieren, meinte sie optimistisch. Der Ermittler könnte mich so weit bringen, dass ich doch noch Anzeige gegen meine zweifelhafte Entlassung erstattete. Ihr schien das der ideale Abschluss einer Serie unerfreulicher Jahre zu sein. Sie hatte keine Ahnung, dass Alkema und ich hinter Judiths Vater her waren.

Inzwischen waren vier Wochen vergangen, in denen er für mich unerreichbar gewesen war. Ich hatte bereits befürchtet, er wäre für immer verschwunden oder würde an anderen Fällen arbeiten, die größer und wichtiger waren als das, was wir miteinander ausheckten. Doch da hatte ich mich geirrt.

»Frits Alkema, guten Morgen«, sagte er, als er mich sah. »Ermittlung Haarlem. Wir wurden von hier aus angerufen.«

Eine so förmliche Begrüßung hätte ich nicht erwartet. Ich reichte ihm die Hand zur Begrüßung und vergaß, mich korrekt vorzustellen. Ich nannte meinen Namen dann aber doch noch laut, als ich sah, dass ein zweiter Beamter aus dem Wagen stieg und zu uns kam. Ein junger Kerl mit flachsfarbenem Haar, blassen Hamsterwangen und Hornbrille. Besonders bei solch zerknitterten Typen war ich immer auf der Hut. Amorphe Menschen, die man leicht übersieht, während sie einen beobachten, und zwar schärfer, als man denkt, bis sie einen mit ein oder zwei gezielten Fragen in die Enge treiben: Sie sagen, dass Frau Vermunt um sechs Uhr vor Ihrem Bett gestanden hat, das kann jedoch nicht stimmen, denn wir haben jetzt erst drei Minuten vor sechs. Es erstaunt Sie nicht, dass sie nachts durch den Wald läuft, oder laufen Sie vielleicht mit? Sogar, wenn man nichts getan hat, wird die Rolle, die einem in einer solchen Geschichte zugewiesen wird, zunehmend suspekt. Ich hatte Angst vor Sachen, die ich nicht getan hatte. Kennzeichnend für Menschen, die in Diktaturen leben. Darüber sollte ich mir mehr Gedanken machen als über Mordermittlungen, die mich eigentlich nichts angingen.

»Van Emmerik.«

»Koolhoven.«

Mist, wenn Gaby gleich aus der Küche käme und den Namen Alkema hörte, könnte sie vielleicht etwas von meinen geheimen Treffen mit Alkema verraten. Zum Beispiel, das wir bereits seit Wochen versuchten, ihn zu erreichen. Wie rettete ich die Situation? Alkema kam mir zuvor.

»Frau van Emmerik?«, fragte er meine Frau, als sie aus der Küche kam. Sie trug ein Tablett mit vier Espressotassen. Und zu seinem jüngeren Kollegen sagte er: »Herr van Emmerik und ich kennen uns, wir hatten Kontakt in der Sache Brickland. Er hat bei der Gemeinde eng mit Daniëls zusammengearbeitet.«

Kurz und knapp sagte er das. Eine Dienstmitteilung. Die Botschaft lautete: Ende der Geschichte, Akte geschlossen, Spur unbrauchbar, Zufall, dass wir uns gerade hier wiedertreffen. Nichts, womit Hamsterbacke sich näher beschäftigen müsste.

»Ich nehme an, dass Sie meine Zeugenaussage aufnehmen wollen?«, fragte Rina.

Koolhoven nickte. Er schien Rina nicht zu erkennen. Alkema ebenfalls nicht. Zwei verschiedene Generationen, doch offenbar beide ohne großes Interesse an Literatur. Die bekannteste Thrillerautorin der Niederlande war ihr erster Zeuge in einem für Haarlemer Verhältnisse sensationellen Mord. Es hätte eine Szene aus ihren Büchern sein können. Doch den Männer entging diese Sensation.

Alkema ging die Sache energisch an. Den Espresso kippte er mit einem Schluck herunter wie ein geübter Trinker einen Schnaps. Danach fragte er Rina, ob sie irgendwo Ersatzschlüssel deponiert hatte. In ihrem Wohnzimmer würde man sich besser unterhalten können, meinte er. Und sie könnte sich umziehen. Ihr Ersatzschlüssel war an meinem Schlüsselbund, und ich gab ihn ihr. Sie brachen auf. In der Türöffnung sagte Alkema, dass sie vielleicht zurückkommen würden, falls es noch irgendwelchen Klärungsbedarf geben würde. Koolhoven bedankte sich bei Gaby für den Kaffee und ging an uns vorbei. Alkema zwinkerte mir unbemerkt zu. Der Kontakt war wiederhergestellt.

6

Koolhoven war mit uns noch nicht fertig. Während Alkema mit Rina zu ihrem Haus ging, drehte er sich auf dem Gehweg wieder um und klingelte erneut bei uns.

»Etwas vergessen?«, fragte ich, in der Tür stehend. Ich bat ihn nicht herein.

Er stand ein paar Stufen niedriger als ich, die Hände tief in den Taschen seiner kaffeebraunen Wachsjacke vergraben. Er wollte gar nicht ins Haus, sondern vertraute darauf, dass mich das, was er zu sagen hatte, auch von da unten erreichen würde.

»Eine Frage habe ich vergessen. In welcher Beziehung stehen Sie zu Rina Vermunt?«

Aha, wie Rina es angekündigt hatte.

»Wir sind Nachbarn«, antwortete ich. »Gute Nachbarn, die zu ziemlich guten Freunden geworden sind.«

Falsche Antwort. Ich sah es sofort an Koolhovens Gesichtausdruck, den er sich wahrscheinlich aus einer dieser Rechtsanwaltsserien abgeschaut hatte. Aus den gleichen Serien hatte ich eine Strategie gelernt: Erzähl nie mehr, als man dich fragt, nicht weiter ausführen, nicht erklären. Antworte kurz, mit nur wenigen Informationen, beantworte alles sachlich, warte die nächste Frage ab. Offenbar beherrschte ich diesen Trick nicht.

Koolhoven war sichtlich erfreut über die Entwicklung des Gesprächs und bohrte gleich weiter: »Wieso sagen Sie *ziemlich?*«

Wortklauberei, die mir nicht gefiel. Das war mit ein Grund gewesen, dass ich damals bereits nach einer Woche wieder mit dem

Twittern aufgehört hatte. Zu viele unangenehme Menschen, die Streit suchten, bewusst jedes Wort umdrehten und es mit haarspalterischen Äußerungen darauf anlegten, unerfreuliche Unterhaltungen zu führen.

Diesmal handelte es sich allerdings nicht um einen anonymen Dreckskerl, sondern um einen Polizisten, der auf der Treppe zu meinem Haus meine Worte mit der Goldwaage wog.

Brav antwortete ich: »Nun ja, wir sind keine Busenfreunde. Aber für Menschen, die sich erst relativ kurz kennen, sind wir durchaus gut befreundet.«

Jetzt hatte ich vergessen zu erwähnen, dass Gaby und Rina sich seit ihrer Kindheit kannten. Musste ich das jetzt nachreichen, oder machte ich mich damit verdächtig: War da vielleicht noch etwas, das ich bewusst oder unbewusst verschwiegen hatte?

»Ist Frau Vermunt die beste Freundin Ihrer Frau?«

»Nein.«

»Ist sie Ihre beste Freundin hier in der Gegend?«

»Eigentlich schon, ja.«

»Treffen Sie Rina Vermunt immer im Beisein Ihrer Frau?«

Was sollte das denn jetzt? Ich fühlte mich wie ein Verdächtiger ohne Tat.

»Mein Gott«, platzte ich heraus, »was soll das denn mit den Vorfällen von heute Morgen zu tun haben?«

»Alles«, antwortete Koolhoven, als hätte er die Frage erwartet und seine besserwisserische Antwort bereits parat.

»Wir sind Nachbarn, wir sehen uns oft zufällig oder dann, wenn wir uns verabredet haben. Das ist alles. Und ja, ich gebe zu, ich bin nicht nur ein Freund von ihr, sondern auch ein großer Fan ihrer Bücher.«

Koolhoven trat mit dem Fuß gegen unsere Treppe und schaute dann langsam hoch, während er sprach. »Ich auch«, gab er zu und blickte mich prüfend an, auf der Suche nach etwas, das meine Mitschuld verraten würde. »Aber das bedeutet noch lange nicht, dass

Rina Vermunt mitten in der Nacht bei mir im Schlafzimmer auftaucht.«

Da stand ich nun in meinem verwaschenen Kimono, unter dem meine nackten Beine hervorschauten, und hatte den Mund weit aufgerissen. Perplex. Hatte Koolhoven unser Haus etwa schon die ganze Zeit beobachtet, bevor Alkema geklingelt hatte, und konnte er durch Mauern hindurchschauen?

»Wie bitte? Woher wissen Sie das?«

»Sie hat Sie doch zu einer ungewohnten Zeit wecken müssen?«, fiel er mir ins Wort.

»Klar doch. Aber das geht auch, wenn man von der Treppe nach oben ruft.«

»Das glaube ich eher nicht. Wenn sie gerufen hätte, dann wären die Kinder aufgewacht. Sie haben doch Kinder, zumindest habe ich sie auf den Fotos gesehen. Und sie waren auch zu Hause, ihre Fahrräder standen im Garten, und die Jacken hingen an der Garderobe. Oder tragen Sie die Monclerjacke Größe 38 mit Pelzkragen? Ihre Frau scheint eher Größe 34 zu haben, wenn ich das mal unverblümt sagen darf.«

Endlich sprach Koolhoven frisch von der Leber weg.

»Zudem standen ihre Laufschuhe unten auf der Treppe. Frauenschuhe Größe 40, die fielen mir gleich auf. Meine Vermutung bestätigte sich, als Frau Vermunt sie wieder anzog, bevor sie mit meinem Kollegen wegging. Normaler Besuch behält seine Schuhe entweder an oder zieht sie im Flur aus. Sie wollte nach oben gehen und besann sich, dass sie die Treppe verschmutzen würde, und zog die Schuhe aus, ohne sich zu bücken, und stellte sie dann entsprechend ihrer Körpergröße weiter oben ab, auf der fünften Treppenstufe.«

»Volltreffer«, sagte ich.

Der Witz kam nicht an.

»Sie ging nach oben und hat uns geweckt«, sagte ich, und es klang wie ein Geständnis. Mir gefiel es nicht, dass ich so sehr auf ihn einging. Ich verhielt mich so unterwürfig, als wäre ich an einen Lügendetektor angeschlossen.

»Ja, das ist schon klar«, antwortete Koolhoven. »Stellt sich nur die Frage, ob sie nach oben kam, bevor sie uns angerufen hat oder danach.«

Erwägungen, einen Plan entwerfen, Anzeichen für vorsätzlichen Mord, schwere Beihilfe zum Mord, in Koolhovens wachsamem Gehirn fielen diese Optionen alle gleich schwer ins Gewicht wie meine komplette Unschuld. Offenbar war es an der Zeit klarzustellen, dass ich mit der Sache nichts zu tun hatte.

»Welche Rolle spielt das eigentlich alles? Meine Frau und ich haben uns zu Tode erschrocken. Wir dachten, es sei ein Einbrecher. Wir waren beide erleichtert, als wir dann ein bekanntes Gesicht sahen. Woher wissen Sie eigentlich, dass sie Sie nicht von oben aus angerufen hat?«

Koolhoven seufzte, allerdings nicht vor Erleichterung.

»Treffer! Weil sie selbst gesagt hat, sie würde in Ihrer Küche stehen.« Wieder ein Seufzer. »Und wenn Ihre Frau nicht durch die Küche gelaufen wäre, hätten wir dort noch Spuren nehmen können, die vielleicht direkt zum Telefon geführt hätten.«

Ich öffnete die Tür und machte eine einladende Bewegung mit den Armen.

»Bitte schön, legen Sie los.«

»Zu spät. Ich muss ins Haus von Vermunt, um zu vermeiden, dass uns noch weitere Fehler unterlaufen.«

Kurzes Nicken. Und weg war er.

Ich zog mich an und ging zum Ort des Geschehens. Erstaunlich, wie viele Leute bereits auf der Straße waren. Schaulustige im eigenen, behaglichen, ungefährlichen Viertel. Ein paar Polizisten spannten Absperrband am Fahrradweg und entlang der Straße. Auch ein Stück weiter sah ich Blaulichter am Waldrand. Offenbar wurde der ganze Wald abgesperrt. Ich näherte mich dem Tatort.

Eine Straßenspur war bereits gesperrt. Über die Köpfe meiner Nachbarn hinweg konnte ich ein weißes Zelt in der Nähe der ersten Bäume des Waldsaums erkennen.

Von Fotos oder Krimisendungen kennt man starkes Licht, hektische Betriebsamkeit, hastige Bewegungen. Hier passierte jedoch alles ganz langsam, allerdings war die Anzahl der Uniformen, Overalls und der Kameras genau umgekehrt. Die Forensiker der Kriminalpolizei hatten sich bereits an die Arbeit gemacht. Hinter mir erzählte eine Frau, dass sie mit dem Fahrrad einmal ganz um den Wald herumgefahren sei und alles abgesperrt wäre. Auch auf der anderen Seite würden Polizeiwagen stehen. »Sie suchen nach weiteren Toten«, sagte eine andere Frauenstimme, »bestimmt wurden mehrere umgebracht.« »Mehrere« sprach sie mit einer Mischung aus Angst und Ehrfurcht aus. »Die Unterwelt kommt ans Tageslicht«, meinte ein Mann und lachte. »Igitt«, sagte eine große blonde Frau, die mir vage bekannt vorkam. Mit ihrer Größe überragte sie die Schaulustigen vor ihr. »Die werden in dem Zelt bestimmt etwas finden, das steht genau an der Stelle, wo sich Ludo immer hinhockt, wenn ich ihn laufen lasse.«

Gelächter erklang. Es war diese leicht peinliche Fröhlichkeit, mit der man die nervliche Anspannung hinwegzulachen versucht. Als ich mich umdrehte, um nach Hause zurückzukehren, sah ich Judiths Auto in die Straße einbiegen. Gleich wäre sie hier und müsste vor dem Zebrastreifen abbremsen. Schon so früh unterwegs? Es war kurz vor sieben Uhr am Morgen, wenn ich mich beeilte, könnte ich den Kindern noch einen Tee machen.

Und dann geschah es. Polizeibeamte machten Judith Zeichen, dass sie umdrehen sollte. Sie wollten die Zufahrt zum Wald frei halten. Judith tat, als würde sie es nicht bemerken, sie gab Gas und hielt erst mitten auf dem Zebrastreifen an, weil ich dort stand und in ihre Richtung sah. Sie hätte mich mit der Stoßstange fast am Knie berührt.

Doch was für ein Zufall! Durch die Windschutzscheibe sah ich die Person, um die ich mich während der vergangenen Wochen in Alkemas Auftrag zu kümmern hatte. Da saß er. Nicht einfach so ein Beifahrer, der von zu Hause abgeholt worden war, sondern ein verheirateter Mann, der am frühen Morgen im Wagen einer anderen Frau aus deren Haus kam, halb angezogen. Da saß er, Arne Dalstra, der sich gerade das Hemd zuknöpfte, eine gelockerte Krawatte um den Nacken gelegt. Ein schöner Mann. Eine dicke kupferblonde Locke fiel ihm schräg in die Stirn, die großen Augenlider hatte er gesenkt, weil er zu seiner Brust hinuntersah.

Er bemerkte mich nicht.

Judith umso mehr.

An ihrem Gesicht konnte ich ablesen, dass ihr die Begegnung nicht behagte. Ich dankte Gott für mein iPhone, das ich in dem Moment gerade in der Hand hielt. Ich hatte vorgehabt, Gaby anzurufen, um sie zu bitten, die Kinder außen herum mit dem Fahrrad zur Schule fahren zu lassen, damit sie nicht mitten durch das Gedränge der Polizeiwagen und Rettungsfahrzeuge hindurch radeln mussten. Zur Not würde ich sie auch begleiten. Doch stattdessen drückte ich reflexartig das Fotosymbol und machte, noch bevor Judith es bemerkte, ein Foto. Und noch eins. Und noch eins. Bis auch Arne Dalstra sich die Krawatte gebunden hatte und aufschaute. Er blickte mich mit seinen großen rehbraunen Knopfaugen an. Ich überquerte den Zebrastreifen nicht, sondern machte einen Schritt zurück. Judith konnte ihre Fahrt fortsetzen, ohne mich anzufahren. Sie drückte aufs Gas, als würde sie in einem Rennwagen sitzen, und raste davon.

Ich gebe zu, dass mir das ein Vergnügen war. Frits Alkema würde sich freuen, dass ich noch immer sein Verbündeter war. Ein zuverlässiger Informant, dem es nicht gefiel, von einem Polizeiheini mit Flaumbart vor der eigenen Haustür ausgefragt zu werden. Das Foto war bereits auf dem Weg zu ihm.

7

Wer der Tote war, erfuhr ich erst am nächsten Tag aus der Zeitung. Die Enthüllung verblüffte mich. Wieso hatte ich tags zuvor Alkema nichts angemerkt? Ruhig war er durch mein Wohnzimmer gegangen, als wäre er mit einer Routineangelegenheit beschäftigt. Ob er einen Blick auf die Leiche geworfen hatte, bevor er zu uns ging und klingelte?

Laut Rina war das Gesicht nicht entstellt gewesen. Alkema hätte mit einem einzigen Blick erkennen können, wer da vor ihm lag. Das Foto hing immerhin bereits seit Jahren an seiner Pinnwand. Ein unerwarteter Glückstreffer für ihn.

In der Zeitung wurde der alte Mordfall wieder aufgewärmt. Frank Zevenberg. Ehemaliger Notar in Haarlem. Vermutlich untergetaucht wegen Beteiligung an kriminellen Geschäften im Ausland. Seit Jahren vom Erdboden verschwunden, irgendwann plötzlich wieder aufgetaucht, um seine Enkel umzubringen. Die Polizei tappte seitdem im Dunkeln. Zum Glück sprach man in dem Artikel nicht von einem Familiendrama, ein Ausdruck, der allzu gerne aus unangebrachtem Mitgefühl verwendet wird, obwohl er nicht annähernd das Ausmaß einer solchen Katastrophe beschreiben kann. Eine Scheidung ist ein Drama. Mord übertrifft das um ein vieles.

In den Medien wurde eifrig über diese alte Straftat gemutmaßt: Wahnsinn, Drogenkonsum, Familienfehde. Der stadtbekannte Kriminologe und Experte für organisiertes Verbrechen, Chris Groot Hemmink, bekannt für seinen erfrischenden Sarkasmus und beliebter Talkshowgast, stellte in der Zeitung eine andere Theorie auf. Zevenberg sei tief in organisierte Verbrechen verwickelt gewesen. Man habe ihm ein Abrahamsopfer abverlangt – Kind oder Enkel, er durfte entscheiden – als Beweis für seine Loyalität. In solchen Kreisen keineswegs ungebräuchlich, so der Kriminologe. Munter gab er weitere düstere Geschichten von sich, die eher in Mexiko oder irgendwo südlich des Panamakanals anzusiedeln waren als im Marschland von Süd-Kennemerland.

Damit war der Tenor vorgegeben. Zevenbergs Tod wurde dem langen Arm international organisierter Verbrechen zugeschrieben. Eine exotische Straftat, die aus unerklärlichen Gründen in unserer Gegend stattgefunden hatte.

Die Obduktion würde ergeben, ob das Opfer eventuell sterbenskrank gewesen und vor seinem Tod noch einmal zurückgekehrt war, um seine Tochter ein letztes Mal zu sehen und sie vielleicht sogar um Vergebung zu bitten. Chris Groot Hemmink stellte sogar die Vermutung auf, dass der Mann bereits seit ein paar Tagen vor dem Haus seiner Tochter Wache gehalten hatte und somit für den Auftragsmörder, der ihn umbringen sollte, leicht zu finden war. Der Kriminologe hielt alles für denkbar.

Richtig war jedoch die Bestimmung des Todeszeitpunktes sowie der Zustand der Leiche. All das hatte Rina bereits bei uns im Schlafzimmer locker aus dem Ärmel geschüttelt. Genau dasselbe stand in der Zeitung. Ansonsten tappte die Polizei über den Täter und den Tathergang im Dunkeln. Ein weiteres Rätsel in der Akte Zevenberg, so die vorläufige Schlussfolgerung.

Je mehr ich las, desto weniger interessierten mich die kriminellen Verbindungen, in die Zevenberg verwickelt war. Mich beschäftigte eher, dass Rina die Tat als perfekte Exekution bezeichnet hatte. Zielgerichtet, sofort getroffen, elegant erledigt, nur ein einziges Loch mitten auf der Stirn. Hier hatte jemand sein Handwerk verstanden, ein Schütze, der seiner Sache sicher war.

Die ultimative Abrechnung.

Ein brisanter Begriff, besonders in Kombination mit Alkemas mehrwöchigem Verschwinden. Der einzige Ermittler, dem der Fall schwer auf der Seele lastete, hatte sich einfach abgesetzt und hatte meine Kontaktversuche ignoriert.

Doch am Morgen des Mordes stand er um sechs Uhr bei mir vor der Tür, frisch und formell gekleidet wie ein Trauzeuge. Rasiert, schönes Hemd, passende Krawatte, geputzte Schuhe und einen Trenchcoat ohne Knitter. So hatte ich ihn noch nie gesehen. Er wirkte frisch und klar, keine Anzeichen von Müdigkeit, als sei er bereits seit Stunden auf den Beinen, aktiv und gut in Form. Als hätte er bereits gewusst, was ihn da im Wald erwartete. Die Folgen spät eintretender Gerechtigkeit.

Natürlich zog ich daraus meine Schlüsse. Mir war es egal, ob sie nur etwas seltsam oder vollkommen verrückt waren.

»Sag es. Na, sag schon, was du denkst!«, begrüßte mich Alkema, als er mir die Tür öffnete.

Ich hatte nicht damit gerechnet, dass ein Zeichen von seiner Seite kommen würde. Nach der Geschichte in der Zeitung fuhr ich abends zu ihm. Es brannte nur im Obergeschoss Licht.

Ich sagte, was ich dachte.

»Hast du etwas mit dem Tod des Notars zu tun?«

Alkema winkte mich ins Haus hinein und schloss die Tür hinter sich. Er machte Licht im Flur und sah mich direkt an.

»Ob ich dem Mann, der seine Enkel umgebracht hat, eine Kugel durch den Kopf jagen wollte? Natürlich. Aber so sauber hätte ich das nicht hinbekommen.«

»Wirklich?«

Mir fiel noch etwas anderes ein. Dennoch schockierte mich die Leichtfertigkeit seines Geständnisses. Dass ein Ermittler einem entfernten Bekannten unverblümt gesteht, dass er nicht gezögert hätte, diesen Schuft umzubringen, hatte etwas zu bedeuten. Vielleicht, dass er mir blindes Vertrauen schenkte. Dass sich zwischen uns eine Komplizenschaft entwickelt hatte, von der wir beide profitieren würden. Dass ich nur eine ziemlich ungenaue Vorstellung davon hatte, wie Selbstjustiz funktionierte.

Wir gingen weiter ins Haus. Alkema machte überall Licht. Das Wohnzimmer war aufgeräumt. Nicht nur sauber und ordentlich, sondern auch ohne jegliche Gebrauchsgegenstände, die darauf hingedeutet hätten, dass hier jemand wohnte. Als würde das Haus geräumt.

»Wo ist denn deine Frau?«, fragte ich.

»Sie ist bei meiner Nichte, vielen Dank für die Nachfrage. Oder ist das etwa dein letztes noch fehlendes Puzzleteil? Frustrierter Ermittler beseitigt alle Spuren und Zeugen und verübt dann eine Verzweiflungstat?«

Er lachte laut. Ein rasselndes Echo wie bei einer tief sitzenden Bronchitis.

Irgendetwas war anders. Der Mann, der mir nur sparsam und genau rationierte Einblicke darüber gab, was er über Luzerne wusste, schreckte nicht davor zurück, sich ausgiebig über meine Gedanken auszulassen. Er kam mir zu nahe.

Ihn störte das offenbar keineswegs.

Aus einem Eichenschrank holte er zwei stämmige Cognacschwenker heraus. Er ließ sich auf dem Ledersofa nieder und schenkte die Gläser randvoll ein. Ich setzte mich ihm gegenüber in den Lehnstuhl.

»Noch ein äußerst interessantes Detail für dich. Die Mordwaffe war eine Walther P19. Polizeiwaffe. Zählt nicht zu meinen Lieblingswaffen, ich habe lieber die Glock. Aber ich kann sie besonders gut bedienen. Schießt einen Mann deiner Größe aus dieser Entfernung mit nur einem Schuss über den Haufen. Ein gezielter Schuss in die Schulter oder in die Wade und man fällt sofort um, ohne bleibende Schäden davonzutragen. Ganz anders als die jungen Flegel da draußen. Bei denen hat man wirklich den Eindruck, sie würden nicht mehr lernen, wie man jemanden gezielt außer Gefecht setzt, ohne ihn gleich umzubringen. Auf einer Verfolgungsjagd holt ein solcher Depp seine Waffe hervor und schießt voll in den Rücken, durchbohrt Herz und Lunge. In der Zeitung steht dann später, es sei eine gefährliche Situation gewesen, und der rücksichtslos von der Schusswaffe Gebrauch machende Verdächtigte hätte ausgeschaltet werden müssen, bevor er wild um sich schoss. In einer solchen Situation könnte man nur schwer zielen, und man hätte alle Register ziehen müssen, zum Schutz der Öffentlichkeit. Alles Humbug! Es scheint sich um einen Minderjährigen auf einem leeren Parkplatz zu handeln. Alles Geschwätz, mit dem die strukturellen Probleme der Polizei vertuscht werden sollen. Und das sind Polizisten, die ihre Prüfungen abgelegt haben. So. Jetzt hörst du mal die Meinung von jemandem, der vom Fach ist. Auch wir versagen, ja. Und wenn es zu einem Prozess kommt, dann sehen die Richter darüber hinweg. Zu meiner Zeit konnten die Polizisten in den schwierigsten Situationen auf Beine und Schultern zielen und haben auch richtig getroffen. Wir haben mehr trainiert und uns nicht zu viel mit Bürokratie beschäftigt.«

Er hielt inne und schob mir eines der gefüllten Gläser hin.

»Doch wieso erzähl ich dir das alles? Weil ich Leuten, die ich mag, gerne Sachen erzähle. Weil ich dir vertraue. Was offenbar nicht auf Gegenseitigkeit beruht.«

»Prost«, sagte ich und hob das Glas.

Alkema erzählte weiter.

»Also: Meine Frau ist für ein paar Wochen woanders untergekommen, weil ich nicht hier war und sie hätte versorgen können. Das war's. Ich war nicht landesflüchtig, ich war in …«

»Ungarn?«

»Bulgarien. Ich besuche die Jungs nicht ohne ihre Mutter. Es ging um etwas anderes. Das Programm mit der bulgarischen Ermittlung ist gestartet. Das sollte dich eher interessieren als der tote Frank Zevenberg. Auch wenn ich nicht ausschließen kann, dass er etwas mit den niederländischen Verbrechen zu tun hat, die vielleicht auch Luzerne betreffen. Luzerne ist seit ein paar Wochen in den Niederlanden, hast du das gewusst?«

Das wusste ich nicht. Woher sollte ich auch? Ich hatte mir alle Mühe gegeben, Judith aus dem Weg zu gehen. Über ihren Vater war mir nur bekannt, dass er offiziell in der Nähe der belgischen Grenze lebte. Er tauchte nur selten in Bukarest in der Hauptgeschäftsstelle seiner osteuropäischen Unternehmen auf und verbrachte manchmal mehrere Monate an der bulgarischen Riviera.

Alte, oberflächliche Informationen. Denn während meiner Zeit mit Judith hatte ich etwas anderes im Sinn gehabt, als mir Geschichten über ihren Vater anzuhören. Nach meinem Bukarestbesuch schrieb ich einen ausführlichen Bericht über meine dortigen Eindrücke und sendete ihn per Mail an die Zentrale. Mit Herman Luzerne hatte ich nie Kontakt. Ich erhielt das vereinbarte Honorar für mein Gutachten, das vollkommen unabhängig ausfallen musste.

Mein Bericht war dennoch gefärbt. Es war nicht der Architekt Job van Emmerik gewesen, der sich das historische Stadtviertel Lipscani näher angesehen hatte, sondern ein aufgewühlter Mann, dem der Kopf verdreht worden war.

Von Luzerne erhielt ich keine Antwort. Mir konnte das egal sein, und ich hatte sie auch nicht erwartet. Als ob ich den Anlass meiner Reise nach Bukarest unwichtig finden würde, nachdem alles eine so unverhoffte Wendung genommen hatte.

Ich war ein echter Idiot. Tatsächlich hatte ich angenommen, mein Besuch bei Judith hätte trotz allem einen Effekt gehabt, doch da schien ich mich getäuscht zu haben. Dass wir uns in der letzten Zeit so wenig gesehen hatten, bedeutete keineswegs, dass sie ihre Pläne geändert hatte. Ihr Vater war in der Nähe und nahm sie in Beschlag.

Der Kontakt mit der sonst immer sehr gegenwärtigen Judith

war plötzlich flüchtig geworden. Sie schneite für einen kurzen Besuch bei uns in der Küche herein, trank ein Glas, nein, keine Zeit, mit uns zu essen, und weg war sie wieder. Die enttäuschte Gaby rührte weiter in ihren Töpfen. Die Freundin rauschte davon. Zu irgendeiner Verabredung. Erst eine Woche darauf gab es dann eine herzliche Umarmung im Supermarkt. Gaby wurde geherzt, als hätte man sich jahrelang nicht gesehen – oder würde sich für lange Zeit verabschieden. Doch danach marschierte Judith mit einem vollen Einkaufswagen zu einer anderen Kasse als die, an der Gaby stand. Eilig, eilig, so schnell ändern sich die Dinge. Im Auto sprach ich das an.

»Was für eine Zicke.«

»Du hast sie nie gemocht«, sagte Gaby.

»Stimmt nicht. Ich wollte dir das nur ersparen.«

»Was?

»Menschen, die dir nicht guttun.«

»Und das kannst du besser beurteilen als ich?«

»Ja.«

»War sie denn nicht gut zu dir?«

»Es geht hier nicht um mich.«

»In diesem Fall schon.«

»Es ist immer meine Schuld, stimmt's?«

»Dass wir dieses unangenehme Gespräch führen? Ja!«

»Du hast angefangen.«

»Aber du fängst an zu streiten.«

»Worüber streiten wir uns, Job? Worüber genau?«

»Ich sage nichts mehr.«

»Aber du lästerst doch gerade über Judith.«

Ich sagte nichts mehr. Eine zuknallende Autotür war alles, was Gaby noch mitzuteilen hatte. Danach schleppte sie mit unterdrückter Wut die Einkaufstaschen in die Küche.

Ein paar Tage darauf entdeckte ich, dass Judith plötzlich wie besessen mit den Zwillingen whatsappte. Sie fragte Tara über ihre

Klavierstunden aus. Dann bat sie sie um Rat für die Anschaffung eines Flügels – ob Tara vielleicht einen Hersteller besonders empfehlen könnte? Leon wurde mit Popmusik unterhalten. Liveaufnahmen von Privatpartys, auf denen DJs aufgelegt hatten, auf die er abfuhr. Auftritte, die kaum jemand kannte, Material, über das er vor Freude ganz außer sich geriet. Aufgeregt spielte er es mir vor. Musik, die mir absolut gar nichts sagte.

Ich war Judith in vielerlei Hinsicht unterlegen.

Alkema war meine Rettung.

»Konntest du mit dem Foto, das ich dir geschickt habe, etwas anfangen?«, fragte ich ihn.

»Das war sehr clever von dir. Wenn nicht das ganze Personal mit dem Mord beschäftigt gewesen wäre, hätte ich mich sogleich ins Auto gesetzt und wäre den beiden gefolgt. Ich tippe mal auf Schiphol.«

»Was? Auf der Flucht? Glaubst du, es hat etwas mit dem Mord zu tun?«

»Du bist zu voreilig. Und wenn ich zu voreilig antworten würde, würde ich sofort Nein sagen. Ich habe nichts, was darauf hinweist. Aber man weiß ja nie. Ich nehme an, dass Dalstra wegen Luzerne das Land verlassen hat, und ich hätte auf dem Flughafen gerne das Ziel herausgefunden.«

Alkema trank einen großen Schluck Cognac.

»Aber ich hockte mit Koolhoven bei deiner Nachbarin. Unter uns gesagt, ist dieser Kerl ein Hindernis. Erst seit vier Wochen im Dienst und will alles schön nach Vorschrift erledigen. Er hat ein unglaublich gutes visuelles Gedächtnis, ist ein schneller Denker, aber starr und spießig. Er sieht viel, doch es gelingt ihm nicht, zwischen wichtigen und unwichtigen Dingen zu unterscheiden. Und er übersieht offensichtliche Zusammenhänge. Bei der Zusammenarbeit eine Katastrophe. Hat er sich in irgendetwas verbissen, dann lässt er nicht mehr los und übersieht somit andere Dinge.«

»Er vergeudet seine Zeit mit unwichtigen Dingen?«

»Zum Beispiel. Viel schlimmer ist aber, dass ich nicht weiß, woran ich bei ihm bin. Erst folgt er mir tagelang auf Schritt und Tritt und macht alles brav und ergeben mit, dann kriege ich an Tag drei während einer Besprechung mit Kollegen einen Anpfiff, eine Zurechtweisung von diesem Rindvieh! Hemmungslos kritisiert er, was ich getan oder mir überlegt habe. Dieser Bursche fühlt sich wie Gott, wie der Polizeipräsident, der uns mal richtig die Meinung geigt. Mir gefällt das nicht. Früher wussten Anfänger wenigstens noch, was sich gehörte, sie wuchsen in ihre Rolle hinein und verdienten sich allmählich Respekt und das Recht, sich äußern zu dürfen. Heutzutage gefällt es der Leitung, wenn einem ein dahergelaufener respektloser Flegel die Leviten liest. Erneuerung, frischer Wind, Verjüngung nennt man das.«

Ich nickte. Wahrscheinlich hatte er vollkommen recht. Doch mich interessierte, wie es nun mit Gretta Luzerne weiterging.

Als hätte er meine Gedanken gelesen, sagte er: »Ich war unterwegs und bin währenddessen auch nicht untätig geblieben. In Sofia lief alles recht gut. Den Polizeichef kennengelernt, der den Austausch koordiniert, und auch sonst viele Leute getroffen und mit ihnen Ziele und Pläne besprochen. Luzerne tauchte in den wichtigen Akten der Bulgaren nirgends auf. Es geht ihnen um Menschenhandel und Kinderpornographie. Mir soll's recht sein, mir ist jeder Zentimeter lieb, den man auf diesem Terrain erobert.«

»Das heißt, wir haben nichts?«

»Geduld. Nach meiner offiziellen Tour in Sofia bin ich in meiner Freizeit nach Varna gefahren. Auch dort habe ich bei der Polizei vorbeigeschaut und den dortigen Polizeipräsidenten kennengelernt. Wir haben uns über dies und das unterhalten, unsere breiten Strände, ihr warmes Meer. Ich hatte auch noch als Ausrede, dass sich in der Region momentan viele niederländische Unternehmen ausbreiten, da kam es gerade gut gelegen, die Kontakte mit ihnen etwas zu stärken. Bin dann auch bei dem Immobilienmakler Detelina vorbeigegangen, sozusagen als Kunde. Ich habe mich nach den Möglichkeiten erkundigt, dort zu investieren, zum Beispiel in ein Golfresort mit Apartments. Solche Objekte sprießen dort aus dem Boden wie bei uns im Wald die Pilze. Ganz beiläufig fragte ich noch, ob es viele Niederländer gibt, die sich an den Projekten beteiligen. ›*A few*‹, antwortete der Makler mit leicht gequetschter Stimme. Und was ist mit den schönen Häusern mit den runden Schwimmbädern, die im Internet standen und von vielen Niederländern gekauft wurden? Darauf reagiert er wie von der Tarantel gestochen: ›*No, no. Not at all. No Dutch customers.*‹ Tja, das sagt schon alles. Nichts wie weg hier!«

»Also doch nichts.«

Alkema sah mich mit einem vielsagenden Blick an.

»Das Beste kommt noch: Vor zwei Jahren hat meine Schwester hier ihr Haus von Bulgaren renovieren lassen. Drei Männer, alle ungefähr Mitte vierzig, die jahrelang in Deutschland auf dem Bau gearbeitet hatten. Ausgezeichnete Kräfte, Facharbeiter für einen Apfel und ein Ei. In Italien hatten sie ein registriertes Unternehmen, hundertprozentig genau bei der Qualität und den Kosten, sie brachten ihr Essen und ihre Thermoskanne selbst mit, machten täglich nur eine Pause. Man hätte überhaupt keine Last mit ihnen, erzählte meine Schwester. Und der Umbau wurde genau nach Termin fertig.

Sie waren so gut, dass ich sie ein Jahr später, als sie nach einer Winterpause in Bulgarien wieder in der Gegend waren, beauftragt habe, bei mir hinterm Haus einen Schuppen und eine Garage zu bauen.

In Varna ging mir ein Licht auf. Ich konnte den Jungs vertrauen. Nachdem ich bei dem Makler auf Granit gebissen hatte, rief ich einen von ihnen an, einen Kerl aus Baltschik, einer reizenden kleinen Hafenstadt weiter im Norden, in der Nähe der rumänischen Grenze. Ich könnte sofort vorbeikommen, kein Problem. Er hat sich gefreut, als würde ihn sein Bruder besuchen.

Und schon saßen wir auf der überdachten Veranda mit Blick aufs Meer. Der Tisch bog sich unter den Speisen und Wein, als hätten sie eine Hochzeitsgesellschaft erwartet.

Und nach dem sechsten Glas Mavrud habe ich ihn dann gefragt, ob er Kontakte zum Katasteramt in Varna hätte und mir behilflich sein könnte. Und weißt du, da zeigt sich mal wieder der Vorteil von Osteuropa: Jeder kennt jeden. Jeder hat irgendwo seine Kontakte. Wichtig ist, dass sie sich am richtigen Ort und auf dem richtigen Posten befinden, damit man das Gesetz umgehen und sein Ziel erreichen kann. So kommt man schneller und in vielerlei Hinsicht auch effizienter an Informationen heran. Alles lässt sich regeln. Fast. Denn den Namen Luzerne hatte dort angeblich noch niemand gehört. Auch nicht beim Katasteramt. Detelina war zur Hälfte ein niederländisches Unternehmen, und das sagt schon einiges. Doch den Namen Luzerne bekommt man wahrscheinlich erst schwarz auf weiß bestätigt, wenn man bereit ist, einen Umschlag ordentlich zu füllen. Ich habe nur hundert Euro für *the person* bezahlt, die für mich das ein oder andere herausgefunden hat. Und ich habe den Bulgaren samt Familie zum Essen eingeladen, in so ein Spa-Hotel, das nach irgendeiner rumänischen Königin benannt ist, die vor langer Zeit ihr Sonnenbad lieber dort als in ihrem eigenen Land genommen hat. Solche Geschichten erzählt man sich dort!«

Alkema stand auf und ging zur Treppe, doch dann überlegte er es sich anders.

»Ach, ist nicht so wichtig, das kann ich dir auch so erzählen und muss es dir nicht extra zeigen. Mein Meniskus spielt manchmal verrückt, da gehe ich lieber keine Treppen. Aber ich habe Beweise. Ich habe Unterlagen erhalten, die ich in Sofia, nicht in Baltschik oder Varna ein paar Stunden, bevor ich wieder den Flieger nach Hause genommen habe, in irgendeinem Übersetzungsbüro ins Niederländische übersetzen ließ. Kostet nichts. Gute Arbeit. Stempel drauf und jeder kann es lesen: Das Haus auf dem Foto, das du mir auf deinem Handy gezeigt hast, gehört Helena Petronella Maria Plessius. Dir eher geläufig als Leentje Braat.«

Ich war perplex. Ich hatte mit einem zähen Bericht über die Finanzpolizei gerechnet, die zu wenig Arbeitskräfte hätten und vielleicht auch nicht genügend Mut, um sich die notwendigen Informationen zu beschaffen, die den Beweis für die Korruption des Bürgermeisters liefern würden. Doch Alkema hatte während seines Winterurlaubs innerhalb einer Woche alles geregelt. Ich stieß einen Jubelschrei aus und schlug mit beiden Händen auf den Tisch.

»Wir haben sie!«

»Aber du hast noch nicht die beste Neuigkeit gehört«, sagte Alkema. »Für das Haus wurde kein Cent bezahlt. Das Unternehmen Detelina hat es vor zwei Jahren im Sommer auf den Namen eines bulgarischen Tourismusbüros eintragen lassen. Und dieses Büro ist unter dem Namen von Braats Frau registriert. Doch das Unternehmen existiert nur auf dem Papier, es gibt keine Adresse, nur eine Eigentümerin: die Frau unseres Bürgermeisters.«

Es klang zu schön, um wahr zu sein. Leichte Beute. Wie ein Köder für den zu gierigen Kriminalbeamten. Etwas, das so wenig bemäntelt wurde, konnte man doch kaum mit Illegalität oder Betrug in Verbindung bringen. Doch ich sollte nicht zu voreilig sein. Anfangs war mir das enge Verhältnis zwischen dem Bürgermeister und dem Bau- und Planungsdezernenten auch nicht seltsam vorgekommen.

»Aber das ist noch immer nicht alles«, sagte Alkema.

Ich unterbrach ihn.

»Und was, wenn alles doch legal ist? Wieso sollte ein Braat, der bis zum Hals in mafiöse Geschäfte verwickelt ist, eine solche Immobilie offen auf den Namen seiner Frau ausstellen?«

Alkema musste kurz auflachen und verschluckte sich.

»Du meinst, das ist zu offensichtlich? Der Unterschied zwischen dir und einem Schwerverbrecher ist das Gefühl der Unverwundbarkeit. Dir ist etwas widerfahren, und inzwischen gehst du schon ein ganzes Jahr gebückt unter der Schuld, obwohl du keine Schuld hast. Der Bürgermeister lässt sich wahrscheinlich bereits seit Jahren bestechen, doch er wähnt sich unschuldig und allmächtig. Solche Menschen blockieren ihr Schuldbewusstsein. Sie machen sich noch nicht einmal die Mühe, alle Spuren zu verwischen. In Akten über Betrugssachen stößt man immer wieder darauf: Es scheint an alles gedacht worden zu sein, und vieles wurde vertuscht. Doch die kleinen Dinge, die sogar ein Laie wie du erkennt, die übersehen sie dann.«

»Und was nun?«

»Du hast die Wahl. Ich kann die ganze Sache aufschieben und mich erst einmal absichern. Versuchen, ob ich über die niederländische Steuerbehörde dahinterkomme, ob Helena Plessius in ihrer Steuererklärung ein Ferienhaus in Bulgarien angegeben hat. Oder ich lasse andere die Nachforschungen erledigen und bereite Braat jetzt und nicht erst später Schwierigkeiten. Ich kann der Presse Informationen zuspielen, diesmal jedoch direkt an die großen überregionalen Zeitungen.«

Ich nickte.

»Heißt das Ja?«, fragte Alkema.

Ich nickte mehrmals.

8

Zwei Wochen brauchte die Zeitung *De Telegraaf*, um noch weitere anschuldigende Informationen über Braat aufzudecken. Die Geschichte wurde in der Zeitung groß aufgezogen. Alkema lag mit seinen Spekulationen richtig. Das Haus in Varna war nicht bei der niederländischen Steuerbehörde angegeben worden. Frau Braat hatte keinen einzigen Cent Steuern dafür gezahlt. Auch die Kosten in Varna wurden nicht von einem Konto auf den Namen Braat/Plessius abgebucht. Weder die Familie noch das Touristenbüro von Frau Plessius hatten ein Konto bei einer Bank im Balkanland. Diese und Alkemas Informationen wurden als fette Schlagzeilen gebracht: »Bürgermeister unterschlägt bei der Steuer geschenkte Villa in Bulgarien.«

Auch der Untertitel wirkte wie eine Schlagzeile: »Offenbar doch Zustände wie in Bulgarien, nicht wahr, Braat?« Das war eine direkte Anspielung auf die Reaktion des Bürgermeisters auf den Fund der Leiche im Wald. Im Fernsehen hatte er in der lokalen Nachrichtensendung den Bürgern versichert, er hätte die Situation bestens im Griff. Hoch und heilig versprach er, dass den Bürgern von Haarlem Zustände wie in Bulgarien erspart blieben. »Wir haben hier weder den Wilden Westen noch den Wilden Osten«, sprach er.

Zustände wie in Bulgarien. Dieser Spruch wurde für ihn zum Stigma, das er nicht mehr loswerden würde. Mit etwas Glück könnte sich daraus eine Affäre entwickeln, die ihn Kopf und Kragen kostete.

Schon wieder kleckerte ich während des Frühstücks auf die ausgebreitete Zeitung. Ich biss in mein Knäckebrot mit frischem Pecorino, als würde ich damit Braats letzten Rest Unschuld verschlingen.

Gaby hatte ich nichts von Alkemas Abenteuern in Bulgarien gesagt, vor allem, weil ich befürchtete, dass sie Judith etwas erzählen könnte. Ich erklärte ihr stattdessen, ich würde mir noch immer Klarheit über Daniëls' Statements verschaffen wollen, die er nach der Stilllegung seines betrügerischen Beratungsbüros über mich abgegeben hatte. Langwierige Sache, in der ich nicht richtig vorankäme. Doch es sei einfach wichtig für mich, das Puzzle komplett zusammenzusetzen. Etwas in der Art.

Es schien sie zu erleichtern, dass ich eine Sache abschließen wollte. Wenn sie wüsste, dass Alkema und ich gerade erst angefangen hatten.

Für Alkema, der aus mir noch unklaren Gründen Luzerne an den Kragen wollte, lief die Sache trotz der Erfolge noch nicht ganz nach Plan. Der Name Luzerne tauchte in keiner Zeitung auf. Mir war das egal. Ich wollte um alles in der Welt verhindern, dass Gaby diesen Namen las, deswegen löschte ich auch alle SMS und Mails von Alkema.

Sie würde sofort etwas wittern. Und über kurz oder lang hätte sie auch einen Zusammenhang mit meinen damaligen Reisen nach Rumänien hergestellt. Ich hatte ihr damals gesagt, für wen ich mich dort nach Immobilien umschauen würde. Und nach meiner Rückkehr erzählte ich ihr dann, wir hätten ein paar Tage mit langweiligen Mitarbeitern seiner dortigen Niederlassung verbracht. Männer, die mich abends in rustikale Restaurants mit Bärenfellen auf den Stühlen schleppten. An den Wänden hingen ausgestopfte Tiere, und auf dem Teller lag stinkender Matsch, der ein Wildgericht sein sollte. Der Zimmerservice sei gut, auch die Bar und die Eclairs aus der französischen Patisserie des ausgezeichneten Hotels. Die Stadt sei ansonsten uninteressant.

Aber Gaby war nicht dumm. Sollte der Name Luzerne in der Zeitung auftauchen, würde sie mich gewiss erneut aushorchen. Sag mal, Job, das ist doch der Mann, für den du in Bukarest gearbeitet hast? Und jetzt taucht er hier in Haarlem bei dir auf. Gab es damals vielleicht etwas, das uns nun Probleme bereiten könnte?

Sie würde mir die Seele aus dem Leib fragen. Wenn dann in den Medien auch noch darüber berichtet würde, dass es sich bei der Frau, die sich für Judith Faber ausgab, um seine Tochter handeln könnte, dann hätte ich zu Hause ein Problem. Ich musste mir sowieso eine Strategie für die Zeit nach der eventuellen Enthüllung überlegen. Was hatte ich alles genau über Gretta Luzerne damals verschwiegen? Ich würde meiner Frau verständlich machen, dass ich ihr damals nicht alles hatte erzählen können. Ich sei in Bukarest mit höchst kriminellen Kreisen in Kontakt gekommen, ja, das würde ich sagen. Und dass ich keinerlei Verdacht aufkommen lassen wollte, meine Frau und die Kinder könnten etwas davon wissen. Deswegen hatte ich diese Schauspielerei mit dem Namensbetrug von Judith Faber mitgespielt. Alles aus dem alleinigen Grund, damit die Familie nichts erfuhr und nicht verdächtigt werden konnte.

Es gab Zeiten, da hätte diese Geschichte höchst unglaubwürdig geklungen, doch in Anbetracht der aktuellen Ereignisse war sie durchaus plausibel. Allerdings musste Gaby sie auch glauben.

Sie führte einen Freudentanz auf, als sie die Zeitung sah.

»Die niederländische Mafia muss noch einiges von der italienischen Mafia lernen«, sagte sie leicht triumphierend. »Würdest du wieder bei der Gemeinde anfangen wollen? Ich meine, als Wiedergutmachung?«

»Niemals!«

»Das muss ich Judith zeigen«, jubilierte Gaby. »Ich meine nur, inzwischen ist Haarlem ja auch ein bisschen ihre Stadt geworden. Und sie sagte letztens noch, dass hier zum Glück alles so viel ruhiger und angenehmer zuginge als in Osteuropa.«

Ich schauderte. Hier liefen Dinge ab, die ich nicht mehr aufhalten konnte. Meine Schritte wurden immer kleiner und unsicherer. Analog dazu blieb nichts anderes übrig, als auch nur in einzelnen kleinen Schritten zu denken: Solange in der Zeitung kein Foto von Judith mit ihrem Vater stand, konnte ich eine Verschnaufpause einlegen. Sonst nichts.

9

Eine Verschnaufpause war mir nicht vergönnt. Die gute Neuigkeit über Braats freien Fall wurde von einem neuen Unglück verdrängt. Es klopfte an meiner Tür. Die Klingel war defekt, auch das noch.

Verärgert über das Wummern an der Holztür, die erst vor zwei Jahren aufwendig restauriert worden war, öffnete ich sie brüsk. Ich dachte, es wären die Zeugen Jehovas, ein Hausierer oder jemand aus der Nachbarschaft, der Probleme mit seinem Auto hatte und sein Handy zu Hause vergessen hatte.

Es war John Buitenveld – in ordentlichem Anzug mit weißem Hemd und grüner Krawatte, in der Hand eine altmodische Aktentasche. Der Mann, den ich mehrmals am Telefon abgewimmelt hatte. Nachfolger meiner früheren Bankberaterin. Wie sehr ich sie doch vermisste. Eine entgegenkommende Frau mittleren Alters, Leiterin einer großen Filiale hier um die Ecke, mit der ich eine Vereinbarung getroffen hatte. Ihre Zufriedenheit über unseren Deal zeigte sie mit einer Eleganz, die man in diesem Bereich nicht oft erlebte. Solange ich von meinem Ersparten die laufenden Kosten zahlen konnte, würde sie nicht auf drastische Änderungen pochen. Sie rechne auch mit sporadischen Einkünften, die uns vor roten Zahlen bewahren würden. Erst wenn es absehbar war, dass das Tief innerhalb der nächsten sechs Monate erreicht wäre, würde sie sich melden und eine Alternative vorschlagen. Alternative, dieses Wort versetzte mir einen Schrecken. Das klang nach einer Zweitmeinung, die auch nichts anderes ergeben würde als das erste Gutachten. Doch die Frau von der Bank beruhigte mich. Damals waren wir davon ausgegangen, dass ich innerhalb eines halben, höchstens eines ganzen Jahres wieder eine neue Arbeit gefunden hätte.

»Ein Mann mit Ihrem Können, Herr van Emmerik, den übersieht man nicht so leicht auf dem Arbeitsmarkt«, hatte sie mit vollstem Vertrauen gesagt. Dass ich nach meinem Konkurs noch ein Dach über dem Kopf hatte, hatte ich ihrer Überzeugungskraft und ihren guten Kontakten zu den Kollegen zu verdanken.

Inzwischen war die Frist eines Jahres abgelaufen, und John Buitenveld hatte meine Kreditkarte gesperrt. Ich hatte Gaby nicht erzählt, dass ich seit dem Tag in Schiphol nicht mehr damit bezahlen konnte. Doch ich verkniff es mir, sie um Taschengeld zu bitten oder es mir von ihr zu nehmen. Das Geld, das über Judith eintraf, füllte inzwischen eine ganze Schublade von Gabys Sekretär im alten Arbeitszimmer. Eine kleine, hübsche Schublade, die die Wölbungen des antiken Möbelstücks hatte. Dort befand sich das Schmiergeld, mit dem Judith sich in unser Leben eingekauft hatte. Das wollte ich nicht anrühren.

Um an Geld zu kommen, verkaufte ich inzwischen auch selbst. Bücher. Der Antiquar in der Grote Hoogstraat wurde in der ersten Januarwoche mit signierten Erstausgaben aus der Sammlung meines Vaters und meines Schwiegervaters beglückt. In der zweiten Woche sahen sie sich die Kiste mit Designbüchern schon weniger interessiert an. Wahnsinnig teure Bücher, die sie mit einem »Tut mir leid, aber dafür gibt es keine Kunden« ablehnten. In der dritten Woche lehnten sie alle belletristischen Taschenbücher ab, die ich in Supermarkttüten gestopft hatte: zu alt, sie nahmen nur noch Bestseller der letzten paar Wochen. Eine Woche darauf musste die Buchhandelskette, die das Antiquariat gekauft hatte, schließen. Ich spielte bereits mit dem Gedanken, heimlich, nur für kurze Dauer und mit dem feierlichen Versprechen, dass ich den Schaden so schnell wie möglich wieder beheben würde, die Konten meiner Kinder zu plündern. Sie gingen da sowieso nie dran.

Als wäre ich damit nicht schon tief genug gesunken, stand nun auch noch Buitenveld vor meiner Tür, um mir seine Unglücksbotschaft zu überbringen. Eine Gruppe laut krakeelender Krähen, die sich in der letzten Zeit gerne im Wald aufhielten, flog aus den Bäumen auf und flatterte wirr durch die Luft, um sich danach wieder über die Baumkronen verteilt niederzulassen.

Buitenveld hatte ein gelbliches Gebiss und lächelte pflichtbewusst, gleichzeitig sog er die Luft durch die Zähne ein.

»Ich dachte, ich schaue mal bei Ihnen vorbei, um die Situation direkt zu besprechen.«

Die Situation, das war Gaby und mir durchaus bewusst, war nicht angenehm. Wie ein Elternpaar, das zum Schuldirektor bestellt wird, saßen wir kurz darauf mit einem unbehaglichen Gefühl Buitenveld gegenüber auf unserem Sofa.

Er war Raucher. Das erkannte ich an den vergilbten Fingern. Ich dachte, Kettenraucher wären ausgestorben, seitdem sie zum Rauchen vor die Tür geschickt wurden. Bei Wind und Wetter harrten sie draußen vor den Bürogebäuden aus und zogen an ihren Zigaretten, die zu langsam verglimmten. Hüstelnd standen sie im Qualm und wurden von den ein und aus gehenden Passanten gestört, die auf die Gruppe Süchtiger herabsahen, die da isoliert vom gesunden Rest der Welt ihre Lungen schwarz pafften.

Die Zeiten waren vorbei, in denen eine Zigarette so lange zwischen den Fingern gehalten wurde, bis das Papier anbrannte. Insbesondere junge Menschen taten das nicht mehr.

Doch dieser Buitenveld hatte seine Sucht offenbar nicht unter Kontrolle. Seine leicht gekrümmten Spargelfinger blätterten die Papiere in dem Ordner durch. Ab und zu steckte er sich einen Finger in den Mund und befeuchtete ihn, damit das Umblättern leichter ging. Dieselbe Hand würde er mir gleich zum Abschied hinhalten. Er hätte sich genauso gut in unserem Beisein damit zwischen den Beinen oder am Hintern kratzen können. Es gibt Leute, die hat man nicht so gerne bei sich im Haus. Sie verbreiten einen unangenehmen muffigen Körpergeruch. Man befürchtet hygienisch das Schlimmste, hat Angst vor Ansteckung und will gar nicht wissen, wie es unter ihren Kleidern aussieht. Buitenveld war ein solcher Typ.

Er schwieg. Wir auch. Nur das unangenehm raschelnde Papier war zu hören. Eine Stille, von der man nicht weiß, wie sie enden wird, wie man sich ihr entziehen kann, gerettet oder verloren. Also lieber selbst das Heft ergreifen.

»Gibt es ein Problem?«

Ich ging zum Angriff über. Wenn ein solcher Kerl es wagte, in meinem Wohnzimmer schwarzen Rauch auszudünsten, dann wartete ich nicht erst höflich ab, was passierte. Buitenveld sah mich verständnislos an. Mir kam sein Gesicht sehr aufgesetzt vor. Verschleierte Verständnislosigkeit, ja, das war es. Nur mit Mühe unterdrückte er die Verärgerung über meine Frage. Ich wusste bereits, was er sagen würde. Er würde mir die schlechte Nachricht wohldosiert verabreichen und mich zugleich schikanieren. Das lernt man bei der Bank in einem Seminar über Kundenkommunikation. Der soziale Aspekt der Hygiene schien dabei jedoch nicht angesprochen zu werden.

»Das Problem ist, dass auf Ihrem Konto seit über einem Jahr kein Geld mehr eingegangen ist«, sagte er starr vor sich hin, ohne von seinem Ordner aufzuschauen.

»Aber ich bezahle meine laufenden Kosten. Pünktlich.«

»Das stimmt. Gemäß einer Abmachung, die unter anderen Umständen getroffen wurde, mit einer Person, die nicht mehr in unserer Bank beschäftigt ist. Einer Abmachung, die inzwischen unhaltbar ist.«

»Sagt wer?«

Gaby stieß mich sichtbar mit dem Knie an.

»Ihr Konsumverhalten. Sie haben in der letzten Zeit mit Ihrer

Kreditkarte außerordentlich hohe Beträge abgehoben. Wir haben den Eindruck, dass Sie davon leben.«

»Mein Konsumverhalten geht Sie nichts an, solange ich mir kein Geld von Ihnen leihen muss, um damit meine Kreditkartenschulden zu bezahlen.«

Buitenveld richtete sich auf.

»Und genau diesen Moment wollen wir vermeiden.«

Gaby nickte. Sie nickte! *Et tu, Brute?* Verrat in der eigenen Reihe, das stärkte Buitenveld.

»Nach der jetzigen Lage zu urteilen, sind Sie im Sommer, ähm, wenn ich das so sagen darf, pleite.«

Ich ließ nicht locker.

»Und was meinen Sie genau mit ›jetziger Lage‹? Wissen Sie, wie ausgezeichnet meine Chancen für eine Arbeit nach meinem mir gegönnten Sabbatical sind …?«

»Eine solche Abmachung wurde nicht mit meiner Vorgängerin getroffen«, fiel er mir ins Wort.

Stimmt. Das hatte ich mir gerade erst überlegt.

»Aber diese Abmachung habe ich durchaus mit anderen getroffen«, erwiderte ich. »Mit anderen, die mir Arbeit anbieten. Wenn Sie das unbedingt wissen wollen. Wenn Sie wirklich deswegen hierhergekommen sind.«

Jetzt musste Gaby sich auf meine Seite schlagen. Mit mir an einem Strang ziehen. Doch sie tat es nicht. Sie rückte auf dem Sofa von mir weg und blickte mich mit halb offenem Mund an. Als würde sie einen Irren anschauen, der sich gerade unsäglich lächerlich machte.

Das entging Buitenveld nicht.

»Haben Sie das schriftlich?«

»Demnächst«, log ich.

Und wieder erklang Gabys gnadenloser Seufzer.

»Herr van Emmerik, wir sollten die Sache vernünftig angehen.«

»Vernünftig? Ich habe mein Ferienhaus für die Bank verkauft. Den teuren Wagen auch und meine Aktienpakete zu einem äußerst ungünstigen Zeitpunkt. Dann noch eine kleine Kunstsammlung, aber auch auf die paar Zehntausender habt ihr euch gierig gestürzt. Ich bin froh, dass ich das Haus hier behalten konnte. Mehr habe ich nicht. Dieses Haus und den fünfzehn Jahre alten VW Passat meiner Frau. Fahren Sie etwa in so einer Schrottkarre herum? Sehen Sie, ich schon, und ich bin zufrieden damit. Immerhin habe ich noch ein Fahrzeug unter dem Hintern, mit dem ich meine Kinder zum Sport bringen kann oder auf einen Campingplatz. Campingplatz, haben Sie das gehört? Seit Jahren war ich nicht mehr in einem Ferienhaus oder einem Hotel, von Flughäfen oder guten Restaurants ganz zu schweigen. Unser Wein ist Bückware aus dem Supermarkt, den ich nur betrete, um ein paar wenige günstige Sachen zu kaufen, die es beim Aldi nicht gibt. Es gibt Leute, die müssen mit weniger auskommen. Aber ihr seid erst zufrieden, wenn ihr mich bis aufs Hemd ausgezogen habt.«

»Job!«, sagte Gaby zurechtweisend, aber weder verärgert oder komplett von mir abgewandt. Sie legte ihre Hand auf die meine, ein letzter Versuch, mich vor der Grenze zurückzuhalten, die ich bereits überschritten hatte.

»Nein, er ist hier, um über die Lage zu reden, dann besprechen wir auch die Lage«, schrie ich. »Lesen Sie die Zeitung, Buitenveld? Oder glotzen Sie nur Fernsehen? Dann verhalten Sie sich mal wie ein echter Kerl, und benutzen Sie Ihren Verstand. Wissen Sie eigentlich, wen Sie vor sich haben und welch Unrecht mir widerfahren ist? Dass ich von einem Bürgermeister entlassen wurde, der des Betruges bezichtigt wird? Steuerhinterziehung und Korruption? In den Niederlanden und im Ausland? Weil ich, damals noch Leiter des Stadtplanungsamtes, das alles aufgedeckt habe? Auf welcher Seite stehen Sie eigentlich? Bestimmt auf der Seite der Bank, denn dort ist das Schmiergeld von Braat und Daniëls sicherlich besonders willkommen. Aber mir will man an den Kragen gehen, so funktioniert das doch bei der Bank.«

Jetzt war es raus. Alles, was ich über zwölf Monate in mich hineingefressen und nicht zu sagen getraut hatte, aus Angst, dass das politische Duo mit den schmutzigen Händen mich noch wegen Verleumdung vors Gericht zerren würde. Endlich war es raus. Die Worte purzelten aus mir heraus. Zum Glück bildete ich vollständige Sätze, und das traf ins Mark. Oder nicht? Ich hatte dem Falschen zu viele Informationen preisgegeben. Jeder konnte mit jedem krumme Geschäfte drehen. Oder auch nicht. Dass das keinen Unterschied mehr machte, nichts mehr bedeutete, das war eine Krankheit unserer heutigen Zeit.

Gaby bedeckte ihr Gesicht mit den Händen. Zu lange, das musste ihr auch bewusst sein. Sie täuschte ein heftiges Niesen vor. Ein Zeichen der Sympathie für mich, wenigstens etwas. Zeit, wieder zur Höflichkeit zurückzukehren.

»Oder ist Ihnen vielleicht eine andere Lage bekannt?«, fragte ich in einem ruhigeren Ton.

Ha, auch Buitenveld geriet außer Fassung. Unruhig fuhr er sich mit den Spargelfingern durchs schüttere, gegelte Haar. Die Frisur eines Laufburschen. Doch inzwischen war er zum Bankangestellten aufgestiegen. Zögerlich öffnete er den Mund, auch diesmal zischte die Luft durch seine Zähne.

»Herr. Van. Emmerik.« Ruhepause. Erst reizen Sie einen bis aufs Blut, und schließlich kocht man vor Wut. Sie fühlen sich überlegen, weil sie ihre Verärgerung unterdrücken konnten und ruhig geblieben sind. In einem solchen Moment könnte man jemanden schlagen. Ein rechter Haken mitten in die arrogante Visage. Doch dann bedachte ich, dass dieses Bürobübchen mein Sohn sein könnte, wenn ich ihn mit zwanzig bekommen hätte, als Frucht einer unreifen ersten Liebe.

»Die Lage, die ich angesprochen habe, beinhaltet allein die Zahlen. Ich habe sie hier vorliegen, und sie lügen nicht.«

Ich konnte es einfach nicht lassen.

»Zahlen? Aber Zahlen lassen sich doch leicht verfälschen. Ihren Wert können Sie doch ein paar Tage aufschieben. Wenn es für Ihre Bank gerade günstig ist, können die Zahlen manipuliert werden. Die Zinssätze. Doch wenn es für mich günstig ist, dann geht das nicht. Sie haben die Chuzpe, mich schädigen zu wollen, und zwar kurz nachdem Ihre Bank sich international eines Riesenbetrugs schuldig gemacht hat. Ausgerechnet Ihre Bank, Ihre international verurteilte und mit Geldstrafen belegte Bank ist nicht in der Lage, einem Mann ein paar Monate Aufschub zu gewähren, der sich alle Mühe gibt, aus dem Tief wieder herauszukommen. Der demnächst wieder Geld auf seinem Konto hat? Haben wir jemals eine Zinsfrist nicht eingehalten? Nein? Na also!«

Buitenveld schob mit einer einzigen Bewegung alle Unterlagen in seine gewölbte Tasche und erhob sich.

»Die Abmachungen wurden verschärft«, sagte er ruhig, gelassen und gleichgültig. Vorbei, ich war kein Bankkontakt mehr. Ich war nur noch eine Kontonummer. Auf mich sah ein kühler Kopf herab, der keinen Millimeter von den getroffenen Entscheidungen abwich und auch auf jegliche Gefühle oder gewagte Analysen verzichtete.

»Ist ja klar, für mich sind sie verschärft. Mit den Schwachen könnt ihr das machen«, schrie ich ihn an. Inzwischen hatte auch ich mich erhoben und stand bedrohlich nahe vor seinem stinkenden Körper.

»Meine Frau lässt sie hinaus.«

Gaby war wütend, als sie wieder zurückkam. »Du bist doch vollkommen durchgedreht!«, schrie sich mich so laut an, dass ich befürchtete, Buitenveld könnte es draußen auf der Straße hören. »Und was jetzt? Wie soll es weitergehen? Der lässt unser Haus noch beschlagnahmen. Weil. Du. Dich. Nicht. Zurückhalten. Kannst.«

Die letzten Worte sagte sie im Flüsterton, immer leiser werdend, um sich selbst zu beruhigen. Mich blickte sie mit hoffnungslosen kleinen Rehaugen an wie die hochgestreckten Köpfe der Kitze im Streichelzoo, die vor allem Angst haben. Doch Gaby hatte etwas zu sagen.

»Du bist mir ein Rätsel. Mal bist du betrübt, mal fröhlich. Mal mutlos, dann wieder streitlustig und aggressiv. Mal weichst du Fragen aus und verhältst dich rätselhaft, dann willst du nur reden, reden, reden, alle erdenklichen Optionen bis ins letzte Detail erörtern. Und jetzt, aus dem Nichts heraus, fachst du einen Krieg mit der Bank an, deinem letzten Strohhalm.«

»Die ist in Rente gegangen«, sagte ich.

Stattdessen befand sich John mit den gegelten Haaren auf ihrem Stuhl. Vollkommen unangekündigt oder hatten wir einen Brief mit ihrem Abschied erhalten, den ich mit der anderen Geschäftspost ungeöffnet ins Altpapier befördert hatte? Solche Vogel-Strauß-Aktionen überkamen mich manchmal.

»Du bist undurchschaubar, sogar ich, die dich so gut kennt, verstehe dich nicht. Manchmal versuche ich, alles nicht so wörtlich zu nehmen. Dir hingegen scheint noch nicht einmal der Ernst der Dinge bewusst zu sein, über die wir reden. Und jetzt? Jetzt hatte ich nicht das Gefühl, ich würde gemeinsam mit dir und diesem Kerl hier sitzen, sondern alleine. Als würde ich zufällig in eine dieser grässlichen Fernsehsendungen, die mit versteckter Kamera gedreht wurden, hineinschauen. Irgendwelche Versager, die schnell in die Luft gehen. Den Fernseher kann ich ausschalten, dich aber nicht. Du hast hier wirklich eine Vorstellung geliefert. Flippst hier aus und zerstörst alles, was wir noch gerettet hatten.«

Sie hielt inne. In einem sachlichen Ton fuhr sie dann fort: »Und was soll das heißen: ›Demnächst gehen wieder Gelder auf dem Konto ein‹? Woher soll das Geld kommen? Oder läuft da etwas, von dem ich nichts weiß?«

»Ich soll doch in Osteuropa Geschäfte für deine Freundin erledigen, oder?«

Ironie war bei Gaby jetzt allerdings nicht angebracht.

»Du kannst sie nicht ausstehen. Keiner weiß, wieso. Vielleicht Eifersucht, weil ich nicht rund um die Uhr zu Hause herumhocke und dir zur Verfügung stehe. Oder liegt es daran, was sie alles hat und wir nicht? Oder fühlst du dich erniedrigt, weil sie uns unterstützt? Weil sie nicht wie die anderen mitleidig nickt, wenn ich etwas von unseren Problemen durchsickern lasse, sondern sich sofort eine Lösung überlegt und uns etwas zusteckt?«

Der Themenwechsel zu Judith war kein kluger Schachzug von mir gewesen. Für Gaby war sie die barmherzige Samariterin, für mich ein Judas. Ich war selbst überrascht über meine verbale Attacke, die ich vorhin auf den Bankangestellten abgefeuert hatte. Es fühlte sich unglaublich gut an, befreiend, sogar auch tröstend. Was mich dazu getrieben hatte? Während Gabys Standpauke fiel bei mir der Groschen. Auf diesen Moment hatte ich so lange gewartet.

Ich ging vor Gaby in die Hocke. Das war schmerzhaft, denn die Oberschenkelmuskulatur wurde nicht oft beansprucht und brannte sofort. Doch ich wollte mich nicht niederknien, das hier hatte nichts mit Romantik, Anbetung oder Vergebung zu tun.

»Weißt du was, Gaby? Ich gehe gleich zu einer Arbeitsvermittlung. Ich möchte gerne ein paar Vormittage in der Woche arbeiten. Ich könnte die Post austragen, sogar hier, in unserem Viertel, das wäre mir egal. Ich werde Taxi fahren oder mich als Zeichenlehrer an einer Schule bewerben. Ich kann putzen oder kleine Arbeiten erledigen, und falls das alles nichts wird, kann ich immer noch einen Hunde-Ausführservice aufmachen.«

Gaby sah mich noch immer an, als wäre ich nicht ganz zurechnungsfähig.

»Und plötzlich geht das alles? Nachdem ich ein ganzes Jahr mit der Angst gelebt habe und dich angefleht habe, aktiv zu werden?«

»Es ist nicht plötzlich. Es geht aber erst jetzt.«

»Dann wusste dieser Kerl von der Bank besser, was er tut, als wir es gedacht haben.«

»Genau das Gegenteil ist wahr, Gaby. Mit ihm hat das nichts zu tun. Aber mit mir. Ich habe Lust, alles zu versuchen, was ich kann, ganz egal, was. Und wieso jetzt? Weil ich es jetzt nicht mehr als Erniedrigung empfinde. Weil diejenigen, die mir Leid zugefügt haben, nun selbst die Gejagten sind und ihre Strafe bekommen. Was meinst du, bleibt Braat noch eine Woche im Amt? Ich nicht. Ich würde dieses Haus darauf verwetten, dass er im März sein Amt niederlegt. Und dann geht alles erst richtig los. Meinst du etwa, Daniëls wird ruhig den Prozess gegen seinen Bruder abwarten? Wenn es so weit ist, wenn der Strafantrag gestellt ist, auch der von Braat, dann kommen sie alle an den Pranger. Ich habe meine Stelle verloren, sie ihre ganze Karriere, ihr Ansehen, ihren Ruf, ihre geheimen Einkünfte, ihr Vermögen. Zumindest gehe ich davon aus, dass es so ablaufen wird. Wir sind nicht in Osteuropa. Das Ausmaß ihres Betrugs muss eine Ausnahme bleiben. Ich konnte nicht aktiv werden, solange sie im Trockenen saßen. Ungestört, unbestraft, leibhaftige Beweise dafür, dass Verbrechen sich lohnt, genießen sie das Unrecht, das sie selbst verursacht haben. Schuldig und unantastbar sind sie, ich hingegen mundtot und zudem Architekt meiner eigenen Misere. Dieses Verhältnis hat mich erniedrigt und gelähmt, mich dazu verdammt, immer wieder zu versagen.«

Ich blickte auf Gabys Hände mit der bizarren grünblauen Aderlandschaft auf den Rücken, sie zitterten und wirkten plötzlich alt. Ich nahm ihre warmen und nervösen Hände in die meinen und sprach zu den verharrenden Fingerknöcheln in meiner Handfläche: »Ich war wie erschlagen. Das ist jetzt vorbei.«

Teil 4

Auftragskiller

1

Ende März hatte der verfrüht eingesetzte Frühling einen gelbgrünen Schleier über den Wald gelegt. An den Bäumen bogen sich die Äste unter dem Spektakel, kräuselndes Blattgrün brach aus den Knospen hervor. Die Hunde rasten wie die Wilden über die Felder, als wären sie den ganzen Winter über eingesperrt gewesen. Weit oben über ihnen schienen die Vögel in den erwachten Baumwipfeln emsiger und lauter als je zuvor zu zwitschern. Der unentwegte Gesang klang nicht unbekümmert, sondern fordernd. Ruhelosigkeit hing in der Luft.

Zu Hause machten wir Pläne für den Geburtstag der Zwillinge. Ich blickte dem mit Schrecken entgegen. Da Gaby das Geld, das wir über Judith eingenommen hatten, mit Argusaugen bewachte – »für die Zukunft, für unvorhergesehene Ausgaben, für Unglücksfälle, für den nächsten Schlag, Job« –, war unser Budget äußerst knapp. Sozusagen gleich null.

In unseren besseren Zeiten hatten wir alle zwei Jahre an ihrem Geburtstag eine besondere Reise unternommen. Ein Trip in eine Metropole oder wir sahen uns besondere Naturereignisse an, wie Geysire oder das Nordlicht. Das kam nun nicht infrage.

Zum Ausgleich mussten wir uns etwas anderes einfallen lassen. Am Vorabend des Geburtstags backte Gaby Scones zum Frühstück, Muffins und süße *Rose di pane*. Übervolle Schalen, viel zu viel für uns vier. Die Illusion des Überflusses. Ich saß währenddessen am Küchentisch und packte viele kleine Geschenke ein. Auf dem Esstisch sollten sich die Geschenke türmen. Überall im

Haus hatte ich Girlanden aufgehängt, und auf dem Boden tummelten sich die Luftballons. Wir machten das nun zum fünfzehnten Mal. Auch in diesem Jahr waren wir kurz vor Mitternacht noch immer nicht mit den Vorbereitungen fertig. Das Tesafilm wollte nicht kleben, die Schere war unauffindbar, wir hatten nicht genügend Reißzwecken, das Papier war fast verbraucht, und den Tulpenstrauß hatten wir auch noch nicht aufgestellt. Was einst eine freudige Routine gewesen war, hatte mit der Zeit seinen Glanz verloren. Dennoch bereitete uns diese Plackerei viel Freude: Denn es zeigte, dass wir als Eltern gut funktionierten.

Am nächsten Morgen weckten wir die Kinder extra früh, denn sie mussten zur Schule und zeitig aus dem Haus. Wir saßen gerade am festlich gedeckten Frühstückstisch, doch da klingelte es an der Tür. Viertel vor sieben. Doch nicht etwa schon wieder der Blödmann von der Bank?

Ich öffnete die Tür. Vor mir stand ein kleiner untersetzter Mann. In der einen Hand hielt er einen hellgrünen Umschlag, in der anderen ein Walkie-Talkie. Hinter ihm sah ich einen riesigen Lastwagen. Ein schwarzes Ungetüm, auf dem in großen verschlungenen Goldlettern Allegro Fortissimo stand. Darunter die Umrisse eines Flügels. Wenn es sich um das handelte, was ich vermutete, dann würde es an diesem Geburtstag Tränen geben.

Aus der Fahrerkabine stiegen zwei Muskelpakete. Der Mann vor meiner Tür fragte, ob »Fräulein Tamara van Emmerik« zu Hause wäre. Knapp fragte ich, worum es denn ginge. Er reagierte außerordentlich freundlich.

»Wir bringen ein Geburtstagsgeschenk. Und was für eins!«

Sofort schlug er den Ton eines Hausierers an.

»Soll ich raten? Einen Flügel, den ich nicht bestellt habe? Und den ich auch nicht haben will? Drinnen steht bereits einer. Und was für einer.«

Was er konnte, das konnte ich auch.

Meine brüske Abweisung schien ihn anzustacheln.

»Verstehe ich recht, dass Sie den Flügel nicht annehmen wollen?«

»Stimmt.«

»Wollen Sie nicht wenigstens kurz einen Blick darauf werfen? Um zu sehen, was Sie einfach auf der Straße stehen lassen? Vielleicht ändern Sie dann Ihre Meinung.«

»Kein Interesse.«

»Immerhin handelt es sich hier um einen Wert von etwas über sechzigtausend Euro.«

»Das habe ich bereits befürchtet.«

»Sie wollen ihn nicht haben?«

»Nein.«

»Und Ihre Tochter auch nicht?«

»Das spielt keine Rolle.«

»Bei einem Geschenk dieser Größenordnung würde ich aber dennoch gerne die Beschenkte selbst sprechen wollen.«

»Diejenige, die Sie sprechen wollen, ist minderjährig. Ich bin ihr Vater. Und wenn ich sage, dass sie für Sie nicht zu sprechen ist, dann ist das so.«

Er war verdutzt. Natürlich war er ein Kerl von der Sorte, der keiner Fliege etwas zuleide tun konnte. In seinem Beruf begegnete er wahrscheinlich nur erfreuten Gesichtern. Mir lieferte er, ohne es zu ahnen, den Feind ins Haus.

»Dann unterschreiben Sie doch bitte, dass Sie die Annahme verweigern«, bat er mich.

»Ich habe nichts bestellt, also unterschreibe ich auch nichts.«

»Das ist schon klar, dass Sie nichts bestellt haben. Es handelt sich hier um eine Überraschung, eine großzügige Geste, mit der Ihnen schöne Musik ins Haus gezaubert wird«, versuchte er es weiter.

Eine Überraschung. Von Judith. Nur sie konnte sich solche Extravaganzen erlauben. Sie und Rina. Doch Rina würde es sich nicht herausnehmen, die Kinder ihrer Freunde mit exorbitant großen Geschenken zu ködern. Was da vor meiner Tür stand, das war keine Überraschung, sondern eine Unverschämtheit. Sehr wahrscheinlich wartete in dem Lastwagen ein fantastisches Instrument, das ich Tara versagen musste. Genau darauf war die Schenkerin aus. Und ich wäre der Bösewicht, der seiner Tochter alles verdarb. Würde ich das Geschenk zulassen, wären wir damit dem Feind für immer ausgeliefert. Der Versuchung aus Habgier erlegen, abhängig aus Dankbarkeit.

Der schwarze Lastwagen vor meiner Tür war eine Überraschung der schlimmeren Sorte. Judiths trojanisches Pferd.

Natürlich erschien Tara an der Tür. Als sie las, was da auf dem Lastwagen stand, war sie nicht mehr zu halten. Mit ihren Strickhausschuhen an den Füßen stürmte sie zur Ladefläche. Die beiden Muskelpakete, die dort aufs Ausladen warteten, öffneten die Türen. Ein Schrei ertönte. Danach Freudengeheul. Dumpfes Getrampel auf dem Asphalt, gefolgt von weiteren begeisterten Juchzern.

»Ein Fazioli! *O my God*, ein Fazioli!«

Der italienische Name, der mir nichts sagte, hallte durch die ganze Straße. Gaby und Leon kamen auch an die Tür. An der Ladefläche stand die noch immer hüpfende Tara. Sie war vollkommen außer sich, hielt sich die Hände vor den Mund, was die Lautstärke ihrer Jubelschreie jedoch nicht dämpfte.

»Haben die da Justin Biber drin?«, fragte Leon.

Gaby knuffte ihn in die Rippen.

Die andere Hälfte des Zwillings. Die Hälfte, die kein Geschenk von Judith bekommen hatte. Ich wusste nicht, was ich davon halten sollte. Ob ich es ungerecht finden sollte, dass seine Schwester vorgezogen wurde. Oder vielleicht froh sein konnte, dass zumindest er nicht in dieses perverse Spiel hineingezogen wurde. Es sei denn, es würde gleich ein Ferrari um die Ecke fahren: sein Geschenk. Ach nein, keinen Führerschein. Doch wenn ich mich nicht täuschte, dann stellte Ferrari auch Motorboote her. Schlimmer ging immer. Noch dreister, noch ungenierter. Fazioli und Ferrari. Mehr Italien, als Gaby den Kinder je gegeben hatte. Wir hatten nur harmlose, kulturbeflissene Touren durch Pompeij zu bieten. Oder klapperten etruskische Ruinen in der Maremma mit Dantes Göttlicher Komödie in der Hand ab und erfreuten uns jedes Mal wieder aufs Neue über die Fahrt mit dem Fährboot nach Portoferraio und der Brise auf dem Tyrrhenischen Meer. Dies alles wurde mit einem Schlag, zumindest in meinen Augen, von Judith zerstört.

Als sei Taras Spektakel auf der Straße nicht schon genug, schnellte zu allem Überfluss Maud aus dem Haus. Der Name Fazioli war offenbar durch Mauer und Stein hindurchgedrungen.

»Klavierbauer aus der Gegend von Venedig«, klärte Gaby uns auf. »Sie haben irgendwann in den Siebzigerjahren angefangen und wurden dann schnell erfolgreich. Ich kannte jemanden in Assisi, der hatte einen solchen Flügel. Alfred Brendel hat einmal darauf gespielt, aber ich wusste nicht, dass Tara so sehr darauf steht.«

Dass Gaby jetzt davon anfing, anstatt sich über meine Wut und Judiths gemeine Aufdringlichkeit zu kümmern, das tat weh. Es lag nur an mir, den Lastwagen samt Flügel und allem wieder wegzuschicken.

Auch Maud war ganz aus dem Häuschen. Mit ungekämmten Haaren und wehendem Morgenrock, den sie sich offenbar noch schnell übergeworfen hatte, kam sie zu uns hingetrippelt.

»Mann, o Mann, das ist ja was! Eine ganz schön mutige Wahl, sehr außergewöhnlich. Und ihr begebt euch damit in allerbeste Gesellschaft. Lazar Berman, Aldo Ciccolini, Nikita Magaloff … und Brendel. Einmal auf einem Fazioli gespielt und prompt waren sie ihm verfallen.«

»Hör zu, Maud …«, versuchte ich ihre Begeisterung zu bremsen. Vergebens.

»Was soll ich dazu sagen, Job, herzlichen Glückwunsch! Wie man den bezahlt, weiß ich zwar auch nicht, aber man kann besser mit einem Fazioli zugrunde gehen als ohne. Und dann auch noch dieses besonders hübsche kleine Modell. Ein Volumen wie eine Kirchenorgel, macht sich aber ausgezeichnet in einem Jugendzimmer. Das erlaubt ihr Tara doch bestimmt, oder? Dieses Schmuckstück kommt doch in ihr Zimmer? Platz genug habt ihr ja dort oben.«

Inzwischen hatte sich Tara zu uns gesellt. Es war bereits nach halb acht. Der Mann, der bei uns geklingelt hatte, hatte sich diskret zurückgezogen. Er nutzte das Chaos für eine Zigarettenpause.

»Ich gehe heute nicht zur Schule«, sagte Tara. »Ich bleibe hier und will mitbekommen, wie sie den Flügel ins Haus transportieren und auspacken.«

Zeit zum Eingreifen.

»Kommt nicht infrage.«

Ich sah zu Gaby hin, um zu schauen, was sie dazu meinte, doch Gaby betrachtete mit verschränkten Armen das Spektakel auf der Straße, als würde sie in eine weite und unbekannte Landschaft blicken. Sie hatte die Verantwortung abgegeben, die Entscheidung lag bei mir.

»Ihr geht jetzt beide sofort in die Schule«, sagte ich. »Die Geschenke packt ihr heute Nachmittag aus. Inzwischen regel ich das hier.« Ich winkte den Fahrer herbei. Gaby seufzte, nur sie wusste, was ich mit »regeln« meinte.

2

Als die Tränen versiegt waren, hatte Tara endlich eingesehen, weshalb wir den Flügel nicht annehmen konnten. Eine Stunde hatte ich auf sie eingeredet. Am Fußende des Bettes, in dem sich meine Tochter möglichst weit von mir verkroch. Oberkörper an die Wand gelehnt, beide Knie angezogen, Arme um die Beine gelegt, Kopf darauf aufgestützt, das Gesicht von mir abgewendet. Während meiner Predigt konnte ich nicht einmal ihre Augen sehen.

Vielleicht hat sie es auch nicht verstanden, und sie war still, weil sie sich ausgeheult hatte. Wahrscheinlich war sie zu müde und mürbe, um noch weiter mit mir zu reden. Sie hatte ihr Gesicht zwischen den Knien vergraben und murmelte ein schwaches und keineswegs überzeugendes »Okay«.

Nichts war okay. Aber ich hatte das einzig Richtige getan. Das wiederholte ich noch einmal. Und noch einmal. In der Hoffnung, dass meine Tochter verstehen würde, dass es nicht gegen sie gerichtet war.

»Das hat nicht das Geringste mit dir zu tun, Liebes.«

Tara putzte sich die Nase.

»Verpiss dich.«

Nach dem Gespräch mit Tara klopfte ich auf der anderen Seite des Flurs bei Leon an. Er lag bereits im Bett. Mein Sohn drehte sich aber doch zu mir hin. Sein Bett war ihm fast zu klein geworden, so groß und lang, wie er inzwischen war. Erst wachsen sie einem aus den Armen, dann aus den Möbeln heraus, später dann auch aus dem Haus. Erst dann wird sich herausstellen, ob sie einem auch aus dem Leben herauswachsen. Ich fürchtete mich vor der Zeit, wenn ich fast nichts mehr von ihrem Tagesablauf wissen würde, wie ihre Woche aussah, ihr Monat oder sogar ihr Leben.

»Du hast nichts von Judith bekommen«, fiel ich gleich mit der Tür ins Haus.

»Ja?«

»Ich wollte mal hören, ob du das schlimm findest.«

Leon stützte sich auf die Ellbogen auf und lachte. Die Kuhlen in seinen Wangen waren zu Strichen geworden. Frische Einkerbungen, die sein Kinderlächeln plötzlich in ein männliches Grinsen verwandelt hatten. Genau das verlieh Leon das Gesicht eines herzlichen, zuverlässigen jungen Kerls, der sich gut auf einem Werbeplakat machen würde. Auch damit können einem die Kinder weggenommen werden: Wenn man eines Tages feststellt, dass sie außer sich selbst auch noch einem Idealbild ähneln, das bei vielen Fremden etwas Angenehmes hervorruft. Genau wie bei meiner Tochter, der Männer gerne nachschauten, empfand ich das auffallend hübsche Aussehen meines Sohnes verletzlich und wehrlos.

»Nein«, sagte Leon. »Mich stört es nicht, weil Judith auch mich gefragt hat, was ich mir wünsche, aber mir ist noch nichts eingefallen. Noch nicht. Aber es sollte etwas Großes sein.«

Sehr gut, zumindest einer, der noch klar dachte.

»Hat sie das so formuliert?«

Leon zögerte.

»Sie hat gesagt: ›Etwas, das deine Eltern dir nicht kaufen könnten.‹«

Ich überlegte oft, ob die Kinder eigentlich glücklich waren. Auch schon, bevor ich mit meinem Unternehmen pleitegegangen war und ich meine Stelle bei der Gemeinde verloren hatte. Das Glück der Kinder korrespondierte nicht mit veränderten Umständen in der Familie, Schwierigkeiten, die auftraten, oder einem Unglück. Mir fiel es schwer, es genau zu benennen. Diese etwas eitle Frage stellte ich mir nicht einfach ohne Grund. Vor mehreren Jahren bot ich auf einem Stadtfest an, die Kinder zu fotografieren. Es waren hauptsächlich Kindergartenkinder und Teenager, die um den langen Tisch herumrannten, an dem ihre Eltern mediterrane Gerichte aßen, die sie mit übertriebener Hingabe zubereitet hatten. Ja, auch meine Gaby. Als würde die Ehre einer jeden Familie auf dem Spiel stehen. Die mitgebrachte Speise sollte außergewöhnlich sein und für alle ausreichend, allerdings durfte es auch nicht nach Catering aussehen. Form und Farbe waren wichtig, ein Augenschmaus, und es musste eine Freude sein, die Speisen auf dem Tisch anzurichten. Zudem sollte das Gericht mindestens zehn Zutaten enthalten, von denen eine möglichst unbekannt sein sollte und die signalisierte: Hier verstand jemand sein Handwerk, er konnte kochen und hatte Geld. Die Kunst bestand darin, das mitgebrachte Gericht mit möglichst großer Lässigkeit auf der Tafel abzustellen, als würde es sich um eine einfache Suppe handeln. Und wieso das ganze Theater? Denn hatten wir uns alle einmal am Tisch niedergelassen, würden das kalte Bier und der Weißwein sowieso alle hohen Ansprüche löschen. Niemand würde die Gerichte wie ein Restaurantkritiker beurteilen, niemand würde einen Lobgesang auf die Aspikterrine aus Sancerre mit Krabbenfüllung anstimmen, niemand würde herausschmecken, dass es sich bei dem Käse im Salat um ganz frischen Pecorino handelte und das Öl eine Pressung der Taggiasche-Olive war. Denn es wurde geschaufelt, es hätten ebenso Eintopf und Kartoffelsalateimer auf dem Tisch stehen können. Es war wie immer gemütlich, abgesehen von dem Gequatsche einiger Männer, die allzu sehr von sich eingenommen waren. Doch Gaby war der Ansicht, dass ich das vollkommen falsch einschätzte. Ich würde nicht mitbekommen, was da im Hintergrund abliefe: So, wie die Männer die Stimmung mit ihrer Prahlerei vermiesen konnten, so machten das auch einige Frauen, indem sie despektierliche Blicke aufs Essen warfen.

»Jetzt mach doch bitte einfach eine *Foccaccia*«, hatte ich gerufen, als meine Frau, kurz bevor wieder ein solches Buffet anstand, bereits den dritten Abend verzweifelt mit Kochbuchstudien verbrachte. »Das geht nicht«, antwortete sie, »zu einfach. Es muss mindestens eine *Pissaladière* sein oder ein *Babà salato*. Ich kann da nicht mit etwas aufkreuzen, das man auch fertig im Supermarkt bekommt.«

»Die anderen machen das aber bestimmt«, sagte ich.

»Du musst das so sehen, Job. Dieser Kochwettbewerb, das ist für die Frauen so etwas wie eure Prahlerei.«

Auf diesem Jahrmarkt der kulinarischen Eitelkeiten stand ich dann schussbereit mit der Kamera. Es wurden Aktivitäten für die Kinder angeboten. Auch ein Clown lief herum, der unter seinem Jackett Goldfische hervorzauberte und aus jedem Kinderohr Schokoladentaler zum Vorschein holte. Doch eines fiel mir auf, ganz egal, ob ich die Kinder einfach so fotografierte, wie sie mir vor die Linse liefen, oder ein Kind bat, in die Kamera zu schauen, das Resultat war ein ernster, professioneller Kinderblick. Als hätten sie den ganzen Tag über kaum einmal gelacht oder als wollten sie ihr Lachen nicht zeigen.

Als ich dann später die Fotos auf dem Bildschirm betrachtete, sah ich deutlich, wie sehr die Fröhlichkeit fehlte. Sehr wahrscheinlich hatten die Kinder sich auf dem Fest amüsiert und waren abends zufrieden ins Bett gesunken. Doch ihre Gesichter spiegelten das nicht wider.

Sie waren, ich konnte es nicht anders bezeichnen: blasiert. Sie lachten nicht, sie lächelten nicht, sie zeigten ihre Gefühle kaum, außer vielleicht einer leichten, sehr gekonnt kaschierten Irritation, weil man sie beim Spielen unterbrach. Sie schauten in die Linse mit der reservierten Überraschung eines Prominenten, der plötzlich von irgendjemandem kumpelhaft angesprochen wird.

Überheblich, ja, das waren sie. Und das in einem Alter, in dem sie von allem noch keine Ahnung hatten. Sie hatten sich das nicht selbst überlegt, sondern übernommen. Unbewusst. Ob ich auch so herumlief?

Ich hatte eigentlich vorgehabt, eine Fotoserie mit Kinderbildern auf der Website zu präsentieren. Doch als ich die Kindergesichter nebeneinander sah, entschied ich mich dagegen und mischte die Fotos unter die anderen Bilder vom Fest. Sonst würden da wie an einer Girlande aufgereiht Misstrauen, Zögerlichkeit, Langeweile, Hochmut, Desinteresse, Mattigkeit, sogar auch Verachtung im Internet stehen. Auch meine Zwillinge machten ein Gesicht, als könne man ihnen nichts mehr weismachen, und die unbeschwerte Freude von früher strahlten sie auch nicht mehr aus.

Waren diese Kinder seltsam? Mir waren sie bislang ganz normal vorgekommen. Vielleicht sozial gestört? Nein. Aber furchtbar reserviert. Ich hatte mich in meiner Umgebung mal umgeschaut. Mädchen, die in einer Gruppe mit Straßenkreide malten, oder Jungs, die mit einem Ball unterm Arm in den Wald abzogen. Ich fing ihre Blicke auf, grüßte immer, auch wenn ich sie nicht erkannte. Doch es kam nichts zurück. Nicht ein Wort, nur ab und zu ein Kopfnicken.

Mir fiel nur der desinteressierte, taxierende Blick der anderen auf, wenn sie mich ansahen. Sie registrierten mich, dachten sich ihren Teil, fanden es aber nicht angebracht, mir das zu zeigen. Entweder waren sie so erzogen, dass sie auf der Straße keinen Kontakt mit Fremden haben durften, oder aber sie entwickelten bereits als Jugendliche die Eigenschaften eines gnadenlosen Managers, der ein Ass in der Kosteneinsparung für das Unternehmen war, indem er überraschend gefühllos mit Untergebenen umging. Sie waren unbeirrbar. Bereits in jugendlichem Alter waren sie sich der privilegierten Position bewusst, niemandem Rechenschaft schuldig zu sein. Sozial kompetent. Sie wussten genau, wie sie unbemerkt diejenigen ausschlossen, die mit ihnen nicht mithalten konnten. Weil sie anders rochen, anders sprachen, sich anders kleideten, etwas anderes ausstrahlten, als man es bei uns gewohnt war. Sie durften zwar den verschossenen Ball wieder zurückschießen, mitspielen war aber nicht drin.

Kleine urbane Monster mit einer wohlgefälligen Selbstbeherrschung hatten wir da aufgezogen. Und das in einer Zeit, in der das Elternsein noch nie derart durchgeplant, wissenschaftlich untersucht und dokumentiert war wie heute. Regelmäßig tauchten neue Theorien über das Wohlbefinden der Kleinen auf, die die alten Gewissheiten widerlegten. Futter für die Eltern, die nach Perfektion gierten.

Steigerte ich mich da zu sehr hinein? Ich fragte Maud, denn sie wohnte fast am längsten von allen hier. Und auch Rina, schließlich war sie hier aufgewachsen und würde bestimmt offener über meine Kinder urteilen als Gaby, die gewisse Dinge gerne einfach übersah. Hatte es diesen Hochmut auch schon früher bei den Jugendlichen gegeben? Ich erhielt nicht die Antwort, die ich gerne gehört hätte. Die Beruhigung, dass sich nur wenig verändert hätte und ich mir das alles nur einbilden würde. Maud beklagte sich heftig über die deutlich spürbare Kälte der Kinder. Sie sehne sich nach den Zeiten zurück, als die Mädchen sich noch an den Zöpfen zogen und sich beim Hüpfen schubsten. Als es diese kleinen Gemeinheiten untereinander noch gab, ohne dass gleich ein Therapeut hinzugezogen werden musste. Als Jungen noch aufeinander losgehen und sich prügeln durften. Als auch mal Blut floss und am nächsten Tag alles wieder vergessen war. Als die Eltern einen solchen Vorfall nicht abends bei einem eisigen, aber bitte höflichen Gespräch klären mussten. Obwohl die Väter ihrem Gegenüber, das so unreflektiert über ihr Kind urteilte, am liebsten einen Kinnhaken verpasst hätten. Und die Mütter sich seit dem Vorfall fragten, ob die bislang nette Nachbarin vielleicht ein Stück Scheiße war. Laut Maud hatte früher alles gut funktioniert. Die Kleinen konnten noch ordentlich ihren Ärger herausbrüllen, und alle bekamen es auf der Straße mit. Das war gesund, sehr lehrreich und durchaus amüsant.

Auch Rina war die Veränderung nicht entgangen. Und sie war bestimmt nicht der Typ, der sich nach dem *Damals* zurücksehnte. Sie sprach von »kleinen Wohlstandspsychopathen«. Für sie immerhin verwendbares Material. Sie überlegte, ob sie ihren Inspektor in ihren nächsten Büchern vielleicht einmal ins Stadtgebiet verlegen sollte, wo viele Kinder ihr Unwesen trieben. Die Jugend trieb dort die Erwachsenen in den Wahnsinn, allerdings auf eine andere Art als die Nachbarn. Und damit war Rina wieder bei ihrem Thema angekommen. Für sie war das Material für ihre fiktiven Kriminalromane, für mich bedeutete es die Wirklichkeit, die ich nicht einfach abändern konnte.

An ihrem Geburtstagsabend saßen Gaby und ich unten um zehn Uhr allein ohne unsere Kinder auf dem Sofa. Bis wir uns dann stritten. Wer damit angefangen hätte, die Kinder zu verwöhnen, wer wem nicht zugehört hätte. Wer nicht rechtzeitig die Bremse gezogen hätte. Wer einfach nicht zu ändern war. Gaby beendete schließlich den Krach, indem sie mich darauf hinwies, wie sinnlos das war.

»Was willst du denn machen, Job? Eltern können nicht einfach zurücktreten wie kürzlich der Bürgermeister.«

3

Braat. Kurz nach den Enthüllungen seines Steuerbetrugs war er zurückgetreten. Er hatte nicht die Aufforderung des Stadtrats abgewartet, sondern sich rechtzeitig zurückgezogen, damit er nicht in den Medien und sonstigen Debatten niedergemacht und zerrissen wurde. Noch bevor ein Misstrauensantrag gestellt werden konnte, rettete er seine Ehre. In einer emotionalen Rede entschuldigte er sich dafür, dass er »seine Bürger« so kurz vor den Kommunalwahlen im Stich ließe. Doch in Anbetracht der Vorfälle, der Lage und des Kontextes – offenbar war er um neutrale Ausdrücke bemüht, damit er nichts über den wahren Umfang seines Betrugs sagen musste – ginge es nun einmal nicht anders. Er hätte – was sollte er auch sonst sagen – vollstes Vertrauen in den stellvertretenden Bürgermeister. Doch dann: Er gönne ihm die Weisheit und Aufmerksamkeit, die ihn in schwierigen Momenten im Stich gelassen habe. Aber flexible Kollegen würden verstehen können, dass ein Mann mit Visionen bisweilen schwer nachvollziehbare Zickzackwege einschlagen müsse, um sein Ziel zu erreichen. So stand es am nächsten Tag in der Zeitung. Ein Mann mit Visionen. »Da hat er wohl einen Stolperstein übersehen«, witzelte Gaby. »Nun ist er gefallen und steht nicht mehr auf.«

Mir war nicht nach Lachen zumute. Erst dieses ganze Debakel, dann der theatralische Epilog. Welcher Imagecoach mochte ihm diesen Lügenteppich geknüpft haben? Es gibt Leute, die verdienen tatsächlich ein Heidengeld damit, dass sie sich Ausreden und Entschuldigungen für andere überlegen. Elegant tarnen sie das Schuldbewusstsein – oder auch dessen Nichtvorhandensein. Als wäre dieses nagende Gefühl ein Zeichen großer Schwäche. Die Wiederherstellung eines Images, von dem man sowieso weiß, dass es vollkommen ramponiert ist. Damit kann man Geschäfte machen.

Während der vergangenen Wochen hatte ich nur sporadisch daran gedacht. Ab und zu wurde es mir dann aber bewusst: Es war vorbei. Die Affäre Braat / Daniëls, meine Entlassung, ihr Fall. Ich hatte nicht mehr viel damit zu tun, obwohl ich die Lawine wahrscheinlich losgetreten hatte. Inzwischen war der wohltuende Abstand eingetreten. Wenigstens das war mir gelungen, oder es lag an der verstrichenen Zeit. Natürlich interessierte mich wie die anderen auch, ob Braat angeklagt und festgenommen würde und wie der Prozess ausgehen könnte. Aber mir war es inzwischen egal, was mit ihm weiter passierte. Ob er nun auf der Straße landen oder ein paar Jahre im Gefängnis verbringen würde. Ich war Braat los.

Ich hätte auch nicht erwartet, dass ich ihm noch einmal die Hand schütteln müsste. Seine trockene warme Hand mit den manikürten Fingernägeln, die er lasch in die Hand des anderen legte, um dann mit seiner Linken die Geste zu bekräftigen. Diese Heuchlerei widerte mich an. Braat erstickte das Händeschütteln mit einer Gebärde, die Wärme und Aufmerksamkeit suggerieren sollte. Wenn er auf der Straße von Fremden angesprochen wurde, die ihm eine Hand zum Gruß reichten, dann hielt er sie betont lange fest. Zum Glück lief ich ihm nicht mehr über den Weg. Doch ich kam nicht um Rinas Pläne umhin, ich hatte nicht mit einem Wiedersehen gerechnet, aber sie brachte uns wieder zusammen.

Rina hatte ihren Kriminalroman abgeschlossen. Er war redigiert und befand sich nun in der Druckerei. In ein paar Wochen würde er im Buchhandel liegen, und Rina würde dann für einige Zeit auf Lesetour gehen. Das würde Wochen, vielleicht sogar Monate in Anspruch nehmen.

Sie war mir eine Einladung schuldig, fand sie. So oft hatte ich sie in der letzten Zeit gebraucht, doch nie sei sie für mich da gewesen, weil ihr Buch Priorität hatte. Jetzt hatte sie endlich Zeit und konnte sich meinen Problemen widmen, kündigte sie an. Höchste Zeit, das Verpasste nachzuholen und sich bei einem Essen im Restaurant in Ruhe zu unterhalten. Datum und genaue Uhrzeit hatte sie bereits festgelegt, daran konnte ich nichts mehr ändern. Man hatte den Eindruck, ihr Terminkalender hätte den Umfang von dem eines Fußballnationaltrainers. Ich verpasste deswegen in der Schule die zehnminütigen Elterngespräche wegen der Zwillinge, aber da sprang Gaby gerne für mich ein.

Wir verließen in ihrem Mercedes Roadster Oldtimer die Stadt. Ich fror in dem Cabriolet. Im April ist es nur mittags warm. Doch Rina war bestens ausgestattet und reichte mir einen Flachmann.

»*Hicks and Healy Cornish Single Malt*«, sagte sie. »Aus Cornwall oder hättest du jetzt lieber deinen ewigen Lagavulin?«

»Ich hätte lieber meinen ewigen …«

»Schuft.«

Wir hielten an einem Sternelokal an. Offenbar war sie dort Stammgast. Vor fünfzehn Jahren, zum Erscheinen ihres Debüts, hatte Doris, die damals lediglich ihre Verlegerin war, an diesem Ort Rinas ersten Thriller vorgestellt. Sie fand die ländliche Lage damals sehr passend zu dem Thriller, den sie »den Beginn eines holländischen Welterfolgs« nannte. Doch zunächst war dies der Beginn einer sehr fruchtbaren Verbindung. Acht Thriller danach hatte das Restaurant bereits zwei Mal den Koch gewechselt, aber die Präsentation eines neuen Vermunt an diesem Ort wurde zu einem festen Ritual. Es kursierte sogar die Mär, Königin Máxima wäre dort einmal während ihrer Zeit als Prinzessin mit ihrem damals noch ungekrönten Mann überraschend zum Mittagessen aufgetaucht. Die Amuse-Gueules wurden gerade serviert, da sprangen ihr die signierten Erstausgaben von Rinas Büchern ins Auge, die dort in einer Vitrine wie Kostbarkeiten auslagen. Und obwohl sie erst seit ein paar Jahren Niederländisch las, bekannte sie sich als Fan. »Sehr gute Bücher und richtig spannend!«, erklärte die Prinzessin mit ihrem starken spanischen Akzent. Ob sie sich die neue Vermunt vielleicht einmal anschauen, in den Händen halten dürfe? Daraufhin öffnete der Restaurantbesitzer die Vitrine mit ehrfürchtiger Vorsicht und legte der Prinzessin Rinas Buch wie ein Kleinod in die Hände.

Angeblich fing Máxima sofort an, in dem Buch zu lesen und konnte die Lektüre nicht mehr aus der Hand legen, auch nicht, als die Vorspeise serviert wurde. Mir wurde diese Geschichte in den schillerndsten Farben geschildert: Máxima hätte sich aufs Dekolleté gekleckert, ihr Mann hätte geniert um sich geschaut, doch die frischgebackene Prinzessin hätte sich die Kaviarkrümel mit dem Zeigefinger weggewischt und danach den Finger abgeleckt, mit dem sie dann eine Seite in Rinas Buch umschlug. Auf Auktionen scheint solch ein Exemplar, das von der königlichen Hoheit besudelt wurde, besonders hohe Beträge einzubringen. Und das dank eines winzigen Tattoos aus Kaviartinte, worin der Hauch eines königlichen Fingerabdrucks zu erkennen ist. Der Direktor des Teyler Museum, der mich mit allen Details versorgt hatte, hatte es selbst mitbekommen, weil er einen Tisch vom Prinzenpaar entfernt speiste.

Der Vorfall wurde zu einer delikaten Sensation. Bis in die Zeitung schaffte er es zwar nicht, doch immerhin in einen Kreis von Eingeweihten, die sich die Geschichte so oft erzählten, bis sie das Gefühl hatten, solche Begegnungen würden bei ihnen zum Alltag zählen. Das Restaurant selbst ließ nichts darüber verlautbaren. Man vertraute darauf, dass die Klatschgeschichten die Arbeit selbst erledigten. Dank Rina konnte das Restaurant plötzlich im Wettbewerb um Sterne mithalten, die die bereits erreichten Michelin-Bewertungen weit übertrafen.

Wir wurden an der Tür erwartet. Ein Ober mit zwei Gläsern Champagner, neben ihm der strahlende Restaurantbesitzer.

»Rogier!«, rief Rina, als würde sie jemanden erblicken, den sie sehnsüchtig erwartet hatte. Er küsste die Hand, die Rina ihm hinhielt, nachdem sie die Autoschlüssel dem Valet-Parkdienst übergeben hatte. Das war die Rina in der Öffentlichkeit: schnell, beiläufig, knapp bemessene Bewegungen, souveränes Auftreten und mit einer Verbindlichkeit, die ihrem Bekanntheitsgrad entsprach – freundlich bleiben, zurücklächeln, die Komplimente nie einfach übergehen, sondern sich kurz, beherrscht und vor allem überzeugend dafür bedanken. Den Kontakt auf ein Minimum reduzieren, mit höchster Eleganz.

Mit den Champagnergläsern in der Hand betraten wir das Restaurant. Die Zeiten waren mager in den Niederlanden. Der Besitzer ging uns durch den L-förmigen Raum vor und führte uns zu einem kleinen separierten Teil, der Gästen vorbehalten war, die lieber von neugierigen Blicken abgeschirmt speisen wollten. Mir war dieser Bereich vertraut. Dort hatte ich bereits mit verschiedenen Gesellschaften gesessen, Kunden, Investoren, Projektentwicklern und Direktoren. Häufig Männer, die einen gequälten Blick auf den Teller mit dem raffiniert angerichteten Hauptgang warfen und alles außer dem Fleisch an den Rand schoben. Stundenlang zubereitete Gänseleberbrioches in Pralinengröße an diversen Jus aus der Kartoffel, drapiert zwischen hauchdünnen Topinamburflorentinern und kandiertem Knoblauch mit Bärlauchgeleeperlen, wurden schnöde mit Messer und Gabel an den Tellerrand bugsiert. Das zerrupfte Fleischstück, das nun alleine auf dem Teller zurückgeblieben war, wurde im Handumdrehen geviertelt und in den zugleich sprechenden und kauenden Mund geschoben.

Ich verachtete solche Tischgenossen, mit denen ich auch noch gemeinsame Projekte überlegen musste. Wer keinen Blick für die Komposition auf seinem Teller hatte, auch wenn es dort winzig und prätentiös zuging, der hatte auch kein Gespür für Gebäude, für die oft kaum wahrnehmbaren, aber für das Gesamtbild entscheidenden Details, die Entscheidung, etwas hinzuzufügen oder wegzulassen, das einem Bau oder gar einem neuen Wohngebiet einen besonderen Charakter verlieh. Nach der Entwurfsphase verlief alles nur noch sehr schwerfällig. Deshalb habe ich während der letzten Jahre meines Arcadia-Büros insbesondere Häuser für gut situierte Kunden entworfen, deren Extravanz mir lag.

»Ich kümmer mich mal um Rogier.«

Rina hatte mich am Tisch zurückgelassen und ging beim Restaurantbesitzer untergehakt vor unserem Tisch auf und ab.

»Das passt gut. Wir haben wunderbar frische Belon-Austern aus Karingo, Südwestschweden. Fünfzehn Jahre alt, so groß wie ein Portobello-Pilz. Atul hat eine köstliche Vorspeise aus ihnen gezaubert, und zwar in den Pilz hinein. Sie heißt, *Porte-Belon*.«

Sie lachten herzhaft über den Austernwitz.

Mir drehte sich der Magen um.

Zwischen Rinas Schultern und dem kokettierenden Rogier hindurch konnte ich zu dem Tisch am Ende unseres Séparées hindurchschauen. Die drei Tischgäste erkannte ich sofort. Von dem vierten, der den Eindruck machte, als würde er nicht richtig zur Gesellschaft passen, konnte ich das Gesicht nicht erkennen. Ihm gegenüber unterhielt sich angeregt ein Trio und schwenkte die Whiskygläser. Links saß er alte Pyke Dalstra, wie immer im Dandylook, so steif wie sein eigenes Wachsbild. Rechts neben ihm konnte ich die leicht demütige und gedrungene Gestalt von Benno Braat erkennen, offenbar hauptsächlich Zuhörer und Jasager in dieser Runde. Sein scheuer Blick streifte mich für den Bruchteil einer Sekunde und bewegte sich dann schnell in eine andere Richtung. Zwischen ihm und Dalstra saß ein Mann, auf den ich überhaupt keine Lust hatte, und ich befürchtete nur Unangenehmes von ihm. Obwohl dies eine der seltenen Gelegenheiten war, in denen er sich in der Öffentlichkeit zeigte, weckte das bestimmt nicht mein Interesse. Als er aufblickte und zu unserer Gruppe hinsah, ungerührt, als wären wir aus Glas, war ich sofort über die Ähnlichkeit erschrocken. Unbeabsichtigt rückte ich ihm dadurch noch näher, eine Berührung und ich würde sofort die vertraute Körpertemperatur erkennen, die Geschwindigkeit des Blutes, seinen Pulsschlag.

Herman Luzerne.

Er sah direkt durch mich hindurch. In seinem mandelbraunen Gesicht – tropische Sonne zu jeder Jahreszeit, ein Privileg der Ärmsten und der Reichsten auf dieser Erdkugel – regte sich nichts. Ich überlegte, was mein sehr wahrscheinlich bestürzter Ausdruck ihm verraten mochte.

Unsere Blicke hatten sich nur kurz gekreuzt. Bevor auch Dalstra uns bemerkte, wendete Rina sich zu mir hin und behielt gleichzeitig einen Arm um den sich mitdrehenden Restaurantbesitzer. Mit der anderen Hand zog sie ihr Handy aus der Hosentasche und warf es mir zu.

»Wie lange kennen wir uns nun inzwischen, Rogier? Und ich glaube, es gibt keinen einzigen Schnappschuss von uns beiden. Bis jetzt. Job ist ein ausgezeichneter Fotograf.«

Handelte es sich hier um Rinas übliches Geflirte mit ihren Untertanen, oder war das eine Show, die ich nicht durchschaute? Durch die Linse bemerkte ich, dass sie sich möglichst weit von Rogier entfernt hinstellte, eher unpassend, wenn man mit jemandem innig aufs Bild wollte. Doch sie hielt seine Hand. Zwischen ihre Schultern passte präzise der Tisch mit den vier Männern, die mir meinen Abend mit Rina bereits jetzt verdorben hatten. Sie waren alle wunderbar auf dem Foto mit drauf. Dalstra, Luzerne und Braat.

»Alle drauf?«, fragte Rina und zwinkerte mir zu.

Jetzt verstand ich, dass es Absicht war. Ich drückte noch einmal auf den Auslöser und noch einmal, zoomte die drei Kapos heran, die ihr Konklave unterbrochen hatten und zu uns hinschauten. Ob sie bemerkt hatten, dass sie gerade fotografiert wurden? Rina war listig. Sie trat ein Stück zur Seite, damit ich mit der Kamera auch den Tisch von der Seite ins Bild bekam, der noch wunderbar mit aufs Bild passte. Nun waren sie alle scharf getroffen.

Rina drehte sich mit einer Pirouette um. Der Restaurantbesitzer wich ihr aus und beugte sich zu unserem Tisch hin, der am Fenster stand, schräg gegenüber den vier Herren.

»Ha«, rief Rina mit echter oder vorgetäuschter Überraschung. Sie machte das wirklich ausgezeichnet.

Dalstra erhob sich und legte seine Serviette auf den Tisch. Rina ging zu ihm hin und küsste ihn zur Begrüßung geräuschvoll auf die Wangen. Währenddessen hielt er sie leicht an ihren Ellbogen und flüsterte ihr etwas ins Ohr. Ein spröder Mann mit dem Flair eines deutschen Grafen, der zu einem vereinbarten Termin Touristen in Jagdkostüm vor seiner Burg in der rheinischen Gebirgslandschaft erwartet. Vielleicht noch nicht einmal ein echter, sondern ein gemieteter Graf. Ersatzdarsteller für vergangenen Glanz.

Der Architekt eines riesigen Bauskandals, Initiator eines Betrugskonstrukts und einer international agierenden Verbrecherbande. Aber wofür das Ganze? Für ein paar Grundstücke in und um Haarlem? Den Grünstreifen entlang der Tangente? Allmählich fragte ich mich, ob Alkema diesen Fall noch ganz durchschaute. Ob die Staatsanwaltschaft auch darüber informiert war, was hier alles ablief.

Er errötete, aber ließ Rina nicht los. In seinen Lachfältchen strahlte die offensichtliche Wiedersehensfreude.

Als sie sich endlich an unserem Tisch niederließ, fragte der Restaurantbesitzer, noch während er ihr den Stuhl zurechtrückte: »Den Santa Maria?«

»Natürlich«, kicherte Rina. Und zu mir: »Ihr bester Brunello. Doch ich glaube, ich muss dir heute Abend noch das ein oder andere erklären.«

4

Nicht nur ich, auch der Tisch mit den um Luzerne versammelten Männern schien darauf zu warten, dass Rina anfing zu erzählen und wieder Stimmengewirr einsetzte. Die Geselligkeit der Herrenrunde war dahin. Die Stühle hatten sie zurückgeschoben und warfen uns verstohlene Blicke zu, abwartend, was Rina und ich zu bieten hatten.

Braat tat noch immer so, als würde er mich nicht erkennen. Ich hingegen sah ihn direkt an. So war das also. Man nutzt seine Position in der Öffentlichkeit aus, um alles zu seinen Gunsten zu regeln und möglichst großen Profit daraus zu schlagen. Und wenn dann alles aufgedeckt wird, hat man immer noch etwas in der Hinterhand. Erst kommt der Fall, man verliert seinen Posten und kommt mit der Justiz in Berührung. Doch man fällt nicht in ein Loch, sondern wird offensichtlich von einer Welt aufgefangen, für die man auch ohne politische Funktion von Nutzen sein kann. Man greift zurück auf seine alten Seilschaften, die besser sind und auch lukrativer. Man bekommt noch die Gelegenheit, das ein oder andere in Sicherheit zu bringen, bevor man von einem unberechenbaren Richter für ein halbes Jahr auf Bewährung verurteilt wird – weil die öffentliche Schande schon schlimm genug ist und die Wahrscheinlichkeit der Wiederholung sehr gering, denn wie viele Ferienhäuser soll sich eine angesehene Person auf den Namen seiner Frau schon kaufen können? So etwas in der Art.

»Lass nur«, sagte Rina, die offenbar meine Gedanken lesen konnte. Nicht besonders leise, aber auch nicht so laut, dass die

Mitlauscher es hätten verstehen können. Danach kam sie gleich zur Sache.

»Ich kenne Dalstra bereits seit meinem letzten Buch. Seine Frau und er lesen meine Romane gerne. Sobald ein neuer Titel erscheint, bestellen sie ein paar Kisten davon für ihren engsten Freundeskreis. Und auch mehrere Exemplare für jede Etage in ihrem riesigen Haus in den Dünen. In jedem Zimmer müssen zwei Bücher ausliegen, damit sie jederzeit darin lesen können. Die Angestellten sorgen dafür, dass die Lesezeichen in allen Büchern an der Stelle im Buch liegen, an der Pyke und seine Frau die Lektüre unterbrochen haben.

So, damit weißt du dann auch, dass ich im Hause Dalstra auf der Toilette gelesen werde. Aber Dalstra wollte noch mehr. Vor zwei Jahren bat er mich darum, als ›Vorabpremiere‹ aus meinem Buch zu lesen. Kurz vor Erscheinen sollte ich vor einem erlesenen Kreis ein Kapitel vorlesen. Dalstra würde diese Textpassage in Faksimile für seine engsten Freunde drucken lassen. Sein Primeur.

Es war Ende Juni. Doris setzte gerade auf einen Sommerhit, die perfekte Ferienlektüre. Überall im Land hingen Plakate, besonders viele auf Schiphol, Bücherstapel in der Buchhandlung. Ich hatte keine Ahnung, wer dieser Deich-Gatsby war. Ich sagte zu. Doris und ich tauchten dort in zerknitterten Leinenanzügen auf, wir hatten einen kleinen Kreis von vielleicht zehn Leuten in einer großen Bibliothek erwartet, die er auch hat. Das wussten wir von einer Buchhandlung, die ihm mehrmals im Jahr einen großen Stapel Neuerscheinungen liefert. Sie sind richtige Leseratten.

Doch er schien gut hundert Gäste geladen zu haben. Für ein ›intimes Mittsommernachtsfest‹, las ich auf der Einladung. Auf der weiten Rasenfläche im Garten stand eine Bühne, auf der als Hintergrundkulisse die Polizeiwache von dem Dorf aus meinem Buch nachgebaut war, von einem bekannten Theaterdekorateur. Der Champagner floss in Strömen, und die Damen trugen alle lange Roben.

Der Abend wurde ein großer Erfolg. Ich musste drei Mal vorlesen, und die Schlange für die Büchersignierung war lang. Jeder der Gäste hatte eines meiner Bücher mitgebracht. Der alte Dalstra verkündete, dass ein Fest bei ihm zu jeder Neuerscheinung meines Buches von nun an zur Tradition werden sollte. Und ich muss sagen, dass mir die Idee durchaus gefiel. Das schwindelerregend hohe Honorar habe ich abgelehnt. Das hätte mich zu sehr abhängig gemacht. Ehrlich gesagt, bezahlt man sich unter Vermögenden auch nicht für Freundschaftsdienste. Pyke Dalstra ist zwar nicht mein Freund, aber als Vergütung bekommen Doris und ich seitdem einen einwöchigen Aufenthalt in einer Villa in den Tropen von ihm geschenkt. Länger will ich nicht. Zwanzig Mann Personal für zwei Personen, das hält man genau fünf Tage aus. Am sechsten wird es allmählich unangenehm. Am siebten fährt man wieder ab.«

»Rina, du musst dich wirklich nicht bei mir für deine Geschäftsbeziehungen, dein Honorar oder sonst was entschuldigen.«

Der Restaurantbesitzer kam. Sie kostete den Wein und legte sich entzückt eine Hand auf die Brust. Dann atmete sie ein, als würde sie die Luft über den Hügeln im Montalcino inhalieren.

»Ich bringe dich um, solltest du diesen Wein einmal von der Karte nehmen.«

Rogier schenkte ein und zog sich mit einer angedeuteten Verbeugung zurück.

»Also gut. Wieso bist du heute hier, Job? Ganz einfach. Weil ich zählen kann. Eins plus eins ergab in diesem Fall Job. Vergangene Woche war ich bei Dalstra, um mit ihm das Fest zu meinem neuen Buch zu besprechen. Er hat das Privileg, dass er das druckfertige Manuskript lesen darf. Wir saßen in seinem Arbeitszimmer. Der Butler kommt herein und sagt, dass ein Telefonanruf für Dalstra am Apparat in der Bibliothek sei. Ein Festanschluss mit so einem altmodischen Schnurtelefon, kannst du dir das vorstellen? Dalstra entschuldigt sich und verlässt den Raum, kehrt danach wieder zurück und notiert sich etwas in seinem Kalender. Dann fängt er an und trommelt mit den Fingern auf dem Tisch herum. Er hatte Tee bestellt. ›Wo bleibt der Tee?‹, ruft er verärgert. Er greift zum Telefon, hält inne und geht zur Flügeltür, die er mit zwei ärgerlichen Armbewegungen öffnet und dann die Flurhalle betritt, auf der Suche nach seinem Personal.

Ich weiß auch nicht, wie ich dazu kam, aber ich stand auf und warf einen Blick in seinen Kalender. Dass jemand an ein Telefon in einem anderen Zimmer geht, obwohl die Geräte bereits seit über zehn Jahren schnurlos sind, faszinierte mich.

Ein einziger Blick, Job. Ich sehe das Datum, den Ort, den Namen Braat. Alles mit schwarzer Tinte geschrieben. Daneben mit Bleistift die frische Notiz hingekritzelt: ›Luzerne und PD kommen auch.‹ Als Erinnerung für sich selbst. Und da war mir klar, dass ich mit dir heute hierhin muss. Und du darfst mir erzählen, wieso.«

Ich erzählte Rina mehr denn je, nur nichts von Judith. Alkema, mit dem sie selbst Bekanntschaft gemacht hatte, konnte ich nicht unerwähnt lassen. Ich gab zu, dass er an Luzerne dran war wegen einer eventuellen Beteiligung an einem ungeklärten Mordfall in seinem engeren Umfeld. Und auch, dass Dalstra auf der schwarzen Liste des Ermittlers stehen würde.

»Geschichten von gestern«, sagte Rina.

»Wieso?«

»An eurer Stelle würde ich mal etwas mehr auf den PD achten.«

»Wenn ich wüsste, wer sich dahinter verbirgt.«

»Brauchst du nicht«, unterbrach sie mich. »Schau dir diesen Unbekannten an dem Tisch dort doch einmal genau an. Statur eines Bodybuilders, extra Maßanzug für seine gedrungene Figur. Slawische Gesichtszüge, aber kein blonder Baryshnikov oder Nurejew, ich tippe nicht auf Kaukasus, sondern auf Bulgarien. PD. Dann sag ich mal Plamen Dimitrov. Die bulgarische Version von Jan Mulder. Wenn du willst, dann schau ich gleich mal nach, möchtest du?«

Ich legte meine Hand wie eine Bremse auf ihre und hielt sie zurück. Sie beugte sich zu mir vor und lachte mich leicht provozierend an. Wer uns beide so sah, der hätte vermuten können, wir wären zwei Turteltäubchen.

Auch Dalstras faltiger Truthahnkopf drehte sich zu uns hin. Ob Rina ihm erzählt hatte, sie wäre mit einem Freund der Familie hier, einem Nachbarn, der Probleme hätte? Oder betrachtete er dieses vertrauliche Gespräch als Beweis für eine Bisexualität, die ihm auch Möglichkeiten eröffnete?

An die dritte Option wollte ich erst gar nicht denken: dass er uns durchschaute, was sehr wahrscheinlich zutraf, und wir nun zu Hauptverdächtigen in seinen Kreisen wurden.

»Hör zu, Job. Bulgarien ist sehr naheliegend. Schließlich lese auch ich die Zeitung. Luzerne steckt vielleicht bis über sein Toupé in der Varna-Geschichte mit drin, aber er hat dort auch einen Strohmann. Oder einen Kompagnon von Format. Und der sitzt jetzt hier, da bin ich mir hundertprozentig sicher. So etwas hätte ich mir nicht ausdenken können. Und was ich mir nicht ausdenken kann, das stimmt. Mir wurde das eben sehr klar. Aber jetzt rede du weiter.«

»Wir haben die Fotos in deinem Handy. Ich kann sie Alkema zeigen.«

»Wir haben noch viel mehr, wir haben Fingerabdrücke und vielleicht sogar auch seine DNA.«

Was sollte das denn nun schon wieder? Sie hatte ihn doch nicht etwa berührt und ihm dabei Hautschuppen vom Nacken oder der Wange gekratzt, die sich nun unter ihren Fingernägeln befanden?

»Job, mach nicht so ein bestürztes Gesicht. Konzentriere dich. Was fällt dir an ihm auf? Genau. Er ist bereits zwei Mal vom Tisch aufgestanden. Er raucht. Du nicht und ich nicht, aber Rogier. Wir können ihn um eine Zigarette bitten und mitmachen. Dann kann ich ihn gleich ein bisschen aushorchen, ach, das wäre wunderbar. Doch so weit werde ich nicht gehen. Nicht, wenn Dalstra dabei ist. Und mach dir keine Sorgen, du darfst sitzen bleiben. Aber es gibt da etwas, das ich von dir brauche.«

»Und das wäre?«

»Einen Hundekotbeutel.«

»Wie bitte?«

»Na, diese Hundekotbeutel, die du so scheußlich findest, die dir Gaby aber immer in die Tasche steckt. Und, hast du so einen Beutel dabei oder nicht?«

Ich fühlte in meinen Taschen nach, und tatsächlich befand sich etwas darin. Ich nickte.

»Gib her.«

Nach einem ausgiebigen *Dégustation du chef* verließen wir später das Restaurant mit einem, wie Rina meinte, forensischen Kleinod in der Tasche. Sie war dem sogenannten Plamen Dimitrov ins Raucherzimmer gefolgt und hatte gewartet, bis der Raum wieder frei war und sie zuschlagen konnte. Mit einem Dessertlöffelchen hatte sie die noch nachglühende Zigarettenkippe aus dem Aschenbecher gefischt, inklusive noch feuchtem Speichel am Filter.

»Kann man deinem Alkema vertrauen, oder soll das die Spurensicherung für mich erledigen?« fragte sie, als sie mir im Auto das Beweismittel im Kotbeutel überreichte.

»Wir machen das über Alkema.«

5

Die Aprilsonne glitzerte im frischen Gras am Flussufer. Wieder ein wunderschöner Frühlingstag. Frits Alkema schien das nicht so zu empfinden. Der Ermittler schritt lustlos neben mir daher und drängte sich zu dicht an mich. Offenbar wusste er noch nicht so recht, ob er mir erzählen sollte, weshalb er mich so schnell hatte treffen wollen.

In der Stille schweiften meine Gedanken zu Gaby ab, mit der ich in der letzten Zeit immer weniger besprach. Ihr Schweigen empfand ich nicht mehr als beklemmend, doch dass Alkema nun nicht mit der Sprache herausrückte, beschäftigte mich.

So schleichend entsteht also Entfremdung. Man kann seine Frau durch ein Liebesabenteuer verlieren, einen Ehebruch, der aufgedeckt oder verheimlicht wird, durch Enttäuschung, zerstörtes Vertrauen, unvergessliche Kränkung, Wut und Rache, die einer Beziehung jeglichen Glanz und Leben nehmen, bis nur noch ein kaum wahrnehmbarer Schein davon zurückbleibt: der kahle vertrocknete Weihnachtsbaum, der auf die Straße geworfen wird. Einst ein Prunkstück, nun Abfall. Das hatte ich noch verhindern können. Doch womit ich nicht gerechnet hatte, das war die schleichende Erosion, die die Nähe der abgedankten dritten Person auslöst. Judith, die nur fast überall ihr Unwesen trieb, nur fast den Gnadenstoß versetzte und meine Frau absichtlich in einer trügerisch bequemen Unwissenheit hielt. Die aber durch ihre bedrohliche Anwesenheit die Harmonie in unserer Familie dermaßen zerstören konnte, dass Gaby und ich scheu umeinander herumkreisten, manchmal gleichgültig, manchmal misstrauisch oder mit einer nagenden Unsicherheit. Risse und Sprünge, die ihre Abrissarbeit erfüllten.

Und nun misstraute Alkema mir? Auf den Fotos, die ich im Restaurant geschossen und ihm umgehend zugeschickt hatte, erkannte er den unbekannten Tischgenossen von Luzerne sofort. Die Zigarettenkippe, die Rina gesichert hatte, brauchte er sich noch nicht einmal anzusehen. Das schrieb er mir sogleich in einer SMS, nachdem er die Fotos erhalten hatte. Eine DNA würde er zur Identifikation nicht benötigen, nur einen Fingerabdruck, aber der, davor hatte Rina mich bereits gewarnt, würde auch an einem Filter nie ganz sichtbar sein. Unbrauchbarer Beweis.

»Ich hatte bereits das Schlimmste befürchtet«, schrieb Alkema in der SMS.

»Was denn? Halbe Fingerabdrücke?« antwortete ich sogleich.

»Wir sollten morgen einen Spaziergang unternehmen«, schrieb er zurück.

Als ich ihn abholte, erwartete er mich bereits draußen in seiner ärmellosen Steppjacke. Wir gingen sofort los. Doch es dauerte, bis er endlich zu reden anfing. Erst als wir den Jagdweg am Fluss erreichten, rückte er damit heraus, woher er wusste, wer der Mann war. Er hatte ihn gleich auf dem ersten Foto erkannt, auf dem der Bulgare, den Rina Plamen Dimitrov getauft hatte, nur von hinten zu erkennen war.

Alkema hatte auf dem Foto etwas gesehen, das Rina entgangen war.

»Es war sehr hilfreich für mich, dass du ihn von hinten fotografiert hast«, sagte er und öffnete die Druckknöpfe an seiner Steppjacke, um sich dann über die Brust zu reiben, als würde er den lästigen Hemdstoff zur Seite schieben wollen.

Es war warm. Die Luft war mild und hatte den sanften Geruch, der von einem auf den anderen Tag die Winterstrenge vertreibt.

Erinnerungen suchten mich heim. Ein Frühlingsspaziergang, den ich in meinem untreuen Jahr mit Gretta im Cismigiu-Park in Bukarest unternommen hatte. Ein alter Park im Zentrum mit Brücken, Trauerweiden, einem Schwanensee und bunten Blumenrabatten, die in ihrer Pracht an den Jardin du Luxembourg in Paris erinnerten. Wir spazierten durch eine Ansichtskarte des neunzehnten Jahrhunderts.

Das war auch so ein Tag gewesen, an dem das Wetter umschlug und eine neue Jahreszeit einläutete. Gretta zog bis auf eine hauchdünne Bluse all ihre Oberteile aus. Sie trug keinen BH, was für alle Passanten deutlich zu sehen war.

Als sie da so mitten auf dem Weg stand, ermattet von einer Liebesnacht und einem Frühstück im feuchtwarmen Bett, mit einem zufriedenen erschöpften Gesicht und zerzaustem Haar, das in der Frühlingssonne venezianisch rot aufleuchtete, gab sie mir das Gefühl, ich wäre der Einzige, der hier an diesem Ort diese wunderschöne Frau betrachten durfte. Nicht nur ein Gesicht, sondern ein perfekter Kopf mit einem langen Hals, der sich seiner Ausstrahlung in jeder Haltung bewusst war: schräg, aufblickend, geneigt, über die Schulter schauend, zur Ruhe gebettet. Dagegen war Botticelli nichts. Da durchfuhr es mich wie ein Blitz: Mit dieser Frau wäre es wunderbar, Kinder zu haben. Schöne Kinder. Gesunde Kinder. Perfekte Kinder. Aber die wollte ich nicht bekommen, rügte ich mich sofort. Doch ein anderer Gedanke schien stärker zu sein, und er tauchte nicht nur an diesem Tag, sondern auch später wiederholt auf: Es wäre zu schade, wenn Gretta diese überwältigende Schönheit mit ins Grab nähme. Dieses Bild von Gretta hatte ich vor mir, wenn ich mich an sie erinnerte, bis dann Judith auftauchte und es zerstörte. Ein sehnsüchtiges, empfängliches Gesicht unter einer Trauerweide. Der Wink, mit ihr zu kommen, ein schönes, flüchtiges Versprechen, unbeständig und vom Licht- und Schattenspiel der jungen Blätter über unseren Köpfen besprenkelt.

»Am Hinterkopf des vierten Tischgenossen ist eine Narbe zu sehen«, sagte Alkema. »Normalerweise wachsen die Haare darüber, doch unser Freund kam gerade vom Friseur. Zum Glück ist sein Haar borstig und steht ab. Man sieht sofort den Kontrast zu der hellen Haut. In dem millimeterkurzen Haar war der Streifen mit der Lupe deutlich zu erkennen. Ein Schnitt quer über den Kopf.«

Alkema schnaufte.

»Allergie?«, fragte ich.

»Zu wenig Schlaf. Die Narbe hat er bei einer eigentlich unwichtigen Straßenschlacht abbekommen, irgendwo an der rumänischen Küste. Jemand, der nicht wusste, wer er war, hat ihn überfallen, als er nachts ziemlich angetrunken aus einem Nachtclub kam. Er zog seine Pistole, doch seine Hand war unsicher. Daraufhin holte sein Angreifer mit einem Messer aus und wollte ihm an die Kehle. Doch kurz bevor er zustechen konnte, drehte er sich um und konnte so dem Todesstoß ausweichen. Das Messer schlitzte allerdings seinen Hinterkopf auf.«

»Und von wem sprechen wir eigentlich, abgesehen von einem Kopf auf einem Foto?«

»Plamen Danchov. Vierzig. Offiziell Supermarktkönig und Immobilienentwickler am Schwarzen Meer. Hatte schon drei Prozesse am Hals wegen Frauenhandel und der Produktion von Gewaltpornofilmen mit minderjährigen Mädchen, und zwar im Alter von zwölf bis fünfzehn Jahren. Selten älter, lieber jünger, wenn er welche kriegen kann. Kindfrauen. Am liebsten blond oder rothaarig, sozusagen der klassische russische Typ. Er dreht Filme, Job. Überall, wo er an der Schwarzmeerküste baut, sucht er sich Mädchen aus den Armenvierteln und lockt sie mit angeblichen Aussichten auf eine Modelkarriere. Oft handelt es sich um Kinder aus Vierteln, die für seine Bauprojekte abgerissen wurden. Details erspare ich dir lieber. Zynisch gesagt, betreibt er seine Bauvorhaben mit maximaler Effizienz. In der Welt des Cybercrime heißen seine Filme *BlackShores*. Er macht damit einen monatlichen Umsatz von mehreren Millionen Dollar. Insbesondere in Südamerika und in der Arabischen Welt. Die Preise steigen, wenn er westeuropäische Mädchen einsetzt, denn ihre Gesichter sind anders, sie strahlen eine seltsame Unerreichbarkeit aus. Das Pack, das sich solche Sachen anschaut, liebt so etwas. Doch von diesen Filmen gibt es nur wenige. So viele Mädchen aus dem Westen kann er auch nicht auftreiben.«

Alkemas Mund zitterte. Er presste die Lippen aufeinander, fest, unzufrieden. Mir hatte er die Details erspart, sich selbst aber nicht.

»Mein bulgarischer Schwarzarbeiter hat mir diese Geschichten erzählt. Das war purer Zufall. Als ich in Baltschik war, lag dort im Hafen gerade die Vergnügungsjacht von Danchov. Eine beeindruckende Luxusjacht wie aus einem James-Bond-Film. Die Polizei in Sofia hatte natürlich nichts davon erzählt. Erst meine Jungs in Baltschik klärten mich darüber auf, dass er auch Frauen in die Niederlande liefern würde.«

Eine Bank tauchte vor uns auf. Als wir sie erreichten, ließ Alkema sich darauf nieder wie ein Kranker, der sich endlich auf ein Bett sacken lassen kann. Er seufzte.

»Ich habe es geahnt. Frag mich nicht, wieso, doch ich wusste, dass Luzerne etwas mit Frauenhandel zu tun hat. Deswegen beobachte ich ihn bereits seit vielen Jahren, doch die Korruption hier in der Gegend ist neu. Ich hatte auch keine Ahnung, dass er mit diesem Danchov zusammensteckt.«

Ich unterbrach ihn. Alkema wirkte, als müsse er erst einmal zu Atem kommen.

»Ich muss es dich aber dennoch fragen: Woher hast du gewusst, dass bei Luzerne etwas faul ist?«

Alkema sah mich an. Prüfend.

»Ach, egal, ich erzähl es dir. Alles. Dann verstehst du auch, weshalb ich hier so schwitzend und seufzend herumlaufe, als hätte ich irgendeine Krankheit.«

Er setzte sich anders hin, suchte nach einer bequemen Haltung. Und so saßen wir da wie zwei alte Reiher, die auf ihre Beute warteten.

»Ich habe es in einem Verhör mitbekommen. Eine Bande aus Rumänien, genauer gesagt, aus Bukarest. Sie hatten überall im Land Raubüberfälle begangen. Die Typen sprachen ein ausgezeichnetes Deutsch. Während des Verhörs hatte einer von ihnen eine große Klappe. ›Ihr müsst nicht uns jagen. Wir sind arme Schweine. Sucht bei euren Landsleuten. Dem Niederländer, der halb Bukarest aufkauft und unsere Mädchen in die Niederlande verschleppt und Prostituierte aus ihnen macht.‹ Für die anderen, denn er selbst würde richtig kleine Mädchen bevorzugen, erzählte der Rumäne. Ich weiß noch, wie dieser Halunke sich auf dem Stuhl so weit umdrehte, bis seine gefesselten Hände nicht mehr auf dem Tisch lagen und er mit ihnen die Größe der Mädchen andeuten konnte. Sie sanken immer tiefer. Dieses Bild werde ich nie mehr vergessen. *Luzarna* hat der Rumäne gesagt. So hat er es ausgesprochen. Ich habe es mir noch notiert, doch ich bin nicht so gut in Sprachen. Der Groschen fiel bei mir erst später. Luzerne. Erst kürzlich war er in den Medien gewesen, weil er das Fußballstadion in Brabant gekauft hatte. Da wurde mir bewusst, dass ich diesen Saukerl nicht ungestraft davonkommen lassen würde.«

Er hielt kurz inne und betrachtete den trägen Strom des Flusses.

»Aber jetzt weiß ich, wie man ihn aus dem Weg räumen kann.«

Alkemas Handy klingelte. Die Erkennungsmelodie des Sportstudios, gellend laut. Ein paar Elstern, die um unsere Bank herumscharrten, stoben erschreckt auf.

»Ich komme sofort«, sagte Alkema nur. Er drehte sich zu mir hin, legte mir eine Hand auf die Schulter und sagte: »Ich besuche dich, sobald es geht.«

Danach sprintete er davon, fit wie ein junger Läufer.

6

Maud war die Erste, der etwas auffiel. Sie fing mich auf der Straße ab, um mir von ihren Sorgen zu erzählen. Tara hatte schon zwei Mal die Klavierstunde geschwänzt. Maud fand zwar, dass sie damit nicht gleich zu uns kommen müsse, schließlich wäre sie keine Petze. Aber Sorgen machte sie sich dennoch. Weil sie selbst einmal Kettenraucherin war und dann von einem auf den anderen Tag damit aufgehört hatte, hatte sie eine sensible Nase für Nikotingeruch. Sie hatte es ekelerregend empfunden, dass Tara sogar mehrmals mit deutlicher Tabakfahne bei ihr erschienen war. Rauchst du denn schon, hatte sie Tara gefragt. Tara hatte schnippisch geantwortet, dass sie nichts dafür könne, wenn im Fahrradschuppen der Schule der Rauchgeruch der anderen bei ihr in den Haaren hängen bliebe. Vor allem den Jointgeruch bekäme man nicht mehr heraus. Das konnte stimmen. Aber Maud war der Ansicht, dass nicht nur Taras Kleidung und Haare Tabakgeruch verströmten, sondern dass sie auch aus dem Mund stark nach Zigaretten riechen würde. Maud erkannte die Geruchskombination von Tabak und Kaffee sogleich. Ihr Mann hatte auch so gerochen. Kettenraucher und kaffeesüchtig. Schon vor vielen Jahren gestorben, aber dennoch erschrak sie, wenn der bekannte Geruch in ihrer Nähe auftauchte – als würde sie es mit seinem Geist zu tun haben.

Jetzt roch sie ihre Vergangenheit bei Tara. Doch sie meinte, noch etwas anderes zu riechen: Bier. Sicherlich kein unbekanntes Getränk in Mauds RTL-Welt, doch offenbar gelang es ihren Kidstars, die Spuren vor dem Unterricht gründlich wegzugurgeln und mit frischem Atem zu erscheinen.

Maud kniff mir freundschaftlich in den Arm: »Ich weiß auch, dass Tara kein Kindergartenkind mehr ist. In drei Jahren ist sie volljährig. Doch ich frage mich, ob ihr das unter Kontrolle habt, Job. Darf sie das bei euch zu Hause denn auch?«

Gaby und ich hatten das nicht besprochen. Das ist der Vorteil einer Generation, die in einer Zeit jung war, als alles erlaubt war. Mal kurz nachdenken und die verblassten Erinnerungen hervorholen, wie war das noch damals bei mir in der Schulzeit? Gut möglich, dass ich bereits vor meinem fünfzehnten Geburtstag geraucht habe. Ich war kein großer Sportler, und zu Hause schenkte mir mein Vater mit Freuden ein Glas Rotwein zum Steak ein.

Jedenfalls hatten Gaby und ich nichts bemerkt. Die Kinder wollten keinen Alkohol beim Essen trinken, das Thema wurde nicht angesprochen. Und von Partys waren sie bislang noch nie beschickert oder gar betrunken heimgekehrt, also machten wir uns auch keine Sorgen.

Doch unsere Nachlässigkeit stand offenbar im Widerspruch zum heutigen Zeitgeist. Es war mein Sohn, der mich eines Nachmittags zu Hause zu Hilfe holte wegen einer Auseinandersetzung mit einem jungen Polizisten im Wald.

»Wie bitte?«

»Er will Tara auf die Polizeiwache mitnehmen, Papa, wenn er nicht mit euch sprechen kann. Sie steht da und verteidigt sich wie eine Löwin, kreischt, dass sie ihn anzeigen wird, wenn er es wagt, sie nur zu berühren. Sie würde nichts Verbotenes tun!«

Ohne sie gesehen zu haben, gab ich meiner Tochter recht. Willkommen im einundzwanzigsten Jahrhundert, in dem Heranwachsende, die mal einen trinken oder eine Zigarette rauchen wollen, vor den Ordnungshütern nicht den Kopf einziehen müssen. Welche Strafe könnte es dafür geben? Allein der Gedanke, dass so ein Bulle meine Tochter berühren könnte, widerstrebte mir.

Ich rannte hinaus. Leon schleuderte seine Schultasche in den Flur und folgte mir. Doch ich schickte ihn wieder zurück. Lieber nicht zu viel Aufhebens machen. Meine Tochter und ich gegen den Polizisten. Zu schnell fahrende Motorroller, die durch den Wald kurvten, die interessierten sie nicht. Dealer, die nachmittags Schüler im Wald abpassten, auch nicht. Hundehalter mit Kampfhunden, die die Ruhe auf der Hundespielwiese zerstörten, waren kein Thema. Junkies, die auf einer Bank herumlungerten und die Messer blitzen ließen, alles egal. Aber meine Tochter, die stellte dann eine Gefahr für die öffentliche Ordnung dar.

Im Wald fand ich Tara und den Polizisten, wo Leon sie zurückgelassen hatte. Am gefällten Baum mit den Jahresringen, so alt wie die Französische Revolution. Neben dem Schaukasten mit den Informationen über die Geschichte des Waldes. An der Stelle, an der Spaziergänger über die zeitlose Großartigkeit des Waldes meditieren konnten, stellte sich meine rhetorisch bestens ausgestattete Tochter einem Polizisten zum verbalen Gefecht. Sie hatte sich auf dem Baumstumpf postiert. In der einen Hand eine Bierdose, in der anderen eine Zigarette, forderte sie den jungen Polizisten heraus. Von oben herab ließ sie eine Tirade los, die mich trotz allem beruhigte. Weil sie sich verteidigte, weil sie keine Spielchen mit sich machen ließ.

Sie sah mich nicht, der Polizist auch nicht. Ich konnte mich hinter ein paar Haselnusssträuchern verstecken und lauschen.

Mühelos, atemlos, zog sie vom Leder. »Sollte es um Einhaltung des Rechts gehen, dann kann ich Ihnen gerne Bereiche nennen, wo Ihre Anwesenheit durchaus angebracht wäre. Gegen die steigende Kriminalitätsrate im Viertel Schalkwijk wird seit Jahren nichts getan. In der Zeitung habe ich gelesen, dass es sich um fünfundzwanzig Typen handelt, ein harter Kern, der ein Verbrechen nach dem anderen verübt. Die Polizei hat sie zwar im Visier, kriegt sie aber nicht zu packen. Ist ja echt eine superstrategische Glanzleistung, die Sie da hinlegen. Und wissen Sie auch, woran das liegt?

Weil Sie mir hier auflauern. Weil Sie ganz genau wissen, dass Sie von mir kein Messer zwischen die Rippen gerammt bekommen, wenn Sie mich anfassen. Mich können Sie wie eine Trophäe aufs Revier zerren: Schaut alle her, wir tun etwas gegen Jugendkriminalität. Mädchen mit Bier und Kippe von der Straße geholt. Aber wir befinden uns hier nicht auf einer Straße. Das hier ist ein Erholungsgebiet. Die Leute kommen hierher, um zu picknicken und sich zu entspannen. Und ich entspanne mich mit diesen Genussmitteln. Machen Sie das selbst etwa nie? Würden Sie Ihren Sohn auch verhaften, weil er sich eine Zigarette dreht? Das Gesetz darf einem scheißegal sein, aber wenn ich mir mal eine Light-Zigarette anzünde, dann hab ich gleich Pol Pot vom Dorf am Hals.«

»Wen?«, fragte der überraschte Polizist auffallend freundlich und offenbar erfreut, dass er endlich auch einmal zu Wort kam.

»Ach, ist doch egal«, fuhr Tara weiter fort. »Und ich weiß auch, was Sie jetzt gleich sagen werden. Dass Sie der Polizist von diesem Revier sind und nicht dafür zuständig, was die Kollegen in anderen Vierteln der Stadt machen. Aber gut: Wie sieht es denn mit dem erschreckenden Anstieg der Einbrüche in unserem Gebiet aus? Auch das steht in der Zeitung. Oder im Internet. Aber ich will nicht abschweifen: Sie fassen mich nicht an! Ich bin eine wehrlose Frau in einem Wald. Ich verbitte mir Männerhände an meinem Körper. Und ich sage nichts, bevor ich nicht meinen Rechtsanwalt gesprochen habe.«

Da musste ich doch lachen. Eine solche Drohung nach diesem langen Monolog. Das Resultat der Diskussionsrunde über internationale Zustände auf der Welt, an der Tara in der Schule teilnahm. Da passte man kurz mal nicht auf während der Routinefahrten als Familientaxi, andauernd unterwegs von der Bastelgruppe zum Ballett, zum Sport, zum Übernachten bei Freunden und, zack, plötzlich hatte das Kind scharfe politische Ansichten beziehungsweise die Fähigkeit, sie strategisch zu nutzen.

Ob sie betrunken war? Oder angetrunken? Auf dem Boden sah

ich zwei leere Chipstüten. Der Polizist griff nach seinem Sprechfunkgerät.

Zeit zum Einschreiten. Ich ging zu den beiden hin, grüßte den Polizisten und stellte mich mit dem Rücken zu ihm vor Tara hin. Zur Beruhigung zwinkerte ich ihr zu. Danach nahm ich ihr die Zigarette und die Bierdose aus der Hand, löschte die Kippe in der Bierlache und zog sie am Arm von dem Baumstumpf herunter.

»Mein Fräulein, du kommst jetzt mal schön mit nach Hause, und dann unterhalten wir uns«, sagte ich laut und möglichst bestimmt. Um dem Ganzen noch etwas Nachdruck zu verleihen, schnauzte ich sie noch an: »Also los jetzt! Mitkommen! Sofort und ohne Geschrei!«

Der Polizist, ein ziemlich junger Kerl, wirkte vollkommen erschlagen von Taras Wortgewalt. Ich musste jetzt verhindern, dass er womöglich doch noch aktiv wurde. Ich könnte ihn mit Entschuldigungen einlullen. Aber vielleicht würde das nicht funktionieren. Entschuldigungen beinhalten immer auch ein Schuldeingeständnis, und das konnte ihn dazu veranlassen, doch noch einen Strafzettel auszustellen. Zudem hatte ich wirklich überhaupt keine Lust, mich zu entschuldigen. Nur, weil ein verrücktes Gesetz die Jugend daran hinderte, jung zu sein, sich zu entwickeln, auszutesten, und zwar jenseits der Grenzen, die überbesorgte und spießige Eltern zogen. Einfach die Welt mal mit ein paar legalen Genussmitteln auszuprobieren, die man an jedem Kiosk kriegen konnte, das war nicht mehr ohne die Angst möglich, vielleicht von der Polizei geschnappt zu werden. Je mehr Gesetze es gibt, die ganz normale Sachen zu Straftaten machen, desto schlimmer und verzweifelter werden die Machthaber in einem Land, das hatte ich im Ostblock gelernt. Zwar basierten meine Kenntnisse nur auf Erinnerungen und Erzählungen anderer, von einem Leben in einer Zeit, die ich nicht miterlebt hatte, doch jetzt sah ich eine ähnliche Entgleisung des Staats, wenn auch in kleinerem Ausmaß. So. So sah ich das also. Nicht unbedingt der richtige Ausgangspunkt, um damit einen gekränkten Polizisten zu beschwichtigen.

Ich zog Tara und ihr Fahrrad hinter mir her und blieb kurz vor dem Polizisten stehen.

»Haben Sie vielen Dank für Ihr wachsames Auge. Ihr Eingreifen war sehr lehrreich. Gute Arbeit. Jetzt übernehme ich das. Ich verspreche Ihnen, dass so etwas nicht noch einmal vorkommen wird.«

Ohne eine Antwort abzuwarten, gingen wir strammen Schrittes weg.

Als wir außer Hörweite waren, hätte ich Tara fast für ihre Verteidigungsrede gelobt. Doch ich konnte mich gerade noch zurückhalten. Es wäre nicht ratsam, sie zu Aktionen zu ermuntern, die sie in Probleme bringen könnten.

»Sehr gut, dass du dich wehrst und das auch durchziehst«, sagte ich mit leichtem Stolz. »Aber gib bitte Acht, zu wem du was sagst. Du bist ziemlich heftig, und nicht jeder hat dafür Verständnis.«

»Wir sind hier doch nicht in der *fucking* Sowjetunion!«

Damit hatte sie auch wieder recht. Doch der immense Unterschied zwischen dem Gulag und der niederländischen Gesetzgebung änderte nichts an der Tatsache, dass rigide Vorschriften einem einen Streich spielen konnten.

»Du trinkst, und du rauchst. Ich könnte dir genauso gut das ein oder andere über die Sowjetunion erzählen, das in deinem leichtfertigen Vergleich nicht vorkommt.«

»Ich trinke nicht!«, rief sie entrüstet.

Ich hielt ihr die Bierdose vor die Nase, die ich ihr abgenommen, aber in der Eile nicht weggeworfen hatte.

»Die gehört Zoran. Den haben wir schnell weggeschickt, als die Polizei aufkreuzte.«

»Zoran vom Judo?«

»Und vom Fußball, mit Leon.«

»Ich wusste nicht, dass ihr euch trefft.«

Tara kicherte.

»Du weißt einiges nicht. Ich rauche. Zoran trinkt. Und Leon hat was mit Mädchen aus der Zwölften. Das nennt man Aufgabenverteilung.«

Ach, und was sonst noch? Auch diese Neuigkeit stimmte mich glücklich. Dass sie mir es erzählte, dass es passierte, der altmodische Lauf der sinnlichen Dinge, über den sich viele Eltern heutzutage so gerne aufregten. Tara zog mich sogar ins Vertrauen. Dann hatten Gaby und ich in der Erziehung doch wenigstens etwas richtig gemacht, auch wenn Judith da anderer Ansicht war.

»Die Sache ist die«, sagte Tara, »das Leben ist so grässlich langweilig geworden, seitdem wir nur noch zu Hause herumhängen und nichts mehr unternehmen.«

7

Auf Taras Bitte hin erzählte ich Gaby nichts von dem Vorfall im Wald. Allerdings mit gemischten Gefühlen. Zu den vielen Dingen, die ich verschwieg, kam nun noch ein Geheimnis mit Tara hinzu. Meine Tochter wollte nicht von beiden Eltern zugleich getadelt werden, und das verstand ich.

Eine Standpauke hat sie dann doch noch bekommen. Die üblichen Warnungen über die Gefährdung der Gesundheit durchs Rauchen. Eine Schande, hörte ich mich sagen, und dann noch lauter: »Eine Schande, Tara!«

Doch in Taras Alter, ohne jegliches Zeit- oder Vergänglichkeitsbewusstsein, ist kaum etwas eine Schande. In den Köpfen der Jugendlichen kann man nichts verlieren, beziehungsweise alles ist leicht reparabel. Worüber sollte man Reue empfinden?

Während ich meiner Tochter einen Vortrag über Schande, Krankheit und ruinierte Lungen hielt, spürte ich die Machtlosigkeit der belehrenden Eltern, die selbst nicht glauben, was sie sagen, und bei den tobenden Hormonen ihres Kindes sowieso den Kürzeren ziehen.

Nicht nur das Nikotin in den zarten Lungen meiner Tochter empfand ich als Verstümmelung. Auch alles, was die Zwillinge ohne mich, ohne uns unternahmen, ohne Rücksprache oder späteren Bericht. Er war so weit. Die allmähliche Auflösung des Viererglücks, das ich als stabil empfunden hatte, solange ich die Regie führte, hatte eingesetzt.

Meine Frau schien davon nichts mitzubekommen. Sie war

wieder stark mit Judith beschäftigt. Als ob sie uns deutlich zeigen wollte, dass sie für immer bleiben würde, war Judith auf die Idee gekommen, die Gestaltung ihres Gartens in Angriff zu nehmen. Alles sollte völlig verändert werden. Eine Aufgabe, die sie nicht irgendeinem Gärtner überlassen wollte. Dafür würde sie, so beschrieb sie es uns während eines ausgiebigen Besuchs bei uns am Küchentisch, jemanden mit künstlerischem Gespür brauchen. Diesmal nahm sie Gabys Vorschlag dankend an und blieb bei uns zum Essen. Was ich im Herbst noch mit allen Mitteln vermieden hatte, zu fünft bei uns am Tisch zu sitzen, konnte nun nicht mehr verhindert werden.

Während des Essens umgarnte Judith Gaby beharrlich: Sie würde jemanden mit Fantasie suchen, dem gewissen Etwas, jemanden mit Geschmack, und zwar nicht nur in der Gartengestaltung. So etwas würde man einem Garten sogleich ansehen.

Schlau eingefädelt.

Ich nannte ihr fünf Namen von bekannten Gartenbauarchitekten. Männer und Frauen, die Judiths Erwartungen sicherlich bei Weitem übertreffen würden. Doch Judith wischte meine Vorschläge einfach vom Tisch, indem sie mit ihren langen Fingern herumwedelte. Zur Abwechslung hatte sie ihre Fingernägel diesmal schokoladenbraun lackiert. Wie die von Tara, fiel mir am Tisch auf.

Sie wolle keine routinierten Profis, sagte sie. Bitte keinen dieser berühmten Innenarchitekten, die weiße Hortensien und Spalierbäume bevorzugen, rief sie mit angewidertem Gesicht. Sie wolle – und dann betonte sie die drei Worte, mit denen sie auf Bukarest anspielte, extra stark für mich – »einen unabhängigen Blick«.

Sie wollte Gaby. Natürlich gierte sie wieder einmal nach meiner Frau und damit nach der Kontrolle und Abhängigkeit unserer Familie, der Gewöhnung und der Dankbarkeit, die sich daraus ergeben würde. Und Gaby, eine Hobbygärtnerin mit grünem

Daumen und einem aus Fachzeitschriften zusammengestückelten Gärtnerwissen, nahm diese Aufgabe geschmeichelt an.

Gaby hatte Lust darauf. Da hatten wir ihn wieder, den bekannten Refrain unseres ewigen Gezänks – meine Zweifel, ihre Entschlossenheit; ich zögerlich, sie energisch –, wegen finanzieller Verflechtungen mit Judith: Wir könnten es uns nicht leisten, ein solches Angebot auszuschlagen.

»Ich bekomme einen Vorschuss«, jubelte sie erfreut, »und diesmal machen wir etwas damit. Zu viert. Du hast recht, wir müssen mal raus hier. Tara sieht richtig blass aus, und Leon wird immer stiller. Lass uns ein Ferienhaus irgendwo in Belgien mieten. Frische Luft aus den Wäldern oder auch von der See, wenn du möchtest.«

Mir graute es. Irgendwo in Belgien. Das klang wie Folter. Ich stellte mir die Betonmeile an der Küste vor, den Strand, Apartmenthäuser, so weit das Auge reichte, die nur in Oostende noch einen letzten nostalgischen Charme hatten. Ich dachte an das fahle stumpfe Grün der wüsten Ardennen, in denen ich mich immer nach den stolz aufragenden Alpen sehnte, den echten Bergen. Da blieb ich lieber zu Hause. Ich wollte meine Ruhe haben.

Doch die erhoffte Ruhe stellte sich als Illusion heraus. Meine Tochter hatte bereits Ferienpläne. Das erzählte nicht sie mir, sondern Judith.

Hatte sie mir etwa aufgelauert? Es konnte kein Zufall sein, dass sie gleich nach dem Eingang zum Wald hinter mir auftauchte. Pünktlich zu meinem morgendlichen Spaziergang mit Toby. Sie trug keinen Jogginganzug, sie kam meinetwegen. Von hinten schlich sie sich an mich heran und legte mir eine Hand auf die Schulter.

»Hab ich dich.«

Sofort hakte sie sich bei mir unter. Im Wald waren viele Leute unterwegs. Fast alle Hunde, die ich kannte, wurden zur gleichen

Zeit ausgeführt. Und wir gingen ihnen allen gerade genau entgegen wie ein Ehepaar, das Arm in Arm seelenruhig durch den Wald spaziert.

»Lass das«, sagte ich, als sie auch noch ihre andere Hand auf meinen untergehakten Arm legte.

»Ich lasse dich nie wieder los«, sagte sie.

Ich befreite mich mit einem Ruck von ihr. Ein paar Spaziergänger schauten auf und setzten ihr Wir-gehen-einfach-weiter-Gesicht auf.

Genau das hatte ich vermeiden wollen. Jahrelang hatte ich mir alle Mühe gegeben, dass meine Ehe nicht zerbrach. Mir war es gelungen, eine Sexodyssee mit Gretta durch osteuropäische Städte zu verheimlichen. Und jetzt, acht Jahre später, sollte ich doch noch auffliegen? Nur, weil so eine aufgetakelte Tussi mit einem reinrassigen Weimaraner, die meine Frau normalerweise keines Blickes würdigen würde, sie plötzlich auf der Straße anhalten und ansprechen würde: »Hallo! Ich habe deinen Mann Arm in Arm mit einer schönen Frau im Wald gesehen. War das etwa deine jüngere Schwester?«

Schweigend beschleunigte ich meinen Schritt und ließ Judith schon bald ein paar Meter hinter mir. Doch sie eilte mir nach. Kurz gingen wir schweigend nebeneinander her. Freundlich und aufgeschlossen grüßte ich alle bekannten Gesichter, die uns entgegenkamen, sogar die, die ich sonst nicht grüßen würde. Hauptsache, sie dachten nicht, ich würde mich verstecken wollen oder ich hätte etwas vor der Frau zu verbergen, die sie mit bewunderndem Erstaunen ansahen.

Judith berührte mich mit der Schulter am Oberarm, sie drückte mir ihren Ellbogen in die Seite. Sie versuchte, mich in einen Seitenpfad zu manövrieren, und ich konnte nicht widerstreben. Hier jetzt eine Szene zu veranstalten, wäre erst recht auffällig gewesen. Als gerade die Labradorlaufgruppe auftauchte und mir die Frauen fröhlich zuwinkten, bogen wir ab.

Judith hatte sich einen geschützten Platz ausgesucht. Wir standen hinter dem frisch grünen Blätterschleier eines Gebüschs, das bereits nach den ersten Frühlingstagen die Sicht versperrte. Der Hund ließ sich wie auf Kommando neben mir nieder. Zu meiner Überraschung näherte sich Judith mir nicht. Doch sie stellte sich mir in den Weg.

»Wir hatten eine Abmachung, Job.«

Ich schüttelte verneinend den Kopf.

»Du weißt nicht, was du willst, Job.« Sie sprach leise. »Weihnachten, bei mir in der Küche, da wusstest du es durchaus. Ich habe es gespürt. Wenn ich in dem Moment alleine zu Hause gewesen wäre, dann hättest du dort mit mir auf dem Marmor gelegen. Und auf dem Boden, auf dem Sofa, im Bett, auf dem Schreibtisch, auf der Treppe, auf der Tiefkühltruhe, bei den Nachbarn, du weißt doch, wer drei Häuser weiter wohnt, die Frau mit der französischen Dogge und den Schultergrübchen. Ich kenne dich, Job, ich weiß, was du willst.«

»Weitergehen, das will ich.«

»Stimmt nicht. Du willst mich. Und das geht. Ich habe es dir angeboten. Doch du schlägst es aus. Dann muss ich mich wohl mit weniger begnügen.«

»Mach das und lass mich in Ruhe!«

»Mit weniger meine ich deine Kinder. Die Kinder, die du mit einer anderen hast. Hast du gewusst, dass Tara und ich gemeinsam in den Urlaub fahren?«

Wieder einmal hatte sie einen Treffer gelandet. Sofort fing ich innerlich an zu kochen, ich spürte meine Machtlosigkeit. Am besten würde ich sie wegschieben und einfach weitergehen.

Doch da näherte sie sich mir. So nahe, dass unsere Nasen aufeinanderprallten. Ich drehte den Kopf weg, um zu schauen, ob jemand vorbeikam. Doch als ich sie wieder anschaute, war sie mir so nahe gerückt, dass mein Mund auf ihren traf. Sie öffnete die Lippen.

Ich schmeckte etwas, Kräuter oder Gewürze, die ich zwar nicht einordnen konnte, die mir aber sehr bekannt vorkamen. Eine verschwommene, weit entfernte Erinnerung. Während ich überlegte, woher ich diesen Geschmack kannte, ergriff sie die Gelegenheit und küsste mich. Voll, sanft, langsam, schnappte mit ihren abtastenden, feuchten, aber nicht nassen Lippen zaghaft nach. Von allem Übel, das ich von Judith erwartet hatte, war das hier vielleicht das schlimmste. Mundkontakt. Sie wusste ganz genau, was sie mit einem Minimum an Bewegung auslösen konnte. Zuschlagen, wenn ich am wenigsten damit rechnete. Sie wusste genau, dass mir dann nichts anderes übrig blieb, als mitzumachen.

Ich ergriff sie bei den Schultern, um sie von mir wegzuschieben. Sie ließ das nicht zu, sondern biss mir auf die Lippen. Fest, kurz und danach zog sie den Kopf zurück. Ich schmeckte Blut im Mund, spürte es an meinem Kinn und sah es auch an ihren Lippen.

Sie wischte das Blut nicht weg, sondern strich langsam mit der Zungenspitze darüber und verteilte es über ihre vollen Lippen. Danach tauchte sie ihren Mittelfinger in die Tropfen und zog eine Linie über ihr Kinn und weiter hinunter bis zu ihrem Schritt. Das Blut reichte nicht für eine Spur. Doch ihre Hände waren dort angekommen, wo sie sie haben wollte. Sie öffnete den Knopf ihrer engen Jeans und schob ihre Hand unter den Reißverschluss.

»Dein Blut kennt den Weg«, flüsterte sie.

Noch nicht einmal in den romantischen Vampirfilmen, die sich meine Kinder so gerne anschauten, kam eine solche Szene vor. Verglichen mit Judiths Szene hier im Wald, waren sie absolut harmlos.

»Dein Blut und mein Blut miteinander vermischt, so ist das gedacht, Job. *One way or another.*«

Weg hier. Ich griff nach Tobys Halsband, um ihn anzuleinen.

»Warte, wir unterhielten uns gerade über deine Tochter. Sie wird mich in den Pfingstferien begleiten. In ein wunderschönes altes Sommerhaus an der Schwarzmeerküste. Mit einem korinthischen Säulenportal und überall großen alten Palmen. Ein pfantastisches Refugium in den Felsen, ein ganz versteckter Ort. Die Gegend scheint von der Welt entrückt zu sein wie die Finistère in der Bretagne. Ein verstecktes Liebesnest. Perfekt für die Fotos ihrer Bewerbungsmappe …«

»Was redest du da?«

»Freut sich der besorgte Vater etwa nicht für seine Tochter? Sie ist schön, sie hat Talent, sie giert nach einem anderen Leben, nicht immer nur Sport und für die Schule pauken und auf dem platten Land zwischen den Tulpenfeldern hocken. Ich kann ihr ein anderes Leben bieten. Bulgarien wird der Anfang sein.«

Meine Beherrschung war dahin. »Nur über meine Leiche!«, brüllte ich.

»Na, jetzt wirst du aber richtig dramatisch!« Da zog sie ihr Handy aus der Hosentasche und suchte etwas, um es mir zu zeigen.

»Schau mal, wie sehr sich das Kind darauf freut.«

Sie hielt mir das Display vor die Nase. Ich sah den Chat, den sie mit Tara geführt hatte. Eindeutig Tara. Sofort erkannte ich die Telefonnummer meiner Tochter und das Foto-Icon, auf dem sie mit dem Gesicht in Tobys Fell eintaucht. Schnell überflog ich das Gespräch, vor lauter Nervosität bekam ich nicht alles mit. Doch die beiden letzten Textfelder sagten alles.

Tara: Echt wahr? Das erlaubt mir mein Vater niemals. Aber ich komme mit. Heimlich. Schleich mich aus dem Haus, wenn alle schlafen.

Judith: Mach dir keine Sorgen, Schätzchen. Wir regeln das alles schön korrekt. Deinen Vater überlass mal mir. Ich weiß schon, wie ich den rumkriege. xxx

»Tja, da wird wohl nichts draus«, sagte ich.

»Und wieso nicht?« Judith schob ihre Hände in die Taschen ihrer kurzen Lederjacke. Sie schüttelte den Kopf, und schon saß ihre Lockenfrisur wieder perfekt, Slow Motion wie im Film. Trotzig und entschlossen stand sie plötzlich mitten auf dem Waldweg, breitbeinig, den Reißverschluss noch immer halb geöffnet, ein Sliprand war nicht zu sehen. Ihr Blick war frech, und ihre hohen Wangenknochen hatten eine beneidenswert frische Röte.

»Weil ich zur Polizei gehe, Judith. Dann erzähle ich lieber alles.«

Sie lachte. Ihre Schadenfreude war deutlich herauszuhören.

»Zur Polizei! Mein lieber Job. Dort war ich bereits. Und dann noch etwas, das dich vielleicht interessieren könnte: Der Polizeipräsident war mit meinem Vater beim Militär. Das waren damals noch Zeiten, Job! Echte Männer, die für echte Kriege trainierten. Die haben sich etwas getraut. Ein Telefonat und schon konnte ich vorbeikommen. Du hättest mal sein Gesicht sehen sollen, als ich ihm erzählte, dass ich über die Kontakte meines Vaters zur Bauwelt an Informationen herankommen könnte, die das wahre Ausmaß des Betrugs im Rathaus aufdecken würden. Deine Unterschrift, Job, die war echt Gold wert. Willst du nun auf dem direkten Weg ins Gefängnis, oder ziehst du es lieber vor, deine Tochter auf dem Flughafen in Schiphol zu verabschieden?«

Ich zog den Hund mit mir mit. Es war sinnlos, sich gegen diese Verrückte zu wehren. Die Katastrophe, die Judith mit Bedacht in Szene setzte, ließe sich nur vermeiden, indem ich Alkema gegenüber mit offenen Karten spielte. Es gab offenbar keinen anderen Weg. Auch wenn ich mir vorgenommen hatte, niemandem, wirklich niemandem die Wahrheit zu sagen. Was ich Gaby angetan hatte, sollte mein Geheimnis bleiben, und niemand durfte davon erfahren.

Ich sah zu, dass ich mich von Judith entfernte.

8

Tara kam von der Schule nach Hause und flog mir sofort um den Hals.

»Super, Papa. Echt klasse, dass ich mitdarf. Wir fahren zum Kap Kaliakra an der Schwarzmeerküste. Die Felsen ragen dort bis ins Meer, ein Naturschutzgebiet. Und Judith hat dort ein Haus, echt top, ich habe Fotos gesehen, mitten in der Wildnis, mit einem Schwimmbad in den roten Felsen, ganz abgelegen, keine Menschenseele außer Robben. Die leben da einfach so. Ich darf, echt?«

Sie wartete meine Antwort nicht ab, lachte. Ich merkte, wie sie ihre Umarmung lockerte, sie hing auf mir, schmiegte sich an mich, hingebungsvoll.

Mein Herz wummerte gegen ihre Wange.

»Wer hat das gesagt?«

»Judith. Ihr habt es doch heute Morgen besprochen? Sie hat mir gleich eine Nachricht geschickt, dass du es erlaubst. Ich darf doch? Bitte, Paps, ich darf doch, oder? Pa-aps. Papa!«

Noch eine Woche bis zu den Pfingstferien. Ich könnte Tara jetzt sofort mit einem Verbot enttäuschen, doch dann würden wir mit Judith Ärger bekommen. Falls sie wirklich vorhatte, etwas gegen mich zu unternehmen, dann durfte ich ihre Pläne nicht zu sehr durchkreuzen. Dass sie mich als Verdächtigen einbringen wollte, war zeitlich perfekt geplant. Die Ermittlungen wegen des Betrugs liefen auf Hochtouren. Die Polizei fahndete auch im Rathaus. Noch ein zusätzlicher Verdächtiger, der Leiter des Stadtplanungsamtes, den sehr wahrscheinlich sein schlechtes Gewissen dazu getrieben hatte, seine Stelle im Rathaus niederzulegen. Das wäre ein weiterer Trumpf in diesem spektakulären Fall, der vielleicht zur Verurteilung des Bürgermeisters führen konnte. Stellte sich nur die Frage, ob Alkemas Einfluss bei der staatsanwaltlichen Finanzermittlung stark genug war.

All meine Versuche, Judith daran zu hindern, der Polizei falsche Beweise gegen mich zu liefern, konnten meine Affäre mit ihr aufdecken. Auch wenn alles nur ein Bluff war und sie keine Beweise gegen mich in der Hand hatte, befand ich mich dennoch in ihrer Gewalt.

Es wäre sicherer, Tara in dem Glauben zu belassen, dass sie mitfahren durfte. Dann war bis zum Abreisetag noch Zeit, sich etwas zu überlegen, womit ich die Reise verhindern konnte. Ich brauchte eine Ausrede, damit ich ihr jetzt nichts verbindlich versprach.

»Ich habe mit Judith tatsächlich das ein oder andere besprochen, doch mit deiner Mutter noch nicht«, sagte ich.

Ich merkte, wie Tara erstarrte. »Aber …«

»Nichts aber. Mach dir keine Sorgen. Das wird schon.«

Noch am selben Abend stand Alkema vor der Tür. Offenbar hatte er getrunken. Ich bat ihn herein, doch er lehnte ab. Die Kneipe hier im Viertel wäre gut geeignet, um unser Gespräch fortzusetzen, meinte er. Er machte mir ungeduldig Zeichen, dass ich mitkommen sollte.

Wir gingen wieder zu der altvertrauten Adresse. Früher hatte ich mich hier manchmal mit einem Nachbarn aus dem Viertel, mit dem ich auch geschäftlich zu tun hatte, auf ein Bier getroffen. Irgendwann stellt man dann aber fest, dass man nur gemeinsam ein Bier trinken geht, weil man um die Ecke wohnt und es bislang noch nie dazu gekommen ist. Doch wenn man dann doch einmal zusammen an einem Tisch sitzt, merkt man spätestens nach dem dritten Bier, dass man sich nichts zu erzählen hat. Das war's dann mit dem Privatkontakt.

Alkema schaute sich in der Kneipe um.

»Kennst du hier jemanden?«

Ich warf einen Blick in den Raum, sah am Tresen eine Männergruppe, alles Leute aus dem Viertel, die ich nur vom Sehen kannte, keine Ahnung, wer sie waren. Beigefarbene Hose, dunkelblauer Pullover, darunter ein hellblaues Hemd, hoher Haaransatz, grau, Haare zurückgekämmt, im Nacken leicht gekräuselt, so saßen sie auf ihren leichten Steppjacken, die sie über ihre Barhocker gelegt hatten. Sie fühlten sich hier zu Hause, und der Lautstärke ihrer Scherze nach zu urteilen, schienen sie sich auch recht jung zu fühlen.

»Niemanden«, antwortete ich Alkema.

»Sehr gut, dann können wir uns ungestört unterhalten.«

»Das hätten wir auch bei mir zu Hause gekonnt.«

Alkema legte beide Hände flach vor sich auf die Tischplatte und spreizte die Finger.

»Nun, Job, diese Geschichte hättest du bei dir zu Hause aber wahrscheinlich nicht so gerne gehört.«

Alkemas belehrender, bisweilen scherzhafter Ton, den ich an ihm gewohnt war, war verflogen. Es klang wie eine Warnung.

»Ich werde pokern. Das macht man in Verhören manchmal so. Doch diesmal könnte es direkte Konsequenzen haben, die sich in vielerlei Hinsicht durchaus gegen mich wenden könnten. Doch wenn alles glattläuft, dann wird Luzerne das Opfer sein. Vielleicht geht alles sehr schnell, Job. Ich weiß aus Erfahrung, dass eine Liquidierung oft unmittelbar darauf folgt. Vielleicht sogar innerhalb einer Woche, solange Luzerne sich noch auf niederländischem Boden befindet und nicht nach Varna oder Bukarest verschwindet. Könnte glatt eine holländische Abrechnung sein.«

»Liquidierung? Wovon sprichst du?«

Ich klang leicht empört. Vor allem, weil mir das hier im Vertrauen erzählt wurde. Wieso mir? Woher diese Komplizenschaft?

»Du fragst dich natürlich, ob ich noch recht bei Trost bin.«

»Erst einmal frage ich mich, wieso du mir das gestehst. Jedenfalls klingt es wie ein Geständnis.«

»Dafür gibt es drei Gründe, Job. Der erste liegt auf der Hand. Wenn jemand ein Geheimnis für sich behalten kann, dann bist du das. Du beißt dir lieber die Zunge ab, bevor du die Wahrheit herauslässt und damit Gefahr läufst, dir Komplikationen, Geständnisse, Misstrauen, Nachforschungen, Berührung mit Behörden und Rechtsverfahren einzuhandeln, und du das Heft nicht mehr in der Hand haben könntest. Sonst wärst du mit deinen Vermutungen in diesem Betrug sofort zur Kommunalbehörde zur Korruptionsbekämpfung gegangen. Doch du hast zunächst an dich gedacht, vielleicht an deine Position. Du wolltest es aus eigener Kraft versuchen. Dir gefällt das. Es gibt dir Macht, eine seltsame Form der Macht, auch wenn dich alle für einen Trottel halten, der schon längst nicht mehr Herr der Lage ist. Gib es zu. Vielleicht vertue ich mich auch – obwohl mir das nicht so leicht passiert – aber du bist nicht der Typ, der morgen mit den Informationen, die ich dir jetzt gebe, gleich zu meinen Kollegen rennt.«

Das hatte er richtig erkannt. Ich belohnte ihn dafür mit einem Lächeln, das er selbst interpretieren musste. Danach nickte ich, stimmte ihm zu.

»Und weiter?«

»Punkt zwei. Wir wissen jetzt, wieso du sicher bist. Stellt sich nur noch die Frage, wieso ich dir erzähle, was ich vorhabe. Dafür gibt es zwei Gründe. Der erste ist ganz einfach. Falls mir etwas zustoßen sollte, möchte ich, dass es jemanden gibt, der meiner Frau die Wahrheit erzählen kann. Ich verlasse mich auf deine Klugheit und Vorsicht und gehe davon aus, dass du den richtigen Zeitpunkt und auch die richtige Vorgehensweise im Falle eines Falles einschätzen kannst. Meine Frau verträgt einiges, immerhin ist sie bald vierzig Jahre mit einem Polizisten verheiratet. Da gewöhnt man sich an den Gedanken, dass man am Ende des Tages vielleicht Witwe sein könnte. Sie wird alles verstehen. Doch wir haben vereinbart, dass ich, um ihr nicht die Gemütsruhe zu rauben, nichts von den Fällen erzähle, die mich in direkte Gefahr bringen könnten. Zieh nicht so ein Gesicht, als würdest du bereits auf meiner Beerdigung sein. Ich habe ein gutes Gespür. Es wird nichts schiefgehen.«

»Und der zweite Grund?«

»Das ist eine etwas delikatere Angelegenheit. Da du mehr oder weniger daran beteiligt bist.«

Hatte ich mir's doch gedacht. Plötzlich tauchte die Möglichkeit auf, dass Gaby vielleicht auch am Ende des Tages Witwe sein könnte. Alkema hatte doch hoffentlich nicht etwas in Gang gesetzt, weswegen ich in der Unterwelt nun auf der schwarzen Liste stand?

»Ruhig, ganz ruhig. Du befindest dich nicht in Gefahr. Hör dir erst die ganze Geschichte an, dann verstehst du alles:

Vor etwa fünf Jahren haben wir an einem Fall gearbeitet, der im Zusammenhang mit einem Mord an einem Bulgaren in Amsterdam stand. Im Rahmen der Ermittlung haben wir einen Mann aus Plowdiw verhört, der sich in Haarlem niedergelassen hatte. Viele Hinweise führten zu ihm, doch die Beweise reichten nicht für eine Verhaftung aus. Er wurde noch nicht einmal in Gewahrsam genommen. Ein Verhör war nahezu unmöglich. Kurze, knappe und unverschämte Antworten. Beteuerungen, dass er nichts getan hätte und auch nichts wissen würde. Doch er hat mehrmals betont: ›Ich bin kein Verräter.‹ Bei jedem Namen, den ich nannte, wiederholte er: ›Ich bin kein Verräter.‹ Andere Bulgaren fingen während des Verhörs an zu sprechen und machten Aussagen. Über sie kamen wir zu diesem Mann, dessen Namen ich jetzt nicht nennen werde, da das keine Rolle spielt. Er sei ein Auftragsmörder. Er würde ein unauffälliges Leben führen, hätte einen kleinen Betrieb auf dem Land und würde mit Ersatzteilen deutscher Autos handeln. Doch eine Woche nach ihren Geständnissen über ihn wurden die beiden Bulgaren ermordet. Nur eine einzige Kugel in die Stirn, so wie bei dem Kerl im Wald. Hast du diese Vorfälle damals in der Zeitung verfolgt, erinnerst du dich daran?«

»Ich war damals geschäftlich viel im Ausland unterwegs, Frits. Ich könnte dir etwas über die Kommunalwahlen in Bratislava erzählen, aber Haarlem …«

»Ist nicht so wichtig. Seitdem halte ich jedenfalls diesen Kerl für einen Auftragskiller. Der Erste, an den ich bei einem Mord an einem Bulgaren denke, ganz egal, in welchem Teil des Landes er passiert. Doch nie führt eine Spur zu ihm, nie. Und jetzt kommt das Verrückte an der Sache. Du schickst mir das Foto von Plamen Danchov. Einen Tag darauf komme ich an dem Abwrackbetrieb bei uns auf dem Deich vorbei, und wer steigt da gerade aus dem Auto? Genau, Danchov. Ich parke meinen Wagen am Wegesrand, gehe auf die andere Straßenseite und stelle mich hinter die Bäume an der hohen Hecke. Danchov zündet sich eine Zigarette an und wartet. Nur kurz. Dann tritt aus dem Gebäude unser Auftragskiller mit dem Handy am Ohr heraus. Er beendet das Gespräch und geht zu Danchov, den er umarmt, als hätte er seinen verlorenen Bruder wiedergefunden. Ich konnte das alles wunderbar beobachten. Wie im Fernsehen. Nur leider ohne Ton. Und in dem Moment, als ich zu gern mitbekommen hätte, was die beiden beredeten, da hatte ich eine Idee: Ich stellte mir vor, dass einer der beiden Männer für mich arbeiten könnte. Der Auftragskiller als Verräter? Unmöglich. Der Auftragskiller gegen Danchov? Niemals. Doch wenn Danchov in Gefahr wäre, dann würde der Auftragskiller aktiv werden. Ich hatte das noch nicht ganz zu Ende gedacht, doch ich kam sofort auf Luzerne. Falls es mir gelingen könnte, zwischen Danchov und Luzerne einen Keil zu treiben, würde sich alles Weitere von allein regeln. Wo bleibt eigentlich unser Bier?«

Alkema machte Zeichen zum Tresen, doch nichts geschah. Also stand ich auf und holte zwei Bier. Große, kühle Gläser, appetitlich mit einer zischenden Schaumkrone gezapft. Mein Bier kam mir wie eine Henkersmahlzeit vor. Alkemas Pläne wirkten weit hergeholt. Und dass er mir auch eine Rolle zudachte, beunruhigte mich doch erheblich. Alkema trank durstig gleich sein halbes Bier.

»Pass auf. Ich werde dem Auftragskiller erzählen, dass Luzerne, da er durch seine Rolle in der Betrugsaffäre in die Enge getrieben wurde, sich nun bei der Justiz freikaufen will, indem er uns Danchov liefert. Das klingt ganz einfach. So läuft das nun mal in diesen Kreisen. Wem man nicht mehr vertrauen kann, der wird beseitigt.

Aber ich brauche Beweise, Job. Deshalb habe ich Fotos gemacht. Ich habe meine Nichte beauftragt, dass sie mit ihrem alten Datsun Luzerne und seine Tochter beschatten soll. Herman Luzerne wohnt im Haus von Pyke Dalstra. Mittags isst er bei Loetje in Overveen. Ich habe den älteren Journalisten, der auf den Betrug von Brickland gestoßen ist, gebeten, ein Auge auf Luzerne zu werfen.«

Wieder ein Schluck.

»Weißt du noch, als wir letztens auf der Bank saßen und ich angerufen wurde? Das war er, weil Luzerne gerade bei Loetje eingetroffen war. Ich konnte gerade noch rechtzeitig dorthin fahren, gemeinsam mit meiner Nichte. Danach wurden Fotos von Luzerne und mir gemacht, wie wir beide aus dem Lokal kommen. Draußen vor der Tür habe ich ihn angesprochen, ob er Feuer hätte. Er blieb stehen, sah mich an und sagte, er habe bereits vor zehn Jahren mit dem Rauchen aufgehört, doch gelegentlich würde er sich an einem schönen Abend noch eine Zigarre anstecken. Ich lachte und sagte, dass ich ihn darum beneiden würde. Ich müsse immer heimlich rauchen, weil meine Frau es mir verbieten würde. Darauf er: ›Macht auch abhängig, so eine Ehe.‹ Er klopfte mir auf die Schulter. Ist alles auf den Fotos mit drauf.

Ohne Ton, ha ha. Doch man sieht: den Deal des Kapos mit dem Ermittler.

Aber da ist noch etwas. Gretta Luzerne spaziert mit dir durch den Wald. Es gibt ein Foto, auf dem sie dir deutlich erkennbar Informationen auf einem Handydisplay zeigt. Ich habe euch zusammen gesehen. Ich will jetzt nicht in dein Privatleben eindringen, Job. Aber ich sage dir, wie ich dieses Foto zu meinen Gunsten verwenden kann und was es zeigt: Luzerne-Spross gibt Informationen, die ihren Vater retten können, an einen Undercoveragenten weiter. Das nächste Foto der Bildergeschichte, die ich Danchov auftische, ist von uns beiden auf der Bank am Fluss. Ich schaue dich besorgt an, bin erschrocken über deine Erzählungen. Jetzt habe ich eine Frage an dich: Kannst du damit leben, wenn ich die Bilder, auf denen du drauf bist, dem Auftragskiller zeige? Die Chancen stehen gut, dass Gretta dabei draufgeht, wenn wir sie als Zuträgerin darstellen. Du bist viel weniger in Gefahr.«

»Bin es aber dennoch.«

»Ich kann es nahezu ausschließen. Liquidierungen von Ermittlern, die zufällig etwas entdeckt haben, und Vermittlern von Polizeiinformationen, die nichts mit der bedrohten Bande zu tun haben, das ist alles höchst selten.«

Das sagte er so. Was mir im vergangenen Jahr passiert war, das war auch höchst ungewöhnlich. Und dennoch war ich davon betroffen. Ich starrte auf mein unangerührtes Glas und spürte noch immer die blanke Angst. Ich hatte Fragen. Und was wäre, wenn der Anschlag glückte, aber Danchov dahinterkam, dass Alkema ihn angelogen hatte? Was wäre, wenn die Bande sich doch noch rächte? Was wäre, wenn Luzerne überlebte und er von den Lügengeschichten erfuhr? Alkema bemerkte meine Zweifel.

»Du denkst zu vernünftig, Job. Das ist ja auch ganz normal. Aber deswegen handelst du nicht. Doch das Pack rund um Danchov, das denkt nicht. Die können es sich nicht leisten, groß über alle Eventualitäten nachzudenken. Die räumen die Hindernisse einfach aus dem Weg. Oder glaubst du etwa im Ernst, dass Danchov und der Auftragskiller jetzt in einer Bar hocken und stundenlang alles hin- und herdiskutieren? Die nicken sich kurz zu und der Untergebene weiß, dass er keine Fragen zu stellen hat. Womöglich gibt es gar keinen Auftrag, und der Auftragskiller handelt auf eigene Faust. Um das Problem zu lösen, bevor sein Chef dahinterkommt, wie groß der angerichtete Schaden ist.«

»Aber sicher kannst du dir nicht sein.«

»Ich weiß nichts sicher. Vielleicht passiert ein Wunder, und ich komme gleich nach Hause, und meine Frau kann wieder laufen. Doch meine Erfahrung der vergangenen vierzig Jahre hat mir gezeigt, dass die Wahrscheinlichkeit äußerst gering ist, dass sich die organisierte Kriminalität Probleme einfängt, indem sie einen Anschlag auf ein äußerst kleines Licht bei der Polizei ausübt. Welches Interesse sollten sie haben, in unser Visier zu geraten? Du musst das mal so sehen: Die Wahrscheinlichkeit, dass meine Frau eines Tages wieder laufen kann, ist viel, viel größer als die Wahrscheinlichkeit, dass der Auftragskiller es auf dich abgesehen haben könnte.«

»Meine Herren, Frits.«

»Ich bitte dich nur um deine Einwilligung. Darf ich das Foto von dir mit Gretta dem Auftragskiller zeigen? Du hast sie dann ganz sicher für immer vom Hals.«

»Und wenn das schiefgeht?«

»Dann habe ich in Bulgarien noch etwas in der Hinterhand. Ich sag dir lieber nicht, was, das geht dich nichts an. Ich kann nicht alles aus dem Weg räumen lassen, was ich gerne möchte. Doch mit Luzerne fällt zumindest der niederländische Mädchenhandel von Danchov, das steht schon mal fest. Ich wollte, so was würde mir jedes Jahr gelingen.«

Alkema trank den letzten Schluck Bier aus seinem Glas und warf einen gierigen Blick auf mein Bier. Die Schaumkrone war zusammengesackt.

»Wie sieht es aus, Job: ja oder nein?«

Epilog

Dordogne, Mai

Jeden Morgen fuhr ich ein paar Kilometer zum Bäcker nach Cognac. Die Strecke war tückisch. Quer durch den Wald, kurvenreich und zu schmal für zwei Autos. Hinter jeder Kurve lauerte die Gefahr eines Frontalzusammenstoßes mit einem entgegenkommenden Fahrzeug. Das würden der Volkswagen und ich niemals überleben.

Ich betrachtete es als Glücksspiel. Wenn bis unten am Hügel, wo der breite Weg anfing, kein entgegenkommendes Auto auftauchte, dann würde es an diesem Tag auch keine Neuigkeiten für mich geben. Kam das entgegenkommende Fahrzeug mit einer Mordsgeschwindigkeit angerast und müsste ich bremsen, um ihm auszuweichen, dann war ich auch in Haarlem ohne mein Wissen mit knapper Not einer Gefahr entgangen. Würde das Auto auf halber Strecke ruhig abwarten, bis ich an ihm vorbeigefahren war, dann war alles, aber auch wirklich alles nach Alkemas Plan verlaufen. Würde ein Auto mit bulgarischem Kennzeichen vorbeikommen, dann müssten wir beide hängen, Alkema und ich. Falls ich aber auf dem schmalen Weg durch den Wald nur niederländische Kennzeichen sehen würde, dann würde Alkema endlich etwas von sich hören lassen.

Allmorgendlich bestieg ich mit diesen verschiedenen Szenarien im Kopf das Auto und machte mich auf den Weg. Doch ganz egal, wem ich begegnete, Alkema meldete sich nicht.

Während der ersten Woche in der Dordogne konnte ich das noch verdrängen. Keine Neuigkeit, gute Neuigkeit, versuchte ich mich zu beruhigen. Doch ob das auch für uns galt, da war ich mir nicht so sicher.

Ich hatte nicht ohne Grund ein Haus gesucht, dessen Adresse in den Niederlanden unbekannt war. Einen Gutshof aus dem siebzehnten Jahrhundert, den man auf keiner einzigen Ferienhausseite im Internet finden konnte.

Rina hatte mir die Schlüssel zum Haus gegeben, als ich sie nach einem Tipp für ein Ferienhaus gefragt hatte, wo mich niemand finden könnte. Ich hatte das scherzhaft gesagt und hinzugefügt, dass es zum Schutz der Familienruhe sei. Die Kinder hatten zwei Wochen Pfingstferien. Und wir brauchten alle dringend Erholung.

»Zwei Wochen vor deinem Stalker untertauchen«, sagte Rina, »dann bist du auf dem richtigen Weg, Job.«

An ihrem Schlüsselbund hing etwas, das sie vor vielen Jahren einmal von dem Lektor ihrer französischen Übersetzungen bekommen hatte. Der Schlüssel zu seinem Ferienhaus, geerbt von den Großeltern. Ein Haus wie eine Festung auf einem Hügel, so hatte Rina das Anwesen beschrieben, umgeben von vielen alten Gärten, einem Gemüsegarten, einer Obstwiese und einem beheizten Pool und alles von Mauern eingefasst. Sie hatte sich dort einmal zum Schreiben zurückgezogen, doch sie wurde von der Einsamkeit übermannt und würde das Haus nie wieder als Zufluchtsort nutzen wollen.

»Pass auf, Job, dort kommt höchstens einmal am Tag ein Traktor vorbei, ansonsten hört man nichts außer vielleicht mal so eine karamellfarbene muhende Kuh irgendwo auf den Hügeln. Brot bekommt man zehn Kilometer entfernt. Sonst gibt es nichts, absolut nichts. Denn offenbar interessiert sich niemand für diese Gegend.«

Genau das suchte ich.

Das einzige Problem war Tara. Ich legte sie ohne Gewissensbisse einfach herein. Zu meiner großen Überraschung zog Gaby mit mir an einem Strang. Natürlich konnte Tara nicht den Mund halten und erzählte von dem Haus auf der bulgarischen Halbinsel. Sie bettelte bei ihrer Mutter um die Erlaubnis, mitfahren zu dürfen, noch bevor ich mit ihrer Mutter darüber sprechen konnte. Aber auch ihre Mutter ließ sie mit einer vagen Zustimmung abblitzen.

»Mir gefällt das ganz und gar nicht«, sagte Gaby abends. Sie tat etwas, das seit Jahren nicht mehr vorgekommen war, sie begleitete mich auf dem Abendspaziergang mit dem Hund.

»In Courchevel war ich zwar dabei, aber auch dort hatte ich die Kinder nicht mehr in der Hand und bekam sie kaum noch zu Gesicht. Weil Judith nicht organisiert ist. Du hast das ja auf dem Flughafen am eigenen Leibe erlebt. Ich meine nur, Job, stell dir vor, dass es dort auf dem Felsen im Meer keinen Handyempfang oder Internet gibt, dann hocken wir hier tagelang auf heißen Kohlen. Wir wären komplett von Tara abgeschnitten, und Judith würde ihr vielleicht einfach erzählen, sie hätte uns von irgendwo eine Nachricht geschickt und uns informiert, dass die Verbindung schlecht ist. Ich will das nicht. Doch du hast Tara versprochen, dass du mich überreden würdest, hat sie gesagt.«

Ich hätte am liebsten hier mitten auf der dunklen Straße einen Freudentanz aufgeführt. Doch wahrscheinlich hätte ich mir dann ein Bein gebrochen. Die Gemeinde sparte an allen Ecken und Enden. Über den Bürgersteig wuchsen Baumwurzeln, die von den spärlichen Straßenlaternen kaum beleuchtet wurden. Ich legte Gaby einen Arm um die Schulter und drückte sie an mich. Wir waren uns einig.

»Ich sehe das wie du«, sagte ich. »Ich habe Tara noch nichts verboten, um zu vermeiden, dass sie nachher wütend zu Judith rennt und sich beklagt. Und ich war mir unsicher, wie ich das bei dir ansprechen sollte, weil ich befürchtet habe, du würdest sie mitfahren lassen.«

Es tat gut, endlich einmal wieder ehrlich zu Gaby sein zu können. Doch Gaby gefiel die Idee nicht, dass wir Tara bis zum Tag der Abreise im Glauben ließen, sie könnte mitfahren.

»Wenn du dich nicht traust, dann kann ich es auch Judith sagen. Sie wird es verstehen. Zur Not bin ich eben die Spielverderberin, die Glucke, die Angst hat, ihrem Kind könnte im Ausland etwas zustoßen. Ist doch egal. Und Tara kommt dann auch wieder etwas runter, du wirst schon sehen. Wir haben doch nicht etwa vor unserem eigenen Kind Angst?«

Genau diese Reaktion war falsch. Ich hatte keine Angst vor Tara, ich hatte Angst vor Judiths Macht über mich. Und die ließe sich nur durch Irreführung beseitigen. Ich musste irgendwie verhindern, dass Gaby und Judith sich über die geplanten Pfingstferien unterhielten.

»Nein, das scheint mir keine gute Lösung zu sein«, sagte ich. »Tara wird untröstlich sein. Sie ist momentan etwas labil. Nachher packt sie einfach ihren Koffer, schleicht sich im Morgengrauen aus dem Haus und steigt mit Judith ins Flugzeug. Zudem handeln wir uns eine Woche Streit ein. Und Judith kann man nicht vertrauen. Sie hat keine Kinder, sie weiß nicht, wie Eltern empfinden. Sie manipuliert, sie ist dominant. Und bevor man weiß, wie einem geschieht, hat sie einen überredet.«

Ich redete auf Gaby ein, bis wir wieder an unserem Haus angekommen waren. Drinnen machte sie Licht im Flur, drehte sich zu mir um und sagte: »Du hast gewonnen.«

Am Morgen von Taras angeblicher Abreise weckte ich sie extra früh. Drei Stunden, bevor Judith sie abholen würde. Ich sagte ihr, ich hätte ihre Reiseunterlagen verlegt und wir müssten uns zum Flughafen sputen, um ihr noch schnell einen provisorischen Reisepass vom Zollamt ausstellen zu lassen. Die Regelung war zwar kürzlich abgeschafft worden, doch das wusste Tara bestimmt nicht. Ich erklärte ihr, dass das eine zeitraubende Angelegenheit wäre. Judith hätte ich schon informiert.

Unglaublich, wie leicht ein Kind solche Märchen glaubt. Einerseits sind sie rebellisch und frech, aber dann kann man ihnen dennoch alles Mögliche weismachen. Ihr ungetrübtes Vertrauen in mich als ihren Vater rührte und rügte mich zugleich. Falls nötig, würde ich sie mit meinem Leben beschützen. Doch in diesem Moment log ich sie bewusst an, und nur zu ihrem Besten.

Gaby spielte das Spiel mit, als ob Betrug bei ihr zum Alltag gehörte. Zum Glück war der Kofferraum vom Passat sehr geräumig. Gaby hatte für alle außer Tara kleine Reisetaschen gepackt, die sie ganz hinten in den Kofferraum hineinschob und mit Tobys Hundedecke abdeckte. Tara würde unsere Sachen nicht entdecken, falls sie einen Blick in den Kofferraum werfen sollte.

Auf dem Weg nach Schiphol wollten wir dann bei einer Tankstelle anhalten und unserer Tochter erzählen, dass sie nicht nach Bulgarien mitfahren dürfe. Auf dem Parkplatz, eingeklemmt zwischen osteuropäischen Lastwagen, aus denen bleichgesichtige Fahrer mit zerknautschten Trainingshosen herauskletterten, um nach einer kurzen Nacht in der engen Kabine auszutreten, könnte sie sich die Seele aus dem Leib schreien. Wollte sie hier jetzt wirklich eine Szene veranstalten, oder würde sie uns bitte ihr Handy geben, damit sie nicht sofort Judith benachrichtigen und wir weiter nach Paris fahren könnten, wo sie sich zum Trost eine neue Sommergarderobe in den Galeries Lafayette aussuchen durfte? Gaby hatte sich dazu durchgerungen, diese Rettungsaktion auch finanziell zu unterstützen. Das war immerhin etwas, womit wir unsere Tochter noch locken konnten.

»Wir machen einen Fehler«, meinte Gaby schließlich zu ihrem Plan.

»Wir machen es genau richtig«, antwortete ich.

Erst als wir uns auf dem Autobahnring um Paris befanden und im Wagen Ruhe oder zumindest keine Aufregung herrschte, fiel mir auf, dass etwas nicht an unserer umgestellten Ferienplanung stimmte. Meine Frau hatte kein einziges Mal angesprochen, ob wir nach unserem heimlichen Aufbruch in die Dordogne Judith informieren müssten und was wir ihr dann sagen sollten. Sie hatte sich keine Gedanken darüber gemacht, dass ihre Freundin nun alleine auf Schiphol stehen und vergeblich auf Tara warten würde. Sie hatte mit keinem Wort angesprochen, wie sie nach unserem Streich, den wir Judith gespielt hatten, die Arbeit in Judiths Garten wieder aufnehmen sollte. Sie verhielt sich gerade so, als würden wir nach den Pfingstferien nichts mehr mit Judith zu tun haben. Als ob es sie dann nicht mehr geben würde.

In Paris, kurz vor der Porte de Clignancourt, gerieten wir in einen Stau. Wir standen zwischen alten, zerbeulten Autos und schmuddeligen Transportern. Auf gleicher Höhe mit uns stand ein havarierter Renault älteren Baujahrs, der mit Einschusslöchern übersät war. Auf dem Beifahrersitz neben mir sah Gaby aus dem Fenster, im Gesicht ein unergründliches Lächeln. Als ob sie etwas Besseres, Schöneres sehen würde, etwas, von dem ich keine Ahnung hatte. Mir brach der Schweiß aus.

Alkema rief erst gegen Ende unserer zweiten Ferienwoche an. Es war am Donnerstag, und zwei Tage später würden wir unsere Sachen packen und wieder nach Hause fahren.

»Arbeit, Arbeit!«, rief ich Gaby zu, die erstaunt war, dass mein Handy, das die ganze Zeit über geschwiegen hatte, nun plötzlich klingelte. War vielleicht etwas mit dem Haus oder dem Hund?

»Arbeit« war ein Zauberwort. Sobald das Begehrte auftauchte, ließen mich alle in Ruhe.

Ich ging in den Obstgarten. Am anderen Ende der Telefonleitung wartete Alkema geduldig ab, bis ich reden konnte.

»Alles in Ordnung hier«, sagte er. »Es gibt keine Sorgen mehr.«

Ich lehnte mich gegen eine Mauer, die Sonne schien mir direkt ins Gesicht. Eine Kletterrose blühte an den alten Steinen, und die Wärme verströmte einen angenehmen Puderduft. Der Garten schien den Frühling übersprungen zu haben, alles blühte gleichzeitig, kunterbunt, hemmungslos. Doch ich fror.

»Beide?«, fragte ich.

»Sie nicht«, antwortete Alkema. »Ich habe die Fotos von euch beiden zerrissen. Ich habe es nicht übers Herz gebracht. Schließlich habe auch ich Kinder. Zudem betraf das, was darauf zu sehen war, nicht meinen Fall. Ich habe dich nie gefragt, was du mit Luzernes Tochter im Wald gemacht hast, und ich werde dich das auch nie fragen. So, das wäre nun auch gesagt.«

Ich seufzte, wollte ihm eigentlich sagen, dass ich froh war, dass er es nicht getan hatte. Doch ich war mir nicht so sicher, ob das auch stimmte.

»Damit wäre nur eine Hälfte des Problems gelöst«, sagte ich.

»Die Hälfte, vor der du dich fürchtest, hat vor zwei Tagen mit einem gewissen Arne Dalstra ein Flugzeug nach Uruguay bestiegen. Das Haus wurde nahezu leer zurückgelassen. Kleidung, Dokumente und persönliche Sachen, alles weg, die Schränke sind ausgeräumt, auch die in der Küche, das Badezimmer, der Kühlschrank. Mitten im Zimmer fand ich altes Gerümpel, das dort hingestellt wurde: sechs antike Stühle, in einer Reihe aufgestellt, darauf ein zusammengerollter Teppich. Eine alte Vase. Und noch ein Briefumschlag, den ich geöffnet habe. Schließlich war das keine Hausdurchsuchung, keiner beobachtete mich. Ich konnte mir also in Ruhe alles genau anschauen. Gretta Luzerne war nicht beim Einwohnermeldeamt von Haarlem gemeldet. Offiziell existierte sie nicht für die Polizei. Es gab keinen Anlass, dort vorbeizuschauen, nachdem man ihren alten Herrn liquidiert hatte. Also der Umschlag. Darin befand sich eine Armbanduhr, ich schätze mal, antik. Kein Brief, keine Notiz, nichts. Die einzige Information lieferte mir eine Nachbarin, die vorbeiging, als ich im Garten herumschnüffelte und sie mich sah. Sie fragte mich, was ich dort tun würde, und ich antwortete, ich wäre der Gerichtsvollzieher. Das würde einiges erklären, sagte sie und erzählte mir, dass sie mitbekommen hätte, wie zwei schwarz gekleidete Männer am Tag zuvor einen Müllsack nach dem anderen in einen amerikanischen Schlitten geladen hätten. Als der Wagen bis oben hin voll war, wären sie abgefahren. Mich überraschte das nicht.«

Ich hatte mich auf den Rand des steinernen Zierbrunnens vor dem Haus gesetzt. Alkema klang sehr nah.

»Ich schätze mal, dass du sie nie wiedersiehst, Job. Und inzwischen weißt du, dass ich mich nicht so schnell verschätze. Fahr du mal ganz beruhigt nach Hause. Wir trinken ein Bier, wenn du zurück bist.«

Er legte auf.

Es geschah nichts. Um mich herum summten Insekten und flatterten Schmetterlinge. Noch nicht einmal in dieser idyllischen Stille empfand ich Erleichterung. Ich ließ meinen Blick zur Auffahrt schweifen, zum Einfahrtstor an dem verlassenen Weg, sah den vernachlässigten Grünstreifen zu beiden Seiten, das Gebüsch, das sich hinter den eisernen Gitterstäben der Pforte fortführte, entlang der Böschung bis zu einem Hügel in der Ferne mit einem Bauernhof darauf und Kühen, tatsächlich vielen Kühen. Auf dem Hügelkamm zog ein Traktor seine Spuren. Die Welt schien aus Playmobil zu bestehen.

So sah also das Leben ohne Gefahr aus. Alles vorbei, unglaublich schnell. Kein Geräusch, keine Bewegung in der Windstille. Keine Gespräche mehr mit Alkema, keine Besuche, Vorschläge und Geldbeträge von Judith. Keine Angst, dass Gaby etwas entdecken könnte. Die Vergangenheit endlich abgeschüttelt.

Ich hatte ihre leichtfüßigen Schritte auf dem Steinweg gar nicht gehört. Doch plötzlich stand sie neben mir. Gaby.

»Sollen wir uns in dieser Hitze hier unterhalten, oder gehen wir hinein? Wir müssen reden, Job.«

Im Haus gab es eine Bibliothek. Gleich das erste Zimmer rechts hinterm Eingang. Ein hoher Raum voller Bücherregale, einem Divan und einer Stehlampe daneben. Die Eleganz erinnerte mich an Grettas Zimmer in Bukarest. Doch hier roch es leicht nach Schimmel, Büchern mit Ledereinbänden und der ausgesperrten Sonne und fehlenden Wärme.

Natürlich folgte ich Gaby ins Haus. Ich ahnte Schlimmes. Das würde kein Gespräch über die Kinder, die Arbeit oder die Zukunft werden.

»Ich weiß es«, begann sie sofort, nachdem sie die Tür hinter uns geschlossen hatte. Sie setzte sich aufs Sofa, ich blieb stehen. Ich musste mich jetzt ahnungslos geben, so wie damals bei Grettas erstem Besuch bei uns als Judith. Ein unbeschriebenes Blatt, keiner Schuld bewusst, gelassen. Diese Haltung.

»Was weißt du?«, fragte ich möglichst locker.

»Alles.«

»Na, dann leg mal los, denn ich weiß nichts«, sagte ich und wollte mich neben sie setzen.

»Bleib bitte stehen«, sagte sie. »Ich will dich lieber nicht neben mir haben. Du hast mich sieben oder acht Jahre angelogen. Während der ganzen Zeit, als wir die Kinder aufgezogen haben, von Kleinkindern zu Jugendlichen. Das waren vielleicht unsere besten Jahre, jedenfalls war es für mich eine glückliche Zeit. Du hast sogar hinter meinem Rücken Geld gescheffelt, hast tonnenweise Geld verdient und hast mich die ganze Zeit über an der Nase herumgeführt. War das deine Idee oder die von Gretta Luzerne?«

Dazu fiel mir nichts ein. Die Märchengeschichte über das Geld konnte ich noch abwimmeln. Woher hatte sie diesen Unsinn? Doch dass sie den Namen Gretta Luzerne kannte, war ein ziemlicher Schlag. Waren all die Jahre des Schweigens, die Mühen während der vergangenen neun Monate, in denen ich in direkter Nähe zu dem lebendigen Beweis meiner Untreue versucht hatte, so zu tun, als sei nichts, war das alles umsonst gewesen?

Gaby saß nicht bequem auf dem durchgesessenen Divan. Sie schwankte, und sofort produzierten die Federn des alten Möbelstücks Quietschgeräusche. Würde ich jetzt zu lange schweigen, könnte ich damit den Verdacht auf mich ziehen, dass ich ihr zustimmte, dass ich ihre Entdeckungen nicht leugnete. Oder dass ich bestürzt und entlarvt nach Worten rang, um etwas zu erwidern, aber keine fand.

Ich musste schnell etwas sagen, das möglichst mehrdeutig war. Ich hatte keine Ahnung, was sie alles wusste, doch mir war bewusst, dass sie nun den Verlauf meiner Geschichte bestimmte. Wenn ich Schritt für Schritt vorsichtig auf das reagierte, was sie mir vor die Füße warf, könnte ich den Schein vielleicht noch eine ganze Weile wahren.

»Du hast also auch entdeckt, dass sie eine Betrügerin ist«, sagte ich. »Und du hast mich damals für verrückt erklärt, als ich dich vor ihr gewarnt habe.«

Anstatt mit einer Entschuldigung anzukommen, war es sinnvoller, den Fokus auf etwas zu verlagern, das wir beide teilten: unsere gemeinsame Feindin. Unsere entlarvte Feindin.

»Ich habe es erst vor Kurzem erfahren«, sagte Gaby. »Sie ist die Tochter von dem Luzerne, für den du vor ein paar Jahren nach Bukarest gegangen bist. Dort seid ihr euch begegnet, damit hat das Elend angefangen.«

Das war geraten. Was wäre, wenn ich nun einfach alles abstritte? Dass ich in Bukarest nicht Gretta, sondern eine andere Mitarbeiterin getroffen hätte. Die alte Geschichte wiederholen. Würde sie das schlucken? Ich könnte natürlich auch behaupten, dass ich sie zwar kennen würde, doch dass sie mich von Anfang an um seltsame Dienste für ihren Vater gebeten hätte. Oder dass sie damit angefangen hätte, als ich zum Leiter des Stadtplanungsamtes benannt wurde. Ich hätte das strikt abgelehnt und zu Hause nichts davon erzählt, weil ich meiner Familie nicht damit zur Last fallen wollte. Ganz egal, was ich auch sagte, fest stand, dass ich während der vergangenen neun Monate unbemerkt mit dem Betrug hätte weitermachen können. Fest stand auch, dass Gaby

Gretta nun für eine Betrügerin hielt. Das verlieh meiner Version der Geschichte zumindest eine gewisse Glaubhaftigkeit. Es sei denn, Gretta hatte meiner Frau die ganze Geschichte mit der Affäre gestanden.

»Ich habe keine blasse Ahnung, wovon du redest, Gaby. Ich war zwar in Bukarest, doch ich habe diese Frau dort nie getroffen. Ich habe mit einem rumänischen Team von Luzerne zusammengearbeitet. Und ich weiß auch nicht, welches Elend damals angefangen haben soll. Was meinst du damit? Welchen Bären hast du dir da aufbinden lassen?«

Sie machte ein verwirrtes Gesicht und kämpfte mit ihren Gefühlen. Neugierde und Zweifel schienen zu siegen.

»Deinen Betrug, Job, deinen Betrug. Den meine ich.«

»Welchen Betrug?«

»Du hast es vielleicht für uns getan, doch das macht alles nur schlimmer. Darauf hätte ich mein Leben mit dir nicht aufbauen wollen.«

Allmählich wusste ich wirklich nicht mehr, wovon sie sprach. Was für einen Betrug zugunsten meiner Familie meinte sie? Also fragte ich sie es. Gaby lehnte sich nach hinten an die hohe weinrote Lehne des Divans, doch ihr Körper wirkte weiterhin angespannt.

»Du erhältst seit 2006 Beträge. Hohe Beträge von Luzerne. Als Gegenleistung berätst du ihn bei der Auswahl und dem Kauf von Grundstücken im Gebiet von Haarlem und Schiphol und gibst ihm Hinweise, welche Beamten für korrupte Geschäfte empfänglich sind. Um es deutlich zu sagen, Job: Schmiergeld. Horrende Summen Schmiergeld. Und du hast während der ganzen Zeit mit Braat und Daniëls unter einer Decke gesteckt. Seit Jahren lügst du mir etwas vor von wegen Unternehmenspleite und Entlassung! Was für ein Theater spielst du mir eigentlich vor? Und wieso? Tatsache ist, dass ich während des vergangenen Jahres Teil deines verrückten Schlussakts war. Du hast dich selbst übertroffen mit deiner Opferrolle in einem Falschspiel, das du selbst inszeniert hast. Und durch Verrat an deinen Kumpanen wolltest du dich jetzt wahrscheinlich retten. Wann werden sie dich festnehmen, Job? Wann hättest du mich eingeweiht?«

Ich war erleichtert, am liebsten hätte ich einen Freudenschrei ausgestoßen, doch ich hielt mich zurück. Jetzt mein Glück zu zeigen, obwohl Gaby noch zerstört vor mir saß, wäre sehr verdächtig gewesen. Aus ihren Vorhaltungen konnte ich mir zusammenreimen, was geschehen war: Offenbar hatte sie sich Einblicke in das sogenannte Beweisstück gegen mich verschaffen können, das sich in Grettas Besitz befand. Wenn Gretta ihr sonst nichts erzählt hatte, war ich gerettet. Ich fiel vor ihr auf die Knie.

»Gaby, ich weiß wirklich nicht, wie du darauf kommst. Glaubst du wirklich, ich wäre all die Jahre in kriminelle Geschäfte verwickelt gewesen? Hinter deinem Rücken? Meinst du im Ernst, ich würde tief in der Haarlemer Immobilienmafia drinstecken, während du zu Hause nichts davon mitbekommst? Und wie hätte ich da mein Gesicht wahren sollen? Du kennst mich doch!«

Sie nickte zögerlich. Ich lachte. Sie fing an zu schluchzen. Sie stand auf, ging zum Bücherregal und nahm eine Mappe heraus, die sie mir überreichte. Erstaunt blätterte ich sie durch. Ich hielt Grettas Beweis in der Hand, die Akte, mit der sie mich gefügig gemacht hatte. Stapelweise gefälschte Briefe und Verträge. Korrespondenz mit Herman Luzerne, in der ich ihm das Blaue vom Himmel versprach gegen wirklich gigantische Summen. Darunter mit frischer Tinte meine Unterschrift, über mehrere Jahre hinweg mit verschiedenen Daten.

Während ich las, versuchte Gaby mit Mühe ihre Tränen zu bezwingen. Ihr Schniefen lenkte ab. Ich musste jetzt blitzschnell reagieren wie ein Sündenbock in der Klemme, wie ein Bedrohter, der, ohne Zeit zu verlieren, bei den Behörden ein Verbrechen melden muss, das andere ihm in die Schuhe schieben wollen. Vielleicht war das jetzt meine letzte Gelegenheit, glaubwürdig zu erscheinen.

»Hör zu Gaby, ich muss hiermit sofort zur Polizei. Wir müssen zurück in die Niederlande. Sofort. Ich muss Anzeige erstatten. Ist dir bewusst, was wir hier in den Händen halten und was das für uns bedeuten kann? Woher hast du das?«

Gaby wischte sich mit der Hand die Tränen aus dem Gesicht.

»Auf einen USB-Stick kopiert, von Judiths Computer.«

Was mir mit einem Einbruch und einem unangenehmen Besuch bei Judith nicht gelungen war, hatte Gaby wahrscheinlich im Handumdrehen geregelt. Auch sie war auf der Suche gewesen, und sie hatte etwas entdeckt.

»Kurz vor Weihnachten war ich einmal allein bei Judith im Haus und wollte den Weihnachtsbaum schmücken. Normalerweise war der Laptop ausgeschaltet, doch diesmal lief er. Auf dem Bildschirm sah ich einen Ordner, der ›Job‹ hieß. Natürlich interessierte mich das, und ich klickte ihn sofort an. Ich fing an zu lesen und traute meinen Augen nicht. Das war einfach zu verrückt, um wahr zu sein. Ich kann es noch immer nicht fassen. Mir war auch nicht klar, ob du wusstest, wer sie wirklich ist. Ob deine Ablehnung Intuition war oder ob du mehr über sie wusstest. Ich habe dann noch weiter in dem Computer herumgeschnüffelt, aber es gab nichts. Gar nichts. Sogar in der Mailbox befanden sich nur die Mails mit mir und den Kindern. Eine Frau ohne Vergangenheit, ohne Kontakte, ohne Beziehung. Die Gegenwart, das waren wir. Wie ein Undercoveragent, der irgendwo auftaucht, um etwas zu erledigen. Gemeinsam mit dir oder gegen dich, alles war möglich. Ich kann mir noch immer nicht vorstellen, dass ich mit einem Lügner oder Kriminellen unter einem Dach lebe. Meine innere Stimme sagte mir laut und deutlich: ›Nein, das ist unmöglich!‹ Doch ich musste dir diese Fragen stellen. Um zu sehen, wie du darauf reagierst.«

»Und?«

Ich lachte, gab mir alle Mühe, es wie gemimte Nervosität wirken zu lassen. Die Spannung hatte sich noch nicht gelegt.

»Mir ist das noch immer nicht ganz klar.«

Ändern konnte ich jetzt nichts mehr, ich konnte sie nur beruhigen. Doch diese neue Version meiner Gaby machte mich neugierig. Ich unterdrückte den Impuls, sie in die Arme zu schließen, und staunte stattdessen über meine misstrauische Ehefrau, die seit Monaten mit einem schrecklichen Verdacht schwanger ging, ihn aber strikt für sich behielt.

»Jetzt verstehe ich langsam gar nichts mehr. Nach deinen Entdeckungen bist du dennoch mit ihr nach Frankreich in den Urlaub gefahren. Gemeinsam mit den Kindern lieferst du dich einer Frau aus, der du die miesesten Dinge zutraust. Hast du etwa gedacht, dass ich noch schlimmer als sie bin?«

»Frankreich schien mir optimal zu sein, um euch beide dort zu beobachten. Und bevor ich dich befragte, wollte ich sehen, was mir meine Intuition sagt. Ich wollte gut gewappnet sein. Dass du dann nicht mitgekommen bist, war natürlich ein Dämpfer. Doch dich konnte ich auch so den ganzen Tag beobachten. Judith nicht. Ich bin nach Frankreich gefahren, weil ich mir ein genaues Bild von ihr machen wollte: Wer ist diese Frau, mit der du vielleicht jahrelang Bonnie and Clyde gespielt hast?«

»Gaby!«

»Wieso, das passt doch! Oder habe ich da etwas missverstanden?«

Wie die Stimmung so plötzlich umschlagen konnte. Gabys Beobachtungen passten ausgezeichnet zu dem, was ich mir mit Alkema ausgedacht hatte. Wenn ich endlich Ruhe in meiner Ehe haben wollte, dann wäre es besser, ich würde Gaby erzählen, womit ich im Kielsog des Ermittlers während der vergangenen Wochen beschäftigt gewesen war. Die entschlackte Version einer beunruhigenden Geschichte.

»Ich gebe es lieber zu: Kurz vor unserer Abreise hierher habe ich Wind davon bekommen, dass etwas passieren wird. Alkema hat mich darüber aufgeklärt, mit wem wir es zu tun haben, wer Judith ist. Herman Luzerne befand sich in den Niederlanden und war tief in die Betrugsaffäre im Rathaus verwickelt. Telefongespräche wurden abgehört, die ergaben, dass sie einen Teil der Schuld mir zuschieben wollten. Vater und Tochter waren daran interessiert. Mehr habe ich auch nicht erfahren. Ich habe nicht gewusst, dass ihr Plan so perfide und weitgreifend ist. Und du stößt einfach so auf die Pläne, weil du nicht die Finger von einem fremden Computer lassen kannst. Du ähnelst mir offenbar, Gaby!«

Ich nahm ihre Hand, und sie zog sie nicht zurück.

»Wieso hast du mir nichts von Alkema erzählt?«

»Weil ich abergläubisch bin«, log ich weiter. »Mir war das zu unheimlich. Ich habe mich vor der Lawine der Nachforschungen gefürchtet, die losgehen könnte, wenn die beiden mich in ihre kriminellen Machenschaften hineinziehen würden. Meine einizge Hoffnung war, dass es nicht dazu kommen würde, wenn ich mit niemandem darüber spräche. Ich fühlte mich machtlos und brauchte dich an meiner Seite als jemanden, der nicht eingeweiht ist, der sich keine Sorgen macht, der nicht wie ich den Kopf in der Schlinge hat. Doch inzwischen verstehe ich auch, wieso du Judith so einfach versetzen konntest und Tara mit hierhergenommen hast. Welche Pläne hattest du nach unserer Rückkehr?«

Endlich lächelte Gaby.

»Den Kontakt abbrechen. Mit ihr oder mit dir. Je nachdem, wer mir glaubwürdiger erschien«, sagte sie trocken.

Es war vorbei. Der Schlussstrich unter der Luzerne-Affäre war in Sicht. Gaby war noch so sehr mit meiner Geschichte beschäftigt, dass sie nicht einmal fragte, mit wem ich vorhin am Telefon gesprochen hatte. Sie murmelte ein paar Bösartigkeiten über Gretta, kreuzte ihre schlanken Arme vor der Brust und versuchte, sich nach diesem anstrengenden Gespräch mit dieser wiegenden Haltung zu besänftigen. Wichtig war, dass es ihr gelungen war, ein Unglück zu verhindern: Unsere Tochter war nicht alleine in eine entlegene Gegend in einem weit entfernten Land gefahren, unter der Obhut einer Betrügerin, die auch noch ihren Vater in der

Gewalt hatte. So weit hätte Gaby es auch nie kommen lassen, sie hätte rechtzeitig eingegriffen.

Gaby stand auf.

»Wollen wir irgendwo etwas essen gehen?«

Das klang nach einem Friedensschluss, einer Rückkehr zum vertrauten Genuss des willkommenen Nichtstuns in den Ferien, die träge und gemächlich verlaufen durften.

Ich folgte ihr zur Tür.

Erst im großen Flur, auf dem Weg zur Treppe, die zur Küche im oberen Stockwerk führte, drehte sie sich zu mir um, um mir noch etwas mitzuteilen. Über Gretta.

»Es stimmt nicht ganz, dass ich außer den gefälschten Dokumenten und meinen Mails in Judiths Haus nichts gefunden habe. Ich habe noch Fotos gefunden. Judith mit einem Kind. Aha, Verwandtschaft, habe ich gedacht. Aber es waren auch Babyfotos darunter. Hunderte. Als Kindergartenkind, als Schulkind. Ich glaube, Job, sie ist Mutter. Denn es befanden sich darunter auch Fotos von einem größeren Jungen, der vielleicht sieben war. Er trug eine seltsame Schuluniform und stand mit anderen Kindern in einer Reihe vor der Schule. Es gab auch Porträtaufnahmen von diesem Jungen. Das aktuellste Foto war eine Weihnachtskarte aus Bukarest, auf der stand: »Wann kommst du, Mama?« Auf Niederländisch. Ich kann mich natürlich täuschen, aber das Kind war eindeutig von ihr. Wahrscheinlich lebt es bei ihrem rumänischen Exmann.«

Und weg war sie wieder, meine Erleichterung nach dem glimpflich verlaufenen Gespräch in der Bibliothek. Der Boden schien sich unter meinen Füßen aufzulösen, mir wurden die Knie weich. Gaby sah es.

»Was ist denn jetzt los?«

»Ein bisschen viel Lügen auf nüchternen Magen.«

»Ein verheimlichtes Kind, ach, was geht uns das an«, sagte sie. »Hast du die Bilder auch auf dem USB-Stick?«

»Natürlich nicht, es waren Fotoabzüge.«

»Und wie sah er aus?«

»Was weiß denn ich, ein Junge, der alleine bei seinem Vater lebt und seine Mutter vermisst. Ungefähr so ein Gesicht.«

Mehr hatte sie dazu nicht zu sagen. Für sie war das Kapitel beendet. Sie klang gelöst und erleichtert. Sie hatte genug in Gretta Luzernes Leben herumgestochert. Jetzt ging sie wieder zur Tagesordnung über.

Ich hingegen hatte mein inneres Gleichgewicht verloren. Ein Junge, alleine bei seinem Vater. Wenn Gaby wüsste. Doch sie, die Unwissende, sie hatte einen Blick auf das Kind werfen dürfen und besaß nun eine vage Erinnerung an sein Gesicht. Für sie hatte das keine Bedeutung. Nicht mehr lange und das Bild würde in ihrem Gedächtnis immer weiter verblassen, bis es sich schließlich ganz auflöste. Wie gerne hätte ich ihre Erinnerung gehabt. Ein Gesicht.

Ich musste mich schnell irgendwo festhalten. Die Deckenbalken waren gut erreichbar, ich berührte das Holz und hoffte, dass ich mit diesem Griff mein Zittern bezwingen könnte.

Gaby ging zum Küchentisch und holte den Autoschlüssel aus ihrer Tasche.

»Rufst du die Kinder?«

Die Kinder. Zwei der Kinder. Noch immer wackelig auf den Beinen ging ich durch die Schiebetür im Flur nach draußen. Auf dem Rasen unter der Trauerweide lagen Tara und Leon am Pool auf den Liegestühlen. Sie lasen dicke Taschenbücher und schlürften gelbes Gift aus kleinen kugeligen Limoflaschen. Meine einzigen Kinder, meine einzigen Kinder, meine einzigen Kinder, dröhnte es in meinem Kopf. Ich wiederholte es wie ein Mantra.

Tara erblickte mich. Sie winkte mir kurz zu und drehte sich dann auf den Bauch, schob sich die Sonnenbrille auf die Nase und stützte ihr Kinn auf die Hände. Höchst zufrieden, keine Spur des Bedauerns, weil sie nicht woanders war. Unbekümmert las sie weiter. Meine einzige Tochter. Das Einzige, was ich noch mit Gewissheit sagen konnte.